# *Textos medievales de caballerías*

Letras Hispánicas

# *Textos medievales de caballerías*

Edición de José María Viña Liste

CATEDRA

LETRAS HISPANICAS

Cubierta: Miniatura del *Tristán* en prosa, procedente del manuscrito de la mitad del siglo XV conservado en el Museo Condé de Chantilly.


Juan Ignacio Luca de Tena, 15. 28027-Madrid
Depósito legal: M. 33.854-1993
I.S.B.N.: 84-376-1205-5
*Printed in Spain*
Impreso en Lavel
Los Llanos, nave 6. Humanes (Madrid)

# Índice*



* De las obras precedidas por asterisco [*] no se incluye selección, por razones justificadas.

# *Introducción*

Los cavalleros en la guerra comen el pan
con dolor: los vicios della son dolores e sudores;
un buen día entre muchos malos.
Pónense a todos los trabajos, tragan muchos
miedos, pasan por muchos peligros,
aventuran sus vidas a morir o vivir.

*(El Victorial, crónica del conde don Pero Niño.*
*Proemio,* cap. VIII)

# Obras en prosa con elementos caballerescos en la literatura española medieval[1]

## PROPÓSITO Y JUSTIFICACIÓN DEL TRABAJO

Con la selección de textos que aquí se aporta se pretende facilitar, lo mismo al lector aficionado que al filólogo estudioso, interesado éste tanto por cuestiones de historia de la lengua como por la teoría y la crítica literaria, el acceso a un *corpus* literario que hasta la actualidad no ha conseguido ni para la crítica especializada ni para las empresas editoriales toda la consideración que objetivamente se merece.

A la luz de las muestras textuales que se exhiben y de la información complementaria que las rodea se revela además la imperiosa necesidad de ir editando en el futuro algunos textos difícilmente conseguibles hoy, a no ser en bibliotecas especializadas, o de reeditar otros con mayor rigor.

---

[1] Un avance provisional de las páginas que siguen, con idéntico título, pero retocado aquí su contenido en varios puntos y mucho más ampliado ahora, ya se había publicado en *Verba*, Anuario Galego de Filoloxía, vol. 18, [Universidad de Santiago de Compostela] (1991), págs. 599-642. Tal título no hubiera resultado inadecuado para este libro, de haberlo tolerado las convenciones editoriales establecidas y usuales en la actualidad.

Se intenta establecer asimismo bases más amplias y firmes, a partir de los textos precursores, que faciliten la indagación del género de *romance*[2] de caballerías en España y permitan poner de manifiesto la asimilación que de muy diversos materiales literarios y folclóricos en su forja se fue realizando, así como cuáles sean sus típicos elementos narratológicos y algunas de sus conexiones con otras obras de ficción europeas en el medievo. Tal género caballeresco lograría su consolidación a principios del siglo XVI con la edición impresa del *Amadís de Gaula* o, como matizan con mayor precisión algunos estudiosos, sólo a partir de la continuación que del mismo *Amadís* hace su refundidor Garci Rodríguez de Montalvo en *Las sergas de Esplandián*[3] (I en Sevilla, 1510), como libro quinto y prolongación de aquél, o todavía —en opinión de otros— desde *Palmerín de Oliva* (I en Salamanca, 1511), y habría de experimentar una proliferación desmedida a lo largo de todo dicho siglo, co-

---

[2] Sobre la definición del término *romance*, su aplicación a la prosa de ficción medieval española y sus obras más representativas, véase el artículo ya clásico de A.Deyermond, "The Lost Genre of Medieval Spanish Literature", *Hispanic Review*, 43, 3 (1975), 231-259. Juan Bautista Avalle-Arce acaba de proponer la utilización del término *roman* —supongo que su plena adaptación a la lengua española requeriría una tilde sobre la a: *román*— para designar al "género literario de ambiente caballeresco, en prosa o en verso, que se desarrolla en la Península [ibérica] a partir del siglo XIII y que muere de hastío general en los albores de la Edad Moderna" (Introducción a su ed. del *Amadís de Gaula*, Madrid, Espasa-Calpe, col. Austral, 1991, tomo I, pág. 15). Suelen oponerse *romance* y *novel* en virtud de la distinción entre ficción idealizante que incorpora elementos mitológicos y de cuentos folclóricos, para el primero, frente al carácter de ficción realista e irónica, propio de la segunda. El término *romance* lo suele utilizar la crítica anglosajona para designar la obra narrativa ficcional creada en el medievo, la cual, según Northrop Frye, tiende a polarizar los caracteres oponiendo sistemáticamente a héroes y traidores. Uno de sus tipos es precisamente el *romance* de caballerías que, según Daniel Eisenberg, tiene carácter seudohistórico; éste suele confundir sus fronteras con los llamados "libros de aventuras".

[3] Tal es la fundamentada opinión sostenida por Juan Manuel Cacho Blecua en su ed. del *Amadís*, Madrid, Cátedra, 1987-1988, cuando estima que las *Sergas de Esplandián* deben considerarse como reafirmación y ligero desvío del *Amadís*.

ronada por la genial aportación del *Quijote* cervantino al comenzar ya el XVII.

Con esta aportación se pretende también, con toda modestia, contribuir a "poner en orden la maraña de la caballería medieval, un quehacer complejo y nada fácil", como expresaba no hace mucho Manuel Alvar[4].

La conveniencia de ofrecer una ANTOLOGÍA de textos de este tipo, y no todos y cada uno de ellos en su integridad —al menos por el momento—, puede justificarse por el criterio de la parsimonia y —curándose en salud— invocando los trastornos que en la mente de uno de sus más ínclitos lectores, el ingenioso hidalgo de la Mancha, produjo su acumulada e indiscriminada lectura, cuando, creyendo que era verdad «aquella máquina de aquellas sonadas soñadas invenciones», «se le pasaban las noches leyendo de claro en claro, y los días de turbio en turbio; y así, del poco dormir y del mucho leer se le secó el celebro, de manera que vino a perder el juicio»[5].

## La institución de la caballería

Etnólogos y antropólogos suelen estar de acuerdo en vincular el desarrollo evolutivo del género humano al équido que en espanol llamamos caballo, así como en suscribir la sentencia de que el hombre hubiera sido un esclavo si el caballo no le hubiera convertido en rey. Hoy se estima como aceptable que el hombre domesticó al caballo en la Edad del Cobre, probablemente antes de haber inventado la rueda, y que sirviéndose de él incrementó la eficacia de su actividad cazadora, depredadora y bélica. La primera prueba inequívoca de su domesticación data de la Edad del Bronce: una talla en roca que representa a un caballo montado por un jinete, procedente de la región de Ucrania; unos 4000 años antes de Cristo, «el montar a caballo prece-

[4] Manuel Alvar, "El caballero del Cisne", [reseña de *La leyenda del Caballero del Cisne*, ed. de M.T. Echenique, Edit. Aceña, 1989], *Blanco y Negro*, Suplemento del *ABC*, 1-9-1991, pág. 18.

[5] *Quijote*,I,1.

de al transporte rodado, convirtiéndose en la primera innovación sustantiva del movimiento de bienes y personas por tierra». Tal fenómeno tuvo una trascendencia que supera la meramente económica, puesto que «hombres a caballo de las estepas eurásicas difundieron la familia indoeuropea de las lenguas, la que goza hoy de mayor extensión en el mundo». «La montura, que ponía en contacto culturas alejadas, movió lo mismo a la guerra que al comercio» y dinamizó la comunicación cultural[6].

Los remotos orígenes de la caballería hay que buscarlos en los primeros hombres a quienes, habiendo hecho del caballo salvaje un animal doméstico, se les ocurrió montarlo para desplazarse con más facilidad y rapidez, para cazar desde él o para realizar incursiones depredatorias. Puede sonar a verdad de Perogrullo, pero es difícil negar que sin la doma y monta del caballo no hubiera existido el concepto ni el término 'caballero' ni el tratamiento literario que obtuvo la señera figura de éste[7], ni varios de los conceptos y términos con él relacionados, como 'caballería', 'caballeresco', etc.

Caballeros, en la militar acepción de hombres de armas organizados para la guerra combatiendo sobre un caballo, fueron empleados ya en el antiguo Egipto, así como en Persia; en Grecia Alejandro Magno sacó buen partido de ellos para la expansión de su imperio. Con Julio César los romanos introdujeron notables mejoras en su caballería, tales como las herraduras, la silla de montar y los estribos. Los llamados pueblos bárbaros, en particular los hunos, también destacaron por el eficaz y temible uso que de la misma hicieron, hasta el punto de haberse convertido en proverbial el poder destructor del caballo de Atila. Los ára-

---

6 Vid. David Anthony, Dimitri Y.Telegin y Dorcas Brown: "Origen del montar a caballo", *Investigación y Ciencia*, [edición española de *Scientific American*, Nueva York], 185, Barcelona, febrero de 1992, págs. 48-53.

7 «La superioridad que permite que el caballero imponga la fuerza justiciera de la ley se cifra en la posesión del caballo, que está en la raíz de su nombre y del que sólo puede disponer una persona de condición social pudiente» (Carlos Alvar, *El rey Arturo y su mundo. Diccionario de mitología artúrica*, Madrid, Alianza Editorial, 1991, pág. 69).

bes en su invasión hispánica se sirvieron de una caballería númida ligera, carácter éste que mantuvo la suya a lo largo de ocho siglos, durante los cuales los cristianos les opusieron dos tipos de jinetes, los ligeros —realmente, escuderos— y los pesados, protegidos por armaduras al igual que sus cabalgaduras.

Estimo de pleno acierto la opinión de Amador de los Ríos acerca de que la literatura caballeresca "tiene su más firme apoyo en el feudalismo"[8]. Pues bien, parece ser que por el año 791 Carlomagno, por entonces tan solo rey de los francos y desde entonces paradigma del caballero europeo, ciñe la espada a su todavía adolescente hijo Luis o Ludovico Pío. Aunque no falta quien considere aquel año como el fundacional de la institución caballeresca —pieza a su vez fundamental de la organización vasallática y feudal—, la caballería empieza a perfilarse con mayor nitidez en Europa a finales del siglo x, cuando la nobleza se arma no sólo con voluntad de aumentar su gloria y acrecentar su riqueza, sino de ejercer una función social organizada; el espíritu caballeresco se refuerza no poco al final del siglo XI estimulado por las empresas de cruzada religiosa a tierras de Oriente. Poco más tarde, desde fines del siglo XII, la caballería se fue convirtiendo en mística o galante —en buena medida aventurera—, y el honor junto con el lucimiento personal jugó en ella un papel primordial, lo mismo en torneos y justas que en fiestas cortesanas.

En la sociedad feudal a mediados del siglo XII existía una jerarquía establecida, con una distinción clara entre tres estamentos y atestiguada en una célebre página escrita por Adalberón, obispo de Laón: la nobleza —*bellatores*—, el clero —*oratores*— y el pueblo llano —*laboratores*—, integrado por campesinos o villanos, siervos o libres, y burgueses. Entre los primeros se distinguían los ricoshom-

---

[8] José Amador de los Ríos, *Historia crítica de la literatura española*, Madrid, t.V [1864], pág. 17. Recuérdese que fue este estimable historiador literario, muchas de cuyas aportaciones no han perdido validez, uno de los más decididos valedores de la designación genérica de estas obras como «libros de caballerías».

bres, miembros de la alta nobleza, de los infanzones, que constituían la baja nobleza y buscaron aumentar su riqueza participando en empresas militares; unos y otros se consideraban continuadores de la función social y política de los antiguos *equites* de la milicia romana. Alfonso X los llama «defensores», escogidos por su esfuerzo, honra y poderío; a ellos, «cavalleros a quien los antiguos dezían defensores», les corresponde defender y acrecentar el territorio[9]. El contrato de vasallaje, con sus ritos establecidos de homenaje e investidura —que incluían la *inmixtio manuum*, el juramento de fidelidad o *sacramentum* y el *osculum fidei*—, establecía una relación personal de protección, dependencia y servicio —*auxilium* y *consilium*— entre señores y vasallos. Precisamente para cumplir con su deber de auxilio, algunos caballeros se incorporan a las mesnadas de los nobles superiores y ponen sus armas al servicio militar de éstos con la esperanza de recibir, en pago de su cooperación, un feudo o castillo.

> Los caballeros de la narración cortés son el resultado de la idealización de los guerreros feudales operada en la segunda mitad del siglo XII, con el objeto de controlar una clase social armada y desestabilizadora y reconducir sus fuerzas en favor de los nuevos núcleos de concentración del poder político (principados y monarquías restauradas)... Movido por las cuatro virtudes de la prudencia, la justicia, la fortaleza y la templanza, el caballero artúrico está comprometido en la salvaguarda fiel del orden social cuyo símbolo y garante superior es el rey[10].

En Castilla[11], los sucesores del conde Fernán González,

---

9 Alfonso X, *Partidas*, 2ª, tít. 21; cuando su pariente Juan Manuel acoge en su *Libro de los estados* la doctrina del obispo de Laón, Adalberón, insistirá en ese carácter "defensivo" de la actividad caballeresca y nobiliaria al traducir *bellatores* por *defensores*: «dígovos que todos los estados del mundo se encierran en tres: al uno llaman defensores e al otro oradores e al otro labradores».

10 Carlos Alvar, *El rey Arturo y su mundo. Diccionario de mitología artúrica*, Madrid, Alianza Editorial, 1991, pág. 69.

11 Sobre la génesis y desarrollo de la caballería castellana hay información interesante en los estudios de Ambrosio Huici, *Las grandes*

García Fernández (970-995) y Sancho García, apoyados en sus plazas fortificadas en el alto Duero y en sus caballeros villanos, pudieron emprender cabalgadas o correrías de castigo y devastación en las tierras próximas ocupadas por los musulmanes e incluso ofrecer cierta resistencia a las *razzias* de Al-Mansur o Almanzor. Aunque el fenómeno de feudalización en tierras hispánicas parece haber sido parcial y escaso[12], los condes castellanos, urgidos a la guerra para mantener sus planteamientos independentistas y defender de los árabes sus fronteras, tuvieron que apoyarse en los propietarios libres de Castilla y permitir incluso el ascenso social de una pequeña nobleza de caballeros villanos —campesinos con capacidad económica, como fijosdalgo o hidalgos, para participar en la lucha con un caballo—, que fueron equiparados a los infanzones —nobles de sangre— por el fuero de Castrojeriz el año 974. Señores de la alta nobleza y abades de ricos monasterios recompensaban de diversas maneras a los *milites* o infanzones de cuyo servicio de armas se lucraban.

En Castilla se generó en torno al año 950 lo que algunos historiadores denominan un «militarismo democrático» en cuya base estaban hidalgos y caballeros villanos que constituían la pequeña aristocracia —por debajo de los ricoshombres e infanzones— y mantenían esta condición si tenían recursos suficientes para sostener un caballo y lo perdían si, por falta de patrimonio, quedaban tres años sin animal; ese militarismo —que habría de resultar gloriosamente triunfante en la batalla de las Navas de Tolosa

---

*batallas de la Reconquista durante las invasiones africanas (almorávides, almohades y benimerines)* (Madrid, 1956), Claudio Sánchez Albornoz, *Estudios sobre las instituciones medievales españolas* (México, 1965), Julio Valdeón, *El reino de Castilla en la Edad Media* (Bilbao, 1968), Justo Pérez de Urbel, *El condado de Castilla. Los trescientos años en que se hizo Castilla* (Madrid, 3 vols., 1969 [1ª ed. en 1945]), además de las múltiples obras de Ramón Menéndez Pidal que sería demasiado prolijo enumerar aquí.

12 Para lo relacionado con el feudalismo se remite a los estudios de L.García de Valdeavellano, así como a las obras, ya clásicas, de M.Bloch, *La société féodale* (París, 1940) y de Claudio Sánchez Albornoz, *En torno a los orígenes del feudalismo* (Mendoza, 1942).

en 1212 y en la del Salado en 1340— se incrementó a lo largo del siglo XII, cuando surgió el espíritu de Cruzada y el ideal de Reconquista como reacción a la contraofensiva musulmana de almorávides y almohades. En fechas poco posteriores al año 1000 la caballería castellana sufrió una transformación que modificó aspectos sociales de la guerra. Hasta entonces eran infantes o peones, casi siempre campesinos guerreros de frontera, los que formaban el sector mayoritario de las mesnadas, junto con una caballería ligera que practicaba como táctica fundamental la del hostigamiento y se reclutaba entre nobles o villanos caballeros; ni éstos ni los peones llevaban protección de yelmos ni lorigas, sino armas tan simples como las de los tiempos neolíticos: hondas, arcos, espadas, porras, mazas y lanzas. Cuando se introducen entre los castellanos estribos, espuelas y herraduras, les es factible realizar una monta más segura y eficaz, así como utilizar un equipo de combate más completo y no poco costoso, que incluye monturas enlorigadas, yelmos y escudos. Entonces aparece una nueva caballería pesada —tan pesada que a veces, como ocurrió en la batalla de Zalaca, abrumaba a los cristianos frente a la ligereza de la de los árabes—, que relega a un segundo plano a la infantería, lleva el peso de las acciones bélicas y es capaz de decidir el resultado de las batallas con enérgicos ataques frontales como en las modernas divisiones acorazadas. La guerra se especializa, por lo que tan solo una minoría pudiente y dedicada al ejercicio de las armas —a la que los señores, además de eximir de tributos, conceden inmunidades jurídicas, privilegios, pingües beneficios, soldadas y estipendios como pago a su servicio militar montado— puede mantener un costoso equipamiento bélico. Así se aprecia no sólo la estrecha relación de ese servicio militar prestado por los nobles y el sistema feudal, sino la discriminación entre peones y caballeros en virtud de su distinta capacidad económica, que afectaba incluso al reparto del botín conseguido.

Por otra parte, en el avance de la reconquista hacia el sur, la defensa de zonas de Extremadura, del alto Guadiana, del Turia y del Júcar obligó a crear tropas de carácter permanente: las órdenes militares[13], una especie de comunidades o hermandades de caballeros-monjes que establecieron fortalezas en la Mancha y el Maestrazgo, las más conocidas de las cuales fueron la de Calatrava (1158), las de Alcántara y Santiago (1170) y la de Montesa (siglo XIV). Así fraguó también la aspiración de ricoshombres, infanzones y fijosdalgo por distinguirse de quienes no eran nobles —los caballeros villanos y los burgueses urbanos— y por lograr una plena identificación entre caballería y nobleza. Con todo, este sistema necesitó reforzarse por medio de un cuerpo armado plenamente civil, como atestiguan las cortes de Guadalajara de 1390 que, tras la derrota de Aljubarrota que cinco años antes había diezmado la caballería castellana, propusieron la creación de un ejército remunerado compuesto por 4500 lanzas y 1500 caballeros.

De esta suerte el "caballero", que en castellano fue un término utilizado para referirse al jinete, a quien va montado en una cabalgadura, lo mismo que "cabalgador", registrada como voz anticuada por el *Diccionario de Autoridades [= Auts.]* que lo define como «el que anda a caballo, o soldado de a caballo»[14], pasó a ser un *status* decisivo en el proceso de institución del reino de Castilla —donde caballero era quien disponía de caballo y poseía la capacidad de sostenerlo ocupándose de su alimentación y participando con él en la lucha armada— así como en el avance de la reconquista territorial hacia el sur. Luego vino a designar, también según *Auts.*, al «hidalgo antiguo notoriamente noble que tiene algún lustre más que los otros hidalgos o en la antigüedad o en los méritos, suyos o heredados»[15], no

---

[13] Una de las obras clásicas sobre esta cuestión es la de R.Revilla Vielva, *Órdenes militares de Santiago, Alcántara, Calatrava y Montesa*, Madrid, 1927.

[14] Esta acepción tiene el número 14 en la vigésima edición del Diccionario académico *[= DRAE]*, Madrid, 1984.

[15] «Hidalgo de calificada nobleza», recoge como acepción 4ª de "caballero" el *DRAE*. María Moliner, en su *Diccionario de uso del español*, también registra la acepción de «hombre perteneciente a la nobleza, a diferencia del plebeyo o perteneciente al estado llano».

sin dejar de recordar que «su etimología viene de andar a caballo, porque así salían a servir a la guerra». De ahí pasó a significar al profesional de la milicia, sobre todo al perteneciente al cuerpo de caballería, el cual, aunque se mantiene nominalmente en los ejércitos actuales, paradójicamente carece casi por completo de caballos a partir de la experiencia de las nuevas tácticas militares vivida en la primera guerra mundial (1914-1918) pero más decisivamente en la segunda (1939-1945), que los hizo punto menos que inútiles y los desplazó sustituyéndolos por instrumentos más sofisticados, mecanizados y blindados. Más adelante designaría al varón respetuoso con el código social y por eso mismo respetable, en una acepción que, como registra María Moliner en su *Diccionario de uso del español*, «se aplica a un hombre que se comporta a la vez con distinción, con dignidad y con cortesía» o, en palabras del *DRAE*, al «que se porta con nobleza y generosidad» o a la «persona de alguna consideración o de buen porte»[16]; más tarde se extenderá, simplemente, al varón o a la persona adulta de sexo masculino. Hoy, la palabra "caballeros" ha quedado prosaicamente reservada casi tan solo para la indicación diferenciadora de los lavabos públicos, oponiéndola a "damas" o "señoras"[17], cuando estas informaciones verbales no quedan reducidas a simples pictogramas donde de manera eufemística y pudorosa aún se insinúan, una fusta de jinete —si no se ha perdido esa mínima referencia a sus orígenes sustituyéndola por un sombrero de copa—, y un abanico, respectivamente.

De sus principales adjetivos derivados, "caballeroso" se define en *Auts.* como «noble, lozano, generoso y propio de caballero, como el porte, las acciones, traza, trage [*sic*] y garbo», o, con mayor brevedad, en palabras de María Moliner, «noble y digno, cortés o galante»; en tanto que "caballe-

---

16 *DRAE*, en sus acepciones sexta y séptima, respectivamente.

17 Esa oposición diferencial aparece ya definida en palabras de la infanta Cristiana en la *Historia de la linda Melosina*: «Amados señores, ya sabéis que yo só muger e huérfana. No me entiendo en cavallería...» (*op. cit.*, ed. de 1489, fol. 75v).

resco" viene a referirse a lo «propio de un caballero: galante o conforme a las reglas del honor»[18].

Explorando en los mismos repertorios lexicográficos, encontramos que *Auts.* define al "caballero andante" como «el héroe fingido o fabuloso de cuya historia se componen los libros de caballerías», y María Moliner lo hace como «héroe de los libros de caballerías que recorría el mundo en busca de aventuras y de ocasiones en que demostrar su valor y la grandeza de su alma». Sin pretender agotar el asunto, para no agotar al lector con estas disquisiciones filológicas, "caballería andante" es para *Auts.* «la profesión, regla y orden de los caballeros andantes y aventureros» y allí se recuerda que «en los libros de caballerías llaman así a aquellos que fingieron que andaban por el mundo vagos y errantes buscando aventuras». Por último, "libros de caballerías", acogiendo la definición del venerable diccionario, serían «aquellos que contienen hechos e historias fingidas de héroes fabulosos» que «tomaron este nombre de que fingían que los héroes que hablaban en ellos eran caballeros armados».

Algunos hombres extranjeros, a quienes podríamos llamar profesionales de la lucha armada si no queremos tildarlos de mercenarios, vinieron a España con la intención de intervenir en las guerras de reconquista —tales los franceses e ingleses que intervienen en la decisiva batalla de Las Navas de Tolosa en 1212— y de armarse caballeros «en tierra de moros», como se documenta en la *Crónica del Halconero* (cap. 188) para acontecimientos ocurridos en el año 1435, porque "España tenía para los caballeros andantes extranjeros el doble aliciente de las lucidas cortes de los reyes cristianos y la frontera con los musulmanes, que forzosamente había de reavivar el espíritu de cruzada, tan vinculado a la caballería y a la literatura"[19]. Modelos caballerescos reales lo fueron en nuestras tierras caballeros euro-

18 María Moliner, *op. cit.*

19 Martín de Riquer, *Caballeros andantes españoles*, Madrid, Espasa-Calpe, col. Austral, núm. 1.397, 1967, pág. 105.

peos tan famosos como Beltrán Duguesclin o el Príncipe Negro, comprometidos en tantas lides trascendentales.

En el lenguaje medieval el término *cavallería* se utilizó con varias acepciones: además de significar «toda la gente de armas que está montada» *(Auts.)*, una expedición militar o una cabalgada, también se empleaba para referirse a una acción noble y generosa propia de la conducta de un caballero, para aludir a la «destreza, arte y nobleza de saber manejar y andar a caballo, jugar las armas y hacer otros ejercicios de caballería» *(Auts.)*, lo mismo que a las obligaciones acatadas por el caballero y exigibles al mismo, e incluso, con clasismo que hoy suena a trasnochado, «nobleza de ánimo y demás dotes naturales con que nacen los nobles, a diferencia de los que no lo son» *(Auts.)*.

Subsisten todavía hoy en la lengua coloquial expresiones que se forjaron antaño en el ámbito caballeresco. "Es todo un caballero" expresa la admirada constatación de que en una persona se cumplen los valores éticos que serían exigibles a un caballero, la caballerosidad con toda su aureola de respeto, cortesía, veracidad, honradez, valentía, fidelidad y distinción... "Hacerse un nombre" puede ser pervivencia de aquella práctica habitual entre los noveles caballeros, que solían presentarse en sus primeras andanzas bajo el anonimato, hasta haber ganado con sus hazañas una denominación personal, lo que simbólicamente los identifica como individuos que se han hecho a sí mismos, distinguiéndolos de entre la colectividad anónima y masificada.

Pero ya desde finales del siglo XVI, cuando se fragua la sentencia «Poderoso caballero es don dinero», de la que sabrán sacar tanto partido a la vez crítico y literario lo mismo Góngora que Quevedo, se empieza a admitir como evidente y casi inevitable que los valores económicos están sustituyendo a los ideales morales o desplazando a éstos hacia un plano inferior en la escala o jerarquía axiológica.

Los miembros de la caballería venían obligados desde sus orígenes a profesar fidelidad a su señor y a defenderle contra sus enemigos; luego pusieron sus armas también al servicio de la cristiandad, riñendo guerras de religión o cruzadas contra los llamados infieles. Cervantes, en ocasiones no sin cierta añoranza, estipuló como algunas de las obligaciones típicas del caballero las de "desfazer agravios, socorrer viudas, amparar donzellas"[20]. No se puede negar, sin embargo, que en la actividad caballeresca existió una componente lúdica y deportiva, de relación y lucimiento social que se realizaba en justas y torneos, pero también preparatoria, como entrenamiento permanente, para mantener la paz y adiestrarse para la guerra, ya fuese ésta ofensiva o defensiva, pero no siempre ilegítima ni injusta, ni desprovista de una positiva función social.

Rasgos de conducta tradicionalmente exigibles al caballero fueron los de la generosidad, la fidelidad para con la Iglesia —que vino a sacralizar de algún modo el ejercicio de las armas—[21], el respeto a las exigencias doctrinales y morales de la religión cristiana junto con cierto talante as-

---

20 *Quij.*, I,9.

21 En *Literatura europea y Edad Media latina* (México, Fondo de Cultura Económica, 1955), al tratar de "El código moral caballeresco" (t.II, excurso XVIII, págs. 724-749) hace Ernst Robert Curtius referencia a Carl Erdmann, quien expone que «la antigua Iglesia rechazó la guerra y el oficio guerrero», denunciando una «contradicción entre la actitud vital de los germanos y la moral cristiana». En el siglo IX aparecen intentos de «conciliar la *militia Dei* con la *militia sæcularis*». Está probada la influencia de Cluny sobre la nobleza caballeresca normanda. Hacia 1050 la reforma eclesiástica afectó también a la caballería laica, de modo que Francia se mostró decidida defensora de la Iglesia, del simbolismo religioso de la vida guerrera y de su relación con el culto de los santos; caballeros normandos ponen sus armas al servicio del papa como cruzados, interviniendo también en España desde 1064 y en Inglaterra desde 1066. En el tratado *De vita christiana*, redactado por Bonizo de Sutri entre 1090 y 1095, hay un «código de oraciones para el caballero cristiano en las que se combina la primitiva ética cristiana con el militarismo romano y el concepto germano de vasallaje». El *ethos* caballeresco de la primera cruzada surgido al inicio del siglo XII se refleja en las más antiguas epopeyas francesas. También en el *Policraticus* que escribió en 1159 Jean de Salisbury encontramos una crítica a los curiales y se nos ofrece una imagen ejemplar o modélica del caballero cristiano. Curtius pensaba asimismo que el Islam creó un ideal caballeresco que ofrecía curiosas similitudes con el difundido por el Occidente cristiano.

cético, la entrega galante a la mujer en actitud cortés y la humanización de la belicosidad por medio del amor[22] y de la amistad, la atención al bien común, visible sobre todo en la protección al desvalido.

No hace mucho que un crítico portugués[23] recordaba que, por ejemplo, perseguir a la feroz Bestia Ladradora, que tal era la empresa aventurera de Palamedes, implicaba —al menos como actitud simbólica— la defensa de la seguridad social y el libre deambular por los caminos en donde aquélla surgía de repente para matar. Además, el combate por el combate y el heroísmo lúdico —casi diríamos la muerte lúdica— en las justas y torneos creaban una atmósfera animosa y combativa, carentes de la cual los hombres se pudrirían —"apodreceriam", escribe el autor— sin nada que hacer. El sufrimiento, mirado cara a cara, no es menos saludable que el placer. Y los torneos eran un deporte esforzado. Sin embargo, también se daba a veces el inútil exhibicionismo de la valentía, en donde se arriesgaba la vida con cierta inconsciencia.

Lo que luego se llamaría caballerosidad, el trato social respetuoso y correcto, era exigible para el caballero hasta en los momentos de mayor excitación o apasionamiento, incluso en el fragor y el enardecimiento de la lucha armada, de modo que lo esperable y digno era que, cuando uno de ellos era derrocado o caía al suelo, su adversario desmontara del caballo para situarse en posición de igualdad y seguir contendiendo pie en tierra, renunciando a la ventaja obtenida. Esta actitud cortés es llamada en el libro tercero del *Amadís* «la costumbre de la Gran Bretaña»[24].

---

22 "El amor había ocupado escasísimo lugar en las gestas heroicas, mientras que viene a serlo todo en las novelas de caballerías", escribe Juan Luis Alborg (*Historia de la literatura española*, tomo I, Madrid, Gredos, 1975², pág. 462).

23 Mário Martins, "O pré-cervantismo em *Tristán de Leonís*", *Boletim de Filologia*, 28 [Universidad de Lisboa], (1983), pág. 35.

24 Martín de Riquer, *Estudios sobre el Amadís de Gaula*, Barcelona, Sirmio, Quaderns Crema, 1987, pág. 63. Es sabido que por entonces el mundo británico incluía Irlanda, Cornuailles y Bretaña la menor, es decir, la península armoricana.

En el siglo XV proliferaron no sólo entre los jóvenes aristócratas que deseaban hacerse notar, sino también entre varones más maduros codiciosos de renombre y fama, lo que Riquer calificó como "pendencias deportivas"; tales eran las justas y los pasos de armas, "auténticos espectáculos deportivos, llenos de colorido y de alardes viriles"[25]. La *Crónica del Halconero* describe un espectacular paso de armas, anterior al famoso de Suero de Quiñones ante el puente sobre el río Órbigo, organizado en Valladolid el 18 de mayo de 1428 por don Enrique, infante de Aragón. Pero ese tipo de actividad caballeresca tenía por entonces siglos de antigüedad, pues ya se documenta en páginas escritas por Chrétien de Troyes, donde no es raro toparse con caballeros que impiden a otros el tránsito hacia el lugar a donde van a buscar sus aventuras. Cierto es que algunas de esas aventuras narradas en libros de caballerías parecen revelar una especie de búsqueda de sentido moral o una indagación sobre la funcionalidad individual y social de la existencia humana, pero no lo es menos la afirmación de Victoria Cirlot:

> La aventura del caballero andante corresponde a un grupo social concreto, conflictivo en las capas elevadas de la segunda mitad del siglo XII, aquel que con toda probabilidad componía la mayor parte del público receptor del género: los *jóvenes*, condenados al celibato por las nuevas estrategias matrimoniales, carentes también de tierras destinadas a los primogénitos, ociosos por la ausencia de guerras, errantes para ocupar sus vidas en los torneos. La novela poseyó esa función mediatizadora tan característica del género permitiendo que los jóvenes caballeros alcanzaran el objeto codiciado (esposa y tierras) al menos en la ilusión, al identificarse con personajes como Erec o Yvain[26].

En muchas páginas historiográficas medievales, como en la *Crónica de Juan II*, se narran interesantes incidencias

---

[25] Martín de Riquer, *Caballeros andantes españoles*, Madrid, Espasa-Calpe, col. Austral, núm. 1.397, 1967, pág. 168.

[26] Victoria Cirlot, *La novela artúrica: orígenes de la ficción en la cultura europea*, Barcelona, Montesinos, 1987, pág. 65.

ocurridas en justas; una de las "costumbres" caballerescas que allí se recuerdan como exigible en tales encuentros reglamentados, al igual que en los llamados pasos de armas, es la de que «cuando capítulos de armas son firmados e sellados no se puede menguar ni crecer ninguna cosa de lo que en ellos se contiene»[27].

Un público muy variado, ávido de emociones fuertes y espectáculos brillantes, asistía complacido a aquellas lizas —justas y torneos— reñidas entre intrépidos paladines en palenques o palestras que, presididas por reyes o grandes señores, estaban vistosamente ambientadas con todo el aparato de tapices, paramentos y estrados, emblemas y divisas de brillantes y simbólicos colores, con los obligados reyes de armas, heraldos, persevantes, trompetas, fieles de campo, padrinos y jueces o árbitros, y en los que más de una vez se llegaron a producir, cierto que sin pretenderlo, graves heridas e incluso muertes[28].

Las reglas y normas de cortesía caballeresca, reguladoras de la convivencia armónica y respetuosa con la dignidad personal, eran aprendidas sirviéndose incluso de juegos de mesa que estimulaban el respetuo mutuo entre los adversarios, porque además del uso de las armas, como se hacía "bofordando", y a veces con anterioridad a ello, el futuro caballero debía ser enseñado «a buenas maneras e a todas aquellas cosas que a cavallero convienen saber, el axedrez e tablas...»[29]. A veces incluían auténticos rituales muy ceremoniosos; así, por ejemplo, "en Francia se degradaba a los caballeros vencidos quitándoles la espada y cortándoles las espuelas con hachas y a veces se les «dedicaba» una misa de difuntos"; en ocasiones terminaban por ingresar en una orden mendicante, "y así se hacían olvidar de una sociedad que los tenía por hombres deshonrados"[30].

---

[27] M. de Riquer, *op. cit.*, pág. 120.

[28] Vid. Riquer, *op. cit.*, pág. 142.

[29] *Carlos Maynes*, ed. de A.Benaim, Newark, 1982, pág.142. Véanse también los consejos que da una madre a su hijo caballero en la *Historia de la linda Melosina*, ed. de 1489, fols. 77v y 78r.

[30] Martín de Riquer, *op. cit.*, pág. 166.

Otra de las costumbres, cíclicas en su práctica como tantos fenómenos naturales, consistía en armar o investir a los nuevos caballeros en las fiestas de Pascua de Resurrección o el día de Pentecostés, precisamente cuando, con el renacer de la primavera, parece renovarse la vida, o cuando llega aquélla a su plenitud. Algunos tratados didácticos, así como libros de carácter historiográfico proporcionan más información al respecto, entre ellos el *Doctrinal de cavalleros*, algunas de cuyas páginas se incluyen en esta selección.

Acostumbraban también los caballeros a informarse puntualmente —por medio de lecturas y comentarios, preguntas y conversaciones— acerca de las empresas acometidas por sus ilustres predecesores, con la sana intención de emular su heroicidad; así lo recomendaba el canciller Pero López de Ayala al sugerir a sus compañeros de la nobleza que leyesen las historias de Tito Livio como documento vivo acerca de las reglas de la caballería, de la misma manera que Enrique de Villena en *Los doze trabajos de Hércules* proponía a aquel mítico héroe como «espejo actual a los gloriosos cavalleros en armada cavallería». También se acicateaban así, en sus conversaciones, hacia nuevas empresas heroicas, los propios personajes de ficción, no sólo los caballeros sino también las damas enamoradas de ellos, como puede leerse en *Tristán de Leonís*:

> Tristán e Lançarote se fueron a una parte e començáronse de preguntar el uno al otro de sus faziendas e de sus cavallerías e aventuras; las dueñas se levantaron en uno [después de cenar] e fablavan de muchas aventuras que cada una avía pasado con su amigo, e de las cavallerías que avían fecho e pasado con ellos[31].

Menéndez Pidal[32] ha aducido a este respecto algunos interesantes testimonios, entre otros aquel tomado de Al-

[31] *Tristán de Leonís*, ed. Bonilla, Madrid, 1912, págs. 244 y 243.

[32] Ramón Menéndez Pidal, *La épica medieval española (Desde sus orígenes hasta su disolución en el romancero)*, Obras completas de R.M.P., t. XIII, ed. de Diego Catalán y María del Mar de Bustos, Madrid, Espasa-Calpe, 1992, pág. 98.

fonso el Sabio en sus leyes de *Partidas* donde establecía, invocando usos antiguos, que los caballeros, cuando comían, oyesen leer historias de los grandes hechos de guerra y «que los juglares non dixiesen ant'ellos otros cantares sinon de gesta o que fablasen de fecho d'armas»[33]. Pocos años más tarde don Juan Manuel, hacia 1330, discurriendo cómo debe emplear su tiempo el rey, modelo de sus caballeros vasallos, dice: «Desque hobiere comido et bebido, lo cual conviene con templanza et con mesura, a la mesa debe oír, si quisiere, juglares que le canten et le tangan estormentos ante él, diciendo buenos cantares et buenas razones de caballería et de buenos fechos, que muevan los talantes de los que los oyeren para facer bien»[34].

Pero, de todas las "costumbres" caballerescas, tal vez la esencial fuese su compromiso por restablecer la justicia, en especial cuando eran los débiles los afectados por los abusos, tal como se lo recuerda Galaz a la buena dueña viuda, al decirle que «de los cavalleros andantes es tal costumbre, e bien lo devedes vós saber, que deven poner consejo a los tuertos de las biudas e dueñas e donzellas; e, si alguno les haze algún tuerto, los cavalleros andantes dévense trabajar de fazerles derecho si ovieren...»[35]

Riquer, que ha recordado cómo algunos caballeros españoles, admiradores de los héroes ficcionales cuyas aventuras conocen, llegan a imponer a sus hijos nombres como Galván o Lanzarote, afirma que para aquellos lectores su trato con los libros de caballerías «no tan sólo exalta la fantasía y puede llevar a un irreal mundo de ensueño y exotismo, sino que mantiene vivos los principios de honor, valentía, fidelidad, sin los cuales, por lo menos nominalmente, el concepto mismo de la caballería se resquebrajaría en

---

[33] Vid. Alfonso X, *Partidas*, ed. Ac. de la Hist., Madrid, 1807, II, 21º, 20ª.

[34] Juan Manuel, *Libro de los estados*, I, 59; BAE, t.LI, Madrid, 1860, pág. 311a.

[35] *La demanda del santo Grial*, ed. de A.Bonilla, (en *Libros de caballerías*, t.I, Madrid, NBAE t.6, 1907, cap. 293, pág. 271b).

sus fundamentos»[36]. Y aún más, añade: «Sin nuestros caballeros andantes del siglo XV difícilmente hubieran existido los conquistadores de Indias, tan dados también a la lectura de libros de caballerías», quienes en aquellas nuevas tierras americanas pudieron, en palabras de Cervantes, «meter las manos hasta los codos en esto que llaman aventuras»[37]. Para Riquer, que lo ha documentado con rigor, "el siglo XV español está lleno de verdaderos e históricos caballeros andantes que llevaron sus empresas por reinos alejados, tanto cristianos como paganos, y concluyeron aventuras brillantes y temerosas"[38], algunos de los cuales, como mosén Diego de Valera, no sólo las vivieron sino que también las pusieron por escrito.

Las últimas palabras del libro de Victoria Cirlot me vienen como anillo al dedo para concluir este apartado: «En el otoño de la Edad Media la nobleza convirtió en norma de vida los comportamientos novelescos. (...) La novela artúrica no proporcionó un conocimiento del pasado, ni siquiera instruyó; pero modeló los gestos y actitudes de los grupos sociales elevados...»[39].

## La configuración de un género

Sabido es que el género de libros de caballerías se configuró en España progresivamente, como cualquier otro, no sin vacilaciones y realizando frecuentes hibridismos y mixtificaciones con otros coexistentes cronológicamente,

---

[36] Martín de Riquer, *Caballeros...*, Madrid, Espasa-Calpe, col. Austral, núm. 1.397, 1967, pág. 168.

[37] M. de Riquer, *ibíd.*, pág. 170. Habla incluso de "caballeros reales e históricos [que] estaban, a su vez, intoxicados de literatura y actuaban de acuerdo con lo que habían leído en los libros de caballerías", hasta el punto de que —en una especie de influencia circular o rotatoria— algunos caballeros, aventureros reales, resultaron ser modelos vivos para novelistas. *(ibíd.*, pág.12).

[38] Riquer, *ibíd.*, pág.13.

[39] Victoria Cirlot, *La novela artúrica: orígenes de la ficción en la cultura europea*, Barcelona, Montesinos, 1987, pág. 133.

tales como la hagiografía[40], la épica juglaresca[41], la crónica histórica[42], los relatos folclóricos orales, el romancero, las leyendas cristianas dotadas a veces de implicaciones ascéticas, los libros de aventuras y de viajes[43], los repertorios miraculísticos y los de carácter ejemplar, los tratados doctrinales o moralizantes[44], pero sobre todo como transforma-

---

[40] John R.Maier y Thomas D.Spaccarelli, "MS. escurialense h-I-13: Approaches to a Medieval Anthology", *La Corónica*, XI, 1 (1982), págs. 18-34, entre otros, han apuntado el interés que algunos de estos textos poseen como reveladores de las conexiones intertextuales y de la evolución de los géneros literarios desde los relatos hagiográficos (vidas de santos), secularizando algunos de sus componentes, hasta la configuración del *romance* de aventuras. Pero ya más de un siglo antes José Amador de los Ríos dejó escrita su opinión acerca de que varias narraciones caballerescas le parecían "hermanadas con las vidas de los santos" (en su *Historia crítica de la literatura española*, Madrid, t.V [1864], pág. 53). Las relaciones genéticas y constructivas de los libros de aventuras caballerescas con los relatos hagiográficos se hacen bien visibles, como tendremos ocasión de verificar más adelante y ya insinuaron Hermann Knust y John K.Walsh, con la *Estoria del rey Guillelme de Inglaterra* y con la leyenda de san Eustacio o *Cuento* [o *Historia*] *de un cavallero Plácidas que fue después cristiano e ovo nombre Eustacio.* También Leonardo Romero Tobar se ha referido al "desplazamiento del relato hagiográfico hacia el caballeresco en "*Fermoso cuento de una enperatriz que ovo en Roma*: entre hagiografía y relato caballeresco", en *Formas breves del relato*, Universidad de Zaragoza-Casa de Velázquez, Madrid, 1986, págs. 7-18.

[41] "La epopeya muere perdiéndose o confundiéndose en el género de la novela caballeresca", escribió Ramón Menéndez Pidal, *La épica medieval española (Desde sus orígenes hasta su disolución en el romancero)*, Obras completas de R.M.P., t. XIII, ed. de Diego Catalán y María del Mar de Bustos, Madrid, Espasa-Calpe, 1992, pág. 186.

[42] Según Edwin Williamson, "la pretensión de historicidad en los *romances* en prosa del siglo XIII refleja el inicio de una creciente preocupación por la cuestión de la verdad en la narrativa." (*El Quijote y los libros de caballerías*, Madrid, Taurus, 1991, pág. 71).

[43] Miguel Ángel Pérez Priego ha tratado también de una corriente de influencia en sentido inverso, de la ideología caballeresca en los libros de viajes; *vid.* "Estudio literario de los libros de viajes medievales", *Epos*, I (1984), págs. 217-239.

[44] "La Iglesia intentó dar una orientación más religiosa a la caballería al adaptar sus ideales a la moralidad cristiana y al armonizar la búsqueda de la fama con la búsqueda de la salvación de los cristianos." (Edwin Williamson, *op. cit.*, pág. 33).

ción del *roman courtois*, el relato artúrico y el *romance* sentimental[45].

La fusión que realizó Chrétien de Troyes (h 1135-1190) de las leyendas bretonas sobre el rey Arturo —el mitificado héroe céltico que se opuso a la invasión sajona en el siglo VI— con el sistema de valores de la caballería cortesana y la mentalidad neoplatónica[46] de la Francia del siglo XII produjo, en palabras de Ker, una "revolución de la que se derivan en mayor o menor grado todas las formas y configuraciones del *romance* y la novela. Fue esta revolución (...) la que terminó de una vez por todas con las antiguas limitaciones locales y provinciales de la narrativa"[47]. Cuantos novelistas occidentales han venido dedicando sus esfuerzos a forjar mundos de ficción desde hace ocho siglos, incluyendo a Cervantes, están —sépanlo o no— en deuda con un oscuro escritor champañés que, ya antes de haber dedicado a Felipe, conde de su tierra, su *Cuento del Graal*, había tenido el valor de dar el salto desde los planteamientos objetivos e historicistas —al menos en apariencia— de los cantos épicos al subjetivismo, no por ficcional absolutamente inverosímil, de sus imaginativos relatos.

Hans Robert Jauss, entre otros, aprecia que la difusión de la materia de Bretaña desempeñó un papel esencial en la evolución del género del *roman*, por cuanto que dismi-

[45] Sobre este último punto es imprescindible el artículo de Harvey L.Sharrer, "La fusión de las novelas artúrica y sentimental a fines de la Edad Media", *El Crotalón*, [Anuario de Filología Española], I (1984), 147-157, cuyas últimas palabras transcribo: «...había una interacción apreciable entre los escritores y refundidores de las novelas artúrica y sentimental durante el siglo XV. (...) la novela artúrica sí se desarrolló en la península, y no representaba, como muchos dirían, un caso de meras traducciones del francés, o una forma estática de ficción que atendía sólo al gusto por la acción y por la aventura caballeresca».

[46] A esta fusión no fue ajena Leonor de Aquitania ni, sobre todo, su hija la condesa María de Champaña que dispensó su estimulante protección tanto a Chrétien como a Andreas Capellanus. No está de más recordar que otra de las hijas de Leonor, homónima de su madre, se casó con Alfonso VIII de Castilla.

[47] W.P.Ker, *Epic and Romance*, Londres, 1931, pág. 349.

nuyó el peso de la veracidad exigible para un relato, además de que el carácter oral de las fuentes inspiradoras facilitó a los escritores una actitud cada vez más distanciada con respecto a lo narrado; escribe el maestro de la «crítica de la recepción» que

> a partir del siglo XII se produce una emancipación de la ficción a lo largo de dos caminos: en la recepción de la «materia de Bretaña», que requiere un disfrute consciente de la ficción, el contraste entre lo fabuloso y lo cotidiano y, por otra parte, en la estética teológica de la escuela de Chartres, que asigna a la imaginación del poeta la elevada tarea de realizar una poesía de lo invisible que configure la representación simbólica de la realidad misma[48].

En efecto, muy al principio del siglo XIII algunos escritores decidieron sustituir el verso octosílabo pareado en que se venía configurando el *roman* por la forma prosificada, usual entre los cronistas que redactaban sus trabajos en latín; tal vez no fue ajena a este experimento la intuición de que así podrían resultar más creíbles las historias que comunicaban a un público lleno —como diría Menéndez Pidal para el castellano— de "apetencia historial".

Se ha considerado que la sustitución del verso por la prosa en los relatos de ficción revela una voluntad de conferir a éstos un aura de verosimilitud historicista; al mismo fin propendería la frecuente afirmación que los autores hacen, en un recurso común a los cultivadores del mester de clerecía, de que están sirviéndose de fuentes escritas para la redacción de la historia que cuentan, que se aureola así con el prestigio de una remota antigüedad, por más que ellos sean muy conscientes de que lo que están fraguando se incluye en la órbita de la llamada por los retóricos «historia ficta»[49].

---

[48] Hans Robert Jauss, *Alterität und Modernität der mittelalterlichen Literatur*, Wilhelm Fink, Munich, 1977, pág. 16.

[49] No puedo por menos que aceptar el criterio de V.Cirlot cuando sostiene que "si en sus orígenes el roman fue crónica (Wace) y por tanto fue recibido como *res gesta*, y Chrétien de Troyes transformó el género situándolo en el plano de la ficcionalidad y creando así la no-

Pues bien, aun contando con precedentes de tanto fuste como *El libro del cavallero Zifar*[50], y aunque hasta que Garci Rodríguez de Montalvo reelabora y da a las prensas su *Amadís* no se puede hablar en puridad de un género de caballerías consolidado en lengua castellana, canonizado con esta obra, que viene a ser arquetipo reconocido del mismo —para algunos, como ya se ha dicho, sólo a partir de *Las sergas de Esplandián* o, mejor aún, de *Palmerín de Oliva*, donde se hace patente la voluntad imitativa con respecto a los primeros libros de *Amadís*—, es posible detectar en textos como los que a continuación se ofrecen la presencia de típicos elementos caballerescos, tanto en el plano de la *inventio* como en el de la *dispositio* e incluso en el elocutivo; piénsese, en este último caso por ejemplo, en la presencia copiosa de hipérboles numéricas o cuantificadoras.

Desde las aportaciones teóricas de los formalistas rusos se entiende por "fábula" de un relato, aceptando como sinónimos suyos "argumento", "asunto" o "historia", el conjunto de materiales básicos o acontecimientos interrelacionados cronológica y causalmente, con los que se construye el "discurso" narrativo o la intriga, la cual organiza artísticamente en la trama del texto la sustancia del contenido argumental. Acontecimientos o acciones y actores, así como específicos tratamientos del tiempo y del espacio, que constituyen elementos esenciales de una "fábula", según Mieke Bal[51], ofrecen notables similitudes en las obras que aquí se van a mostrar fragmentariamente; también les es común su

---

vela", los autores de las dilatadas ficciones que constituyen el ciclo del *Lancelot* en prosa "buscaron la verdad en otra dimensión, instalando la realidad histórica en el plano de las *res ficta*". (Victoria Cirlot, *La novela artúrica: orígenes de la ficción en la cultura europea*, Barcelona, Montesinos, 1987, pág. 119).

[50] Al *Zifar* lo estima Deyermond como primer *romance* o libro de aventuras castellano en prosa que no se integra en un marco más amplio, y no como los varios relatos incluidos en la *General estoria* alfonsí. (A.Deyermond, en *Historia y crítica de la literatura española*, 1/1, Barcelona, Crítica, 1991, pág. 282).

[51] Mieke Bal, *Teoría de la narrativa*, Madrid, Cátedra, 1985, pág. 25.

generalizada ausencia de preocupación por la verosimilitud, con su proclividad hacia la historia fingida o la "narratio ficta", por oposición a la "authentica", contempladas ambas desde la teoría y práctica de las *artes prædicandi* así como desde la preceptiva y retórica medievales, por lo que Juan de Valdés las incluirá entre los "libros mintrosos" en su *Diálogo de la lengua*.

Predomina en esta fase medieval, a la que se restringen los pasajes seleccionados, la "historia" con estructura cerrada en cuanto a su desenlace, pero ofreciendo en su "discurso" una trama complicada, tejida con sorprendentes aventuras de carácter abierto, propuestas en episodios acumulativos vinculados por la presencia del personaje protagonista o por su relación más o menos estrecha con el mismo, lo que en el siglo XVI facilitará la prolongación de las peripecias hacia el futuro mediante el relevo tomado por sus descendientes familiares.

Sin embargo, la acción, abundosa y enmarañada por lo general, se fragmenta con frecuencia en vectores múltiples y se narra en extensa duración con oscilaciones del ritmo temporal, entre el dinamismo acelerado y la lentitud morosa, con no pocas elipsis, resúmenes, analepsis y prolepsis.

Los escenarios y ambientes, situados en alejadas topografías para los receptores inmediatos, suelen ser exóticos, cuando no maravillosos o terroríficos en su extrañeza, alternando los espacios abiertos al aire libre con los cortesanos o palaciegos cerrados.

Las extrañas peripecias, las situaciones problemáticas, las aventuras peregrinas conectan con las invenciones de las historias bizantinas, con sus consabidas separaciones angustiosas que acrecientan la intriga y sus reconfortantes reencuentros finales entre personajes, por lo común planos, tipos algo caricaturescos sin excesivo modelado, dechados de virtudes los protagonistas y sus adyuvantes, malvados viciosos sus enemigos y oponentes, capaces en todo caso de suspender los ánimos de lectores u oyentes con la superación heroica de arduos obstáculos en las pruebas de valor a que se les somete, con sus campañas militares entretejidas de retos, desafíos, treguas, sus luchas singulares entre paladines en justas u otras colectivas en las que se enfrentan ejércitos masivos en torneos, hasta sosegar la tensión expectante en unos finales habitualmente felices, en los que el bien triunfa sobre el mal, la virtud se ve recompensada y la maldad castigada sin piedad.

La fidelidad a los códigos amoroso y caballeresco con sus inflexibles protocolos, o al menos la inspiración en ellos, impone episodios contrastantes de amor y odio, de generación y muerte, de galantería y belicismo, integrando en estos relatos componentes argumentales asimilados de muy diversas leyendas y mitos, supersticiones, creencias y tradiciones ya todavía orales, ya previamente puestas por escrito y literaturizadas, casi siempre acomodadas a los valores cristianos en uso, hasta el punto de que algunos de sus héroes, al menos en determinados rasgos de su carácter y en ciertos episodios, se ofrecen por su conducta como modelos de virtud, siguiendo tal vez la pauta establecida por san Bernardo hacia el año 1136 en su sermón *De laude novæ militiæ,* dedicado a la orden caballeresca de los templarios. Así se explica que la actividad caballeresca se convirtiera casi en una actividad de signo religioso e incrementadora de las virtudes humanas y cristianas[52]. El héroe caballeresco funciona casi siempre como encarnación simbólica del bien y como vencedor del mal, simbolizado éste en sus malvados antagonistas, con planteamientos narrativos que se realizan sin excesivo maniqueísmo pero con cierto carácter universalizador.

La carencia de pretensiones de verosimilitud en el discurso da cabida lo mismo a los más disonantes anacronismos que a sorprendentes maravillas fantásticas en forma de milagrerías y encantamientos, talismanes, conjuros y ensueños, filtros y amuletos, bálsamos prodigiosos, hechizos y poderes mágicos, malandrines y trasgos, enanos y gigantes o jayanes, misteriosas influencias de carácter positivo o negativo, atribuidas no sólo a seres animados sino también a muy diversos objetos. Todos estos factores sumados en ca-

---

52 «La caballería era una religión y su sacerdocio el ejercicio de todas las virtudes», escribió Amador de los Ríos *(Historia crítica...*, Madrid, t.V [1864], pág. 20). *Vid.* Bernard de Clairvaux, *Éloge de la nouvelle chevalerie...*, París, Du Cerf, 1990.

sualidades incesantes van dando pie al desarrollo de aventuras y hazañas similares a las épicas que, como éstas, acaban por conducir a los héroes hacia la gloria, terrena o celestial, o a la restauración de su honor personal y familiar.

Finalmente, el *leit-motif* del viaje a lo largo del arduo camino —sobre el que más adelante se volverá—, con su complementario regreso cíclico al punto de partida, es componente casi natural para estructurar las hazañas del "caballero andante", sometido a un juego subjetivo como también acontece con el tratamiento de la temporalidad. Recuérdese que el del viaje es un motivo casi obligado en las literaturas célticas, sobre todo en su modalidad náutica orientada hacia un más allá incógnito o hacia otro mundo no por temible menos atrayente. Con razón Bajtin definía el cronotopo específico de estos libros como "un mundo milagroso en el tiempo de la aventura"[53], que no interpretaríamos cabalmente si prescindimos de la visión simbólica y alegórica que del mundo real en ellos se ofrece.

Admitido que "la prosa novelesca europea nace y se desarrolla en el proceso de traducción libre (remodeladora) de las obras ajenas"[54], no resultará extraño que la mayor parte de los textos que se aducen aquí sean traducciones, sobre todo de modelos latinos o franceses, más o menos reelaboradas, con la aportación esencial de la labor realizada por Chrétien de Troyes al instituir por escrito la materia artúrica con sus caballeros de la Mesa Redonda dentro del ciclo bretón.

## La importancia de los textos artúricos y su incorporación a las literaturas hispánicas

Chrétien de Troyes desde su *Erec et Enide*, escrito antes del año 1170, y muy cerca de él Marie de France con sus *lais*, impregnando la pretendida historicidad de las crónicas

---

[53] Mijail Bajtin, *Teoría y estética de la novela*, Madrid, Taurus, 1989, pág. 306.

[54] Mijail Bajtin, *op. cit.*, Madrid, Taurus, 1989, pág. 193.

y relatos orales precedentes con buenas dosis de ficcionalidad imaginativa y de ensoñación fantástica, asientan en la segunda mitad del siglo XII los cimientos del *romance* artúrico. Estaban inventando ambos, con formas narrativas diversificadas, un mundo de ficción sobre la «materia de Bretaña», que, al forjar una imagen ideal de la existencia humana, conciliando los valores y códigos de la vida cortesana con los caballerescos, tanta influencia habría de tener en la Europa medieval y renacentista, de tal modo que los libros de caballerías europeos, incluyendo el *Amadís* castellano, se sitúan en una línea artística que se remonta a las novelas artúricas escritas en verso por Chrétien de Troyes y que más tarde habría de amplificarse en el dilatado *Lancelot* francés en prosa, conocido como pieza esencial de «la Vulgata»[55]. Edwin Williamson mantiene que se puede demostrar que hay una línea que vincula la obra de Chrétien con los libros de caballerías españoles[56], a pesar de que sobre los textos artúricos castellanos del siglo XIV, que en su mayor parte sobreviven hoy día como fragmentos, se sabe muy poco, de modo que el *romance* artúrico español que se desarrolló hasta el siglo XVI se ha calificado de género perdido. Reconoce además que el autor francés tuvo habilidad para crear unas formas narrativas estéticamente satisfactorias que celebraban la ética de la caballería y del

---

[55] Carlos Alvar ha escrito que «el mundo artúrico se describe, esencialmente, como una sociedad de caballeros» (*El rey Arturo y su mundo. Diccionario de mitología artúrica*, Madrid, Alianza Editorial, 1991, pág. 68). Entre los años 1215 y 1230 se desarrollan, ya en prosa, narraciones fundamentales de la materia de Bretaña en cinco *romans* denominados la *Vulgata*, en este orden: *Estoire del saint Graal*, *Merlin*, *Lancelot du Lac*, *Queste del saint Graal* y *Mort Artu*.

[56] Suele admitirse hoy que la literatura artúrica se introdujo en España a finales del siglo XII, en parte como resultado de una serie de enlaces matrimoniales entre la corte de Castilla y la realeza anglonormanda de Inglaterra, pero también a través de la influencia del amor cortés introducido por los círculos trovadorescos de catalanes y aragoneses que mantenían frecuentes e intensos contactos con los provenzales. *Vid.* Edwin Williamson, *El Quijote y los libros de caballerías*, Madrid, Taurus, 1991, págs. 72-73; se trata de la versión española de su obra publicada originariamente en inglés como *The half-way house of fiction: Don Quixote and arthurian romance*, Oxford, 1984.

amor cortés acorde con los cánones imperantes en la aristocracia francesa de entonces[57].

Si aceptamos el magisterio de Williamson, sería en la *Queste del Saint Graal*, escrita según se cree por un monje de la floreciente orden cisterciense, en donde el amor cortés se vuelve inequívocamente pecaminoso; en su texto reelaborado las maravillas tomadas de las leyendas célticas se transforman en temas asociados con la tradición simbólica cristiana, de modo que las aventuras de algunos caballeros se convierten en caminos de perfección espiritual, cuya significación es revelada por medio de visiones o es interpretada por ermitaños. En este esquema religioso del mundo, Lanzarote, cegado espiritualmente por la concupiscencia, es incapaz de descubrir el paradero del Santo Grial, lo que, en cambio, sí le será revelado al casto y virtuoso Galaad o Galaz. El proceso de racionalizar los mitos célticos en un sentido cristiano y presentarlos como si se tratara de una historia verídica se completa en el ciclo de la *Post-Vulgata* (1230-1240), conocido como el *Roman du Graal* o el ciclo "Pseudo-Robert de Boron", por su atribución a este autor, cuya versión hispánica originaria atribuida a Vivas lamentablemente se ha perdido. Su texto, que hoy prefiere denominarse *Roman du Graal*, consiste en una revisión de los *romances* de la *Vulgata* combinados con materiales extraídos de la primera versión del *Tristán en prosa*; allí la miscelánea de *contes* bretones llega a formar por fin un todo coherente, asociado ya Tristán al mundo artúrico, y se transforma en un impresionante espejo de la historia bajo la mirada de un Dios cristiano[58].

No ha sido Williamson el primero que ha llamado la atención sobre la técnica llamada *entrelacement* y su empleo en el ciclo de la *Vulgata*; allí, en efecto, unos episodios son interrumpidos por otros que, a su vez, son interrumpidos para reanudar otros anteriores con el fin de rela-

---

57 Edwin Williamson, *El Quijote y los libros de caballerías*, Madrid, Taurus, 1991, págs. 20, 21 y 27.

58 Vid. Willimason, *op. cit.*, págs. 65-67. El Seudo Boron compila la *Historia de la demanda del santo Graal* en tres partes: *José de Arimatea*, *Historia de Merlín* y *La demanda* propiamente dicha.

cionar distintos temas y acciones en una enorme trabazón que encaja dentro de un detallado programa cronológico pautado por el transcurso de los días y de las horas. Es muy cierto que "la técnica del entrelazamiento aporta al *romance* artúrico una estructura flexible que dota de significado a la acción"[59], pero en esa técnica del *entrelacement* o entrelazado también es posible captar una estructura narrativa deshilvanada o sin ilación evidente entre los elementos integrantes de su peripecia, que a veces combina las acciones de dos o más héroes, dejando las de uno durante algún tiempo para seguir las de otro, y en ocasiones haciéndolas confluir finalmente. Lo que para algunos podría considerarse como una práctica o técnica cómoda, por poco exigente a la hora de configurar una estructura sopesada y trabada, para Vinaver alcanza grado de principio estético[60].

El recurso del entrelazamiento da cabida a que se entrometan en la historia narrada distintos personajes que, en su incesante itinerancia e incansables búsquedas, se hacen responsables de muy variadas acciones o aventuras —concatenadas unas; otras, simplemente yuxtapuestas o acumuladas—, propiciando incluso de esta suerte atisbos de la futura técnica de contrapunto.

Victoria Cirlot ve en el entrelazamiento una técnica

---

[59] Williamson, *op. cit.*, pág. 69. En las obras de Chrétien de Troyes ya se insinúa esa técnica y su autor demuestra notable habilidad para ir reuniendo los diversos episodios que ha ido diseminando a lo largo de su relato. Puede verse la aplicación de esta técnica a casos concretos que afectan a su función, tema, personajes, ambientes, etc., en el estudio de Juan Manuel Cacho Blecua "El entrelazamiento en el *Amadís* y en las *Sergas de Esplandián*", en *Studia Riquer*, Barcelona, Quaderns Crema, 1986, I, págs. 235-271.

[60] *Vid.* E.Vinaver, *The Rise of Romance*, Oxford University Press, 1971. Victoria Cirlot sucribe esta opinión cuando afirma que "el entrelazamiento no sirve tan sólo para la puesta en escena de varios personajes, sino que se erige en principio constructivo de la narración". Añade además que, en esa evolución de la composición aditiva a la constructiva, la interrupción del relato propiciada por la inserción entrelazada de aventuras "se convierte en norma y busca la creación de un tiempo ficcional pero que adquiere todos los rasgos de realidad". (V.Cirlot, *La novela artúrica: orígenes de la ficción en la cultura europea*, Barcelona, Montesinos, 1987, pág. 111).

capaz de dispersar el relato en multiplicidad de líneas argumentales y de acción, pero que también permite comprobar cómo de pronto "esas líneas divergentes se sitúan en planos simétricos, analógicos y convergentes". Esta técnica le imprime a los relatos artúricos dos rasgos que definen su estilo: cohesión y acentricidad. Se originan fuerzas centrífugas y son éstas las que generan el amplio desarrollo narrativo, el carácter evolutivo frente al involutivo, y hacen patente que la escritura está controlada por un esfuerzo cohesionador[61].

Como se viene diciendo, hay que admitir como algo evidente que el denominado género caballeresco en las literaturas hispánicas, y en particular en la española, se importó desde Francia, aunque perdurase en España por más tiempo y adquiriese aquí, de manera explicable incluso por razones históricas y sociales, ciertas peculiaridades y hasta un sentido novedoso. Pues bien, a lo largo de las últimas décadas se han ido sucediendo varias teorías, hipótesis e incluso tesis defendidas con más o menos ardor, relativas no tanto a aquel incontrovertible origen sino al tiempo y forma en que se introdujeron en la península ibérica los textos narrativos relacionados con la materia de Bretaña. Con la mayor densidad y parquedad posible, resumiré a continuación una de las últimas que se han propuesto, la formulada por Ivo Castro[62] que, en buena medida se apoya ampliándola documentalmente en la hipótesis que ya había formulado M.Rodrigues Lapa[63] de que la primera traducción peninsular del ciclo de la Post-Vulgata la hizo un portugués, compañero del rey Alfonso III de Portugal —incluso tal vez durante su residencia en la corte de Francia, o sea, antes de 1245—, y que al regresar a Portugal

---

61 Victoria Cirlot, *La novela artúrica: orígenes de la ficción en la cultura europea*, Barcelona, Montesinos, 1987, pág. 112.

62 Ivo Castro, "Sobre a data da introdução na península ibérica do ciclo arturiano da Post-Vulgata", *Boletim de Filologia*, 28 [Universidad de Lisboa] (1983), 81-98.

63 M.Rodrigues Lapa, en sus *Lições de Literatura Portuguesa. Época Medieval*, Coimbra, 1982[12], págs. 247 y 256.

divulgaría o intensificaría allí el nuevo gusto literario que hacia la materia artúrica había surgido.

Es hoy opinión común que la Post-Vulgata, remodelación del ciclo artúrico, la escribió, probablemente en el norte de Francia, un anónimo autor entre los años 1230 y 1240. La historiografía, por otra parte, documenta que Alfonso III —nacido después de 1212 y rey de Portugal entre 1248 y 1279— en su etapa juvenil de formación vivió en Francia, primero en la corte literaria de su tía Blanca de Castilla —cerca del primogénito de ésta, el futuro san Luis XI, rey desde 1234— y luego como consorte en su propio condado de Boulogne, durante casi veinte años, al menos desde 1229 a 1248. Alfonso III de Portugal se casó allí en 1238 con la condesa de Boulogne Mahaud II o Mathilde —que había enviudado seis años antes de Philippe de France, conde de Clermont—, por lo que estuvo vinculado a un importante feudo del noroeste de Francia, situado entre dos regiones ricas en literatura narrativa y poética, Normandía y Picardía, en un lugar de paso entre Francia e Inglaterra, pues Boulogne-sur-Mer, hoy en el departamento de Pas-de-Calais, en el litoral de la Mancha, era en el siglo XIII la ciudad portuaria por donde se comunicaban los dos países[64].

Pues bien, al regresar a Portugal, Alfonso III pudo haber llevado consigo, junto con otros manuscritos literarios, alguna copia de la nueva versión artúrica de la Post-Vulgata, y algunos de los miembros de su corte lisboeta bien pudieron haber tenido la necesidad de que se les tradujesen del francés al portugués aquellos textos. Ivo Castro estima tan alta la probabilidad de esta hipótesis que le parece más adecuado hablar de la imposibilidad objetiva de que los caballeros portugueses hubiesen desconocido aquella literatura. Lo cual todavía resulta para él más aceptable cuando descubrimos que en Lisboa bajo Alfonso III

[64] Cuando Alfonso —quien por cierto fue armado caballero en Pentecostés de 1239— abandona a su primera esposa en 1245, lo hace para casarse, también por razones de Estado, con Beatriz de Guzmán, hija natural de Alfonso X el Sabio, aunque conservando el título de conde de Boulogne.

vivió un hombre que, además de llamarse Joam Vivas, parece haber reunido condiciones suficientes para ser el traductor de las novelas artúricas. Se trata de un personaje mencionado tres veces en el texto de las novelas peninsulares con los nombres de Joam Vivas, João Bivas y Joannes Bivas.

La opinión generalizada y aceptada como correcta es que Vivas fue el traductor de las novelas artúricas en la Península. La tesis de una traducción única e integral del ciclo de la Post-Vulgata toma mucho de su peso de la aparición del nombre de Vivas tanto en el *José de Arimateia* portugués como en la *Demanda* castellana. El actual parecer común, expresado por Bogdanow, ve en él al traductor del ciclo y, relacionándolo con el colofón de Astorga —donde se menciona al papa Clemente V (1305-1314) como disolvedor de la orden del Temple—, deduce que trabajó en 1314 a las órdenes del Joam Sánchez, maestrescuela de aquella ciudad. Entwistle, que fecha las traducciones castellanas de los textos artúricos en la segunda mitad del siglo XIII, lo llama Fray Juan Bivas y lo considera castellano; habría hecho la traducción del francés al castellano en el reinado y bajo la protección de Sancho IV de Castilla, hacia 1291.

Lo novedoso de la aportación de Ivo Castro es que cree haber identificado a un Joam Vivas, contemporáneo de Alfonso III de Portugal, que, según él, sería el mejor candidato para haber traducido las novelas artúricas al portugués en el país vecino del oeste poco después de que Alfonso hubiese regresado de Francia. He aquí las conclusiones de su investigación[65]:

a) Existe la posibilidad de que la comitiva de Alfonso III trajese a Portugal los textos del ciclo artúrico de la Post-Vulgata, que habían sido redactados en el norte de Francia entre 1230 y 1240; esto se aplicaría, sobre todo, a la *Estoire del Saint Graal*.

b) Las novelas del ciclo, por estar escritas en una lengua inaccesible para el público que los oiría leer en la corte lis-

65 Ivo Castro, art. cit., pág. 97.

boeta, se traducirían muy pronto a una lengua que sería el gallego-portugués, de acuerdo con la opinión defendida por Bogdanow sobre la lengua de la traducción de la *Demanda.*

c) El traductor, según el texto de las novelas, fue un fraile llamado Joam Vivas, al que nada permite relacionar con los hechos y personajes mencionados en el colofón de Astorga con que concluye la versión disponible del *José de Arimateia* portugués.

d) Existió un fraile portugués llamado Joam Vivas que vivió a mediados del siglo XIII, con raíces y familia en Lisboa y con acceso a la corte; nada obsta para que él hubiera sido el traductor buscado.

e) Sería mejor no continuar defendiendo una traducción de las novelas a una lengua mixta leonesa o castellana hecha en Astorga a principio del siglo XIV, ni la nacionalidad leonesa o castellana de Joam Vivas, ni una transmisión de las novelas desde la corona de Castilla hacia Portugal.

Estas conclusiones, al menos en lo que atañen al caso del *José de Arimateia,* crean una situación a primera vista complicada. Si la traducción se hizo a mediados del siglo XIII en Portugal, del francés al portugués, tenemos que el manuscrito del siglo XIV procedente del monasterio de Alcobaça y conservado hoy en el Archivo Nacional lisboeta de la Torre do Tombo (643), por terminar con el colofón de Astorga, no puede derivar directamente de esa traducción, sino de una copia que de la misma se habría hecho en ambiente leonés en 1314. Sería pues más lógico pensar —según postula Ivo Castro— que la versión pasó de una corte literaria, como la portuguesa de Lisboa, a un centro cultural secundario como Astorga[66], y no lo contrario. La traducción de Joam Vivas pudo haberse transmitido hacia

[66] Sin embargo, Pietsch había recordado muchos años atrás que Martín González, que fue obispo de Astorga entre los años 1286 y 1301, fue enviado con frecuencia a Francia por su rey Sancho IV (vid. Karl Pietsch, en *Spanish Grail Fragments:...*, Univ. of Chicago Press, The Modern Philology Monographs, vol.I, pág. XIX, nota 12), y por entonces apostaba, influido sin duda por Menéndez Pidal, por la "prioridad" cronológica de los textos castellanos relativos al ciclo del Grial sobre los portugueses y sugería concretamente que el *Josep* se

León en el ámbito de las relaciones de miembros pertenecientes a la orden de Santiago.

La reciente aparición del *Merlín* fragmentario gallego-portugués, la *Estoria de Merlín* de la Biblioteca de Catalunya, parece confirmar estos puntos de vista: escrito con letra gótica cursiva de la primera mitad del siglo XIV, viene a ser el más antiguo manuscrito artúrico de la Península Ibérica, pues el *Tristán* fragmentario es del último tercio del XIV, la *Demanda* de Viena y sus fragmentos editados por Pietsch son del XV, y el *José de Arimateia* portugués es del siglo XVI. Por ello puede ser contemporáneo del manuscrito del *José de Arimatea* castellano copiado en Astorga en 1314. De este modo se comprobaría la existencia de las dos primeras partes del ciclo de la Post-Vulgata (*José* y *Merlín*) ya traducidas al gallego-portugués a principios del siglo XIV. ¿Habría traducido también Joam Vivas el *Merlín* y lo habría copiado luego en Astorga?

Lo cierto es que los relatos artúricos y, en general, la llamada «materia de Bretaña» obtuvieron entusiasta acogida en tierras hispánicas como atestiguan múltiples menciones escritas desde la lejana fecha de 1170, pasando por la presencia de Merlín en la *Cantiga* 108 alfonsí o por el arcipreste de Hita en su *Libro de buen amor* con su referencia a Tristán, y luego por el de Talavera cuando en su *Corbacho* menciona no sólo a Tristán sino también a Lanzarote, o Fernán Pérez de Guzmán, considerando en su *Mar de historias* a Merlín como personaje muy conocido y famoso por sus profecías, las cuales también se aplican al rey que protagoniza el *Poema de Alfonso onceno*[67], las alusiones

---

tradujo al portugués desde la versión castellana, y no desde la francesa (*ibíd.*, pág. XXII y ss.). Precisamente uno de los puntos más débiles que encuentro en la argumentación de Ivo Castro es el que restringe la importancia cultural de Astorga considerándola casi despreciable al lado de la lisboeta, cuando la ciudad leonesa —además de ser prestigiosa sede episcopal (*vid.* A.Quintana, *El obispado de Astorga en el siglo X*, Astorga, 1968)— ocupaba una posición tan estratégica en el camino de Santiago y por eso mismo estuvo secularmente abierta a todo tipo de influencias culturales ultrapirenaicas.

67 En las coplas 242-246 y 1808-1841.

presentes en la *Gran conquista de ultramar* y en el *Zifar*, o simplemente el hecho, entre tantos más, de que en la biblioteca de Isabel la Católica hubiese un *Libro de Merlín* «que fabla de Jusepe de Arimatía», junto con otro de *La demanda del santo Grial* y otro de la *Historia de Lanzarote del Lago*, todos ellos en romance.

## LOS CONSAGRADOS CARACTERES DEL GÉNERO CABALLERESCO

Martín de Riquer ha destacado entre los componentes característicos de este género "la presencia de elementos maravillosos (dragones, endriagos, serpientes, enanos y gigantes desmesurados, edificios construidos por arte de magia, exageradísima fuerza física de los caballeros, ambiente de misterio, etc.)", así como su tendencia a "situar la acción en tierras lejanas y exóticas y en un remotísimo pasado"[68]. Y, en efecto, es innegable que para el lector común que, hoy como ayer, busca con legítima avidez el placer de evadirse por medio de la lectura, tales rasgos le suelen resultar poderosamente atractivos[69]. En ese afán de exotismo, a veces extralimitado, algún caballero llegó a elegir como lugar para ser armado "el más exótico y novelesco de los ambientes, la isla irlandesa de Lough Derg, en

---

[68] M. de Riquer, *Caballeros andantes españoles*, Madrid, Espasa-Calpe, col. Austral, núm. 1.397, 1967, pág. 11. Distingue allí mismo entre «libros de caballerías» —narraciones al estilo del *Amadís*— y «novelas de caballerías», con características similares a las que señala para el *Tirant lo Blanch*, es decir, carentes de elementos maravillosos, con protagonista de medida humana, en tierras conocidas y localizables, en tiempo próximo y ambiente inmediato, incluso con nombres de personas reales que vivieron en el siglo XV.

[69] Aunque predomina la opinión de que las llamadas «primeras novelas europeas» por García Gual, es decir la literatura artúrica, estuviesen destinadas a la clase social superior, Juan Luis Alborg opina que en la gestación y difusión del género caballeresco influyó "la transformación social de la burguesía", a la que le apetecían obras que "alimentaran su fantasía y fueran motivo de diversión", lo que explica su popularidad. *(Vid.* su *Historia de la literatura española*, tomo I, Madrid, Gredos, 1975², pág. 462).

la puerta misma del purgatorio de san Patricio". Así lo hizo, entrando en la temible cueva, Ramón de Perellós, el año 1397, acompañado en aquella ocasión, entre su séquito de veinte hombres, por el valenciano Pero Maça, que "ingresó en la caballería frente a la cueva que llevaba a ultratumba"[70].

Atendiendo a un aspecto social, también ha recordado Riquer que los matrimonios secretos, tan frecuentes en la vida real —en donde provocaban graves conflictos antes del concilio de Trento (1545-1563) que reguló en sus disposiciones cuestiones relativas al matrimonio—, lo son también en los libros de caballerías[71], en donde suelen presentarse con no poca turbulencia las relaciones de amor.

Tratemos de ahondar ahora, con obligada brevedad, en estas cuestiones y de ampliar otras con ellas conectadas. Sabido es que los elementos sobrenaturales o que se escapan de las comunes experiencias cotidianas —hadas, hechizos, anillos mágicos, pociones— contribuyen a crear un mundo extraño situado en un espacio remoto, como de ensueño, e improbable; pero aquel mundo caballeresco, que hoy puede resultar para algunos restringido e inverosímil, alimentó la imaginación de la gente y sedujo a sus lectores y oyentes durante cerca de cuatro siglos[72]. Williamson ha reconocido que los elementos maravillosos son factores de la mayor importancia tanto en el desarrollo estructural de la narración caballeresca como en la elaboración de su significado simbólico[73].

No fueron pocos los estudiosos que ya habían expresado la opinión de que el amor y la aventura son los dos temas principales de los libros de caballerías; pero el crítico inglés estima que de ambos "la aventura es intrínsecamente más importante, porque en estas obras el amor siempre se

---

[70] M. de Riquer, *op. cit.*, págs. 143-144.

[71] Riquer, *op. cit.*, pág. 44.

[72] Vid. Edwin Williamson, *El Quijote y los libros de caballerías*, Madrid, Taurus, 1991, pág. 28.

[73] Williamson, *ibíd*, pág. 44. Como podrá comprobar por sí mismo el lector, la palabra 'maravilla' y las de ella derivadas, proliferan en las páginas seleccionadas.

concibe como una especie de aventura: la deseada unión de los sexos nunca deja de ser una empresa arriesgada y llena de complicaciones". Tan es así, que la acción del *romance* se caracteriza por una sucesión de pruebas, un viaje largo y peligroso, o una búsqueda, en la que el protagonista tiene que salvar una serie de obstáculos con el fin de descubrir algo nuevo, descifrar un misterio o lograr algún objetivo. "Y como la habilidad de concluir con éxito una aventura es una muestra de la valía del caballero, no hay necesidad de ahondar más en su conciencia o psicología. Las aventuras definen a los personajes, ordenándolos en las categorías morales básicas de bueno y malo, valeroso y cobarde, honrado e innoble"[74].

El viaje o la itinerancia de los héroes caballerescos —casi consustancial con su inquieta y dinámica personalidad— a través de zonas tan peligrosas y temibles como un intrincado bosque, un inhóspito desierto, la aspereza de una sierra o la imprevisibilidad del mar con los peligros que en él acechan al navegante, viene a funcionar como símbolo de una prueba de valor y conciencia —física y moral— que se ven incitados a superar. El caballero andante es un personaje tan característico de la narrativa medieval, dilatada aún su presencia a lo largo del siglo XVI, que Zumthor ha podido afirmar recientemente que entre los cientos de *romans* que por entonces se compusieron en las diversas lenguas europeas para recreo y edificación públicos, son muy pocos los que no traen a escena uno o varios «caballeros andantes», o «chevaliers errants» como los denomina él en francés[75].

---

74 Williamson, *op. cit.*, págs. 55 y 56. Allí mismo aduce la opinión de Erich Auerbach en *Mimesis* acerca de que en el mundo cortés nunca ocurre nada excepto por los hechos de armas y de amor, los cuales vienen a ser parte del perfecto caballero por definición, de manera que éste no puede ni por un momento estar sin una aventura de armas, ni por un momento sin enredos amorosos. Si pudiera, perdería su identidad y ya no sería un caballero. Son varios los especialistas que coinciden en considerar la aventura sorprendente como uno de los caracteres básicos de la literatura caballeresca.

75 Paul Zumthor, "De Perceval à Don Quichotte. L'espace du chevalier errant", *Poétique*, 87 (1991), pág. 259.

Séame permitido condensar apretadamente, con muy leves glosas personales, las opiniones de tan reconocido y universal maestro del medievalismo[76]. La concepción del caballero andante, que hace profesión de recorrer el mundo de combate en combate, con una actividad entregada al azar y una existencia desarrollada bajo el signo de lo imprevisible, está ligada a la percepción del espacio que tiene la civilización medieval. Así resulta ser la figura de Calogrenant en el *Yvain* de Chrétien de Troyes; así, Perceval en el *Conte du Graal.* Tales son los primeros caballeros andantes y solitarios que surgen, hacia 1170-1180, en la literatura francesa. Larga o breve, su errancia es un tiempo donde no hay lugar. No les queda más que el espacio hacia donde van. Si bien el caballero andante adopta una ética preestablecida por la Iglesia, lo único que define su estatuto es la itinerancia —«l'errance»—, lo que desemboca en la tendencia hacia la inestabilidad de su existencia y de su acción, volcada ésta hacia lo exterior con acumulativas luchas bélicas y el establecimiento de relaciones matrimoniales en los libros hispánicos, más hacia las interioridades de la aventura amorosa de la conciencia de los personajes en los franceses, en opinión de María Rosa Lida y de Armando Durán[77], aspecto éste que terminará por contribuir a que el *romance* caballeresco termine por derivar hacia el sentimental.

Cualidades como la resistencia física, la perseverancia y vigilancia, la constante disponibilidad y concentración interior, las convierte el caballero en virtudes y las erige en modelo de vida. Otras novelas, en el siglo XIII, intentaron 'bautizar' al caballero andante y aureolar su itinerancia con valores cristianos tales como la humildad, la abnegación, e incluso la castidad heroica; hasta a cierta desmesura casi exigible en la caracterización del valeroso caballero viene a oponerse, atenuando la violencia, una invitación a la mesu-

---

[76] Se remite al lector interesado en el desarrollo completo de su pensamiento al artículo de Paul Zumthor citado en la nota anterior, págs. 259-269.

[77] María Rosa Lida y Armando Durán: véanse sus repectivas aportaciones en la sección bibliográfica posterior.

ra ponderada, como se deja entrever en el velado reproche de Merlín cuando dice a Galván: «mucho fue el comienzo de vuestra caballería de loar, si no excediésedes tan osadamente en algunas cosas»[78]. Pero en el tipo literario del caballero andante lo que se pone de manifiesto por encima de otros aspectos es una profunda estructura imaginaria, una fascinación por formas elementales a las que espontáneamente se tiende a vincular la idea de caballería. Zumthor plasma tales formas en las siguientes categorías:

– horizontalidad e itinerancia.
– apertura y descubrimiento.
– ilimitación e imprevisibilidad.

El universo mental de los occidentales, entre los siglos VI y XV, estuvo en parte determinado por su situación territorial, es decir, por su relación con la tierra y los lugares que habitaban. Quien imaginaba al personaje del caballero andante intentaba superar la oposición entre el *aquí* —conocido y amado— y el fascinante *otro lugar*, que no dejaba de ser temible por desconocido y tal vez por cruel; por eso inventaba al héroe vencedor del espacio.

Así, la figura del caballero andante cumple la función de un sueño compensatorio, animado el soñador por el deseo de integrar lo otro y lo desconocido. El caballero andante viene a ser una figura laica del *homo viator* con tanta frecuencia invocado por una tradición religiosa que se remonta a la epístola de san Pablo a los hebreos: la condición humana es la de un viajero; la vida, una peregrinación que sólo alcanzará su meta por medio de una ascesis comparable al desarraigo del ser de su lugar natural. De manera que hacia 1230 el autor de la *Quête du Graal*, asimilando la itinerancia de los caballeros de la Tabla Redonda a la representación de una búsqueda de la salvación, no hacía más que reanimar aquella metáfora del peregrino estudiada por Jacques le Goff entre otros, de la que también se había

[78] *El baladro del sabio Merlín*, ed. de Justo García Morales, Madrid, Joyas Bibliográficas, 1956-1960, cap. 31, vol II, pág. 101.

ocupado en el siglo XII Pedro Lombardo por vía filosófica.

La itinerancia errante consiste, pues, en caminar por la tierra fuera de sus límites más conocidos, en un espacio sobre el que no se posee dominio alguno. Una voluntad de exploración decide la partida, el gusto de probar la valentía o de responder a una provocación; con menos frecuencia, la obediencia a una orden real o regia; en los siglos XIV y XV, será a menudo un voto o promesa, análogo al que a veces lleva a peregrinar a un devoto o penitente.

Una vez iniciada, la itinerancia tiende a realizarse en una sucesión de aventuras. Con todo lo que tiene de azarosa, la aventura vino a especificar la prueba voluntaria de la virtud y el medio de desarrollar la propia personalidad, así como la manifestación de un orden secreto del mundo al que sólo el caballero llega a tener acceso. Cuando el término 'aventura' se relaciona con *ad ventura* —hacia lo que vendrá, a lo que venga— parece designar los acontecimientos que le sobrevendrán al caballero, sometido con cierta inconsciencia lúdica al azar que el destino pueda depararle. Pero asociada a *eventus* —acontecimiento— a la vez que a *adventus* —llegada, venida, lo que va a venir; en lenguaje litúrgico, Adviento—, la palabra aventura conserva un recuerdo de su étimo que es un futuro latino designador de lo que, todavía no realizado, se le ofrece al héroe como un favor del destino y en ciertos casos como caminos providenciales a los que algunas novelas artúricas confieren además significado espiritual.

> A diferencia del héroe épico que actúa por su propia voluntad, el héroe del *roman* se somete al acontecimiento y también al azar, que es otro de los significados fundamentales del concepto *aventura*. La aventura implica riesgo y su ejercicio se encuentra plenamente identificado con la práctica del combate. Constituye la unidad estructural básica de los *romans* de Chrétien y, al mismo tiempo, integra el *topos cortés*, la relación amor/caballería[79].

[79] Victoria Cirlot, *La novela artúrica: orígenes de la ficción en la cultura europea*, Barcelona, Montesinos, 1987, pág. 58.

Volvamos de nuevo a Zumthor, quien aprecia que para el caballero andante la aventura es una acción comprometida que responde a un desafío de lo desconocido —exterior y ajeno—, de lo *otro*, y que, una vez cumplida, hace surgir en ese nuevo espacio descubierto un núcleo de claridad y de significación en torno al cual comienza a ordenarse el caos[80].

Así se explica que con frecuencia el relato caballeresco se configure como una búsqueda —quête, demanda—, ya sea de un ser, ya de un objeto, deseado o perdido. Se habla de «buscar aventura»; el caballero andante es el que va en busca de aventura. La búsqueda da a la aventura sus dimensiones temporal y espacial. La aventura desencadena un dinamismo que orienta la búsqueda, a la manera como un itinerario orienta el viaje. La búsqueda hace posible la aventura, en cuanto ésta implica cambio de lugar. A su vez, la aventura confiere sentido a la búsqueda. La búsqueda de aventura implica un caminar; su relato, una progresión en el espacio. Pero esa progresión suele carecer de meta definida, permanece abierta.

En cuanto al itinerario que deberá seguir el caballero, resulta enigmático por naturaleza y se despliega con una vaguedad que el propio relato recuerda a menudo de manera explícita: el caballero marcha, con expresiones que en estas historias se repiten como *leitmotiven*, «sin saber a dónde», «sin saber a qué tierra».

El caballero vive el espacio por el que camina; no está simplemente rodeado y condicionado por él. De aquí el lugar que ocupan en estos libros los episodios maravillosos y las inesperadas peripecias, unos y otras imbricados con absoluta naturalidad en experiencias y vivencias cotidianas: personajes extraños, objetos sorprendentes, lugares encantados y encantadores a las veces (cavernas, castillos, bosques, montañas, lagos, cementerios, panteones), enanos y gigantes, seductoras o desvalidas doncellas, árboles luminosos, navíos sin tripulantes, temibles animales monstruosos y fieras horrorosas como sierpes y dragones, islas móvi-

80 Paul Zumthor, art. cit., pág. 263.

les que tal vez inspiraron aquellas otras «ínsulas extrañas» de san Juan de la Cruz... El espacio desconocido engendra maravillas a la vez que peligros y miedos. Y el receptor de historias así forjadas, lo mismo el de hace siglos que el de hoy, se complace en ese ambiguo y controlado sentimiento entretejido por los hilos sutilmente entrelazados del temor y la seguridad, la sorpresa y el reconocimiento.

No quiero echar en saco roto las últimas ideas del sugerente trabajo de Zumthor[81]. En España las guerras reales de reconquista ocuparon hasta el siglo XIII con tanta intensidad a la nobleza que la imagen del caballero andante, conocida a través de una literatura importada de Francia, no llegó a tomar cuerpo más que en época tardía, sobre todo a partir del *Amadís*, verdadera apología de tal tipo de caballero, que desencadenará la moda novelesca de la que tanto partido sabrá obtener todavía Cervantes. Alimentados con imágenes de esta naturaleza, no serán pocos los hidalgos que crucen el Atlántico en actitud similar a la de tantos caballeros literarios en demanda de aventuras. Pero en 1554 el *Lazarillo* instaurará un nuevo género, el de la novela picaresca, tragicomedia del andante miserable, imagen del anticaballero, de la itinerancia por el espacio improbable de una antiaventura.

Un rasgo muy sustantivo del género caballeresco es la proliferación, casi incesante, de la acción, sobre todo la desarrollada en forma de lucha armada. No creo innecesario advertir al lector de las páginas que siguen que, a pesar de que a nuestro parecer casi todas las descripciones bélicas o de justas y torneos sean iguales y repetitivas, hay en ellas, dentro de los tópicos convencionales de la época, pormenores y variaciones —en los que sin duda se deleitaban los lectores y oyentes medievales— que las diferencian a las unas de las otras cuando se las examina analíticamente.

Tampoco quisiera pasar por alto un elemento de realismo cotidiano o totalizador presente en no pocos de estos relatos —por más que tantas veces parece haberse olvida-

81 Zumthor; véanse más pormenores en el art. cit., págs. 267-268.

do— y que tanto contribuye a que sus personajes ficcionales no se muestren como criaturas por entero deshumanizadas; me refiero, por ejemplo, a funciones biológicas tales como el comer, el beber o el dormir, nunca desatendidas por completo, que configuran a estas criaturas no como seres angélicos sino de carne y hueso. Si lo entendemos extendido hasta los libros anteriores al año 1500, habría que revisar la aceptabilidad del criterio cervantino expresado en el *Quijote* al afirmar, por boca del cura, que «todos los demás libros deste género» caballeresco, excepto el de *Tirante el Blanco*, no conceden atención a aspectos realistas de la vida cotidiana tales como el comer, dormir, morir en sus camas o hacer testamento[82]. Porque, en efecto, aquí hay risas y llantos, fatigas y descansos, reposos en la soledad forestal o en placentera compañía sobre el tálamo, debilidades y flaquezas ante el amor que asedia hasta a los más fuertes, preocupación por el alimento de los hombres y de sus cabalgaduras. Baste aducir ahora el caso de Tor, el caballero que se desarma en *El baladro del sabio Merlín* y a cuyos caballos un enano alimentó «lo mejor que pudo e dioles hierba, que andaban muy cansados», o recordar en la misma obra al rey Pelinor, que «pensó de las bestias e tiróles los frenos e las sillas e dexólas pasear, e echóse a dormir a par de su donzella e durmieron fasta la noche»[83]. Añadamos aquella escena, no por común menos preciosa, de convivencia en que «asentáronse a comer, e, después de comido, Tristán se despojó e acostóse a dormir, e la reina Iseo con él», y la que le sigue, incorporado también Lanzarote, cuando «comieron de la fruta e bevieron del vino»[84].

---

82 El pasaje literal del *Quijote* (I,6), en donde el cura se dirige al barbero cuando ambos realizan el «donoso y grande escrutinio» en la librería del protagonista, dice así, refiriéndose al *Tirant*: «aquí comen los caballeros, y duermen y mueren en sus camas, y hacen testamento antes de su muerte, con estas cosas de que todos los demás libros deste género carecen». Acerca de opiniones discrepantes suscitadas por el examen crítico de este pasaje, *vid.* la nota 21, en la pág. 123 del tomo I de la ed. del *Quijote* de John Jay Allen, Madrid, Cátedra, 1977.

83 *El baladro del sabio Merlín*, ed. de Justo García Morales, Madrid, Joyas Bibliográficas, 1956-1960, cap. 32, vol II, págs. 108 y 118.

84 *Tristán de Leonís*, ed. de A.Bonilla, Madrid, 1912, págs. 251 y 252.

No encuentro nada mejor para sintetizar esos caracteres ya consagrados del género caballeresco a los que se está haciendo referencia que las autorizadas palabras de Martín de Riquer cuando afirma, refiriéndose a los libros de caballerías españoles, que

> constituyen un frondoso bosque de aventuras, de prodigios y portentos a la vez poético e inverosímil; sus héroes son capaces de luchar y vencer, ellos solos, a ejércitos compuestos por miles de combatientes, y de enfrentarse con terribles y monstruosos dragones, y de superar los poderes de la magia y la hechicería. Reciben miles de heridas, sufren inauditas peripecias e incluso alcanzan una desmesurada longevidad. Los caminos por que vagan están poblados de castillos encantados, de lagunas fantásticas, de gigantes atemorizadores, de salvajes en estado primitivo, de enanos perversos y de sierpes maléficas; parece como si la heráldica de los escudos medievales se hubiese puesto en movimiento y hubiese constituido un reino etéreo y fabuloso. Se encadenan los prodigios y las maravillas, frecuentemente se quebrantan las leyes de la naturaleza, la más fortuita casualidad une y desune enamorados y enamoradas, padres e hijos y hermanos entre sí. El teatro de las gestas de estos caballeros presenta una vegetación de prodigiosa exuberancia, que incluye la más variada y desorbitada flora y fauna y donde de cuando en cuando emerge un palacio de mármol, de oro o de cristal, fabricado por arte de magia. En este mundo fabuloso el caballero se interna con su empresa: mantener la justicia, propagar la fe, conquistar reinos y ganar la gloria militar, y tal vez la mano de una princesa y una corona para sus sienes[85].

---

[85] Martín de Riquer-José María Valverde, *Historia de la literatura universal*, t.I, "De la Antigüedad al Renacimiento", Barcelona, Planeta, 1968, págs. 441-442. José Amador de los Ríos ya había apreciado que muchos de estos elementos ya estaban presentes en la mitología y en las literaturas clásicas grecolatinas, así como en las leyendas de muchos pueblos europeos nórdicos, insinuando una no imposible fusión entre ambos componentes *(vid.* su *Historia crítica...*, Madrid, t. V [1864], págs. 11-15).

Afortunadamente hoy casi ha caído en el olvido el juicio excesivamente negativo que Menéndez y Pelayo formuló sobre los libros de caballerías y la conducta de sus héroes, tantas veces reprobable desde la perspectiva ideológica asumida por aquel ilustre crítico; no me resisto, a pesar de todo, a transcribirlo, en parte como prueba de cómo pueden variar las valoraciones con el paso del tiempo:

> Los motivos que guían a los caballeros de la Tabla Redonda son, por lo general, arbitrarios y fútiles; su actividad se ejercita o más bien se consume y disipa entre las quimeras de un sueño; el instinto de vida aventurera, de la aventura por sí misma, los atrae con irresistible señuelo; se baten por el placer de batirse; cruzan tierras y mares, descabezan monstruos y endriagos, libertan princesas cautivas, dan y quitan coronas, por el placer de la acción misma, por darse el espectáculo de su propia pujanza y altivez. Ningún propósito serio de patria o religión les guía; la misma demanda del santo Grial dista mucho de tener en los poemas bretones el profundo sentido místico que adquirió en Wolfram de Eschembach[86].

Hace ya más de treinta años, Erich Köhler[87] supo ver en la literatura artúrica, además de su componente maravilloso y aventurero, su intensa relación con la realidad histórica por el hecho de revelar en sus anécdotas un modelo social ideal. Mario Vargas Llosa no ha sido el único crítico, pero sí uno de los más conocidos, que ha roto lanzas en pro de la validez estética de este género de literatura y que además ha desacreditado con sólidos argumentos el prejuicio que suele estimar a los libros de caballerías como simple literatura escapista; ha defendido que, por el contrario, representan una visión seria del mundo, e incluso a veces coherente y profunda[88]. Más de un siglo antes que él, en 1857,

---

86 Marcelino Menéndez y Pelayo, *Orígenes de la novela*, Santander, 1943, t.I, pág. 260.

87 Erich Köler, *La aventura caballeresca*, Barcelona, Sirmio, 1991; la ed. original alemana lleva fecha de 1956.

88 Mario Vargas Llosa, en su "Presentación" del libro de Edwin Williamson, *El Quijote y los libros de caballerías*, Madrid, Taurus, 1991,

escribía Pascual de Gayangos que estos libros "señalan de una manera clara y distinta la marcha de la civilización y el cambio de ideas y costumbres, proporcionando así útil enseñanza a los que se dedican al estudio de la Edad Media"[89]. No pocos se han preguntado a lo largo del tiempo si el arte imita a la vida, o viceversa. En el caso de los textos que nos ocupan hay que afirmar sin duda que de los libros de caballerías se tomaron en muchas ocasiones pautas de conducta para la vida real, de manera que es posible verificar que el flujo de influencias entre la realidad y la ficción se movió en ambas direcciones.

## Diseño de la selección de los textos

Los textos seleccionados, escritos en prosa y en castellano antes de 1500, se presentan en secuencia de ordenación cronológica, de acuerdo con la más antigua datación de sus diversas elaboraciones, y utilizando las siguientes siglas y abreviaturas:

---

pág. 13. El novelista peruano no hace en este caso más que suscribir las palabras de Williamson cuando éste afirma que "hasta cierto punto el *romance* artúrico no era simplemente literatura de evasión, sino que podía representar en cambio una visión del mundo seria y a veces profunda" *(ibíd.*, pág. 259). Para ampliar información en este sentido, *vid.* sus ensayos titulados "Carta de batalla por *Tirant lo Blanc*", (*Revista de Occidente*, XXIV (1969); reprod. como prólogo a la ed. de la misma novela en Madrid, Alianza Editorial, 1969, y de manera independiente en Seix Barral, Barcelona, 1991) y "Las novelas de caballerías" (en *García Márquez: Historia de un deicidio*, Barcelona, Barral, 1971, págs. 176-182). Miguel García Posada ha escrito que «el discurso crítico de Vargas Llosa sobre *Tirant lo Blanc* fue en su momento —el momento de la gran explosión de la novela hispanoamericana— la reivindicación de la imaginación, del realismo sin limitaciones, de la fabulación sin fronteras» ("La batalla que ganó Vargas Llosa", *El País*, 30 de noviembre de 1991, en la sección *Babelia*, Revista de cultura, pág. 13).

[89] Pascual de Gayangos, en el prólogo o "discurso preliminar" a su ed. de *Libros de caballerías,* Madrid, BAE, 40, 1857; reeds. posteriores *ibíd.*, 1874, y Madrid, Hernando, 1931.

| | |
|---|---|
| C = copia | a = antes |
| D = difusión oral | d = después |
| I = impresión | h = hacia |
| R = redacción | cód. = códice |
| ? = dudoso | ms = manuscrito |
| ed. = edición/editor | *vid.* = *videtur*, véase |

A la somera presentación de cada obra, que incluye datos sobre su elaboración y conexiones intertextuales, sigue información sucinta sobre sus ediciones más notables y un breve repertorio bibliográfico, ceñido a los aspectos caballerescos o de notable interés filológico de cada texto. Luego se justifica la selección realizada, poniendo de relieve sus más típicos rasgos de caballerías, y se sitúan los fragmentos elegidos en su contexto literario y argumental.

Al no contemplar más que textos redactados en castellano antes de 1500, no hay cabida, salvo en las referencias que ocasionalmente se han hecho, para los escritos en portugués, ni en catalán o en valenciano, como pudieran ser *Curial e Güelfa* (R h? 1350; R 1435-1462) o *Tirant lo Blanc* (R d 1459; I 1490; trad. al castellano en 1511), de Joanot Martorell y Martí Joan de Galba, continuador de la labor de aquél.

Tampoco se incluyen en la relación posterior ni los romances versificados ni el *romance* sentimental en prosa, desde *Siervo libre de amor* de Juan Rodríguez del Padrón a *Cárcel de amor* de Diego de San Pedro, en los cuales también pueden hallarse abundantes referencias al mundo de la caballería e interferencias con el mismo.

Tanto en la poesía épica y narrativa de juglaría y de clerecía (desde el *Cantar de mio Cid* al *Libro de Alexandre*) como en la prosa historiográfica, cronística y biográfica medieval también se encuentran páginas interesantes que contienen elementos de la vida caballeresca; así, por ejemplo, en *El Victorial* o *Crónica de don Pero Niño, conde de Buelna* (R 1435-1448), donde Gutierre Díez de Games narra con acertada viveza la vida novelesca de un caballero de carne y hueso[90], o en *Las bienandanzas e fortunas* (R 1471-1476) de Lope García de Salazar[91]. En esta muestra antológica se ha excluido sistemáticamente la selección de textos de tipo historiográfico que harían demasiado abultado su volumen, salvo muy contadas y justificadas excepciones, como algunas páginas alfonsíes y otras de un famosísimo "paso de armas". El mismo criterio se ha seguido con respecto a ciertos libros de tipo doctrinal o didáctico, en donde es posible encontrar no pocas referencias al mundo de la caballería andante.

Amador de los Ríos menciona otros libros de caballerías[92], entre ellos *La historia del infante Adranión* o del *príncipe Venturín, caballero de las damas.* Incluso *Roberto el diablo* o *La espantosa y maravillosa vida de Roberto el Diablo*[93], I Burgos 1509 (perdida), que traduce *La vie du terrible Robert le Diable* (I 1486 en Lyon), procedente a su vez de una leyenda versificada más por extenso en el siglo XIII, pudiera haber tenido una redacción y consiguiente edición impresa anterior a 1500. Algo semejante ocurre con *La corónica de los nobles cavalleros Tablante de Ricamonte y de Jofre, hijo del conde Donasón o don Asón*[94], mencionada por Cervantes, cuya edición más antigua conocida es la toledana de 1513, por lo que se excluye de esta relación.

En algunos casos, debidamente justificados en su lugar respectivo, se ha renunciado a seleccionar fragmentos de

---

90 Hay ed. de *El Victorial* preparada por Juan de Mata Carriazo, Madrid, Espasa-Calpe, Colección de Crónicas Españolas, I, 1940; más recomendable, la reciente ed. de Alberto Miranda, Madrid, Cátedra, 1993.

91 De *Las bienandanzas*, donde su autor, que vivió entre 1399 y 1476, trata también de materias artúricas, hay ed. de Angel Rodríguez Herrero, Bilbao, Diputación de Vizcaya, 1967. *Vid.* también Harvey L. Sharrer, *The Legendary History of Britain in Lope García de Salazar's «Libro de las bienandanzas e fortunas»*, University of Pennsylvania Press (Haney Foundation Series, XXIII), Filadelfia, 1979.

92 Amador de los Ríos en su *Historia crítica de la literatura española*, ed. cit., tomo VII, págs. 381 y ss.

93 De *Roberto el diablo* hay ed. de Bonilla en *Libros de caballerías*, II, Madrid, 1908, NBAE, t.11, págs. 403-421.

94 Bonilla también editó el *Tablante*, *ibíd.*, I, Madrid, 1907, NBAE, t.6, págs. 459-491.

textos que, como el *Amadís,* resultan fácilmente accesibles al lector en su integridad.

He aquí la relación cronológica de las obras que se toman en consideración, aduciendo tan solo la datación estimada como más antigua para cada una de ellas e incluyendo los principales títulos alternativos con que se las suele conocer:

1A.- Alfonso X (1221-1284)
1269 d R
*Estoria de España / Crónica general de España / Primera crónica general.*

1B.- Alfonso X (1221-1284)
1272-1284 R
*Grand e general estoria.*

2.- 1270 h R
*Historia troyana*[95] *polimétrica / Historia troyana en prosa y verso.*

3.- 1293 R
*Gran conquista de ultramar.*

4.- 1295 h R
*Leyenda del cavallero del Cisne.*

5.- 1299-1325 R
*Tristán castellano*[96] / *Tristán de Leonís / Libro del esforçado cavallero don Tristán de Leonís y de sus grandes fechos en armas / Tristán e Iseo.*

---

95 Para todo lo relativo a la materia de Troya puede ser útil consultar Antonio García Solalinde, "Las versiones españolas del 'Roman de Troie'", *RFE,* 3 (1916), págs. 121-165 y Ramón Lorenzo Vázquez, *Crónica Troiana,* La Coruña, Fundación Barrié, 1985. [Con este mismo número aparecen otras llamadas en este mismo texto que remiten también a esta nota].

96 Para los materiales artúricos, vid. Harvey L. Sharrer, *A critical bibliography of hispanic arthurian material,* Londres, Grant and Cutler,

6.- 1300-1305 R
Ferrán Martínez, arcediano de Madrid (atribuido)
*Libro del cavallero Zifar, cavallero de Dios / Corónica del muy esforçado y esclarecido cavallero Cifar / Historia del cavallero de Dios que avía por nombre Zifar, el cual por sus virtuosas obras e azañosas fue rey de Mentón.*

7.- 1300-1325 ? R
*Cuento* [o *Historia*] *de un cavallero Plácidas que fue después cristiano e ovo nombre Eustacio.*

8.- 1300-1325 ? R
*Estoria del rey Guillelme de Inglaterra / Crónica del rey don Guillelme, rey de Inglaterra e duque de Angeos e de la reina doña Beta* [sic, por Berta] *su muger.*

9.- 1300-1325 ? R
*Cuento muy fermoso del emperador Otas de Roma e de la infanta Florencia, su fija, e del buen cavallero Esmeré* [o Esmerado].

10.- 1300-1325 ? R
*Muy fermoso cuento de una santa emperatrís [Crescencia] que ovo en Roma e de su castidat.*

11.- 1300-1325 ? R
*Noble cuento del emperador Carlos Maines de Roma e de la buena emperatrís Sevilla su muger / Historia de la reina Sebilla.*

12.- 1300-1350 R
Leomarte (seudónimo?)
*Sumas de la historia troyana*[95] */ Suma troyana.*

---

1977, así como Carlos Alvar, *El rey Arturo y su mundo. Diccionario de mitología artúrica*, Madrid, Alianza Editorial, Alianza Tres, 258, 1991. [Con este mismo número aparecen otras llamadas en este mismo texto que remiten también a esta nota].

13.- 1313 h R
*Libro de Josep Abarimatía* (o *de Arimatea*) / *Libro del santo Grial*[96].

14.- 1313 h R
*Estoria de Merlín e cúyo fijo fue, e del rey Artús*[96] *e de cómo ganó la Grand Bretaña que se dize Inglaterra* / *Historia de Merlín.*

15.- 1313 h R
*Lançarote del Lago*[96] / *Libro de don Lanzarote del Lago.*

16.- 1314 a D
*Demanda del santo Grial* (o *Graal*)[96] / *La demanda del santo Grial con los maravillosos fechos de Lançarote y de Galaz, su fijo,* [y la Muerte de Arturo o La muerte del rey Arturo].

17.- 1325 a R
*Amadís de Gaula.*

18.- Juan Manuel (1282-1348)
1326 R
*Libro del cavallero e del escudero.*

1330 a R
*Libro de la caballería* (perdido).

19.- 1348 a? D
*Historia de Enrique fi de Oliva, rey de Jerusalén, emperador de Constantinopla.*

20.- 1350 a R
*Versión de la historia de Troya de Beneito de Santa María, hecha por mandato de Alfonso XI* / *Crónica troyana*[95] / *Crónica troyana de Alfonso XI.*

21.- 1350 d R
*Corónica troyana*[95].

22.- 1400 a R
*El baladro del sabio Merlín con sus profecías*[96].

23.- 1400 a C
*La corónica troyana*[95].

24.- 1412 a D
*Historia del noble cavallero Paris e de la muy hermosa donzella Viana / Historia de los amores de Paris y Viana.*

25.- 1430 a D
*Historia de los dos enamorados Flores y Blancaflor, rey y reina de España y emperadores de Roma.*

26 A.- 1430 a R
*Apolonio de Tiro* (libro 8º de *Confisión del amante*).

26 B.- 1488 h I (Zaragoza, Pablo Hurus)
*Historia de Apolonio / Vida e historia del rey Apolonio.*

27.- 1430 h R
Pedro del Corral
*Crónica sarracina / Crónica del rey don Rodrigo con la destruición de España y cómo los moros la ganaron / Crónica caballeresca del rey don Rodrigo.*

28.- 1433 d R
Pero Rodríguez de Lena
*El passo honroso de Suero de Quiñones / Libro del passo honroso defendido por el excelente cavallero Suero de Quiñones.*

29.- 1443 R
Pedro de Chinchilla
*Historia troyana*[95].

30.- 1444 h R
Alonso de Cartagena (1384-1456)
*Doctrinal de los cavalleros.*

31.- 1480 h R
*La historia del muy valiente y esforçado cavallero Clamades, hijo de Marcaditas, rey de Castilla, y de la linda Clarmonda, hija del rey de Toscana / Historia de Clamades y Claramunda.*

32.- 1482 d R
*La historia de los nobles cavalleros Oliveros de Castilla y Artús de Algarbe.*

33.- 1489 I (Tolosa)
*Historia de la linda Melosina* (o *Melusina*), *mujer de Remondín.*

34.- 1492 h I (Toledo)
*Historia del noble Vespasiano, emperador de Roma.*

35.- 1495 h R
*Vida de san Amaro.*

36.- 1499 h I (Sevilla)
*Libro del esforçado cavallero conde Partinuples* [Partinuplés o Partenoples] *que fue emperador de Constantinopla.*

## BOCETO DE CLASIFICACIÓN TEMÁTICA Y GENÉTICA[97]

El que a continuación se propone no tiene ningún carácter rígido, sino meramente orientativo, pues una misma

[97] Es muy conocida la opinión que Jean Bodel plasmó en su refundición de la *Chanson des Saisnes*, ya a finales del siglo XII:

> N'en sont que trois materes à nul home entendant:
> De France et de Bretaigne et de Romme la grant;
> Ne de ces trois materes n'i a nule samblant.
> Li conte de Bretaigne s'il sont vain et plaisant
> Et cil de Romme sage et de sens aprendant.
> Cil de France sont voir chascun jour aparant.

(Sólo hay tres grandes materias para quien conozca el tema: la de Francia, la de Bretaña y la de la gran Roma. Y estas tres materias se

obra es susceptible de clasificarse en algún otro apartado[98], por ejemplo: 25 (en A y D), 34 (en A y F), 13 y 16 (en C y F), 11 (en D y F), 32 (en D y C).

Huelga indicar aquí —y sin embargo se hace— que el lector dispone de su albedrío con omnímoda libertad para seguir en su lectura el orden que prefiera, ya sea el cronológico en que aparecen los textos castellanos dispuestos en su secuencialidad, como se acaba de exponer, ya sea el genético-temático que se propone a continuación, o bien ninguno de ambos, si así lo desea, delineando a su antojo su propia carta de navegar, sin imponerse ni aceptar ningún "tablero de dirección" previo, pues, con tanta o más verdad que lo que Julio Cortázar escribía de su *Rayuela*[99] —«este libro es muchos libros»— puede aplicarse al que ahora tiene entre sus manos.

A) Historiografía literaturizada y leyendas relacionadas con la historia:

*Estoria de España* (1A) y *Grand e general estoria* de Alfonso X (1B), *Gran conquista de ultramar* (3), *Leyenda*

---

diferencian mucho entre sí. Los cuentos de Bretaña son vanos y divertidos. Los de Roma están llenos de sentido y enseñan no poco. Los de Francia son verdaderos, como siempre se podrá comprobar).

En 1857, Pascual de Gayangos, en el "discurso preliminar" a su ed. cit. de *Libros de caballerías*, los dividía en tres ciclos, a los que denominaba "bretón", "carolingio" y "greco-asiático" (!), incluyendo en el último grupo el *Amadís*, *Esplandián*, *Palmerín* y sus continuadores; la curiosa denominación estaba justificada por la localización geográfica de los reinos regentados por algunos de sus héroes.

[98] Los números remiten, como en otros casos, a los asignados a cada uno de los textos seleccionados, ya desde el índice, por el criterio de su localización cronológica, a partir de los más antiguos —del siglo XIII— hasta los años próximos al 1500.

[99] El famoso «TABLERO DE DIRECCIÓN» es la página con que se abre la desconcertante y novedosa novela de Julio Cortázar, *Rayuela*, desde su primera ed., Buenos Aires, Sudamericana, 1963; el interesado en consultarla puede encontrarla también en eds. posteriores de la misma editorial o en las hechas en España por Edhasa, de Barcelona, o por Cátedra, de Madrid.

*del cavallero del Cisne* (4), *Historia de los dos enamorados Flores y Blancaflor* (25), *Crónica sarracina* de Pedro del Corral (27), *El passo honroso de Suero de Quiñones* de Pero Rodríguez de Lena (28), *Historia del noble Vespasiano* (34).

Victoria Cirlot ha visto cómo, desde Chrétien de Troyes, se legitimó la proyección hacia el pasado de formas institucionales y culturales propias de la época del escritor, y por ello resulta explicable que héroes como Eneas o Edipo se encuentren calificados en los *romans* como «caballeros corteses», lo mismo que Hércules o Alejandro Magno, e incluso el apóstol Santiago, en la obra del rey Alfonso X[100]. Con todo, en este libro se han reducido al mínimo las muestras seleccionadas de estricto carácter histórico, pues, de dar cabida a todas las posibles con implicaciones caballerescas, se obtendría con facilidad un libro mucho más voluminoso que éste.

B) Mitología y leyendas clásicas:

*Historia troyana polimétrica* (2), *Sumas de la historia troyana* de Leomarte (12), *Versión de la historia de Troya de Beneito de Santa María* (20), *Corónica troyana* (21), *La corónica troyana* (23), *Historia troyana* de Pedro de Chinchilla (29), *Apolonio de Tiro* (26A), *Vida e historia del rey Apolonio* (26B).

Amador de los Ríos escribió que la *Crónica troyana* es "libro en realidad de caballerías" y que fomentó el interés por la lectura de obras de ficción[101]. Riquer pondera, a la luz del interés de un almirante de la escuadra borgoñona que en 1444 siente curiosidad por acercarse al lugar donde pudo haber estado la ciudad de Troya, hasta qué punto estaban "intoxicados de literatura" algunos caballeros del siglo XV[102].

---

[100] Victoria Cirlot, *La novela artúrica: orígenes de la ficción en la cultura europea*, Barcelona, Montesinos, 1987, pág. 16.

[101] José Amador de los Ríos, en *Historia crítica de la literatura española*, Madrid, t.V [1864], pág. 53.

[102] Martín de Riquer, *Caballeros andantes españoles*, Madrid, Espasa-Calpe, col. Austral, núm. 1.397, 1967, pág. 134.

C) Leyendas artúricas y materia de Bretaña:

*Tristán castellano* (5), *Libro de Josep Abarimatía* (13), *Estoria de Merlín* (14), *Lançarote del Lago* (15), *Demanda del santo Grial* [y la Muerte de Arturo] (16), *El baladro del sabio Merlín* (22).

La llamada «materia de Bretaña», en la que se integran los temas artúricos, tomó la mayor parte de su inspiración argumental y formal de la oralidad tradicional, y no tanto de información libresca, a pesar del aprovechamiento que se hubiera podido hacer de la *Historia regum Britanniæ* de Geoffrey de Monmouth con las fantásticas historias que incluye, como sí ocurrió para los temas relacionados con la historia grecolatina.

En un poema de h 1170 el catalán Giraut de Cabrera ya menciona a Artús, a quien titula conde. Un cronicón, copiado al final del *Fuero de Navarra*, datable en 1196, nombra a Artús y a Mordret enfrentados en batalla; lo mismo ocurre en los *Anales toledanos*, algo posteriores a 1217. Aunque, como ya se ha dicho, Entwistle sitúe las traducciones castellanas de los textos artúricos en la segunda mitad del siglo XIII, no es imposible que ya antes de esos años se conociesen sus argumentos en tierras de Castilla pues son de sobra sabidas las aficiones literarias de Leonor de Aquitania —hija de Enrique II de Inglaterra, hermana de Ricardo Corazón de León y desposada con Alfonso VIII de Castilla (1158-1214)—, que dispensó su protección y mecenazgo a tantos escritores y cantores, además de promover las lecturas del ciclo bretón. Pues bien, las relaciones con Francia se reavivan en 1237 al casarse Fernando III, primo de san Luis, con Juana de Ponthieu, y todavía Alfonso X recibe socorros del país vecino poco antes de morir.

Desde Chrétien de Troyes y su *Perceval* —Perlesvaus en otra preciosa versión anónima de espíritu cluniacense y sentido eucarístico; Parsifal, en las versiones alemanas— ya quedó bien establecida la vinculación entre el mundo artúrico y la búsqueda del Grial. A lo largo del siglo XIII la historia de Tristán se incorporó a los relatos artúricos, de manera que Tristán llegó a ser uno más de los caballeros de la Mesa Redonda y se convirtió en un *alter ego* de Lanzarote.

El *Lancelot* en prosa forma parte del denominado ciclo de la *Vulgata* y consta de tres partes: el *Lancelot propre*, *Queste du saint Graal* y *La morte le roi Artur*. Estas tres obras poseen unidad y son susceptibles de ser entendidas como un conjunto coherente. El ciclo de la *Vulgata*, concluido por completo hacia 1245, está formado también por otros dos *romans*: la *Estoire del saint Graal* (con una temática similar al *Joseph d'Arimathie* o *Roman de l'Estoire dou Gral* que Robert de Boron escribió todavía en verso entre los años 1191 y 1201 como una alegoría cristiana) y la *Estoire de Merlin* (que es una adaptación en prosa del *Merlín* versificado mediante el cual Boron intentó vincular argumentalmente el tema del grial con la materia artúrica).

Los traductores castellanos, portugueses, catalanes e italianos utilizaron, no los primigenios textos de Chrétien de Troyes, sino sus derivaciones tardías ya prosificadas y en ciertos casos refundiciones algo torpes estéticamente. Así, por ejemplo, el ciclo del *Lancelot-Graal* se tradujo al castellano con notable libertad y han pervivido hasta nosotros muestras de aquella labor tan significativas, aunque fragmentarias y no poco adulteradas, como *La estoria de Merlín*, *El baladro del sabio Merlín*, *La demanda del santo Grial* o *Lançarote del Lago*.

D) Épica y romans franceses:

*Cuento muy fermoso del emperador Otas de Roma* (9), *Noble cuento del emperador Carlos Maines de Roma* (11), *Historia de Enrique fi de Oliva* (19), *Historia del noble cavallero Paris e de la muy hermosa donzella Viana* (24), *Historia del muy valiente y esforçado cavallero Clamades* (31), *La historia de los nobles cavalleros Oliveros de Castilla y Artús de Algarbe* (32), *Historia de la linda Melosina* (33), *Libro del esforçado cavallero conde Partinuples* (36).

Amador de los Ríos ya había expresado su opinión hace más de un siglo de que las invenciones derivadas de los ciclos bretón y carolingio propiciaron la creación autóctona hispánica del *Amadís*[103].

E) Libros españoles autóctonos:

*Libro del cavallero Zifar* (6), *Amadís de Gaula* (17).

F) Leyendas cristianas y hagiográficas:

*Cuento de un cavallero Plácidas* (7), *Estoria del rey Guillelme de Inglaterra* (8), *Muy fermoso cuento de una santa emperatrís* (10), *Vida de san Amaro* (35).

G) Manuales doctrinales:

*Libro del cavallero e del escudero* de Juan Manuel y su *Libro de la caballería* (perdido) (18), *Doctrinal de los cavalleros* de Alonso de Cartagena (30).

INFORMACIÓN BIBLIOGRÁFICA

A continuación de estas páginas se incluye una Bibliografía general y una relación de Antologías, seleccionadas ambas con criterio funcional adaptado al título del estudio que sirve de introducción al libro. En ambos repertorios podrá encontrar el interesado una adecuada y, en principio, suficiente información complementaria a la que se ofrecerá luego, con carácter más particular, precediendo a cada uno de los textos seleccionados.

---

[103] José Amador de los Ríos, vid. su cit. *Historia crítica de la literatura española*, Madrid, 1861-1865, t.VI; repr. facs., Madrid, Gredos, 1969.

## FINAL

La relativa brevedad de estas páginas introductorias está sobradamente justificada por la existencia de introducciones particulares a cada uno de los textos seleccionados a continuación, en donde no falta información acerca de su datación, la localización de sus más importantes ediciones manuscritas e impresas, sus problemas textuales, los más apreciables estudios de sus aspectos esenciales, en particular sobre los caballerescos y estilísticos, una breve sinopsis argumental junto con la justificación de la selección realizada, además de las notas pertinentes —en número que debe de aproximarse en total al millar y medio— con las que se pretende aclarar, evitando incurrir en la extralimitación, los aspectos más problemáticos de cada texto, lo cual tiene su complemento en el Glosario final que incluye palabras y formas léxicas —unas ochocientas— que, utilizadas en los textos seleccionados, pudieran presentar al lector alguna dificultad para su plena comprensión.

Para concluir, cumplo gustoso el deber de expresar mi gratitud a cuantos me han ayudado a llevar el proyecto de este libro a buen puerto, en especial a mi buen amigo el profesor Luis Iglesias Feijoo por sus siempre sopesadas sugerencias y a mis hijos —Pablo, Juan, María y José— por su colaboración en el proceso de corrección y revisión de los textos, pero también a mis colegas y discípulos universitarios por su estímulo diario así como a las personas responsables —su modestia me ha vedado mencionar sus nombres— de las Bibliotecas General y de la Facultad de Filología de mi Universidad por su eficacia probada. A ellos dedico, si es digno de aceptarse, este fruto de un trabajo que me ocupó durante casi dos años, los de 1991 y 1992, "sabático" éste último.

JOSÉ MARÍA VIÑA LISTE
Departamento de Filología española
Universidad de Santiago de Compostela

# Criterios de esta edición

> Es opinión demasiado corriente, y quizá en particular entre quienes se dicen más entusiastas de la literatura, que los libros hablan por sí solos y que el trabajo del filólogo que se ocupa en depurarlos no redunda en otra cosa que un acarreo de vana pedantería... En la edición crítica, en cualquier caso, no hay pormenores indiferentes ni minucias que puedan dejarse al azar. (Francisco Rico)[1].

El criterio fundamental estriba en hacer que los textos medievales seleccionados resulten legibles e inteligibles para el lector medio actual[2], sin modernizar el léxico ni alterar la morfología ni la sintaxis. El Glosario final y las oportunas notas explicarán los casos presumibles de mayor

---

1 Francisco Rico, *Breve biblioteca de autores españoles*, Barcelona, Seix Barral, 1990, 1991², págs. 302 y 311. En una versión anterior, no impresa, se leían estas *variantes*:"...una vaga e ingenua convicción de que los textos hablan por sí sólos y el trabajo del experto que se ocupa en depurarlos y aclararlos no redunda en otra cosa que un acarreo de pedantería inútil." («Sobre el arte de editar clásicos y modernos»).

2 Vid. los juiciosos planteamientos y criterios de Luis Iglesias Feijoo en "La contribución de Jáuregui en las justas poéticas del Colegio Imperial por la canonización de San Ignacio y San Francisco Javier (con algunas notas sobre la edición crítica de textos clásicos)", *in Serta Philologica F. Lázaro Carreter*, Madrid, Cátedra, 1983, págs. 259-274 y en "Modernización frente a «old spelling» en la edición de textos clásicos", en *La edición de textos. Actas del I Congreso Internacional de Hispanistas del siglo de oro*, Londres, Tamesis Books Ldt., 1990, págs. 237-244.

dificultad. Las notas, de preferente carácter filológico, atenderán también en ocasiones a relevantes aspectos culturales, así como a cuestiones de crítica textual que tengan notable entidad. Es sabido que cada edición es un principio de interpretación y que con frecuencia las decisiones que se toman, aunque no se justifiquen explícitamente en cada caso, contienen un comentario implícito.

Debo, pues, pedir disculpas y solicitar comprensión tanto a los más puristas, conservadores escrupulosos de todas y cada una de las grafías de las fuentes, como a los más decididos iconoclastas con lo que se refiere a estas convenciones. En las páginas que siguen no se conculca ningún principio filológico esencial en nombre de una aparente facilidad comprensiva que llevase hasta el punto de realizar una modernización grafemática absoluta. Se trata tan sólo de simplificar lo que, siendo complejo, no es funcional; de reducir en algún grado el caos en las mudables grafías, sin renunciar al exquisito respeto por la literalidad, aunque sin elevar éste a la idolatría de la letra. Como se podrá apreciar, se mantiene una posición ecléctica, por lo tanto no radical, lo que no implica que no sea ni sopesada ni descomprometida.

Los que siguen son los criterios sistematizados:

ABREVIATURAS:

Resuelvo las habituales, como también ciertas siglas, sin imprimir en cursiva las letras suplidas.

En casos muy complejos, se explican en nota.

El apóstrofo (') indica la elisión o apócope de vocal final: ejs. *l'* (= le), *diol'* (= diole).

En cuanto a los números, mantengo el uso de romanos, cuando el texto los usa, por ejemplo .XLVI. o .IX.

ACENTUACIÓN:

Para facilitar la comprensión, se normaliza la expresión gráfica de la prosodia acentual —no se moderniza—, según normas actuales de la Real Academia Española, a menos que sea necesario conservar la acentuación medieval. Salvo para los textos alfonsíes y otros del siglo XIII y de buena parte del XIV, no se usará *avié*, sino *avíe*; no *dizié*, sino *dizíe*, y así en todas las formas de los imperfectos de indicativo de verbos de la segunda y tercera conjugación[3]. El condicional, en hiato, durante esa misma época, es decir, manteniendo el diptongo en la desinencia verbal: *avrié, serié, diriés, fazerié, partiriemos, amariedes, estarién*.

Se acentúan las mayúsculas cuando, para evitar dudas, conviene hacerlo.

TILDES DIACRÍTICAS:

*á* (ha, verbo) / *a* (preposición).
*ál* (otra cosa, pronombre) / *al* (artículo contracto).
*ánte* (sino, más bien; conj. advers.) / *ante* (adverbio de tiempo o de lugar, o preposición).
*dél* (preposición+pronombre personal) / *del* (preposición contracta con artículo).
*dó* (*doy*, verbo, o *dónde*, adverbio interrogativo) / *do* (adverbio de lugar).
*fuése* (de ir = *se fue*) / *fuese* (de ser), etc.
*nós* (pronombre personal tónico) / *nos* (pron. átono).
*ó* (interrogativo = *dónde*) / *o* (conjunción adversativa).
*pára*: verbo, cuando puede confundirse con *para*, preposición.
*sí* (adverbio afirmativo o desiderativo, *así*) / *si* (conjunción condicional).
*só* (*soy*, verbo) / *so* (posesivo, *su*, o preposición, *bajo*).
*vós* (pronombre personal tónico) / *vos* (pron. átono).

---

3 Vid. Rafael Lapesa, *Historia de la lengua española*, § 55,2 (inseguridad fonética: dizía/dizíe/dizié) y Yakob Malkiel, "Towards a reconsideration of the Old Spanish imperfect in *-ía ~ -ié*", *Hispanic Review*, 26 (1959), 435-481.

ADICIONES de letras o palabras:

Se sitúa entre corchetes o paréntesis cuadrados [ ] lo añadido, por mí o por otro editor anterior, a lo escrito por el copista o impresor.

DIVISIÓN O FUSIÓN DE PALABRAS:

Se adoptan los usos actuales: *delos* > *de los* [pero se mantienen fusiones medievales tan usuales como *gelo, gelas, destos, daquel,* etc.]

Se funde el sufijo de adverbios modales con el adjetivo precedente: *fuerte mientre* > *fuertemientre.*

Las formas del futuro y del potencial analíticos se resuelven así: *tornar vos hemos* > *tornar-vos-hemos*; *ver te ía* > *ver-te-ía* (= os tornaremos; te vería).

Mantengo separados *si non*, cuando así los encuentro; pero fundo *si no* como *sino*, cuando tiene indudable valor de conjunción adversativa.

FOLIACIÓN Y PAGINACIÓN:

Se indica entre corchetes su numeración, por ejemplo [43], el *recto* [85r] o *verso* [61v] y, en su caso, la primera [17ra] o segunda columna [53rb].

Cuando una palabra se fragmenta entre el final de una página y el principio de la siguiente, se indica así: cava | llero.

GRAFÍAS:

Se utilizan los pertinentes caracteres grafemáticos para representar, en la medida de lo necesario y posible, la peculiar prosodia medieval, cuidando en particular los casos en que el uso de un grafema u otro pudiera tener valor fonológico distintivo; se adaptan las grafías más complejas, sin perder su valor fonológico (por ejemplo *σ* o *ç* > *s*).

Sólo se modernizan, pues, las variaciones gráficas que carecen de valor fonético, pero procurando respetar las grafías que reflejan los fonemas distintivos del español medieval.

MAYÚSCULAS:

Se emplean criterios actuales para nombres propios de personas o lugares, acentuando si conviene.

Títulos y dignidades, con minúscula: *conde, rey, arcipreste, san*, etc.

OMISIONES O SUPRESIONES de lo que está en el original:

Se incluye entre paréntesis ( ) lo suprimible, a veces por repetición errada de palabras; otras, para abreviar los pasajes seleccionados (...).

PUNTUACIÓN:

Se aplican criterios actuales, según entiendo el texto. Se practica cierta generosidad con los puntos y aparte, en la división de párrafos, cuando ya no urge tanto como en la Edad Media la exigencia económica de ahorrar espacio en el soporte de la escritura.

Se marcan los diálogos en estilo directo con guión largo [—], aunque no estén indicados con signos de puntuación en el original, y se entrecomillan las palabras textuales (« »). Se indica también la entonación interrogativa o admirativa con sus sendos signos (¿?, ¡!), aunque en el original no se utilizaran.

CASOS COMUNES Y PARTICULARES. EJEMPLOS:

*â:* puede usarse, limitándose a casos que pudieran crear confusión, para indicar fusión de la preposición *a* con otra *a-* inicial de la palabra siguiente, normalmente un verbo, en la que se embebe *(dijo âquellos amigos),* pero también en otros casos, por ejemplo: *viniera âquella batalla,* donde *âquella* indica la fusión de la preposición *a* con el demostrativo.

*á* = *ha,* verbo.

*a donde* > *adonde* / *a donde,* según requiera el sentido.

*ál* = otra cosa, el resto.

*algund* (antietimológico, análogo a *segund):* se mantiene así cuando está en el texto.

*antel* > *ant'él* (pron. tónico) / *ante l'* (pron. átono) / *ant'el* (artículo).

*aquesso, aquesto...* se mantienen así, por similitud con el actual *aquello.*

*asy* > *así.*

*auctor* > *autor.*

*aunquel* > *aunqu'él* (pron. tónico) / *aunque l'* (pron. átono) / *aunqu'el* (artículo).

*avía/avié, avría/avrié,* etc.; *serié/serío,* etc.: vid. Acentuación.

*b* se mantiene así, aunque hoy se escriba *v: bolver, bozes, bivir.*

*c:* como esté en el texto; aunque a veces el copista debería haber usado la *z,* se respetan sus incongruencias.

*cien* / *cient* / *ciento:* se dejan como estén en el texto.

*cc* + a/o/u > *c* + a/o/u (*raccontar* > *racontar,* o *peccado* > *pecado*), simplificando.

*ça/ço/çu* se mantienen así (africada dentoalveolar sorda, equivalente a ts+a/o/u).

*çe* / *çi* (africada dentoalveolar sorda) se simplifican en *ce/ci* [es suficiente, pues su prosodia es idéntica con ambas grafías].

*ch* a veces se mantiene: *tacha*; otras se transcribe como *qu*: *Achiles>Aquiles*, o como *c*: *Christo>Cristo*, o *marchos>marcos*.

*dabño*: se manteniene el hipercultismo cuando está en el texto.

*dallí > d'allí*.

*daquel / daquella*: se mantienen así.

*darmas > d'armas*.

*debda*: se manteniene el hipercultismo cuando está en el texto.

*dél* (preposición + pronombre personal).

*delos > de los* (artículo o pronombre).

*dello / della / dellos / dellas*: se mantienen así.

*deste / desta* ...: se mantiene así la fusión de la preposición *de* + demostrativo.

*deuda*: se conserva esta forma si está así en el texto, pero pudiera haberse pronunciado 'debda'.

*diol'* = diole.

*dó* (= *doy*, verbo, pero también = *dónde*, adverbio interrogativo) / *do* (adverbio de lugar).

*dubda*: se manteniene el hipercultismo cuando está en el texto.

*ell* (pronombre personal) > *éll*, convive con *él* en español arcaico[4]; a veces funciona como artículo átono (= *el*).

*enlos > en los*.

*entrellos > entr'ellos*.

*estonce*: se mantiene así, del latín *ex+tunc+ce*, conviviendo con *entonces*.

*et / e / τ* (conj. copulativa) > *e*. No se conserva *et* por un excesivo empeño en mantener una fisonomía antigua, salvo en textos latinos.

*en pero > empero*.

*f- > f-* , aunque represente una *h* aspirada: fembra, fermosa.

*ff*: se simplifica en *f*: falcones, afición, *Affrica>Africa*.

---

[4] *Vid.* Lapesa, *op. cit.*, § 55, 2.

*fuése* (del verbo ir = se fue), acentuado cuando se presta a confusión con una forma del verbo ser.
*fuí*, con el significado de "huí", para distinguirlo de *fui*, del verbo "ser".

*g:* se mantiene así y su prosodia era de prepalatal fricativa sonora *(muger* o *mugier*, aunque el segundo caso se pronunciaba como en el primero).
*gelo, gelas, ge lo, ge la...:* se mantienen como estén en el texto.
*grand:* se respeta, si aparece así.

*h- / -h-* > Ø; no se respeta, sino sólo donde se ha fijado por etimología o costumbre hasta la actualidad. Se desechan, pues, los curiosos casos pleonásticos con evidente injustificación etimológica, aunque se anoten: *hedad* > *edad, hera* > *era, hedificio* > *edificio*, o formas, no por extrañas infrecuentes, como *hyo* > *yo* o *hya* > *ya;* incluso *traher* > *traer.*
*hi:* se mantiene, si aparece así, como derivado del latín *hic* = aquí, de forma tan justificada como el resultado actual de *ad* + *hic* > *ahí.*

*i* aislada = *allí*, adverbio de lugar; *vid.* más abajo *y*.
*i:* se reserva para función vocálica: *catjvo* se transcribe como *cativo.*

*i* + vocal: se mantiene cuando representa la consonante prepalatal fricativa sonora, que otros copistas escriben como *j (trabaiaron* o *trabajaron)*, pero respetando preferencias de copistas y editores antiguos por la *j* o por la *i* (son bastante excepcionales casos como *conseio, aiuda, semeia, lenguaie)*; cuando su función sea claramente vocálica, se transcribe por *i*: *jndjgenas* > *indígenas.*

*i* + vocal (es decir, en función de semiconsonante o yod) > *y* + vocal: *ia>ya, maior>mayor, iazen>yazen.*

vocal + *i* (función de semivocal) se transcribe, en algunos casos ya consagrados, como vocal + *y*: *rei>rey, lei>ley;*

*trai>tray*, por analogía con *soy*, *doy*. Los demás no ofrecen problemas: *aire*, *fraile*.

vocal + *-ien* / *-iendo* > i semicons. o yod: *traien* > *trayen* (más común, *traíen*); *leien* > *leyen* (más común, *leíen*); *veiendo* > *veyendo*.

en la secuencia *-rie* / *-rien*... de los condicionales, con tilde superpuesta a la é para textos primitivos, según se explicó antes; pero sobre la í para los demás.

*Ih* + vocal > *J* + vocal : *Iheronimo* > *Jerónimo*.
*Ihs* > *Jesús*. *IhsXpo* >*Jesucristo*.

*j*, con función consonántica (prepalatal fricativa sonora), se mantiene: *congojo*, *aguijó*.
*j*, con función vocálica se transcribe como *i*: *djze* > *dize*.

*l* (pron. pers. proclítico) > *l'*: *l dixo* > *l' dixo* (le dijo).
*-l* (pron. pers. enclítico) > *-l'*: *diol* > *diol'* (diole).
*l-*, posiblemente con prosodia ya palatal de *ll*, se mantiene, no se transcribe por *ll-*: *levar* > *levar*, y así *laga* o *legar* (llaga o llegar), lo mismo que *lorando* (llorando).
*le* / *lo* / *la* / *les* enclíticos, aunque aparezcan separados del verbo precedente, se transcriben fundidos al mismo: *diziendo le* > *diziéndole*, etc.
*lazeria* / *lazerio*: se mantiene así.
*leys*: se mantiene así, por analogía con *ley*; *vid*. *reys*.

*-ll*: se reduce a *l* simple, como en *mill* > *mil*; pero se mantiene la forma *ell*, lo mismo en función de artículo que de pronombre personal.
*-lle-*: se suele reducir a *l* simple, cuando como tal debió de pronunciarse; así *excellente* > *excelente*.
*-lle*: se mantiene, como en *diolle*.

*mente* / *mientre* > *-mente* / *-mientre*: se funden al adjetivo precedente: *fuertemientre*.
*mill* > *mil*.
*mio*: procuro no acentuar cuando tiene función adjetiva y va antepuesto al sustantivo, como en *mio señor*.

*mm > m: (commo > como)*, simplificando.

*nb/np > mb/mp*, de acuerdo con la fonética real y los usos actuales.
*ningund*: (antietimológico, análogo a *segund*) se mantiene así cuando está en el texto; a veces *ningunt*.
*-nn- > -ñ-* (palatal nasal sonora): *Espanna>España; anno>año*.
*-nn + i + vocal > -ñ+i+vocal*, aunque es probable que la -i- no se pronunciase, como en *mugier* (*Bretañia, Babiloñia*).
*nos > nós* (pron. pers. en posición tónica y función de sujeto): *nós* vimos, se diferencia así del recíproco *nos vimos*.
*nós* (pronombre personal tónico) / *nos* (pron. átono).
*-nrr- > -nr- : honrra > honra*.

*ó:* se reserva para el adverbio de lugar, *donde*, o el interrogativo, *dónde;* se diferencia así de
*o:* conjunción adversativa.
*omne/onne/ome/homne/home* = mantener como esté escrito en cada caso.
*otrosy > otrosí*.

*ph > f: philosophia > filosofia*.
*pora:* se mantiene así, del lat. *pro + ad*; hoy, *para*.
*porque* y *por que:* se distingue con la mayor precisión posible entre ambas formas, lo cual no siempre resulta fácil, reservando la primera para la expresión de la causalidad y la segunda para los relativos (= "por el cual", etc.) y para expresión de finalidad ("para que").
*pp > p: Juppiter > Júpiter*.

*-qua > -ca: nunqua > nunca*.
*qual > cual*.
*qual quier > cualquier*.
*quandol > cuando l'* (pronombre) / *cuando'l* (artículo).
*quel > qu'el* (art.) / > *que l'* (pron. átono) / > *qu'él* (pron. tónico).
*questo... > qu'esto...*

*quommo > como / cómo.*
*quommo quier > comoquier.*

*R- > r- / R-* (si es nombre propio: Roma; o tras punto).
*-R- > -rr-: aRastrar > arrastrar.*
*reys:* se mantiene así, por preservar su fisonomía similar a *rey*, como en *leys*.

*RR- / rr- > R-* (nombre propio: Regina; o tras punto) / > *r-* (en los demás casos).
*-rr- > -rr-*, en posición intervocálica; en los demás casos se simplifica en *r*, como *onrra > onra*, o *Herrnado > Hernando.*

*s* y *ss:* como estén en el texto, sin empeñarse en regularizarlo, aunque a veces los copistas son incoherentes y usan la simple (sonora) en posición intervocálica por la doble (sorda), o viceversa.
*s* (pron. pers. reflex. o recípr. proclítico en raras ocasiones) > *s'* (ejemplo: *s lo dixo > s' lo dixo* = se lo dijo; *s miró > s' miró*).
*-s* (pron. reflex. o recípr. enclítico) > *-s'* (ejemplo: *movios > moviós'* = movióse; *dixierons > dixiérons'* = dijéronse).
*-sç- > sc* : *acaesció* (conservando *-sc-* por fisonomía, no por prosodia, pues es idéntica).
*sancto > santo.*
*sant > san*, las más de las veces.
*segund:* se mantiene así, si así está en el texto, respetando su etim. lat. *secundum*.
*señor > Señor,* cuando se refiere a Dios o a Cristo, sin mencionar su nombre.
*sí* (adverbio afirmativo o desiderativo, *así) / si* (conjunción condicional).
*si no:* se transcribe como *sino*, cuando funciona como conj. adversativa.
*si non:* se mantiene, cuando aparece así en los textos, la expresión de conjunción adversativa, equivalente a la actual *sino.*
*só* tónico *(soy,* verbo) / *so* átono (posesivo, *su,* o preposición, *bajo*).

*sobrel* > *sobr'él* (pron.tón.) / > *sobr'el* (art.).
*sobrello* > *sobr'ello.*
*sobressi* > *sobre sí.*
*sobresso* > *sobr'esso; sobresto* > *sobr'esto.*
*s-* + *consonante*: suele transcribirse añadiendo una vocal inicial: *spíritu* > *espíritu*; *spada* > *espada.* Otras veces se suprime la *s-*, como en *sciencia* > *ciencia.*
*ss-* > *s-*: sin excepción, se simplifica la doble *ese* inicial.
*-ss-*: se mantienen como *-ss-* (con valor fonológico de *s* sorda: *assí);* pero se simplifican como *s* cuando la doble carece de valor fonológico: Alfonso, Persia.
cons.+*ss-* > cons.+*s*: *pienssa* > *piensa.*

*τ*: el signo tironiano de la conj. copulativa se transcribe en castellano por *e.*
*th* > *t*: *thesoro* > *tesoro.*
*tod esto* > *tod' esto.*
*traher* > *traer.*

*u*: se reserva exclusivamente para función vocálica, de modo que *vnos* se transcribe *unos.*
*u* con valor consonántico > *v*: *cauallo* > *cavallo.*

*v*: sólo se usa para función consonántica: *vino;* de modo que *cauallo* > *cavallo*, *uerdat* > *verdad*, pero respetando preferencias de copistas y editores antiguos por *v* o *b*, como en *cavallo* o *cavalloro.*
*v* con valor vocálico se transcribe como *u*: *vno* > *uno.*
Amado Alonso explicaba que *u* y *v* eran «dos dibujos de un solo signo» que podía representar lo mismo «a la u vocal que a la v consonante»[5].
*vós* (pronombre personal tónico y función de sujeto: *vós amasteis)* / *vos* (pron. átono y función de complemento: *vos amaredes).*

---

[5] *Vid.* Amado Alonso, *De la pronunciación medieval a la moderna en español*, Madrid, Gredos, 1967², t.I, pág. 14.

*x:* se mantiene: *caxa, axedrez,* entendiendo que su prosodia era prepalatal fricativa sorda, semejante a la de *sh* inglesa o *ch* francesa.

*Xpº > Cristo.*

*xptiano / xtno > cristiano.*

*y* (semivocal) > *i*: *cuyta>cuita / ayre>aire / reyna>reina.*

*y* vocálica > *i*: *yva* > *iva*; *my* > *mi*; *myo* > *mio/mío*; *caydo>caído.*

Puede mantenerse la *y* en *reys,* plural de *rey,* como también en *leys,* plural de *ley,* por conservar su similar fisonomía; así como en *tray* (=trae), por analogía con *doy, soy.*

*y* (adverbio tónico) > *i* (=allí) [es así suficiente y diacrítica su transcripción sin tilde].

*z:* se mantiene como en el original *(Zifar, zeloso),* con prosodia de africada dentoalveolar sonora, equivalente a *d* + *s* sonora, sin empeñarse en reducir las posibles incongruencias del copista, en su alternancia con *s* o *c* y *ç*.

# Bibliografía general

La selección que sigue incluye los estudios de mayor interés relacionados con los textos de materia caballeresca anteriores a 1500 y particularmente con los específicos elementos caballerescos en ellos contenidos.

ALLETI, Daniele, "Bernart de Ventadorn, Bernardo di Chiaravalle e lo sviluppo dell'ideologia cavalleresco-cortese in Chrétien de Troyes", *Cultura Neolatina,* 50, 2-4 (1990), págs. 105-164.

ALVAR, Carlos, "El viaje al más allá y la literatura artúrica", *Literatura y fantasía en la Edad Media,* Juan Paredes Núñez, ed., Univ. de Granada, 1989, págs. 13-26.

—, *El rey Arturo y su mundo. Diccionario de mitología artúrica,* Madrid, Alianza Editorial, 1991.

AMADOR DE LOS RIOS, José, en *Historia crítica de la literatura española,* Madrid, 1861-1865, t.V, 3-97 y t.VII, págs. 375-397; repr. facs., Madrid, Gredos, 1969.

AMEZCUA GÓMEZ, José, *Libros de caballerías hispánicos,* Madrid, Alcalá, 1973.

—, *Metamorfosis del caballero. Sus transformaciones en los libros de caballerías españoles,* [Tesina], México, UNAM, Iztapalapa (Cuadernos Universitarios, XIV), 1984.

AVALLE-ARCE, Juan Bautista, Introducción a su ed. de *Amadís de Gaula,* Madrid, Espasa-Calpe, Austral 119, 1991, t.I.

BAJTIN, Mijail, "Las formas del tiempo y del cronotopo en la novela. V. La novela caballeresca", *Teoría y estética de la novela,* Madrid, Taurus, 1989, págs. 303-310.

BARBER, Richard, *The Knight and Chivalry,* Nueva York, Harper, 1982.

BERNARD DE CLAIRVAUX, *Éloge de la nouvelle chevalerie...*, [traducción de *De laude novæ militiæ]*, J. Leclercq y P.-Y. Émery, eds., París, Du Cerf, 1990.

BOHIGAS BALAGUER, Pedro, "Orígenes de los libros de caballería" y "La novela caballeresca, sentimental y de aventuras", en G. Díaz Plaja, dir., *Historia general de las literaturas hispánicas*, t.I, págs. 521-541 y t.II, págs. 187-236, Barcelona, 1949 y 1953.

BROUGHTON, Bradford B., *Dictionary of Medieval Knighthood and Chivalry*, Londres, Greenwood Press, 1986.

CASTRO, Ivo, "Sobre a data da introdução na península ibérica do ciclo arturiano da Post-Vulgata", *Boletim de Filologia*, 28 (1983), págs. 81-98.

CHÊNERIE, Marie-Luce, *Le chevalier errant dans les romans arthuriens en vers des XII^e^. et XIII^e^. siècles*, Ginebra, Droz, 1986.

CHEVALIER, Maxime, *Sur le public du roman de chevalerie*, Burdeos, 1968.

CIRLOT, Victoria, *La novela artúrica: orígenes de la ficción en la cultura europea*, Barcelona, Montesinos, (Biblioteca de Divulgación Temática/45), 1987.

—, "Escenas de terror en la literatura artúrica", *Literatura y fantasía en la Edad Media*, Juan Paredes Núñez, ed., Univ. de Granada, 1989, págs. 193-203.

DEYERMOND, Alan D., "The Lost Genre of Medieval Spanish Literature", *Hispanic Review*, 43, 3 (1975), págs. 231-259.

D'ORS, Eugenio, "Fenomenología de los libros de caballería", *BRAE*, 27 (1947), págs. 91-105.

DURÁN, Armando, "La *amplificatio* en la literatura caballeresca española", *Modern Language Notes*, 86 (1971), págs. 123-135.

—, *Estructura y técnicas de la novela sentimental y caballeresca*, Madrid, Gredos, 1973.

EISELE, Gillian, "A Comparison of Early Printed *Tristán* Texts in sixteenth century Spain", *ZRPh*, 97, 3-4 (1981).

EISENBERG, Daniel, "Más datos bibliográficos sobre libros de caballerías españoles", *Revista de Literatura*, 34 (1968), págs. 5-17.

—, "Who Read the Romances of Chivalry?", *Kentucky Romance Quarterly*, 20 (1973), págs. 209-233.

—, "The Pseudo-Historicity of the Romances of Chivalry, *Quaderni Ibero-Americani*, 45-46 (1976), págs. 253-259.

—, "More on 'libros de caballería' and 'libros de caballerías'", *La Corónica*, 5,2 (1977), págs. 116-118.

—, *Castilian Romances of Chivalry in the Sixteenth Cen-*

*tury. A Bibliography*, Londres, Grant and Cutler (RBC, XXIII), 1979.

—, *Los libros de caballerías en el siglo de oro*, Barcelona, Ariel, 1981.

—, *Romances of Chivalry in the Spanish Golden Age*, Newark, Juan de la Cuesta, 1982.

ENTWISTLE, William J., "Geoffrey of Monmouth and Spanish Literature", *Modern Language Review*, 17,4 (1922).

—, *The Arthurian Legend in the Literatures of the Spanish Peninsula*, Londres, Dent, 1925; repr. Nueva York, Phaeton, 1975. [Trad. al portugués como *A lenda arthuriana nas literaturas da Península ibérica*, Lisboa, 1942].

FARAL, Edmond, *La légende arthurienne. Études el documents*, París, Champion, 1969.

FERRERAS, J.I.,"La materia castellana en los libros de caballerías. (Hacia una nueva clasificación)", en *Philologica hispaniensia in honorem Manuel Alvar*, Madrid, Gredos, 1986, t.III, págs. 121-141.

FIRPO, Arturo R., "Realidad y ficción en el retrato de un caballero de la Orden de Alcántara", [se refiere a los *Hechos de Alonso de Monroy* de Alonso de Maldonado], en *Las Órdenes militares en el Mediterráneo occidental (s. XII-XVIII)*, [coloquio de mayo de 1983], Madrid, Casa de Velázquez, 1989, págs. 155-167.

FRAPPIER, Jean, "The Vulgate Cycle", en *Arthurian Literature in the Middle Ages...*, ed. R.S. Loomis, Oxford, Clarendon, 1959, págs. 295-318.

—, *Chrétien de Troyes et le mythe du Graal. Étude sur Perceval ou le Conte du Graal*, París, S.E.D.E.S., 1979.

—, ed., *La mort le roi Artu, roman du XIII<sup>e</sup>. siècle*, Ginebra, Droz, 1964. [Hay trad. de Carlos Alvar, *La muerte del rey Arturo*, Madrid, Alianza Editorial, 1981].

FRAPPIER, Jean y Reinhold R. GRIMM, dirs., "Le roman jusqu'à la fin du XIIIe siècle", H.R. JAUSS, ed., *Grundriss der romanischen Literaturen des Mittelalters*, vol IV-I, Heidelberg, 1978.

GAIER,Claude, "La nostalgie de l'armement ancien à la fin du Moyen Age: Un indicateur social?", *in Studia in honorem Martín de Riquer*, t.III, Barcelona, Quaderns Crema, 1988, págs. 431-441.

GALMES DE FUENTES, Álvaro, ed., *El libro de las batallas (narraciones caballerescas aljamiado-moriscas)*, Univ. de Oviedo, 1967.

García Gual, Carlos, *Primeras novelas europeas,* Madrid, Istmo, 1974.

Gayangos, Pascual de, "Discurso preliminar" y "Catálogo razonado" en su ed. de *Libros de caballerías,* Madrid, BAE, 40, 1857, págs. I-LXXXVII; reeds. posteriores *ibíd.*, 1874 y Madrid, Hernando, 1931.

Gómez Moreno, Ángel, "La caballería como tema en la literatura medieval española: tratados teóricos", en *Homenaje a Pedro Sainz Rodríguez,* Madrid, FUE, 1986, t.II, págs. 311-323.

Green, D.H., "Irony and Medieval Romance, en *Arthurian Romance: Seven Essays,* ed. D.D.R. Owen, Edimburgo-Londres, 1970, págs. 49-64.

Harvey, L.P., "Oral Composition and the Performance of Novels of Chivalry in Spain", J.J. Duggan, ed., *Oral Literature. Seven Essays,* Nueva York, 1975, págs. 84-100.

Keen, Maurice, *La caballería,* Barcelona, Ariel, 1986. [Prólogo de M. de Riquer].

Köhler, E., *La aventura caballeresca,* Barcelona, Sirmio, 1991. Hay también trad. francesa algo incompleta, *L'aventure chevaleresque,* París, Gallimard, 1974. [1ª ed. alemana, en 1956].

Lacarra, José María, "Sobre espadas y otras armas en la España de la Alta Edad Media", *Studia in honorem Martín de Riquer,* t.III, Barcelona, Quaderns Crema, 1988, páginas 619-625.

Lacy, N.J., ed., *The Arthurian Encyclopedia,* Nueva York-Londres, 1986.

Lecouteux, C., *Les nains et les elfes au Moyen Age,* París, Imago, 1988.

Leonard, Irving A., *Books of the Brave,* Cambridge, Mass., Harvard.U.P., 1949; repr. Nueva York, Gordian, 1984.

—, *Los libros del conquistador,* México, Fondo de Cultura Económica, 1953.

Lida, María Rosa, "La literatura artúrica en España y Portugal", en *Estudios de literatura española y comparada,* Buenos Aires, Eudeba, 1966, págs. 134-148; Buenos Aires, Losada, 1984, págs. 167-184. Original:"Arthurian Literature in Spain and Portugal", *vid. infra* en Loomis, R.S.,ed., 1959, páginas 406-418.

Livingstone, A.F., *Chivalry and the medieval noble class,* Tesis Univ. Michigan, UMI, 1985, 136 págs.

Loomis, Roger Sherman, ed., *Arthurian Literature in the Middle Ages: A Collaborative History,* Oxford, Clarendon Press, 1959.

LOOMIS, Roger Sherman, *The Development of Arthurian Romance*, Londres, 1963.

LÓPEZ ESTRADA, F., Notas bibliográficas, en *Grundriss der Rom. Lit. des Mittelalters*, vol IX, 2, fasc.4, Heidelberg, 1985.

LOT-BORODINE, M., "Christ-Chevalier: Galaad", en *De l'amour profane à l'amour sacré: Études de psychologie sentimentale au Moyen Age*, París, Nizet, 1961.

MARÍN MORÁN, José Manuel, "Tópicos espaciales en los libros de caballerías", *Symbolæ Pisanæ*, Pisa, Giardini, 1989, págs. 365-384.

MARKALE, J. *Lancelot et la chevalerie arthurienne*, París, Imago, 1985.

MARX, J., *La légende arthurienne et le Graal*, París, P.U.F., 1952.

MENÉNDEZ Y PELAYO, Marcelino, en *Orígenes de la novela*, Madrid, Bailly-Baillière, NBAE, I, 1905; Santander, 1943; Madrid, CSIC, 1962.

MICHAEL, Ian, "'From Her Shall Read the Perfect Ways of Honour'. Isabel of Castile and Chivalric Romance", *The Age of the Catholic Monarchs, 1474-1516. Literary Studies in Memory of Keith Whinnom*, ed. A.Deyermond, Univ. Liverpool, 1989, págs. 103-112.

MOORMAN, Charles y Ruth, eds., *An Arthurian Dictionary*, Mississippi U.P., 1978.

PASTOUREAU, Michel, *La vida cotidiana de los caballeros de la Tabla Redonda*, Madrid, Taurus, 1980.

PEROTT, José de, "Reminiscencias de romances en libros de caballerías", *RFE*, 2 (1915), págs. 289-292.

PICKFORD, Cederic Edward, *L'évolution du roman arthurien en prose vers la fin du Moyen Age*, París, Nizet, 1960.

REISS, Edmund et al., eds., *Arthurian Legend and Literature. An Annotated Bibliography*, Nueva York, 1984-1986, 2 vols.

RICHTHOFEN, Eric von, "Sincretismo céltico-oriental: Tristán, Parzivâl y La Demanda del Santo Grial" y "Sincretismo épico-novelesco: Caballero Cifar", en *Sincretismo literario*, Madrid, Alhambra, 1981, págs. 38-57 y 58-85.

RIQUER, Martín de, *Vida caballeresca en la España del siglo* XV, Madrid, 1965.

—, *Caballeros andantes españoles*, Madrid, Espasa-Calpe, Austral, 1397, Madrid, 1967.

RIVERA, Milagros, "La Orden de Santiago en Castilla la Nueva en los siglos XII y XIII", en *Las Órdenes militares en el Mediterráneo occidental (s.* XII-XVIII*)*, [coloquio de mayo de 1983], Madrid, Casa de Velázquez, 1989, págs. 23-39.

RUIZ DE CONDE, J., *El amor y el matrimonio secreto en los libros de caballerías*, Madrid, Aguilar, 1948.
RUIZ-DOMÉNEC, José Enrique, *El laberinto cortesano de la caballería*, Universidad Autónoma de Barcelona, 1981-1982.
—, *La novela y el espíritu de la caballería*, Madrid, Mondadori, 1993.
SÁNCHEZ, Alberto, "Los libros de caballerías en la conquista de América", *Anales Cervantinos*, 7 (1958), págs. 237-260.
SCUDIERI RUGGIERI, Jole, *Cavalleria e cortesia nella vita e nella cultura di Spagna*, Modena, Stem-Mucchi, 1980.
SEARS, Theresa, *Narrative at the crossroads: a reevaluation of the early books of chivalry*, Tesis, Univ. Cornell, 1982.
SHARRER, Harvey L., *A Critical Bibliography of Hispanic Arthurian Material. I. Texts:The prose romance cycles*, Londres, Grant and Cutler, 1977.
—, "La fusión de las novelas artúrica y sentimental a fines de la Edad Media", *El Crotalón*, [Anuario de Filología Española], 1 (1984), págs. 147-157.
—, "Notas sobre la materia artúrica hispánica, 1979-1980", *La Corónica*, 15,2 (1987), págs. 328-340.
—, "La materia de Bretaña en la poesía gallego-portuguesa", *Actas del I Congreso de la Asociación Hispánica de Literatura Medieval*, 1988, págs. 561-569.
—, "Juan de Burgos: impresor y refundidor de libros caballerescos", en López-Vidriero,M.L. y P.M.Cátedra, eds., *El libro antiguo español*, Salamanca-Madrid, 1988, páginas 361-369.
SIMON DÍAZ, José, "Nuevos datos bibliográficos sobre libros de caballerías", *Revista de Literatura*, Madrid, 8 (1955), páginas 255-270.
SOMMER, H. Oskar, ed., *The Vulgate Version of the Arthurian Romances Edited from Manuscripts in the British Museum*, Washington, Carnegie Institution, 1909-1916, 7 vols. en 8 tomos; repr. Nueva York, AMS Press, 1969.
SPINELLI, Emily, "Chivalry and its Terminology in the Spanish Sentimental Romance", *La Corónica*, 12 (1983-1984), páginas 241-253.
THOMAS, Henry, *Spanish and Portuguese Romances of Chivalry*, Cambridge U.P., 1920; repr. Nueva York, Kraus, 1969.
—, *Novelas de caballerías españolas y portuguesas*, Madrid, CSIC, *Revista de Literatura*, Anejo 10, 1952.
THOMPSON, B.Bussell, "Libros de caballería, or -ías?", *La Corónica*, 5,1 (1976), págs. 38-39.

TOPSFIELD, L.T., *Chrétien de Troyes: A Study of the Arthurian Romances,* Cambridge, 1981.

VALBUENA PRAT, Ángel, en *Historia de la literatura española,* tomo I:Edad Media, Barcelona, 1989, 9ª ed.

VARGAS LLOSA, Mario, "Carta de batalla por *Tirant lo Blanc*", *Revista de Occidente,* XXIV (1969); reprod. como prólogo a la ed. de la misma novela (Madrid, Alianza Editorial, 1969) y, dando título a un libro de ensayos, en Seix Barral, Barcelona, 1991.

—, "Las novelas de caballerías", en *García Márquez: Historia de un deicidio,* Barcelona, Barral, 1971, págs. 176-182.

VILLENA, L.A. de, "El sueño de la caballería", *Insula,* 359.

WALSH, John K., "The Chivalric Dragon: Hagiographic Parallels in Early Spanish Romances", *BHS,* 54 (1977), págs. 189-198.

WHITENACK, Judith A., "Conversion to Christianity in the Spanish Romance of Chivalry, 1490-1524", *Journal of Hispanic Philology,* 13 (1988-1989), págs. 13-39.

WILLIAMSON, Edwin, *The half-way house of fiction: Don Quixote and arthurian romance,* Oxford, Clarendon Press, 1984. Hay traducción española, *El Quijote y los libros de caballerías,* Madrid, Taurus, 1991. (Con "Presentación" de Mario Vargas Llosa, págs. 11-17; vid. págs. 27-72).

ZUMTHOR, Paul, "De Perceval à Don Quichotte. L'espace du chevalier errant", *Poétique,* 87 (1991), págs. 259-269.

## ANTOLOGÍAS

1907 Adolfo Bonilla y San Martín, *Libros de caballerías, I, Ciclo artúrico-Ciclo carolingio,* Madrid, Bailly-Baillière, Nueva Biblioteca de Autores Españoles, t.6.

Contiene *El baladro del sabio Merlín* (1ª parte de *La Demanda del Santo Grial), La demanda del Santo Grial con los maravillosos fechos de Lanzarote y de Galaz su hijo* (2ª parte de *La Demanda del Santo Grial), Tristán de Leonís,* y *Cuento del emperador Carlos Maynes,* además de la *Crónica de los muy notables cavalleros Tablante de Ricamonte, y de Jofre, hijo del conde don Asón* (págs. 459-491), que ya no interesa para nuestros fines, por estar impresa en Toledo en 1513 y haberse servido el editor de la ed. de Estella, 1564.

1908 Adolfo Bonilla y San Martín, *Libros de caballerías, II, Ciclo de los Palmerines-Extravagantes*, idem, NBAE, t.11.

Contiene, entre otros, *La destruición de Jerusalén [=Vespasiano], Clamades y Clarmonda, Oliveros de Castilla y Artús d'Algarbe, Partinuples*, además de un *Palmerín* (págs. 1-374; I en Toledo, 1548) y *Canamor y Turián* (págs. 525-574; I en Burgos,1562).

1954 Felicidad Buendía, *Libros de caballerías españoles*, Madrid, Aguilar, 1762 págs.

Contiene *Amadís* (ed.1511), *Cifar* (ed. Charles Philip Wagner) y *Tirante* (ed. castellana de 1511). Segunda ed. en 1960.

1968 Félix Herrero, *Narraciones de la España medieval*, Madrid, Emesa, col. Novelas y Cuentos.

Contiene fragmentos de *La gran conquista de ultramar, Tristán e Iseo, Cifar, Amadís* y *Oliveros e Artús.*

1969 Alberto Blecua, *Libros de caballería*, Barcelona, Edit. Juventud, Col.Z, 240 págs.

Contiene *Oliveros de Castilla y Artús d'Algarbe* (ed. 1499) y *Roberto el Diablo* (ed.1509, pero siguiendo la de Barcelona, I 1683).

1973 José Amezcua Gómez, *Libros de caballerías hispánicos*, Madrid, Ed. Alcalá, 340 págs.

De los medievales tan sólo reproduce fragmentos de *El caballero del Cisne, Cifar* y *Amadís.*

1975 Luis Alberto de Cuenca, *Floresta española de varia caballería*, Madrid, Editora Nacional.

Contiene *Libro de la orden de caballería* de Raimundo Lulio, "De los caballeros" de la II *Partida* de Alfonso el Sabio, y *Libro del cavallero et del escudero* de don Juan Manuel.

1991 Taurus Ediciones anuncia en su colección 'Esenciales' *Los libros de caballerías,* en ed. de María Luisa Cerrón.

*Textos medievales de caballerías*

# 1. Alfonso X el Sabio (1221-1284)

## A.- *Estoria de España / Crónica general de España / Primera crónica general*

Redacción d 1269

1541 I

Para todo lo concerniente a los códices conservados y a la elaboración y fuentes de la obra, pueden consultarse las ediciones y estudios que se indican a continuación.

EDICIONES

1906 R.Menéndez Pidal, *Primera Crónica General de España*, Madrid, Bally-Baillière editores, Nueva Biblioteca de Autores Españoles, tomo V.
1941 Antonio G(arcía) Solalinde, *Antología de Alfonso X el Sabio*, Madrid, Espasa-Calpe, col. Austral, 169; 1977[6], págs. 71-104.
1955[2] R.Menéndez Pidal (colab. de A.G.Solalinde, M.Muñoz Cortés y J.Gómez Pérez), *Primera Crónica General de España*, Madrid, Seminario M.Pidal-Gredos, 2 tomos.
1962[4] José Filgueira Valverde, *Primera crónica general de España*, [selección], Zaragoza, Ebro.

1977[3] R.Menéndez Pidal [reimpr. de la ed. de 1906 en 1977-1979], Madrid, Gredos, 2 tomos.

1978 Lloyd A.Kasten y John J.Nitti, *Concordances and Texts of the Royal Scriptorium Manuscripts of Alfonso X el Sabio*, Madison, Hispanic Seminary of Medieval Studies, 2 archivos de microfichas. Textos de cód. Bibl. Escorial, ms. Y-I-2 y ms. X-I-4.

1984 Benito Brancaforte, *Alfonso X el Sabio, Prosa histórica*, Madrid, Cátedra, págs. 43-100.

1985 F.J. Díez de Revenga, *Obras de Alfonso X el Sabio, (Selección)*, Madrid, Taurus, págs. 75-136.

## B.- *Grand e general estoria*

1272-1284 R

Para lo que se refiere a la redacción del texto y a sus fuentes, así como a los códices conservados, pueden consultarse las ediciones y estudios que se indican.

### Ediciones

1930 A.G.Solalinde, *General estoria, Primera parte*, Madrid, Centro de Estudios Históricos, Junta para la Ampliación de Estudios, t.I, 81+828 págs.

1941 Antonio G(arcía) Solalinde, *Antología de Alfonso X el Sabio*, Madrid, Espasa-Calpe, col. Austral, 169; 1977[6], págs. 105-149.

1957-1961 A.G.Solalinde, Lloyd A.Kasten y Victor R.B. Oelschläger, *General estoria, Segunda parte*, Madrid, CSIC, t.II, 2 vols.

1978 Lloyd A.Kasten y John J.Nitti, *Concordances and Texts of the Royal Scriptorium Manuscripts of Alfonso X el Sabio*, Madison, Hispanic Seminary of Medieval Studies, 2 archivos de microfichas. Textos de la Biblioteca Nacional de Madrid, ms.816, y de la Bibl. Vaticana, ms. Urb.lat.539.

1982 Reinaldo Ayerbe-Chaux, *Estoria de España, Antología,* Madrid, José Porrúa Turanzas.

1984 Milagros Villar Rubio, *General Estoria, Antología*, Barcelona, Plaza y Janés.
1984 Benito Brancaforte, *Alfonso X el Sabio, Prosa histórica*, Madrid, Cátedra, págs. 101-268.
1985 F.J. Díez de Revenga, *Obras de Alfonso X el Sabio, (Selección)*, Madrid, Taurus, págs. 137-174.

BIBLIOGRAFÍA

CATALÁN, Diego, "El taller historiográfico alfonsí: Métodos y problemas del trabajo compilatorio", *Romania*, 84 (1963), 354-375; especialmente págs. 366-375.

DÍEZ DE REVENGA, Francisco Javier, "La condición de autor literario en Alfonso X el Sabio: *Crónica general*", en *Actas del Congreso sobre Alfonso X, su vida, su obra, su época*, Madrid, CSIC, 1984.

—, "Alfonso X y su condición de autor literario: la *General Estoria*", en *Actas del Congreso sobre la lengua y la literatura en tiempos de Alfonso X el Sabio*, Universidad de Murcia, 1984, págs. 159-168.

—, "Literatura en las obras históricas de Alfonso X el Sabio", *Mester*, 17,2 (1988), 39-50.

LIDA, María Rosa, "La leyenda de Alejandro en la literatura medieval", *Romance Philology*, 15 (1962), 311-318.

MENÉNDEZ PIDAL, Ramón, "Alfonso X y las leyendas heroicas", en *De primitiva lírica española y antigua épica*, Madrid, Espasa-Calpe, col. Austral, 1968², págs. 43 66.

PATTISON, D.G., *From Legende to Chronicle. The Treatment of Epic Material in Alphonsine Historiography*, Oxford, 1983.

RICO, Francisco, *Alfonso el Sabio y la 'General Estoria'*, Barcelona, Ariel, 1984².

RUBIO ÁLVAREZ, Fernando, "Andanzas de Hércules por Europa según la *General Estoria* de Alfonso el Sabio", *Archivo Hispalense*, 24 (1956), págs. 41-55.

—, "Las leyendas sobre Alejandro Magno en la *General Estoria* de Alfonso el Sabio", *Ciudad de Dios*, 179,3 (1966), págs. 431-462.

A pesar de que ambos son libros historiográficos salidos del escritorio o taller bibliográfico del Rey Sabio, hay en ellos visiones poéticas de la historia y huellas o vestigios de temas caballerescos con sus abundantes maravillas y la creación de mundos mágicos, procedentes sobre todo del ciclo carolingio (Carlomagno, Roncesvalles, Bernardo del Carpio) y de la épica hispánica (Infantes de Lara, Fernán González, el Cid y el ciclo cidiano) en el primero; en ambos se da amplia acogida a mitos, explicaciones seudocientíficas dotadas de notable imaginación, pensamientos filosóficos y críticos que lindan con invenciones fantásticas. Por eso están tan próximos al arte literario, casi novelesco, incluso en su empeño de fijar una estructura temporal como hilo conductor. Del segundo resultan en especial atractivas las páginas dedicadas a la historia de Troya, que se aprovecharán más adelante, y sobre todo las relativas a Alejandro Magno; se trata de una obra que "recoge, corrige y amplifica las fuentes literarias clásicas, así como las versiones y narraciones medievales basadas en ellas" (Díez de Revenga), cuya expresividad, dinamismo narrativo y creación de ambientes extraordinarios la siguen haciendo hoy atractiva para el lector.

Algunos estudiosos de estas obras alfonsíes han valorado su interés estético, ya por el animado relato con sus amplificaciones (Menéndez Pidal), ya por su sentido de la creación artística (López Estrada) o por la incorporación de "los jugosos y dramáticos relatos de la poesía épica popular" (Catalán); el "ejercicio poético" de la historia de Dido preanuncia páginas de los libros caballerescos y sentimentales (Díez de Revenga). Su literaturidad también reside en la integración que en ellos se hace de materiales mitológicos (Rico), legendarios y aun fantásticos.

Además de todo esto, Díez de Revenga ha venido destacando la calidad literaria alcanzada aquí por el dramatismo de algunas secuencias, las escenas emotivas y la "configuración de personajes históricos como héroes de leyendas, capaces de hazañas increíbles, gigantescas"; es tal la intromisión de la subjetividad que hasta podría defenderse que su carácter literario predomina sobre el histórico estricto de tipo objetivo.

# Alfonso X

## SELECCIÓN

Se han escogido páginas relativas a Hércules, visto como un héroe caballeresco en sus belicosas andanzas, paladín esforzado en la redención de tributos humanos, defensor de los débiles, liberador de oprimidos y fundador de ciudades; a Santiago apóstol, primer caballero de la cristiandad, redentor de doncellas y líder en batallas, jinete en su montura blanca. Tras un interludio dedicado al caballo, animal susceptible de entender y sentir, que es además elemento definidor de la caballería e inseparable del caballero, se eligen algunas de las muchas secuencias que tienen como protagonista a Alejandro Magno, tratado también a la manera caballeresca en sus innumerables y prodigiosas aventuras, en sus luchas y conquistas incesantes, todo un mundo de maravillas: encuentros con seres humanos excepcionales (hombres dotados de seis manos, amazonas), con animales extraños y terroríficos (serpientes, perros, cerdos, hipopótamos, escorpiones, dragones, cangrejos, leones, ratones, murciélagos, elefantes) entre prodigios naturales, sorprendentes paisajes y fenómenos meteorológicos, hasta su muerte, rodeado por el afecto de sus lacrimosos caballeros, denominados así sus cortesanos.

## A) *Estoria de España*[1]

### *Capítulo 7*[2]. *De cuemo Hércules lidió con el rey Gerión e*[3] *l' mató*

Hércules[4], que ya oyestes dezir, desque ovo fechas aquellas dos imágenes de Cáliz[5] e de Sevilla, ovo sabor de veer toda la tierra que era llamada Esperia[6], e metiós' por la costera de la mar fasta que llegó a un logar ó es agora poblada Lixbona, e fue después poblada que Troya fue destroída la segunda vez; e començárala a poblar un nieto d'Ulixes que avié aquel mismo nombre, e porque él no la uvió acabar ante de su muert, mandó a una su fija, que avié nombre Buena, que la acabasse, e ella fízolo assí, e ayuntó el nombre de so padre e el suyo, e púsol' nombre Lixbona. E cuando Hércules llegó a aquel logar, sopo cómo un rey muy poderoso avié en Esperia que tenié la tierra desde Tajo fasta en Duero, e porque avié

---

1 A esta obra también se la conoce por los títulos de *Crónica general de España* y *Primera crónica general.*

2 Sigo el texto de Menéndez Pidal (1977), adaptándolo a los criterios de la presente edición ya explicados. Respeto su transcripción de la negación *no*.

3 A pesar de que la conjunción copulativa en su forma *et* es la palabra de uso más frecuente en esta obra alfonsí, Menéndez Pidal prefiere transcribirla en la forma actual de *y*. En esta edición se transcribe *et* como *e*, según se establece en los criterios iniciales.

4 Hércules o Heracles, uno de los famosos héroes griegos, célebre por su extraordinaria fortaleza. Hijo de Júpiter y Alcmena; perseguido por la ira de Hera, realizó los doce trabajos impuestos por el rey Euristeo. Se le configura aquí con características de un caballero medieval.

5 En los capítulos anteriores se describen las estatuas erigidas por Hércules en Cádiz y en Sevilla.

6 En el capítulo 3º se denomina Esperia a las tierras situadas al occidente del río Ebro; en el 8º se le atribuye al propio Hércules el cambio de nombre de Esperia por España, al igual que en la *Grand e general estoria*, si bien con leves diferencias; en ambas obras se asocia el nombre de Esperia al de la estrella Espero, y el de España se hace derivar de Espán, que mientras es en ésta simplemente el nombre de un hombre "muy fijodalgo" que traía consigo Hércules (II parte, cap. 422), es en la *Estoria de España* el de "un so sobrino que criara de pequeño".

siete provincias en su señorío fue dicho en las fabliellas antiguas que avié siete cabeças; e éste fue Gerión, e era gigante[7] muy fuerte e muy liger, de guisa que por fuerça derecha avié conquista la tierra e aviénle por fuerça a dar los omnes la meatad de cuanto avién, tan bien de los fijos e de las fijas cuemo de lo ál, e a los que no lo querién fazer matávalos. E por esto era muy mal quisto de todas las gentes, mas no osavan ir contra él porque no avié i qui los defender; e cuando sopieron que Hércules vinié, enviáronle dezir que él, que tantos buenos fechos fiziera e tantos omnes sacara de premia e de mal señorío, que acorriesse a ellos[8], e que l' darién toda la tierra.

Cuando esto oyó Hércules, plógol' mucho e fuésse pora allá; ca maguer éll[9] era del linage de los gigantes e muy fuerte, no era por esso omne crúo ni de mala señoría, ante era muy piadoso a los buenos e muy bravo e fuert a los malos[10]; e cuando oyó las querellas daquellas yentes, doliósse dellas e fuésse pora ellos. E cuando Gerión lo sopo, fuésse con sus huestes pora aquel logar ó fue después poblada la cibdat que dizen Cruña[11], que era estonce yermo. Hércules envió dezir a

---

7 Personajes gigantescos y brutales —jayanes— proliferarán, las más de las veces como malvados, en libros de caballerías. A Gerión se le pinta también en la *Grand e general estoria* como "omne fuerte e cruel" (II parte, cap. 421).

8 Típica función del caballero, protector de débiles y oprimidos, como otras que se describen a continuación, entre ellas la de lidiar en duelo singular con otro paladín, acción que puede culminar tras tiempo dilatado con la decapitación del vencido.

9 *éll:* forma arcaica del pronombre personal de tercera persona; del latín *ille*, que también originó la forma del artículo *el.*

10 "Amigo de sus amigos,/.../¡Qué enemigo de enemigos!/.../¡Qué benigno a los sujetos!/¡A los bravos y dañosos,/qué león!", leeremos dos siglos más tarde en las *Coplas que fizo don Jorge Manrique a la muerte del maestre de Santiago don Rodrigo Manrique, su padre.*

11 *Cruña:* luego La Coruña, derivado de Clunia; para algunos, como Flórez, de 'ad columnam'. La explicación que da Alfonso X líneas más abajo es discrepante, aunque tan sugerente como otras muchas suyas nacidas de etimologías imaginativas, similares a otras que se encuentran en las *Etymologiæ* de san Isidoro de Sevilla, tan admirado por Alfonso (vid. *Estoria de España*, cap. 500). En la *Crónica del moro Rasis* se lee: "esta lid fue a tres migeros de la cibdat que agora llaman la Curuña, a do fizo [Hércules] el concilio en Galizia" (Diego Catalán, ed., Madrid, Gredos, 1975, pág.127). Sobre la torre de Hércules, en la llamada ciudad herculina, vid. Filgueira Valverde en su ed.

Gerión que las yentes no avién por qué matarse ni por qué lazrar mas que lidiassen ellos amos un por otro; e el que venciesse que fuesse toda la tierra suya. E Gerión atreviéndose en su valentía, e demás que era mayor que él, dixo que l' plazié. E lidiaron tres días, que no s' podién vencer; en cabo venció Hércules, e cortol' la cabeça[12]. E mandó en aquel logar fazer una torre muy grand, e fizo meter la cabeça de Gerión en el cimiento, e mandó poblar i una grand cibdat, e fazié escrevir los nombres de los omnes e de las mugeres que i vinién poblar, e el primero poblador que i vino fue una muger que avié nombre Cruña, e por esso l' puso assí nombre a la cibdat. E una gran partida de la gente que él traié fueron de Galacia, e mandólos poblar allí, e por esso fue llamada aquella tierra Galizia[13].

Después que Hércules ovo poblado Galizia, vínosse contra parte de mediodía, ribera de la mar, fasta un río que dizen Ana, que quiere dezir en griego tanto cuemo topo, porque va a logares escondido so tierra e después sale, e aquel nombre nunca l' fue camiado, ante l' llaman agora Guadiana. E porque l' semejó la tierra buena pora criar ganados e otrossí pora caça, moró i una grand sazón e fizo i sos juegos e mostró hi grandes alegrías[14] porque venciera a Gerión e ganara toda la tierra de que éll era señor. E por aquellos juegos que él fizo allí dizen algunos que puso a aquella tierra nombre Lusitaña, que quier dezir en romanz tanto como juegos de Ana.

E después que esto ovo fecho, fuésse pora Guadalquivir, al

---

cit., pág. 47. En el título LI de *Sumas de la historia troyana*, que se selecciona en una sección posterior, se vuelve a tratar de estos episodios.

[12] "E este rey Gerión, cuando sopo lo que fazié Ércules en Cáliz, començóse a guisar para venir e lidiar con Ércules. E Ércules, cuando ge lo dixeron, non lo quiso allí atender, mas salió a él. E lidiaron, e venció Ércules al rey. (...) E mató Ércules a Gerión, e tomóle los ganados todos e cuanto le falló e entró toda la tierra, e tomóla, e apoderóse della". *(Gran e general estoria*, II parte, cap. 421).

[13] La frase se repite casi literalmente en la *Grand e general estoria*: "E traía consigo Ércules unas gentes que aduxera de tierra de Galacia. E pues que ovo tomado la tierra a Gerión, pobló a Gallizia de aquellas gentes de Galacia; e por ende la llamaron Gallizia". (II parte, cap. 421).

[14] Celebraciones tales, en ámbitos cortesanos, serán frecuentes en libros de caballerías tras las victorias conseguidas. En la *Grand e general estoria* se reitera la noticia: "...e fizo i sus juegos e sus alegrías por aquella batalla en que vencieran a Gerión" (II parte, cap. 421).

logar ó mandara fazer la imagen, e fallóla erzida e plógol' mucho. Desí fue adelant, allí ó mandara fazer la villa sobre los palos, e púsol' nombre Hispalis, e mandóla cercar de muro e de torres. E después fue assí yendo ribera de la mar, poblando los logares que l' semejaron que eran de poblar, fasta que llegó a Cartagena, que ovo este nombre de Cartago la grand, que es en Africa, que pobló la reina Dido; e algunos dizen que, por despecho que l' fizieron los daquella tierra, que passó aquend mar en España e pobló otra villa que dizen Cartagena, e soliénle llamar antiguamientre Cartagena Espartera, porque toda la tierra ó es ell esparto, que llaman agora Montaragón, obedecié a ella. E d'allí era rey un omne muy grand e muy fuerte que llamavan Caco, e avié otrossí en so poder las tierras que llamavan Celtiberia e Carpentaña, e cuando oyó dezir que vinié Hércules no l' quiso obedecer cuemo los otros, mas sacó su hueste e fue lidiar con él, e fue vençudo Caco, e fuxo a un monte much alto que es en Celtiberia a que puso el nombre de sí mismo, ca porque dizién a él Caco púsol' nombre Moncayo; e era logar ó avié él grand sabor de morar porque era logar muy sano, e tenié cabo de sí sos ganados, e por esso fuxo a aquel logar cuidando se amparar i. Mas cuando sopo que Hércules iva en pos él, no l' osó i atender, e fuxo pora tierra de Roma a un monte que llaman Aventino, que es cerca la cibdat que llaman Lavina; e aun allí no s' trovó guarecer, e metiós' dentro en una cueva muy fonda, e cerróla con una grand piedra molar, e púsol' de parte de dentro grandes cadenas de fierro, e cuand era de noche salié e fazié el mal que podié por la tierra, desí tornávas' allí e cerrava la puerta de la cueva; e porque era liger e corredor más que otro omne, e tomava las cabeças de los omnes e de las bestias que matava, e colgávalas a la puerta de parte de fuera, cuidavan que comié los cuerpos de los omnes tan bien cuemo de las bestias, e por esso dizién que era medio omne e media bestia. En aquella cueva estudo una grand sazón fasta que vino Hércules, e l' mató allí, segund cuenta la su estoria[15]. Mas porque esto non conviene a los

15 De nuevo aparece Hércules como precursor de caballeros andantes, en su función de liberar a las gentes atemorizadas por seres malvados y monstruosos. Por otra parte en la *Grand e general estoria* a Hércules se le presenta como "muy valiente a manos", cuyo nombre, formado por dos palabras griegas *(her y cleos)*, "tanto quiere mostrar como glorioso en batalla o en valentía o en poder" (II parte, cap. 393).

fechos d'España, dexamos de fablar dello, e tornamos a contar d'Ércules e de las cosas que fizo en España después que venció a Caco.

### *Cap. 629. De cómo Sant Yagüe paresció en sueños a este rey don Ramiro e dell esfuerço que l' dixo, e de cómo el rey don Ramiro venció a los[16] moros*

Andados II años del regnado del rey don Ramiro —e fue esto en la era de DCCC e LX años[17], e andava estonces ell año de la Encarnatión del Señor en DCCC e XXII años— assí como cuenta la estoria, pues que los moros sopieron que el rey don Alfonso el Casto —que era rey muy esforçado e muy fuerte e muy aventurado en batallas e los avié mucho apremiados e crebantados con lides e correduras— que era muerto, e reinava en su lugar el rey don Ramiro, cuedando ellos que él, como serié en su noveza, que les avrié miedo, ca era el poder de los moros muy grand en España como lo oiredes todavía adelant

---

Puede resultar interesante el cotejo de esta aventura de Caco con el relato que de la misma se ofrece en la *Grand e general estoria*, en donde por cierto se convierte su nombre en Cato: "E llegó grandes gentes para lidiar con Ércules, e lidiaron; e venció Ércules, e fuxo Cato. (...) E Cato, pues que non pudo sofrir a Ércules en la batalla e ovo de fuir, fuésse para tierra de Lavinia. E con miedo de Ércules metióse en una cueva muy fonda e muy tenebregosa que falló en un monte de Roma a que dizen Aventino; e fízole muy fuerte cercadura atada con muy fuertes cadenas de fierro. E desque ovo cercada esta morada, començó a salir e andar allí, por la tierra, e soberviava a todos los de sus vezindades e matava a cuantos alcançava. E le non querién obedecer, que le non podién guarir nin bestia fiera. Otrossí non dexava por toda aquella tierra que non los matasse todos: lo uno porque avié él muy grand cuerpo, e lo ál porque era omne muy cruel. E dixeron los omnes dél por fabliellas que avié en él natura de dos animalias, la una el medio dél era omne, e la otra meitad era bestia. E fallamos que tomava las cabeças de los omnes que matava, e que las colgava daquella puerta daquella cueva do morava, e comié los cuerpos." (II parte, cap. 422).

16 *los:* corrijo el texto donde, por errata, se lee *la.*

17 En algunos códices se sitúa el hecho en la era [hispánica] de 870, que correspondería al año 832 del calendario cristiano.

en esta estoria, e que aviéndoles miedo que les darié lo que demandassen por razón que l' non diessen guerra e que l' dexassen en paz; e enviáronle pedir que les diesse cada año L donzellas de las más fijasdalgo con que casassen, e otras L de las otras del pueblo con que oviessen entre sí sus solazes e sus deleites; e estas cient donzellas que fuessen todas vírgines e en cabellos, assí cuemo ge las diera el so rey Mauregato en su tiempo que fuera ante d'éll.

E el rey Mauregato fuera fijo del rey Froilano de ganancia[18], e este rey Froilano dexó por su heredero al rey don Alfonso su fijo que era el mayor e el lindo; e porque era Mauregato mayor de días que el rey don Alfonso, con cobdicia de reinar éll, fue fablar con los moros, e fizo su postura con ellos que l' ayudassen e que les darié C donzellas tales cuales dixiemos. Los moros otorgáronle la pleitesía, e toviéronla, e ayudáronle, e echaron al rey don Alfonso del reino. E por esta razón que el rey Mauregato les diera aquellas donzellas en el so regnado, pidiénlas ellos al rey don Ramiro como por fuero e debdo, e que las diesse él como el rey Mauregato, que non era rey como devié.

El rey don Ramiro, cuando esta demanda de los moros le vino daquellas donzellas que l' pidién, fue muy sañudo además por cosa tan mala e tan descomulgada como aquella que l' enviaran mandar; e por el grand pesar que ende ovo, allegó luego su corte e, avido so conseio, sacó luego muy grand hueste, e non dio a los moros respuesta ninguna daquello que l' demandavan. E fue luego muy apoderado e muy sañudo, e entróles por la tierra, e fue luego yendo por ella fasta que llegó a Nájara[19], que era estonces de moros, quemando villas, castiellos e destruyendo cuanto fallava, e matando en los moros cuanto podié.

Los moros otrossí, cuando sopieron ell ardiment del rey don Ramiro de cómo fazié, ayuntáronse luego todos en uno, e fiziéronse muchos además; e fuéronle luego dar batalla, e esta fue muy grand. E oviéronla en un lugar a que dizen Alvella[20].

---

18 *de ganancia:* dícese del hijo engendrado por un noble en una concubina.

19 *Nájara:* Nájera, población de La Rioja, en el camino de Santiago, equidistante de Logroño, Santo Domingo de la Calzada y San Millán.

20 *Alvella:* Albelda, en La Rioja, a 15 kilómetros de Logroño y a 25 de Nájera; hoy Albelda de Iregua, a orillas del río Iregua; de su monasterio procede el famoso *Cronicón albeldense.*

Mas los cristianos, porque eran muy pocos, oviéronse de vencer, ca los moros eran muchos más que ellos. Los cristianos fuéronles tornando las espaldas poco a poco, e tirándose afuera, los moros siguiéndolos todavía, fasta que llegaron a un otero que dizién Clavijo; pero tornaron los cristianos sobre sí, e lidiaron[21] segund mejor podién; e tomólos allí cerca aquel otero la noche a todos, de guisa que los fizo quedar. E assí se partieron aquella noche los unos de los otros.

Los cristianos acogiéronse a la cabeça daquell otero, e estando allí todos llegados en uno, rogaron a Dios de todos sus coraçones, llorando mucho de los oios[22], faziéndol' priezes e rogándol' que los non desamparasse, mas que los acorriesse en aquella priessa en que eran. E ellos faziendo sus orationes assí como dezimos, adurmióse el rey don Ramiro, e apareciól' estonces en sueños ell apóstol sant Yagüe e díxol':

— Sepas que nuestro Señor Jesu Cristo partió a todos los otros apóstoles míos hermanos e a mí todas las otras provincias de la tierra, e a mí solo dio a España que la guardasse e la amparasse de manos de los enemigos de la fe.

Pues que el apóstol ovo dicho al rey don Ramiro estas palabras, allegóse más a éll, e tomól' a la mano e apretógela yacuanto et díxol' de cabo:

— Rey Ramiro, esfuerça en tu coraçón, e sey bien firme e fuerte en tus fechos, ca yo so Yagüe, ell apóstol de Jesu Cristo, e vengo a ti por ayudarte contra estos tus enemigos. E sepas por verdad que tú vençrás[23] cras en la mañana con el ayuda de

---

21 *lidiaron:* corrijo la lectura del códice, algo corrompida en este pasaje, en donde este verbo, como el anterior *tornaron*, adoptan forma de gerundio.

22 *llorando...de los oios:* encontraremos repetida en multitud de ocasiones esta fórmula, con sus esperables variantes, a lo largo de los textos seleccionados; su coincidencia con otras fórmulas épicas es evidente, en particular con el verso 1 del *Cantar de mio Cid*; vid. José María Viña Liste, "De los sos oios tan fuertemientre llorando", en *Homenaxe ó profesor Constantino García*, Univ. de Santiago de Compostela, 1991, t.II, págs. 401-414 y "Más formulaciones del motivo del llanto en la literatura española medieval", en *Homenaje a la profesora Pilar Vázquez Cuesta*, Universidad de Santiago de Compostela, [en prensa].

23 *vençrás:* vencerás.

Dios a todos estos moros que te agora tienen cercado. E dígote que tomarán i muerte muchos de los tuyos a los que está apareiada la gloria de Dios e la su folgança que siempre durará. E porque non dubdes nada en esto que te yo digo veer-m'edes[24] cras andar i en la lid en un cavallo blanco[25] con una seña blanca, e gran espada reluzient en la mano. E vós luego por la grand mañana confessar-vos-edes de todos vuestros pecados muy bien, e recibredes el cuerpo e la sangre de Nuestro Señor Dios e nuestro Salvador; e pues que esto oviéredes fecho, non dubdedes nada de ir ferir en la hueste de los bárbaros, llamando «¡Dios, ayuda, e sant Yagüe!», ca ciertamientre sepas que todos los metredes a espada e los mataredes.

Pues que l' esto ovo dicho, ell apóstol fuése delante d'éll. El rey don Ramiro despertó luego que ell apóstol se tiró delante, e fizo luego llamar los obispos e los abades e todos los altos omnes de su hueste, e díxoles aquella visión que viera. Ellos cuando lo oyeron, dieron gracias a Dios e alabaron el su nombre, e fizieron todo lo ál assí como les era mandado dell apóstol, e fuéron luego entrar en la fazienda e lidiar con los moros. Otrossí el apóstol sant Yagüe fue i luego con ellos, assí como les él prometiera, e esforçávalos en la batalla, e firié él mismo muy de rezio en los moros[26], assí como a ellos semeiava.

---

[24] *veer-m'edes:* forma analítica del futuro de indicativo con pronombre intercalado: me veréis.

[25] Galván, héroe de los relatos artúricos, poseía un caballo denominado Gringalet, que significaría en galés «blanco y atrevido» según Tolkien y Loomis; éste cree que su carácter blanco denota su carácter sobrenatural, de acuerdo con las tradiciones célticas.

[26] De este episodio deriva en buena medida la iconografía y la tradición de la figura de «Santiago matamoros», de la que ya se ocupó Américo Castro, cuando sugirió un origen dioscúrido para los santos protectores que cabalgan por los aires y una intencionada asimilación del mito de Cástor y Pólux (vid. *España en su historia,* Buenos Aires, Losada, 1948, pág. 131), mientras que Sánchez Albornoz relacionaba las representaciones de Santiago caballero con las imágenes apocalípticas miniadas que ilustran los célebres escritos del Beato de Liébana. Aunque según los historiadores de las artes plásticas, Santiago venga siendo imaginado como *miles Christi* desde el siglo XI por lo menos —la *Historia silense* y el *Códice calixtino* ya mencionan la intervención de Santiago en la toma de Coimbra por Fernando I en 1064—, un responsable fundamental de la transformación del pacífico apóstol en guerrero pudo haber sido el canónigo cardenal compostelano Pedro

Los cristianos, cuando vieron a sant Yagüe, fueron muy esforçados, e fiando en ell ayuda de Dios e del apóstol sant Yagüe, començaron de ferir en los moros muy de rezio, dando grandes vozes e diziendo:

— ¡Dios, ayuda, e sant Yagüe!

Los moros fueron luego all ora vençudos; e murieron i bien LXX vezes mil dellos, assí como cuenta la estoria. E los otros que escaparon, fuxieron todos los que pudieron foír. E el rey don Ramiro, pues que ovo librada la fazienda e fincó con el campo, fue luego delante, e priso dessa vez a Calaforra e otros castiellos dessa tierra. E desí tornósse con su hueste pora León muy onrado e con grand prez. E desde aquel día adelante ovieron e tomaron los cristianos en uso de dezir en las entradas de las faziendas e en los alcanços de los moros, sus enemigos mortales, «¡Dios, ayuda, e sant Yagüe!».(...)

---

Marcio, que redactó, hacia 1150, el falso diploma de los votos de Ramiro I de tanto interés económico para su basílica. La crítica histórica actual se inclina a negar la realidad de una batalla entablada en Clavijo el año 844 entre Ramiro I y Abderramán II y motivada por el vergonzoso tributo de las cien doncellas. Se ha sugerido la localización de esta aparición milagrosa en la misma comarca riojana en una lid reñida entre Ordoño I y Muza, o en la documentada contienda de Simancas entre Ramiro II y Abderramán III. También José de Arimatea aparece caracterizado en *Percesvaus*, donde recibe el apelativo de «Buen Soldado», como belicoso guerrero, más que como propagador del mensaje cristiano de paz. A manos de su sobrino-nieto Perlesvaus llegará como legado suyo en la corte de Arturo su propio estandarte ornado con una cruz roja; también recibirá por medio del rey Pelés la mula blanca marcada con una cruz roja en su frente y el estandarte que habían pertenecido al de Arimatea; amparado en la fuerza de tales objetos, emprende Perlesvaus la conquista del Castillo del Grial.

Las analogías entre la leyenda artúrica y las tradiciones jacobeas no se agotan aquí, pues llegando Percesvaus al castillo del Rey Pescador se abre sin concurso humano la tumba de José, cuyos restos finalmente depositará el héroe en un barco y con ellos zarpará sin destino conocido. Por otra parte, hacia «Composterne», probablemente Santiago de Compostela, emprende una cruzada, convertido al cristianismo, Flualís, un rey sarraceno enemigo de Arturo.

## B) *Grand e general estoria*[27]

### [Parte I, Libro XX] *Cap. 20. De las naturas e de los entendimientos de los cavallos, e de cómo los altos príncipes mandaron soterrar los sus cavallos*[28]

Plinio fabla de las naturas de los cavallos en el XLIIIº capítulo del octavo libro de la Natural Estoria, e cuenta luego del cavallo de Alexandre. E diz que ell cavallo del rey Alexandre ovo nombre Bucifal, e fue de grand virtud e ovo la catadura mucho espantosa e la cabeça e las espaldas como buey, e que por esso l' dixieron Bucifal, de *bos*, que dizen en latín por *buey*, en aquellas partidas del cuerpo[29]. E Alexandre cuando era niño diz que se pagó d'él e compról' por XVI marcos d'un buen omne cúyo era, que llamavan Farsilio. Pero la estoria de Alexandre d'otra guisa cuenta que ovo Alexandre este cavallo como vos contaremos adelant[30] en la su estoria de Alexandre, ca allí ha logar esta razón. Mas pero dezimos vos esto aquí de como lo dize Plinio. Nunca este cavallo se dexó cavalgar si non a Alexandre, e aun a él mismo non si non cuando l' veyé guisado como a rey; e cuando Alexandre entró Tebas por fuerça, este cavallo fue ferido en el vientre, e non quiso ir d'allí adelant, e asman los omnes entendudos que temiendo que

---

27 El orden de los adjetivos del título alterna a veces su posición: *General e grand estoria.*

28 Utilizo ahora la ed. antológica de A.G. Solalinde, adaptando su texto a los criterios fijados.

29 *partidas del cuerpo:* se refiere a la cabeza y a la espalda.

30 En efecto, en la Parte IV, en su sección dedicada a Alejandro Magno, cap. 9, leemos, y con ello se aclara un tanto el confuso párrafo anterior: "Un príncep de Capadocia aduxo al rey Filipo un cavallo bravo, grande de cuerpo e muy fermoso (...). E diziénle por nombre Bucifal, e dieron este nombre desta palabra *bus*, que dize el griego por *buey*. E diéronle este nombre porque diz la estoria que avié la cabeça como de toro, e avié una señal fecha de fierro en la espalda o porque l' nascieran en la fruent dos inchazones que l' salién tanto a fuera que l' semejavan cuernos". Allí mismo se le presenta luego convertido en tan manso "que non aun el can a so señor cuando l' falaga, ca assí falagava el cavallo a Alexandre, como el can a su señor". En los capítulos subsiguientes al seleccionado se ponderan más cualidades del nobre bruto, con interesantes ejemplificaciones.

assí farién[31] a Alexandre. Muchas otras semejantes maravillas fizo este cavallo en batallas después, ca sanó daquella ferida, e por ende cuando murió este cavallo Bucifal, maguer que non era ningún pro nin honra ca le non entenderié el cavallo cuando vivo era, sinon que se querié el rey fazer su talén, fízol' Alexandre grand onra en su muerte e soterról' muy noblemientre, e por esta razón pobló una noble cibdad aderredor del su sepulcro e púsol' nombre Bucifalia[32], del nombre daquel cavallo.

Otrossí César, dictador, que fue aluengo tiempo después desto, e este fue Julio César, ovo un cavallo que se non dexava cavalgar a ninguno si non a él. (...)

Otrossí fallamos que Octaviano Augusto, emperador, fizo noble sepultura a su cavallo porque era cavallo de vertud como estos de que oídes aquí. (...)

Los cavallos an por natura de recebir doctrina, que es enseñamiento, ca fallamos que todos los cavallos de la hueste de Sabarutana sotavan el sueno de sinfonia[33], e entenden los cavallos naturales e adevinan cuándo an de ir a batalla, lloran cuando pierden sus señores e a las vezes cuando an deseo de alguna cosa lloran otrossí. (...)

Los entendimientos e las naturas de los cavallos son tan muchas que las non podrié omne contar nin se pueden mostrar sinon en los servicios que ellos fazen. Ca assí acontesce que con la su vertud e la su lozanía aduzen a las vezes a los

---

31 *farién:* se trata del condicional, con pronunciación entonces probablemente bisílaba, la segunda en hiato: le *harían* lo mismo que a él.

32 *Bucifalia:* En efecto, en el cap. 86 de la sección dedicada a Alejandro se lee con mayor precisión: "Salió empós esto d'allí Alexandre con su huest, e vino en un campo grand de que se pagó, e fincaron sus tiendas e posaron i; e fincó Alexandre allí en aquel campo yacuantos días por el su cavallo Bucifal, que l'enfermara, e fue enfermedad d'on murió. E pues que l' vio Alexandre muerto, tamaño dolor le tomó que ovo ende muy grand angostura e llorava por él, e diz que nunca quiso traer a ninguno sobressí si non a Alexandre solo. E por estas razones mandó Alexandre fazer las novenas de los omnes defuntos e un luziello muy alto e muy grand. E pobló allí una cibdad, e por remebrança daquel so cavallo púsol' nombre Bucifalia, e mandóla llamar assí".

33 *sotavan el sueno de sinfonia:* bailaban al son de la música; curiosa habilidad de los animales, no menor que la del escritor al conseguir expresarla con tal armonía eufónica apuntalada por la aliteración de la *s* inicial.

Lámina 1. Grabado correspondiente al cap. 19 de la *Historia del noble Vespasiano*, en la ed. sevillana de 1499, impresa por Pierre Brun, según el ejemplar de la Biblioteca Británica de Londres (G-10211)

que en ellos seen a cometer mejores cosas que los cavalleros non cometrién[34].

## [Parte IV] [ALEJANDRO MAGNO]

### *Cap.44. De cómo salió Alexandre de Persópolis con su huest después de sus bodas e de las tierras que conquirió*[35]

Passada la ondra de las bodas, salió Alexandre[36] de Persia con su hueste de los de Macedonia ayuntada e con la muchedumbre de los de Persia, e entró a Icarnia e combatiólos muy de rezio e conquirió daquella vez a los icarnos e a los anglos. E fue d'allí a Turquía e los turcos diéronle batalla, mas a daño de sí, ca mató dellos Alexandre muchos además e conquirió a ellos e a su tierra.

En tod' esto fuésse pora Citia e entró por essa tierra, e guerreólos crúamient tanto que se le ovieron a dar, e conquirió a ellos e a su tierra. E d'allí movió e fue adelant allend los citas[37] contra parte de orient, e andando por essa tierra falló i una

---

34 *cometrién:* otro condicional, con hiato. El sentido se entiende: hay caballos tan nobles y valerosos que mejoran la calidad del caballero induciéndole a realizar altas empresas que sin su auxilio tal vez no acometerían nunca.

35 Sigo el texto de la ed. antológica de Milagros Villar, cit. *supra*, adaptándolo a los criterios de la presente edición y corrigiendo las erratas más evidentes.

36 Alejandro III de Macedonia, nació el año 356 d.C., expandió hacia oriente el imperio heleno, pero murió joven sin llegar a consolidarlo. Para el relato de sus andanzas no parece haberse servido el rey Alfonso como fuente del *Libro de Alexandre*, poema de clerecía redactado en el primer cuarto del siglo XIII, sino de la *Historia de proeliis* y también pudo echar mano del poema latino *Alexandreis*, redactado por Gautier de Châtillon en tre 1178 y 1182, así como de una recensión latina de la novela griega que sobre Alejandro escribió el Seudo Calístenes en el siglo III en Alejandría. A partir de esas fuentes construyó el rey sabio una versión fabulosa, es decir, literaturizada en gran medida, de la vida del famoso héroe clásico. Vid. C. García Gual, *Primeras novelas europeas*, Madrid, Istmo, 1974, págs. 108-111.

37 *citas:* escitas, habitantes de Escitia, la Citia mencionada antes, en Asia, desde el Turquestán a los Urales originariamente.

yent suzia e espantossa de vista, e ensuziadas[38] del arte mágica e de malas obras. Ca esta yent comién todas las cosas aborrezidas e las carnes de todas bestias e de ganados mayores e menores, e de todas las aves, e aun de las reptilias, como son las culuebras e los sapos e las otras cosas; e aun non comién solamient estas torpedades mas todas las cosas abortadas e las otras feedades de todas las cosas concebidas que yacién en el vientre de la madre, e aunque essas cosas concebidas non fuessen cuajadas comiénlas por esso. Otrossí non soterravan los omnes muertos, mas comiénlos.

E Alexandre, sabiendo ya dellos e veyendo todas estas suziedades e cosas descomulgadas que ellos fazién, temiendo que por ventura saldrié esta yent por el cerco de la tierra e serié dellos ensuziado el mundo, mandó luego a todas las pueblas dellos que se tomassen con sus fijos e sus mujeres; e ellos fizieron el mandado de Alexandre, e paráronse guisados pora lo que él mandasse. E él adúxolos a tierra de Aguilón, que es la partida de septentrión don nasce el viento cierço. E desque los tovo allí, Alexandre rogó a Dios muy de coraçón e muy afincadamient, e Dios oyó el so ruego, e mandó luego Dios a dos montes que eran allí e avién nombre las sierras de Borreo. E ayuntáronse estonces aquellos dos montes, e crecieron en su ayuntamiento de la tierra llana suso doze cobdos de la geometría, e fízoles allí luego en su ayuntamiento de los montes unas puertas de alambre, e cerrólas aderredor de asintento. Del asintento qué cosa es departe aquí la estoria desta guisa e diz: «Que es cosa que nin la puede romper nin quebrantar fierro, nin fundir nin quemar fuego». Más aún diz: «Que la su natura tal es que él quebranta al fierro, e que él gasta e consume e amata al fuego como el agua». E sobr'esto diz: «Que ninguno non puede entrar a aquellos omnes, e que nin ellos non pueden d'allí salir por ninguna manera».

Esto librado, movió d'allí Alexandre con su huest, e vino a las puertas que dizen Caspias, e posó allí con sus huestes. E diz la estoria que era aquella tierra muy buena e fue dicho a Alexandre de todos los moradores daquel logar que mandasse por su huest que se apercibiessen todos e se guarneciessen, ca desque fuesse de noche vernién a ellos tantas de serpientes

38 *ensuziadas:* obsérvese el anacoluto, tolerable por su concordancia *ad sensum* con el sustantivo antecedente *yent*, de carácter colectivo; se extenderá al verbo en las frases siguientes.

que criava aquella tierra, e de tantas naturas que los emponçoñarién e los matarién si desapercibidos estudiessen e dellas se non guardassen. E Alexandre mandó dar pregón por toda la hueste cómo se guardassen dellas, e guardáronse lo mejor que pudieron.

Empós esto movió d'allí Alexandre con su huest e entró a tierra d'Albania, e los albanos eran omnes crueles e fuertes en batalla, e luego que oyeron la venida de Alexandre ayuntáronse, e fu i muy grand la muchedumbre dellos, e salieron armados a dar batalla a Alexandre. E troxieron aquellos d'Albania consigo unos canes muy grandes e muy fuertes, que se fazién en essa tierra de Albania, e eran tan grandes e tan fuertes que non avién bestia salvaje tan grand nin tan fuerte que ellos non la matassen de cualquier natura que fuesse.

E era costumbre de la yente daquella tierra que cuando ellos salién a lidiar con algunos, que echavan siempre delant aquellos canes que lidiassen con ellos; e los canes metién en grand contienda a los enemigos, que matavan a los unos e cansavan a los otros, e, cansados los enemigos, vinién los albaneses e venciénlos.

E sopo esto Alexandre, ca ge lo fizieron saber los fronteros d'Albania, e, pues que lo sopo, mandó luego a sus príncipes e a toda la huest que levassen puercos, donde toviesse cada uno el suyo en las hazes; e que pues que viniessen los enemigos, que ellos que firiessen a los puercos, e que les fiziessen dar gruñidos e, estonces, cuando los albanos echassen los canes, que soltassen ellos los puercos, e fue assí fecho. E los canes, cuando oyeron los gruñidos de los puercos, los talientes que tenién pora ir a los omnes tornáronlos en los puercos. E luego que los soltaron e los vieron dieron salto en ellos, e començaron a matarlos e meter toda su crueleza en ellos. E mientre los canes estavan en esto con los puercos, Alexandre tenié los suyos apercibidos e enseñados, e firieron en los albanos, e fizieron en ellos muy grand mortandad tanto que se ovieron a dar los de Albania, e conquiriólos allí Alexandre desta guisa. E fincó allí con su hueste e fizo i sacrificios a sos dioses.

*Cap. 53. De otras maravillas e peligros que acaescieron a Alexandre en aquellos desiertos que ovo a lidiar con las bestias fieras*[39]

Passaron Alexandre e su hueste aquel río suso sobr'el logar ó fallaron los ipótamos, e yendo por él a la onzena ora del día fallaron un estanco d'un agua dulce e muy buena; e posó allí Alexandre, e tenié de campo el logar ó él e su huest posaron veínte e cuatro estadios, que son tres milias. E empós esto mandó Alexandre taiar una selva daquellas cañaveras que oyestes, que tenién cercado aquel estanco, e tenié de plaça el estanco ocho estadios, que son una milia; mandó otrossí Alexandre encender muchas fogueras. E luego que començó la luna a luzir, començaron a venir escurpiones adesora a bever en aquel estanco como solién. Empós aquellos vinieron serpientes e dragones de muy grandes cuerpos e de colores departidos, e toda essa tierra retiñién de los silvos dellos; e salién de los montes dessos disiertos e vinién a bever daquel agua dulce, ca non fallavan otra en aquellos desiertos. E avién aquellos dragones crestas en las cabeças, e aduzién los pechos altos e las bocas abiertas, e era mortal el ensaneldamiento dellos e saliéles de los oios venino como centellas.

Los de la hueste, cuando aquellos vestiglos vieron, fueron muy espantados e ovieron miedo de morir todos allí. Alexandre oyó el roído e la quexa de la huest e començó a andar por ellos conortándolos e diziendo:

— Cavalleros míos, compañeros e muy fuertes varones, non se vos turbien los coraçones, mas assí como veedes que yo fago, fazed vós.

E diziéndoles esto, tomó luego un escudo e un venablo e començó a lidiar con los dragones e con las serpientes que vinién a ellos. Veyendo esto los cavalleros conortáronse ende mucho e esforçaron, e tomaron sus armas e començaron a

---

39 Sigo ahora el texto editado por Benito Brancaforte, cit. *supra,* adaptándolo a los criterios de la presente edición.

lidiar con aquellas bestias fieras assí como lo veyén fazer a Alexandre, e las unas dellas matavan con las armas, las otras echándolas en el fuego. E murieron i veínte cavalleros e treínta de los servientes.

Empós esta batalla passada de las serpientes e de los dragones, vinieron grandes manadas de cancros que salién del canaveral daquel estanco ó las canaveras non fueron cortadas. E eran aquellos cancros grandes a maravilla, e avién los espinazos e los cueros dellos duros como cocadriz. E alançávanles lança por los espinazos e por las cuestas, e dellos firién a mantinient, mas por ninguna guisa non los podién foradar nin llagar, ca non entrava fierro en ellos. E pero diz que mataron ende muchos derribándolos en las fogueras, e los otros de los cancros que allí non murién, entravan e metiénse en el estanco.

En tod' esto llegó el tiempo a la cuarta parte de la noche, e empós aquellas maravillas todas vinieron sobr'ellos leones blancos mayores que toros e bramavan segund los sos bramidos grandes que ellos an natura de fazer, e dessí movién las cervices engrameándolas, e arremetiénse a los omnes; e los cavalleros recibiénlos en los benablos e matávanlos daquella guisa. Empós esto vinieron puercos muy grandes otrossí que avién los colmiellos luengos d'un cobdo, e con aquellos puercos vinién mezclados unos omnes salvages maslos e fembras, e avié cada uno dellos seis manos e corrién en uno con los puercos sobre los de la huest, e los cavalleros recibiénlos en los venablos como a los leones, e desta guisa los matavan.

En grand angostura se veyén con todos estos peligros Alexandre e los suyos, e mandó luego Alexandre fazer muy grandes fogueras fuera de la huest aderredor. Empós esto vino sobr'ellos una bestia grand a maravilla, e era más fuert que el elefant e avié la cabeça negra e en ella tres cuernos; e diziénle a essa bestia en el lenguaie de India *odente tirano*, que quiere dezir tanto como «el príncep aborrecient». E ante que llegasse al agua del estanco e bevies' della, arremetióse e dio sobre los cavalleros de Alexandre.

Alexandre, cuando vio aquella tormenta tan fiera, començó a correr a todas partes conortando sus cavalleros; de la otra parte, aremetiéndose sobr'ellos aquella bestia, mató dellos veínte e siete del primero arremetimiento e llagó muy mal con los pies cincuaenta e dos; mas pero matáronla allí.

Empós esto todo salieron desse cañaveral unos mures tan grandes como raposas e comién los cuerpos de los muertos, e cuantas animalias de la huest mordién de guisa las emponçonavan que luego morién; mas pero non tenién daño a ningún omne los muessos dellos por que dend muriessen.

Empós esto aún vinieron murciegos tan grandes como grandes palomas torcaças, e avién los dientes como los omnes e firién en las fazes a los de la huest e llagávanlos mal, como que a los unos levavan las narizes e a los otros las oreias. E otrossí, pareciendo ya el alva, vinieron unas aves grandes, tamañas como butres, e eran de color bermeio e los pies otrossí bermeios; los picos avién negros. E estas aves non nuzieron a la huest, ca descendieron e posaron a derredor del estanco, e llenaron toda la ribera d'él, e entraron en el agua e començaron a sacar enguiellas e otros peces, e comiénlos.

## *Cap. 58. De cómo vino el rey Alexandre a una tierra e fallóla toda poblada de mugieres e ningún varón*[40]

Alexandre el grand, pues que ovo paradas so el so señorío[41] las tierras que oyestes en el capítulo ante desto, movió d'allí de cabo con su hueste e entró en un logar desierto e frío e tan oscuro que los cavalleros así como ivan ayuntados adur se podién conoscer unos a otros. E andudieron por aquella tierra oscura siete días, e a cabo del seteno día llegaron a un río que avié las aguas caldas, e fallaron allí allend ese río mugieres que moravan i muy fermosas, e vestién unas vestiduras muy espantosas, e andavan en cavallos e trayén en las manos armas d'oro, porque non avién fierro nin cobre de que las fazer, nin avié varón maslo entre todas ellas.

E Alexandre quisiera pasar el río a ellas, mas non pudo por ninguna guisa porque era ancho e lleno de dragones e de otras bestias fieras muy grandes.

Empós esto, yendo Alexandre en derredor de su hueste a la siniestra parte de India, entró en un tremedal que tremié la tierra, mas era seco e lleno de cañaveras, e cuando llegó allí quiso pasar por aquel paular. E assí como entraron por él, él e su huest, salió luego ende a ellos una bestia que semejaba

[40] Vuelvo a retomar para este capítulo la antología de Solalinde, con las pertinentes adaptaciones.

[41] *...so el so señorío:* después que hubo sometido bajo su dominio.

hipótamo. E es el hipótamo caballo de la mar, e avié los pechos cuemo cocadriz e el espinazo como sierra e los dientes muy fuertes, e en su andar tardinera como galápago; e luego que llegó a la huest mató dos cavalleros, e llegáronse gran compaña de la huest con lanças e azconas e venablos e espadas, e firién en ella, mas non avié i arma que la falsasse. Alexandre cuando aquello vio mandóla detener con las lanças e adocir maças de fierro e dalle con aquellas, e fiziéronlo e matáronla luego daquella guisa.

E andando empós esto Alexandre e su huest vinieron a las postremeras selvas de India; e posó Alexandre con su huest allí en la ribera de un río que dizién Buemar. E cerca la oncena ora començaron a salir desas selvas grand muchedumbre de elefantes e venir sobre la huest. Estonces sobió Alexandre en el so cavallo e començó de ir contra los elefantes e mandó a los de Macedonia que subiessen en sus cavallos otrossí e que l' siguiessen contra los elefantes; e los elefantes oyeron el roído de Alexandre e de sus cavalleros que vinién e sacaron los sos bocinas[42], unos grandes que an con que toman las cosas, e tendiéronlos pora tomar a ellos. Los de Macedonia cuando vieron a los elefantes daquella guisa ovieron grand miedo e por ninguna guisa non se atrevieron de ir a ellos. Alexandre cuando esto vio díxoles:

— ¡Varones cavalleros muy fuertes, non vos turviedes, ca vencer podemos estos elefantes!

E fizo adocir puercos e fazerles dar gruñidos donde se espantassen los elefantes, ca la cosa del mundo de que los elefantes mayor miedo an e se espantan, los gruñidos de los puercos son. E fue assí fecho, e cuando los elefantes oyeron los gruñidos de los puercos e los suenos de las bocinas començaron a foír. E Alexandre e sos cavalleros a seguirlos, e assí como los alcanzavan derribávanlos con venablos e con las espadas e mataron dellos muchos, e levaron ende los dientes e los cueros, e tornáronse a la huest.

---

42 *bocina:* su significado normal es *cuerno* sonoro o *trompeta*, como líneas más abajo, pero aquí, por su analogía morfológica, designa la *trompa* del elefante, aunque se usa como masculino para tal caso; mucha iconografía medieval, en particular la de los Bestiarios, pintaba tales trompas de manera similar a una trompeta.

*Cap. 95. De las maravillas que parescieron a la muerte de Alexandre*[43]

Mientre este testamiento que oyestes[44] escrivié el so notario ante Alexandre, fiziéronse a desora truenos e relámpagos de grand maravilla, e tremió toda Babilonia. E sonó luego por toda Babilonia la muerte de Alexandre e levantáronse luego todos los de Macedonia e armáronse e vinieron luego armados al palacio del emperador Alexandre e començaron a dar bozes e fazer alaridos grandes, diziendo:

— Mostratnos a nuestro señor e ó está, e cuáles sodes los qui l' tenedes; e sabet que si no nos mostrades luego nuestro emperador, agora seredes todos muertos.

Alexandre en el estado en que él estava ya oyó la quexa e el quebranto de los sos cavalleros e preguntó que cuáles eran. E salieron los de la cámara de Alexandre e preguntáronlo; e respondieron estonces los príncipes e dixieron:

— Dezid al rey Alexandre que nós los de Macedonia somos todos ayuntados e estamos aquí; e dezitle que vos dezimos que si luego non nos mostrades nuestro emperador que agora luego vos mataremos.

Cuando Alexandre esto oyó, mandóse tomar en su lecho e levarse de la cámara fuera al palacio. Empós esto mandó abrir las puertas del palacio e mandó que entrassen luego los de Macedonia ant'él. E pues que esto fue fecho, començólos a amonestar que visquiessen en paz entressí.

Los de Macedonia començaron a llorar grievemientre[45] e dar vozes, diziendo contra Alexandre:

---

[43] Se sigue ahora la ed. de Brancaforte, con las adaptaciones acostumbradas.

[44] Se reproduce en el cap. 94, inmediatamente anterior al seleccionado aquí.

[45] Para el planto en la Edad Media, y en particular para las manifestaciones del llanto entre los caballeros, vid. *supra*, nota 22. Nótese que en este pasaje se acumulan bastantes variantes del mismo tópico.

— Muy grand emperador, queremos saber quién nos á agovernar después de la tu muerte.

Respondióles Alexandre:

— Varones cavalleros de Macedonia, míos compañeros, dóvos yo por libres e quitos de todo señorío en esta guisa, que después de la mi muert que sea vuestro señor qui vos quisiéredes.

Pidiéronle estonces los macedonios que les diesse por rey e señor a Perdicas.

Llamaron estonces a Perdicas por mandado de Alexandre, e vino elle luego e diol' allí Alexandre el regno de Macedonia assí como gele demandaron por rey los macedonios. E comendól' allí a Roxane su mugier, e empós esto començó a besar a cada uno de los macedonios sospirando e llorando amargamient. E era muy gran el lloro e el llanto en aquel logar, tanto que semeiava trueno. E aún más cuenta la estoria que entristeció el sol e que falleció.

En tod' esto uno de Macedonia, que avié nombre Solestio, estava cerca'l lecho de Alexandre llorando e imiendo muy de rezio, e dizié:

— Muy grand emperador, Filipo to padre governava a nós e al nuestro regno, mas la tu largueza e la to bondad que tú ovist en dicho e en fecho, ¿qui la podrá asmar?

Levantóse estonces Alexandre e assentósse en so estrado e diose de la mano en la fruente una palmada e començó de llorar grevemient e dezir por el lenguaie de Macedonia:

— ¡Vay mi mesquino!, ¡vay mi omne malfadado e sin aventura buena!; ¡muere Alexandre e será abaxada Macedonia!

Començaron estonces todos los macedonios a llorar e a dezir a muy grandes bozes:

— Meior fuera a nós de morirnos todos que veer la tu muerte, señor, ca sabemos que después de la tu muerte el regno de Macedonia perdudo será. ¡Vay de nós, mesquinos!; tú nos dexas, señor, e ¿ó vas solo sin los tos macedonios? E, señor, esto non lo soliés tú fazer fasta aquí, de dexarnos e irte tú a otra parte. (...)

## 2. *Historia troyana*[1] *polimétrica / Historia troyana en prosa y verso*

Redacción h 1270

1350 h C 1400 a? C

Puede ser considerada como un *romance* heroico de tema clásico. Las versiones fragmentarias conservadas resultan más apegadas al modelo que traducen, el *Roman de Troie* de Benoît de Sainte-Maure, en la prosa que en el verso. Es posible que la primitiva redacción castellana fuese una traducción total del original francés, entreverada de trozos versificados que parafraseaban los pasajes más atractivos.

Códices en Bibl. Nac. de Madrid de mediados del siglo XIV (10146; fragmentario: fols.63r-153v) y en Biblioteca de El Escorial de fin del siglo XIV (L-II-16; de amplitud más reducida: fols.157rb-180rb); tal vez ambos emparentados entre sí y derivados de otro de principio del mismo siglo, que pudo ser también incompleto y hoy está perdido. En concreto el de la Nacional nos ha legado la traducción de los versos 5703 a 15667 del *Roman de Troie,* es decir, casi diez mil de los 30316 versos del modelo francés, un tercio aproximado de su enorme extensión.

---

[1] Ya se ha indicado en otro lugar que para todo lo relativo a la materia de Troya puede ser útil consultar Antonio García Solalinde, "Las versiones españolas del 'Roman de Troie'", *RFE,* 3 (1916), págs. 121-165, y Ramón Lorenzo Vázquez, *Crónica Troiana,* La Coruña, Fundación Barrié, 1985. Vid. C. García Gual, *op. cit.,* págs. 117-119.

Hay huellas de la tradición legendaria troyana y de su acogida en España que se remontan al menos al siglo XI; por ejemplo, en el epitafio de Sancho el Fuerte (fallecido el año 1072) en el monasterio de Oña, donde se lee:

*Sanctius, forma Paris et ferox Hector in armis,*
*Clauditur hac tumba iam factus pulvis et umbra.*

Si bien es en el *Libro de Alexandre,* redactado en el primer cuarto del siglo XIII, donde se le da por vez primera en las letras castellanas un amplio tratamiento literario al asunto de las guerras troyanas a lo largo de casi seiscientos versos, no es imposible que desde el siglo XII los juglares hubieran sacado partido del mismo para sus cantares épicos. Alfonso X introducirá en las partes segunda y tercera de su *General estoria* varias leyendas troyanas tratándolas como si fuesen hechos históricos; también existen referencias y alusiones a las mismas en su *Estoria de España.* En el siglo XIV es cuando la materia de Troya alcanza su mayor desarrollo en tierras hispánicas, adaptando unas veces los textos alfonsíes y otras traduciendo libros extranjeros. Así, después de 1350 se traducen aquí el *Roman de Troie* de Benoît de Saint-Maure —que había seguido de cerca las versiones atribuidas al frigio Dares *(Ephemerides belli troiani)* del siglo VI a. de C., y al cretense Dictis *(De excidio Troiæ historia)* del siglo IV a. de C.—, estimado como base de todas las traducciones españolas, así como la obra de Guido de Columna; cierto es que en la *General estoria* ya se había sacado partido de la obra del francés, pero su primera traducción directa al castellano fue la ordenada por Alfonso XI y acabada en 1350. Por lo que se refiere a la obra de Guido, es bien sabido que adaptaba el poema francés de Benoît al hacer su propia versión al latín, acabada en 1287, conocida por el título de *Historia destructionis Troiæ* y algunas veces como *Historia troiana,* que obtiene prestigio en España después de 1350; la utilizó Leomarte para sus *Sumas* y la tradujo al catalán Jacme Conesa en 1374[2]; también la tradujo al caste-

---

[2] De esta traducción catalana de Jacmes Conesa hay edición de R.Miquel Planas, publicada en Barcelona en 1917 con el título de *Les Histories Troyanes de Guiu de Colupnes.*

llano Pedro de Chinchilla en 1443 para su señor don Pedro de Pimentel, suprimiendo detalles y ampliando otros.

Antonio García Solalinde estudió sus mss., fuentes y relaciones textuales en *RFE*, 3 (1916), págs. 121-165.

Se ofrece a continuación un cuadro esquemático simplificado, inspirado en otro más complejo que realizó Agapito Rey, que muestra las más notables relaciones entre los textos literarios que transmitieron las leyendas troyanas en España:

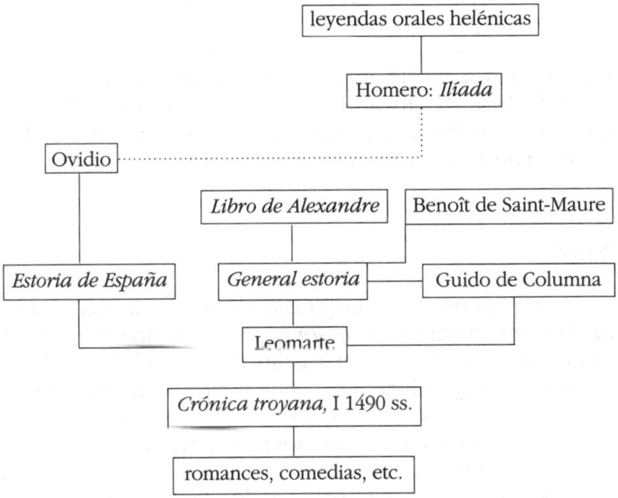


EDICIONES

1934 Ramón Menéndez Pidal y Eudoxio Varón Vallejo, *Historia troyana en prosa y verso. Texto de hacia 1270*, Madrid, *RFE*, anejo 18, 228 págs. Edita el cód. de la Bibl. Nac. de Madrid. Mejorable en calidad.

1976 Reproduce la anterior en *Obras completas* de M.Pidal, t. XII, *Textos medievales españoles, Ediciones críticas y estudios*, Madrid, Espasa-Calpe, págs. 179-420.

BIBLIOGRAFÍA

BROWNLEE, Marina Scordilis, "Towards a reappraisal of the *Historia Troyana polimétrica*", *La Corónica*, 7, 1 (1978-1979), 13-17.

—, "The Trojan Palimpsest and Leomarte's Metacritical Forgery", *Modern Language Notes*, 100,2 (1985), 397-405.

REY, Agapito y A.G. Solalinde, *Ensayo de una bibliografía de las leyendas troyanas en la literatura española*, Bloomington, Indiana University Public., Humanities Series, 6, 1942.

RIQUER, Martín de, "El armamento en el «Roman de Troie» y en la «Historia Troyana»", *BRAE*, 49 (1959), 463-494.

SOLALINDE, Antonio G., "Las versiones españolas del *Roman de Troie*", *RFE*, 3 (1916), 121-165.

SELECCIÓN

El argumento y la inspiración poética de los relatos medievales troyanos se remontan al texto homérico de la *Ilíada*, donde se narra el asedio de la ciudad de Troya —Ilión, en lengua helénica— por el ejército de los griegos o aqueos. La leyenda, incluidos los antecedentes desencadenantes de la lucha, es de sobra conocida en la cultura occidental, como también los son sus grandiosos héroes: el valeroso Aquiles, su entrañable amigo Patroclo,Agamenón[3] y su hermano Menelao, el esposo de Helena, Áyax[4], Teseo, Filosteas, en el bando griego, abrumador en número; Héctor, primogénito de Príamo y de Hécuba, el más destacado

[3] "Agamenón era blanco de cuerpo, e miembros valientes, bien razonado, e sabio, e noble e onrado" (*Grand e general estoria*, II parte, cap. 561).

[4] Áyax "era valiente, e de clara boz, e los cabellos negros e crespos, e de simple coraçón, e bravo contra enemigo", se dice de él en *Grand e general estoria*, II parte, cap. 561.

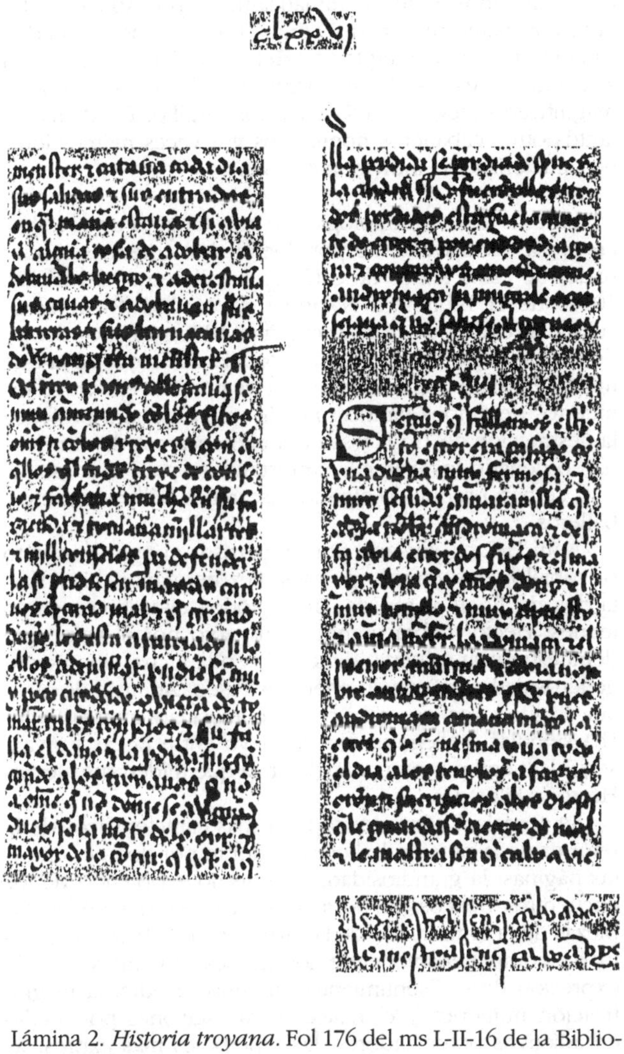

Lámina 2. *Historia troyana*. Fol 176 del ms L-II-16 de la Biblioteca de El Escorial, copiado a finales del siglo XIV

de los troyanos, muerto dramáticamente por Aquiles y llorado con patetismo en sus honras fúnebres por su padre; su hermano Paris, el raptor de Helena, quien será devuelta a su legítimo esposo Menealo tras la caída de Troya; Eneas, magnificado luego todavía más por Virgilio; Polidamas, y tantos otros caballeros nominados y a veces merecedores de caracterización individualizadora.

En esta muestra antológica se han tomado unos folios, en prosa exclusivamente por fidelidad al criterio seleccionador de estos textos de carácter caballeresco, del códice 10146 de la Biblioteca Nacional de Madrid [81 *verso* 2ª columna (81d) a 87 *recto* 2ª columna (87b), insertos dentro de la descripción de la segunda batalla de Troya, en la que muere Patroclo y se concierta una tregua para enterrar a los muertos de ambos bandos, no sin que Casandra profetice la destrucción de Troya y sea por ello encarcelada. Antes se han ordenado los ejércitos, aprestándose para el combate, y ya se han producido algunos escarceos bélicos entre caballeros.

Aquí Héctor, cercado por numerosos griegos y muerto su caballo, es socorrido por sus diez hermanos, hijos bastardos de Príamo, rey de Troya, todos ellos fieros como leones; Héctor cobra grandeza, no sólo por el valor que demuestra y su esfuerzo denodado en la lucha, sino por su generosidad para con su enemigo Teseo. Además de otros lances guerreros, descritos con minuciosidad, interesa la lucha singular proseguida sin desmayo entre Eneas y Áyax, seguida luego por otra paralela en la que miden sus fuerzas Héctor y Filostoas.

Se apreciará cómo los tópicos más característicos de la retórica de la prosa caballeresca afloran por doquier en estas páginas: la grandiosidad, dinamismo y violencia de los encuentros bélicos, la pormenorizada descripción de las piezas de la armadura y de las armas de combate, el espíritu de compañerismo entre los héroes tan francos en la expresión de sus sentimientos de amor u odio, la magnificación numérica y el realce de las acciones por medio de adjetivos potenciadores, las hipérboles más expresivas («tantos eran los muertos que jazían por los campos de la una parte e de la otra, que apenas podían andar los cavallos de los bivos sobr'ellos»), la atención a los inseparables caballos de los guerreros, las arengas que profieren los líderes Héctor y Áyax relatadas con reforzador estilo directo, el realismo descriptivo de golpes, heridas y muertes que provocarían la admiración («maravilla») de oyentes («avedes oído») y lectores.

No es necesario recordar al lector que goza no sólo de la libertad, común a todo usuario de antologías, para prescindir de las páginas que no sean de su interés, sino de leer las que desee en el orden que prefiera elegir. De modo que, *more cortazariano* en su *Rayuela,* se le sugiere que, si está interesado en leer de manera continuada los fragmentos aquí seleccionados sobre la materia troyana, de entre los muchos medievales acumulados, pase sobre el criterio de ordenación cronológica y enlace estas páginas de la sección 2 con los que aparecerán más adelante en las secciones 12, 20 y 23, correspondientes a los textos de las *Sumas de historia troyana*, de la *Versión de la historia de Troya de Beneito de Santa María* y de *La corónica troyana* anterior al año 1400. Téngase en cuenta, además, que no se reproducen páginas de la *Corónica troyana* impresa en Burgos en 1490 (ejemplar único en la Bibl.Nac. de Lisboa) aunque su versión manuscrita pueda ser datable a finales del siglo XIV, ni tampoco de la *Historia troyana* traducida por Chinchilla en 1443 de la que nos queda copia anterior a 1460 en la Biblioteca Menéndez Pelayo de Santander, ni de otras varias versiones hispánicas del medievo, aunque acerca de las dos últimas mencionadas se da información somera en las secciones 21 y 29 de esta antología.

## *Historia troyana polimétrica*[5]

[81d...] *Cómo los diez hermanos*[6] *de don Hébtor* [sic] *entraron en la batalla por le acorrer, e cómo le acorrieron, e de las cavallerías que fezieron cada uno de los diez hermanos*

Mientre aquesto aca[esció] que avedes oído, levava el[7] rey Menalao[8] preso a Polidamas, ca lo derribara el rey Talamón[9] con quien oviera grand batalla, e fue preso en ella, [82a] de guisa que non podía ya cobrar en ninguna manera; ca ya avía la espada perdida e cayéralle el yelmo sobre los ojos, e non avía ayuda de ningund lugar e andava muy grand buelta e grand batalla en derredor. E cuando don Héctor vio de cómo Polidamas iva preso, ovo muy grand coita e grand pesar e aguijó muy de rezio contra aquella parte do él estava; e como iva muy sañoso e con grand coraje, dando muchas esquivas feridas a cada parte de la espada, libró mucho aína la buelta que iva sobre Polidamas, de guisa que mató más de treze cavalleros de los griegos, e acorrió a Polidamas e libróle de poder de Menalao; mas ante rescebió él i muchas feridas e perdió i muchas gentes de las suyas, ca eran ellos muy pocos e los griegos muy grand cavallería.

Mas cuando el rey Epistros e el rey Menalao e el rey Talamón vieron aquesto, aguijaron todos tres muy de rezio de so uno con todas sus compañas sobre los troyanos e fezieron muy grand daño en ellos, e partiéronlos por fuerça del campo,

---

5 Me sirvo de la edición de Menéndez Pidal (1934: 26-37), adaptando su texto a los criterios ya explicados de ésta.

6 Se trata de los hijos bastardos de Príamo, que aparecen nominados a continuación.

7 El ms. dice *levavan a el*; acepto la corrección de Menéndez Pidal.

8 *Menalao:* Menelao, rey de Esparta, marido de Helena; en el bando griego. En *Grand e general estoria* se dice de él que "seyendo en tierra de Pilo con el rey Néstor, ovo las nuevas de cómo levara Paris a su mujer, la reina Elena" (II parte, cap. 538) y que "era non muy grande nin muy pequeño, e roxo, e fermoso omne, e de buena amiztad; e pagávanse los omnes bien dél, e era bien fecho" *(ibíd.,* cap. 561).

9 *Talamón:* Es una de las nominaciones de Áyax, caudillo griego de Salamina.

e cercáronlos todos aderredor por prender o matar a don Hétor *[sic]* e a ellos todos; e tan grande fue la priesa [82b] e el ferir que fezieron en ellos, que non escaparan ende la meatad de los troyanos que se allí acertaron, si non fuera por diez hermanos de don Héctor que estavan con la otra hueste de los troyanos en el logar do los don Héctor dexara. E con la grand dubda que avían de don Héctor que non rescebiese algund dapño, partiéronse todos diez de aquel lugar e fueron contra [do] estava don Hébtor, e non se parterían dél a su grado si ellos podiesen; mas tan grande era el gentío de los griegos que non se podían ayu[n]tar a él. Mas cuando ellos vieron así mezclar las azes las unas con las otras, e vieron relozir las espadas a cada parte, [e] cataron contra siniestro e vieron a los troyanos muy maltrechos, e oyeron las grandes bozes que davan e la grand buelta que iva sobr'ellos, derrancharon todos diez contra aquellas azes tan de rezio como unos leones, e a los primeros troyanos que fallaron començáronlos a llamar e a dezir a muy grandes bozes:

— Acorred, amigos, ¿non vedes la gran coita que sufre don Héctor?; ¿vedes cómo está cercado de los griegos e lo tienen ya como preso?; e ¿non vedes que lle han muer | to [82c] el cavallo, mas pero non se osa acostar ninguno a él por lo prender?

E bien así era como ellos dezién, ca tenían a don Héctor cercado, e él defendíese muy esforçadamente matando muchos dellos. E estos todos diez hermanos derrancharon muy de rezio por las azes de los griegos e fuéronse para [do] su hermano don Héctor estava, e allí derribó cada uno el suyo, e se mostraron todos por muy buenos cavalleros e ayudaron bien a su hermano; Endinax fue ferir al rey Menalao e derribólo del cavallo a tierra; e Antonio fue justar con el rey Epistros, e diéronse tan grandes feridas que se derribaron ambos en el campo; e Esdrón fue otrosí ferir al rey Talamón muy esquivo golpe en el escudo, de guisa que l' pasó la lança de la otra parte e non le prestó la loriga, que muy grand golpe non rescebiese en el cuerpo e non perdiese allí mucha de la su sangre; e Delón otrosí non quiso ser peor de sus hermanos e fue ferir entre los griegos a Polisenon, el almirante, e diol' tan gran ferida que [le] batió muerto del cavallo a tierra; e tomó el cavallo, que era muy bueno e muy preciado a grand maravilla, por [82d] la rienda, e diolo a don Héctor, su hermano, e cavalgó don Héctor a priesa en él e començó ayudar muy de rezio luego a sus hermanos, e otrosí Sinciliano fue ferir a un almirante tan de coraçón que a él e al cavallo ambos los echó en tierra de so uno; e Quintiliano dio a otro tan grand ferida que lo derribó de la siella, e salíangelas entranias[10] por la ferida e levávalas en los braços; e Rodoniero otrosí mostróse por muy buen cavallero, ca derribó dos de aquella vez; e Casabilante justó allí con uno que era llamado el conde Glau do Valfrío, porque era señor de aquel logar.

E estovo don Héctor todavía catando aquella justa e vio de cómo Casabilante dio tan grand ferida al conde que nin le valía la loriga nin otra arma que toviese que non le saliese la lança por las espaldas e los rayos de la sangre por toda parte. E dixo don Héctor a grandes bozes do lo estava catando:

—Nunca vos, por arte que ayades, desta ferida guaresceredes.

E Dimastaron otrosí fue ferir a Anter, e diol' tan grand ferida que lo mató ante que nunca flablas[e nin] podiese. E Dorasbal otrosí ferió a uno de tal guisa que derribó a él e a su cavallo en tierra. [83a] E desta guisa fezieron estos diez hermanos muy grand dapño[11] en los griegos, luego que allegaron e acorrieron a su hermano don Héctor muy esforçadamente, segund que avedes oído.

### *Cómo don Héctor libró al rey Teseo del poder de sus hermanos que le querían ya tajar la cabeça e ayudáronle a cavalgar por ruego de su hermano, e él gradeciógelo*

Desque fallescieron las lanças a los hermanos de don Héctor, metieron mano a las espadas e ellos e los griegos de la otra parte, e allí fue el torneo muy bravo e mucho esquivo e cobraron los troyanos cora[j]e con el grand esfuerço de aquellos diez hermanos, e fezieron muy grand dapño en los grie-

[10] *saliangelas entranias*: así en el texto; no es difícil interpretar, a pesar de las grafías, frase de tanto realismo descriptivo.

[11] *grand dapño:* este sintagma, con leves variantes grafemáticas, se repetirá como un tópico a lo largo del texto.

gos; e de tal guisa se ayudavan don Héctor e aquestos, que movién por fuerça las tres azes de los griegos. E aguijaron estonce los de Pedonia, e allegáronse al torneo con los dos reys que eran sus señores e con quien venieran a la batalla: el uno dellos avía nombre Tereco e el[12] otro Pretermiso. E aquestos todos avía de acabdellar Deifebo, el hermano de don Héctor, e acabdellávalos él muy bien, trayendo su arco en la mano e faziendo muy grand dapño [83b] en los griegos. E él, nin todos aquellos [que en][13] su compaña venién, non traían escudos nin otra arma ninguna, si non arcos e porras colgados de los arzones, e luego que allegaron començaron de tirar e a matar muchos de los cavalleros e muchos cavallos; e fueron i todos muy buenos a maravilla grande. E Deifebo paró ojo en el rey Teuzer, e puso una saeta en el arco e diol' muy grand ferida, tal maguera que non desmayó mucho el rey Teuzer que ante de un mes fue sano della. E desque el rey Teuzer se sintió ferido aguijó el cavallo muy de rezio e alcançó a Deifebo e feriólo yacuanto con la espada. E el rey Tereco tirava otrosí muy a menudo e fazía muy grand daño en los griegos. E el rey Pretermiso mató cinco dellos ante que se de un lugar moviese. E el rey Teseo andava en aquel torneo de parte de los griegos a guisa de muy buen cavallero e muy esforçado, e traía el escudo embraçado e la lança en la mano e la espada en la baína[14], toda sangrienta; e non era maravilla, ca matara muchos de los troyanos aquel día e feziérales muy grand dapño. E Quintiliano, el fijo del rey Príamo que lo vio así andar por la ba | talla [83c], fuése luego a combater con él, uno por otro, e diéronse ambos tan esquivos golpes que se quebrantaron los escudos e falsaron las lorigas, e las lanças bolaron en pieças, e ellos cayeron ambos de los cavallos a tierra, e levantáronse luego en pie e diéronse grandes feridas con las espadas.

E ellos estando en esto, llegó i Rodomero, el fijo del rey Príamo, para ayudar a su hermano Quintiliano, e dio grandes tres golpes con la espada a Teseo, e presiéronlo ambos hermanos por el yelmo e quisiéranlle cortar la cabeça e non lles podiera escapar en ninguna guisa; mas violo don Héctor e conos-

---

12 *el:* Menéndez Pidal lee *al;* pudiera admitirse su lectura, si se supone la elipsis: al otro le llamaban o le nombraban...

13 El códice está roto es este lugar.

14 *baína:* así, trisílaba por el hiato, debía de pronunciarse por entonces nuestra actual *vaina.*

ciólo bien, e prógol'[15] mucho porque lo veía en tiempo e en sazón que avía mester la su ayuda, e que l' podría dar galardón del amor que l' feziera[16]. E por ende aguiljó corriendo contra sus hermanos e díxoles:

— Dexat aquese donzel e non le fagades mal ninguno; ca bien cred[17] que non prenderá el daño en el logar do yo bier[18] que la mi ayuda le fuer mester; e grand derecho es que me pese del su dapño, bien como pesava a él del mi mal. E por ende, hermanos, ruégovos que le ayudedes a sobir en su cavallo e que lo dexedes i bivo e sano [83d] a la su az.

E ellos feziéronlo luego bien así como don Héctor les mandó, e Teseo gradeciógelo mucho.

### *Como el rey Toas mató Casabilante, uno de los fijos del rey Príamo, e matólo ante don Hébtor*

Estando la batalla en peso[19], lidiando los unos de la una parte e de la otra, segund que avedes oído, legó i el rey Toas, bien con veinte mil cavalleros que traía en la su az muy bien guisados, e de la otra parte el rey Filoas[20] con muy grand gente que traía de suyos. Otrosí este veniera de Calcedonia âquella batalla, e cuando llegaron aquestas azes apenas se podie-

15 *prógol':* plógole, le plugo; pasado del verbo *placer:* le complació, le agradó.

16 Se refiere al consejo de retirarse de la lucha que páginas antes le había dado Teseo en circusntancia apremiante para Héctor, cercado y a punto de ser vencido por sus enemigos; el capítulo, en el folio 81a, se titula: «Cómmo don Héctor dio muchas gracias a Teseo por el consejo que lle dava, e dixo que si bien viese tiempo que gelo galardonaría bien», promesa que aquí cumple.

17 *cred:* creed; imperativo de creer; de esta forma reaparece otras veces en el texto.

18 *bier:* viere; futuro de subjuntivo de ver, similar al inmediato *fuer,* por fuere, del verbo ser.

19 *en peso:* equilibrada, en la balanza, sin decidir su vencedor.

20 *Filoas:* príncipe de Calcedonia, en el bando griego; también nominado como Filosteas, Filisteas e incluso Filostoas.

ron tener[21] los troyanos que non oviesen de foir, e sin falla foyeran e ovieran por fuerça a dexar el campo, si los griegos sopieran de cómo eran desbaratados; mas, comoquier que punasen en se defender, rescebieron muy grand dapño aquella ora. E el rey Toas, que andava bien armado a gran maravilla en un cavallo muy preciado e muy corredor, pasava las azes de los troyanos mucho a menudo, e los unos matava e a los otros derribava e a los otros dexava muy mal. E andando [...][22]

[85a] dapño en ellos tirándoles muchos dardos empenolados a manera de saetas. E desta guisa mató en aquel torneo mucha buena cavallería. E allí do eran las grandes priesas de los griegos e la grand fuerça del su lidiar, allí los partía él malo su grado. E andavan todos por lo matar, mas non le podían fazer mal ninguno, así que eran más de mil los cavalleros que andavan aderredor dél tirándol' todos, e non metían en ál mientes, si non en fazerle mal si podiesen, e trabajávanse mucho en lo derribar del carro, que asmavan que luego se podrían bien vengar dél, ca lo farían todo puestas. E esto cuidavan ellos que lo tenían muy bien parado, porque estava él muy longado de los suyos; mas él defendíese dellos muy esforçadamente: lo uno por sí, que era muy buen cavallero de armas, lo otro, por la grand fortaleza del carro; mas, con todo aquello, non se pudo él tanto guardar que lo non oviese a ferir Ludal, un muy buen cavallero que tirava muy bien de arco a grand maravilla, e diole una ferida de una saeta en la cara, que luego âquella ora cuidó ser muerto el rey Fión. Mas violo Pitágoras muy bien e dixo luego al rey Esdras:

— ¿Non vedes, rey Esdras, que preso es ya el rey Fión?; paresca agora si ha amigos, e si ay alguno que lo [85b] bien quiera vaya acorrerlo e pune de ferir sobr'él.

E tanto que Pitágoras ovo dicho aquesto, aguijaron los cavallos muy de rezio a aquel logar do estava el rey Fión; e más fueron de mil los que sacaron luego las espadas e muchos los que ferieron de lanças; mas bien fallaron i cavallería de los griegos que les rescebieron muy esforçadamente. E maguera,

---

21 *tener:* Menéndez Pidal prefiere esta lectura, situada encima de la línea del manuscrito, en lugar de *legar* que se lee en la línea.

22 En el códice original falta el folio 84, correspondiente a los versos 9131 a 9223 del *Roman de Troie.*

con todo aquello, descercaron ellos al rey Fión; mas ante presieron i muerte muchos de la una parte e de la otra, y ovo i muchos derribados e muchos muy mal lagados; mas al cabo del torneo fueron muy maltrechos los troyanos, segund que agora oiredes.

### *Cómo don Héctor fue acorrer a los suyos e les fizo cobrar, e fizo a las cinco azes de los troyanos dexar el campo por fuerça*

Después que el rey Fión fue descercado, fincaron los troyanos allí combatiéndose con los griegos e faziendo en ellos muy grandes dapños; mas sobrevenieron i los de Creta e los de Pira e fueron ferir en los troyanos, e luego, a muy poca de pieça, morieron dellos bien mil cavalleros, e mezcláronse las azes e fue la batalla muy esquiva; e ovo i quebrados de la una parte e de la otra muchos escudos muy fermosos, e muchas lorigas [85c] desmanchadas e rotas, e muchas buenas capellinas e muchos yelmos muy fuertes, e muchos cavalleros muertos e muchos feridos de mala guisa.

Mas los grandes fechos que allí fizo don Héctor aquel día non los podría ninguno contar complidamente; ca tanto que el vio que los troyanos avían lo peor de la batalla, e que los avían los griegos movidos del campo e muertos e confondidos muchos dellos, trabajóse en todas guisas de pasar a los suyos e de les ir acorrer; mas tantos e tan buenos eran los cavalleros griegos que lo embargavan, que le era muy grave cosa de fazer. E maguera con todo aquello, de tal guisa metió él puña de pasar a los suyos e de les acorrer que non receló muerte nin dio nada por cuantos lo embargavan, ante se metió por medio dellos derranchadamente como un león, feriendo a toda parte e matando a todos cuantos ante sí fallava; e ivan con él sus hermanos sofriendo con él muy grand afán otrosí; ca Deifebo tanto era de grand coraçón que non temié a ninguno e matava muchos muy esforçadamente. E Polidamas otrosí fazía allí cosas de que devía ser mucho preciado.

E estos todos con sus vasa | llos [85d] començaron a maltraer a los griegos; mas llegaron i de la otra parte el rey Menalao con toda su compaña e el rey Talamón con la suya otrosí en que avía muchos buenos cavalleros e muy esforçados e que se matavan con los troyanos sin todo miedo. E allí se bolvió estonce una tan grand buelta e un torneo tan esquivo que fue maravilla de cómo pudo ende escapar ningund cavallero bivo; mas por todo aquello de tal guisa fueron abivados los troyanos por el grand esfuerço de don Héctor que rompieron todas las azes de los griegos e pasaron a los suyos que avían lo peor de la batalla e que estavan en muy grand coita. E si algund pesar o alguna desonra les avían fecha fasta allí conmençáronse a vengar dellos muy de rezio desque don Héctor i llegó con aquellos que andavan con él. E de tal guisa se vengaron sin falla que fezieron muy esquiva mortandad de la otra parte, así que, de aquellas cinco azes que allí eran de los griegos, fincaron los mejores dellos muertos e muy mal feridos por los plados[23]; e a los que escaparon bivos feziéronles dexar el campo e metiéronlos por fuerça entre las azes de los suyos. E allegáronse luego todos los troyanos en uno e cobráronse las azes que estavan muy mal [86a] paradas, que non avía i ninguna dellas que non se viese en grand miedo, tanto escaparan de grand peligro.

### *Cómo Eneas legó con su az a la batalla e desbarataron los griegos, e cómo Ájax[24] dixo a los reys que le veniesen acorrer*

Estando allí ayuntadas las azes con don Héctor, legó i Eneas[25] con todos los de Lancania[26] que traía en la su az, e esta az era muy grande a maravilla de cavalleros muy bien guisados. E desque estos fueron legados a las azes que estavan con don Hébtor, aguijaron todos de so uno los cavallos e abaxaron las lanças e fueron a ferir en las azes de los griegos, que esta-

[23] *plados: prados.*

[24] *Ájax:* Se trata de Áyax Telamón o Talamón, caudillo griego de Salamina, ya mencionado en páginas anteriores con otras nominaciones.

[25] De Eneas se dice en *Grand e general estoria* que "era roxo e esforçado, e el cuerpo como cuadrado, e bien razonado, e fablar con quienquier, e luengo de cuerpo e non muy gordo, e en consejo piadoso, e fermoso de cara como Venus, su madre, e grandes ojos" (II parte, cap. 560).

[26] *Lancania:* Licaonia o Lancona, situada en Asia menor.

van ya juntas otrosí. E allí fue tan grande la buelta e la priesa del ferir que non fue tal de los griegos que non dubadase e non oviese miedo de morir i aquel día; más[27] de diez azes que eran los troyanos allí do ferían en los griegos, todos se fezieron tres, e non avía i tal de aquellas tres azes en que non oviese a lo de menos tres mil cavalleros de muy buena cavallería. E allí ovieron los troyanos lo mejor de la batalla, ca fezieron muy grand mortandat en los griegos e foían e dexavan el campo ya muchos dellos; mas non avía i tal que foyese que non oviese asaz quien fuese en pos dél. Mas cuando Ájax, que era muy buen cavallero a gran maravilla, vio de cómo era tornado el dapño todo [86b] sobre los suyos, e que avían dexado el campo por fuerça, e que avía i muchos dellos que se fazían afuera e muchos que eran maltrechos e muchos presos e muchos muertos, ovo muy grand coita e muy grand pesar; e cató derredor de sí e començó de mesurar a todas las gentes de los griegos, e vio en aquel logar estar muchos reys e muchos príncipes e muchos altos omes e muy poderosos, e toda la flor de los griegos; e porque estavan todos asosegados e non ivan ayudar âquellas azes que echavan los troyanos del campo, díxoles él a muy grandes bozes:

— Amigos, ¿qué puede aquesto ser?, o ¿cómo non imos ayudar a nuestra gente?; ca, maguer que estó acá alongado, lo que yo veo por los ojos, bien lo puedo adevinar. E bien veo aquella az de los nuestros está sin falla con muy grand miedo, ca los veo todos estar en dubda aguisándose para se ir, e veo que han ya rescebidos muy grandes dapños e tienen guisado de rescebir muy aína mayores. E, amigos, si fuere el vuestro muy buen prez, todo es perdido; mas, señores, por dios, vayámoslos ferir, ca más bale que morramos que non salir de nós maldat e mostrarnos por covardes, e non dubdemos e vayámoslos ferir. E si me vós bien ayudades, f[azer]los [86c] hemos por fuerça encerrar en las barreras. E como irá cresciendo la nuestra fuerça e tornando la nuestra gente, desbaratarlos hemos todos a la entrada de la puerta, si nós non fuermos i muy malos. E vayámoslos ferir allí do están, antes que se liegen[28] más a nos, ca los veo venir mucho acercando. E guardat-

---

27 *más:* al carecer de tilde el códice, su significado es ambiguo; pudiera entenderse no sólo como adverbio de cantidad, sino como conjunción adversativa *mas.*

28 *liegen:* lleguen, acerquen.

vos todos muy bien que ninguno non salga de la batalla a menos de mí.

### *Cómo Ájax Talamón e Eneas justaron uno con otro, e cómo arrancaron del campo los troyanos a los griegos por muy grand fuerça*

Desque ovo Ájax aquesto dicho, cavalgaron todos a muy grand priesa bien como omes que deseavan de fazer en todas guisas los mejor que ellos podiesen, e abaxaron[29] todos las lanças e fueron ferir en los troyanos; e el ferir fue tan grande que bien ciento cayeron luego a los primeros golpes; e tan grande fue la buelta, que fueron i muchas lanças quebradas e muchos escudos foradados e muchas cabeças corta[da]s e muchos buenos cavalleros muertos. E tantos buenos cavallos salían a toda parte sin señores, que todo omne que los viese podría bien dezir que non fuera i tan fuerte batalla como aquella. E Ájax Talamón fazía tan grand mortandad en todos los que ante sí falla | va [86d]; mas Eneas que lo vio fue luego justar con él[30], e diéronse tan grandes golpes en los escudos e tan esquivos que se pasaron las lanças de parte a parte, de guisa que se foradaron las lorigas e perdió i cada uno dellos pieça de la su sangre; mas pero non se derribaron, e las astas de las lanças cayeron todas en pieças. E desí metieron mano a las espadas e feriéronse muy crúamente ambos a[31] dos, de guisa que se derribaron los yelmos e rompiéronse las cofias que tenían so ellos e diéronse asaz grandes feridas en las cabeças, así que les salía la sangre por muchos logares. Mais pero con todo aquello ellos non desmayavan, e comoquiera morieran i ambos, o el uno dellos, si non allegaran tan aína a cada uno dellos acorro de los suyos, ca luego que sus amigos e sus vasallos los vieron lidiar tan crúamente apartados, fueron bolver sobr'ellos e partiéronlos ambos a dos.

---

29 *abaxaron:* en el ms. se lee *los* tachado tras esta palabra.

30 Se inicia aquí un pasaje que cumple con varios de los tópicos presentes en muchas de las justas caballerescas.

31 *a:* corrijo a Menéndez Pidal, que lee *e.* Vuelvo a hacerlo pocas líneas más abajo en la misma expresión, de acuerdo con los usos registrados ya en textos coetáneos.

E a la buelta de aquel parar, cred que ovo muchas feridas de la una parte e de la otra; ca fue la batalla muy fuerte e muy esquiva, e arrancáronse los griegos e duró mucho el alcance que fezieron los troyanos yendo de pos dellos. E sin falla fue muy grande la pérdida que fezieron i los troyanos.

### *Cómo el rey Filosteas veno ayudar a los griegos, e cómo don Héctor justó con él e lo derribó e lo ferió mal, de guisa que (lo derribó, [87a] de guisa que) yogó amortecido muy grand pieça*[32]

Los griegos ivan así en arrancada, [e] sobrevieno Filosteas, el rey de Calcedonia, con toda su gente, e traía en su compaña bien tres mil cavalleros de los mejores que avía en toda la hueste, e acorrió luego a Ájax e a los otros griegos que estavan en grand quexo; e el acorro fue tal que, de las primeras feridas, morieron bien dozientos troyanos. E aquella az del rey Filosteas, e en la que iva Ájax, desque fueron ambas juntas, començaron a retener los troyanos que ivan en el alcance; e los troyanos, que lo avían mucho a coraçón, non se querían ende tornar, e por aquella porfía morieron i muchos de la una parte e de la otra; ca tan maña fue la fimencia que los troyanos metieron en vencer e los griegos en defenderse, que se quebrantavan los escudos e rompían las lorigas e cortávanse las piernas e los braços e las cabeças e cuanto se alcançavan, de guisa que tantos eran los muertos que jazían por los campos de la una parte e de la otra, que apenas podían andar los cavallos de los bivos sobr'ellos; e así fincaron muy grandes dapños de ambas las partes.

E ellos andando así en aquesta priesa tan grande, fue el rey Filostoas[33] a justar con don Héctor, e la lança [87b] que él traía, que fuera de Sicanor, fizógela toda pieças en el escudo; mas don Héctor, el muy ardit, fue dar tan gran ferida en los arzones de la silla que, maguer que el rey Filostoas traía muy buen

---

32 Es harto probable que el copista, al cambiar de folio repitió la perícopa que pongo entre paréntesis. Propongo su omisión

33 *Filostoas:* como se puede apreciar, en el códice alterna esta transcripción con *Filosteas*; vid. la nota 17, anterior.

cavallo de Castiella[34], cayó malo so grado so él, e fue el rey Filostoas tan mal ferido que yogó una pieça amortecido del grand dolor de la laga. E maguera tal fue la ferida que non morió della; mas en guardándolo los sus vasallos, desque lo vieron yazer en tierra, morieron i muchos buenos cavalleros sobr'él de la una parte e de la otra. E allí cobraron entonce fuerça los griegos e començaron a maltraer los troyanos muy fuerte, de guisa que, malo su grado, ovieron de dexar el campo por fuerça e perdieron i mucha de su gente; así que fasta aquel día non fezieron tan gran pérdida en ninguna de las otras batallas.

---

34 *cavallo de Castiella:* Eran proverbiales los elogios de tales caballos, probablemente de raza árabe aclimatados en tierras de Castilla, y la tendencia a su tradicional estimación justifica, o al menos palía, el anacronismo de la referencia. Así, en el *Poema de Fernán González*, al hablar de España: «de los buenos cavallos aún mención non fiziemos/.../nunca tales cavallos en el mundo non viemos» (e. 152b-d, tal como la editan Menéndez Pidal y Zamora Vicente, corrigiendo la lectura literal del ms Escor. B-IV-21); o, en el *Libro de buen amor:* «el cavallo de España muy grand precio valié» (e. 1244d). Vid. por otra parte los enigmáticos "cavallos saragofeces", probablemente aragoneses o zaragozanos, mencionados en la *Versión de la historia de Troya... de Alfonso XI,* fol.50v.

## 3. *Gran conquista de ultramar*

Redacción 1293

1350 h? C     1390 d C     1400-1410 C     1450 h C
1503 I (Salamanca)

Copias parciales en la Bibl. Nac. de Madrid: en el ms. 1187 (C h 1350?), cuyo tejuelo lo titula *Historia de ultramar*, con 360 fols. de 41x27 cm. a dos columnas, que contiene sólo los caps. correspondientes a los que van del 263 al 297 del libro III y la totalidad del IV en la ed. impresa en 1503; en el ms. 1920 (C d 1390, con interpolaciones posteriores), con 204 fols. de 40x27 cm., también incompleto, pues se conservan sólo los fols. 213 a 416 a dos columnas, correspondientes a los caps. 27 a 244 del libro II; y en el ms. 2454 (C h 1450), con 231 fols. de 28,5x21 cm. a dos columnas, cuyo texto empieza en el cap. 47 del libro I y llega hasta el cap. 7 del II, sirviéndose del cual editó Mazorriaga en 1914 *La leyenda del caballero del Cisne*. Hay otro más en la Bibl. de la Univ. de Salamanca: ms. 1698 (C 1400-1410), con 255 fols. a dos columnas, y también incompleto, pues se inicia en el capítulo 355 del libro III, *olim* en Bibl. de Palacio o Real de Madrid, 2.E.3,420.

La ed. impresa salmantina de 1503 se publicó en dos tomos, con 437 fols. a dos columnas.

Su núcleo textual procede de la *Historia regum in partibus transmarinis gestarum*, atribuida al arzobispo Guillermo de Tiro[1], quien en su redacción llegó a relatar hechos ocurridos hasta el año 1184. Esta crónica se tradujo pronto al francés y varias manos la prolongaron hasta el año 1291. Su primera ed. se imprimió en Basilea en 1549, pero la mejor es la publicada con el título de *La Gran Conquête d'Outremer,* como tomo I, en dos volúmenes, del *Recueil des historiens des croisades,* en París (1844 y 1859); existe otra, también en dos volúmenes, editada en la misma ciudad por Paulin Paris (1879-1880) sólo con la traducción al francés. A finales del siglo XIII se hizo una amplia compilación en castellano, a partir del núcleo original e incorporando además la aportación de sus continuadores, mezclando con absoluta libertad interpolaciones de carácter mixto (históricas, épicas y fabulosas) que suelen ser traducciones en prosa del ciclo de las cruzadas; las de mayor interés son las que proceden del poema francés *Hélias* o *La chanson du chevalier du Cygne* y de *Enfances de Godefroid de Bouillon.* La obra española traduce, no el original latino, sino una versión francesa del mismo; en el siglo pasado Amador de los Ríos[2] ya había apreciado la inclusión de fabulosas tradiciones caballerescas entre sus páginas históricas.

Su interés estriba en que, además de ser el "prototipo de la literatura caballeresca en España" (Louis Cooper, ed., t.I, pág. LXXV), contiene, entre otros, los episodios interpolados del caballero del Cisne (libro I, capítulos 47 a 142, que ocupan las páginas 81 a 288 del tomo I en la ed. de Cooper), así como la historia de Berta y de Mainete[3] (libro II, cap.43; en las págs. 557 a 592 del tomo I de Cooper); a

[1] Pascual de Gayangos se refería a esta obra con el título de *Historia belli sacri principibus christianis in Palaestina et in Oriente gesti,* de la cual menciona una ed. impresa en Basilea en 1549 (Pascual de Gayangos, *Historia de Enrique fi de Oliva,* Madrid, Sociedad de Bibliófilos Españoles, 8, 1871, pág. XVII, nota 1). De Guillermo dice allí que fue natural de Jerusalén, y muy apreciado por su rey Amaury I, hermano y sucesor de Baudouin, Balduino o Baldovinos.

[2] José Amador de los Ríos, *Historia crítica de la literatura española,* Madrid, 1861-1865, tomo IV, pág. 26.

[3] Carlos y Manuel Alvar la han editado recientemente en *Épica medieval española,* Madrid, Cátedra, 1991, 341-380.

Berta se la presenta como hija de Flores y Blancaflor, esposa de Pepino y madre de Carlos Mainete.

La procedencia de este relato es francesa, como en la práctica totalidad de los textos que se mencionan más adelante, y su tema fundamental gira en torno a las cruzadas a Tierra Santa, en la primera de las cuales (1095-1100) tuvo intervención tan decisiva Godofredo de Bullón (1060?-1100), duque de la Baja Lorena, junto con sus hermanos Eustaquio y el célebre Balduino; aquí se le magnifica como vasallo del emperador, excelente caballero y cristiano ejemplar. Godofredo participó activamente en el feroz asalto y en la subsiguiente toma de Jerusalén el 14 de junio de 1099, y se hizo cargo del gobierno de la ciudad santa con el título de «Defensor del santo sepulcro» hasta su muerte, ocurrida al año siguiente, en el que le sucede Balduino adoptando ya el título de rey.

EDICIONES

1858 Pascual de Gayangos, Madrid, Rivadeneyra, B.A.E., t.44.
Sigue, mal, con graves errores, la de 1503. Reproducida en 1877.

1979 Louis Cooper, Bogotá, Instituto Caro y Cuervo, 4 vols.
Sigue críticamente la de 1503 en dos tomos y 437 folios a dos columnas.

1989 Louis Cooper y Franklin M. Waltman, Madison, Hispanic Seminary of Medieval Studies, Spanish Series, XLI. Editan el ms. 1187 de la BNM, de 360 folios, que contiene un tercio del total de la obra, desde el cap. 263 del libro III al final del libro IV.

(1990) Cristina González prepara otra ed. para Tamesis Books de Londres.

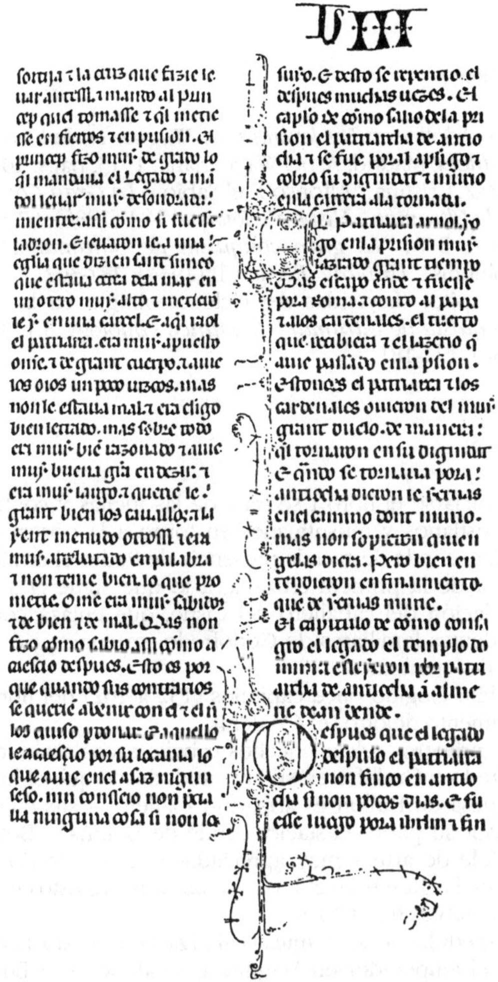

Lámina 3. *Gran conquista de ultramar*. Fol. 8r del ms 1187 de la Biblioteca Nacional de Madrid, copiado a mediados del siglo XIV

Bibliografía

Bonilla, Adolfo, en *Las leyendas de Wagner en la literatura española*, Madrid, Asoc. Wagneriana, 1913, págs. 10-17.

González, Cristina, "Alfonso X el Sabio y *La Gran Conquista de Ultramar*", *Hispanic Review*, 54,1 (1986), 67-82.

Northup, G.T., "*La gran conquista de Ultramar* and its problems", *Hispanic Review*, II (1934), 287-302.

Rey, Agapito, "Leyendas del ciclo carolingio en la *Gran Conquista de Ultramar*", *Romance Philology*, 3,1 (1949-1950), 172-181.

Selección

Al iniciarse el libro I se trata de las luchas y conflictos entre cristianos y musulmanes en torno a la posesión de Jerusalén, con la destacada presencia de Pedro el ermitaño, iniciador de la primera cruzada, a lo que sigue la amplia interpolación del caballero del Cisne, que enlaza con los antecedentes familiares de Godofredo, su concepción y la de sus dos hermanos.

Se han elegido once capítulos (152 a 162) del libro I y un fragmento de otro (el 43) del II.

Los primeros relatan hechos caballerescos atribuidos a Godofredo o Gudufre en su juventud, desde que el hijo de la duquesa de Bullón es armado caballero, a sus dieciséis años, por su padre Eustacio, conde de Boloña o Bolonia, dotándole de armas muy apreciadas que se describen, al igual que las fiestas celebradas en tal ocasión. Estos hechos serían datables hacia 1076.

Despedido de su familia, cabalga Godofredo hacia la corte del emperador en Maguncia; se alude así a Enrique IV, nacido en 1050, unos diez años antes que el caballero, y regidor del imperio romano-germánico, cuyas bases feudales reforzó, al mismo tiempo que engrandeció a sus príncipes, durante medio siglo, desde 1056 a 1106. Cuando ambos departen, se le ofrece al muchacho oportunidad adecuada para iniciar su actividad caballeresca en su «primera prueba de armas», protegiendo a una desvalida doncella que demanda justicia sobre el desafuero que sufre por la malvada conducta del temible castellán Guión de Montefalcón.

Tras los protocolarios rituales del ofrecimiento de gajes y rehenes, se procede al reto o desafío entre Guión y Godofredo, que se presta a ser el paladín de la dama, a lo que sigue el resto del ceremonial establecido por la costumbre para las justas. Se relata luego la cruenta contienda, describiendo sus avatares con todo lujo de pormenores, hasta llegar a la decapitación final de Guión por el tajo de la espada de su oponente; tras su muerte, recupera la doncella su herencia y regresa Godofredo a la corte imperial, camino de la cual su hermosura y juventud suscita la fervorosa admiración de cuantas mujeres se asoman a su paso para verlo. Llegado a palacio, es colmado de honores tras haber demostrado «la cavallería que en él avía», utilizando una expresión similar a la coetánea, pero semánticamente opuesta, de "aver grande clerezía"; conversa con el emperador, quien, antes de despedirlo, le otorga el título de duque y le restituye las tierras que desde antiguo habían pertenecido a su linaje. Más adelante el libro sigue refiriendo las andanzas de Godofredo, hasta que se incorpora a la expedición de cruzados que se dirigen hacia Ultramar para intentar la recuperación de Tierra Santa.

El fragmento con que se cierra la selección, tomado del largo capítulo 43 del libro II, donde también se resume la historia de Berta, hija de Blancaflor, describe punto por punto y de manera atractiva «un juego que usaran los franceses antiguamente que llamavan tabla rodonda», que solía durar una semana, y a veces se prolongaba a lo largo de dos; integrando en el mismo imprescindibles componentes galantes, servía de entrenamiento deportivo para adiestrar a los caballeros en el ejercicio de las armas y para fortalecerlos, de manera que estuvieran en condiciones de soportar la dureza de futuras luchas menos lúdicas. No se omite la explicación del nombre con que tal juego se conoce, diferenciándolo de la mesa redonda artúrica.

## *Gran conquista de ultramar*[4]

[68vb...] *[LIBRO I] Capítulo CLII. Cómo Eustacio, conde de Boloña, armó cavallero, día de Pasca de Resurrección, a su fijo Gudufre e a otros cincuenta, e de las armas que les dio*

Cuando Gudufre, el fijo primero del conde Eustacio de Boloña[5], e de Ida, su muger, duquesa de Bullón, ovo diezeséis años, fue tan fermoso e tan bien facionado de todas las cosas que ningún hombre de sus días lo podría ser. Entonce el padre adereçóle para ser cavallero, e otros cincuenta con él, que él armó esse día que lo él fue, todos fijos de altos hombres e muy honrados. E esto fue en el mes de abril, el día de Pascua de la Resurrección. E las armas que el duque Gudufre ovo, que le dio el conde, su padre, fueron las más ricas que hombre podría ver aquella sazón; ca la loriga e las vrafoneras eran aquéllas muy preciadas que truxiera el rey Tibalt de Aravia, que llamavan por sobrenombre Esclavión, el día que su tío Abderramén, rey de Córdova[6], venció la batalla de Alisanip —que es en Provencia—, do ovo muy gran mortandad de cristianos. E otrosí el yelmo era tal, que sería caro de comprar por dinero; ca él era de muy buen fierro e templado muy maravillosamente, assí que arma ninguna no lo podría falsar; e sin esto todo, era muy sabiamente labrado a gran maravilla, e avía en derredor dél muchas piedras preciosas e de gran virtud, e encima de la cabeça tenía una carbúncula que dava muy gran claridad. E este yelmo fuera del conde Beltrán, que fizo con él muy grandes maravillas de armas e venció muchas buenas batallas. Mas la espada que le ciñieron fue aquella con que mataron Agolán, cuando el rey Carlos venció en Pamplona, que fue una de las que traían los doze pares, e compañera de la buena espada Joyosa de Carlos, e de Durandarte, la que traía Roldán; e fízolas todas tres un maestro de Toledo, que ovo nombre

---

[4] Utilizo la edición publicada por Louis Cooper en 1979, mencionada antes, adaptándola a los criterios ya expuestos. Con todo, no respeto sus restauraciones de la *h-* inicial en todas las formas conjugadas del verbo *aver*, salvo en la forma *ha*.

[5] *Boloña:* en el original se lee Bullon.

[6] *Córdova:* en el original, Cordava.

Galán, que fue uno de los mejo | res [69ra] maestros de espadas que ovo en el mundo. E aquélla traxo después siempre Gudufre, e fizo con ella muy grandes golpes, e muy señalados de otros; e señaladamente en Antioquía, assí como la estoria lo dirá adelante.

Después que assí fue armado Gudufre, traxiéronle un cavallo baiçán grande, e muy fermoso e muy bueno a maravilla, cobierto de un jaspe blanco[7], obrado a águilas e a leones de oro muy ricamente. E él cavalgó en él, e fizo cavalgar a todos los cavalleros noveles que él fiziera; assí que todo hombre que lo viesse, entendería bien, en su vista tan solamente, por qué tenía presencia de hombre de gran manera, e de muy gran honra e de muy grandes fechos. E la duquesa, su madre, tomava de verle muy gran plazer, ca veía en él señales de certidumbre de su profecía, e de la esperança que dél avía.

Entonce salieron a un gran campo que avía fuera de la villa, e fizieron muchas justas e quebrantaron muchas astas de lanças en sí, e fizieron otros muchos juegos e apuestos para usar e aprender fecho de armas. Mas cómo Gudufre lo fazía e cuán apuestamente, esto era muy grande e plazentera cosa de ver; e el conde mesmo fue a verlos, e levó consigo a la duquesa, su muger, e sus fijos los otros dos. E salieron otrosí allá todos los altos hombres e la cavallería toda que aí eran, e fizieron todos muchas e muy grandes alegrías a maravilla, ellos en su manera; e de la otra parte, los juglares, e los de las trompas, e los de los añafiles e de otros muchos instrumentos de música; de manera que cualquier que los viesse juzgaria ser tal fiesta hecha a personas de alto merescimiento. E estovieron en esto bien fasta la ora de las bísperas.

E entonce tornáronse el conde e la condesa, con su novel cavallero, para el palacio; e todos los cavalleros todo aquel día tovieron gran corte, e rica e mucho honrada. El conde e Gudufre, su fijo, dieron sus dones muy ricos, e otrosí todos los honrados hombres que a la corte vinieron, a juglares e allí do más entendieron que cumplía; assí que todos se partieron muy pagados dende.

---

[7] *jaspe blanco:* creo que debe entenderse aplicado a la gualdrapa que cubría al caballo.

### *Capítulo CLIII. Cómo el conde Eustacio de Boloña adereçó a su fijo Gudufre, e de cómo le dio XV cavalleros de los noveles de los que él escogió, e cómo se despedió dél*

Cuando fue otro día en la mañana, el conde Eustacio se levantó e fizo llamar a Gudufre, su fijo, e díxole de có|mo [69rb] tenía por bien que se fuesse para el emperador[8], e que le pidiesse merced que le diesse el ducado de Bullón que toviesse dél, ca él gelo otorgava cuanto era en él. E su fijo Gudufre respuso que faría su mandado muy de grado. E entonce el conde, su padre, aparejóle quinze cavalleros de aquellos noveles que Gudufre mesmo avía fecho, que fuessen con él; e diole todas aquellas cosas que entendió que eran menester porque mejor e más apuesto, e más ricamente, e más honrado pudiesse ir, e embióle luego; e por fazerle mayor honra fue él fasta Sant Omer[9]. Mas cuando se ovo a partir de la madre, allí fue grande el abraçar e el besar e el llorar que ella fizo con él, como que se partía de la cosa del mundo que más amava. E él besóle entonce las manos e despediόse della, e rogóle que rogasse a Dios por él, que le guiasse a su servicio e lo ayudasse en todos sus fechos, e que le diesse su bendición, lo que ella bien e complidamente e de todo coraçón essa ora e siempre después fizo. E entonce partiéronse de en uno, e anduvieron tanto, fasta que llegaron a Sant Omer. E otro día en la mañana, cavalgó con su compaña e despidióse de su padre el conde, e besóle otrosí la mano, e besó a sus hermanos, que vinieron allí con su padre e con él, e despidióse dellos. E el

---

[8] A pesar de que se le llame Otto en el capítulo 156, como se explicó antes se alude en realidad a Enrique IV, emperador romano-germánico, sucesor a sus seis años de Enrique III y, como él, complicado en la lucha de las investiduras, apoyado por sus partidarios, los gibelinos, contra los güelfos, sostenedores de la política pontificia, hasta llegar al cisma (1061-1064) y romper en 1076 con el Papado, regido por Gregorio VII.

[9] La población de Saint Omer, en la Normandía francesa, dista unos 40 kilómetros de Calais, puerto del canal del mismo nombre. Desde allí deberá cabalgar Godofredo unos 500 kilómetros hasta llegar a Maguncia, residencia del emperador.

padre despidióse dél, e diole su bendición e lo encomendó a Dios, e él metióse en su camino.

### *Capítulo CLIIII. Cómo Gudufre llegó a Maença[10], do era el emperador, e cómo fue muy bien recebido*

Agora dize la estoria que cuando Gudufre de Bullón se partió de su padre e de su madre para ir a la corte del emperador, levó consigo XV cavalleros, todos muy mancebos e muy apuestos, e todos de muy alta sangre e de un linaje; e todos muy bien aparejados, a gran maravilla, de armas e de cavallos, e todas las otras cosas que menester avían. E anduvieron tanto por sus jornadas, fasta que llegaron a Maença, do era el emperador; e entraron en el gran palacio, e Gudufre preguntó por él; e los cavalleros le dixieron que estava en una cámara fablando de Bretaña. E él fue luego allá con todos sus compañeros, que no avía ninguno dellos que no fuesse vestido de paños de seda con oro e (em)peñas veras[11]. E cuando vinieron ante el emperador, Gudufre fincó los inojos primeramente e besóle el pie; e díxole de cómo venía a él a la su merced. E el emperador le pregun | tó [69va] que quién era o de cuál tierra; e él le contó todo su linage, e díxole cómo avía nombre. E cuando el emperador lo entendió, plúgole mucho, e començólo de abraçar e a fazer muy gran alegría con él.

---

10 *Maença:* se refiere sin duda a la ciudad de Maguncia, o Mainz, antigua aldea celta convertida en campamento romano poco antes de la era cristiana, junto al cual se creó la ciudad de Mogontiacum que llegó a ser capital de Germania y donde Carlomagno edificó un palacio; actual capital del land alemán de Renania-Palatinado.

11 *peñas veras:* pieles de armiño o de marta cibelina, de proverbial color blanco o con cierta tonalidad gris, en algún caso. Cfr. *Libro de buen amor*, 17a-b: «El axenuz, de fuera más negro que caldera, / es de dentro muy blanco, más que la peña vera»; o *Libro de Apolonio* , 349c: «diéronle muchos mantos, mucha peña vera e grisa».

*Capítulo CLV. Cómo una donzella se vino a querellar al emperador del castellán Guión de Montefalcón, que la tenía tomada la tierra que le dexara su padre, por fuerça*

En tanto que el emperador assí estava fablando con Gudufre de Bullón, e faziendo gran gozo con él, vino una donzella ante él que fuera fija del señor de un castillo, que avía nombre Yvén, que fincara huérfana, sin padre e sin madre; e traía consigo fasta diez cavalleros, que eran sus vassallos. E ella era muy fermosa a gran maravilla, e venía muy bien vestida. E cuando llegó ant'el emperador, dexóse caer a sus pies; e llorava muy reziamente, e començóle a pedir merced que oyesse su querella. E el emperador le respuso que dixesse qué quería. E entonce ella començóse a querellar de su primo cormano, que avía nombre Guión, castellán de Montefalcón, que la tenía desposseída de cuanto le dexara su padre por heredad; e esto que lo no fazía por otra cosa sino porque sabía que no avía quien la compliesse de justicia, ni quien la defendiesse por armas.

Cuando el emperador oyó assí fablar a la donzella, embió luego por Guión de Montefalcón. E el mensajero qu'el emperador embió a Guión, luego que le ovo dado las cartas e le ovo dicho su mandado, cavalgó el castellán con treinta cavalleros e fuése para Maença, do era el emperador. E de la otra parte vino la donzella, e començóse a querellar, llorando ante el emperador, que aquel su cormano le avía tomado todo su heredamiento después que viera que su padre era muerto, e que no avía hermano ni otro que la defendiesse. Cuando esto oyó Guión, levantóse en pie e dixo assí al emperador, de guisa que todos lo oyeron:

— Señor, cuanto esta donzella dize, todo es mentira, e no la devedes creer, ca ha muy poco seso, como aquella la cual su padre metió en orden[12] antes que finasse; e heredó a mí de toda la tierra, porque era su sobrino, fijo de su hermana; e esto só yo aparejado a mostrar que es assí a todo hombre que lo quiera defender por armas, e dóvos estos guantes en señal.

---

12 *metió en orden:* entiéndase en orden monástica o convento de monjas.

Cuando esto oyó la donzella, començó a rogar a aquellos cavalleros que venieran con ella que la de | fendiessen [69vb] a derecho e lidiassen por ella; mas no ovo ninguno dellos que lo osasse fazer, tanto temían al castellán Guión.

### *Capítulo CLVI. Cómo el castellán Guión dio el gaje al emperador en demostrança que lidiaría con Gudufre*

Después que el emperador Otto tomó el gaje que le diera el castellán Guión en señal de lidiar, mandó luego a los altos hombres de su consejo que entrassen en la cámara do solían juzgar, e que catassen cómo avían a fazer en aquel pleito. E ellos fiziéronlo assí; e desque ovieron su consejo, dixeron que, pues que el cavallero llamava a lid, si la donzella no avía quien lidiasse por ella, que avía perdida la tierra de aquel día adelante, según la costumbre antigua. Cuando la donzella esto oyó, rogó a sus parientes e a sus vassallos que la acorriessen, e non la dexassen assí desheredada. Mas no ovo ninguno dellos que lo osasse fazer, tanto eran flacos de coraçón, e respondieron que antes se dexarían matar que lidiassen por ella, maguer entendían que rescebía tuerto. Cuando la donzella esto oyó, començó a llorar e a rogar a Dios e a todos los santos que le valiessen, pues que en los hombres no fallava recabdo ni acorro, ni aun en aquellos en quien avía mayor fiuzia.

E después que aquesto ovo dicho, començó a fazer un llanto tan esquivo e tan grande, que todo hombre que lo viesse avría dello muy gran piedad. Cuando Gudufre de Bullón, que estava a pies del emperador, esto oyó, levantóse e fabló con el emperador aparte, e rogóle por Dios que le dixiesse si avía aquella donzella tamaño derecho en aquella heredad como dezía. E el emperador le respondió que sí; ca sabía ciertamente que era de su abuelo e que su padre lo[13] toviera siempre, e que no dexara otro fijo ni otra fija sino aquella donzella. Cuando esto oyó Gudufre de Bullón, dixo assí al emperador: que pues él sabía la verdad del fecho, que quería fazer aquella

---

[13] *lo:* en contra de L.Cooper, que enmienda con *la* por creer tal vez que su antecedente es "heredad", entiendo que el de este pronombre es "derecho", y por ello lo matengo así, como está en el texto.

lid por aquella donzella en todas guisas. E luego llamó a la donzella, que estava llorando e faziendo muy gran duelo, e díxole:

— Amiga, dexad el llorar, ca por amor de Dios yo quiero ser vuestro abogado e lidiar por vos; mas creed que esto no lo fago por cobdicia de tierra ni de aver, sino porque entiendo que recebí[s] agravio.

E cuando esto ovo dicho, tomó la punta del manto, e diolo por gaje al empera | dor, [70ra] en señal que quería fazer la batalla. E la donzella, cuando esto vio, dexóse caer a sus pies, e gradesciógelo mucho humilmente. E luego que el emperador ovo recebido gaje de Gudufre de Bullón, demandó a la donzella que le diesse rehenes para estar a derecho, según era la costumbre[14] de la tierra; e ella diole dos escuderos, sus primos cormanos; e el emperador le dixo que aún quería más. Entonce rogó la donzella a los parientes e vassallos que allí avía que, pues no querían lidiar por ella, siquiera que fuessen sus rehenes. E ellos respondieron que lo non farían en ninguna manera, tanto temían al castellán Guión e la bondad de armas que en él avía. (Mas alguno de los que allí le faltaron aquel día, ovo después a caer en gran yerro, e ovo de perder la heredad e cuanto avía)[15]. Cuando la muy fermosa donzella vio que todos sus parientes e amigos le fallescían vino ant'el emperador llorando muy fieramente, e dexóse caer a los sus pies, e pidióle por merced que, pues no fallavan quien entrasse por ella en rehenes por defender su derecho, que ella mesma quería entrar con aquellos dos sus primos cormanos; e el emperador gelo otorgó. E de la parte del castellán Guión fueron quinze cavalleros dados en rehenes; e tomólos todos el mayordomo del emperador, que avía nombre Enrique, que estava de mano[16] del mayordomo mayor.

---

[14] *costumbre:* se trata de un típico ritual de la vida caballeresca éste de la entrega de rehenes previa a una justa, como tantos otros de obligado cumplimiento, al igual que otros mencionados antes y los que se verán en páginas posteriores.

[15] Está clara en esta prolepsis la intervención anticipadora del narrador sobre el futuro.

[16] *estava de mano:* era cometido u ocupación propia del mayordomo. Nótese la ambigüedad en la redacción y la posible contradicción

E luego el emperador mandó traer las arcas de las reliquias, e pusiéronlas sobre una mesa en medio del gran palacio; e cubriéronla primeramente de muy ricos paños con oro. E luego vinieron amos a dos los cavalleros que avían a lidiar; mas el castellán Guión dixo que juraría primeramente, e puso las manos sobre las reliquias, e juró assí como agora oiredes.

### *Capítulo CLVII. Cómo el castellán Guión e Gudufre juraron por las reliquias, cada uno que tenía derecho*

La jura que fizo el castellán Guión fue ésta:

«Yo juro a ti, cavallero que quieres lidiar comigo, por estas reliquias que aquí están en esta arca, que yo devo aver esta tierra, e soy della posseedor, e ninguno no ha tamaño derecho en ella como yo; e a esto te combatiré el mi cuerpo al tuyo».

Cuando él esto ovo dicho, respondió Gudufre de Bullón, e díxole que mintía en cuanto aí dezía, como aquel [70rb] que era perjuro del juramiento que fiziera. E en diziéndole esto, tomóle por la mano, e tiróle tan de rezio contra sí que, maguer era buen cavallero e valiente, oviera a dar con él en tierra. E la jura que fizo, otrosí, Gudufre de Bullón fue ésta: que él jurava por nuestro señor Jesucristo que nasciera de santa María virgen, e por aquellas reliquias e por todas las otras que eran en el mundo, que él creía que aquella tierra devía ser de aquella donzella, e gela tenía el castellán por fuerça, e que sobre esso lidiaría con él. Cuando esto oyó el castellán Guión, fue muy sanudo, assí que toda la color se le demudó, e dixo a Gudufre de Bullón:

— Par Dios, varón, mucho vos veo atrevido; mas ante que sea hora de bísperas vos castigaré yo con la mi espada, de guisa que otra vegada no diréis tales palabras como éstas que agora dezís.

E Gudufre no quiso responder a aquello que dezía; mas demandó luego por armas, e el otro esso mesmo. E traxiéron-

---

en la atribución del nombre propio; antes se había llamado Otto al emperador.

gelas a Gudufre luego, loriga e brafoneras, e espada e yelmo, tal como de suso avedes oído; e otrosí le troxieron un cavallo vayo, grande e fermoso a maravilla e muy bueno; assí que en toda Alemaña ni en Francia no avía otro tal. Mas el castellán estava armado en una cámara muy fermosa, tan ledo e tan seguro como si no oviesse miedo ninguno. Catando, veía niño[17] a Gudufre de Bullón, e no oyera dezir aún dél ningún fecho de armas; que no le preciava nada, ante cuidava fazer dél a su voluntad. Mas en esto fallesció su seso; ca alguno piensa en el principio ser bienandante, que a la fin se arrepiente. E assí aconteció aquel día al castellán Guión, assí como adelante oiréis.

## *Capítulo CLVIII. Cómo los cavalleros fueron metidos en el campo, e de cómo Gudufre mató el cavallo de su contendor, Guión de Montefalcón*

Lunes, otro día de Cincuesma[18], cuando los lidiadores ovieron dado rehenes por sí, e fueron armados como de suso avedes oído, oyeron amos a dos missa en la mayor iglesia de la ciudad; e después cavalgaron en sus cavallos, e fueron en uno fasta que llegaron al campo do avían a lidiar, do los estavan atendiendo en derredor del campo; porque vinieran aí, por ver aquella lid, de muchas partes. E entonce el emperador [70va] mandó a dos de sus ricos hombres que fuessen fieles e guardassen el campo; e ellos levaron consigo bien trezientos cavalleros para guardar que ninguno no se llegasse a los lidiadores ni les mostrasse a fazer ninguna cosa por palabra ni por señal. E luego que los lidiadores entraron en el campo e les ovieron partido el sol[19], e apartado a cada uno dellos en el

---

17 *veía niño:* le parecía un niño cuando lo miraba, por lo que a Guión no le inspiraba ningún miedo el caballero de Bullón con el que se disponía a lidiar.

18 *...de Cincuesma:* el lunes que sigue al domingo de Quincuagésima; es decir, siete semanas, casi cincuenta días, antes de la Pascua de Resurrección, de acuerdo con el calendario litúrgico cristiano.

19 *partido el sol:* repartido el terreno de la lucha de acuerdo con la orientación del sol, para evitar que su luz no favoreciese o perjudicase más a uno que a otro de los contendientes.

lugar donde avían a mover, descendieron de los cavallos e echáronse en tierra en cruz, e fizo cada uno dellos la oración que sabía, rogando a Dios que le ayudasse.

E Gudufre de Bullón, que era leal e de buen talante, llamó primeramente al castellán Guión, e díxole assí:

— Amigo, ruégovos que creáis mi consejo. Vos sabedes en cómo deseredastes a tuerto e sin razón aquella donzella, vuestra prima cormana, de la herencia que le quedara de su padre; assí que no le dexastes ni villa ni castillo, ni otra cosa en que guarescer pudiesse, en que creo que fezistes gran tuerto[20] e gran pecado. E yo, que soy aquí por demandar derecho, vos ruego que ante que vengamos a más entre mí e vós que le dedes su tierra, ca si otra cosa fiziéssedes será pecado; e Dios, que es justiciero, vos lo demande, e yo vos lo demandaré cuanto pudiere.

Cuando esto oyó el castellán Guión, respúsole assí como en desdén, e díxole:

— Amigo, en vuestras palabras que dezides, me semeja que fuistes monge de algún monesterio; mas poco daría yo por vuestro sermonar, que aun oy vos faré yo ver que por cuanto oy ha en el mundo no quer[r]íades ser en este lugar.

---

20 *gran tuerto:* así se plasma formulariamente, aquí y luego se reitera, una de las más típicas actividades caballerescas, la de deshacer tuertos y reparar agravios hechos a doncellas desvalidas y personas carentes de valedor para sus justas demandas, exigiendo satisfacción de los mismos, empresa en que todavía estará empeñado don Quijote de la Mancha, a pesar de que el texto cervantino no siempre se cita bien a este respecto: «luz y espejo de la cavallería manchega, y el primero que en nuestra edad y en estos calamitosos tiempos se puso al trabajo y exercicio de las andantes armas, y al de *desfazer agravios,* socorrer viudas, amparar donzellas...» (*Quij.* I, 9). Desde sus versos preliminares ("pues tuertos desfaciendo habéis andado"), no son pocos los pasajes donde se reitera el sintagma: "los agravios que pensaba deshacer, tuertos que enderezar, sinrazones que emendar, y abusos que mejorar, y deudas que satisfacer" (I,2); "deshaciendo agravios y enderezando tuertos, como es uso y costumbre de los buenos caballeros andantes" (II,4); "para enderezar los tuertos y amparar los miserables" (II,48); "enderezándole el tuerto que le tienen fecho" (II,52); "la hija de doña Rodríguez, a quien pensaba enderezar el tuerto y desaguisado que malamente le tenían fecho" (II,55).

Cuando Gudufre de Bullón entendió las palabras sobervias que dezía Guión, ovo ende gran saña a maravilla; e arredróse dél una pieça, cuanto entendió que sería cosa mesurada de cavallo, para justar con él. E Guión esso mesmo fizo otrosí; e después pusieron sus escudos ante los pechos e las lanças so los braços, e aguijaron los cavallos e fuéronse a ferir, e diéronse tan grandes golpes en los escudos que los falsaron e los fendieron por medio, e la lança del castellán Guión fue toda fecha pieças. Mas la de Gudufre de Bullón le ferió tan de rezio que le rompió la loriga e passóle cabo el lado siniestro, assí que le tajó un poco del cuero, e oviérale derribado sino porque el castellán Guión era muy rezio cavallero e muy encavalgante, e por esso no [70vb] cayó ni se meçió solo en la silla[21]; e en passando por él quebrantóle la lança. E cuando esto vio Gudufre de Bullón, ovo muy gran vergüença; e bolvió luego al cavallo e tornóse contra él, e metió mano a la espada que traía, e diole con ella tan gran golpe sobre el yelmo que, si no se abaxara, oviérale muerto; que le no toviera pro aí el yelmo ni otra arma que truxiesse, que todo no le fendiera fasta en la nariz. Pero el golpe fue tan grande que, en saliendo la espada del yelmo, alcançóle por el escudo e tajóle un poco dél, e diole por el cuello del cavallo ante el arzón, e cortóle lo más del pescueço; assí que el cavallo e el cavallero cayeron amos a dos en tierra.

## *Capítulo CLIX. Cómo Gudufre cortó el oreja e la mano en que tenía el escudo su contendor, e de cómo le cortó la cabeça*

Después que Gudufre de Bullón ovo muerto el cavallo a su contendor, Guión, que era buen cavallero de armas e mucho esforçado, metió mano a la espada e paró el escudo ante sí lo mejor que pudo; ca bien pensó que su enemigo le acometería de cavallo. Mas Gudufre, en que avía comúnmente dos cosas contrarias, éstas son muy gran ardimiento e mesura

---

21 *ni se meçió solo...:* ni siquiera se movió en su silla de montar; desarzonar o descabalgar al contrario, a la vez que se quebraba alguna de sus lanzas, solía ser una de las primeras fases de la justa en el choque entre los caballeros.

(ca ardimiento no puede ser sin esfuerço e sin loçanía, ni mesura sin merced e sin piedad)[22], por ende cuando vio al castellano Guión de Montefalcón, que estava de pie, semejóle que si le cometiesse de cavallo e lo matasse o le venciesse que todos dirían que por fuerça del cavallo era, e que no le sería honra ninguna[23]. E por ende, descendió muy prestamente del cavallo e atólo a un árbol, e metió mano a la espada e puso el escudo ante sí e fue a él. E cuando el otro lo vio venir fue a él otrossí; e entonce se començaron entre amos a dos cavalleros a ferir de las espadas tan fiera e tan crudamente que todo hombre que lo viesse lo ternía por muy fuerte lid. Mas el castellán Guion avía gran sabor e muy gran voluntad de vengar su cavallo, que Gudufre de Bullón le matara; e diole tan gran ferida sobre el yelmo que le tajó un poco en derredor, e el golpe descendió tan rezio que le cortó una pieça del escudo e dos dobles[24] de la loriga cabo[25] el costado siniestro; de manera que, si no se rebolviera, oviérale cortado el anca o le fi | ziera [71ra] gran llaga. E sobre esso díxole una palabra como en escarnio:

— Varón, más te valiera ser monge e meterte en algún monesterio que combatirte conmigo; que ante que venga la noche te faré yo sentir qué cosa es la muerte.

Cuando esto oyó Gudufre, ovo tan gran pesar que no podría mayor; e alçó las manos al cielo e rogó a nuestro Señor que él lo guardasse de mal, por que él defendiesse su derecho. E después que esta oración ovo fecha, fue corriendo al castellán, e alçó la espada e diole tan gran golpe sobre el yelmo que gelo tajó, e el almófar otrossí, e una pieça del tiesto de la

---

22 He aquí otro de los ideales del perfecto caballero, la difícil conciliación del valor y la mesura, elogiada en el Cid literario creado por el autor anónimo del poema épico, pero no conseguida por los desmesurados héroes de cantares franceses o germánicos. El narrador aprovecha la ocasión para hacer su comentario moralizante.

23 Aquí cumple perfectamente Godofredo con las normas de la cortesía caballeresca; más dudoso es que lo haga más adelante, cuando descabeza a su adversario.

24 *dos dobles:* dos de las tres capas o telas de malla de que solían estar hechas las lorigas.

25 *cabo:* preposición con el mismo significado que *cabe, cerca de* o *junto a.*

cabeça[26] con los cabellos e toda la oreja siniestra; e si el golpe no saliera en soslayo, o quebrara la espada o le cortara el braço siniestro, en que tenía el escudo. Pero con todo esso, tirólo tan fieramente contra sí que por poco no le fizo caer en tierra; e díxole una palabra con muy gran saña:

— A tierra, falso traidor, que aún compraredes la gran traición que avedes fecho e la falsa jura que fezistes para deseredar la donzella a tuerto e a pecado; e, si Dios quisiere, oy avredes galardón de lo que merecistes.

Mucho fue sañudo el castellán Guión cuando se vio todo cubierto de la su sangre e la su oreja yazer en tierra; e de gran enojo que ovo començó a tremer, e paró el escudo ante sí, e fue dar una cuchillada a Gudufre sobre el yelmo, que las piedras que estavan engastonadas e flores de oro que aí avía todo lo derribó a tierra, de la parte donde el golpe fue; e la espada descendió tan de rezio de la parte siniestra que le fendió el escudo por medio, assí que la una parte cayó luego en tierra. E demás, tajóle una gran pieça de la falda de la loriga; e tan fuerte fue aquel golpe e tan pesado que, si nuestro Señor no le guardara, o fuera muerto o lisiado para siempre. E respúsole assí:

— Par Dios, malandante y retraído, agora te faré yo ver que por gran locura diste señal por esta batalla, e que bien oviste seso de moço cuando te tomaste comigo en fecho de armas; ca, ante que sea el sol puesto ni hora de bísperas, te daré yo un galardón tan grande e tan grave desto que demandas, que no avrás tan buen amigo en el mundo que quiera aver parte.

Cuando Gudufre de Bullón oyó las palabras que le dezía el castellán, e vio de su yelmo una pieça tajada e del escudo otrosí, e sentió la fuerça de su enemigo, que era grande e maravillosa, como aquel que era ensayado en muchos fechos e [71rb] fuertes peligros de armas, e sabía e provara todas las cosas que aí convienen a fazer, e era fuerte e duro en aquel oficio de guerra, e él era niño e no avía más de diezeséis años, e demás que la primera prueva de armas en que se viera era

26 *tiesto de la cabeça:* cráneo.

aquélla, todas aquestas cosas le fizieron temer a aquel su enemigo con quien lidiava, más que de primero cuando començara la lid. Pero de otra parte se esforçava, fiando en la merced de Dios que le ayudaría al derecho que él demandava, e membrándole otrosí el linage de que venía e de los grandes fechos que fizieron: esto le fazía olvidar el miedo que avía de su contendor. Empero todavía fizo su oración, rogando a nuestro Señor que, assí como él feziera el cielo e la tierra, e todas las cosas del mundo tenía en su poder, que él le ayudasse contra su enemigo en tal manera que sus pecados, primeramente, ni la mengua de su edad ni la su pequeña fuerça no le embargasse en aquella lid, por que[27] él fuesse muerto o maltrecho.

E luego que esto ovo dicho, dexóse correr al castellán, la espada alçada por darle por cima de la cabeça; e el otro, cuando lo vio venir, tiróse hazia afuera e puso el escudo ante sí. E Gudufre, que venía muy de rezio, diole tan gran ferida en el escudo que gelo fendió; assí que el golpe descendió en derecho de los braçales e cortóle el puño cabe la muñeca, de manera que luego cayó en tierra con aquello que del escudo tenía. Cuando esto vio Gudufre, no pudo estar que no dixiesse:

— Par Dios, don traidor provado, muerto sois e confondido. E más vos quiero dezir: nunca hombre vos verá desta parte que bien vos conozca.

Estrañamente fue sañudo el castellán Guión cuando vio toda la tierra en derredor de sí cobierta de la su sangre, e se sentió menguado de la oreja e de la mano que avía perdida; e bien entendió que allí adelante más le valdría la muerte que la vida. E con esta voluntad dexóse ir a Gudufre por darle con la espada por cima de la cabeça, mas él paró ante sí la meitad del escudo que le fincara, e diole con él tan gran golpe que gelo travesó todo e tajóle el yelmo, e si no fuera por la cofia de azero oviéralo muerto. Pero tan grande fue el golpe que Gudufre recibió que por fuerça ovo de fincar el un inojo, e de manera fue estordido que la espada se le oviera a caer de la mano. Cuando lo vio el castellán Guión, ovo muy gran alegría, e dixo a Gudufre como en escar | nio: [71va]

---

[27] *por que:* aun discrepando de Cooper, prefiero editar así, y no *porque,* para que se entienda como relativo, no conjunción causal.

—Hermano, bien me semeja que gran pescoçada vos di; assí que la donzella no será por vos desta vez libre. Caramente la avedes comprado por vuestro cuerpo; de manera que, aunque oy escapássedes bivo, nunca mucho vos podredes alegrar della ni de lo suyo.

Mucho fue avergoñado Gudufre de Bullón cuando vio e entendió que todos lo vieran que fincara el inojo en tierra. Mas luego se levantó en pie, e paró mientes al castellán, e vio que estava muy mal llagado, como aquel que avía perdido la oreja e el escudo, e la mano en que le tenía; e demás, que le saliera tanta sangre que apenas se podía tener en los pies. E bien le parecía que tenía sazón en que podía aver todo su derecho dél; e por esso le fue acometer, e fizo que le quería dar por el rostro. E el otro, porque no tenía qué poner ante sí, bolvió las espaldas[28]; e Gudufre diole tan gran cuchillada en el pescueço que le cortó la cabeça con toda la loriga bien cabo del yelmo, assí que la fizo caer en tierra. Cuando esto ovo fecho, alimpió la espada e metióla en su vaina[29]; e fincó los inojos e alçó las manos al cielo, e gradesció mucho a Dios aquella merced que le avía fecho; e después cavalgó en su cavallo.

### *Capítulo CLX. Cómo Gudufre presentó al emperador la cabeça del castellán Guión, e del plazer que ovo el emperador*

Cuando Gudufre de Bullón ovo tajado la cabeça a Guión, castellán de Montefalcón, assí como ya oístes, después que cavalgó en su cavallo vino a los doze que guardavan el campo e demandóles que le dixiessen si avía complido lo que prome-

---

28 La verdad es que el tremendo tajo que a renglón seguido se describe con tanta naturalidad, dado por la espalda, a traición, nos parece hoy, más que un timbre de gloria, un desdoro para Godofredo de Bullón, que no pone demasiado interés en respetar escrupulosamente en este caso la exigible cortesía caballeresca; pero así parece haber sido muchas veces el llamado noble arte de la guerra.

29 *vaina:* pudo haberse pronunciado como trisílaba, con hiato, *vaína,* antes de haber evolucionado a la prosodia actual, bisílaba con diptongo.

tiera, o si avía a fazer más, o si la donzella si avía quito su heredamiento. E ellos dixeron que no avía más que fazer e que la donzella de allí adelante devía aver la heredad quitamente; pero que tenían por bien que lo fuesse mostrar al emperador. E él entonce tomó la cabeça del castellán, assí como estava en su yelmo, e fuésse con ellos para el emperador e ofreciógela. E cuando el emperador lo vio, fue muy ledo e levólo consigo a su palacio, assí armado como estava.

E por la gran calentura que hazía, alçó Gudufre el almófar de la loriga e, comoquier que estava tinto de las armas, mucho fue aquel día mirado[30] de todos e de todas partes cuantos lo veían, ca lo tenían por muy fer|moso [71vb] moço a gran maravilla; e, bendiziéndole, todos agradescía[n] a Dios el bien que le hiziera. E tan grande era la priessa de la gente que le venían[31] a ver, que apenas podían andar por las rúas; e otrossí, por las finiestras[32] se paravan a verlo las dueñas e donzellas, maravillosamente bien vestidas e fermosas. E cada una dellas lo cobdiciava por marido, e si ellas bien lo conosciessen, o supiessen su voluntad, no lo harían; ca este fue hombre a quien Dios quiso guardar, que nunca en su vida ovo voluntad de muger, ni fizo pecado mortal, ni cosa en que mucho le pudiessen retratar, assí como adelante oiredes en la istoria[33]. E por ende, le guió Dios en todos sus hechos mejor que a otro hombre que fuesse a la sazón, ni ante ni después a gran tiempo. Por tanto, sabed que mucho fue grande la honra que todos fizicron aquel día a Gudufre de Bullón, cuando descendió en el palacio del emperador.

---

30 *mirado:* el verbo conserva un evidente sentido etimológico; "admirado", del latín *miror.*

31 *gente que le venían:* obsérvese la concordancia *ad sensum* del verbo en plural con el sustantivo de carácter colectivo, reiterada en el siguiente, *podían.* Me parece muy acertado el boceto que aquí se pergeña, como de realismo costumbrista urbano.

32 *por las finiestras...:* una de las variantes de la fórmula, presente ya desde el venerable texto del *Cantar de mio Cid*: "burgeses e burgesas por las finiestras sone".

33 El narrador aprovecha para introducir su moralización atemperante de carácter ascético y para elevar a su héroe a categoría ejemplar, además de mantener la atención del receptor mediante la promesa de futuros desarrollos del tema que ahora tan sólo insinúa.

### *Capítulo CLXI. Cómo desarmaron a Gudufre, e del gran ofrecimiento que (se) le ofresció la donzella e de la respuesta que él dio*

Después que Gudufre de Bullón descendió en el gran palacio del emperador, assí armado como estava, todos los cavalleros vinieron a él e hiziéronle gran honra, e señaladamente el duque de Lembrot, que era repostero mayor del emperador; ca aquél le tomó por la mano, e levólo a una cámara e fízolo desarmar, e desí vestióle unos paños del emperador muy ricos, e púsole una guirlanda[34] de oro con piedras preciosas en la cabeça, e maravillosamente bien obrada; e después que lo assí ovo adereçado, tomólo por la mano e tráxolo al gran palacio. E cuando el emperador lo vio, levantóse a él e assentólo cabe sí, e preguntóle muy amorosamente cómo le fuera en aquella lid. E él respondióle muy manso e en buen continente, e contóle la gran merced que le fiziera Dios, e cómo matara a su enemigo de aquella donzella, que la tenía deseredada a gran tuerto; e que le pedía merced que, pues aí mostrara Dios su juizio derecho, que él la mandasse entrega de su heredad. E el emperador gelo otorgó; e mandó dar sus poderes e sus cartas, por las cuales luego fuesse entregada.

Cuando la donzella vio que por Gudufre de Bullón avía la tierra cobrado, cayó a los pies e pidióle merced que della e de cuan | to [72ra] avía feziesse a su voluntad. E él respondió que gelo gradescía mucho, mas que aquella lid no tomara él por amor de muger, ni por cobdicia de aver ni de tierra, salvo tan solamente por Dios, e por el derecho que él creía firmemente que ella tenía. Mas, pues que ella avía cobrado su tierra, no demandava él más, e con aquello era él pagado. Cuando la donzella esto oyó, despedióse del emperador e de Gudufre de

[34] *guirlanda:* lo normal era que coronas como ésta se confeccionasen con elementos vegetales. La forma antigua de la palabra, que todavía sirve de título poético cuando se imprime hacia 1513 a la *Guirlanda esmaltada de galanes* o *Cancionero de Juan Fernández de Constantina*, tenía origen en la francesa *guirlande*, que a su vez procedía de la germánica *wieren.*

Bullón; e con aquella tierra que tenía fuése muy leda e muy pagada a recebir su hazienda.

### *Capítulo CLXII. Cómo el emperador otorgó todo el ducado de Bullón a Gudufre, e cómo se despedió dél*

La donzella, después que fue rescebir su tierra que ovo cobrado, assí como ya oístes, Gudufre el sobredicho quedóse en la corte del emperador, que le hazía tanta honra que apenas podía ser contado. E comoquier que todos lo amavan mucho, los cavalleros lo aguardavan, e le fazían tanta honra cuanto ellos más podían por la bondad e por la cavallería que en él avía. E el emperador le dio todas las heredades que fincaran antiguamente de su linage, e entrególe el ducado de Bullón por una piértega de oro; e de allí adelante fue llamado duque Gudufre. E luego allí se despedió dél; pero el emperador cavalgó con él bien cerca de una legua, e cuando se ovo dél a partir abraçóle mucho e lloró con él de piedad.

El duque Gudufre fuése para Bullón, que era cabeça de su ducado; e hizo aí venir todos sus vassallos, e contóles el bien e la honra que el emperador le hiziera. E mandóles, otrosí, que le hiziessen omenaje e que toviessen la tierra dél, assí como era costumbre[35]; e ellos hiziéronlo muy de grado, assí como gelo él mandó. E sobre esso dioles él más de lo que avían, e hízoles él mucho bien; e por esso diole Dios gracia, que le amaron sus hombres mucho más que a señor nunca amaron.

### (...) *[LIBRO II] Capítulo XLIII. De la hechura de Aliadan e de las armas que traía; e de la istoria de Berta, hija de Blancaflor, e de la pelea que hizo Boimonte con él*

[127ra...] E aconteció que ellos[36] ovieron su consejo por la

---

35 Nueva alusión a prácticas caballerescas ritualizadas, en esta ocasión relacionadas con las ceremonias de recepción de un feudo y del pacto vasallático.

36 El narrador se refiere a Carlos o Mainete y a sus jóvenes hermanos, poco después de la muerte de su padre Pipino.

Navidad, que[37] a la fiesta de Cincuesma que avía de venir, que hiziessen en medio de una montaña, do avía unos prados muy hermosos e grandes, un juego que usaran los franceses antiguamente que llamavan tabla rodonda *[sic]*. E este juego se hazía desta manera: ponían tiendas en derredor, unas cabe otras, assí como corral redondo, e allí dentro estavan los cavalleros armados, e tenían los cavallos cubiertos de sus señales, e de parte de fuera de las tiendas hazían poyos en derredor, en que se ponían sus escudos e sus yelmos e arrimavan las lanças; e estavan con [127rb] ellos dueñas e donzellas, e sus mugeres e sus parientes. E todos los hombres honrados de la tierra venían allí, e toda la otra cavallería, e paravan sus tiendas en derredor de aquellas otras cuanto a una gran carrera de cavallo; el cavallero de los de fuera que quisiesse justar, armarse-ía e cubriría su cavallo de sus señales, e iría a aquel palenque, e daría con el cuento de la lança en un escudo de aquéllos. E luego saldría el señor del escudo de dentro del corral, e rogaría a aquella dueña o donzella que él oviesse allí traído que le ponga el yelmo en la cabeça e que le dé el escudo e la lança, e ella hazerlo ha assí. E después que gelo oviere dado cavalgará el cavallero en su cavallo e irá a justar con el otro; e si cayere el de fuera avrá el de dentro su cavallo e las armas, e dará el preso[38] a la dueña o a la donzella que allí truxiere, e ella soltarlo ha por lo que toviere a bien. Mas si cayere el de dentro de las tiendas, avría el otro el cavallo e las armas, e aquella dueña o donzella tomará aquellas armas que traía el que derriba e darle ha otras cuales quisiere. Pero en antes que le ponga el yelmo, abraçarlo ha e besarlo ha; e todo aquel año llamarse ha su cavallero della, e avrá de hazer armas por su amor, e traer aquellas armas que ella le da, e no las otras que ante traía,

Este juego inventaron los hombres antiguos de Inglatierra e en Alemaña e en Francia para saber bien justar e herir de lança, assí como el torneo para herir de espada, e saber sofrir las armas en las grandes priessas. E este juego de la tabla redonda dura ocho días o quinze, según que aquellos que lo hazen pueden sufrir la costa. E ha este nombre porque, un día antes que se partan, ponen mesas, de parte de dentro de aquellas tiendas, a la redonda, e comen allí todos aquel día lo

---

37 *que:* entiéndase "en el cual acordaron que..."
38 *preso:* se refiere al caballo tomado o ganado.

mejor que pueden; e porque aquellas mesas son assí puestas en derredor llámanle el juego de la tabla redonda, que no por la otra que fue en tiempo del rey Artús. E hazen aún otra cosa aquel día, ante que levanten las mesas: mandan a una donzella, la más hermosa que aí oviere, que traya un pavón assado, salvo el pescueço e la cola, que dexavan entero con sus péñolas; e sábenlo hazer de manera que traya la cabeça alçada e la rueda[39] toda hecha. E métenlo en un assadero sobre un tajadero de plata, e tráelo aquella [127va] donzella ante todas aquellas mesas; e anda diziendo a cada cavallero qué es lo que promete de hazer a aquel pavón. E cada uno, lo que prometiere, halo de complir e de tener aquel año en todas maneras, e si no lo hiziere gelo ternán por tan mal como si hiziesse una gran traición. E después, a aquellos que prometen, danles a comer sendas tajadas de aquel pavón, e vanse su camino; e desta manera se acaba el juego de la tabla redonda. (...)

---

39 *rueda:* se refiere a las plumas de la cola del pavo, desplegadas en forma semicircular.

## 4. *Leyenda del cavallero del Cisne*

Redacción h 1295

1450 h? C 1503 I

El texto castellano más antiguo conocido es el conservado en el cód. 2454 de la Biblioteca Nacional de Madrid, en sus fols. 1 a 131, de los 231 que contiene, de 285x210 mm., a dos columnas, y en cuyo tejuelo se lee "Conquista de Ultramar". Incluido en el texto de ésta, pudo haber habido copias del siglo XIV.

Se trata de un largo episodio caballeresco y legendario que terminó por insertarse al principio de la *Gran conquista de ultramar*[1], como capítulos 47 a 142 del libro I de la edición salmantina impresa en 1503, correspondientes a los folios comprendidos entre el 17[va] y el principio del 66[ra]. La fantástica leyenda, que no consta en el modelo latino de Guillermo de Tiro, la *Historia regum in partibus transmarinis gestarum*, acabó por incluirse en el texto de la *Gran conquista*[2].

---

[1] Puede verse lo dicho en la introducción correspondiente a la selección hecha sobre esta obra; añádase aquí la autorizada opinión de Pascual de Gayangos, quien afirma que el autor de la *Gran conquista* «mezcló la historia con la fábula, ingiriendo *[sic]* dentro del sobrio relato del Arzobispo de Tiro, las prodigiosas hazañas del *Caballero del Cisne*» (Pascual de Gayangos, *Historia de Enrique fi de Oliva*, Madrid, Sociedad de Bibliófilos Españoles, 8, 1871, pág. XVII).

[2] Vid. José Amador de los Ríos, *Historia crítica de la literatura es-*

Los poemas franceses más representativos que conforman el ciclo de las Cruzadas son *Hélias* y *Enfances de Godefroid de Bouillon*, como antecedentes y preparatorios de los que se centran en las expediciones a Oriente, *La chanson d'Antioche*, *Les chétifs*, *La conquête de Jérusalem* y *La chanson d'Antioche en provençal*. El primero de los mencionados, *Hélias*, fue publicado por C.Hippeau en dos volúmenes como *La chanson du chevalier au Cygne et de Godefroid de Bouillon* en París (1874 y 1877); su tema inicial es la transformación de los nobles infantes en cisnes, al que luego, hacia mediados del siglo XII, se fundió el cuento del caballero del Cisne; los juglares le dieron a Godofredo, el popular héroe de la primera cruzada, un origen milagroso, vinculándolo con la figura de aquel caballero legendario y creando el atractivo relato de su infancia y juventud.

EDICIONES

1858 Pascual de Gayangos, en su ed. de *La gran conquista de ultramar*, Madrid, Rivadeneyra, B.A.E., t.44. Con serias deficiencias, y siguiendo la ed. impresa en 1503 en Salamanca.
Reproducida en 1877.

1914 Emeterio Mazorriaga, Madrid, Librería General de Victoriano Suárez, vol.I (Texto), 436 págs.
Se sirve del cód. 2454 de la Biblioteca Nacional de Madrid, único manuscrito conocido que contiene la redacción castellana medieval de la leyenda del caballero del Cisne, con 231 folios, pero editó sólo hasta el 131v, es decir, sus capítulos 1 a 99. No debió de cumplir su proyecto de publicar un segundo volumen con estudio y comentarios.

---

*pañola*, Madrid, 1864, t.V, pág. 29; repr. facs., Madrid, Gredos, 1969. También Adolfo Bonilla opinaba que la *Gran conquista de ultramar* está formada con materiales muy diversos, entre otros por fragmentos del *Caballero del Cisne*, así como por leyendas relativas a Berta y a Mainete (*vid.* su ed. de *Flores y Blancaflor*, Madrid, 1916, pág.LVI).

1979 Puede leerse también este episodio en la ed. de Cooper de *La gran conquista de ultramar*, Bogotá, tomo I, págs. 81-288, que sigue la ed. impresa en 1503.
1989 María Teresa Echenique, Barcelona, Aceña, 322 págs. Edita los folios 1 a 131 del cód. 2454 de la BNM.

BIBLIOGRAFÍA

BONILLA, Adolfo, en *Las leyendas de Wagner en la literatura española*, Madrid, Asoc. Wagneriana, 1913, págs. 10-17.
HIPPEAU, C., ed., *La Chanson du Chevalier au Cygne et de Godefroid de Bouillon*, París, 1874 y 1877, 2 tomos.
TODD, Henry Alfred, ed., *La Naissance du Chevalier au Cygne, ou les Enfants changés en cygnes*, Baltimore, 1889.

SELECCIÓN

Se han elegido los capítulos 34 y 35 del cód. utilizado por Mazorriaga en su ed. (págs. 129 a 150), por presentar un estado de lengua anterior al de la ed. impresa en 1503, con cuyo capítulo 79 del libro I (fols. 30rb-33rb) se corresponde la materia aquí narrada.

El argumento de la leyenda en su versión castellana[3] pudiera resumirse así: la infanta Isomberta da a luz del conde Eustacio a siete hijos en un mismo parto; el conde, instigado por su madre Ginesa, que dice que los niños son podencos, los manda matar, pero su orden no se cumple. Abandonados en el monte, en parajes desérticos, los cría una cierva y el ermitaño Galiel los educa. Más tarde, la

[3] Otras versiones europeas, desde Chrétien de Troyes y Woolfram von Eschenbach hasta Wagner, de *Parsifal* a *Lohengrin*, presentan discrepancias o variantes de detalle; en algunas, los padres del caballero serán Lotario de Hungría y Eloísa; tendrán seis hijos y una hija; ésta será quien intervenga para devolver la figura humana a sus hermanos; la abuela paterna está dotada de los poderes maléficos característicos de una bruja; etc.

abuela paterna reconocerá a seis de ellos por los collares de plata que un ángel les colocó al nacer. Los muchachos se convierten en cisnes cuando se intenta quitarles los collares antes de darles muerte, y se refugian en un lago próximo a la ermita donde había quedado su otro hermano. Cuando la abuela ordena fundir los collares para hacer una copa, el platero la hace con uno de ellos y guarda los demás. Pasado algún tiempo, el hijo humano acude a defender a su madre, difamada como adúltera. Tras su victoria en duelo judicial, la abuela, descubierta su maldad, es emparedada; los niños recobran su figura humana al ponerles los collares, excepto aquél cuyo collar se había fundido. Este acompañará a su hermano caballero —llamado por eso el del Cisne— en todos sus combates; interviene en justas, saliendo en defensa de dueñas maltratadas; la más célebre de sus lindes es la que riñe en favor de la duquesa Catalina de Bullón, atropellada en sus legítimos derechos por el duque Rainer de Sajonia[4]. Este es el episodio que aquí se ha seleccionado.

Luego, el caballero del Cisne se casará con Beatriz, hija de la duquesa, con la condición de que nunca le habría de preguntar por su origen ni su auténtico nombre; pero ella, después de que su marido hubiera salido victorioso de numerosas contiendas, es vencida por la curiosidad (cap. 83), por lo cual el enigmático caballero se aleja de su esposa y de la corte imperial en una barca tirada por el cisne, navegando por aguas del Rin[5], no sin antes haber encomendado su hija Idán a la protección del emperador, quien la casará con el conde Eustacio de Bolonia. De ese matri-

[4] Sajonia: denominada Sansoña o Saxoña en las versiones antiguas; se trata del ducado que desde el siglo IX tenía su territorio al sureste de Alemania, lindando con la llamada hasta hace poco Checoslovaquia.

[5] Así concluye el cap. 91 del cód.: «...entró en el batel. E començó el cisne de andar con él, e irse muy alegremente; así que en poco de rato lo perdieron de vista, que nunca jamás dél pudieron saber parte». Antes, en el cap. 26, el emperador había tenido ocasión de ver desde las ventanas de su palacio de Nimega, a orillas del Rin, cómo remontando el río un cisne tiraba de «un batel muy fermoso e muy bien labrado a maravilla; e en el batel estava un cavallero acostado...», quien saldría en defensa de la duquesa de Bullón.

monio nacerán, además de Eustacio y Balduino, Godofredo de Bullón, heroico cruzado que recuperó Jerusalén para la cristiandad y alcanzó el título de «Defensor del santo sepulcro». El relato legendario de sus antecedentes familiares manifiesta la voluntad de mitificarlo y prestigiarlo desde sus orígenes.

## *Leyenda del cavallero del Cisne*[6]

[42r...] Capítulo XXXIV *[Cómo los doze pares judgaron que lidiasen de cavallo ambos essos dos cavalleros e los metieron en el campo, e de los primeros golpes que se dieron...]*[7]

Cuando el duque de Loarena[8] ovo acabada su razón, aquellos doce pares, que eran i por judgadores e libradores desta contienda, fablaron todos en el fecho e ovieron muchas porfías. Pero al cabo acordaron todos en lo que dixiera el duque Simón de Loarena, segund que lo ovo departido el duque de Lembrot en comienço de su razón, e otorgaron todos aquello. E otrosí la imagen tendió otra vez la mano otorgándolo, segund manera de la muestra que fazía e la su [42v] costumbre era[9]. Entonces judgaron esos doze pares que lidiasen de cavallo ambos essos dos cavalleros dichos, el duque de Sansoña e el cavallero del Cisne, armados de todas armas, ellos e sus cavallos, e que firmavan el pleito en tal guisa: que las rahenes sobredichas de parte del duque, que fueran antepuestas en

---

[6] Sigo la edición de Mazorriaga, con las pertinentes correcciones, la enmienda de algunas de sus erratas, y las adaptaciones a los criterios prefijados, cotejándola con el texto impreso en 1503 dentro de la *Gran conquista de ultramar.*

[7] En el cód. este capítulo es anepígrafo, como la mayoría de los suyos; se aduce parte del prolijo epígrafe propuesto por Mazorriaga. En la ed. impresa en 1503 el título encabezador del cap. 79 del libro I, que incluye todo el episodio recogido en los dos capítulos del cód. aquí reproducidos, es más breve: «Cómo los doze pares juzgaron que lidiassen los cavalleros dos, e los metieron en el campo».

[8] *Loarena:* Lorena, región del nordeste de Francia.

[9] *la imagen...su costumbre era:* se trata de una antigua y portentosa estatua de plata de la que se ha tratado en un capítulo anterior, el 31, que extendía su brazo "en señal de otorgamiento" cuando se dictaban sentencias justas en la corte imperial.

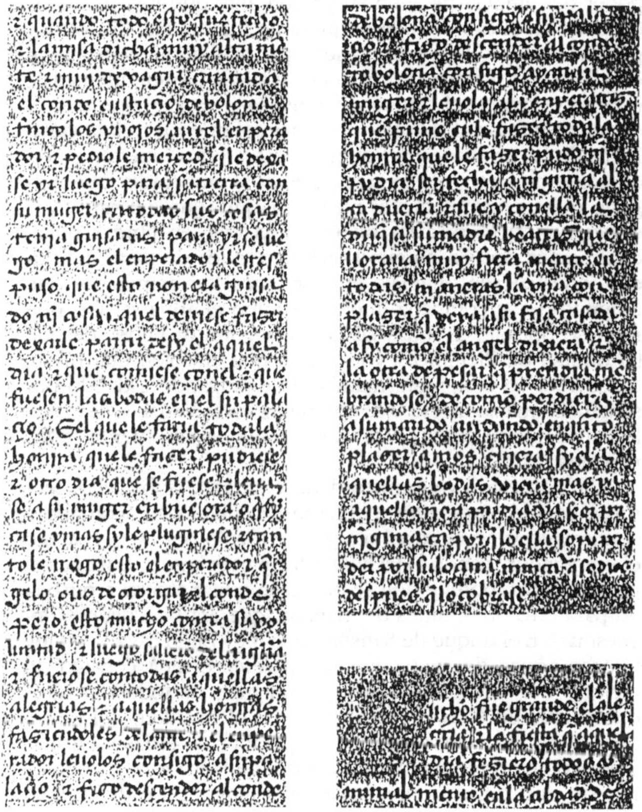

Lámina 4. *Leyenda del cavallero del Cisne*. Último fol. (131v) del relato contenido en el ms 2454 de la Biblioteca Nacional de Madrid, copiado a mediados del siglo xv

poder del emperador e en su prisión ante que los cavalleros entrasen en el campo, e la duquesa de Bullón e su fija, otrosí, puestas en recabdo, en tal manera que, si el duque venciese al cavallero o lo matase, que la dueña e su fija fuesen quemadas, e la tierra oviese el duque de Sansoña para siempre; e si el cavallero matase al duque o lo venciese, que los treinta cavalleros de las arrahenes del duque fuesen todos muertos e non escapase ninguno, nin lo consentiesen al emperador que ninguno quitase esto sobre el pleito e la jura que fiziera; e que entregasen la tierra a las dueñas, e la oviesen libre e quita, como devía ser, sin ningund embargo; e los de parte del duque, que fiziesen omenaje en segurança[10] al emperador que ninguno de su compaña [fuera al campo e] arma sacase, que moriese por ello. E todas las cosas, segund dicho es, desque [el duque] de Elembrot ovo fablado que era bien que fuese, todos ellos lo otorgaron, mandando e judgando e dando por sentencia que se fiziese e se compliese en todo así. E de aquella guisa que lo él ovo dado por consejo, a ello fueron todos pagados.

Cuando esto ovieron acordado e judgado sobre ello, fuéronse para el emperador e dixéronle lo que avían acordado e confirmado ya; e él otrosí otorgólo e tóvolo por bien. E luego el emperador mandó [43r] llamar las partes ante sí e fízoles el pleito afirmar, porque non se pudiesen quitar afuera; e puso la lid para otro día[11], lunes de mañana, que era otro día de Cincuesma[12]. E el duque de Sansoña ovo muy buen cavallo e muy buenas armas de suyo, que se él siempre traía consigo, lo mejor e más complidamente que ninguno de todos los altos omnes que en toda la tierra avía. Mas el cavallero del Cisne, que las non traxera, armóle el emperador de todas las armas que ovo menester, fuera de escudo e de lança que se traía él, ca esto non quiso cambiar por otras ningunas; e diole el su cavallo, que avía nombre Prorín[13], que era el mejor que sabían

---

10 *segurança:* lectura confusa la que ofrece Mazorriga; en la versión impresa es más clara: «que fiziessen omenaje de seguir al emperador».

11 *otro día:* la expresión equivalente hoy es «al día siguiente»; entiéndase, pues, "se fijó la lid para el día siguiente, lunes, por la mañana".

12 *...de Cincuesma:* el lunes siguiente al domingo de Quincuagésima, es decir, unos cincuenta días antes de la Pascua. Se reitera así la fecha elegida en otro pasaje ya leído de *Gran conquista de ultramar.*

13 *Prorín:* Florín, en la versión impresa.

en ninguna tierra. E esa noche tovieron ambos los cavalleros vegilia en la mayor iglesia de la villa, e el uno al altar de san Ramiro, e el otro al de san Pedro. E otro día oyeron misa, e ofrescieron amos sus ofrendas muy grandes e muy ricas; e después armáronse muy bien, e sobieron en sus cavallos e fueron al campo adonde avían a lidiar, que era en unos prados muy grandes e muy llanos que estavan so las finiestras del palacio del emperador, que era cerca del río. Pero ante que entrasen en el campo juró cada uno dellos, el uno que demandava derecho, e el otro que defendía verdat. Mas non era así, que el duque de Sansoña tenía muy grand tuerto, así como Dios lo mostró aquel día.

El emperador dio luego doze de los mejores omnes e más onrados que eran en toda su corte, que [43v] fuesen fieles de aquella lid, e fizo armar quinientos cavalleros que guardasen el campo e la raya; e todos los otros otrosí estavan apercibidos con sus espadas a los cuellos[14], e con sus cavallos e sus armas aprestados, cuantos de la parte del emperador eran, porque si los otros quisiesen rebolver para ayudar al duque que non gelo consintiesen; e toda la gente menuda de la cibdad mandó otrosí estar apercibida con todas sus armas. E fizo luego los treinta que fiaron la lid del duque venir ante sí, e fízolos meter en una torre muy fuerte de su alcázar e guardólos muy bien; e a la duquesa Catalina tomáronla pieça de duques[15] e de condes e desos onrados omnes que en la corte eran, que fiaran al cavallero del Cisne para fazer la batalla, e fiáronla e tomáronla sobre sí a ella e a su fija.

E desque todo esto ovo fecho e ordenado, mandó apregonar que ninguno que de parte del duc de Sansoña fuese, que arma sacase en el campo nin muestra fiziese de alboroço ninguno, que moriese por ello; e que ninguno non fuese osado de fablar nin de dezir ninguna cosa por que se podiese oír nin entender, non fiziesen señal de muestra contra ellos nin contra otros, por palabra nin por ninguna señal otra que pudiese ser fecha, e si non que perderían las cabeças; mas que todos estoviesen muy quedos e muy callados e que oyesen. E esto

14 *...a los cuellos:* ceñidas o colgadas mediante sus cintas; una expresión semejante aparece en el cap. 30 de la *Crónica sarracina*: «sus espadas en los cuellos».

15 *pieça de duques...:* una parte de los duques...; la palabra "pieça" se omite en la versión impresa en 1503.

fecho, metiéronlos en el campo, e los fieles con ellos; e desque dentro fueron, el cavallero del Cisne desció de su cavallo, e tendió los braços en cruz e echóse en el suelo, e fizo oración contra Dios [44r] lo mejor que pudo; e eso mismo fizo después el duque.

Desí levantáronse e sobieron en sus cavallos; e ante que se alongasen para se ir a ferir, el cavallero del Cisne dixo así al duc:

— Señor, señor duc de Sansoña, ruégovos por amor [de] Jesucristo e por mesura e por bondad de vos, que dedes a aquella dueña su tierra; ca bien sabedes que por fuerça gela tollistes, así como el emperador e cuantos omnes honrados son aquí con él lo afirman e dizen que es verdad, e lo saben bien, que a sinraçón e sin derecho gela tenedes, e non gela tomastes si non de que su marido fue muerto e que non avía quien la amparase; e por ende faríades bien de gela dar[16] e de dexar esta batalla.

Cuando esto oyó el duc, ovo gran saña e respondió así como en escarnio, e díxole así:

— Varón, seméjame son esas palabras de monje o de omne que quiere pedricar[17]; e pues así es, bien debíades ante [ir] a dezir vuestras misas [a] algunas mongías que entrar comigo en este campo, donde vos cuido tal parar ante que la ora de bísperas sea, que querríades ante ser en cabo del mundo o allí donde venistes que sofrir lo que vos yo faré.

Cuando el cavallero del Cisne esto oyó, bien entendió que en el cavallero non fallaría paz nin buena respuesta; e luego firió el cavallo de las espuelas e alongóse dél para venirlo ferir, e el duc fizo esso mesmo. Allí estava muy grand gente asonada para ver la lid de los dos cavalleros; e el emperador mesmo estava a las finiestras del su palacio con todos los onrados omnes que con él eran; e todo el otro pueblo, e la gen | te [44v] menuda estavan por los sobrados[18] e por los muros e por las

---

16 *gela dar:* corrijo el cód., en que se lee *guardar,* con la ed. impresa de 1503.

17 *pedricar:* evidente vulgarismo, por *predicar.*

18 *sobrados:* en el cód. *sombrados,* que corrijo por la ed. impresa.

barvacanas, e por derredor del campo do lidiavan; ca tanta era, que para todo avía asaz. E estavan catando cómo farían aquellos dos cavalleros o a qué cima vernía aquella lid; mas mucho recelavan todos la grandeza e la fortaleza del duque de cómo parescía con la de su compañero. Pero esforçávalos otrosí que veían al otro andar muy abivado e muy presto para ir cometer al duc, e cavalgava mucho apuesto e de buen continente, de guisa que todos avían plazer de la su vista; ca sabía muy bien apersonarse e componerse con sus armas. E otrosí los esforçava que bien sabían (bien) que entrava con verdad; e así, rogavan todos a Dios que venciese. Mas ante que se firiesen, el duc començó a ir muy paso contra el cavallero, e el cavallero lo atendió e non quiso mover contra él; ca bien entendió que alguna cosa le quería dezir.

E el duc, desque fue cerca dél, díxole así: que le rogava, por Dios e por la cristiandad que rescibiera, que dexase de demandar aquella tierra, que era suya, e que non quisiese ser muerto o vencido por lo ageno e por lo en que non avía nada, e que faría bien e de su pro; e [si] esto non quería fazer, que le dezía que antes que se les pusiese el sol lo mataría o lo vencería, a muy grand desonra de sí e de la dueña por cuya boz allí entrara. E el cavallero del Cisne, cuando esto oyó, respondióle como omne muy sin miedo e como quien lo tenía en poco, e díxole así: que mentía como desleal, e él era el que moriría; e él sería el que vencería e lo mataría a él, [45r] ca él demandava verdad e derecho; e pues así era, que non andudiese a fablillas, mas que librasen lo por que allí eran entrados; ca por su deslealtad tan grande que fazía a aquella dueña le faría él ante de hora de nona yazer muerto en aquel campo o vencido o perjuro de la jura falsa que feziera, o lo echaría del campo por alevoso.

E entonces con muy grand saña arredrá[ro]nse el uno del otro lo más que pudieron, e dexáronse uno a otro venir muy rezios, cuanto los cavallos los podían levar; así que todo omne entendería bien en ellos por la su venida que se desamavan muy de coraçón; e fuéronse a ferir, e diéronse tan grandes golpes de las lanças que se falsaron los escudos, e fueran muertos amos si non por las lorigas que eran muy fuertes; pero las lanças quebraron en ellos; e de como venían los cavallos muy rezios toparon en uno los cavall(er)os de las cabeças e de los cuerpos tan fieramente que cayeron los cavalleros en tierra e yoguieron estoridos una muy grand pieça; así que cuantos allí estavan cuidaron que eran muertos, como aquellos que no bollían pie nin mano nin cabeça, así que el emperador e todos los omnes onrados que i estavan, avían ende muy grand duelo. E aquellos doze cavalleros que eran fieles del campo vinieron luego a ellos, e el uno traxo agua fría de una fuente que avía en cabo del campo, e echógela por las caras, e entonce acordaron; e cuando se vieron así yazer en tierra, e oyeron el llorar e el duelo que fazía[n] por ellos las gentes, levantáronse [45v] lo más aína que pudieron; mas el cavallero del Cisne se levantó primero e metió mano a la espada, e después levantóse el duc e fizo eso mesmo, e fueron[19] tomar sus escudos, que se les cayeran cuando se derribaron de los cavallos, e començaron a venir muy paso el uno contra el otro por furtarse los golpes, ca bien sabían mucho de esgremir.

E el duc dixo al cavallero del Cisne:

— Varón, aún vos ruego que vos partades desta demanda desta tierra; ¿por qué vos metedes a este peligro non aviendo i derecho ninguno nin razón? E dígovos esto porque me duelo de vos; ca vos veo muy mancebo asaz, e apuesto e guisado para bevir, e non querades destroír vuestra vida e vuestra mancebía tan temprano, nin tiredes onra de vos como agora tenedes acerca de lo ver[20]; ca bien veo qué guisado tengo de vos fazer complar[21] caramente la vuestra locura.

E el cavallero del Cisne non le respondió ninguna cosa e començólo de mirar e fizo un paso contra fuera. E entonce el duc fízole señal de acometimiento, e echóle tres golpes de esgremir, e al cuarto fuése apartarse de él; así que todo omne que lo viese entendería bien que sabía mucho de aquel menester e que era muy menester a su compañero de abivar bien el coraçón; mas antes que el duc oviese a coger el braço contra sí, el cavallero del Cisne, que non sabía menos de esgremir qu'él, e sabía mucho más, diole un golpe de la espada sobre el yelmo en derecho del rostro, tan grande que un pedaço dél vino a tierra, e cortóle la nariz con una pieça del

---

19 *fueron:* en el cód. se lee "fizieron"; corrijo con la ed. impresa.

20 *nin tiredes...de lo ver:* resulta mucho más inteligible en la versión impresa en 1503: "e tan a vuestra desonra como agora estades acercado de lo ver".

21 *complar:* como otros ya encontrados y más posteriores, se trata de un evidente vulgarismo, por *comprar*.

labrio a vueltas del beço; así que le parescían todos los dientes de delantre e todo se cobrió [46r] de sangre fasta en los pies. E después díxole así muy sañudamente:

— Don alevoso, provado en mal punto [o]vistes la traición conoscida que començastes contra la duquesa de Bullón, e fezistes la falsa jura que jurastes, cuidando della llevar la tierra; por lo que a Dios non plazerá nin querrá que sea así; ante, moriredes oy aquí como alevoso, e a la dueña fincará la tierra libre e quita. Pero si aún quisierdes venir [a] alguna buena pleitesía, agora la faría yo convusco que fuese atal, porque vos non moriésedes e la dueña oviese lo suyo; e sería yo vuestro vasallo, con quinientos cavalleros que son aquí de la dueña, en tal guisa que vos faremos omenaje de vos servir en todos los logares que vós ovierdes menester, e de vos venir a las grandes cortes cuatro vezes en el año.

Cuando esto oyó el duc, entendiendo que no le dezía aquello el cavallero si non en manera de escarnio, començó a mecer la cabeça como omne escarnidor que se lo tenía en poco[22]; e atán grand pesar avía de aquello que oyó e de lo que le fiziera, que cuidava ser muerto. E por ende le respondió así como omne fuera de seso e destordidamente, e muy sañudo e muy bravo, e díxole así:

— ¡Ay, traidor!, porque tienes que me escarneciste (e) me fablas así en escarnio, en movimiento de pleitesías e de omenajes fazer. ¡Eso, nada!, ca verás agora esta sangre que de mí se va, e este estorpamiento que tienes que en mí has fecho, tan caramente lo comprarás luego aquí; que para el nombre de Dios essa tu mesma cabeça levaré agora de ti en precio de la mi sangre e de lo que me has fecho. E otro pleiteamiento [46v] ninguno nunca puedes ya desde aquí adelante aver comigo; e si tales ciento como tú oy aquí fuesen contra mí como tú estás, yo los cuidaría a todos estroír e matar unos a unos[23], que me non escapase ninguno.

---

22 *como omne...en poco:* en la versión de 1503 el sentido es por completo diferente: "como hombre escarnido e que lo tenía a mengua".

23 *unos a unos:* entiéndase "uno a uno", mejor que en la ed. impresa: "unos e otros".

E desque todo esto ovo dicho, dexóse correr a él la espada derecha contra suso, que le cuidó dar por cima de la cabeça; e el cavallero del Cisne cobrióse del escudo e rescibió el golpe en él; por cuanto la espada del duc alcançó del escudo del cavallero del Cisne e de sus armas, todo lo levó fasta tierra. Mas el cavallero del Cisne dio a él, de la parte diestra, con la espada sobre el ombro tan grande ferida que cuanto alcançó de la loriga todo vino a tierra; e ciertamente cortá[ra]le el braço si non por la espada, que se le volvió en la mano, e con gran saña díxole así:

— ¡Por Dios, don traidor!, la vuestra falsedad vos traerá oy a la muerte.

Mucho ovo grand pesar el duc, e con grand quebranto se tovo por muy escarnido cuando ferido se sintió así, e demás que veía que le colgava la nariz e una pieça del beço sobre la boca, que le parescían los dientes muy feamente; e con grand saña e con grand malenconía que ende avía con que estava, tiróse a una parte e tajóla[24] con la espada e dio con ella en tierra; así que fasta los pies fue cobierto de sangre todo de la ferida, de guisa que parescía ya él bien vañado en su sangre, el cual vaño él a su compañero avía prometido.

E con grand despecho, así como león que ravia, dexóse ir al cavallero del Cisne, e diole tan grand golpe en lo más alto del yelmo, allí do es más alto e más agudo, que metió la espada por él bien una mano; así que, si non [47r] fuera por la merced de Dios que se lo guardava, e la espada que salió al diestro en desviado, oviéralo fendido fasta en los dientes; tan grande fue el golpe e tan pesado que, al tirar de la espada, fízole por fuerça fincar los finojos al cavallero; así que cuantos lo vieron cuidaron sin falla que era muerto. E el emperador mesmo, que lo veía, ovo ende muy grand pesar, e todos los omnes onrados que eran con él, e cavalleros e duques, e todas las otras gentes que a vista estavan, que sabían el grand tuerto que el duc tenía a la duquesa de Bullón, otrosí, avían grand pesar e se dolían dello mucho.

Mas sobre todos los otros, a que mucho pesava e que mayor coita avía era a la duquesa, e su fija Beatriz, a quien lo fue

---

[24] *tajóla:* por extraño que pueda parecer, el antecedente del pronombre es su propia nariz.

dezir un escudero do ellas estavan en oración en la iglesia —la una al altar de san Pedro, e la otra al de san Vicente— de cómo el duc llagara al cavallero del Cisne, su lidiador, a la muerte; así que le diera tan grand golpe de la espada por cima de la cabeça que le fiziera fincar inojos en tierra, e que lo tenía en aquella guisa ante sí.

### Capítulo XXXIV *[Del gran duelo que fizo la donzella fija del duque Bertolot...e de cómo el cavallero del Cisne mató al duc Rainer...]*[25]

Cuando la donzella, fija del duque[26], esto oyó, començó a fazer muy grand duelo e a dezir así a muy grandes bozes:

— Señor Dios, por la vuestra grand piedad non consintades que esto así sea; e así como vos, Señor, sabedes que a grand tuerto somos deseredadas e forçadas de lo nuestro de aquel que en nuestro juizio está en aquel campo, onde avemos nuevas que ha poder sobre el nuestro lidiador, non sufrades que aquel que se combate por el nuestro derecho e demanda verdad sea [47v] muerto nin vencido, nin justicia sea fecha en nuestros cuerpos por lo que non merescemos, nin que la verdad peresca e la mentira sea ensalçada; non querades, Señor, que el tuerto sea vencedor e el derecho vencido, nin que la falsedad vença a la verdad.

Cuando esto ovo dicho, cayó amortecida delante del altar; así que la duquesa, su madre, la tomó en los braços e la levó dende faziendo muy grand duelo. E desque la donzella entró en acuerdo del amortescimiento en que fuera, su madre la duquesa, que mucho estava coitada e con grand pesar en el coraçón, començó a fazer su oración así, que cuantos estavan en la iglesia lo oyeron, contando en ella cuantos milagros

[25] De nuevo se utiliza parte del epígrafe propuesto por Mazorriaga para titular un capítulo que en el cód. es anepígrafo.

[26] *fija del duque:* en la versión impresa se lee “de la duquesa”; se refieren ambas a Beatriz, hija del duque Bertolot y de la duquesa Catalina de Bullón.

fiziera nuestro Señor por los patriarcas e por los profetas e por los otros santos, desd'el comienço del mundo fasta que subió en los cielos, e de los que acaescieron después, tan bien de la Ley vieja como de la nueva[27], rogándole e pidiéndole merced que los bienes qu'él fiziera a los santos e a los sus amigos que non olvidase [fazer][28] a ella nin a su fija, que eran sus sirvientes, e que librase al su lidiador de aquel peligro en que le dezían que estava, e lo ayudase a él que era su lidiador dellas e lidiava por ellas e demandava derecho e verdad contra aquel servidor del diablo; ca sabía él muy bien que los fechos e las obras de aquel duc, del diablo eran, e la su voz mantenía e que a la su voz[29] entrara en aquella lid, en que le dezían qu'él avía la onra de aquella batalla; e que non quisiese qu'él fuese el vencedor, por que ellas perdiesen los cuerpos por tal [48r] juizio como sabía que era dado contra ellas, nin que perdiesen su tierra, que sabía muy bien que por cuántos derechos la avía, e debía ser suya, e de cómo avían a voluntad de le servir bien con ella e lo serverían siempre; nin que perdiese otrosí el cuerpo e la honra el cavallero que la boz della tenía e tomara en fiuzia del su juizio i mostrar e de la su ayuda i aver, e esforçándose en esto se fuera meter por ellas en tal peligro; e que non oviese la onra nin lo que non avía derecho de aver el que la voz del diablo tomara e tenía en crencia, e en fiuzia la su ayuda lidiara él contra ellas, pues que mantenía tuerto e sobervia[30].

Tales eran las oraciones que la buena dueña e su fija fazían contra nuestro Señor por el cavallero del Cisne, su lidiador, e

---

[27] *Ley vieja...:* se refiere al Antiguo y Nuevo Testamento; tal oración debía de estar ya como ritualizada. Recuérdese la que el juglar pone en boca de doña Jimena, atribulada por el destierro de Rodrigo, en el *Cantar de mio Cid* (vv.327-365).

[28] Creo que así se respeta la intención expresiva del autor, mejor que en la transcripción de Mazorriaga y en la lectura que ofrece la ed. de 1503.

[29] *voz...voz:* en sentido jurídico de representación personal del diablo y con sus poderes delegados.

[30] *...e sobervia:* a pesar de todos los artificios de la puntuación moderna, no es fácil restablecer la coherencia expresiva en esta dilatada plegaria de la duquesa, que no sólo se formula en estilo indirecto, sino también con cierto carácter caótico que se diría muy adecuado para reflejar su confuso estado de ánimo, si quisiéramos justificar la impericia del autor.

por sí misma[s] otrosí, a quien era mucho menester qu'él venciese; de la cual plegaria ellas fueron muy bien oídas, ca en cuanto ellas esta plegaria faziendo estava[n], el su cavallero non se estava de balde en el campo, ante se combatía muy de rezio con su compañero, e estava muy esforçado, dando a entender que lo tenía muy en poco; ca a la ora qu'el duc le ovo dado aquel golpe de que le fizo fincar los inojos, e queriendo el duc alçar la espada por le dar otro golpe por la cabeça, el cavallero del Cisne puso el escudo ante el rostro alçándolo [lo] más que podía, e envió la espada muy alta entre los escudos amos contra el braço del duc do descendía el gol[pe], e tiróse un poco afuera[31]; e entonce el cavallero del Cisne cobró muy ligera|mente [48v], e movió contra el duc por le dar de la espada por la cabeça, e el duc non le atendió, ante se arredró yacuanto más afuera dél. E comoquier que el cavallero del Cisne grand golpe rescebiera, non estava por ende desmayado nin un punto, ante estava muy esforçado, con la espada en la mano e el escudo en el braço, asmando cómo le podería ferir en [descubierto; e el duc asechava otrosí a él cómo lo podría ferir][32] en esta misma guisa; mas tanta avía perdida el duc de su sangre que maravilla era cómo en pies se podía tener. E otrosí lo embargava mucho la sangre de las narizes, que se le cuajava e non le dexava recoger el fuelgo, e dava a las vezes unos refuelgos por ellas que semejavan de león o de alguna grand serpiente; e tamaños e con tan grand saña los enviava que fazía los pedazos de la sangre cuajada, que echava por ellas, recudir muy aluenñ de sí; pero con todo esso avía grand sabor de se vengar si pudiese.

E así estavan ambos a dos asechándose cómo se podían más de mal fazer, ca mucho se dubdavan e rescelavan fieramente uno de otro, por los muy grandes golpes que se avían ya dados; e desque ovieron así estado una grand pieça, el duc cató al cavallero del Cisne muy sañudamente, e començóse de maravillar mucho, ca nunca omne fallara en el mundo, nin lo avía, que con él se osase tomar, cuanto más un cavallero solo; e averlo ferido tan mal e tan desonradamente, como averle así

---

31 *contra el braço del duc...un poco afuera:* está bastante más claro en la ed. de 1503: "contra el braço del duque, que baxava con otro golpe. En esto el duque retovo el golpe, e tiróse un poco afuera..."

32 Se suple aquí una leve laguna del cód., recurriendo a la ed. impresa.

tajado las narizes e los rostros, sin los otros golpes que en el cuerpo tenía; así que, maguer venciese, siempre quedaría lastimado [49r] [de] manera que nunca sería para parescer ante omnes nin se parar ante ellos.

E por ende començó a dezir contra nuestro Señor que no creía en él nin en la su merced; mas que se encomendava al diablo e que en él creía e a él adorava, e que le rogava que le veniese ayudar, pues que Dios non lo podía fazer; e que de allí adelante se otorgava por suyo quito, e prometió que non dexaría a obispo nin abad, nin a omne ninguno de religión, ninguna cosa en toda su tierra; ante, destroiría las iglesias e las abadías, e las quemaría, e las derribaría fasta en la tierra; e que dueña coitada, nin poble[33] coitado, nin huérfano, nunca en él fallaría piedad, nin merced, nin derecho ninguno, mas todo tuerto e todo mal en los deseredar e astragar, e en les fazer el peor mal que pudiese. E sin todo aquesto, que se tornaría moro ante de un año; así que el conde Giliberte, que fuera renegado, nunca tanto pesar fiziera a Dios nin tanto mal a cristianos como él faría, si de aquel campo saliese vivo[34].

Cuando el cavallero del Cisne oyó lo que el duc estava diziendo, fízose muy maravillado, e extrañólo mucho, e eso mesmo fizieron los fieles, que lo oían bien todo, otrosí; mas el duc, que non dava nada por ende, tanto estava folloniado e sobervioso e bravo e perdido de todo envergoñamiento, e estava royendo[35] los dientes e tornando los ojos como quien quiere meter espanto muy grande e muy espantoso, con la espada en la mano a guisa de muy bravo e muy fiero qu'él era, como vos ya avemos dicho. E era muy mayor de cuerpo grand pieça qu'el cavallero del Cisne, [49v] e muy más grande e muy más valiente de mucho; de guisa que'l dudava mucho el cavallero del Cisne, lo uno por la furia grande que en él veía, lo ál por los grandes golpes que dél rescibiera; e por ende, alçó los ojos contra el cielo e fizo su oración, mas non tal como la del duc fue.

---

33 *poble:* nuevo vulgarismo, por "pobre".

34 Es habitual cargar las tintas en el antagonista, hasta convertirlo en un malvado de grandeza diabólica, por lo que se acumulan sobre él rasgos contrarios a toda virtud humana y cristiana. Por el contrario, en el caballero protagonista deberán resplandecer todas las virtudes y mostrarse como un cristiano ejemplar, como se verá en el del Cisne.

35 *royendo:* puede entenderse como gerundio de *roer* o *roder*, ya usados por Gonzalo de Berceo; "rechinando", "crujiendo".

E dixo así:

— Señor Dios, que eres verdadera Trenidad, Padre e Fijo e Espíritu santo, tres personas e un Dios verdadero, pídote por merced, Señor, que tú me guardes e me ayudes, porque este diablo non me pueda conquerir nin me pueda fazer [mal], nin vencer con poder de la su valentía en que se atreve tan mucho, por el cual esforçamiento olvida así a ti e al tu poder e a las tus obras, e sigue las del diablo e la su boz, con la cual él començó todos sus fechos, manteniendo toda sobervia e toda crueldad, con la cual cuida vencer oy esta lid; e tú, Señor, le sey oy estroidor en ella, e conqueridor de la grand traición que començó, porque las dueñas non pierdan oy su derecho nin los cuerpos, nin sean deseredadas por tan grand falsedad como este desleal duc, retraído en la tu fe e en la tu esperança, cuida lo suyo dellas levar e les fazer perder los cuerpos, por las cuales esta boz tomé por el tu mandamiento. E tú, Señor, muestra i el poder de la tu vertud porque el tu juizio se libre oy aquí, así como tú eres justo juez e de toda justicia complida.

Cuando el cavallero del Cisne acabó desta guisa su oración, e alabando mucho a Dios cuanto él más pudo, el duc, que entendía bien lo que dezía e los estava catando de mala catadura, le dixo así:

— ¿E qué es esso, cavallero, que estás faziendo oración? ¿O por ventura cuidas [50r] que Dios nin tus oraciones averán oy poder de te valer nin ayudar contra mí? Non es esso nada, nin lo creades, nin aunque la tu ventura muy grande fuese, que me tú matases o me vencieses, lo que non podería ser; tú, por ende, non puedes escapar que non mueras comigo. E de que de mí escapases, ca el poder que aquí tengo es tan grande, de que non puedes escapar nin guarir, nin aun al emperador, si quisiere, que no le echen fuera de la cibdad de Nimaya[36], e le non fagan perder lo más de cuanto ha. Pues aún non me has tú vencido a mí nin tal maltrecho porque te por muy partido nin muy libre devas tú tener de las mis manos; ca de aquí a poco verás en cómo fincarás dellas parado, e lo que te yo faré.

---

36 *Nimaya:* Nimega, en la antigua Renania del Norte, ciudad donde el emperador reunía a veces sus cortes, otras en Maguncia, según el texto.

E el cavallero del Cisne, que tenía el ojo en él, mesurándolo en cómo lo podería ferir en guisa que le empeciese lo más que podiese, le respondió así:

— Duc, mucho me semeja fiera e extraña cosa amenaçar al que delante de vós tenedes.

E cuando él esto ovo dicho, dexáronse correr uno a otro, e el duc le dio al cavallero tan grand ferida de la espada por cima de la cabeça que cuanto alcançó del yelmo todo vino a tierra, e el golpe descendió a cabo de la pierna e cortóle una pieça de la falda de la loriga, e la punta de la espada entró por el campo[37] más de una mano; de guisa que si en la carne oviera alcançado le matara o le cortara todo cuanto la espada ante sí fallase. Mas el cavallero del Cisne, otrosí, non enflaquesció mucho por su golpe, ante le dio tan grand ferida de la espada que cuanto priso del escudo todo vino a tierra; e el golpe vino sobre el anca diestra, de guisa que le tajó una pieça de la carne e del hueso; e desta manera se provavan a esgremir aquellos dos lidiadores, así que todo omne que viese los golpes e las feridas que uno a otro se davan, e cuán mortalmente se combatían, podería bien entender [que del] allí adelante non se podería partir la lid, a menos de morir uno dellos; ca el cavallero del Cisne, que lidiava por las dueñas, avía sabor de demandar su derecho, e afincava al duc cuanto podía, e el duc otrosí, que avía grand talante de se vengar, fazía a él esso mesmo; así que, cuando metía mientes en la nariz e en el beço que avía perdido, e en los otros muy grandes golpes que avía rescebidos, cresciale tan grand saña e tan grand ira, que salía de su seso; e por ende queríase aventurar a prender muerte o vengarse.

E fuese llegando a paso furtado a él, por cuidarle ferir por el rostro o por los braços; mas non lo pudo fazer, e en tirando[38] el duc el braço contra sí del golpe que le cuidara dar, el cavallero del Cisne le dio una tan grand espadada en el braço diestro, entre un escudo e otro[39], que le cortó la mano; así que la espada e el puño cayeron en el campo. Cuando esto vio el

---

[37] *por el campo:* en la ed. impresa, "en el suelo".

[38] *en tirando:* corrijo a Mazorriaga, que lee "entrando", con ayuda de la ed. impresa.

[39] *ente un escudo e otro:* la ed. impresa no aclara mucho más: "entre el escudo e el otro".

duc, entendió que era llagado a la muerte[40], e luego asmó en cómo se podería vengar de guisa que, si él moriese, que moriese el otro con él; e fuele travar con el braço siniestro muy de rezio, e travó dél de guisa que lo alçó de tierra muy ligeramente con lo que se ayudó del otro braço, e quisiéralo levar al río por se echar con él dentro, e que moriesen i amos, e començólo de llevar de aquella guisa contra allá; mas el cavallero del Cisne puñó en cuanto pudo en salir de su poder, e troxéronse [51r] un poco a braço en manera de luchas; e estava ya el duc muy flaco e muy sangrado de la mano que perdiera, e de la mucha sangre que dél salía a grand maravilla de las llagas, otrosí de las espuelas, que se le travaron una con otra que se le embargaron mucho, pero muy más le embargó el tuerto que tenía e la jura falsa que fiziera; assí que ovo de ir a tierra.

E entonce echóse sobre él el cavallero del Cisne e quitóle el yelmo, e començóle de dar de la mançana del espada tantas feridas por el rostro e por la cabeça, fasta que lo mató; e desí cortóle la cabeça e metióla en el yelmo que le tolliera, e llamó aquellos doze cavalleros que eran fieles del campo, e preguntóles que, pues aquel era muerto, si avía i más que fazer porque las dueñas cobrasen su tierra; e ellos dixéronle que asaz avía i fecho.

E esas oras el cavallero del Cisne tendió los braços en cruz e echóse en la tierra, e fizo su oración e sus pregarias a Dios lo más complidamente e mejor que pudo, e lo alabó, e dio gracias por la ayuda e merced que le fiziera. Desí levantóse e entonce preguntó otra vez a los fieles si lo poderían levar en salvo fasta donde estava el emperador. E ellos dixéronle que sí, e que non temiese, que ellos lo levarían e non se parterían dél. E pues que esto le ovieron dicho, fuéronle a cavalgar en su cavallo qu'él traxo, e ellos e los quinientos cavalleros otrosí, que fueran puestos por guardar el campo e la raya, fueron todos con él, levándolo muy guardadamente e faziéndole toda onra. E el cavallero del Cisne iva muy bien guardado e iva en aquel cavallo [51v] mesmo que le diera el emperador, en que lidiara con el duc; e iva armado de todas sus armas el cuerpo, e el cavallo otrosí, e levávale un escudero delante el escudo, e otro el fierro de la lança con un pedaço de la asta que le quebrara a la primera justa qu'él oviera con el duc, e levava ante sí el yelmo que fuera del duc, la cabeça mesma metida en él; e desta guisa fueron fasta el palacio donde estava el emperador.

---

40 *llagado a la muerte:* herido mortalmente.

## 5. *Tristán castellano / Tristán de Leonís / Libro del esforçado cavallero don Tristán de Leonís y de sus grandes fechos en armas / Tristán e Iseo*

Redacción 1299-1325

1400 a C 1500 h C 1501 I (Valladolid) 1508 I (Sevilla)

Según Avalle-Arce, el *Tristán* francés se conoció en Castilla hacia 1254-1260, y se tradujo poco después.

Hasta nosotros han llegado dos versiones castellanas distintas de la historia de Tristán, relacionadas ambas con la materia de Bretaña y con el ciclo artúrico[1]. Un ejemplar de la edición de 1501, impreso por Juan de Burgos, se conserva en la British Library de Londres (C.20.d.24). Además de la de 1508, impresa por Juan Cronberger, hubo también ediciones en 1511, 1520, 1528 y 1534 (Sevilla); de la de 1528 se conserva un testimonio en la Biblioteca Nacional de Madrid (R-8522). En la misma Biblioteca hay también un fragmento del manuscrito del siglo XIV de un solo folio a dos columnas (20262, nº19), transcrito por Bonilla, y otro de finales

[1] Para los materiales artúricos, vid. Harvey L. Sharrer, *A critical bibliography of hispanic arthurian material*, Londres, Grant and Cutler, 1977, así como Calos Alvar, *El rey Arturo y su mundo. Diccionario de mitología artúrica*, Madrid, Alianza Editorial, Alianza Tres, 258, 1991. Sobre Tristán e Isolda, vid. también C. García Gual, *op. cit.*, págs. 155-181.

del XV (22021;fols.8v-12v). Otro cód. de finales del siglo XIV, en la Bibl. Vaticana (6428), como *Cuento de Tristán de Leonís*. Hay también manuscritos fragmentarios en catalán y en gallego o en gallego-portugués, así como una versión completa en aragonés de la transición del siglo XIV al XV. Las ediciones castellanas impresas abrevian la francesa prosificada e impresa en Rouen, en el taller de Jean le Bourgois, en 1489, en dos voluminosos tomos. Seidenspinner-Núñez[2] cree que el refundidor responsable de la ed. de 1501 interpretó la historia de Tristán e Iseo como una tragedia de amor, o sea, como una novela sentimental.

Una referencia literaria a los personajes puede leerse en el *Libro de buen amor*, 1703b: «ni es agora Tristán con todos sus amores». Micer Francisco Imperial, en versos conservados en el *Cancionero de Baena*, habla de Tristán, «que fenesció por amores»; también aluden a él, Rodrigo Yáñez, el marqués de Santillana, Fernán Pérez de Guzmán, Fray Migir, Pero Ferrús, el arcipreste de Talavera y varios romances.

Serafín Moralejo[3] ha sugerido que la figura de un caballero que aparece como dormido o desfallecido dentro de una embarcación junto con su espada, su escudo y su caballo en una columna románica de principio del siglo XII en la catedral de Santiago de Compostela pudiera corresponder a Tristán tras su combate con Morholt —Morlot en el texto castellano—, lo que significaría un conocimiento por vía oral de la leyenda de Tristán, anterior a su tratamiento literario por escrito en España. Por otra parte, Thomas d'Angleterre sostiene en su *Tristan,* fechado en 1170, que había oído la historia de su héroe recitada por muchos juglares, afirmación ratificada primero por Loomis y luego por Varvaro. También Chrétien de Troyes, si aceptamos lo que nos dice él mismo en su prólogo al *Cligés,* debió de escribir una historia que trataba del rey Marc y de Iseo la rubia; pero su versión se ha perdido.

---

2 *Tristania,* 7 (1981-1982), 27-46.

3 S.Moralejo, "Artes figurativas y artes literarias en la España medieval: románico, romance y *roman*", *(Bol. de la Asoc. Europea de Profs. de Español,* 17 [1985], 61-70) y "Fuste historiado con leyenda épica (Tristán ?)", en VV.AA., *Santiago, camino de Europa. Culto y cultura en la peregrinación a Compostela* (Santiago, 1993, 382-384).

EDICIONES

1904 Adolfo Bonilla, "Fragmento de un *Tristán* castellano del siglo XIV", *Anales de la literatura española (años 1900-1904)*, Madrid, págs. 25-28.

1907 Adolfo Bonilla y San Martín, *Libros de caballerías, I...*, Madrid, Bailly-Ballière, Nueva Biblioteca de Autores Españoles, t.6, págs. 339-457.
Sigue el texto de la ed. sevillana de 1528.

1912 Adolfo Bonilla y San Martín, *Libro del esforçado caballero don Tristán de Leonís y de sus grandes fechos en armas*, Madrid, Sociedad de Bibliófilos Madrileños, 6, LXXII+424 págs.
Sigue la edición vallisoletana de 1501.

1928 George Tyler Northup, *El cuento de Tristán de Leonís*, Universidad de Chicago, Modern Philology Monographs.
Sigue cód. vaticano.

1943 Ignacio B.Anzoátegui, Buenos Aires, Espasa-Calpe, Austral, 359, 235 págs. Versión modernizada.

1971² Ramón Menéndez Pidal en su *Crestomatía del español medieval* incluye el fragmento del *Tristán castellano*, copiado hacia 1390; Madrid, Gredos, t.I, pág. 350.

BIBLIOGRAFÍA

BAUMGARTNER, W., *Le «Tristan en prose». Essai d'interprétation d'un roman médiéval*, Ginebra, Droz, 1975.

BONILLA, Adolfo, en *Las leyendas de Wagner en la literatura española*, Madrid, Asoc. Wagneriana, 1913, págs. 29-35.

CAMPA, Pedro F., "The Spanish *Tristán*: Research and New Directions", *Tristania*, 3 (1978), 37-45.

HALL, J.B., "A Process of Adaptation: The Spanish Versions of the Romance of Tristan", in P.B.Grout et al., eds., *The Legend of Arthur in the Middle Ages: Studies Presented to A.H.Diverres by Collegues, Pupils, and Friends*, Cam-

Libro del eſforça=
do cauallero dõ tri
ſtan de leonis y de
ſus grãdes hechos
en armas.

Lámina 5. *Tristán de Leonís*. Portada de la ed. impresa por Juan de Burgos en Valladolid en 1510, según el ejemplar conservado en la Biblioteca Británica de Londres (C.20.d.24)

bridge, Eng.: Brewer (Arthurian Series, VII), 1983, páginas 76-85 y 235-237.
LOOMIS, G.S., *Tristan and Isolt. A Study of the Sources of the Romance*, Nueva York, 1913, 1970[4].
MARTINS, Mário, "O pré-cervantismo em *Tristán de Leonís*", *Boletim de Filologia*, 28 (1983), 33-44.
RAYNAUD DE LAGE, G., "Les romans de Tristan au XIIe siècle", *Grundriss der romanischen Literaturen des Mittelalters*, IV,1 (1978), 212-230.
SEIDENSPINNER-NUÑEZ, Dayle, "The Sense of an Ending: The *Tristán* Romance in Spain", *Tristania*, 7, 1-2 (1981-1982), 27-46.
SHARRER, Harvey L., "Letters in the Hispanic Prose *Tristán* Texts: Iseut's Complaint and Tristan's Replay", *Tristania*, 7,1-2 (1981-1982), 3-20.
YLLERA, A., *Tristán e Iseo*, Madrid, Alianza Editorial, 1978.

### SELECCIÓN

La conocida leyenda de Tristán —esforzado caballero y amante apasionado hasta la muerte—, que asimiló diversas tradiciones folclóricas, se entrelazó con los relatos artúricos y se expandió por toda Europa en múltiples versiones y traducciones, de las cuales la que más arraigó en España fue la derivada de la primitiva prosificación francesa, hoy perdida, compuesta hacia 1230. El autor castellano pudo haber utilizado también otras versiones francesas a las que añadió algo por su cuenta, pero tendiendo a resumir sus originales.

Aquí se han seleccionado dos pasajes. El primero abarca los capítulos 21 y 22, en donde se relata el viaje marítimo de Tristán e Iseo la Brunda hacia Cornualles y su arribada forzosa a la isla del Gigante, en la que Tristán se ve obligado a medir sus fuerzas con Bravor y, tras haberle dado muerte en violento combate, consigue liberar a los suyos de la prisión. El otro comprende las partes finales de los capítulos 82 y 83, últimos de la obra, que refieren la agonía de Tristán, herido de muerte por la lanza envenenada que le arrojó su tío el rey Mares, esposo de Iseo, cuando los sorprendió en su amor adúltero; allí Tristán, entre lamentos y haciendo sus particulares mandas testamentarias, se despide de sus amigos, encomienda su alma a Dios, muere en brazos de su amada Iseo y ella tras él, con el corazón reventado de dolor. Las páginas con las que se cierra la obra y esta selección, dedicadas a la descripción corporal de Iseo, merecen contarse entre las más bellas de las consagradas en la Edad Media a describir la belleza femenina.

## *Tristán de Leonís*[4]

[Capítulo XXI] *De cómo Tristán e Iseo partieron de Irlanda, e de cómo los hechó* [sic] *la tormenta en la isla del gigante, e cómo los prendieron los de la isla.*

Después que Tristán e Iseo[5] fueron dentro en la nao, el tiempo les hizo bueno, e alçaron velas la vía de Cornualla[6]. E ellos yendo así, un día, Tristán e Iseo jugando al axedrez, hazía muy gran siesta, e no avía entre ellos ningún pensamiento de amor carnal, e ellos avían grand sed. E Tristán dixo a Gorvalán[7] que les diese a bever; e dixo Gorvalán a Brangel[8]

---

4 Sigo la ed. de Bonilla de 1912, mencionada más arriba, en la que numeró los capítulos; hago las pertinentes adaptaciones a los criterios preestablecidos en la presente edición. Respeto, con todo, la alternancia entre las formas *y / e*, reservando ésta para la que el editor anterior representa con el signo tironiano *τ*.

5 *Iseo:* se trata de Iseo la Brunda o la Rubia, hija del rey de Irlanda y destinada como esposa para Marco o Mares, rey de Cornualles y tío de Tristán, quien en secreto será siempre apasionado y fiel amante de la dama, aun habiéndose casado con la otra Iseo, la de las blancas manos.

6 *Cornualla:* Cornualles; sabido es que hay dos regiones con idéntico nombre, una en el suroeste de Inglaterra, y la otra en el noroeste de Francia, en la llamada entonces pequeña Bretaña. En la primera de ellas se sitúan también varias aventuras relacionadas con el rey Arturo, cuyo dominio se le atribuye en otros textos; aquí es posesión del rey Mares (o Marco), tío de Tristán. El episodio final de la muerte de éste y de su amada Iseo ocurre en la Bretaña continental.

7 *Gorvalán:* Governal, en otros textos. Ayo y preceptor de Tristán desde su adolescencia; su leal e inseparable servidor y fiel amigo.

8 *Brangel:* En otros textos, Brengaín, Brangein o Branguain; criada y confidente de Iseo la Rubia.

que diese a bever a Tristán e a Iseo. E ella tenía las llaves del vino e de los letuarios[9], e Brangel estava amodorrida de la mar; e Gorvalán tomó las llaves de la cámara do tenía el vino e el bevraje[10] amoroso, e pensó que era vino, e dio a bever a Tristán e a Iseo dello; e tornó la redoma en su lugar, e tornó las llaves a Brangel; e Brangel vínosele en miente del bevraje amoroso, e levantóse e fuese a la cámara, e halló, por la vista de las redomas, que les avía dado a bever del bevraje, e fue triste e muy cuitada, porque tan mala guarda avía fecho en lo que su señora la reina le pusiera en guarda. E comoquier que ella se toviese por culpada e se repentiese, encobriólo e no quiso dezir cosa ni dar a entender nada.

E luego que Tristán e Iseo ovieron bevido el bevraje, fueron así enamorados el uno del otro que más no podía ser, e dexaron el juego de axedrez, e subiéronse de suso en una cama, e començaron de fazer una tal obra que después en su vida no se les olvidó ni les salió del coraçón por miedo de la muerte ni de otro peligro que les acaescer pudiese. Por lo cual se vieron en grandes peligros e vergüenças hasta la muerte. E después que ovieron acabado su voluntad el uno e el otro, tornaron acabar el juego del axedrez que tenían començado. E, cuando ovieron acabado, tomóles una tormenta en la mar, la cual les duró quinze días, e ovieron por fuerça de correr en popa, e el viento era tan fuerte qu'el maste e los timones e velas dio con todo en el fondo, e la tormenta los hechó *[sic]* en la isla del Gigante. E cuando ellos fueron al puerto, Tristán preguntó que en qué isla eran arribados. El maestro le dixo:

— Cierto, señor, en mal lugar; que esta es isla del Gigante. E todo hombre que aquí es arribado está en peligro de muerte o de prisión, e a nós así conviene aquí morar, que la nao es aquí rendida.

---

9 *letuarios: vid.* glosario; electuarios. Recuérdese el episodio de doña Garoça en el *Libro de buen amor* en donde Trotaconventos habla al Arcipreste de «los muchos letuarios, nobles e tan extraños», preparados en el convento (1333d).

10 *bevraje:* brebaje (cfr. portugués *beberagem),* bebida, pero aquí no necesariamente de sabor desagradable, sino el mítico filtro preparado con los electuarios mencionados antes, para provocar enamoramiento con su función afrodisíaca. El diccionario académico también incluye otra acepción: «en los buques, vino, cerveza o sidra que bebían los marineros».

E luego que fueron llegados, todos los de la isla se levantaron e tomaron armas. E el señor de la isla tenía costumbre que todo hombre que allí llegase fuese muerto o preso. E luego llegaron diez cavalleros, e dixeron a los de la nao:

— Salid fuera, si no seréis muertos.

E cuando los de la nao aquello oyeron, començaron rezio a sospirar, e Iseo llorava, e dixo:

— Señor don Tristán, vós me avéis traído en este lugar, donde ninguno de cuantos aquí están no podrá escapar de presión, e yo de ser desonrada.

— Señora, no desmayéis, que mientra yo fuere vivo e esta gente a mí quisiere creer verdaderamente, yo vos defenderé. E bien sabéis vós que fortuna nos ha aquí llegado, e cómo a Dios ha plazido.

E los marineros dezían que mejor era rendirse que no morir en la mar. E los cavalleros de la isla tomaron las armas de todos los cavalleros, salvo el espada de don Tristán, que metió Iseo so las faldas e teníala escondida; e luego fueron metidos en prisión; e al tiempo de las vísperas vinieron los diez cavalleros, e Tristán les dixo:

— Señores cavalleros, bien sabéis que está en cortesía de cavalleros, en especial a los que están en prisión y fuera de su tierra como yo, dezir si en alguna manera podríamos salir desta prisión.

E los cavalleros le dixeron:

— No; e dezirvos hemos por cuál razón. Sabed que el que fizo este castillo avía nombre Edón, e era gigante, e avía doze fijos, e esto era en el tiempo de Josep Abarimatía[11], e vino en esta isla por predicar la fee *[sic]* de Cristo, e convertió gran par-

---

[11] *Josep Abarimatía:* he aquí una clara y explícita conexión, de tantas como hay en este libro, con el ciclo artúrico y la materia del santo grial. Por otra parte, en algunos textos se le considera antepasado del propio Tristán.

te de las gentes, ca bien las dos partes[12] eran convertidos a Jesucristo; e por esto fue él muy triste, e fizo prender a Josep Abarimatía, e fízole cortar la cabeça a él e a onze de sus fijos que eran convertidos a la fe de Cristo, e no le quedó salvo un fijo. E cuando todos los uvo muerto, fízolos echar en la plaça, por dar enxemplo e castigo âquellos que eran convertidos a la fe de Cristo, e fizo venir a todas sus gentes e díxoles: «Si alguno de vosotros no quisiere usar mi ley complida, esso mesmo haré que fize de mis fijos». E luego fizo tomar los huesos de sus fijos e de Josep Abarimatía, e fizo fazer el cimiento de aqueste castillo sobre los huesos de aquella gente que tomó entonces martirio por Jesucristo; e esto fizo él por escarmentar la gente estraña que le fazían gran daño, e por esto, de entonces acá, es esta usança e esta costumbre: que todo hombre estraño que aquí aportare, que sea muerto o preso, e metido en tal prisión que jamás dende salga por ninguna aventura, si no ay entre ellos algún cavallero que se combata con el señor de la isla por fuerça de armas. E si el cavallero le venciere, que quede por señor de la isla, e si el cavallero tray consigo alguna dueña, aquel que venciere el campo ha de tomar la más fermosa, e a la otra que le corten la cabeça. E agora vos avemos contado la verdad e la aventura deste castillo, e dende entonces acá es llamado el castillo del Ploto[13].

E dixeron:

— Agora vós acordad si podéis hazer aquesto, e así saldréis de aquesta prisión, e si no, ni saldréis vós ni los vuestros de aquí jamás.

---

12 *las dos partes:* debe entenderse las dos terceras partes, o dos de tres.

13 *Ploto:* Bonilla cree que en el primitivo texto castellano se leería «Planto», por cuanto en la versión francesa se le llama «chastel des Pleurs». Por otra parte, en un dezir de Juan de Dueñas se lee «ínsola de Ploro» y en la ed. francesa de París, 1533, «chasteau de Plour».

## [Capítulo XXII] *De cómo don Tristán se combatió con Bravor el gigante, señor de la isla, e cómo lo venció e mató, e Tristán e Iseo fueron señores de la isla*

Desque Tristán ovo entendido aquello que los cavalleros le dezían, ovo muy grand pesar, e más porque Iseo era presa, e dixo entre sí mesmo:

— Tristán, conviénete de fazer por sacar de prisión a tu señora Iseo e a toda su compaña.

E con osadía e animosidad respondió a los cavalleros:

— Señores cavalleros, aquí entre nós ay un cavallero que se combatirá con ese vuestro señor.
E ellos dixeron cuál sería. E Tristán dixo:

— Yo soy.

E ellos dixeron:

— Sería grand marabil[l]a si vós osásedes combatir con él, que no ha cavallero en el mundo que osase esperar sus golpes, si no fuese Lançarote del Lago[14] o don Tristán de Leonís[15].

---

14 *Lanzarote del Lago:* acerca de este personaje, véase lo que se dice en la sección posterior dedicada a sus aventuras caballerescas. En la parte final del breve fragmento del siglo XIV conservado en la B.N.Madrid y publicado por Bonilla en 1904 se menciona a un anciano caballero que derribó «en un día a treze cavalleros, los mejores de la corte, salvo que non derribó a don Lançarote del Lago, que era muy doliente; entre los cuales son éstos: a don Tristán de Leonís, e a Palomades, e a don Galván, e a Estordemares, e a Lamorad»[...] Cfr. con el cap. 72 de la ed. impresa en 1501.

15 *Tristán de Leonís:* el topónimo que se le atribuye al protagonista está situado en el sur de la actual Escocia. Al caballero también se le llama a veces Tristán el Enamorado, se le considera descendiente del bíblico rey David. Su nombre de Tristán se justifica por su triste nacimiento, en el que muere su madre Eliabel.

— Así me ayude Dios —dixo Tristán—, por amos esos cavalleros no daría valía de un dinero, e agora me havéis fecho dezir villanía.

E cuando los cavalleros oyeron esto, fueron maravillados. E dixéronle:

— Cavallero, ¿traéis alguna dueña con vos?

E don Tristán dixo que sí, e ellos fuéronla ver, e dixeron que mucho era más fermosa que la dueña de la isla. E los cavalleros se tornaron a su señor, e dixéronle:

— Sabed que, entre aquella gente que nós prendimos ay un cavallero que dize que se quiere combatir con vos a la usança de la isla, e trae consigo una dueña la más fermosa del mundo.

E cuando el señor de la isla oyó esto, dixo a los cavalleros:

— Mándovos que me lo trayáis delante, e yo quiero fazer la batalla de la manera que él quisiere.

E luego los cavalleros se tornaron por Tristán e Iseo, e dixéronle que levase consigo un escudero e una donzella; e tornáronles aquello que les havían tomado, e diéronles una cámara muy fermosa en que estoviesen, e ataviáronles una cama muy rica en que se acostasen, e diéronles todo aquello que menester ovieron. E estovieron en aquella cámara diez días. E los cavalleros ordenaron la manera en qué lugar sería la batalla e cómo se havían de combatir. E cuando vino el día en que la batalla se avía de fazer, Tristán se aparejó de todo aquello que le era menester, e salió primero, e después levaron otrosí a la dueña, muger del cavallero señor de la isla, cerca de Iseo, e fueron dezir al cavallero Bravor[16] como estava el cavallero en el campo. E dixo Bravor:

---

[16] *Bravor:* en el modelo francés, Brunor; pero hay también personajes llamados Bravor en *Amadís* (libro IV, cap. 47), en *Palmerín de Inglaterra* (II, 33 y 42), y en este mismo *Tristán*, un sobrino de Lanzarote (cap. 19) y un cavallero anciano, Bravor el Brun (caps. 72 y 75).

— Bien me plaze; ¿havéis levado mi dueña cerca de la suya?

E ellos dixeron que sí. E la dueña era fermosa, mas no era de igualar con Iseo; e toda la color se la havía mudada con temor de la muerte. Así que toda la gente dezía que más fermosa era Iseo, aunque toda la color se le havía mudado. Bravor llegó luego bien aparejado, e púsose en medio del campo como buen cavallero, e dixo a Tristán:

— Cavallero, yo vos desafío a la muerte.

E Tristán le dixo que esso mesmo fazía él a él. E fuéronse ferir los cavalleros, e diéronse tan grandes golpes que los cavalleros e cavallos cayeron en tierra de tan grand poder, que las gentes pensaron que eran muertos; luego se levantaron en pie muy bravamente e pusieron mano a las espadas, e fuéronse ferir el uno contra el otro de grand poder, e tan grandes golpes se davan que muchas vezes se fazían abaxar las cabeças de grand poder. E cuando Iseo veía abaxar la cabeça a Tristán, por los golpes que le dava Bravor, era muy triste; e cuando Tristán havía lo mejor de la batalla luego le venía una color como a rosa. Los cavalleros se tiraron afuera por cobrar fuerça e folgar, que eran muy cansados. E cuando ovieron holgado una pieça, Tristán se levantó primero con el espada en la mano, que era maravilla los golpes que dava a Bravor, e otrosí Bravor a él, que muchas rachas de los escudos e de las lorigas andavan por el suelo; e tan grandes golpes se davan que se pasavan las armas fasta la carne e salía mucha sangre dellos. E, como estavan cansados, tiráronse afuera, e no estovieron mucho que no se levantaron, e fuéronse a ferir de mortales golpes; e Bravor alçó la espada e quiso ferir a Tristán, e Tristán desvió el cuerpo, e dio[17] tal golpe en tierra que la espada fizo dos pedaços. E cuando don Tristán esto vio, fue muy alegre, e dixo:

— Gracias a Dios, porque de tal golpe me ha escapado[18].

E él le dava tan espesos y grandes golpes de la una parte e de la otra, que lo traía a su voluntad. E Tristán alçó la espada,

---

[17] *dio:* el sujeto de la acción relatada es Bravor.
[18] *escapado:* se usaba como transitivo, "librar a alguien de peligro".

e diole tal golpe que le cortó el braço, e Bravor cayó en tierra muerto; e cuando Tristán lo vio así en tierra, muerto, uvo grand plazer, porqu'él estava muy fatigado de los grandes golpes que havía rescebido. E dixo Tristán:

— ¿Qué es esto, cavallero?, ¿así me dexáis solo en el campo?

E Bravor no respo[n]dió, ca ya era muerto.

(...) [Capítulo LXXXII] *De cómo la reina vino a ver a don Tristán de Leonís*

(...) E a cavo de una grand pieça, don Tristán llamó a Sagramor[19] e díxole:

— El mi buen amigo, ruégovos que me trayáis el mi escudo e la mi espada, que lo vea antes que muera.

E Sagramor gelo truxo delante, e Tristán le rogó que le sacase el espada de la vaina, e él sacóla e púsogela en la mano, e Tristán la tomó e la cató, e dezía sospirando:

— ¡Ay, la mi buena espada, e cómo me es tan grave de os dexar tan aína!

E tomóla Sagramor e tornóla a la vaina, e Tristán començó de llorar, e todos aquellos que con él estavan no le podieron hablar dende a una grand pieça, e a cabo de una grande ora dixo Tristán entre sí mesmo:

— Tristán, agora eres venido a la muerte, e has fallado

---

19 *Sagramor:* el nombre también presenta múltiples variantes, Saigremor, Sacremors, Sagramón, Sagremort, etc. Es uno de los caballeros de la Mesa Redonda, muy apreciado por el rey Arturo; llamado el Desmesurado, el Derranjador y «Muerto de Hambre», dotado de voracidad pantagruélica; amigo y protector de Tristán, a cuyo castillo éste se acoge a punto de morir.

cavallero que te derribe a tierra, la cual cosa tú no pudieras creer que así havía de venir, ni pensavas que tan buen cavallero oviese en el mundo como tú.

E en alta boz començó a dezir:

— ¡Ay, señora mía, reina Iseo, fermosa y dulce, agora vos quedarés, que yo muero!

E la reina Iseo estava muy triste, que apenas podía fablar, e así fazían los cavalleros e dueñas e donzellas que allí estavan. E don Tristán començó a fazer muy gran llanto por las cavallerías que le convenían a dexar, e dixo en altas vozes:

— ¡O, don Palomades[20], agora quedarán nuestras cavallerías e nuestras armas e amenazas, que nunca vós daréis golpes sobre Tristán, ni Tristán sobre vos, que ya la muerte lo parte! ¡Ay, Dinadán[21], el mi amigo!, fenecido es ya nuestro plazer e nuestra compañía, e nuestra cavallería, que yo estoy agora peor que vós no pensáis ni podríades en ninguna manera creer; e yo sé muy cierto, e sin falta lo creo, que vós querríades ser aquí comigo, por ver la mi desastrada muerte.

E dixo:

---

20 *Palomades:* variante de Palamedes, llamado el Desconocido y «caballero de las dos espadas»; de sarraceno se hace cristiano y está entre los doce caballeros elegidos para contemplar el Grial en Corbenic. Apasionado enamorado de Iseo la rubia, aunque siempre desdeñado por la dama. Muerto en combate, como fiel servidor de Cristo, luchando contra Galván y Agravaín.

21 *Dinadán:* Dinadaz o Dinodán, caballero destacado por su espíritu crítico con respecto a las costumbres de la caballería y por su ingenio bienhumorado; el amigo de Tristán será más tarde muerto a traición por Agravaín y enterrado en Camelot junto a Palamedes. «Con algo de Sancho Pança, embora de alta classe cavaleiresca, Dinadam vai revelar o bom-senso e a filosofia caseira do escudeiro de D. Quixote de la Mancha, não porém o seu comodismo e até a sua cobardia. Era, de facto, cavaleiro andante, mas não combatia por combater, não levantava questões nem estava para se ralar por nenhuma Dulcineia del Toboso, nem por Isolda ou Ginevra.» (Mário Martins, "O pré-cervantismo em *Tristán de Leonís*", *Boletim de Filologia*, 28 (1983), pág. 37).

— ¡Ay, mi Dios, y cómo muero sin batalla de cavallero![22] ¡Ay, señores cavalleros andantes, y cómo me havéis perdido, e cómo soy tan triste, porque muero en la cama[23] sin ninguna batalla!

Muy grande fue el llanto que don Tristán hazía por morir en aquella manera que muría. Y, hecho este tan doloroso llanto, bolvióse luego contra su amigo Sagramor, e díxole:

— Mi caro amigo, ruégovos que llevéis este escudo e espada a la corte del rey Artur, e saludadme a don Lançarote del Lago, el mi íntimo amigo; e aun os ruego que, pues yo no puedo presentar mi cuerpo a la corte del rey Artur ni a los cavalleros de la Tabla, que vós de mi parte me desculpéis de todos, e os ruego que les presentéis la mi espada e el mi escudo en remembrança de mí, por tal que se les de mí miembre[24] cuando le vieren[25]; así como yo he amado de coraçón e como yo le busqué toda honra de mi parte a la Tabla, que se les acuerde de mí.

E cuando Tristán uvo dicho esto, començó de sospirar, e dixo:

---

22 Tristán se lamenta por morir, no tras una batalla, sino como consecuencia de la herida que le produjo la lanza envenenada que, cuando yacía en una cámara sobre el lecho con Iseo, le arrojó el rey Mares (cap. 80). En otra versión hay una variante, según la cual Tristán muere en brazos de Iseo cuando, mientras le cantaba un *lai*, Morgana le hiere con otra lanza envenenada.

23 *muero en la cama:* Así también hará morir Cervantes a su genial caballero, tras «una calentura que le tuvo seis días en la cama», a pesar de los reproches de su escudero Sancho: «Mire no sea perezoso, sino levántese desa cama». Don Quijote, tras dictar su testamento, desmayado, «se tendió de largo a largo en la cama», lo que no deja de sorprender al escribano que «dijo que nunca había leído en ningún libro de caballerías que algún caballero andante hubiese muerto en su lecho tan sosegadamente y tan cristiano» (*Quij*.,II,73). Se olvidaba, sin duda, de Tristán.

24 *se les de mí miembre:* se acuerden de mí.

25 *le vieren:* nótese la deficiencia de las concordancias, sobre todo a partir de aquí: *le* parece referirse al escudo, pero mejor sería haber utilizado *los* para incluir espada y escudo mencionados; más abajo, *gelo* se refiere a todo lo pedido —espada y escudo—; luego, *la besó* y *la levéis* parecen referirse a la espada, pero *las pongáis* debe remitir a armas, etc.

— ¡Ay, amigo Sagramor, allegadme la espada e el escudo, así que lo pueda besar.

E Sagramor gelo dio; e él la besó e abraçó, e dixo:

— Mucho me duelo de vos.

E besóla otra vez, e dixo a Sagramor:

— Ruégovos que la levéis a la corte del rey Artur, como dicho he, e las pongáis en tal lugar que todas las gentes las puedan ver, por que[26] aquellos que no me ovieron visto ni conoscido, en cualquier tiempo que las vean se acuerden de mí; e acomiéndoos a Dios que vos guarde e libre de traición mejor que a mí.

E así calló, que no se razonó más con su buen amigo Sagramor; e luego se bolvió Tristán contra la reina Iseo e contra el rey Mares[27], su tío, e díxole:

— ¿Qué os parece de mí, tío, señor?, ¿por ventura si soy yo aquel Tristán que vós tanto solíades querer?; cierto soy yo aquel, e de oy más podéis estar seguro, que todas las batallas he vencido, mas vós avéis vencido a mí; empero yo vos perdono.

E luego se bolvió contra la reina Iseo, e díxole:

— Señora, yo soy venido al punto de morir, que cierto yo soy combatido con la muerte tanto cuanto he podido, e de oy más hame vencido con sus fuerças. E agora vos, señora, ¿qué harés? ¡Si pudiese ser que os fuésedes comigo...! Desto sería yo muy alegre.

E la reina dixo:

---

26 *por que:* con función final, equivalente a "para que".

27 *Mares:* Marco, Mark, Marks, Marc, Marque o Mars; rey de Cornualles, tío de Tristán y vasallo del rey Arturo desde su juventud; casado con Iseo la Brunda o la Rubia, quien le engaña en su amor secreto con Tristán, tiene su corte en Tintoil o Tintagel. Es conocido el paralelismo entre la relación triangular establecida aquí entre Mares, Iseo y Tristán con la que viven Arturo, Ginebra y Mordred.

— Yo querría morir con vos, así que nuestras almas fuesen amas a un lugar; e si alguna persona deve morir por dolor e pesar, yo debría por cierto morir, por que[28] ruego a Dios que me dé la muerte, que yo no deseo otra cosa.

— ¡Ay, señora! —dixo don Tristán—, ¿pues queréis vós morir comigo?

La reina dixo sospirando:

—¡Ay, el mi dulce señor!, querría de voluntad, tanto que lo no puedo dezir; mas cierto yo soy tan pecadora, que le[29] he mucho deservido, y no me querrá fazer tanta merced que con vos me lieve!

E así la reina calló, que de ronca e de pesar no pudo más hablar. E començó consigo mesma a pensar que ya por vía de medecina Tristán no tenía remedio sino morir, que quería aquella noche velar en la iglesia para pedir a Dios la oviese merced, pues él era çurujano verdadero, proveyese de salud a su[30] Tristán. E esto acordó de fazer, e mandó llamar a Gorvalán e a su donzella Brangel; benidos, díxoles:

— Amados criados, bien veis en el estado que Tristán está, que físico ni çurujano no le puede poner remedio; he acordado que bamos a la iglesia de nuestra Señora para que humildemente le supliquemos por la vida e salud de Tristán; comoquiera que yo, según los deservicios le tengo fechos, recelo oída no seré, mas, confiando en su clemencia, quiero que aparejés para que secretamente vamos[31].

Gorvalán e Brangel dixeron que harían su mandado.

---

28 *por que:* función de relativo, "por lo cual".

29 *le:* su antecedente es Dios, a quien nombra en el parlamento anterior.

30 *su:* nótese la carga afectiva del posesivo.

31 *vamos:* con valor de subjuntivo, "vayamos", como el precedente *bamos*.

### [Capítulo LXXXIII] *De cómo la reina Iseo, e Gorvalán e Brangel, fueron a la iglesia a tener vigilia por la salud de don Tristán*

(...) e, amanecido, don Tristán demandó confesión de sus pecados con gran repentimiento e contrición, e un arçobispo lo absolvió. E luego recibió el cuerpo de Dios muy devotamente; e, acabado esto, él hizo un llanto, e dezía así:

— ¡Ay, Dios, y por qué quesistes que yo fuese muerto en tal manera!; ¡y por qué no avéis querido que yo sea en la santa conquista del santo Grial! ¡Ay, Dios, y cómo quesistes que yo muriera sin batalla! ¡Ay, Dios, cómo muero tan joven, que ya mi fin se allega! ¡Ay, Dios, mi señor, perdonadme los mis pecados!

E dixo en alta voz:

— ¡Ay, don Lançarote del Lago, el mi amigo!, ¿dónde estáis vos agora, que a vós conviene de doleros mucho la mi muerte? ¡Ay, Tabla Redonda, e cómo me avéis perdido! ¡Ay, Dios, Padre verdadero, aved merced de la mi ánima! ¡Ay, virgen María bienaventurada, aved merced e piedad de mí, e aved por encomendada la mi ánima! Comoquiera que mucho indigno, pero a tu clemencia suplico que no mires a mis deservicios que tengo fechos, e que mi ánima aya aquel reposo que el cuerpo no pudo haver.

Y así calló un poco. E después se volvió Tristán a Gorvalán, su ayo, e a Brangel, e díxoles:

— ¡Ay, el mi padre e el mi consejero leal, e vos, la mi buena donzella Brangel, cuánto de afán e trabajo havéis por mí pasado!; ¿qué faréis?, que yo me muero. ¡Ay, Dios, y cómo avéis padecido tanto mal e trabajo por mi servicio, e cuántos afanes avéis por mí pasado! E pues en la vida mi desaventura no dio lugar que yo os pudiese galardonar, agora quiero que vos, Gorvalán, os caséis con la donzella Brangel, e poseed e tomad mi reino, e sed señores dél, para que en mi lugar estéis e le residáis; e mando otrosí que después de vuestros días quede el mi reino a la corona del rey Artur. E mando otrosí que Quedín[32], mi cuñado, que sea en par de vos, Gorvalán, si él no quisiere tomar su tierra.

E cuando Gorvalán e Brangel oyeron estas palabras, lloraron tanto que todos los que los veían avían piedad dellos; e así calló, que no dixo más. E entre sí mismo dezía Tristán:

— No ayas tanto duelo como devrías aver, que tú morirás con aquella dueña que has amado más que a ti mesmo.

E luego le dieron un cirio encendido en la mano, e dixo:

— De oy más ven tú, muerte, cuando quisieres, que cierto sabía yo, pues era nacido, que avía de morir.

La reina no quedava de llorar, e así hazía el rey Mares; e todos los cavalleros e dueñas e donzellas, e toda la otra gente que ende estava, hizieron muy gran llanto por todo el castillo. E cuando vio don Tristán el punto de la muerte, dixo al rey Mares e a todos los otros:

— ¡Ay, señores, perdonadme, por Dios!, e a él vos encomiendo, e rogadle por la mi ánima, que la lieve al su santo reino del paraíso, pues me compró por su preciosa sangre sin merecerlo.

E paró mientes a la reina Iseo, e díxole:

— Señora, yo muero, e vos dezís que morirés comigo. Agora, mi dulce señora, abraçadme, por que yo muera en vuestros braços.

Volvióse la reina a él, e llegósele tanto que don Tristán la tomó e abraçóla entre sus braços, e túvola tan bien apretada que duramente gela pudieran sacar de los braços. E don Tristán dixo en alta voz:

---

[32] *Quedín:* llamado también Kaherdín, en otros textos; hermano de Iseo de las blancas manos y amigo, no sin conflictos, de Tristán; también enamorado de la reina Iseo la Brunda, cuya falta de correspondencia termina por llevarle a la muerte.

— De oy más, venga la muerte cuando quisiere, que yo tengo a mi señora en los braços.

E alçó los ojos al cielo, e dixo:

— ¡Ay, Dios, señor mío, que hezistes e criastes el mundo e todas las cosas que son en él, e venistes por tomar muerte e passión por los pecadores salvar!; en las tus muy benditas manos encomiendo la mi ánima, que la lieves al tu reino, e ruego a la bienaventurada virgen santa María que ruegue al su fijo bendito por la mi ánima, que la salve; e a vosotros, señores, os ruego que, pues en la vida mucho me amastes, que agora, en la muerte, roguéis por mí a mi señor Jesucristo, que yo sea digno de ver su magestad real.

E desque ovo dicho estas palabras, luego besó a la reina. E estando abraçados boca con boca, le salió el ánima del cuerpo; e la reina, cuando lo vio así muerto en sus braços, del gran dolor que ovo, reventóle el coraçón en el cuerpo, e murió allí, en los braços de Tristán; e así murieron los dos amados. E aquellos que los veían así estar creían que estavan amortecidos e, como los cataron, falláronlos muertos amos a dos[33].

(...) E cuando en toda Cornualla se supo que don Tristán e la reina Iseo eran muertos, fueron muy tristes, e maravillávanse mucho, e dezían:

— ¡Todo el mundo fablará de su amor sublimado!

---

33 Sobre la muerte de Tristán aduce Adolfo Bonilla dos versiones. Una es la representada por este texto castellano y por parte de los manuscritos franceses en prosa. La otra, al parecer más antigua, la de Thomas de la segunda mitad del siglo XII y sus derivados, según la cual Tristán es herido por una lanza envenenada cuando lucha a favor de Tristán el enano; entonces pide a su cuñado Quedín o Kaherdín que vaya en busca de Iseo la Brunda y que si logra traérsela despliegue una vela blanca en el barco; negra, si no lo consigue, lo que recuerda la leyenda de Teseo. Iseo viene para encontrase con su amado, pero la otra, la de las blancas manos, celosa, le dice, mintiéndole, que un barco se aproxima con una vela negra. Tristán muere entonces de dolor. Iseo la Brunda, llegada al puerto, lo sabe, se dirige al palacio, abraza el cadáver de su amado, y muere sobre él. Ambas ofrecen analogías con el final de Píramo y Tisbe.

E cuando todos los cavalleros fueron allegados, e muchos perlados e clérigos e frailes, allí donde estava don Tristán e la reina muertos, el rey fizo poner sus cuerpos, que estavan abraçados, amos en unas andas[34] muy ricamente, con paños de oro, e fízolos levar muy honradamente, rezando toda la clerecía, con muchas cruzes e hachas encendidas, a Tintoil[35]. E cuando entraron por la ciudad, los llantos fueron muy grandes a maravilla de grandes e de pequeños, e pusiéronlos en una cama que las dueñas avían fecho en la iglesia, e dixéronles muchas vigilias e obsequias. E el rey Mares mandó fazer una muy rica sepultura, e hízolos allí meter a amos:

— Pues ellos tanto en la vida se quisieron, sean enterrados en uno.

E hizo la sepultura cobrir de unas muy verdes ondas, en medio de las cuales fizo poner una pequeña barca sin remos, cuyo mástel quebrado tenía, e la vela acostada, y en ella un título que dezía:

En esta barca de amor
y mar de vana esperança,
es un barquero dolor,
que, en el aprieto mayor,
al más peligro se lança;
y el árbol, que es la ventura,
con vela poco segura,
en este piélago tal,
acostándose, procura
el cabo de mayor mal.

---

[34] *andas:* corrijo, no sin dudas, la lectura de Bonilla, *andes,* pues su etimología es lat. *amites,* plural de *ames, -itis,* que, además de angarillas, litera o silla de manos, también significó, "féretro con varas en que se llevaba a enterrar a los muertos", según Alonso de Palencia y Nebrija.

[35] *Tintoil:* Se trata de un topónimo de Cornualles, de considerable tradición literaria como ciudad cortesana y por su castillo, erigido por el conde Reginaldo de Cornualles, hijo bastardo de Enrique I Beauclerc, y cuyas ruinas aún se conservan; se relaciona con los orígenes del rey Arturo y con su prodigioso nacimiento, situado por Geoffrey de Monmouth en tal lugar. El topónimo presenta múltiples variantes en los textos artúricos: Tintagel, Tintagol, Tintaguel, Tintayol, Tintonil, Teintaguel, Tindagel, Tintigail, etc.

Ya de suso la historia ha recontado cómo, por el noble e virtuoso cavallero don Tristán de Leonís, murieron tres fijas de reyes. La primera fue Belisenda, fija del rey Feremondo; la segunda fue Iseo la Brunda; la tercera fue Iseo de las blancas manos. E a todas estas señoras sobrava en fermosura Iseo la Brunda. E no fue maravilla que Tristán, fasta la fin de sus días, siguiese sus amores; porque cualquier discreto que con diligencia mirar quisiera su tan crescida fermosura, se le trocara la propia condición, la cual así fizo a Tristán, que, aunque era de su propia condición toda lealtad e conocimiento de virtudes, la tan sobrada fermosura que Iseo tenía no dio lugar que pudiese apartarse della. Las cuales fermosuras el autor aquí recuenta, comoquiera que por escritura no se podía dezir tanto como ello era; pero diré todo lo que pudiere, començando de la cabeça, e descurriendo por los otros miembros.

La cual Iseo tenía los cabellos que cierto parecían madexas de oro fino, e eran partidos en dos igualdades por medio de la cabeça en una partidura blanca, que de nieve semejava parescer; e los cabellos se tendían de cada parte en gran longura e copia, debaxo de los cuales tenía espaciosa fruente, blanca e resplandeciente, a manera de un fino cristal, la cual no era ni punto arrugada, mas lisa e de gracioso parecer.

Tenía, otrosí, tan bien puestas las cejas, a manera de dos levantados arcos tendidos por la espaciosa fruente, las cuales no eran muy pobladas de cabellos, antes eran tan delicadas en parescer que representavan dos hilos puestos en arco; debaxo de las cuales estava el hermoso espacio que departía los ojos de las sobrecejas, el cual parescía ser, en su blancura, a modo de una poca de leche que fuese allí congelada.

Tenía, otrosí, el gracioso parescer e vista de los ojos a modo de dos resplandecientes estrellas, los cuales tan amorosos eran en mirar que bastantes eran, con solo su acatar, de emprender[36] a cualquier que su afirmada vista endereçasen, la cual era muy suave e amorosa.

---

36 *emprender:* aquí con el significado de *prender:* sujetar, aprisionar, conquistar. El precioso tópico se repite, con las esperables variantes, en muchos textos medievales; baste recordar la doña Endrina del Arcipreste, que «con saetas de amor fiere cuando los sus ojos alça» *(Libro de buen amor,* 653d).

Tenía, otrosí, gran fermosura en la nariz, ca no era grande ni pequeña, mas tan bien compasada que parescía ser hecha por regla e compás; no tan luenga que declinase a entornada, ni punto, e muy menos tan pequeña qu'el labro de encima so su sombra diese de sí fea vista; cuyas ventanas eran bien compasadas, que bien demostravan aver avido sotil ingenio en las obrar.

Tenía, otrosí, amoroso e resplandeciente gesto en la faz, que parescía, en su blancura, ser leche; las mexillas parescían rosas de fino color, la cual, por ninguna variación ni mudança de tiempo, jamás de su rostro se partía un poco de color, e de nieve entre las mexillas e los labros.

Otrosí, tenía muy amorosa y graciosa e muy pequeña boca, cuyos labros, delgados cuanto cumplían, eran colorados, que parescían de color de la resplandeciente mañana, cuando el sol comiença a salir; los cuales labros, según su apostura, bien parescían no rehusar los dulces besos; mas parescían en graciosidad tanto, que todos cuantos la miravan convidavan a besar; so guarda e cobertura de los cuales tenía los menudos dientes, que parescían ser de fino marfil, puestos en orden, no más uno que otro, puestos e afirmados en las muy coloradas enzías, que parescían ser de color de rosa; así que todo su rostro de filosomía[37] no avía defecto.

Tenía, otrosí, deleitoso cuello e afilada garganta, que parescía ser una pequeña coluna de fino cristal, no encorvado, mas derecho; el cual, en su blancura, no demostrava por la espaciosa garganta las delgadas venas, que bien se esmeravan en la blancura.

Tenía, otrosí, las muy iguales e derechas espaldas, e los hermosos e bien apuestos braços, los cuales parescían no denegar los dulces abraços. E sus graciosas manos no eran ni punto villanas ni gruesas, cuyos dedos eran luengos e delgados, e las uñas parescían ser de marfil; los cuales braços, manos e dedos, parescían ser de color de nieve.

Tenía, otrosí, muy espacioso e blanco pecho, en que eran dos tetillas a manera de dos ma[n]çanas; eran agudas, que parescían romper sus vestiduras, e que natura havía allí obrado en su pecho dos pequeñas pelotas.

---

[37] *filosomía:* fisonomía; se usaba aquella forma en los siglos XIV y XV; se registra, por ejemplo, en poemas de Lope de Estúñiga y de Juan de Mena.

E así considerando con mucha imaginación e estudio todas sus faciones e su derecha estatura de la reina Iseo, puédese della bien dezir que a natura humana non se podía pedir cosa que en ella fallescido fuese.

E así, recontadas por orden todas las hermosuras desta señora, quiero dar fin a mi dezir.

## 6. Ferrán Martínez, arcediano de Madrid

### *Libro del cavallero Zifar, cavallero de Dios / Corónica del muy esforçado y esclarecido cavallero Cifar / Historia del cavallero de Dios que avía por nombre Zifar, el cual por sus virtuosas obras e azañosas fue rey de Mentón*

Redacción 1300-1305

1400 a C 1500 a C 1512 I (Sevilla)

Ferrán Martínez, a quien se atribuye la autoría de esta obra, nació bastante antes de 1300 y, al parecer, murió en 1309. Se trata del primer libro de caballerías, aun con sus componentes didáctico-morales, considerado como autóctono castellano, relacionado con el ciclo bretón. Se conserva cód. del siglo XIV en la Biblioteca Nacional de París (Esp.36) y del XV en la de Madrid (11309). Según Avalle-Arce, pudo circular por Castilla ya antes de 1300. Germán Orduna cree que se hizo una refundición del texto entre 1325 y 1335.

## Ediciones

1929 Charles Philip Wagner, ed. crít., Ann Arbor, Univ. Michigan, 532 págs.
Hay reimpresión del texto por Kraus, Nueva York, 1980.
1951 Martín de Riquer, Barcelona, Selecciones Bibliófilas, 2 tomos.
1982 Joaquín González Muela, Madrid, Castalia, 446 págs.
1983 Cristina González, Madrid, Cátedra, 460 págs.
1984 Marilyn A.Olsen, Madison, Hispanic Seminary of Medieval Studies, xx, 164 págs.

Estaría poco justificado incluir aquí ninguna selección de este texto, cuando Ediciones Cátedra ha publicado de manera excelente su texto íntegro en esta misma colección de Letras Hispánicas, número 191, en donde el interesado puede acceder, si lo desea, a la lectura completa o parcial de la obra.

## Bibliografía

Alvar, Carlos, *El rey Arturo y su mundo. Diccionario de mitología artúrica*, Madrid, Alianza Editorial, Alianza Tres, 258, 1991, págs.415-416, *s.v.* Zifar.

González, Cristina, *El caballero Zifar y el reino lejano*, Madrid, Gredos, 1984.

Harney, Michael, "The *Libro del caballero Zifar*, a 'Refraction' of the Life of Saint Eustace", en Connolly, Jane E., A. Deyermond y B. Dutton, eds., *Saints and their Authors: Studies in Medieval Hispanic Hagiography in honor of John K. Walsh*, Madison, HSMS, 1990, 71-82.

Olsen, Marilyn, "Tentative Bibliography of the *Libro del caballero Zifar*", *La Corónica*, 11,2 (1983), 336-350.

Orduna, Germán, "Las redacciones del *Libro del Cavallero Zifar*", in *Studia in honorem Martín de Riquer*, t.IV, Barcelona, Quaderns Crema, 1991, págs. 283-299.

Vid. también los *items* incluidos en las ediciones citadas.

# 7. *Cuento* [o *Historia] de un cavallero Plácidas que fue después cristiano e ovo nombre Eustacio*

Redacción 1300-1325 ?

1350 h C

La copia conservada en la Biblioteca de El Escorial (h-I-13; fols. 23va-32ra) es del siglo XIV. El cód. donde está incluida totaliza 151 folios y medio.

El compilador original de la colección castellana, que reunió este relato con otros similares, pudo haber sido leonés o gallego, a juzgar por ciertos rasgos lingüísticos todavía presentes en la copia posterior conservada en el ms escurialense.

Se trata de la única versión española llegada hasta nosotros que recoge la leyenda del general romano Placidus —cuyo nombre se castellanizó como Plácidas—, llamado luego por la tradición cristiana san Eustacio. Es un relato hagiográfico relacionado, al igual que otros de la época, con el género del *romance* ficcional; Gottfried Baist sugirió que es éste un tipo de relato caballeresco que alcanzó su mayor popularidad en el primer cuarto del siglo XIV.

Los elementos caballerescos de este texto son, con todo, superficiales y están impregnados de un evidente sentido hagiográfico con voluntad moralizadora, que llega a explicitarse. A Eustacio o san Eustaquio, cristiano del siglo II, de quien también trata Vicente de Beauvais en su *Speculum historiale*, se le caracteriza como "muy buen cavallero d'armas" y se le ve desde la óptica caballeresca y cristiana, proyectando hacia el pasado histórico, como era habitual, las formas vigentes en la cultura y en las instituciones medievales.

Aunque según A.H.Krappe éste sería uno de los muchísimos cuentos derivados de un lejano arquetipo creado en la India, la leyenda de san Eustacio pudo haber tenido orígenes griegos, antes de que la Iglesia latina la adoptara en el siglo VI, y tal vez ejerció notable influencia en el desarrollo del género *romance*, hasta el punto de que muchos de los *romances* medievales no son sino secularizaciones hechas a partir de sus elementos esenciales. Tal ocurriría, según Roger Walker, con la *Estoria del rey Guillelme*, cuyas analogías son bastante evidentes. Relatos como éstos popularizan en Occidente la estructura de la novela bizantina, con sus dramáticas separaciones familiares, sus maravillosas aventuras y la gratificante reunión final de los personajes dispersos. El bíblico Job funcionaría aquí como modelo figural del protagonista, atribulado por innumerables desgracias personales y familiares[1].

Hay también un texto francés en prosa, *Saint Eustace*, del siglo XIII, editado por Jessie Murray (París, 1929)[2].

EDICIONES

1878 Hermann Knust, *Dos obras didácticas y dos leyendas sacadas de manuscritos de la Biblioteca del Escorial: Plácidas, Chrónica del rey don Guillermo, Estoria del rey Guillelme*, Madrid, Sociedad de Bibliófilos Españoles, 17, págs. 123-157.

1982 Roger M.Walker, Exeter University.
Sigue cód. Esc. h-I-13.

---

[1] Vid. Lawrence L.Bessrman, *The Legend of Job in the Middle Ages*, Harvard U.P., Cambridge, MA., y Londres, 1979.

[2] Vid. Santiago de la Vorágine, *La leyenda dorada*, Madrid, Alianza Forma, 29 y 32, 2 tomos, 992 págs.; la vida de san Eustaquio en t.II, págs. 688-694.

Bibliografía

Gerould, Gordon Hall, "Forerunners, Congeners and Derivatives of the Eustace Legend", *PMLA*, 19 (1904), 335-448.

Harney, Michael, "The *Libro del caballero Zifar,* a 'Refraction' of the Life of Saint Eustace", en Connolly, Jane E., A. Deyermond y B. Dutton, eds., *Saints and their Authors: Studies in Medieval Hispanic Hagiography in honor of John K. Walsh,* Madison, HSMS, 1990, 71-82.

Monteverdi, Angelo, "I testi della leggenda di S. Eustachio", *Studi Medievali,* 3 (1910), 169-226 y 392-498.

Petersen, Holger, "Les origines de la légende de Saint Eustache", *Neuphilologische Mitteilungen,* 26 (1925), 65-86.

Sharrer, Harvey L., "The Life of St. Eustace in *Hoflos sanctorum em lingoagem portuguës* (Lisboa, 1513)", en Connolly, etc., ed. cit., págs. 181-196.

Selección

De toda la obrita, articulada en veinticinco breves apartados, se han elegido tres sectores. El primero de ellos, que corresponde también al primero de los capítulos, muestra al protagonista como perfecto caballero cristiano, aun antes de su conversión. El segundo —que abarca parte de los capítulos 6, 7 y 8— presenta a Plácidas, tras su milagrosa conversión, sometido por Dios a duras pruebas, sobre todo a la pérdida de su familia, que soporta con paciencia ejemplar. En el tercero —entre el 12 y el 18— se preparan las providenciales circunstancias, plenas de interés narrativo, para el feliz reencuentro del protagonista con su mujer y sus hijos.

Todavía siguen siete capítulos más en el texto, hasta concluir con el martirio sufrido en Roma por toda aquella familia, «amigos de Dios».

## *Cuento de un cavallero Plácidas*[3]

[23va...] I. En el tiempo de Trayano[4], el emperador de Roma, avía el diablo grant poder, que por sí, que por aquellos que lo servían; ca les fazía orar a los ídulos e desconocer e desamar a nuestro señor Jesucristo, e marteriar e matar todos aquellos que [23vb] en él creían. En este tiempo que vos yo digo ovo un rico omne de muy grant linaje e señor de muchos cavalleros que avía nombre Plácidas. Este era de buenas maneras e de buenas costumbres, así que por su bondat lo feziera el emperador maestre[5] de su cavallería[6] toda. E son[7] todas buenas maneras que avía: fazía mucho bien por Dios, ca acorría a todos aquellos que avían menester ayuda[8], a los coitados, a los mal amigados, e aun a los que merescían por derecho muerte. A todos dava él consejo a todo su poder. Vestía los desnudos, dava a comer a los que avían fambre, mantenía las biudas e los huérfanos, pagava las debdas por los cuitados debdores; a cavalleros e a dueñas pobres acorría bien a sus coitas; e aun a las que prendía por Jesucristo[9] fazía él mucho algo con piadat. ¿Qué vos diré i[10] máis? Partía su aver e sus cosas por todos los que lo avían menester, así que se semejava bien con un santo

---

[3] Sigo el cód. (h-I-13) de la Bibl. de El Escorial, de acuerdo con la ed. de Roger M.Walker, Exeter University, 1982, salvo en lo que respecta a las pertinentes adaptaciones a los criterios establecidos en la presente edición.

[4] *Trayano:* troyano, en el códice; Trajano fue emperador de Roma desde el año 98 al 117 d.C.

[5] *maestre:* del latín *magister*, desde el siglo XIV era título con el que se designaba al superior de las órdenes militares de caballeros; aquí equivale a "general" o "capitán general", de acuerdo con el sinónimo "cabdillo", que también se le aplicará al protagonista.

[6] *cavallería:* nótese la visión caballeresca con que se presenta la historia narrada desde el planteamiento inicial, presente incluso en el título de la obra.

[7] *son:* en el cód., *sin;* acepto la corrección propuesta por Walker.

[8] *menester ayuda...:* otro rasgo esencial del perfecto caballero.

[9] *a las que prendía por Jesucristo:* se refiere a las dueñas seguidoras de la doctrina de Cristo a quienes él enviaba a prisión.

[10] *diré i:* prefiero seguir la lectura de Knust a la de Walker, "diréi", porque me parece más acorde con los usos morfológicos y estilísticos del texto, como se verá pocas líneas más abajo.

ome *[sic]* que avía nombre Cornelio[11], que san Pedro convertiera. Él avía su mugier que lo semejava en buenas maneras; mas pero eran ambos gentiles e non conoscían nuestro señor Jesucristo. Estos ambos avían dos fijos que amavan muy de corasçón.

Aun vos diremos más d'aqueste fidalgo[12]. Él era muy buen cavallero d'armas e muy sesudo en ellas; e era muy bien razonado e justicioso; e era tan sabidor de guerra que metía todos sus enemigos e de su señor so su poder. E era [24ra] tan sabidor de aves e de canes, e de caça de monte e de ribera, que sabía e fazía cuanto i avía menester; e avía i tan grant sabor que iva i cada día. Mas nuestro Señor, el poderoso e de buen talante, que sabe e ve cuáles ha de llamar e de tirar a sí, non tovo en desdén las buenas obras de aquel alto omne. Pero[13] era cobierto de nuve de yerro e de descrencia[14], non quiso dexar sus buenos fechos sin gualardón; ca, así como dize la santa Escriptura, todas las maneras de las gentes que Dios temen[15] e aman e que entienden derecho e razón plaze[n] a nuestro Señor. Por esto ovo él piadat d'aquel alto omne e quísolo salvar, en cual guisa vos agora diremos.

[...25va...] VI. (...) E bien sabe tú[16] qu'el diablo te guerreará, por la embidia e por el pesar que ha de ti, porque lo dexaste, e demandará arte e engaño por que te pueda tentar e fazerte mal; mas muchas cosas te convernà a sofrir por vencer. Tú fasta aquí fueste onrado e ensalçado, e saliste siempre bien de

---

11 *Cornelio:* se refiere a un centurión romano —caballero, pues, en la mentalidad medieval— bautizado con su familia por san Pedro en Cesarea. Según el relato de los *Hechos de los apóstoles*, pertenecía la la cohorte denominada Itálica; su conversión fue para Pedro un signo divino de que había llegado la hora de admitir a los gentiles en la Iglesia cristiana (vid. *Act.*, 10-11).

12 *fidalgo:* la visión anacrónica, actualizadora en la descripción de las virtudes humanas del protagonista, adaptándolas a los cánones del medievo, se inicia ya, como se ve, con su adscripción a un estado concreto de la sociedad de entonces.

13 *pero:* conjunción adversativa con función concesiva, "aunque".

14 *descrencia:* descreencia, carencia de fe cristiana.

15 *que Dios temen...:* la frase está inspirada en otra de los *Hechos* apostólicos *(Act.*, 10,35).

16 *sabe tú...:* son palabras dirigidas por Dios al protagonista.

los grandes fechos del sieglo[17], e fuste mucho abondado de las riquezas del mundo. Ora te convién que te omilles e que dexes el orgullo e la ufana e las vanidades del sieglo; e después adelante serás ensalçado en las riquezas celestiales. Pues agora te guarda que fuerça nin bondat de ti non fallesca do te fuere menester, nin te niembres del grant amor que oviste al mundo. Mas así como te tú trabajaste de bien fazer en armas, e de guerrear bien tus enemigos, e de los vencer por fazer plazer a tu emperador que es mortal, otrosí sé rezio e fuerte en [25vb] te defender del cometer e del assetar[18] del diablo, e por guardar mi amor, que só emperador del perdurable imperio. Ca así ha de ser que tú serás tentado como fue tentado Job. E tú vencerás el diablo por verdadera paciencia. Ora te guarda bien que non pienses[19] maldades nin seas engañado en cuidado[20] nin en fecho; ca, desque fueres bien quebrado e bien omillado, yo tornaré a ti e fazer-te-hé cobrar toda tu primera onra e tu primero plazer, e después dar-té[21] la alegría del paraíso.

VII. [...26ra...] E non tardó mucho después desto que toda su compaña le enfermó, e morieron a poco tiempo todos, así servientes como cavalleros. E en esto entendió don Eustacio que era comienço de sus tentaciones; e en recebiéndolas, gradeciéndolas e dando loor a Dios, (e) rogó a su mugier muy de corasçón que, por esto nin ál, non le falleciese sofrencia[22]. A un poco después desto cayó mortandat en sus cavallos e en todas sus bestias e en todo su ganado, así que le non fincó nada.

VIII. [...26rb...] Teóspita dixo a san Eustacio:

---

17 *sieglo:* siglo; se refiere, como poco más abajo, a las situaciones de carácter humano o terrenal, por oposición a las divinas o celestiales.

18 *assetar:* probablemente, "asestar", voz recogida por Nebrija en su *Vocabulario español latino* de 1495 con el significado de "tirar un arma", "dirigir un disparo". Cfr. el romance de "Álora, la bien cercada": «asestárale a la frente...»

19 *pienses:* corrijo a Walker, que transcribe "piensas".

20 *cuidado:* pensamiento, del lat. *cogitatu*.

21 *dar-té:* forma apocopada del futuro analítico medieval, "te daré".

22 *falleciese sofrencia:* faltase paciencia o capacidad de sufrimiento.

— ¿Qué atendemos aquí? Venid, e tomemos nuestros fijos —que tanto nos fincó de cuanto avíamos— e partámosnos de aquí, ca todos nos desprecian cuantos nos conoscen.

Tanto que fue noche tomaron sus fijos e fuéronse contra Egipto. E tanto andudieron por sus jornadas que llegaron al mar, e fallaron i una nave que estava guisada de ir para allá. E quisieron entrar dentro. E el maestre[23] de aquella nave era gentil[24] e d'estraña tierra e de mala parte e sin piadat; pero todavía[25] entraron en él. E cuando él vio la mugier de Eustacio, tan fermosa e tan pagadora[26], codicióla mucho. E cuando fueron a tierra demandóle el precio del pasaje. E porque ellos non avían cosa de qué lo pagar, tomó el marinero la dueña por el pasaje. E Eustacio, a quien pesava más, rogóle mucho e muy de [26va] corasçón que lo non feziese. E el marinero mandó a sus omnes que lo echasen en la mar. Cuando Eustacio esto entendió, dexóle su mugier e tomó sus fijos entre sus braços e fuese fuyendo con ellos, cuidando que gelos tomarían, e otrosí por no ver desonra de su mugier.

E fue así fasta un grant río que falló, todavía llorando e faziendo su grant duelo en esta guisa:

— Míos sabrosos fijos, ¡cuánto mal á venido a vos e a mí! Ca vuestra madre ha marido estraño!

Él cató el río e violo tan grande e tan ancho que non osó pasar con ambos los fijos en una vez. E echó el uno a las cuestas[27] e el otro dexó ribera del río. E desque pasó el moço allende, púsolo en la ribera; desí tornó por el otro. E cuando llegó a medio del río, cató e vio salir un león de un mato[28], e tomóle el fijo por qu'él iva e tornóse al mato con él. E cuando vio que avía perdido su fijo, tornó por ir al otro. E tanto que bolvió la cabeça, tovo mientes e vio que un lobo (que) levava el otro. E estando así en medio del río, dio salto en sus cabellos e

---

23 *maestre:* aquí, capitán y propietario del barco.

24 *gentil:* aquí, pagano, por oposición al que profesa fe cristiana.

25 *todavía:* locución conjuntiva concesiva; "a pesar de todo", "no obstante", "sin embargo".

26 *pagadora:* agradable, atractiva.

27 *cuestas:* espaldas; cargando con él sobre su espalda.

28 *mato:* según el diccionario académico, "conjunto de matas"; matorral.

començó a tirar por ellos, e a romper sus paños, e a llaner e a llorar; e ovo tan grant coita que se quesiera echar en el río. Mas nuestro Señor lo guardó por su gracia, que le fizo sofrir en paciencia su pérdida e su daño.

XII. [...27vb...] Después aveno, e non tardó mucho, que una gente corrió aquella tierra do la dueña era. E la tierra era de los romanos, e la guerra cresció muy grande entre ellos e sus enemigos, así que ovo el emperador, que era acá en Roma, de saber ende las nuevas. E nembróle del maestre[29] de los cavalleros, que era muy sesudo en armas; e pesóle mucho porque lo perdiera así. E llamó sus cavalleros e preguntóles si sabían cosa de su muerte o de su vida. E desque non pudo aver de las nuevas, mandólo buscar por todas las cibdades e por todas las villas que eran del señorío de Roma. E prometió grant onra e grant riqueza a quien lo fallase e gelo troxiese.

Entonce venieron ant'él dos cavalleros, Antiocus e Agnaquis[30], que eran mucho amigos del maestre[31] de los cavalleros. E prometieron al rey que gelo irían buscar. Entonce cavalgaron e andodieron tanto a la ventura[32] que llegaron a la villa ó era san Eustacio. E tan longe como los vio conosciólos. Entonce le nembró de cómo solía bevir primeramente, e fue torvado un poco e movido, [28ra] e fezo su oración en tal guisa:

— Buen señor Dios, que libras tus amigos de todas coitas, así como yo era agora ver aquellos que nunca ver cuidava, así manda tú por tu plazer que aun yo vea tu sierva mi mugier; ca bien sé yo que mis fijos son perdidos por mi pecado. E buen Señor, dame este don que te demando, qu'el día del juizio, a que todos avemos de resucitar, que yo vea mis fijos.

---

29 *nembróle del maestre:* se acordó del maestre, recordó al capitán; el verbo es equivalente a *membrar*, del lat. *memorare.*

30 *Antiocus y Agnaquis:* en otras versiones escritas se denomina al segundo como Achadius (Acadio) o Gachius (Gaquio).

31 *maestre:* se refiere a Eustacio.

32 *cavalgaron...a la ventura:* nótese aquí otra típica expresión caballeresca, que revela una visión literaturizada de la tradición hagiográfica.

E non uvió[33] acabar su oración, cuando una voz del cielo le dixo:

— Eustacio, sé seguro que tú vernás cedo a tu primero estado, e averás tu mugier e tus fijos. E el día de la comunal resurreción averás muy mayores cosas, ca averás vida perdurable e la ledicia del paraíso. E tu nombre será ensalçado por todo el mundo cuanto él durará.

E Eustacio, cuando esto oyó, asentóse e fue todo espantado. Mas cuando los cavalleros se fueron llegando a él, erguióse e fue contra ellos. E cuanto se más llegó a ellos, tanto los conosció mejor; mas ellos non lo conoscieron. E dixiéronle:

— Buen amigo, Dios te salve.

— Buenos señores —les dixo san Eustacio—, Dios vos vendiga.

— Dinos —dixieron ellos— si tú viste de tiempo acá un omne estraño, que avía nombre Plácidas, con su mugier e con sus fijos. Si nos lo tú enseñases, nós te daríamos grant aver. [28rb]

— ¿E por qué —dixo él— lo demandades vos?

— Porque era —dixieron ellos— muy nuestro amigo[34]. E queríamoslo muy de grado ver, ca mucho ha grant pieça que lo non vimos.

— Non vi —dixo él— aquí tal omne nin lo conoscí. Pero id oy comigo albergar, ca yo otrosí só de tierra estraña.

XIII. Entonce los levó consigo a su posada, e fue corriendo por vino que les diese a bever, ca fazía grant calentura. E dixo a un su buen huéspede con que posava:

---

33 *non uvió:* no consiguió, no logró; de *uviar*.
34 *nuestro amigo:* nuestra amiga, en el códice; ya corregido por Walker.

— Amigo, yo conosco estos omnes ambos, e por esto los troxe acá. E ruégovos que me emprestedes vino e lo ál que ovier menester por que los pueda tener viciosos[35]; que yo vos pagaré muy bien de lo que he ganado.

E el huésped le emprestó de grado cuanto ovo menester.

Comoquier que los cavalleros feziesen fiesta[36], san Eustacio non se podía sofrir[37] de llorar, porque le nembrava de su primera vida[38]. E salióse fuera de casa e lloró muy fieramente[39]. E desque lloró mucho, lavó su faz e tornó a casa e servió los cavalleros. E los cavalleros lo cataron e rectaron[40], e fuéronlo conosciendo poco a poco. E dixo el uno en poridat al otro:

— Mucho se semeja este omne âquel que nós demandamos.

— Verdaderamente —dixo el otro— nunca vi cosa que más se semejase. Agora metamos mientes, e catemos si tiene una señal [28va] en la tiesta de un golpe que le dieron en una batalla. E si lo tiene, éste es el que nós demandamos.

Entonce lo cataron de más cerca, e viéronle la sobresanadura de la llaga. E erguiéronse corriendo e fuéronlo abraçar, e fezieron con él grant fiesta e grant alegría. E preguntáronle en llorando:

---

35 *viciosos:* provistos con abundancia, satisfechos, a gusto.

36 *fiesta:* palabra ausente en el cód., propuesta conjetural y aceptablemente, a la vista del contexto posterior, por Walker.

37 *non se podía sofrir de...:* no podía evitar...

38 *pimera vida:* vida anterior.

39 *fieramente:* obsérvese la potenciación producida por este adverbio de modo, en contraste con el de cantidad, más neutro, aplicado a continuación a la misma acción verbal de llorar. Vid. José María Viña Liste, "De los sos oios tan fuertemientre llorando", en *Homenaxe ó profesor Constantino García,* Univ. de Santiago de Compostela, 1991, t.II, págs. 401-414 y "Más formulaciones del motivo del llanto en la literatura española medieval", en *Homenaje a la profesora Pilar Vázquez Cuesta,* Universidad de Santiago de Compostela, [en prensa].

40 *rectaron:* tal vez su significado sea una mixtificación entre rectar —"rectificar, corregir"— y retar —"desafiar"—; lo entiendo como «le provocaron para que hablase, le tiraron de la lengua para verificar su identidad».

— ¿Señor, sodes vos el maestre de los cavalleros del emperador?

E él, en llorando otrosí, dixo:

—Non.

— ¿Non? —dixieron ellos—, ca vos vemos el señal de la cabeça, por que vos conoscemos.

E comoquier que él negase, juravan ellos que aquél era Plácidas, el cavallero cabdillo de los cavalleros. E ellos le preguntaron por su mugier e por sus fijos e por otras muchas cosas. E san Eustacio se les fizo entonce conoscer, e dixo que la mugier e sus fijos eran muertos.

Ellos así fablando, sopieron las nuevas[41] ende por la villa, e todo el pueblo fue i ayuntado. E los cavalleros les contaron toda la ventura e la onra e la alteza de aquel omne. E los que lo oían dezían:

—¡Dios, qué maravilla de tan alto omne como éste, que nos servió tan luengamente e nunca dél podimos cosa saber!

Entonce contaron los cavalleros a san Eustacio el mandado del emperador. Desí bestiéronlo muy ricamente, e diéronle muy buen[42] palafrén, e acogiéronse al camino. E todos los buenos omnes de la villa salieron con ellos e feziéronles mucha onra. E al partir abraçólos él e comendólos a Dios. E los [28vb] cavalleros yendo así cavalgando, contóles él cómo avía nombre Eustacio e todas las aventuras por que pasara.

XIV. Tanto andudieron por sus jornadas que a quinze días llegaron do el emperador era. E los cavalleros ambos fueron delante, e dixiéronlo al emperador que fallaran a Plácidas e que venía. El emperador salió contra él con muy grant plazer, e abraçólo e preguntóle en llorando por qué se partiera dél tan sin sospecha[43]. E Eustacio contó a él e a los altos

---

41 *nuevas:* nueve, en el cód., ya corregido por Walker.

42 *buen:* corrijo a Walker, que lee *bien.*

43 *sin sospecha:* de improviso, sin previo aviso.

omnes cómo perdió su mugier e sus fijos, e todas sus coitas e todas sus andanças. Mucho fue la grant alegría e grant fiesta que fue por toda la cibdat de Roma, ca mucho era amado de todos. E el emperador lo fizo maestre e cabdillo de los cavalleros como ante, por lo embiar contra sus enemigos. E él cató e vio bien que aquellos cavalleros non eran tantos por que pudiese fazer con ellos a su plazer guerra contra sus enemigos.

XV. Entonce se fue a la frontera onde avía de guerrear. E mandó por todas las cibdades e por todas las villas de aquella tierra que le levasen cavalleros e peones, e cuántos levasen de cada logar. [29ra] Onde aveno que de aquella villa donde sus fijos fueron criados le ovieron a embiar dos omnes a su soldada. E todos los de la villa se acordaron de embiar aquellos dos mancebos que eran estraños e grandes e arreziados e muy bien fechos. E ambos dos mancebos fueron a la hueste de grado. E desque todos fueron llegados, ayuntáronse ant'el maestre de los cavalleros, e él fizo una señal a cada uno en las espaldas. Mas los dos mancebos, porque los vio grandes e fermosos e bien fechos, e que le semejaron de buen corasçón, tomólos para que lo serviesen, ca le semejaron fidalgos e omnes de buena parte. Tanto los amó e preció que los fizo ser[44] a su mesa. Después qu'él ovo fecha su fazienda e sus cosas guisadas, movió[45] contra sus enemigos.

¿Qué vos iremos mucho contando? Cuanta tierra los bárbaros tomaron a Roma, toda la cobró.

XVI. Después que él ovo conquista la tierra de sus enemigos de su señor, fuese a un río que ha nombre Jaspes, por lo pasar e ir a su tierra de los bárbaros por conquerir e por lo meter todo so poderío de Roma. E quiso Dios así que de aquella ida entró en la tierra do era su mugier, que Dios guardara bien del marinero. La dueña guardava una huerta de [29rb] aquella dueña con quien era, e seía en una choça. El señor de los cavalleros llegó allí e posó en la ribera daquel

44 *ser:* con el significado de "sentarse"; a veces, escrito, *seer*, del lat. *sedere*.

45 *movió:* se puso en marcha para luchar.

río, que era muy fermoso e muy sabroso de huertas e de todo otro vicio. E aveno assí por aventura[46] que la tienda de aquel señor fue armada en aquella huerta mesma que la dueña guardava; e más aveno que los fijos posaron en la choça de su madre.

E a ora de mediodía, fue así que los mancebos començaron a fablar en su fazienda e de sus aventuras por que pasaran, de que se nembravan bien. E la madre seía con ellos, que les oía de grado sus razones. E el mayor dixo al menor:

— Cuando yo era niño, niémbrame agora e siempre me nembrará que mi padre era señor de cavalleros e que mi madre era buena dueña e muy fermosa a maravilla; e de seis fijos que oviera, non avía sinon yo e otro menor que yo. E aveno así que se salieron de la tierra e levaron consigo a mí e aquel otro mi hermano. E fuéronse al mar e fallaron i una nave guisada de se ir. Cuando salimos de la nave, nuestra madre non salió connusco; ca non sé por cuál razón fincó i. Mas nuestro padre levónos ambos, e vilo al salir de la nave llorar muy fuertemente. E yendo así llorando, llegó a un río e pasó encima de sus espaldas a mi hermano, que era menor, allende el río. E [29va] desque lo puso en la ribera, tornó a mí. E él en medio del río, vino un lobo e tomó a mi hermano e fuése con él; e un león levó a mí. E los porquerizos, que andavan de la una parte e de la otra del río guardando ganados, libraron a mí del león e a mi hermano del lobo.

Cuando el menor hermano vio así fablar al mayor, començó a llorar e dixo en llorando:

—Para el Dios de los cristianos, seméjame por lo que dezides que sodes mi hermano; ca muchas vezes me dixo aquel que me criava que me tolliera en esa guisa a un lobo.

E la madre, que esto oyó, bien sopo que era verdat lo que dezían de lo que les aveniera fasta la salida de la nave ó ella fincara por el precio del pasaje al marinero. E començó a pen-

[46] *aventura:* es palabra clave —reiterada en plural pocas líneas más abajo— no sólo en la estilística, sino también en la conceptualización y en la configuración del mundo ficcional caballeresco, las cuales dejan también su impronta en la estructuración del relato.

sar si poderían por aventura ser aquéllos sus fijos; e más por aquello que les oyera dezir que fueran fijos de un cabdiello de cavalleros, e que su madre fuera dexada en la nave. Pero sofrióse[47] ende fasta en la mañana.

Otro día en la mañana fue al príncipe de los cavalleros[48], e díxole así:

— Por Dios te ruego, buen señor, que me lieves a mi tierra; ca yo só natural de Roma, e troxiéronme cativa en esta tierra. E por ende te pido mercet que me lieves a la mía.

XVII. [29vb] Ella esto diziendo, paró bien mientes en él e viole una señal en el rostro que le muchas vezes viera, e conosciólo luego. E echósele a los pies e díxole:

— Buen señor, non vos pese de fablar convusco, mas escuchatme. E pídovos por mercet que me digades un poco de vuestra fazienda, ca bien cuido que vós sodes Plácidas, el cabdiello de los cavalleros del emperador de Roma, aquel que después ovo nombre Eustacio, cuando el salvador del mundo le aparesció en cruz entre los cuernos del ciervo e lo partió de su descrencia, e le dixo que sofriría por él muchos pesares e caería por él en muchas tentaciones. E él tomó entonce su mugier e sus fijos, e fuese a Egipto en una nave. Yo só aquella su mugier, que finqué entonce con el mal marinero por el precio del pasaje, e tróxome a esta tierra. E Dios, que es guarda de sus amigos, me guardó en tal guisa que, do él quería fazer su plazer de mí, fizolo morir mala muerte. Agora vos dixe verdaderas señales de mi fazienda e de la vuestra. Agora me dezit si vos conoscedes en vós. Yo vos conjuro por la fe de Jesucristo vuestro salvador.

---

47 *sofrióse:* resistió, aguantó, se contuvo, se reprimió; significados todos ellos registrados en el diccionario académico, s.v. *sufrir.*

48 *príncipe de los cavalleros:* el cód. dice «príncipe e a los cavalleros». La enmienda, ya propuesta por Knust, se justifica por el contexto. Al que aquí se llama "príncipe", antes se le había llamado siempre "maestre" o "cabdillo", pero el significado del cargo militar es equivalente.

XVIII. [30ra] Cuando Eustacio [esto][49] oyó, fincó los ojos en ella e paróle muy bien mientes, e católa bien e conosciόla luego. E tomóla por la mano e fuese con ella a su tienda, e ovo tan grant plazer que se tomó a llorar muy de rezio. E el besar e el abraçar duró mucho e muchas vezes[50] (...)

[49] *esto:* adición aceptable propuesta por Walker.

[50] Con la anagnórisis, elemento típico de la estructura de las novelas bizantinas, que incluirá en las páginas inmediatas el reconocimiento de los dos hijos, parecería llegarse a un final terrenalmente feliz, con que se podría cerrar el relato: «e fueron todos maravillados cómo Dios así los juntara»; pero no se hace así, sino que, regresado que hubieron a Roma, el emperador Adriano, sucesor de Trajano, los martiriza, con lo que pone fin a sus vidas terrenales, pero les abre las puertas de la vida celestial.

# 8. *Estoria del rey Guillelme de Inglaterra / Crónica del rey don Guillelme, rey de Inglaterra e duque de Angeos e de la reina doña Beta*[1] *su mugier*

Redacción 1300-1325 ?

1350 h C I 1526 (Toledo)

Cód. en la Biblioteca de El Escorial (h-I-13; fols. 32ra-48ra). El segundo título aducido corresponde a una versión tardía redactada después de 1500 e impresa en Toledo en 1526. Hay otra edición impresa en Sevilla en 1553.

El texto presenta un tratamiento de hagiografía, como los otros ocho *romances* o cuentos del manuscrito donde se conserva; está relacionado con el poema de Chrétien de Troyes *Guillaume d'Angleterre*[2], escrito en el siglo XII, en una de cuyas versiones, tal vez prosificada ya, está basado; pero también asimila elementos folclóricos sobre separaciones y reuniones familiares, análogos a los que ya hemos visto en el *Cuento del cavallero Plácidas*, hasta el punto de que éste puede verse como una glosa que aclara

---

[1] Así se lee, por Berta, en el título de la edición impresa en Toledo en 1526, aunque en el cód. la reina recibe el nombre de Graciana.

[2] Hay edición de Maurice Wilmotte, *Guillaume d'Angleterre,* Classiques français du Moyen Age, 55, París, 1927.

el simbolismo de algunos elementos presentes en *Rey Guillelme,* según John R.Maier, quien ha estudiado ambos textos siguiendo las conocidas funciones del esquema de Propp.

Entre los más característicos elementos caballerescos que se incorporan al relato se deben destacar la técnica de entrelazamiento de la que se sirve el narrador, pasando de los avatares de un personaje a los de otro en su seguimiento; el sometimiento a una serie encadenada de duras pruebas de carácter azaroso y de envergadura sobrehumana hasta conseguir el premio una vez superadas; la apelación de varios personajes como caballeros, extendida hasta el viejo Gloelais, quien a pesar de que no era duque ni conde y de ser tratado como «cavallero de un escudo e de una lança», era caballero famoso y señor de castillos; la concurrencia de caballeros, destacados de entre el resto de «ciudadanos», a las bodas de Graciana; el pleito homenaje que los invitados le tributan como a señora de su señor; el tratamiento de sus hijos como «cavalleros que se andavan por la floresta» sirviendo a los intereses de su señor, que sentía deseos de hacerlos caballeros de verdad, pero será el rey Guillermo quien los arme caballeros finalmente cuando regrese a su corte londinense; el afán de vivir aventuras, algunas situadas en el habitual marco forestal tan propicio a sorpresas o en la caballeresca actividad venatoria, y el «sabor de oír el aventura» relatada por quien la vivió, sobre todo si alcanza un final de «fermosa ventura», como aquí; las variadas e incesantes itinerancias del protagonista, el ocultamiento del verdadero nombre propio y de la auténtica personalidad hasta que llegue el momento oportuno para revelar uno y otra, y la proverbial estimación de lo excepcional como maravilloso: «el rey se santiguó de las maravillas que oyó».

## Ediciones

1878 Hermann Knust, en *Dos obras didácticas y dos leyendas... : Plácidas, Chronica del rey don Guillermo, Estoria del rey Guillelme*, Madrid, Sociedad de Bibliófilos Españoles, 17, págs. 159-247. La *Crónica,* en págs. 302-403. Sigue el cód. Esc. h-I-13.

1984 John R. Maier, *El Rrey Guillelme*, University of Exeter, Exeter Hispanic Texts, t.39, 62+57 págs.

## Selección

De los trece breves capítulos en que está dividido el texto se han escogido la parte final del primero, casi todo el segundo, el cuarto en su totalidad, el octavo en sus líneas finales y el noveno íntegro. De manera que asistimos a la insospechada huida del rey Guillermo y de su esposa, la reina Graciana, quienes, por mandato divino, han abandonado su palacio para vivir una vida de austeridad. Alimentándose como alimañas, vagan por montes y bosques, hasta llegar a la orilla del mar, en donde la reina da a luz consecutivamente a dos hijos, apremiada luego por un hambre feroz que la pone al borde de la antropofagia.

Unos mercaderes raptan a Graciana y se la llevan en su navío hasta la tierra del viejo caballero Gloelais, por cuya boca se llega a poner en duda la más firme de las convenciones establecidas sobre el linaje: «muchos malos salen de buenos e muchos buenos de malos». Guillermo queda desolado a cargo de los dos pequeños; uno de sus hijos le es arrebatado por un lobo —de ahí su nombre de Lobel o Lobato—; al que recibirá el nombre de Marín —por haber sido depositado en un barco sobre el mar— lo encuentran unos mercaderes mientras su fatigado padre está adormecido. Glocelíns y Flochel, los adoptan como hijos y los crían en las tierras del señor de Catanassa, a quien ellos, de mayores, servirán como monteros en sus cacerías y como hombres de armas en sus empresas bélicas. El abatimiento del rey Guillermo, que ha perdido a toda su familia, lo lleva al borde de la desesperación, hasta que encuentra acomodo como criado, y como tal prosigue sus andanzas por el mundo.

Gloelais, tras quedarse viudo, solicita a Graciana en matrimonio, pero ella, cuya identidad no sólo oculta sino que la deforma, se resiste a tal ofrecimiento por fidelidad a su esposo cuyo paradero desconoce, disuadiendo al pretendiente con argumentos especiosos y dando largas al asunto, al menos en lo referente a la consumación matrimonial. Entre grandes festejos acaba por celebrarse su boda, no sin murmuraciones y cotilleos de los invitados.

Pasados más de veinte años de su forzada separación, se produce el reencuentro de Graciana y Guillermo. Ella, tras su mutuo reconocimiento, le aconseja que durante su proyectada cacería del ciervo no persiga al animal hasta la otra ribera del río; el rey olvida el consejo, persigue al ciervo hasta que dos caballeros lo acosan por haber penetrado en tierra ajena y le invitan a rendirse para entregarlo a su señor, el rey de Catanassa. Guillermo se resiste y les revela su identidad regia, así como su triste situación de desterrado y la pérdida de su familia. Por sus palabras los caballeros terminan reconociéndolo como padre y a sí mismos como hermanos. Luego todos los incidentes acontecidos se pondrán en conocimiento del rey de Catanassa, quien celebrará el reencuentro familiar con alegría, todavía incrementada cuando Guillermo devuelve sus hijos a la madre, contra la cual antes, ignorando quién era, habían ellos combatido como vasallos de su señor natural.

La historia se cerrará felizmente con el regreso a Londres de toda la familia reunida; allí recupera Guillermo su corona, arma caballeros a sus hijos, los casa con mujeres nobles, les otorga tierras. El narrador concluye: «esta es la cima desta estoria; yo non sé más ca más non ha. Aquí se fenece la estoria e el cuento del rey Guillelme de Inglaterra» (fol.48ra).

## *Estoria del rey Guillelme de Inglaterra*[3]

I. [...33va...] Entonce se partieron de la cámara por una feniestra. E la noche era muy escura, ca non fazía lunar(a), e andaron tanto fasta que llegaron a una floresta [33vb] muy espesa. E él levava su espada cinta. E de todo el aver del mundo non levavan cosa, mas confortávanse en sus buenos coraçones que avían fuertes e enteros. E non ivan por carreras nin por senderos, ante ivan desviados por non fallar quien los torvase e así fuyeron andando toda la noche. E si enojo o mal prendían, mucho lo tenían por vicio[4], ca lo que Dios alumbra e lo en que mete su spíritu toda cosa amarga terná por dulce e toda lazería terná por vicio.

II. Cuando la mañana llegó, sus gentes despertaron e maravilláronse del rey como non se levantara e qué fuera dél, ca muy de mañana se solía levantar, e mucho pesava a los más, mas más[5] les pesara si sopieran la verdat. Pero non pensavan cosa que les fuese grave, ante atendían que se levantase e así atendieron fasta mediodía. E cuando entonce vieron que se non levantara, ovieron grant pesar e fueron a la puerta de la cámara e falláronla cerrada. E llamaron e puxaron. E cuando de dentro non fabló ninguno e estudieron así una pieça e ascucharon, e cuando entendieron que ninguno i non yazía, quebraron la puerta. E non fallaron el rey nin la [34ra] reyna, e maravilláronse qué podría ser, e fallaron la feniestra abierta por que se derribaron[6]. Entonce pensaron que eran idos, mas

---

[3] Sigo el texto de la ed. de John R. Maier, de 1984, con las habituales adaptaciones a nuestros criterios editoriales preestablecidos, particularmente en lo que afecta a la puntuación, y subsanando sus abundantes errores, algunos de ellos subsanados por Carlos Gumpert Melgosa en su reseña publicada en *El Crotalón (Anuario de Filología Española),* 2 (1985), 581-587; allí mismo pone de relieve "la conjunción de elementos piadosos y caballerescos que este texto realiza, como testimonio del proceso de transición de la épica a la narrativa caballeresca (pág. 581).

[4] *vicio:* utilizado aquí y poco después en sentido positivo, "placer", "deleite", "gusto".

[5] *a los más, mas más...:* curiosísimo y excepcional uso estilístico, probablemente inconsciente. Obsérvese también la aliteración que sigue: *...ante atendían mediodía.*

[6] *por que se derribaron:* por la que los reyes habían descendido.

ante que ninguna cosa sopiesen, tomaron cuanto fallaron en la cámara —maletas e arcas—, e sacáronlas al palacio, mas non fallaron i nada. E un moço cató e vio so el lecho un cuerno d'almafí[7] qu'el rey siempre solía levar cuando iva a caça, e el moço por trebejar tomó el cuerno e diolo a su madre e su madre lo cató mucho. Entonce non sopieron qué cuidar, pues a caça non era.

¿Qué vos diremos de la fama que viene? Toste fizo saber del rey que era salido de su tierra, e el reino fue todo torvado e a todos pesó comunalmente e buscáronlo e fiziéronlo buscar por toda la tierra. Mas el[8] rey e la reina, que se andavan por aquella floresta como bestias e comían de las landes e de las yervas e de las frutas de los árvores e bevían del agua, (mas) toda su lazería sofrían con paciencia. As[í] andaron por ese monte fasta que llegaron al mar. E en riba del mar fallaron una peña en que avía una (peña) cueva, e allí se metieron e yoguieron allí aquella noche, así como pudieron. Allí ovieron duro lecho e lazería a | saz, [34rb] mas la reina fue muy cansada e luego se adormeció e non fue maravilla. E cuando despertó, llegóse tiempo de aver su fijo, e llamó a Dios e a santa María e a los santos e a las santas; mas de tanto le veno bien que non ovo menester mugier a su parto, ca el rey por su buen talante fizo i cuanto ella devisó fasta que ovo su fijo[9], muy fermosa criatura. E el rey cató dó lo echaría o qué le faría, e sacó su espada e tajó la diestra parte de su garnacha e embolvióla en ella e echólo[10] en tierra e asentóse cabo dél e púsole[11] la cabeça sobre sus inojos —como ome *[sic]* piadoso e sabroso e

---

7 *almafí:* probablemente, «marfil», con el artículo árabe incorporado.

8 *el:* corrijo el cód. en donde parece leerse *al*, en uno de tantos anacolutos como se registran en este texto que denuncian la labor de un copista poco hábil o desatento en su trabajo.

9 *mugier a su parto...su fijo:* nótese la curiosa manera de sugerir la función de partera o comadrona desempeñada por el rey.

10 *embolvióla...echólo:* los pronombres personales enclíticos parecen referirse a la reina y al niño, respectivamente, si bien el paralelismo parcial de esta situación con la posterior podría llevarnos a leer *embolviólo*, referido también al niño recién nacido. Aún podríamos mantener la lectura *embolvióla*, si su antecedente es «criatura»; en todo caso, a quien se envuelve realmente en la ropa es al pequeño, como lo confirmará él mismo de mayor, en el capítulo IX, y su padre en el XII.

11 *púsole:* el referente del pronombre parece ser *la reina*, su esposa, si atendemos al paralelismo de esta escena con la que se describe inmediatamente.

de buen talante— fasta que la reina adormeció, que trabajara mucho. E cuando despertó, dio bozes e dixo:

— Gloriosa santa María, que vuestro fijo e vuestro padre generastes, seyendo vos su fija e su madre[12], catad esta vuestra vasalla de vuestros piadosos ojos.

Tanto rogó en esta guisa a la gloriosa Virgen, que ovo otro fijo. E el rey tajó la otra parte[13] e embolviólo i, e púsolo cerca del otro. E puso la cabeça a la reina sobre sus inojos e adormeció[14] fasta en la mañana. E cuando despertó, ovo tan grant fambre que nunca ovo mayor, e dixo al rey:

— Señor, si non ovier agora qué coma seré sandía, ca tanto he grant fambre que me converná comer uno de mis fijos.

E el rey se levantó luego e non sopo qué feziese, fuera tanto que pensó [34va] de l' dar de comer de los muslos de sus piernas. Entonce travó su pierna por le dar della, e la reina, que rabiava de fambre, cuando vio su grant piadat, ovo dél duelo e dixo:

— Señor, este non puede ser agora ál[15]. Buscad qué me dedes a comer ca, por san Pedro apóstol, la mi carne non comerá la vuestra.

— Par Dios —dixo el rey—, dueña, sí faredes, ca yo quiero salvar muerte de mi fijo. Ora comet de mi carne cuanta vos abonde, ca Dios me dará salut e cobraré cedo mi llaga, mas muerte de mi fijo non podría cobrar. E a Dios pesaría mucho si vuestro fijo comiésedes, e este pecado solamente vos mataría.

— Señor —dixo ella—, ora vos callat. Yo sofriré mi fambre

---

12 *vuestro fijo...su madre:* obsérvese la forma enigmática con la que se refiere al misterio de la encarnación de Cristo.

13 *la otra parte:* se refiere a su propia vestidura, llamada antes "garnacha".

14 *adormeció:* su sujeto es la reina.

15 Confieso no entender con claridad el sentido de la frase, como no sea una manifestación de sorpresa por parte de la reina ante un inexplicable cambio radical en la personalidad del rey, revelada por la actitud tan altruista que éste manifiesta ahora. Con todo sugiero como solución hacer esta lectura de la frase: *Señor, ¿esto non puede ser agora ál?*

lo mejor que podier e vos entretanto id buscar si fallaredes quien por Dios vos dé alguna cosa.

— Dueña —dixo él—, de grado.

[...35rb...] Desí pensó que entraría con sus fijos en un batel que estava en la ribera e iría por esa mar así como lo Dios quesiese guiar. Entonce tomó uno de sus fijos en sus braços e el otro dexó en la peña, e metió aquél en el batel, e tornóse luego por traer el otro. E cuando cató, vio un lobo que lo levava[16], e ovo muy grant pesar e fue corriendo, lançando piedras e palos; mas todo le tovo poca pro, ca lo non pudo alcançar. E fincó tan cansado que se ovo de asentar cerca de una peña, e del cansancio adormecióse. [35va] Mas el lobo que el niño levava non cansó, ante se acogió con él a un camino mucho andado. E aveno que entonce pasavan por i mercadores, e cuando vieron el lobo que levava el niño, corrieron con él lançando palos e piedras, así qu'el lobo les ovo a dexar su prea. E ellos, que deseavan mucho ver lo que levava, llegáronse e vieron que era niño e fuéronse[17] muy ledos de que lo fallaron sano, e toviéronlo por grant miraglo. E uno dellos, que avía nombre Glocelíns[18], rogó a todos que gelo diesen e criar-lo-ía, ca non avía fijo, e ellos lo otorgaron, e él dixo:

— Yo rescíbolo por fijo.

Entonce se fueron al batel do el rey metiera el otro. E el primero que llegó e lo vio, rogó a los otros que gelo dexasen e criar-lo-ía e que gelo gradescería mucho, e este avía nombre Flochel[19]. E todos dixieron que el don era bien empleado, e otorgárongelo e dixieron que tenían por bien de que fuesen traídos ambos en uno. Desí fuéronse los mercaderos para aquel logar ó deseavan ir. Ora vos dexaremos de fablar dellos e tornaremos al rey[20].

---

16 Obsérvese la analogía con otra situación semejante sufrida por Plácidas en el relato anterior.

17 *fuéronse:* prefiero corregir así lo que Maier transcribe como *fuesen.*

18 *Glocelíns:* acentúo así porque en otros lugares es llamado Glocelines y Grocelín.

19 *Flochel:* también denominado Frochel.

20 Una vez más, en este tipo de relatos, se utiliza la técnica de narración entrelazada.

[...36vb] IV. Los mercadores que la reina levaron andaron tanto que llegaron al puerto de Surlig. E estudieron i tanto fasta que la reina fue erguida e guarida e tornada en su buen estado, así que cada uno la quería aver o por fuerça o por dineros, mas ninguno non fallava razón por que la aver deviese. E levantóse entención entre ellos e fue contado ant'el señor de la tierra, que avía nombre Gloelais. Este non era duque nin conde, ante era buen cavallero e de grant nombrada[21] e [era] viejo mucho.

Cuando Gloelais esto sopo, trabajóse mucho de meter entre ellos paz, así que los pagó todos igualmente, ca ninguno dellos non ovo nada. E con todo esto, non fueron bien quitos, ca les tomó lo más e lo mejor de su aver e diolo a la dueña; e levóla para su casa e diola en guarda a su mugier, que era otrosí vieja así como él; mas la reina era muy fermosa, e vergoñosa como donzella. E cuando la dueña la vio tan fermosa e tan bergoñosa e tan mansae tan sesuda, pagóse mucho della en su corasçón, e el cavallero otrosí, mas siempre lo encobrió mientra su mugier fue biva.

E aveno que su mugier morió ante que él, e non avían fijo [37ra] nin fija; estonce le semejó de tomar ésta por mugier. E pensó mucho que nunca cosa le quiso dezir, así que le ovo a descobrir el amor que le avía, e sacóla a una parte e fabló con ella e rogóle que fuese su mugier e su amiga, e que él sería su marido e su amigo mientra fuese bivo.

— Señora —dixo él—, yo vos otorgo e vos dó mi tierra toda quita e a mí, así agora como después de mi muerte, que non he fijo nin fija a que finque que vos sinrazón faga después que mi gente vos fezier omenaje. Yo non sé qué vos prometa más, mas evat aquí a mí e a cuanto yo he.

La dueña cuando esto oyó, meció la cabeça e pensó en lo que le respondería; e pensó que ante querría tomar orden[22] o otro cualquier escarnio que se así arrefezar, como mugier de tan grant guisa e tan bien casada a venir a ser mugier de un cavallero de un escudo e de una lança[23], nin por ruego nin por

21 Knust corrigió como *nombradía.*

22 *tomar orden:* meterse monja, ingresar en un convento.

23 *cavallero de un escudo e de una lança:* se traza aquí un rasgo casi quijotesco, al pintar al pretendiente como un ser tan escaso de auténticas dotes caballerescas.

aver, e que otro cavallero non prendería nin casamiento, si el suyo non[24]. E dixo:

— Señor, ora me entendet; que entienda Dios vuestros ruegos e (l)os dé gualardón del bien que me fezistes. Catad agora razón e ved si es cosa guisada de tomar vós una rapaza por mugier, sandía e villana, e fazer [37rb] della señora de tierra. Vos sodes buen cavallero e señor de castiellos, e mio padre fue un villano e yo só una moça sandía e cativa, que he pecado porque ya tanto bivo, ca la mi vida non ha ninguna pro. Ca yo fui monja e por mi sandez salí de mi abadía e fiz mala vida andando por las tierras así como mugier malaventurada e mal acostumbrada, e abaldonada a cuantos me querían, que non recelava ninguno[25]. Mas, por Dios, pues mi confesión vos he dicha, non me descubrades ende, ca yo tal só como vos digo e non devo aver tan alto señor como vos. Aún vos más diré. Otra razón ay mayor que ésta, si vos osase dezir, que me non quesiésedes por mugier, mas esta vos deve abondar agora.

— Amiga —dixo él—, non digades agora, ca tanto vos amo —que[26] por beldat, que porque sodes sesuda— que todavía vos quiero por mugier, e por cosa que fasta aquí ayades fecha non dedes nada. E yo otrosí erré en muchas cosas que fiz mucho de mi voluntad. E ya por pecado nin por ál non vos dexaré de tomar por mugier. ¿Non sabedes vos que la castaña es dulce e sabrosa pero sale del orizo espinoso? Yo non sé si vuestro padre fue rey o emperador, mas muchos malos salen de buenos e muchos buenos de malos, amiga; e sabroso vedes aquí a mí que só vuestro, e ruégovos que vós seades mía, ca sabed que yo só vuestro de buen corasçón, que non ha i cosa de mal talante. E más dígo | vos [37va] que por lo que feziestes non vos amaré menos; ca mucho ha grant onra el que se castiga de su grado, e desonra el que se non castiga. Ora púsovos Dios en tan alto grado, quiero que seades mi mugier[27].

---

24 *si el suyo non:* entiéndase, si no fuese con su propio marido.

25 *non recelava ninguno:* entiendo que el significado es "no rechazaba a ninguno", cuyo sujeto es la propia Graciana que está hablando.

26 *que...que:* estas conjunciones tienen el valor de distributivas, como *ya...ya.*

27 La declaración amorosa, con la consiguiente petición de mano, a pesar de los argumentos esgrimidos, tiene más aspecto de rústica que de cortés.

Cuando la reina esto oyó, pensó mucho e començó a llorar e non sopo qué feziese, mas pensó que si lo non pudiese engañar, así como mugier suele fazer a ome, que le semejaría guisado que fuese señora de la tierra a quequier que aveniese, mas en otra manera querría ser quemada e rastrada que yazer con él. Pero a la cima segurólo así: que le diese plazo e que faría lo que él quesiese, e que enteramente le feziese entregar la tierra. E él, que la amava mucho, otorgóle cuanto ella dezía.

— Señor —dixo ella—, entonce yo te pido plazo e dezirte-he por qué. Yo fui a Roma al Padre santo e manefestéme[28], e diome por penitencia[29] que treze años biviese sin ome e que me quitase de todo otro pecado. Ora he yo doze años que así estó, ora só en el trezeno. E a vós semejará que atendedes mucho, pero fazer-me-hedes en ello grant plazer, e yo non pecaré, e vós entonce casaredes comigo sin pecado; mas yo me tengo por sandía que esto creo, que bien tengo que vos reídes de mí. E por Dios, si [37vb] escarnio es, non me lo encubrades, ca de escarnecer de una sandía non vos bien ay cortesía nin mesura.

— Ay, amiga señora —dixo el cavallero—, por Dios, non vos despreciedes[30] nin tengades que por escarnio vos lo digo.

— Pues, señor —dixo ella—, ora me dat el plazo que vos demando.

E él respondió:

— Yo vos lo dó, mas non vos dó plazo que alonguemos el casamiento.

— Plazme —dixo ella—, pues vós así queredes, mas non me busquedes más.

Entonce mandó el cavallero por toda su tierra que veniesen todos los omes buenos a su boda ca él era esposado e

---

28 *manefestéme:* en este contexto equivale a "me confesé".

29 *e diome por penitencia:* repetido en el códice.

30 *despreciedes:* prefiero leer así, y no *despreciades*, como hace Maier.

quería que todos i fuesen. E así fue como él mandó. Venieron cavalleros, venieron ciudadanos e omes buenos muchos, e clérigos e fraires, e juglares e omes del sieglo. Desque estovieron todos juntados, fizo él venir a Graciana, e non ovo i tal dellos que non dixiese:

— Non es ésta dueña sandía, que lieva la tierra de nuestro señor e él liévala en camisa, pero non es maravilla, que mucho es fermosa e por ende ha corasçón de nuestro señor, así que el su yerro ha fecho a su voluntad. Mas nuestro señor mal erró e quien le dio por consejo que la[31] tomase por mugier, ca es tan moça que non ha más de XV años, e querrá fazer lo que se quesier, e non preciará nin temerá a nuestro señor valía de un dinero[32]. Demás védeslo ya muerto, ca estraña | mente [38ra] es viejo.

Así dezían los unos; otros trebejavan e fazían sus joglarías[33]. La ledicia e la fiesta fue muy grande, e Gloelies[34] rescebió su mugier por mano de un abat bendito[35]. Todo aquel día fezieron grandes ledicias e trebejaron e folgaron, mas cuando llegó la noche cogiéronse a su cámara. Mas todo fue así como la dueña lo devisó, ca non ovieron entre sí cosa de pleito de bodas[36]. Mas cuando la mañana llegó, quiso así Glo[e]lies que la dueña rescebiese la tierra por suya e que ellos[37] la rescibiesen por señora e que le feziesen todos omenaje, e así fue como él mandó. E ella, que era muy sesuda, trabajóse cuanto pudo de los aver por amigos, ca de guisa fizo por su manse-

---

[31] *la:* corrijo donde Maier transcribe *le.*

[32] *valía de un dinero:* "apenas nada"; con fórmulas como ésta se expresaba la minusvaloración; cfr. "non lo precio nin un figo", "non vos precio en un dinero", "se non amavan nin punto", "non lo precio yo una meaja", "non daría por ende dos nuezes", "non los precio una nuez", "non preciava una paja", "non dava más por ellos que por una castaña", etc.

[33] *joglarías:* obsérvese cómo se equiparan algunas actividades "juglarescas" a diversiones o "trebejos".

[34] *Gloelies:* antes se le había llamado Gloelais.

[35] *abat bendito:* tal vez abad, o superior monástico, consagrado con el orden episcopal.

[36] *cosa de pleito de bodas:* circunloquio y manera eufemística de relatar que el matrimonio entre ambos no se consumó.

[37] *ellos:* el pronombre hace referencia a los invitados a la boda, súbditos de Gloelies.

dumbre e por su grandeza que de los ricos e de los pobres ovo sus corasçones e su voluntad. Ora vos dexaremos de fablar de la dueña e tornar-vos-hemos a fablar de los niños[38].

[...VIII...44rb...] E díxole ella:

— Señor, un rey ay aquí mi vezino que me quiere por mugier, e porque lo non quis mandóme desafiar e aún la guerra dura muy fuerte. E sabedes por qué vos lo digo: si el ciervo fuer contra aquella parte e pasar una agua que parte esta floresta, conséjovos e ruégovos que non pasedes[39] allá, ca son i vuestros enemigos.

E el rey dixo que así lo faría, e la reina le dixo:

— Ora vos id caçar, e iré en pos vós mi paso[40].

IX. Entonce se partió el rey della e echó su cuerno a cuestas. E entendió que los canes ivan en pos el ciervo, e el ciervo, con coita de los canes que ivan en pos él, dexóse correr contra el río. E los caçadores fincaron. E el rey se fue en pos los canes que pasaran ya el agua, e porque le falleció el castigo de la reina pasó en pos el ciervo. E los canes lo coitaron tan bien que lo[41] cercaron en derredor, e los unos le travaron de los narizes e los otros por los braços e los otros por las piernas, e dieron con él en tierra. E el rey tañió de priesa bien tres vezes, e dos cavalleros que se [44va] andavan por la floresta que desamavan la reina oyeron el son del cuerno, e fueron para allá cuanto más pudieron, e avían sabor de matar o de prender ome que diesen a su señor[42]. E cuando el rey lo[s] vio venir, nembróle que pasara el mandado de la reina. E uno tiró la espada de la vaina e el otro embraçó el escudo e tomó la lança, e amenazáronlo e desafiáronlo e dixeron:

---

38 De nuevo se explicita así la técnica de entrelazamiento utilizada.

39 *pasedes:* corrijo lo que Maier transcribe como *pasades.*

40 *en pos vós mi paso:* tras de vos a mi paso.

41 *lo...lo:* su antecedente es el ciervo acosado.

42 *ome que diesen a su señor:* a alguien para entregárselo a su señor.

— Cavallero, ¿por cúyo mandado osastes caçar acá dentro?

E el rey, que estava a pie, non los osó atender a golpe[43] e fuyó contra un árbol por se defender allí. E levó su cavallo consigo e fizo del carvallo escudo. E ellos dixieron:

— Cavallero, mucho viviestes si toste vos non rendides preso, ca vos non poderedes defender contra nos, e conviene que morades o que vengades a mercet[44].

E él, que vio su muerte ante sus ojos, dixo:

— Señores, non quiero, ca sabed que, si me matásedes, muy toste vos podríades fallar mal.

— Ay, don cavallero, ¿en cuál guisa? Esto es menaza; pues amenazades, non vos valdrá nada vuestro ruego.

Después dixo el uno al otro:

— Fe[45] que jamás non averá mercet de nos, pues que nos amenazó. Después su muerte fágame[46], después que lo yo matar cuanto mal [44vb] podier.

Entonce se dexaron ambos ir a él, e el rey, que ovo miedo dellos, metió entre ellos e sí el árbol, e dixo:

— Par Dios, señores, mal fecho queredes fazer en matar un rey.

— ¿Rey? —dixieron ellos.

— Rey sin falla —dixo él—, rey de Inglaterra.

— Pues —dixieron ellos—, ¿qué veniestes aquí demandar o qué aventura vos i troxo?

---

43 *atender a golpe:* esperar quieto su acometida.

44 *que morades o que vengades a mercet:* que muráis o os entreguéis.

45 *Fe:* prefiero leer así, y no *fer,* como hace Maier; tiene el sentido de un juramento.

46 *Después su muerte fágame:* hay elipsis de "amenaza"; equivale a «Que se cumpla su amenaza, pero después de matarlo».

— Yo vos lo diré —dixo él.

E ellos, por sabor de oír el aventura, decieron a pie[47] con él. Entonce les començó el rey a contar con muchas lágrimas[48] cómo fuera esterrado e cómo le tomaron su mugier e cómo perdiera sus fijos ambos, e todo cuanto le aveniera.

— Agora, señores —dixo él—, aved de mí merced, ca toda la verdat vos he contada.

Uno dellos dixo:

— Señor, sí Dios me ayude, dígovos que nunca conoscí mi padre, mas a la mercet de Dios agora lo conosco, ca sin falla vós sodes mio padre e yo só vuestro fijo, ca el padre que me crió me dixo por saña que me tomó a un lobo e díxome el logar dó e que me fallara embuelto en una falda de una garnacha, así como agora vós contastes, e mostrarvos he el paño. Entonce sabredes la verdat si só vuestro fijo o si non. E por el lobo a que me tomaron he nombre Lobel.

E el otro de cuanto oyó fue maravillosamente ledo e dixo que nunca tal maravilla aveniera a ome.

— Bendito sea Dios que me aquí troxo. Agora sé yo lo que ante non [45ra] sabía, que yo e mi hermano bivíamos de consuno[49] e non nos conoscíamos. Sin falla nós somos hermanos e vós sodes nuestro padre, ca yo só el que fui fallado en el batel, e desto sabredes la verdat cuando vos mostrar[50] el pedaço del paño en que me fallaron embuelto cuando me levaron.

---

[47] *decieron a pie:* descendieron de sus caballos, se apearon descabalgando para acercarse más a él.

[48] *lágrimas:* prefiero transcribir así, y no *lárrimas*, como hace Maier.

[49] *consuno:* esta palabra resulta ilegible en el estado actual del ms; Knust la transcribió así, y está avalada por su uso paralelo en el fol. 38rb: «fueron de consuno criados» y en el 38va: «andavan siempre de consuno».

[50] *mostrar:* tiene apariencia de infinitivo, pero funciona como futuro de subjuntivo —"mostrare"— o como presente del mismo modo verbal —"muestre".

— Así ha menester —dixo el rey—, que me mostredes las faldas en que fuestes fallados.

Dixieron ellos:

— Vamos e amostrar-vos-las-hemos.

Dixo el rey:

— Vamos, mas ante desfagamos[51] nuestro ciervo.

— Fagamos —dixieron ellos.

Entonce lo desfezieron. Desí fuéronse a la posada e mostraron al rey los pedaços de la garnacha que le prometieron mostrar. Tanto que las el rey vio luego las[52] conosció, e dixo:

— Verdaderamente ora sé que sodes mis fijos.

E su padre ovo con ellos muy grant plazer e grant alegría, e los fijos con él. Esto non es de demandar. El padre abraçó e besó sus fijos por muchas vezes e non sabía qué fazer con ellos de alegría; e catávalos de alegría una pieça, e después tornávalos abraçar e besar. E tanto fezieron grant alegría que el huéspede dixo:

— Bolsa avedes fallada[53].

— Verdad dezides —dixo Lobel—, ca nós fallamos huésped nuevo en vuestra casa que nós devíamos mucho onrar e ser muy ledos, e sabed que es [45rb] rey e señor de Inglaterra. Ora vos ruego que le vayades dezir a nuestro señor el rey de Catanassa que averá ende muy grant plazer, e fazerle ha mucha onra e venirlo ha ver a vuestra casa.

---

51 *desfagamos:* despiecemos, troceemos.

52 *las...las:* el antecedente, mal concertado, es «pedaços», masculino; parece que se está concertando *ad sensum* con un femenino como «partes», «faldas», usados antes, o con la misma «garnacha».

53 *Bolsa avedes fallada:* la interpelación tiene todo el aire de una frase proverbial o refrán que relacionase las grandes muestras de alegría con el afortunado hallazgo de un bien o dinero inesperado o con la buena suerte que se atribuye a alguien.

E él[54] non quiso tardar mucho, e fuese luego al rey[55] e contóle las nuevas. E el rey, que lo tovo por grant maravilla, fuese a su casa, e tanto que Lobel e Marín lo vieron, tomaron a su padre por las manos e mostrárongelo. Desí contáronle todas las aventuras por que pasara[n] que cosa non fincó por contar, e mostráronle los dos pedaços de la garnacha por señal. E el rey se santiguó de las maravillas que oyó, e dixo:

— Sin falla ésta es la verdat conoscida. Mucho fallastes fermosa ventura e devedes ende ser muy ledos e gradescerlo mucho a Dios; e bien vos digo que, ante que yo de vuestro linaje cosa sopiese, vi en vós tanta bondat e tanta lealtad e tan grant ardimiento que vos quesiera fazer cavalleros, ca mucho me serviestes en mi guerra contra aquella dueña sandía e cativa, que jamás averá comigo paz fasta que me tome por marido o me dé su tierra.

El rey Guillelme respondió:

— Esto quiero yo meter en vuestra mano, ca yo vos la traeré aquí de mañana sin otra pleitesía. E si sus fijos vos ayudaron contra ella, fezieron derecho, ca los criastes, mas non lo fezieran [45va] si su madre conosciesen, ca malamente yerra quien toma guerra contra su madre o que le faz pesar e que la asaña. Contra éste se asaña Dios e el mundo lo desama, mas tal lo faz que lo non conoscían[56], e servieron a vos que érades su señor, e destruyeron e quemaron la tierra de su madre. E assí en un meesmo[57] servicio eran leales e desleales, e fazían bien e mal, mas non deven ser por ende culpados, ca lo uno o lo otro les convenía fazer.

---

[54] *él:* uno más de los varios casos de anfibología; su antecedente es el huésped o posadero.

[55] *rey:* se trata ahora, no del de Inglaterra, sino del de Catanassa.

[56] *lo faz que lo non conoscían:* me parece el caso más grave que revela la impericia del copista en este texto. Creo que debería restaurarse así: "lo fizieron ca la non conoscían".

[57] *meesmo:* dudo de esta lectura, pero la mantengo así por estar justificada etimológicamente; lat. **metipssimum,* cfr. ital. *medesimo.*

# 9. *Cuento muy fermoso del emperador Otas de Roma e de la infanta Florencia, su fija, e del buen cavallero Esmeré*[1]

Redacción 1300-1325 ?

1350 h C

El texto está contenido en un cód. conservado en la Biblioteca de El Escorial (h-I-13), del que ocupa casi 52 folios (48rb-99va). Su última línea, a pesar de que en su redacción resulte ambigua, no deja de ser interesante para dilucidar la adscripción de este relato o *romance* a un género literario de ficción, aun sin perder de vista ciertas pretensiones didácticas relacionadas con el premio de la virtud y el castigo del vicio: «Aquí fenece nuestro cuento. Dios nos dé buen consejo a todos. Amén.»

La parte argumental relacionada con la mujer virtuosa calumniada traduce el cantar de gesta francés *Chanson de Florence de Rome*, basándose no en el texto épico original, sino en una prosificación perdida.

[1] A este caballero también se le denomina Esmerado en estas mismas páginas. Sigo el texto de la ed. crítica de Herbert L.Baird jr., Madrid, Real Academia Española, 1976, con las necesarias adaptaciones a los criterios aquí establecidos.

EDICIONES

1864 J.Amador de los Ríos, Madrid, Impr. de José Fernández Cancela.
1969 Ed. facsímil de la de José Amador de los Ríos en su *Historia crítica de la literatura española*, Madrid, Gredos, t.V, págs. 391-468.
1976 Ed. crítica de Herbert L.Baird jr., Madrid, Real Academia Española, anejo 33 del *BRAE*, 224 págs. Texto en págs. 13-126.

BIBLIOGRAFÍA

WALKER, Roger M., "From French Verse to Spanish Prose: *La Chanson de Florence de Rome* and *El cuento del enperador Otas de Roma*", *Medium Ævum*, 49 (1980), 230-243.

SELECCIÓN

En pocas palabras, el argumento de la obrita podría resumirse así. El emperador de Constantinopla —Garsir— pretende a Florencia, hija del emperador de Roma —Otas—, y reta a éste por negarse a concedérsela como esposa. Se estima que el juicio de Dios se revelará en el resultado del enfrentamiento armado. Entre incontables hombres de armas de uno y otro bando, sirven a Otas los caballeros húngaros Esmeré y Miles. Otas morirá en el fragor de la batalla, pero Esmeré vencerá a Garsir y regresará victorioso a Roma. Su hermano Miles no sólo le traiciona sino que asedia sin cesar a Florencia que es vilmente calumniada por Macaire. Tras variadas aventuras y desventuras, alejamientos y reencuentros, se concluye con la unión de Esmeré y Florencia, en un final feliz algo empañado por el ejemplar castigo otorgado a los malvados.

De los 57 capítulos, de corta extensión, en que está distribuida la obra, se han elegido para esta muestra 10 íntegros —los que van del 8 al 16 y el 23—, así como las líneas iniciales del 17. A través de su lectura asistimos a la convocatoria que Otas hace a sus caballeros y vasallos para rechazar la inminente incursión de Garsir, a quien sus embajadores describen la grandeza, la magnificencia y la fortaleza militar de Roma, así como la singular belleza de Florencia. Garsir, por su parte, apresta a cien mil caballeros griegos y un total de cuatrocientos mil hombres armados para luchar contra los romanos; en su periplo hacia Roma, un maravilloso rubí, situado en el mástil de la nave imperial, ilumina el mar, la costa y a toda su envalentonada hueste. Asienta el griego su real en las proximidades de Roma, y allí acuden desde tierras eslavas dos caballeros húngaros, dispuestos a poner sus armas como mercenarios al servicio de Otas. Son Esmeré y Miles —llamados también Esmerado y Millon—, infantes reales, como hijos que son de Filipo, rey de Hungría, aunque desterrados por su cruel madre cuando ella enviudó; habían recibido la típica educación caballeresca: aprendieron «tablas e axedrez e a bofordar» y su ayo «fízoles usar las armas e justar uno por otro»; pero se les opone entre sí, presentando al primero —su blasón ornado con un palomo blanco en campo dorado, sugeridor de cortesía y humildad— como modelo de buen caballero y a su hermano mayor —león en su blasón, signo de belicosidad— como mal caballero por sus malas acciones. Otas y Florencia admiran su valor y la infanta se enamora de Esmeré por su fortaleza y prestancia.

Una vez más se funden en estas páginas la guerra y el amor, con unas deliciosas escenas en las que se describe a Esmeré como un atractivo joven y a Florencia, dotada de una difícilmente igualable belleza y enardecida con la visión de aquél en plena actividad belicosa: «Assí seía catando la donzella el donzel...» En el ardor de la batalla, Esmeré dirige su mirada hacia Florencia —testigo de excepción de la contienda desde una ventana de palacio—, a quien ve como «estrella matinal» y ella a él no sólo como «el mejor cavallero que nunca troxo armas nin sobió en cavallo» sino como su futuro e imperial esposo a quien, «por su cavallería» había otorgado su amor.

## *Cuento muy fermoso del emperador Otas de Roma*

[51v...] VIII. Después desto, el emperador Otas mandó llamar sus cavalleros e díxoles:

— Amigos, bien oístes la soverbia que me embió dezir el emperador de Costantinopla por sus mandaderos, que si le non diese mi fija a su voluntad, que me tollería mi tierra e todo cuanto en el mundo avía, e [52r] que destruiría Roma, esta noble cibdat. Mas fío en Dios e en vos e en el derecho que tengo, que non poderá; de más que los griegos non son tan osados d'armas como vos, nin saben tanto de guerra. Loado Dios, grande tierra avemos e buena. E él es omne que se tiene mucho en su palabra, e dize que será conusco a este estío prim[er]o que viene, e bien sé que lo non dexará por ninguna guisa del mundo que i non venga, pues que lo ha jurado. Mas yo embiaré por toda mi gente, e faréla yuntar, e juntar-me-he con él en medio del campo. E a quien Dios quesier dar la onra[2], liévela.

Mucho fue sañudo el emperador de Roma del desafiamiento del emperador de Costantinopla, Garsir. E Agravain e un su hermano Sansón le respondieron así:

— Señor emperador, ¿por qué avedes vós saña? Ca vós bien sabedes que los griegos son la peor gente del mundo. Nuestro Señor vos los traya acá por su mercet. ¿Cuidades vós que ha en el mundo poder contra el vuestro? Ya acá tantos non vernán que non mueran. Embiad vuestros mensageros con vuestras cartas[3] por toda la tierra que vengan, e non averá i tal que ose fincar cuando vuestras cartas vieren.

— Agrevain *[sic]* —dixo el emperador—, vós sodes buen vasallo e leal, e a vós dexo yo esto que lo fagades.

---

2 *a quien Dios quesier dar la onra:* se está haciendo referencia a una de las típicas instituciones caballerescas, el «juicio de Dios».

3 *con vuestras cartas:* el copista repite de nuevo este sintagma.

Desque el emperador mandó fazer las cartas, fizo dar pregón por toda su tierra, de los montes de Mongeu fasta Brandiz, que non i fincase omne d'armas, por los ojos de la cabeça[4], que a Roma non veniese.

IX. Los mandaderos del emperador andudieron tanto por sus jornadas que llegaron a Costantinopla. E cuando le contaron el recabdo que fallaron en el emperador de Roma, ovo ende grant pesar. E mucho les preguntó que le dixiesen qué cosa era Roma, e el estado della, e lo que les semejava del poder de Otas. E Acaria le dixo:

— Señor, bien oístes dezir muchas vegadas que so la copa del cielo[5] non avía tan buena cibdat como Roma, e así es verdat. Ésta es la villa de la mayor nobleza que ha en el mundo. De cuán maña es non vos lo podería omne devisar, mas bien me semejó que ha en ella un grant día de andadura de buen palafrén. En la villa ay sesenta [52v] duques muy poderosos que son a mandamiento del emperador. E ay bien cuatro mil cavalleros que an de ir bofordar cada día ante el palacio del emperador. De costumbre i ha siete mil turcos contados, e otra gente que non ha cuento. Mas del palacio del emperador Otas vos podería omne contar maravillas, assí que todos los pilares son de oro e de cristal. E Dios non fizo en el mundo cosa que omne allí non pueda ver, así de bestias como de aves, como de todas las estorias que nunca fueron[6], así que cuido que en un año non lo podería omne bien saber. E corre por el palacio una muy grant agua, muy clara e buena. E quien aquel palacio cató, bien se puede nembrar que nunca otro tal vio. El emperador es muy granado a maravilla; mucho se trabaja de onrar sus omnes e de les fazer con que les plega, así que los puede aver para su servicio cada que quisier. Los juizios que se en Roma dan, éstos non puede ninguno falsar por aver que por

[4] *por los ojos de la cabeça:* fórmula reforzadora del mandato; con amenaza de hacer arrancar los ojos a quien no obedeciese.

[5] *copa del cielo:* bóveda celeste, vista como una copa invertida; la perífrasis equivale a "en toda la tierra".

[6] *las estorias que nunca fueron:* sospecho que el narrador se refiere a pinturas o tapices que plasmaban escenas con increíbles ficciones, invenciones imaginarias y fantasías sorprendentes.

ende diese, nin losengero nin mal omne con Otas non podería guarir, así que de todas buenas cosas ha ende él grant parte. Por la cibdat de Roma va un río a que llaman Tibre, por do entran naves con muchas mercandías, e navíos, que es grant pro para la villa, e en que ha pescados de muchas naturas, por que es tan abondada que en el mundo non le sabe omne par.

— Mas quequier que vos omne ende cuente[7], todo non es nada contra la maravilla de la infante Florencia; ca a la su beldat nin al su parescer nunca omne vio par. ¿Quién vos podería dezir de su apostura nin del buen donaire suyo, nin cuán complida es de buena palabra e de mesura e de todo bien que Dios puso en muger? E bien creo que en el mundo obra tal non podería fallar. E cuando yo vi que su padre non vos la quería dar, desafiélo de vuestra parte.

— Certas —dixo Garsir—, ante que pasen cuatro meses yo iré sobre él por mar o por tierra con cuanto poder he, de guisa que cuando él vier mis gentes, par estos mis grañones[8] blancos, que le pesará comigo. E par aquella cruz en que Dios [53r] prendió muerte, que dél nin de sus omes *[sic]* ninguna mercet non averé.

X. Grande fue la buelta por el palacio cuando el emperador esto juró. E él, como era omne fuerte e de fiera catadura, e avía la barva blanca que decía fasta la cinta, e estava vestido de una púrpura con muchas esmeraldas, así que los paños eran muy ricos a maravilla, e como era tan grande e tan valiente, llamó sus omnes e juró par Dios del cielo e por su fijo Jesucristo que él fa[r]ía tan grant pesar al emperador de Roma que iría sobre él, e que le tollería la tierra e todo cuanto avía, que cosa ninguna non cataría fasta qu'él su fija non oviese, ca por ál non daría nada.

---

[7] *omne ende cuente:* parece como si en este punto otro de los embajadores tomase el relevo en el relato, tras las palabras oídas a Acaria.

[8] *grañones:* lo normal es que se refiera a los pelos de la cabeza *(cfr.* greñas), pero en este caso debe aludir a los de la barba, que Garsir tenía blanca y extremadamente larga.

XI. Después qu'el emperador tal jura fezo, las cartas e los mandaderos fueron por toda su tierra e por muchas otras tierras, que todos veniesen cuantos armas pudiesen tomar, ca el emperador avía jurada aquella guerra, e que luego movería su hueste. E por esto tanta gente fue ayuntada que del tiempo de Alexandre que fue de tan grant poder, que conquiso Babiloña la grande e toda aquella tierra d'oriente fasta la mar salada, nunca tan grant hueste fue ayuntada. Allí fueron cient mil cavalleros griegos, mas de las naves e de los navíos que i fueron ayuntados non vos podería omne dezir el cuento. E que[9] los navíos fueron basteados de cuanto avían menster *[sic]* de viandas e de cavallos e de armas, el emperador se metió dentro con toda su hueste sin tradança. Desí mandaron alçar las velas por una grant mañana[10]. El día fazía muy claro e el viento muy rezio, que dava en las velas por una grant tormenta.

XII. Grande fue la hueste de los griegos maravillosamente, así que bien pensaron que avía i cuatrocientas vezes mil [53v] omes *[sic]* de armas. Así que corrieron la mar, mas en la nave del emperador iva encima del mástel una carbuncla que luzía tan mucho que toda la hueste alumbrava por la muy escura noche, así que todas las naves se veían tan bien como si fuese día; otrosí se podía guardar de las rocas e del peligro de la tierra. Mucho ivan fieros e orgullosos e a grant baldón e amenazando mucho al rey Otas e a su gente, e que destruirían la ciudat de Roma. E juravan que si lo pudiesen coger a la mano, que le cortarían la cabeça, e que por onra de su señor, el emperador Garsir, que la levarían a Costantinopla, e que enchirían[11] toda la tierra e traerían ende la muy fermosa Florencia, su fija, así como ellos dezían. Esto era el mes de mayo, cuando el envierno era salido, e faz el tiempo muy sabroso. E dexaron al diestro la ciudat de Salerna[12], que era una de las más abondadas e de las más deleitosas del mundo de aguas e de molinos e de montes e de riberas e de todo otro vicio. Así se iva el emperador Garsir con tan grant hueste como oídes. E yendo

---

9 *que:* aquí tiene función temporal, equivalente a "en cuanto".

10 *grant mañana:* muy de mañana, al amanecer, muy temprano, antes de despuntar el día.

11 *enchirían:* henchirían u ocuparían con violencia.

12 *Salerna:* Salerno, al sur de Nápoles y de Pompeya.

así por la mar, veno a ellos una tormenta de travieso tan fuerte que los mastes fueron quebrados e las velas despedaçadas. De los cavallos que en las naves ivan e de las otras bestias morieron muchos, e otros fueron malferidos. Mucho fue Garsir desmayado cuando aquesto vio. E desque así andaron grant pieça en tal tormenta, dixo:

— Ay, Dios, ¿dó somos, o en cuál tierra? Señor Jesucristo, que de la santa cruz feziestes vuestro escudo cuando quebrastes los infiernos por fuerça de la vuestra virtud, guiadme, Señor, a puerto de salut.

— Señor —dize Sinagóns—, vós non fuestes bien aconsejado, nin a plazer de Dios non sacastes vuestra grant hueste, nin a su servicio. Mas, ¿qué vos quitó a vós el emperador de Roma? Tal cuida conquerir a otro que queda conquiso e que pierde i el cuerpo.

— Sinagóns —dixo el emperador—, bien vos entendí. Vós bien sabedes cómo el rey Otas me desdeñó tan mal. Mas dexadme, ca, si yo puedo venir a puerto salvamente, mucho me aveno bien. Certas, él non me terná por viejo nin por recaído[13], que ante non aya cient castillos derribados e veinte mil romanos non sean despedaçados, o yo terné Florencia cabo mí.

Así fueron en aquel peligro fasta que la tormenta quedó. Entonce fueron muy ledos cuando vieron la mar amansada, e erguieron sus velas e xinglaron todas[14] en uno, mucho a sabor desí, e fuéronse contra [54r] tierra de Roma derechamente, e fueron por cabo de una villa que avía nombre Gaita[15]. E fueron portar[16] a una villa a que dezían Olifante, que non era de

---

13 *recaído:* débil, flaco, vencido, rendido o derrotado.

14 *todas:* su antecedente parece ser "velas", pero sólo podría serlo como sinécdoque, por referencia a las "naves" mencionadas antes tres veces y otra más después.

15 *Gaita:* sin duda se refiere a Gaeta, casi a medio camino entre Nápoles y Roma, que más tarde esmaltaría la carrera militar del Gran Capitán, Fernández de Córdoba.

16 *portar:* atracar en puerto; hoy es también un término marinero que indica que las velas reciben bien el viento. No logro identificar el topónimo Olifante, pero sin duda esa población portuaria debería de estar situada un poco al Sur de Roma y de su puerto de Ostia, si no es ésta misma, como sospecho.

Roma más de seis leguas. Allí salieron los griegos de sus naves, e pusieron los cavallos e las armas e la vianda fuera. E tan grant gente eran que los montes e los valles cobrían. Allí tendieron la grant tienda del rey Garsir en la ribera de una grant agua que por i corría en un buen prado. La tienda[17] era de ricos paños de oro. E en la cueta[18] avía una carbuncla que de noche dava muy grant lumbre. Las cuerdas eran de buena seda. En ella[19] avía tantas figuras que nunca Dios fizo bestia nin ave nin pescado que allí non oviese, nin cibdat nin castillo nin manera de gente que i non fuese fegurado, todo a oro e a plata. La tienda estava armada en un cabeço alto por que avía muy buena vista a todas partes. Allí oiríades cavallos reninchar, e tañer cuernos e vozinas, e armas reluzir al sol, e tal buelta que semejava que todo el mundo era i ayuntado, de guisa que non oiría i omne turbón.

XIII. Cuando las nuevas llegaron a Roma de aquella grant hueste de los griegos que portaran en su tierra, dixo el emperador:

— Ay, Dios, que de la virgen santa María naciste en Belén[20], bendito seas tú, ca agora averán romanos lo que tanto deseavan. Yo he muy grant tesoro, e dar-lo-he muy granadamente, ca por astroso tengo el que no despiende el su bien cuando le es mucho menester, así que los vasallos e los servientes sean ende muy pagados.

---

[17] Otras tiendas famosas en la literatura medieval se hallan descritas en el *Libro de Alexandre* (cc. 2375-2431 del cód. *O* y cc.2503-2559 del cód. *P)*, así como en el *Libro de buen amor*, cuando don Amor asienta la suya en la Pascua ante la ciudad: «La obra de la tienda vos querría contar...» También la suya «en la cima del maste una piedra estava;/ creo que era robí, al fuego semejava...». «Otras cosas estrañas, muy graves de creer, / vi muchas en la tienda...» (cc. 1266-1301).

[18] *cueta:* punto culminante del armazón de la tienda de campaña; *cfr.* cota y cueto, y en el *Libro de buen amor* (c. 1268a), refiriéndose a lo mismo, "cima"; creo innecesario, pues, restaurar ninguna *s*, como hace Baird aquí: cue[s]ta.

[19] *ella:* su antecedente es "tienda".

[20] *Belén:* en el cód., *Bethllem.*

Mas ora vos dexaré el cuento a fablar desto, e tornará[21] a fablar del rey d'Ongría. Un rey ovo en Ongría que fue de grant poder, mas a morir le conveno, que ál non pudo pasar, onde dos fijos que avía lo fazían bien guardar, que eran muy fermosos donzeles. Mas la reina, que oyera ya dende fablar, non los amava por ende, e esposóse con un rey que moría por[22] matar los moços. Mas ellos avían un buen ayo que fuyó con ellos de noche, e fuese a estrañas [54v] tierras, e enseñóles buenas mañas, e fízoles aprender tablas e axedrez e a bofordar, e fízoles usar las armas e (a) justar uno por otro[23], así que en aquella tierra non avía dos tan preciados. El menor ovo nombre Esmerado, que mucho era grande e fermoso e bien enseñado, e cuanto más crecía tanto se trabajava más de valer algo. Al mayor dezían Miles, mas éste fue malo e falso e de mal pensar. E cuando deviera parar mientes a bien, detóvolo la follonía. Mucho fue escarnidor e baratador e sabidor de mal, ca otrosí avía muy malas fechuras[24].

Cuando el rey Filipo fue muerto, señor de Ungría, la reina se desposó con un rey de Suria, a mal grado de sus vasallos, mas los fijos saliéronse de la tierra e fuéronse al rey d'Esclavonia, que los guisó muy ricamente e los fezo cavalleros a una fiesta de Ramos[25] que aquel rey tovo su alta corte, así que los infantes bofordaron i aquel día en un prado. E uno dellos traía el escudo pintado de maravillosa pintura, el campo de oro e un palombo blanco. E éste era Esmeré, e esto dava a entender que sería cortés e omildoso contra sus amigos. E Miles traía león, que dava a entender que sería buen cavallero d'armas.

A atanto, que veno un palmero, natural de Ongría que venía de San Pedro de Roma[26]. E cuando vio los infantes, comenzólos a llamar a altas bozes, e díxoles:

---

21 *dexaré...tornará:* si aquí no hay error de copia, el narrador se sustituye a sí mismo como sujeto del relato o "cuento" y parece dejar que éste tome su propia voz.

22 *moría por:* deseaba ardientemente.

23 *uno por otro:* al uno contra el otro.

24 *...malas fechuras:* así se anticipan las futuras acciones anticaballerescas de Miles, paradigma del mal caballero.

25 *fiesta de Ramos*: el domingo de Ramos, anterior al de Pascua de Resurrección; en ambos solían celebrarse las ceremonias de investidura caballeresca.

26 *San Pedro de Roma:* la basílica apostólica que es centro de la cristiandad.

— ¿E qué fazedes aquí, geste esbafarida?

E cuando lo así oyeron fablar, paráronse a derredor dél por oír las nuevas que contava.

— Señores —dixo el palmero—, así me vala Dios como yo vengo de Roma, e non dexaré que vos non diga. Una fija ha el emperador Otas, que nunca tan bella cosa vi en toda mi vida. Agora demándagela Garsir, el de la barva blanca, e quier levar dél la tierra de Lombardía, onde sabed qu'el emperador ha menester grant ayuda. E bien sé que, si vos allá fuésedes, que vos daría grant aver a maravilla, e cuanto quesiésedes.

Cuando esto entendió Esmeré, llamó su hermano, e rogóle que fuesen allá con tanta compaña como tenían.

— Certas —dixo Miles—, yo non dexaría de [55r] ir por me dar todo el oro de Taberia[27].

Después[28] desto, tornáronse los infantes a la ciudat e fueron al rey e dixiéronle que se querían ir. Mucho pesó ende al rey, pero otorgóles ayuda e dioles grant aver. Desí espediéronse, e levaron ende veinte cavalleros e treinta escuderos guisados. E andaron tanto por sus jornadas que llegaron a la mar. E fallaron una nave prestada e entraron en ella, e ovieron tan buen tiempo que fueron toste de la otra parte. E desque salieron de la nave cogiéronse a un camino e andaron tanto que llegaron a la ciudat de Roma. E desviáronse de la hueste e pasaron por un prado, e entraron en la villa e fueron posar a casa de un burgés rico e avondado. E después que comieron, començáronse a alegrar. E Esmeré llamó el burgés e díxole:

— Buen huésped, dezitme, por vuestra cortesía, del rey Otas. ¿Cómo se mantiene? ¿Quier dar soldadas a cavalleros, o ha en sí esfuerço para se defender? Ca nós por esto venimos a él. Yo non vos lo quiero encobrir. Certas, si nós con él fincamos, ante de un mes le daré yo algunos griegos presos o muertos.

---

27 *Taberia:* ignoro a qué se alude aquí, ni siquiera si es a persona, lugar o país.

28 *Después:* el copista repite aquí otra vez este adverbio.

— Par mi fe —dixo el huésped—, vós avedes bien dicho. Ante vos digo que plazerá mucho convusco al emperador. Ca él ha una fija, la más fermosa criatura de toda la cristiandad, a que dizen Florencia, e quierla aver dél por fuerça Garsir. E veno aquí con tamaña hueste que bien troxo cuatrocientas vezes mil omes d'armas. Pues vos id a él e dezitle vuestra fazienda, e bien sé que él vos dará aver cuanto vos sea menester. Siquier veredes la beldat de la donzella que vos digo.

— No lo he yo por su aver —dixo él—, que asaz avemos, mercet a Dios, que para estos siete años tenemos abondamiento por que mantengamos nuestra compaña.

— Con aver —dixo el huésped—, vos poderé yo bien acorrer si comigo posardes a vuestra voluntad. De batalla vos aveno bien, que oy andó el pregón por toda la ciudat que de mañana sean todos los cavalleros armados e las gentes, ca el emperador ha jurado que les dé batalla.

Así folgaron ya aquella noche, [55v] e de mañana, tanto que amaneció, fueron armados los de Costantinopla, e llegaron a las puertas de la ciudat bien diez mil de los muchos ardidos. Aquestas nuevas sopieron Miles e Esmeré, e el mayor dixo:

Hermano, mucho nos aveno bien. Armémosnos todos e salgamos fuera e fagamos de tal guisa que todos ende fablen.

E armáronse luego ellos e los veinte cavalleros, e salieron de la villa por un postigo. E todos levavan armas frescas en que dava el sol e fazíalas relozir que semejava que echavan llamas.
El emperador seía entonce a unas feniestras del su grant palacio, e su fija cabo él. E cató contra riba del río Tibre, e vio venir los infantes por medio del campo. Cuando los vieron los griegos, movieron luego contra ellos bien cuarenta, mucho orgullosos, que justaron con ellos. Mas los griegos, que non eran tan usados en armas, non ovo i tal que en siella[29] fincase. Cuando esto vio el emperador, tomóse mucho a reír, e después dixo:

---

[29] *siella:* se refiere a la silla de sus caballos, de los que todos fueron derribados.

— Ay, señor Dios, ¿e quién conosce aquellos cavalleros? ¡Dios, cómo agora fueron buenos, e qué bien guisados andan!

Entonce embió allá un donzel, e díxole:

— Sabe quién es aquel cavallero que trae aquel escudo del campo dorado e el palombo blanco, ca me semeja que nunca tan bien armado omne vi.

XIV. Assí como oídes justaron Miles e Esmeré con los griegos, e derribaron cuarenta; pero non eran ellos más de veinte, de lo cual fueron los griegos muy desmayados. Entonce movieron de la hueste más de trezientos que se dexaron correr cuanto los cavallos los pudieron levar. E desque quebraron las lanças metieron mano a las espadas e començáronse a dar muy grandes golpes por do se alcançavan. Mas Miles e Esmeré juntaron a sí su compaña, e regiéronse bien, ca si en otra guisa lo feziesen non los pudieran durar. Mas Esmeré puso las espuelas al cavallo e apretó su espada muy tajador en la mano, e fue ferir a uno dellos por cima del yelmo que lo fendió todo fasta la cinta, a | sí [56r] que tajó el arzón de la siella, e el cavallo fue a tierra. Cuando esto vieron los griegos, ovieron tal pavor dél que lo non atenderían por ningunt aver del mundo.

El emperador de Roma, ó seía a las feniestras de su palacio, lo vio bien, e su fija Florencia, que seía con él, díxole:

— Por Dios, señor, mandatlos acorrer, e siquier sabremos quién es aquel cavallero que tan grant golpe dio a aquel grifón.

— Fija —dixo el rey—, yo vi bien que fue aquel cavallero que trae en el escudo un palombo blanco.

XV. Entonce llamó el rey Âgravais *[sic]* e a Sansón, que eran hermanos e los más dos privados de su casa.

— Amigos —dixo el emperador—, ora me entendet. Tomad toste cuatrocientos cavalleros e acorred aína âquéllos, que los non perdamos, ca dondequier que sean sé que son de nuestra parte.

Ellos dixieron que de grado lo farían. E salieron luego con ellos tales sietecientos cavalleros que non avía mejores en la ciudat, e fuéronse a poder de cavallos. Âquella ora arrencaron los griegos. Cuando esto vio Esmeré puso las espuelas al cavallo e salió ante todos.

Allí fue tal ferir e tal golpear e acapellar, e el martillar de las espadas e el quebrar de las lanças, que las centellas ivan al cielo. De aquella[30] fueron derribados más de mil griegos que jamás por clérigo nunca tomaron confesión[31]. E los otros començaron a fuir sin tornar, que non quedaron fasta las tiendas, así qu'el emperador Garsir los vio bien e meció la cabeça e fue muy sañudo, e juró para el cuerpo de san Lázaro que él metería la cibdat de Roma a fuego e a llama, que ante non se partiría dende.

Después que los griegos así dexaron el campo e los otros i fincaron muertos, cogiéronse los infantes a la ciudat, e sus escuderos salieron contra ellos; e cada uno levó de ganancia un buen cavallo. Desí los otros fuéronse a sus posadas desarmar, mas el huésped veno ante los infantes por les dezir palabras de solaz e de alegría. End'ellos le dixieron:

— Amigo, nós salimos fuera por ganar, ca mucho nos es menester como omnes deseredados, mas por el buen acogimiento que nos anoche feziestes, tomad los mejores dos [56v] cavallos destos que i ganamos. E aún más averedes, si Dios quesier.

E el huésped gelo gradeció mucho, e ellos dixieron a su huésped que querían ir ver al emperador por fablar con él. Entonce cavalgaron los infantes con sus veinte cavalleros, e fezieron levar cavallos e sus armas, así como era de costumbre de soldaderos. E así se fueron al palacio. Mas agora dexaremos de fablar dellos, por fablar de la hueste.

---

30 *de aquella:* expresión con valor temporal, equivalente a "entonces", todavía usada en la actualidad por algunos castellanohablantes en Galicia, y en gallego, "daquela".

31 *nunca tomaron confesión:* forma burlesca de indicar que no sobrevivieron a la batalla o que «i fincaron muertos», como se dice líneas más abajo.

XVI. Mucho fueron grandes las huestes qu'el emperador fizo juntar a Roma, e los cavallos e las armas. ¡Quién viese tanto buen cavallo e tanta buena loriga, tanta lança, tanta espada, tantas señas desplegar al viento![32] Así que la buelta e el roído era i tan grande que toda la tierra semejava que tronava, así que se maravillaría quien lo viese.

Mas en el palacio del emperador avían tan buena costumbre que cuando él fablava non avía ninguno que osase nada fablar, porque le cortasen[33] los miembros.

— Amigos —dixo el emperador—, bien sabedes como Garsir veno a mi tierra, e cuídanos destruir todos e toller a mí la tierra. Mas vós pensad de la defender, ca yo vos daré aver cuanto menester ayades. Mucho sodes buenos cavalleros de armas e que vós combatiestes siempre muy bien. Ora, pues los griegos son entrados en mi tierra por nos fazer mal, bien he fiuza en Dios que se non poderán dende partir tan ligeramente como cuidan, que ante i dapño non prendan. Pensad de ser buenos e non temades cosa. Yo faré tirar la mi grant seña e cuarenta mil cavalleros armados muy bien por nos combatir con ellos. E non sea i tal que fuya, ca si alguno fuyer cierto sea que perderá la cabeça.

Mucho fue grande por Roma la buelta e el roído e el son de los cuernos e de los cascaveles. Desí fezieron tañer un grant cuerno como era de costumbre en el grant palacio. Esto fue a una fiesta de Pascua que los condes e los ricosomnes e los de grant guisa comieron con el emperador. Allí veríades[34] tanto príncipe e tanto infançón, tantos señores de castiellos e de fortalezas. E el emperador se asentó a su muy alta mesa, [57r] e los otros quiso que se asentasen cada uno do avía de

---

32 Descripción ponderativa heredada de los cantares épicos juglarescos; vid., por ejemplo, *Cantar de mio Cid:* «Veriedes tantas lanças premer e alçar, / tanta adágara foradar e passar, / tanta loriga falsar e desmanchar, / tantos pendones blancos salir vermeios en sangre, / tantos buenos cavallos sin sos dueños andar.» (vv.726-730).

33 *le cortasen:* esta forma de subjuntivo tiene valor de potencial, "le cortarían"

34 *Allí veríades...:* otra técnica heredada de la juglaría, también presente en el romancero, aplicada a la descripción de muchedumbres vistosas.

Lámina 6. Grabado correspondiente a la *Historia de la linda Melosina*, procedente de la ed. impresa en Toulouse en 1489 (fol. 56v), según el ejemplar de la Biblioteca Británica de Londres (IB.42463)

ser. El palacio fue cobierto de rosas e de flores e de muchas buenas yervas que davan buen olor.

En todo esto ahé vos aquí[35] do vienen los infantes d'Ongría con sus veinte cavalleros, que entraron por el palacio muy ricamente vestidos e adovados. Los cavallos e las armas fincaron afuera. Ellos eran vestidos de un rico paño de císimo[36]; nunca omne vio mejor. Ambos eran de una edat[37] e de una longura, de guisa que de mejor fechos dos cavalleros non vos podería omne fablar. Así se pararon ant'el emperador. Entonce Miles, que era mayor de días, fabló prim[er]amente, e dixo:

— Señor —dixo Miles—, a mí dizen Miles, e a mi hermano, Esmeré. Fijos somos del rey Filipo, que fue señor de Ongría, mas aveno así que él morió grant tiempo ha. E nuestra madre, que nos amava poco o nada, embió luego por Justamont de Suria e casóse con él. E nós, que éramos moços pequeños, echónos [de la][38] tierra e quesiéranos matar, mas nuestro ayo fuyó connusco de noch; por esto guarimos. Desí este otro día fézonos cavalleros el rey d'Esclavonia por su mercet. E estonce oímos fablar de vuestra guerra, e por ende venimos para vós, e queremos fincar convusco.

En cuanto él esto dezía, todos los omnes que i seían se callaron e los catavan a maravilla. E desque encemó su razón, el emperador le respuso que mucho le plazía con ellos. Entonce veno el mayordomo e fézoles dar agua a las manos. E el emperador fizo ser[39] a Miles, que era mayor, cabo sí, e a Esmeré sentaron cabo Florencia, que lo rescebió muy bien. E en cuanto seían comiendo paró mientes Florencia en Esmeré, e violo tan bello e tan bien fecho, así como se lo Dios feziera, e que comía tan esforçadamente, que dixo en su voluntad que valiente devía ser omne que así comía[40]. E así lo fue después, ca de mejor cavallero d'armas non vos sabría omne contar.

---

35 *ahé vos aquí:* en realidad es un uso redundante o pleonástico, puesto que *ahé* ya significa "he aquí".

36 *císimo:* marmota de Siberia, según Baird.

37 *edat:* en el cód., con *h-* inicial expletiva y antietimológica.

38 *[de la]:* restauración ya propuesta por José Amador de los Ríos para un claro existente en el ms.; en principio sería suficiente restaurar tan solo la preposición *de.*

39 *ser:* sentar; del lat. *sedere.*

40 No es éste el único rasgo de comicidad en el relato.

XVII. Assí seía catando la donzella el donzel. E era grande e nembrudo, e muy bien tajado[41], e catava muy fermoso. E era blanco [57v] como flor de lis e tan bien colorado que era maravilla. Los ojos avía verdes, las sobrecejas bien puestas, cabellos de color de oro. Ancho era de espaldas e delgado en la cinta. E tanto se pagó Florencia dél que dixo:

— Señor Jesucristo, que fuestes puesto en cruz por nuestro salvamiento[42], si este donzel oviese en sí tanta de bondat como yo veo en él de beldat e de parescer, si comigo casase, él libraría esta tierra ante de un año, en guisa qu'el viejo Garsir perdería i la cabeça.

Mas y[a] tanto era enamorada de Esmeré que tenía que non avía mejor qu'él en el sieglo, e mucho fue bueno. E su hermano Miles mucho fue[43] buen cavallero, si en sí oviese fe e lealtad. Mas much fue falso. (...)

[...63r] XXIII. El día fazía bueno e claro, sin viento e sin polvo; e la batalla faziéndose[44] por aquellos prados, atanto que veno Garsir de la cara ardida, e cuarenta mil aguardavan su seña. E fuéronse ferir con sus enemigos en tal manera que quebraron las lanças, así que las rachas ivan ende al cielo a diestro e a siniestro, de guisa que una grant legua durava el campo que non vería omne a todas partes si non lid e torneos que nunca omne más fuertes vio. Las señas estavan en medio del campo. E tanto duró la batalla que tantos yazían ya muertos por los prados, que todo el campo ende era sangriento.

Mas los romanos fueron fechos afuera más de un trecho de arco, assí que pararon a so la torre do seía la muy fermosa Florencia, fija del emperador Otas, a sus finiestras, e con ella sus donzellas: Audegóns, e Gondree, e Aglantina, e Frandina, e la bella Salatree, e Blancaflor, e Maliéns, e Gaudina la Mansa, e la bella Marimonda que fue de Piedra Lada. Non avía i tal que non fuese de tan alto linage e tan fermosa que non deviese ser

---

[41] *tajado:* esculpido; se refiere a su belleza escultural; *cfr.* talla.

[42] *salvamiento:* corrijo el cód., en donde dice «salvamienço».

[43] *fue:* mejor hubiera sido escribir «fuera», con el valor de "hubiera sido".

[44] *la batalla faziéndose:* el ejército preparándose para el combate.

reina coronada. E vieron la batalla cuando se ayuntara, e [63v] veían entonce cómo se combatían al pie de la torre muy fieramente. E Florencia dixo:

— Señor Dios, que me feziestes nacer por la vuestra piadat, fazet oy ir Garsir de aquí malandante, e que se vaya luego para su tierra, que nunca aquí más venga.

Entonce cató contra los de su parte e vio entr'ellos a Esmeré que lo fazía mejor de cuantos i eran, e dava tan fuertes golpes de la espada que traía en la mano que era grant maravilla, así que toda ende era sangrienta. Entonce llamó Âudegóns e díxole:

— ¿Ves tú aquel cavallero del escudo dorado e del palomo blanco? Contra la parte do él torna non le dura ninguno. Seméjame que mucho duldan su espada.

— Señora —diz la donzella—, aquel es Esmeré.

— Par Dios —diz Florencia—, por su cavallería le otorgo yo mio amor.

— Señora —diz Audegóns—, bien dezides, ca tanto es bel e cortés que nunca ende seredes blasmada.

Mucho fue grande la batalla ante la grant torre principal. Garsir avía grant poder, e la batalla non era en egual. Allí non tenían lanças, que ya las quebraran en sí, mas combatíanse a las espadas. Esmeré aguijó delante, su buena espada apretada en la mano, e fue ferir un duque de tal golpe que le fezo bolar la cabeça de entre los ombros, que dio con ella en un canto de la torre. E Florencia, le dixo entonce a muy alta boz:

— Sí me ayude Dios, amigo, vós sodes buen cavallero e leal.

Entonce cató Esmeré contra suso a las ventanas e vio estar Florencia, más blanca que un cristal, e díxole:

— Señora, non me lo tengades a mal. Aqueste es nuestro menester. Yo non he ál por que guaresca, mas vós me semejades tal como una estrella matinal.

— E vos a mí —dixo Florencia—, el mejor cavallero que nunca troxo armas nin sobió en cavallo. E la vuestra grant proeza me metió tal amor en el corasçón que siempre vos querré bien. E aún, si Dios quesier, corona emperial ternedes en cabeça.

— Señora —dixo Esmeré—, ora libraré esta plaça por vuestro amor, como veredes.

## 10. *Muy fermoso cuento de una santa emperatrís que ovo en Roma e de su castidat*[1]

Redacción 1300-1325 ?

1350 h C

Hay manuscrito en la Biblioteca de El Escorial (h-I-13; fols. 99va-124rb), con el texto incluido en esa especie de *Flos sanctorum* que es el códice.

El argumento, también tratado por Gautier de Coincy en su *conte* o *dit* sobre *L'empereriz de Rome* y por Vicente de Beauvais en su *Speculum historiale*, se centra en la esposa calumniada como adúltera que, tras extrañas aventuras, es rehabilitada y termina haciéndose monja en vida de su marido.

Pudo haber existido previamente un relato hagiográfico en latín, pero la versión castellana se deriva, si bien en forma abreviada, de la obra que redactó Coincy sobre la leyenda de Crescencia, tal vez a través de una versión gallega perdida[2].

Aunque este *cuento* contiene elementos típicamente ca-

---

[1] Sigo el texto de la ed. de Anita Benaim de Lasry de 1982, ya mencionada, con los retoques de costumbre. En la tradición occidental suele atribuírsele a la protagonista el nombre de Crescencia.

[2] En efecto, en el fol. 99vb leemos: «de latín fue trasladado en francés, e de francés en gallego».

ballerescos, es preferible considerarlo como un *romance* de aventuras hagiográfico y mariológico, con proyecciones ascéticas explícitas. Los rasgos característicos de los relatos de caballerías que pueden detectarse en el texto son, ciertamente, de escaso relieve pero no por eso despreciables, como se podrá observar a la luz de los pasajes seleccionados.

La leyenda de la casta Crescencia tenía por tema la inocencia de la mujer calumniada como adúltera y la restauración de su fama tras una larga serie de aventuras, desafortunadas las más. Anita Benaim estudió sus fuentes y analizó el relato sirviéndose de los esquemas previos de Propp y de John Rutherford.

EDICIONES

1866-1867 Adolph Mussafia, "Eine altspanische Prosadarstellung der Crescentiasage", in *Sitzungsberichte der kaiserlichen Akademie der Wissenschaften Philosophische-Historische Klasse,* LIII, Viena, págs. 498-562. Su transcripción tiene incorrecciones.

1982 Anita Benaim de Lasry, en *Carlos Maynes and La enperatris de Roma,* Newark, Delaware, Juan de la Cuesta, 234 págs. Texto en págs. 175-226.

BIBLIOGRAFÍA

ROMERO TOBAR, Leonardo, "*Fermoso cuento de una enperatriz que ovo en Roma*: entre hagiografía y relato caballeresco", en *Formas breves del relato,* Universidad de Zaragoza-Casa de Velázquez, Madrid, 1986, págs. 7-18.

WALLENSKÖLD, A., "L'origine et l'évolution du *Conte de la femme chaste convoitée par son beau-frère* (*Légende de Crescentia*)", *Neuphilologische Mitteilungen,* 14 (1912), 67-78.

La obrita, que ocupa unos 24 folios en el códice, está dividida en 35 capítulos, algunos de ellos brevísimos, pues no alcanzan media cara de un folio. Se han elegido en este caso pasajes tomados de dos sectores; el primero (caps. 2,3,5 y 6) es el que trata de la relación entre la protagonista y su cuñado, así como del castigo al que la condena su esposo, el emperador, como presunta adúltera; el segundo (caps. 20,21 y 22) se centra en la segunda calumnia que sufre Crescencia, acusada de infanticidio, y de la posterior confesión de la verdad, hecha por el auténtico homicida, el tío de la víctima.

Es obligado hacer una mínima justificación de los rasgos de tipo caballeresco que es posible percibir en la muestra presentada a continuación; destacaré los de más bulto, tanto temáticos como formales.

Uno, relativo a la función de los personajes, es la intervención de «un muy alto príncipe» con sus caballeros —providenciales salvadores de la dama— cuando la protagonista es conducida a la «floresta» por unos desalmados monteros —villanos ignorantes de las buenas maneras y de toda cortesía—, con el propósito de matarla y de deshonrarla antes, forzándola. Recuérdese además que el bosque, así como los espacios montañosos, agrestes y «esquivos», resultan ámbitos propicios para que en ellos se produzcan sucesos maravillosos y sorprendentes. En este caso hay todavía algo más: el bosque se hace eco y amplifica con su resonancia —«reteñía con tan grant pesar»— los lamentos de la atribulada dama.

También está asegurada la presencia de taimados y temibles personajes, reputados como malvados traidores, entre ellos —en función de auténticos antagonistas— el libidinoso cuñado de la dama, aquejado de males de amor adulterino, y el infanticida que asesina a su propio sobrino.

A la protagonista, dotada de poderes taumatúrgicos, sobre todo de carácter terapéutico, con su nombradía de «buena física», se le atribuye un dinamismo en su movilidad que la asemeja a los caballeros andantes en sus incesantes, obligadas y —a las veces— solitarias itinerancias: «fue su vía sola», leemos en la línea que cierra nuestra selección[3]. Pero antes, el conde había mandado a sus caballeros que «andasen tanto fasta que la fallasen».

Añádase a todo esto los conceptos de «aventura» y de «maravilla» unidos a sucesos estimados como tales, tan presentes aquí y consustanciales con el género caballeresco. Así, la «torre fuerte e alta» en la que había «dos cámaras apartadas la una de la otra, con fuertes puertas de fierro e con buenas cerraduras».

Hay, por último, un rasgo que es como el negativo del recurso a la fuerza y a la violencia del que tantas veces se sirven los caballeros: la protagonista, dada su condición femenina que la pone en situación de inferioridad en fuerza física, se ve obligada a avivar su ingenio y a fraguar un ardid para deshacerse de su cuñado, que la acosa sexualmente, aprovechando el impulso pasional de éste para encerrarlo en lo que él creía que sería tálamo y se le torna en prisión.

La protagonista, tan asendereada en sus aventuras sucesivas y enlazadas, termina por curar de la lepra a su cuñado después de que éste hubiese confesado sus maldades, se da a conocer a su marido el emperador en presencia del papa, y concluye su vida encerrada entre las cuatro paredes de un convento en cumplimiento del voto de castidad que había hecho: «¡Ay Dios, qué dueña, e qué monja e qué rendida a Dios, e qué emparedada!» (fol.123vb).

---

[3] En un sentido diferente, anticipándose a la letra de un famoso libreto operístico, también leemos en estas páginas que el emperador bien sabía que «la mugier toste se muda» (cap.V, fol.105ra).

[...101va...] II. La emperatrís seía un día en su cámara e vio ante sí su cuñado tan magro e descolorado que se maravilló ende, e preguntóle qué avía que tal era tornado. E él, que la cató un poco, respondióle en sospirando:

— Señora, non es maravilla si yo só negro e amarillo, ca tan grant coita me da el vuestro amor e el vuestro fermoso parescer a que yo nunca vi par, que la non puedo sofrir nin endurar, ca más vos sé amar que Píramus a Tibes[4] nin que nunca omne amó [101vb] mugier. La vuestra grant beldat me faz perder el comer e el bever e el sueño[5] en guisa que lo non poderíades creer. Tan mucho vos sé amar que non ha cosa en el mundo que yo por vós non feziese.

— Amigo —diz la emperatrís—, calladvos. Mucho avedes mal seso cuando vós amades de tal amor vuestra cuñada. Ya, si a Dios plaz, de tal amor non averé cura, ca tal amor sería duro e amargo como vós dezides que me avedes, ca bien sabed, hermano, que aquel amor es malo que a la alma faze arder en el infierno, que durará tanto como Dios ha de durar, e Dios non sufra que entre mí e vós nunca tal amor aya.

Todo esto lo dixo ella muy mansamente. Así lo castigava la emperatrís como sabidora dueña e enseñada. E desque la emperatrís castigó el fol, díxole:

---

[4] *Píramus a Tibes:* se refiere a los legendarios amantes Píramo y Tisbe, y su comparación de superioridad es muy cierta, por cuanto la iniciativa entre aquéllos la llevaba Tisbe y aquí el pretendido seductor es el cuñado de la emperatriz. El texto francés menciona aquí también a Tristán e Iseo.

[5] *perder el comer...el sueño:* ya se anticipan aquí los males del enamorado que se reiterarán más tarde en los *romances* sentimentales; el cuñado de la protagonista se muestra aquí como ilustre precedente del Leriano de *Cárcel de amor*, cuando se «tornó tan triste e tan coitado que non sopo qué feziese nin qué dixiese, así que dormiendo velava, e velando soñava, la mentira tenía por verdat e la verdat por mentira. Non avía cosa en el mundo de que sabor oviese, nin podía ir nin venir, nin se levantava del lecho. Desí perdió el comer e el bever...» (cap.II, fol.102va).

— Hermano, vedes ora si el emperador[6] sopiese que me vós desto demandáredes, sí me ayude Dios, yo creo que vós averíades su desamor para siempre. Mas bien vos digo que nunca lo por mí saberá. Ya desto non vos temades, mas dígovos que desoymás non vos terné como fasta agora fize, sin falla. Ante, por amor de mio señor, vos guardaría yo en mi seno, ca yo lo amo tan lealmente que nunca conoscí omne en tal guisa fueras él, nin conosceré si a [102ra] Dios plaz. Mas vós id demandad vuestro plazer e vuestro solaz allá por do quisierdes, e asaz fallaredes acerca e alueñe dueñas e donzellas con que compliredes vuestras follías[7].

Así lo castigó la dueña; mas él era así preso de su amor que cuanto lo más ella castigava tanto se él más encendía en su amor, de guisa que todo era abrasado. ¿Qué vos diré? Non lo podía la dueña partir de sí, ante la atentava ende cada día, e cada tarde le pedía merced, assí como aquel que podía fablar con ella cada que quería.(...)

III. [...103ra...] E ella fizo aguisar una torre fuerte e alta, e en ella avía dos cámaras apartadas la una de la otra con fuertes puertas de fierro e con [103rb] buenas cerraduras. E en la una metió tal gente que bien entendió que farían su mandado; desí castigólos cómo feziesen. E la dueña dixo en grant poridad al donzel:

— Hermano, guardatvos de dezir a ninguno nuestra fazienda, ca yo fiz aguisar una torre do vamos[8] solazar a menudo e mandé estar i tales de mi compaña que nós ternán poridat.

Cuando él esto oyó, tóvose por guarido, ca bien semejó el mejor mandado que nunca oyera. E desque la lavor fue acabada, aquella que era sabidor e mesurada, vestióse un día lo más

---

[6] El emperador, su marido, se había ido «en romería a Jerusalén», y por eso estaba ausente de Roma, en tierras «d'ultramar».

[7] *follías:* así, en el texto, pero probablemente ya despalatalizada la palabra, se pronunciaba "folías".

[8] *vamos:* tiene aquí valor de subjuntivo, "vayamos", y aún de futuro, "iremos".

ricamente que pudo e guisó su fazienda e fuese contra la torre; e el donzel cabo ella, tal como un espejo[9], saltando e trebejando, ca bien cuidava aver bolsa trobada[10] e que su plazer sería complido. Mas, ¡ay Dios!, si él sopiese su voluntad más se guardaría della que del rayo. La dueña, desque llegó a la torre, començó a sobir por los andamios, e dixo al donzel que se fuese meter en aquella cámara que ella mandara aguisar...[11]

— En tal —dixo ella—, que nos non vea ninguno i entrar ayuntados.

E él dio luego muy grandes saltos[12], e dio consigo dentro. E ella, tanto que llegó a las puertas, tirólas a sí e dio de mano [103va] al berrojo e cerró la puerta. Así se libró la dueña dél a guisa de buena. Mas cuando él se vio así encerrado, tóvose por engañado e por muerto. A pocas que se non mató con sus manos, por que la non podía ver.(...)

V. [...105ra...] Entonce llegó la emperatrís; mas Dios la guarde, que mucho le [105rb] faz menester. Mucho avía grant sabor de llegar a su marido e de lo abrazar e besar, mas ál tenía[13] ya en el corasçón. Non sabía nada la mesquina de la mala andança que le estava aparejada. Mas aquélla, que era sabidor e que era asaz enseñada en todo bien, troxo consigo grant compaña de cavalleros e de clerezía, e venía tan bien vestida e guisada como dueña podería ser mejor. E cuando fue cerca su marido, do lo falló en el camino e lo cató, nunca ovo tamaño plazer como aquél, assí que bien le semejava que veía a Dios e a su Madre e a todos sus santos. Mas si esta gloriosa Virgen, madre de Dios, a que ella avía grant amor, non oviera

---

9 *como un espejo:* inquieto como el azogue, temblando como un azogado; se trata de una metonimia implícita.

10 *aver bolsa trobada:* expresión para indicar la buena suerte con que se ve uno agraciado, de carácter similar a la que ya hemos encontrado en *Rey Guillelme*: «Bolsa avedes fallada» [45ra].

11 Nótese cómo la transición del estilo indirecto al directo se hace sin apenas violencia, con total fluidez.

12 *saltos:* se sobreentiende, de alegría.

13 *tenía:* su sujeto es el emperador, a quien ya había informado calumniosamente el cuñado de la dama.

della mercet[14], presta estava la espada para le cortar la cabeça. Mas tan toste que ella llegó a él, de la grant alegría que ovo non pudo tener que a él non llegasen[15] e non pudo fablar nin vervo, ante le echó los braços en derredor del cuello tan sabrosamente que non ha omne de tan duro corasçón si la viese a que le ende non tomase piadat. Mas cuando la mesquina lo quiso besar, el emperador, que venía todo tollido de saña e de mal talante, ferióla tan toste en medio del rostro de tan [105va] grant ferida que dio con ella del palafrén en tierra muy desonradamente, e non la quiso catar; mas[16] llamó dos de sus siervos a grandes bozes e díxoles:

— Tomad esta alevosa e echatle una soga a la garganta e levadla rastrando âquel monte, al más esquivo logar que i vierdes. E i la desmembrat toda; e cortadle los braços con que me abraçó, por medio; desí dexat la carne a los lobos e el alma a los diablos, ca non devía mugier bevir un día solamente que rey escarnece nin emperador, e yo faré i tanto que todas las otras ende tomen fazaña.

Desí fízola tomar a dos de sus monteros, e así rastrando como vos digo, la levaron a la floresta. Desí, como estava sañudo e endiablado, juró que non avía tan bueno que solamente se quisiese trabajar de gela toller que lo non matase. Assí levavan los villanos a la mesquina de la emperatrís, rastrándola por sus fermosos cabellos e faziéndole cuanto mal podían. Mas el pesar que ende avían cuantos i estavan, así pequeños como grandes, e el duelo que por ende fazían, ¿quién vos lo podería contar? Mas los condes [105vb] e los altos omnes tanto duldavan el emperador que sol non se osaron trabajar de la acorrer, e lloravan todos por ella e fazían

---

14 Hasta relatos como éste llega la corriente mariológica y miraculística, cultivada y expandida por el llamado "mester de clerecía".

15 *non pudo tener que a él non llegasen:* la deficiente redacción hace difícil de entender el sentido de esta frase. El contexto permite suponer que el sujeto de "llegasen" es un elidido "los otros", es decir, su cuñado con la comitiva que le acompañaría. Así entendemos que Crescencia no pudo impedir que se acercasen a su marido el cuñado con sus gentes y que propalasen ante el emperador la calumnia de que ella se había prostituido hasta tal punto que no «vedava su cuerpo de ninguno» incluyendo a su propio cuñado.

16 *mas:* se repite en el cód.

grant duelo. Mas los traidores de los villanos dieron con ella en el monte, tirándola por sus cabellos que eran tales como oro, e tanto la menaron mal que, cuando i fue, sol non podía resollar nin fablar vervo. E desque la tovieron assí en la floresta, guisáronse de fazer lo que les era mandado. ¡Ay, Dios, señor, acórrela! E uno dellos sacó la espada de la baina, que era bien cárdena e mucho aguda, e oviérale de cortar la cabeça si non fuera por el otro que le dio bozes e dixo:

— ¡Está, está[17], non la mates! ¡Sandío eres! Esta es la más fermosa dueña que omne sabe por todas estas tierras e, más te digo, nin en todo el mundo. Si tú quisieres, dezir-te-he yo qué fagamos. Ante que la matemos, ayamos della nuestro plazer.

— ¡Ay, bien deziste! —dixo el otro—, tú fablaste a mi voluntad.

Entonce la tomó uno dellos e revolvióla en tierra; mas la mesquina [106ra] encogióse toda con coita e con pesar, e dixo en boz baxa:

— ¡Ay, señor Dios, seméjame que te olvidé yo![18]

Desí, con coita, dio un grito muy grande e dixo:

— ¡Ay, señor Dios, acórreme si ende as poder, e non sufras que la mi carne, que nunca sopo qué era omne en tal guisa si non el emperador que me assí desterró a tuerto, que sea aviltada por estos villanos! E, señor Dios, si te pluguier, ¡dame la muerte ante que estos villanos desonren mi cuerpo!

Mas aquéllos, que non avían en sí ninguna piadat nin bien nin mesura, la començaron a tirar por los cabellos e dar grandes coces en el pescueço e en la garganta. E tanto la ferían mal, porque non quería fazer su voluntad, que con coita de las feridas ovo de dar bozes tan alto que toda la floresta ende

---

17 *Está, está:* quieto, detente.

18 *te olvidé yo:* puede ser una deficiente traducción, como Benaim sugiere, en lugar de “me has olvidado del todo”, si tenemos en cuenta que en la versión francesa de Gautier de Coincy se lee: «que tu dou tout m'as obliée».

reteñía con tan grant pesar[19] que por poco le quebrava el corasçón; e cuanto más ella podía se defendía; mas su defensa poco le val[i]era, ca lo villanos falsos tal la aparejaron a coces e a puños e [106rb] a varas, que le fezieron salir sangre por muchos logares, en guisa que todas las uñas le arrencaron de las manos a la mesquina.(...)

VI. [...106va...] E aveno, assí como Dios quiso, que un muy alto príncipe cavalgava por aquel monte, que venía de aquella romería do fuera el emperador; ívase a su condado, e traía consigo buena compaña e cuando oyó las bozes e el carpir de la emperatrís e los gritos tan grandes que toda la floresta ende reteñía, aguijaron e començaron de correr contra allá[20]. Mas si los Dios en aquella ora non troxiera, creo que muerta fuera la mesquina, ca así la arrastravan los villanos por los cabellos e sacodían, que por poco la non mataron. Mas el conde e los cavalleros aguijavan cuanto podían contra do oían las bozes, e vieron los villanos que la tan menavan, e dexáronse correr a ellos, e matáronlos. Assí la acorrió Dios a aquella que lo tanto servía, que tan mucho amava, e que tanto llamara. Mas tal era ya aparejada que se non podía rebolver nin mecer pie nin mano. E los cavalleros, cuando la tal vieron, ovieron della grant piadat, e lloravan con duelo della, de que la veían tan niña e tan pagadora. Assí fue la dueña libre de tan grant peligro como oídes.(...)

XX. [...116ra...] Entre tanto la nombrada de la buena física fue por las tierras; así que lo sopo el conde[21], que avía grant

---

19 *toda la floresta ende reteñía con tan grant pesar:* un precioso caso de humanización de la naturaleza; se diría que estamos ante un precedente de *El bosque animado,* de Wenceslao Fernández Flórez.

20 Diríase que esta aventura preanuncia —aunque aquí con un final menos infeliz— otra inolvidable creada más tarde por Cervantes en el *Quijote,* cuando hace intervenir a su héroe en defensa del criado Andrés, maltratado por su amo Juan Haldudo: «le pareció que a su diestra mano, de la espesura de un bosque que allí estaba, salían unas voces delicadas, como de persona que se quejaba...» (I,4).

21 *el conde:* se trata del príncipe que había librado a Crescencia de morir a manos de los monteros y la había llevado a su casa, sin saber quién era, para que viviera con su mujer y su hijo haciéndose cargo de

pesar de su hermano[22], (e) embió a buscar a sus cavalleros e a sus omnes, e mandóles que andasen tanto fasta que la fallasen, e que le diesen e prometiesen tanto fasta que la feziesen venir. Aquellos que allá fueron falláronla, e tanto la rogaron que veno con ellos por su alma salvar. Mas cuando veno la emperatrís e llegó a ellos, non fue i tal [116rb] que la conosciese: nin el conde nin su mugier, tanto era cambiada de la beldat que solía aver; ca tanto era magra e negra e amariella que nin el malo omecida desleal, que era podre como can gusaniento, non la pudo conoscer. E así llegó entre ellos como estraña. Mas fue muy confortada e ovo alegría[23] en su coraçón de que vio así gafo e perdido âquel que la oviera a fazer matar e la feziera echar en esterramiento e en mala ventura contra el mundo a grant tuerto. Mas non así contra Dios; ante fue más llegada a él. Mas la beldat del cuerpo faze la alma fea[24], esto sabía la santa mugier, e bien entendía de sí que por su beldat que fuera su alma perdida, si más fuerte non fuera que otra mugier. E bien sabía que a muchas aveno que por sus beldades las más ende fueron engañadas, e cuanto más fermosas son e más loçanas tanto más toste yerran, si se mucho non esfuerçan en aver buenos corasçones e verdaderos. Por esto non pesava a la santa mugier si su beldat avía perdida, que atantas vezes guerreara con aquellos malos, que a pocas la ovieran dañada, si non fuera por buen seso e lealtat.

---

la crianza de éste como ama. Pero también allí la acosa un hermano del conde, quien, al ser rechazado en su oferta matrimonial, despechado por el desdén sufrido, la calumnia imputándole el asesinato del niño. El conde, dispuesto a darle muerte, conmuta la pena por el destierro a una isla lejana, en donde la Virgen otorga a la emperatriz el poder de curar enfermedades; así, como «buena física», reaparece ahora por las tierras del conde, a instancias de éste.

22 *pesar de su hermano:* por la lepra que sufre como castigo divino, al igual que el cuñado de la protagonista, este su otro calumniador, a quien los médicos ni siquiera «le podían fazer estañar el venino que dél salía».

23 *ovo alegría...:* de nuevo la traducción resulta deficiente; en la versión original, la emperatriz, como ya hizo notar Mussafia, no se alegra por el infortunio de su enemigo, sino porque no la reconocen a ella.

24 Todavía se perciben aquí resabios de ciertas doctrinas ascéticas cristianas que estblecían dicotomías irreconciliables entre corporeidad y espiritualidad.

[116va] XXI. El conde rogó a la santa mugier por Dios e por su alma que puñase en le guarecer su hermano, e que le juraría ante omnes buenos que todo su tesoro le pararía delante: su oro e su plata e sus donas para tomar ende ella cuanto tomar quisiese e que de todo cuanto oviese faría su voluntad.

— Señor —dixo la santa dueña—, non vine yo aquí si non por el amor de Dios. Mas por la grant coita que prendiestes en me fazer demandar por las tierras e porque vos amo mucho por la franqueza que en vós veo, manefiéstese vuestro hermano ante mí e ante cuales siete[25] vos yo diré e, si a Dios plaz, yo le daré sano.

Entonce embió el conde por su hermano e fízolo ser ante sí e ante su mugier e ante la buena dueña, e ante los otros seis; e tanto era gafo e podre que venino corría dél, así que non avía en el mundo omne nin mugier que se dél mucho non enojase. Entonce le dixo la santa dueña que se manifestase ante todos sus pecados, que cosa non encubriese. E él descobrió luego todos sus yerros, si non aquel de la muerte del niño; que Dios así vengara la dueña: que tornara todo podre, que lo comían todo gusanos. Mas cuando ella vio que aquél non quería manifes|tar, [116vb] díxole:

— Hermano, hermano, manifiéstate, manifiéstate ca, para la fe que yo devo a mi señora santa María, aún non te manifestaste del pecado que tú feziste que más te agrava e que más te nuze. E porque te Dios así firió e jamás non puedes guarir de tu mal en tanto como lo tovieres encobierto, e tú nos dexiste grant pieça de tus pecados, mas si te deste non libras, sabe que mi melezina non te prestará.

Desto ovo él tan grant pesar e tan grant vergüeña que sol non pudo cosa fablar, e començó de llorar e de gemer, sospirando mucho ca vio, que si aquello non descobriese, que nunca podía guarir. Desí avía tan grant vergüeña e tan grant miedo de su hermano, que por poco le non quebrava el corasçón.

---

[25] *ante cuales siete:* ante siete personas que...

XXII. Cuando el conde vio que su hermano non osava manifestar aquel grant pecado, assañóse contra él e díxole:

— Hermano, ¡déxate de gemer! Grant despecho he de ti porque te non libras de tu pecado. Échalo fuera de ti, si non cree que te querré grant mal por ende, e si este pecado es de algunt tuerto que contra [117ra] mí fezieste, yo te lo perdono de buena voluntad, e Dios faga, e tú ruega a Dios e a santa María que te lo perdonen.

Entonce el omiziano desleal, sospirando e llorando, començó en boz baxa cómo matara el niño por fazer matar la dueña, porque non quería fazer su voluntad[26]. Cuando el señor esto oyó, dio muy grandes baladros e dixo:

— ¡Ay, Dios, señor! ¡Qué mal fecho! ¡En mal punto tú naciste, que mataste la más bella criatura del mundo e en que era mi corasçón e mi alma! Mas mayor pesar he de la buena dueña que del fijo, para la fe que devo a Dios, que fiz echar en desterramiento por esa mar a grant tuerto.

— ¡Mesquina, mesquina! —dixo la dueña— ¡Qué malas nuevas éstas son! ¡Cativa, agora se me renovó el duelo de mi fijo! ¡Mesquina, siquier la buena dueña que nos lo criava, que tanto era fermosa que nunca Dios más bella criatura fezo, cómo lazró[27] a grant tuerto e qué grant pecado i fezimos! Mas si ella es biva, Dios, que es el guardador de sus amigos, la guarde doquier que ella sea.

Así llañían la dueña e su marido su fijo e su buena ama, e [117rb] ementándolos mucho[28]. Mas cuando la santa dueña así vio llorar el señor e la señora, tomóse a llorar con ellos muy doloridamente. E desque así lloraron mucho, díxoles la emperatrís:

---

[26] *fazer su voluntad:* acceder a los deseos de que se casara con él.

[27] *lazró:* en el cód., *lazroo.*

[28] *Así llañían...ementándolos mucho:* el traductor no supo evitar la anfibología en esta frase, que ya en el texto de Coincy se presta a confusión; creo debe entenderse de este modo: "Así lloraban la dueña y su marido *a* su hijo y *a* su buena ama, mentándolos sin cesar". A su hijo lo había degollado su propio tío; el ama era la misma emperatriz, que había vivido con ellos, ignorantes de su verdadera identidad.

— Mio señor e mi dueña, sabet verdaderamente que yo só aquella que fui vuestra ama á grant tiempo. Yo só aquella mesquina entre cuyos braços yazía vuestro fijo dormiendo cuando este malo traidor que aquí see le tajó la garganta por me fazer matar; e por este pecado solamente es maravilla cómo se non sume la tierra con él[29], si non que Dios es tan misericordioso que lo sufre. ¡Ay, cuánto mal e cuánta onta me ha fecha! Mas non quiero más dezir. Dios le perdone cuanto me fizo e lo sane de su mal.

Cuando el señor e su mugier le esto oyeron, levantáronse toste e fueron a ella, e començáronla de abraçar e de besar, e echáronse delante della en ginollos. Desí todos los de la villa i venieron, que bien fueron más de tres mil. E tan grande priesa ovo en el palacio que a pocas la non afogaron. E desque la saluaron e abraçaron e fezieron con ella grant alegría, el gafo podrido se echó a pies de la dueña e pidióle mercet llorando, que le perdonase por Dios e por su alma su mal talante, e que l' diese del santo [117va] bever[30]. E aquélla, que era piadosa e mesurada, le dio a bever, e fézole mudar todos los cueros e toda su levra[31], e cayéronle en tierra e tornó sano e limpio como una paloma.(...)

Por conde nin por condesa nin por clérigos nin por legos non quiso fincar, e espedióse dellos e fue su vía sola muy pobremente.

---

29 *cómo se non sume la tierra con él:* cómo no se hunde la tierra absorbiéndolo.

30 *santo bever:* bebida milagrosa con virtudes terapéuticas; es la «melezina» mencionada antes.

31 *levra:* lepra.

## 11. *Noble cuento del emperador Carlos Maines de Roma e de la buena emperatriz Sevilla su muger / Historia de la reina Sebilla*[1]

Redacción 1300-1325 ?

1350 h C 1498-1500 I 1532... I

El texto se encuentra en el cód. h-I-13 de la Bibl. de El Escorial, en sus fols. 124rb-152ra, que son los últimos de una colección de nueve relatos integrados en una especie de *Flos Sanctorum.*

Se perciben conexiones con la *Estoria de España* de Alfonso X y con la *Gran conquista de ultramar* (vid. las historias de Flores y Blancaflor, Berta, Pepino, Carlos Maynes y Sebilla en su libro II, cap. 43); presenta también algunos rasgos similares a los de *La emperatrís de Roma*, sobre todo en las funciones de los personajes y en sus peripecias. Es adscribible al ciclo carolingio como prosificación expansiva de cantares de gesta, en particular de la francesa *Chanson de Sebile*, perdida pero resumida en latín por el monje Albéric des Trois-Fontaines, con que la relaciona Köhler como posible modelo de la versión castellana. Sevi-

1 Sigo el texto de la ed. de Anita Benaim de Lasry de 1982, ya mencionada, con los retoques que la ajustan a los criterios para aquí establecidos. La versión titulada *Historia de la reina Sebilla* es del siglo XVI.

lla, hija del emperador griego Ricardo de Constantinopla, tiene un hijo —Luis— de Carlos Maines, cuando ha sido calumniada por haber sido infiel a su esposo y desterrada por éste de París. Los sucesos aquí relatados se relacionarían con la ancianidad del emperador de Occidente.

Benaim estudió sus fuentes francesas y analizó su organización narrativa siguiendo los métodos y pautas establecidas por Vladimir Propp y por John Rutherford. El relato desarrolla el tema central de la mujer castigada al destierro en virtud de una calumnia como adúltera que, tras una serie de aventuras desgraciadas, consigue su rehabilitación. Incluye una doble moralización, tantas veces reiterada en textos medievales: no se debe dar crédito a rumores sin verificarlos, ni descuidar la protección sobre las personas que a uno se le han encomendado.

EDICIONES

1864 José Amador de los Ríos, en *Historia crítica de la literatura española*, t.V, Madrid, Imprenta de José Fernández Cancela.

1907 vid. A.Bonilla, *Libros de caballerías, I...*, Madrid, Bailly-Baillière, NBAE, t.6, págs. 503-533. Sigue el cód. de El Escorial.

1948 Agustín C. de Amezúa, *La historia de la reina Sevilla*, Madrid, La Arcadia. [Sigue ed. de 1551].

1969 Ed. facsímil de la de José Amador de los Ríos en su *Historia crítica de la literatura española*, tomo V, págs. 344-391, Madrid, Gredos.

1977 Tiemann, Universidad de Hamburgo, 73 págs. (vid. *Grundriss der romanischen Literaturen des Mittelalters*, IX,2,4, Heidelberg, Carl Winter, 1985).

1982 Anita Benaim de Lasry, en *Carlos Maynes and La enperatris de Roma*, Newark, Delaware, Juan de la Cuesta, 234 págs. Texto en págs. 107-174.

## Bibliografía

CHICOY-DABAN, J.I., "Un cantar de gesta castillan aujourd'hui perdu sur le thème de la reine Sebile", *Actas de la Soc. Rencesvals*, 7, 251-260.

KÖHLER, Erich Reinhold, "Ritterliche Welt und villano: Bemerkungen zum *Cuento del enperador Carlos Maynes e de la enperatriz Seuilla*", *Romanistisches Jahrbuch*, 12 (1961), 229-241.

MAIER, John R., "Of Accused Queens and Wild Men: Folklore Elements in *Carlos Maynes*", *La Corónica*, 12,1 (1983), 21-31.

SPACCARELLI, Thomas D., "The Symbolic Substructure of the *Noble cuento del enperador Carlos Maynes*", *Hispanófila*, 89 (1987), 1-19.

## Selección

La obrita ocupa 29 folios en el códice, y está dividida en 49 capítulos, que tienen una extensión media, pues, de poco más de una cara de folio. Se ha elegido en este caso un pasaje bastante extenso aunque relativamente marginal en el argumento, pero no por ello carente de interés, correspondiente a sus capítulos 7 —parcialmente—, 9 a 11, 18 a 21 y 23, así como un fragmento del final del 27. En ellos se trata de una curiosa justa con funciones de juicio, la reñida entre Macaire y nada menos que un perro, el galgo convertido en paladín de su amo, el asesinado Auberí de Mondisder. En la lucha que ambos mantienen se dirime la culpabilidad del homicida —«traidor de linage de los traidores»—, sin que se advierta signo alguno de que se esté haciendo un tratamiento paródico de las protocolarias justas caballerescas, sino más bien que esa desigual batalla aporta, junto con la irritación consiguiente de Macaire puesto en situación ridícula, una intensificación en la expectativa y una mayor tensión dramática que las habituales en tales lides.

Queda así enaltecida en este motivo la proverbial fidelidad de los perros a sus amos, incluso tras la muerte de éstos, como tantas veces significaron los escultores incorporando canes a los pies de sus señores en los sepulcros medievales[2]. La humanización del galgo, en este caso, llega hasta el punto de hacerlo morir «de duelo e de pesar» sobre la tumba de Auberí.

Nótese también una práctica habitual en los relatos caballerescos: la proliferación de personajes cortesanos, incluidos los doce Pares, mencionados por su propio nombre y algunos con su título nobiliario, en torno al rey o emperador, destacándose de entre todos ellos Auberí de Mondisder, «que era muy buen cavallero de armas e muy leal e de muy buenas maneras». Pero no falta quien rompa la armonía del servicio y sometimiento feudal: el altivo Galalón de Belcaire —llamado también Galarón y Galerán—, que se insolenta con su señor, hasta el punto de amenazarle si no libera de toda sospecha de homicidio a su sobrino Macaire.

Tampoco faltan referencias a «florestas» y «caminos», tan vinculados a las itinerancias caballerescas; ni tampoco está ausente un enano traidor[3], desencadenador de todo el proceso por el que la reina se ve en peligro de acabar en la hoguera y, al fin, es tan solo repudiada y desterrada.

---

[2] La incorporación del perro en monumentos artísticos se remonta a las pinturas rupestres del mesolítico y también se halla, además de momificado, en pinturas y bajorrelieves del antiguo imperio egipcio, así como en los asirios de Asurbanipal. Homero cantó la fidelidad del perro de Ulises. Efigies caninas figuraban en algunos escudos de armas medievales.

[3] *enano traidor:* en el cap. I se le describe, entre otras lindezas, como gordo, negro, beçudo, de ojos pequeños y encovados, cabeza muy grande, narizes llanas con sus ventanas muy anchas, orejas pequeñas, cabellos erizados, brazos y manos vellosas como oso y piernas tuertas.

## *Noble cuento del emperador Carlos Maines*

[127rb...] VIII. [...127vb...] El emperador cató en derredor de sí e vio un cavallero en que se fiava mucho que llamavan Auberí de Mondisder, que era muy buen cavallero de armas e muy leal e de muy buenas maneras.

— Auberí —dixo el rey— llegatvos acá. A ir vos conviene con esta dueña[4], e guardatla fasta fuera de la grant floresta, e desque salier della, coger-se-ha por el grant camino, e ir-se-ha derechamente al Apostóligo[5] e manefestar-le-ha sus pecados, e fará dellos penitencia. Mucho fue ciega e astrosa, cuando echó el enano consigo[6].

— Señor —dixo Auberí—, yo faré vuestro mandado.

Entonce pusieron la reina sobre una mula mucho andador, ensellada e enfrenada de muy rico guarnimiento. E Auberí de Mondisder cavalgó en su cavallo e levó consigo un galgo grande e muy bien fecho que criara de pequeño e que amava mucho, [128ra] e nunca lo dél podían partir, e non sería tan grande la priesa cuando cavalgava o andava a monte que lo siempre non aguardase. Entonce fue Auberí a la dueña e díxole:

— Señora, andat, pues que lo el rey manda, e guiar-vos-he.

E ella dixo, llorando mucho de los ojos e del corasçón:

---

[4] *esta dueña:* se trata de la emperatriz Sevilla, que ya llevaba en sus entrañas un hijo del emperador Carlos.

[5] *Apostóligo:* Sumo pontífice, Papa; como sucesor *apostólico* de san Pedro en Roma.

[6] *echó el enano consigo:* se refiere al escandaloso incidente cortesano en que un libidinoso enano se acostó en el lecho de la reina mientras su esposo practicaba sus devociones en la iglesia y ella dormía. Dormidos, fueron ambos sorprendidos por el emperador Carlos a su regreso a palacio. Antes, el enano ya había intentado otra vez su propósito, mientras Carlos se hallaba dedicado a la caza, ausente de palacio, pero salió malparado en su intento, golpeado sin piedad por la reina.

— A fazer me lo conviene, queriendo o non.

E el rey, cuando la vio venir, començó a llorar de piadat, mas ella cuando le paró mientes, a pocas non cayó de la mula en tierra.

IX. Así se iva la reina e Auberí con ella, que non levava si non su espada cinta e su galgo, e andaron bien cuatro leguas. Entonce fallaron una muy fermosa fuente en muy buen prado entre unos árvoles, e muchas yervas aderredor, así que el logar era muy sabroso, e Auberí deció allí la dueña por folgar e por bever del agua. E él, que la vio llorar mucho, díxole:

— Dueña, por Dios, confortadvos, ca nuestro Señor vos puede bien ayudar, [128rb] e quien en él ha fiança, su vida será salva.

— ¡Ay, coitada! —dixo ella—, e ¿qué será agora de mí, cuando vós de mí partierdes, o para dó iré? Ca yo non sé para dó vaya.

E así seían fablando ante la fuente. E Auberí de Mondisder avía grant duelo e grant piadat. Mas agora vos dexaremos de fablar de la dueña e de Auberí de Mondisder, e tornar-vos-he a fablar del emperador Carlos[7].

X. Grant pesar ovo él de su mugier que fizo echar de la tierra, e otrosí fezieron por ella muy grant duelo en la ciudat. Mas por se confortar, mandó poner la mesa encima del campo por comer con sus cavalleros e con su compaña. E desque el rey se asentó a comer, Macaire, el traidor de linage de los traidores que esto estava aguardando, cuando aquello vio, defurtóse e salió del palacio, e fuese a su posada, e armóse e mandó ensellar su cavallo, e cavalgó muy toste, e fue su carrera en pos la emperatrís, e juró que si Auberí de Mondisder gela quisiese toller, que le cortaría la cabeça, e que faría [128va] della[8] su

[7] Así se explicita la habitual técnica de entrelazado en estos relatos.
[8] *della:* su antecedente es "emperatrís", no "cabeça".

voluntad[9]. Assí se fue el traidor a furto como ladrón, cuanto más podía ir. E desque andó grant pieça, vio ir ante sí la reina e Auberí que cavalgaran ya e ivan su carrera. E tanto que los vio, luego los conosció, e desque los fue alcançando dioles bozes e dixo:

— ¡Estad quedos!

E Auberí cuando aquello vio, cuidó que venía con algunt mandado del emperador, e paróse so una árbol por oír lo que quería dezir. E Macaire el traidor pensó que metería espanto a Auberí, e que le avería de dexar la dueña. E díxole tanto que a él llegó:

— Auberí, para aquel Dios que priso muerte en cruz, si me esta dueña non dexas e te non vas tu carrera, que tú prenderás aquí muerte a mis manos, ca toda esta lança meteré por ti. Mas déxamela e baratarás bien, e yo faré della mi plazer.

Cuando esto oyó Auberí, toda la sangre se le bolvió en el cuerpo, e dixo:

— Nuestro Señor guarde ende la reina por la su grant piadat, e la ponga en salvo. Macaire —dixo él—, sí Dios vos vala, ¿qué es lo que dezides o que pensades? ¿Fariades vós onta al rey de su mugier, aunque pudiésedes?

E él respondió:

— Luego lo veredes, e por ende vos digo que me dexedes [128vb] la reina, ca más non la levaredes, e yo faré della lo que me quisier. E si la dexar non queredes, vós lo compraredes bien.

— Auberí —dixo la reina—, por Dios aved de mí piadat, e defendetme deste traidor, e por buena fe ante lo yo querría ver rastrar a cola de cavallo que mi señor el rey nunca por él prender vergüenza.

---

9 *faría della su voluntad:* el pudor expresivo recurre a esa perífrasis, evitando calificar de libidinosa a esa voluntad. La expresión vuelve a repetirse más adelante, en el cap. XI, con una ligera variante: *faría en ella toda su voluntad.*

Cuando esto oyó Macaire, a pocas non ensandeció, e firió el cavallo de las espuelas, e blandió la lança que tenía del fierro muy agudo, e dexóse ir a Auberí por lo ferir con ella. Cuando lo Auberí vio venir en tal guisa, sacó la espada de la baina, e desvióse, e diole tal espadada en la lança que le fizo della dos partes. E Macaire dexó caer lo que le fincó de la lança en tierra, e sacó la espada de la baina. Él estava bien armado, mas Auberí non avía ninguna armadura, pero por esto non se dexó de defender cuanto pudo. E Macaire le dio un golpe tal en la espalda siniestra que gela derribó, e el golpe deció al braço e cortóle los nervios e las venas. E cuando se Auberí sentió tan mal ferido dixo a Dios:

— ¡Señor, avet mercet de mí! ¡Santa María, acorredme, que non pierda mi alma, e salvat a esta dueña que [129ra] non sea escarnida, nin el rey desonrado!

XI. Mucho fue coitado con grant pesar Auberí cuando se sentió llagado, ca la sangre se le iva tan fieramente que todo ende era sangriento e goteava en tierra. Cuando aquello vio, la reina dio un grito con pavor e dixo:

— ¡Santa María, señora, acorredme!

E dio de las correas a la mula, e metióse por el monte, e començó de fuir cuanto la mula podía andar. Entretanto, acá[10] los cavalleros combatíanse a las espadas, ca Auberí non se quiso dexar vencer al otro fasta la muerte, ante se defendió tanto que bien avería la dueña andadas cuatro millas, al andar[11] que iva.

Tanto se combatieron ambos los cavalleros que Macaire le dio un golpe d'esgremir por la anca que gela cortó toda con la pierna. Cuando Auberí se sentió tan mal llagado dio un baladro de muy grant dolor. Cuando lo el su galgo oyó, erguió la cabeça e fue en grant coita. Cuando vio a su señor tan maltrecho, e de que se le iva sangre tan fieramente, (e) dexóse ir

---

[10] *acá:* por medio de este deíctico manifiesta el narrador su perspectiva de testigo.

[11] *al andar:* al paso, al ritmo, a la velocidad...

muy sañudo a Macaire e lançóse a él, e travóle en el vientre de la pierna[12] con los dientes que avía [129rb] mucho agudos, que le non valió i la brafonera que le non pusiese bien los dientes por la pierna, que la sangre cayó ende en la yerva, e de como era grande e nembrudo a pocas oviera de dar con él en tierra. E Macaire cuidóle dar con la espada, mas el can con miedo [dél] abrió [la] boca[13] e començó de fuir, e Macaire en pos él, e el galgo con coita metióse en el monte. Grant pesar ovo el traidor porque non matara el galgo; e Macaire tornó a ferir a Auberí de tal golpe de la espada por cima de la cabeça que lo llagó a muerte, e dexólo caer en tierra. ¡Dios aya mercet de su alma! E allí do yazía, dixo a Macaire así como pudo:

— ¡Ay, traidor, maldita sea tu alma, ca a grant tuerto me as muerto! ¡Dios prenda ende vengança!

E dixo más:

— ¡Ay, señor Dios, Padre poderoso, pídovos por mercet que ayades piadat de mi alma!

E luego se partió el alma dél. E el traidor de Macaire fuele al cavallo e matólo, e eso mesmo feciera al galgo si pudiera, mas fuyóle al monte; por tanto, le escapó.

Desque Macaire ovo fecho todo esto, non quiso más tardar, e fue buscar la reina, e pensó que faría en ella toda su voluntad, e después que le cortaría la cabeça con su espada. Mas Dios non tovo por bien que la él fallase, ca mucho se alongara de allí en cuanto se combatieran. Mucho la buscó él de una parte e de otra, mas cuando vio que la non podía fallar, [129va] tal pesar ende ovo que a pocas non raviara; e desque vio que non podía della saber parte, puñó de se tornar a la ciudat, e llegó i grant noche andada, e fuese a su posada, e fízose desarmar, mas nunca descobrió a ninguno cosa de lo que feziera.

Mas Auberí, que yazía muerto cabo de la fuente, oíd del su can lo que fizo. Cuando vio su señor muerto, començó de ladrar e de aullar, e de fazer la mayor coita por él que nunca

---

[12] *vientre de la pierna:* cara interna del muslo.

[13] *con miedo dél abrió la boca:* acepto las adiciones propuestas por Benaim, pero debe entenderse que, al abrirla, soltó su presa.

fizo can por señor. E començó a cavar con las uñas, e a fazer cueva en que lo metiese; e lamíale las llagas muy piadosamente. En tal manera fazía que non ha en el mundo omne que lo viese a que se ende grant duelo e grant piadat non tomase. Así lo guardava todo el día de las aves e toda la noche de las bestias del monte, donde avía i muchas, que gelo non comiesen nin tañiesen. Así guardó el can su señor toda la noche, que nunca bestia se llegó a él nin ave. E cuando veno la mañana, ovo muy grant fambre, mas por el amor de su señor non quiso ir buscar cosa que comiese.

Agora vos dexaré de fablar de Auberí e de su buen galgo, e tornar-vos-he a fablar de la reina.(...)

[...132vb...] XVIII. Agora oíd del galgo que yazía cabo su señor, lo que fizo otro día de mañana. Cuando lo coitó la fambre, erguióse e fuése contra París. E desque pasó la puente [e] entró por la villa, los burgeses lo començaron a catar que lo conoscían, e dixieron:

— Por Dios, ¿dónde viene este can, ca este es el galgo de Auberí?

E quisiéronlo tomar, mas non podieron, ca el galgo començó de correr, e fuése contra el palacio, e desque entró dentro vio ser el rey e Macaire fablar en poridat; mas cuando Macaire vio el galgo ovo dél muy grant miedo e levantóse e començó [133ra] de fuir. Cuando cuatro de sus parientes que i estavan vieron esto, dexáronse ir al can con palos e con piedras; mas don Aimes[14], que esto vio, dioles bozes e díxoles:

— ¡Dexaldo, dexaldo! Yo vos digo de parte del rey que le non fagades mal.

Cuando ellos esto oyeron fueron muy sañudos e dixieron:

— Señor, dexatnos este can que veedes llagó a Macaire muy mal en la espalda.

[14] *don Aimes:* se trata del duque de Baviera, cortesano imperial, que volverá a intervenir varias veces luego.

— Amigos —dixo el duque—, non lo culpedes; bien sabe el can d'ónde viene este desamor, o de viejo o de nuevo.

E el conde[15] don Aimes de Baviera, que era muy preciado e mucho entendido, tomó el galgo por el cuello e diolo a Goufredo, que era padre de Ougel, que lo guardase, e el can estovo con él de buenamente. Cuando Macaire esto vio ovo muy grant pesar, e i estavan con él entonce sus parientes que Dios maldiga: Malingres e Couri, e Batón, e Berenguer, e Focaire, e Alorís e Beari e Brecher, e Grifes de Latafolla, e Alart de Monpanter, que quisieran matar el can de grado i. Cuando el buen duque don Aimes esto vio, començó a dar baladros, e metió bozes a Rechart de Normandía e a Jufre, e a Ougel e [133rb] a Terri Lardenois, a Berart de Mondisder, e al viejo Simón de Pulla, e a Galfer Despoliça.

— Barones —dixo el duque—, ruégovos por Dios que nos ayudedes a guardar este galgo.

E ellos respondieron que de todo en todo lo faríán. Entonce travaron del can e leváronlo ant'el emperador, e fincaron los inojos ant'él, e el duque don Aimes lo tenía por el cuello e fabló primero, e dixo:

— Señor emperador, mucho me maravillo de las grandes bondades que en vós solíades aver. Vós me solíades amar e llamar a vuestros grandes consejos e a los grandes pleitos, e en las vuestras guerras yo solía ser el primero. Agora veo que me non amades nin preciades. Yo non vos lo quiero más encobrir, mas guardatvos de traidores, que muy menester es.

— Don Aimes —dixo el emperador—, yo non me puedo ende guardar, si me Dios non guarda, que ha ende poder.

— Yo le pido por mercet —dixo don Aimes— que vos guarde de todo mal. Mas, señor, agora me entendet, si vos plaze, por el amor de Dios. Aquí non ha cavallero nin escudero, nin clérigo nin serviente a quien este galgo mal quiera fazer, si non a Macaire, este vuestro privado; e sé que Auberí, su señor,

---

[15] *conde:* unas veces se le da este tratamiento nobiliario; otras, el de duque.

a qui vós mandastes guiar la reina cuando fue echada de vuestra tierra, que este can fue con él que tanto ha más de un año e siempre andava con él, que lo non podían dél quitar; e, señor, por vuestra mercet, [133va] fazed agora una cosa: que cavalguedes en un buen cavallo, e saliremos convusco fasta cient cavalleros, e iremos en pos el galgo, e veremos dó nos levará; e así me ayude Dios, que todo el mundo tiene en poder, cómo yo cuido que Macaire ha muerto a Auberí de Mondisder, el vuestro leal cavallero, tan preciado e tan bueno.

Cuando esto oyó Macaire, fue muy sañudo.

XIX. Mucho pesó a Macaire cuando esto ovo dicho el duque don Aimes, e díxoles:

— Mejor lo diríades, señor, si vós quisiésedes; e si vós non fuésedes de tan grant linage como sodes, yo daría luego agora mis gajas contra vós que nunca fiz esto que vos me aponedes nin sol me veno a corasçón[16].

Don Aimes dexó entonce el galgo, e el can se fue luego para el rey, e asentóse ant'él, e començó de aullar e de se coitar, así que bien entendían que se querellava. E travó con los dientes en el manto del rey que tenía cobierto, e tirava por él e fazía semblante que lo quería levar contra la floresta a aquella parte do su señor yazía muerto. Cuando el rey esto vio, tomóse a llorar de piadat e demandó luego su cavallo, e troxiérongelo, e el emperador cavalgó [133vb] que non tardó más, e el duque don Aimes con él, e Ougel el senescal, e muchos omnes buenos. Mas Macaire el traidor non quiso ir allá, ante fincó en la ciudat sañudo e con grant pesar, amenazando mucho al duque don Aimes, él e todo su linage. Mas el duque non daría por ende dos nuezes[17].

XX. En tal guisa se fue el emperador e sus omnes buenos con él, e cavalgaron fasta en la floresta, e el galgo iva delante,

16 *nin sol me veno a corasçón:* ni siquiera se me ocurrió pensarlo.

17 *non daría por ende dos nuezes:* despreciaba por completo sus amenazas, no las tenía en nada; se trata de una de tantas enfatizaciones, tan expresivas, de la minusvaloración.

que fazía muy fiero semblante de los guiar e de los levar a la floresta, que nunca se detovo; e fuése por el camino que sabía que iva derecho a la fuente do su señor yazía muerto, e todos ivan en pos él. E desque llegó a su señor, descobriólo de la yerva que sobre él echara. Cuando esto vio el emperador e los que con él andavan, fueron esmarridos e él decíó primero, e cuando conosció que aquel era Auberí de Mondisder començó a llorar e a fazer el mayor duelo del mundo.

— Amigos —dixo el emperador—, esto non puede ser negado. Vedes aquí Auberí do yaz muerto, a qui yo mandé que guardase la reina e la guiase. Yo non sé della dó se fue, [134ra] mas dixiéronme que Macaire fuera en pos ellos solo, sin compaña, muy ascusadamente; e yo cuido que éste lo ha muerto mas, para aquel Señor que todo el mundo fizo, que esta traición non sea tan encobierta que la yo non faga descobrir; e si se Macaire ende non puede salvar, non escapará que por ende non sea enforcado.

Entonce començaron a fazer tan grant duelo por Auberí que maravilla, ca mucho lo preciavan todos de seso e de lealtad e de cortesía.

XXI. E desque fezieron por él muy grant duelo cuanta pieça, fezieron fazer unas andas que echaron a dos cavallos, e pusieron i Auberí, e leváronlo a la ciudat. E cuando entraron con él en la villa, veríades tan grant duelo de dueñas e de burgesas e de otras gentes, que non ha en el mundo omne de tan duro corasçón que por él non llorase. Así lo levaron a la eglesia de santa María, e desque le dixieron la misa e el cuerpo fue enterrado, el rey tomó el galgo e levólo consigo e fízolo muy bien guardar, e mandóle dar muy bien de comer; mas el can siempre aullava e fazía duelo. E el rey fizo prender a Macaire entretan|to. [134rb] E otro día mandó llamar sus omnes e fue con ellos oír misa a la eglesia de santa María, e desque tornó a su palacio asentóse triste con muy grant pesar, e dixo a sus privados:

— Varones, por Dios vos ruego que me judguedes qué devo fazer en pleito de Auberí de Mondisder, a quien yo di la reina que era mi mugier, que la guardase fasta que fuesen en salvo, e ninguno non sabe della nuevas dó es ida. E yo mandé prender a Macaire por pleito del galgo que se non dexó ir a otro en todo el palacio do tantos estavan, si a él sólo non. E por ende me semeja que alguna culpa i ha, que el can non quier a otro roer si aquél non.

— Señor —dixo el duque don Aimes—, yo vos consejaré lo que i fagades.

— Par Dios —dixo el emperador—, mucho me plaz.

Entonce se erguió el duque don Aimes e llamó los doze Pares so un árvol: Richarte de Normandía e Jufre e Ougel e Terrín Lardenois, e Berart de Mondisder, e Simón de Bretaña, e muchos otros omnes buenos. E desque fueron aparte, Galalón de Belcaire fabló primero, que era pariente de Macaire e avía grant sabor de lo ayudar.

— Señores —dixo él—, mucho nos deve pesar que el rey quier fazer judgar de crimen de [134va] muerte a Macaire, ca diz que él mató a Auberí de Mondisder, mas por Dios, ¿cómo puede él esto saber? Más bien cuido que non ha en esta corte cavallero nin escudero nin otro omne que contra Macaire desto osase dar gaje por se combatir con él. Si el can quier roer a Macaire non es maravilla, ca lo ferió él muy mal, e por ende se querría el can vengar; mas, si me quisierdes creer, nós iremos al rey e dezir-le-hemos que dexe a Macaire estar en paz que fizo prender[18], e que le non faga mal nin onta, ca él es de alto linage e de muy buenos cavalleros, e muy fiero, e mucho orgulloso; e si le tuerto feziese, grant mal ende podería venir. Mas quítelo de todo e finque en paz. Éste es el mejor consejo que l' omne podería dar.

[...135va...] XXIII. Otro día mañana, tanto que el sol levantó, levantóse Macaire e fuése con pieça de cavalleros e de compaña para el rey, e tanto que lo el rey vio díxole:

---

[18] *que dexe a Macaire estar en paz que fizo prender*: "que dexe en paz a Macaire, a quien fizo prender", sería una organización sintáctica más clara.

— Macaire, vós bien sabedes que siempre vos amé mucho, por vós e por vuestro linage bueno onde venides; e dixiéronme que judgara mi corte un juizio que yo non puedo esquivar, porque Aube | rí [135vb] non ha cavallero nin otro omne que se convusco osase combatir en campo, que vos conviene combatir con aquel su galgo por tal condición que vós tengades un escudo redondo e un bastón de[19] un cobdo[20], e si vós venciéredes el can fincaredes quito de aquella traición que vos aponen de Auberí de Mondisder que yo tanto amava e de que tan grant pesar he de su muerte. Mas si vós sodes vencido, sabet verdaderamente que yo faré de vos justicia cual deve ser fecha de quien tal fecho faz.

— Señor —dize Macaire—, Dios lo sabe, que Auberí nunca me erró nin me mató hermano nin pariente, ¿por qué desamor con él oviese? E desta batalla vos dó ende grandes mercedes, mas de se combatir con un can un cavallero muy valiente non semeja guisado. E agora me dezit, por Dios, señor, ¿non semeja grant onta e grant villanía de me combatir con un can en campo?

— Non —dixo el emperador—, pues assí es judgado de los que han de judgar la corte e el reino; mas idvos guisar.

Cuando Macaire esto entendió, todo el coraçón le tremió e quisiera ser de grado allén mar, siquier en el reino de Suria; e tanto gana quien faz follía[21] contra Dios e contra derecho. Entonce se partió de allí Macaire con su compaña, e fuése [136ra] armar, así como fue devisado, de un bastón de un cobdo e de un escudo redondo muy fuerte e muy bien fecho; e sus parientes le dixieron que se non espantase cosa nin dubdase al can cuanto una paja[22]...

---

19 *de:* repetido en el cód.

20 *cobdo:* medida de longitud, equivalente a unos cincuenta centímetros; el "codo real" medía 57'4 centímetros.

21 *follía:* probablemente pronunciado ya "folía", despalatalizada.

22 *cuanto una paja:* lo más mínimo, nada en absoluto; nueva expresión de minusvaloración. Obsérvese de paso la flexible transición del estilo indirecto al directo en la plasmación de los consejos de sus parientes.

— Si se dexare correr a vós, datle tal ferida en la oreja que dedes con él muerto en tierra. E si vos, por aventura, troxier mal, luego vos acorrerán de la parte de Galarón[23] vuestro tío.

— Bien dezides —dixo Macaire.

[...136vb] Assí fabló Gaufre, como vós oídes, mas mucho fue ledo el can cuando lo soltaron, e sacudióse tres vezes. Desí dexóse ir al campo a vista de toda la gente e do vio a Macaire, que lo conosció bien, fuése a él lo más rezio que pudo ir e, ante qu'el traidor se oviese aparejado nin se cobriese del escudo nin alçase el palo contra suso, le travó el galgo en el vientre con los dientes que avía mucho agudos, e mordiólo mal. Cuando esto vio el traidor a pocas non fue sandío, e alçó su bastón, que era fuerte e cuadrado, e dio tal ferida al galgo entre la fruente e las narizes que dio con él tendido en el prado, así que la sangre salió dél. Cuando el galgo se sentió tan mal ferido, erguióse toste e fue muy sañudo. Mucho fue catada la batalla del galgo e de Macaire de las gentes todas de la plaça, e de los muros que eran cobiertos[24]; e todos rogavan a Dios que el mundo formara, que ayudase al galgo, si derecho tenía, e que el traidor fuese enforcado por la garganta. E Macaire se dexó correr al galgo ca ferirlo cuidara del bastón; mas el galgo lo travó en la garganta de tal guisa que dio con él en tierra, e la tarja [137ra] le cayó de la mano.

Cuando esto vieron las gentes que aderredor estavan, loaron mucho a Dios. Así cayó Macaire en tierra; mas si tan toste non se levantara pudiera ser malroso. E el galgo se asañó de que se vio ferido, e cató al traidor e arremetióse a él e travóle en el rostro, así que las narizes le levó e lo paró mal. Cuando esto sentió el traidor, a pocas non fue sandío, e con desesperamiento dio bozes a sus parientes que lo acorriesen, ca si non luego sería comido. Desque ellos esto oyeron, dexáronse correr con sus espadas. Mas el rey se levantó e díxoles bozes, e dixo que se non meciesen ca, para aquel Señor que muerte

23 *Galarón:* denominado antes Galalón y más tarde Galerán; variaciones en la nominación de personajes, semejantes a éstas, son habituales en textos medievales forjados como traducciones.

24 *eran cobiertos:* se entiende por multitud de personas, espectadoras de tan curiosa justa.

prendiera en la vera cruz, que el primero que diese al galgo, que sería rastrado. Cuando aquello oyeron los traidores, tornáronse. Mas grandes baladros dava Macaire, ca mucho era mal tresnado en el rostro, así que toda la boca tenía llena de sangre, de guisa que non podía resollar. Pero dexóse correr al galgo con coita, mas el galgo se desvió de la otra parte e travóle en el puño e apretógelo tan de rezio con los dientes que le fizo caer el bastón de la mano.(...)

[...137vb...] XXVII. [...138rb...] Entonce mandó[25] echar a Macaire una cuerda a la garganta, e a Galerán, su tío, otrossí, e liarlos a dos cavallos; [138va] e fízolos rastrar por toda la ciudat, ca tal gualardón merescen los traidores. Desí el emperador mandó muy bien guardar el galgo por amor de Auberí que él amava mucho. Mas el galgo se fue al monimento[26] do lo viera enterrar, e echóse sobre él e dexóse morrer de duelo e de pesar. Allí veríades llorar mucha gente de piadat, e el rey que fuera en pos él, e muchos omnes buenos con él; e començáronlo a catar e ovieron ende todos grant pesar. Desí mandólo el rey embolver en un paño de seda muy bueno, e fízolo soterrar en cabo del cemiterio, de aquella parte do yazía su señor.

---

25 *mandó:* el sujeto es el emperador Carlos.
26 *monimento:* monumento, sepultura o panteón funerario.

# 12. Leomarte

## *Sumas de la historia troyana*[1] / *Suma troyana*

1300-1350 R 1350-1360 C 1400-1410 C

El compilador, llamado Leomarte, o Leonardo otras veces, resulta todavía hoy un personaje enigmático, que tal vez esté usando un seudónimo; pudo nacer antes de 1300, fallecer después de 1350, y ser castellano, por más que se le deslicen de cuando en cuando galicismos, sin duda procedentes de algunas fuentes que usaba. Su texto reúne y unifica diversas tradiciones troyanas: traduce, aunque abreviándola, gran parte de la *Historia destructionis Troiae*, también conocida simplemente como *Historia Troiana*, terminada por Guido de Columna o de Colonna en 1287; compila también, en partes, la labor de Alfonso X en su *Estoria de España* o *Crónica general* y en la *Grand e general estoria*, así como algo del *Roman de Troie* de Benoît de Saint-Maure, del que se había servido Guido como modelo para su propia obra, aunque Leomarte omite muchos de sus largos pasajes descriptivos.

---

[1] Como ya se ha indicado en otro lugar, para todo lo relativo a la materia de Troya puede ser útil consultar Antonio García Solalinde, "Las versiones españolas del 'Roman de Troie'", *RFE*, 3 (1916), páginas 121-165 y Ramón Lorenzo Vázquez, *Crónica Troiana*, La Coruña, Fundación Barrié, 1985. Vid. también C. García Gual, *op. cit.*, páginas 117-119.

Hay dos códices en la Bibl.Nac. de Madrid: uno más antiguo, el 9256 (C 1350-1360), de 129 folios, cuyo texto acaba en el fol. 126va al que sigue un resumen hasta el 129ra; tiene además seis folios iniciales sin numerar con las tablas del contenido, algunos folios perdidos y otros mal numerados. El otro, más reciente, es el 6419 (C 1400-1410) de 119 folios. Tanto el uno como el otro deben de copiar otro anterior desconocido, y, aun siendo copias independientes entre sí, se complementan mutuamente.

De las muchas versiones de las guerras de Troya, fue esta la que tuvo mayor influencia literaria en España. Se populariza desde su refundición impresa a partir de 1490.

La obra de Guido de Columna también la tradujo al aragonés Juan Fernández de Heredia (R 1380-1396), de cuyo texto hay C a 1400 en BNM cód. 10801, fols. 71r-194v.

Para Agapito Rey, autor de la edición de 1932, se trata de la primera historia de Troya vertida de manera completa al castellano, dado que en el *Libro de Alexandre* y en la *General estoria* tan sólo se interpolan versiones fragmentarias, y tal es también, aunque más dilatada, la conocida como *polimétrica*; la estima como "uno de los primeros libros de caballerías"[2] y considera difícil encontrar "una novela caballeresca donde alguno de los personajes o episodios no puedan ser identificados en los relatos de la historia de Troya"[3].

EDICIÓN

1932 Agapito Rey, *Sumas de Historia Troyana*, Madrid, *RFE*, anejo 15, 452 págs.

---

[2] Agapito Rey, *Sumas de Historia Troyana*, Madrid, *RFE*, anejo 15, pág. 26.

[3] A.Rey, *ibidem*, pág. 37.

Lámina 7. Leomarte, *Sumas de Historia troyana*. Fol. 8v del cód. 9256 de la Biblioteca Nacional de Madrid, copiado a mediados del siglo XIV

BIBLIOGRAFÍA

BROWNLEE, Marina Scordilis, "The Trojan Palimpsest and Leomarte's Metacritical Forgery", *Modern Languages Notes*, 100,2 (1985), 397-405.

REY, Agapito y A.G. SOLALINDE, *Ensayo de una bibliografía de las leyendas troyanas en la literatura española*, Bloomington, Indiana Univ. Publ., Humanities Series, 6, 1942.

SOLALINDE, Antonio García, "Las versiones españolas del *Roman de Troie*", *RFE*, 3 (1916), 121-165.

SELECCIÓN

Se escogen pasajes relativos a las varias destrucciones, entretejidas con curiosas leyendas, que sufrió la ciudad de Troya, presa codiciada para sus vecinos y rivales. A Ilio, constructor de la fortaleza o alcázar de Ilión, se le califica de «muy buen cavallero»; Trous, que dio su nombre a Troya, muere defendiendo su ciudad; sus hijos, Lamedón y Usiona, reciben en situación desesperada la providencial y redentora ayuda de Hércules, quien, algún tiempo más tarde, desairado por Lamedón, se vuelve vengativo contra éste y concita a los griegos acaudillados por Talamón para tender una celada a los troyanos en la que Lamedón es muerto por Hércules y la ciudad expoliada y destruida por tercera vez.

Un excurso nos traslada después a Galicia, la región hasta donde Hércules —muchas de cuyas proezas anteriores y posteriores hasta el momento de su muerte también relata el texto— persigue a Gerión y acaba por matarlo en el lugar en que se asentará La Coruña con su torre-faro, edificio maravilloso y casi encantado.

Dejamos a Hércules, a quien en el título 37 se había presentado «buscando las aventuras por doquier que las sabía», y volvemos a Troya para asistir a una nueva maravilla: la irrupción del mítico Sagitario, extrema exaltación del caballero ideal al fundir indisolublemente a jinete y montura en su extraño cuerpo de centauro, temible colaborador con los troyanos en su resistencia contra los asediantes griegos encabezados por Héctor, protagonista de «grandes cavallerías». Siguen a continuación más páginas que relatan la lucha sin cuartel entre Diomedes y el centauro Sagitario, culminada con la muerte de éste, que alcanza tintes de grandeza épica por lo recio de la refriega y la violencia de las heridas. Se concluye con otro enfrentamiento paralelo y grandioso entre Aquiles y Héctor, contendiendo por Galatea, con lo que se prepara la patética muerte del dueño del caballo a manos de aquél, seguida por una cruenta batalla campal en la que caen diez mil caballeros «de toda la flor de la cavallería» pertenecientes a uno y otro bando.

El texto recogerá después los plantos y honras fúnebres por Héctor, el enamoramiento y muerte de Aquiles seguida por la de Paris, llorados ambos por los suyos, hasta la destrucción definitiva de Troya, a lo que todavía seguirán, alejándose más y más del centro narrativo, las aventuras de Ulises y de Eneas, la mítica fundación de Roma por Rómulo y Remo y las sorprendentes andanzas de Bruto y de Edipo.

## *Sumas de la historia troyana*

### *Título XIII*[4]. *Cómo fue destruida la primera vez Troya*

Al tiempo que Dárdano[5] murió ovo de reinar en Dardania su fijo Eritonio. E reinava sobre los espartos uno que avía nombre Antueco[6], omne de grand esfuerço e de grand seso; e era vezino de Dardania. E aun éste non era el que menos injurias avía recebido de los dardanos. E de que vio el tiempo para demandar sus enemigos volvió su guerra con los dardanos, e tantas ovo de las ayudas que como aún no era murada la cibdat, que con esfuerço del grant caudillo e de la mucha gente

[4] Sigo el texto de la edición ya mencionada de Agapito Rey, quien a su vez se sirve básicamente del cód. más antiguo, con las pertinentes adaptaciones a los criterios editoriales expuestos.

[5] *Dárdano:* hijo de Júpiter y de Letea.

[6] *Antueco:* rey de Esparta, llamado también en otros textos Ajuerto y Ajueco.

non avían curado, entróla e gastóla toda e robóla, que cosa en ella non dexó si non las moradas. E el rey Erutonio[7] escapó por la mar con un fijo que avía que llamavan Ilio; e así quedó destruida la cibdat de aquella vez. Pero después tornó Erutonio con su fijo Ilio e recobróla e poblóla e fizo sus pazes con sus vezinos, e dende a poco murió e quedó en el reino Ilio, su fijo.

E este salió muy buen cavallero e muy cuerdo, e allegó muchas gentes a su cibdat e mantovo el reino sin guerras que le veniesen, pero, membrándosele del mal que su padre e su cibdat avían pasado, fizo un alcáçar en una peña muy alta que estava sobre la mar, e fizo allí su morada, que fasta allí non avía en la cibdat fortaleza alguna si non solamente las casas. E llamaron de allí adelante âquella morada Ilión[8]. E allí estovo el rey de morada e allí murió. E, comoquiera que la cibdat non era aún murada, allí avía muy grand defendimiento para mucha gente para se defender.

### *Título XVII. Cómo fue destruida Troya la segunda vegada en tiempo del rey Trous*

Desta guisa que es dicho fue Mida en sus fechos e ovo siempre en sus días paz en la su cibdat Dardania, donde él reinó bien treinta años, e después murió de sus días[9] en el su alcáçar Ilión e quedó en su lugar Trous, su hermano, por rey. E este Trous fue muy rezio omne e muy valiente; e cuando falló tanta algo[10] como el rey Mida avía dexado, puso el co-

---

[7] *Erutonio:* son frecuentes, como se verá, las vacilaciones del copista en la transcripción de los nombres propios; antes se leía *Eritonio.*

[8] *Ilión:* se trata del castillo o fortaleza de Troya.

[9] *murió de sus días:* murió cuando le llegó su tiempo, de viejo, de muerte natural.

[10] *tanta algo:* expresión ponderativa que debe de traducir de modo imperfecto el plural neutro del latín *tantum*; su sentido puede ser "tantas cosas buenas" o "tantas obras valiosas"; "tanta riqueza o hacienda". Corominas se refiere a la acepción antigua de *algo,* como 'bienes, riqueza' y remite a 'hijodalgo' (s.v. alguno); Moliner acoge su significado de 'bienes de fortuna'. Me apoyo además en R.J.Cuervo, *Diccionario de construcción y régimen de la lengua castellana*, Pa-

raçón en acabar lo que avía dexado començado el rey Mida, de cercar la cibdat[11], e púsolo por obra e cercóla de parte de la tierra de muy rezio muro; pero que en medio de la obra le falleció la despensa, que non tenía para lo acabar. E ovo a demandar su ayuda al rey Aureto de los macedones que era su comarcano, e él ayudóle a complir la obra, pero[12] por abenimiento cierto puesto entr'ellos. E la obra acabada, quedando Trous muy pobre e la cibdat muy fuerte, quitósele de tod cuanto él avía puesto, non le queriendo pagar su afán e despensa que avía fecho. E cuando el rey Aurueto[13] vio que así le era fallecida la verdad, fue muy sañudo e asonó su gente e començó a fazer su guerra a los troyanos.

E sabed que así como Trous ovo cercado la cibdat así le mudó dél su nombre; e como la llamavan Dardania, él de allí adelante llamóla, del su nombre, Troya; e así fue llamada de allí adelante, Troya.

E guerreó muy fuerte el rey Arueto, como dicho es, a Troya, que la puso en muy grant estrechura; ca estavan los de la cibdat, de la gran obra, cansados e muy menesterosos por las grandes espensas[14] que en ella avían puestas; fasta tanto, que Trous ovo de pedir ayuda al rey Reso de la selva Idán, que era su vezino, al cual ovo de dar en rehenes por la soldada de su guerra los cavallos blancos encantados. E aun después, non le queriendo pagar, este rey Reso fue contra él teniendo los cavallos fadados. E él e el rey Arueto venieron a furto por la mar por do aún no era cercada Troya, e entráronla e destruyéronla toda, que en ella non dexaron cosa alguna salvo aquellos que se pudieron acoger al Ilión[15]. E murió allí Trous defendiendo la cibdat.

---

rís, 1886-1893, que define *algo* no sólo como 'cosa existente' sino como 'cosa de consideración o que merece la pena', recoge su antiguo sentido de 'bienes' y advierte que en sentido indeterminado no admite plural, a pesar de que Sancho lo use: "...has topado algo? —Y aun algos..."(*Quij.*, II,29).

[11] *de cercar la cibdat:* en el ms. más moderno se lee: *e pensó de cercar la cibdat.*

[12] *pero:* el ms. más moderno omite esta conjunción.

[13] *Aurueto:* o Aureto, e incluso Arueto y Aruerto; la fluctuación está en el texto del códice.

[14] *...espensas:* la variante que ofrece el cód. 6419, más moderno, es como sigue: *muy fatigados e cansados e muy menesterosos de la grand obra por las grandes espensas.*

[15] *al Ilión: al alcáçar Ilión,* variante del cód. 6419.

E avía ya entonce Trous un fijo que llamavan Lamedón[16], e este escapó[17] en el Ilión un su ayo. E aun allí lo tovieron cercado, tanto fasta que estos que estavan en el Ilión ovieron de dar a Usiona[18], fija de Trous e hermana de Lamedón, para echar a una sierpe que en aquella tierra avía, que tal avía seído la condición entre ellos. E segunt dize el estoriador, muchos días turó este trato de dar esta donzella; tanto que sonó por las tierras que aquellos mayores que la tenían non la querían dar, ca aún Lamedón non era tamaño para fablar en ello. Pero al cabo non podieron sofrir la cerca, ca estavan cercados, e oviéronla a dar.

E al día[19] que se ovo a poner allí donde la avía a comer aquel dragón, dize el abtor que vino allí Hércoles[20], aviendo oído dezir de tan grant fecho, e libró la donzella; pero dizen que a condición que le diesen los cavallos blancos fadados[21], comoquier que entonce non estavan en poder de los troyanos, ca el rey Reso los tenía, mas podíanlos ellos quitar. E así quedaron libres los troyanos por Hércoles, esos que escaparon en el Ilión con Lamedón e con su hermana de la destruición que fizo el rey Arueto.

E devedes saber que este Arueto fue Neptuno, que llamaron el dios de las aguas, porque era él muy gran poderoso en ellas e grant maestro de navíos. E por esto dixeron los gentiles qu'el dios de las aguas destruyó a Troya por aguas, porque por la mar le fuera fecho el destruimiento. E este Neptuno era fijo de Saturno, el que fue echado en sacreficio a las aguas. Pero

---

16 *Lamedón:* también llamado Laomedonte, padre de Príamo y muerto por Hércules, como se narra más adelante; algunos textos lo presentan como primer rey de Troya.

17 *escapó:* Este verbo tuvo sentido transitivo, con el significado de "librar de riesgo o peligro"; no exigía, como otros muchos que la preposición *a* precediese a su objeto. Entiéndase, pues, que a Lamedón lo salvó su ayo, ocultándolo en Ilión.

18 *Usiona*: llamada también Hesíona; la información que se da aquí es errónea; se trata de la hija de Laomedonte o Lamedón, como se dice más adelante, y hermana de Príamo.

19 *al día:* en el cód. 6419 se lee *el día*.

20 *Hércoles:* Hércules, el mítico hijo de Júpiter y Alcmena, autor de hazañas o "trabajos" descomunales y sobrehumanos, quien de nuevo aparece aquí, como antes en el texto alfonsí, a la manera de caballero liberador de doncellas y protector de los débiles e indefensos.

21 *fadados: encantados,* se lee en el cód. 6419.

algunas estorias dizen que después nació en la mar, cuando Saturno iva fuyendo de su fijo Júpiter; e que nascieron él e Venus de un vientre. E segunt esto non fueron éstos hermanos de padre e de madre de Júpiter, que ya la estoria dize que la reina Rea con su fijo Júpiter avía quedado en Creta.

Mas agora dexa de fablar desto e toma la estoria de Jasón, por cuanto viene agora aquí la tercera destruición de Troya que fue fecha por Hércoles. E fue achaque desta destruición el viaje que Hércoles fizo con Jasón cuando iva por la lana del carnero encantado de la isla de Colcas[22].

### *Título XLII. Cómo Hércoles destruyó a Troya[23] e mató al rey Lamedón*

Agora dize el estoriador que cuando Hércoles casó, que luego dende a pocos días fizo su viaje, segunt la estoria lo ha ya contado, para la isla de Colcas. E ya avedes oído el mal recebimiento que el rey Lamedón les feziera, porque Hércoles les embiara desafiar. Cuando Hércoles fue tornado en su tierra non echó en olvido la saña de la grant sinrazón que del rey Lamedón recibiera, e apercibió todos los gentiles mancebos que en Grecia falló de sus parientes e amigos para que le ayudasen a caloniar la ofensa que por los troyanos le era fecha. De los cuales falló muchos e muy voluntariosos para ello, entre los cuales fueron Teseo[24], fijo del rey Egeo de Atenas, e el rey Talamón de Salodrut[25] e otros muy muchos.

E armaron su flota e fueron por la mar adelante, e ovieron buen viento e llegaron al puerto de Atenedcón de noche e ovieron su consejo. E Hércoles dixo:

---

[22] *Colcas:* o Colcos, lugar donde se hallaba el mítico vellocino de oro, al que aquí se alude.

[23] De este episodio también se hace eco Alfonso X en su *Grand e general estoria,* si bien presentando esta destrucción, al igual que Guido de Colonna, como la primera; para Leomarte es la tercera devastación que sufre la ciudad. Benoît de Sainte-Maure se extiende más en este episodio y hace participar en la batalla a Cástor y Pólux, hermanos de Helena.

[24] *Teseo:* caballero griego que acompaña a Hércules en su expedición sobre Troya y en su posterior lucha contra las amazonas.

[25] *Salodrut:* Salamina o Salonit, patria de Talamón.

— Señores, la cibdat de Troya, como vós sabedes, es tan fuerte en sí que si alguna arte non se busca non podríamos en manera del mundo vengarnos nós dellos, mas ante acrecentaríamos en nuestra desonra; onde, si por bien toviéredes, yo sé muy bien esta tierra, por ende yo e Talamón salgamos agora de noche e echarnos hemos en celada en un lugar que yo sé que es muy convenible para ello, e vos e otros mañana llegad al puerto de Simeonta e salid en tierra. E yo sé bien que el rey Lamedón es tal que saldrá a vosotros; e vós fazedvos foedizos fazia las naos, e si de la villa se arredran daremos nosotros en las espaldas, e así aberemos vengança dellos.

Todos otorgaron que el consejo era bueno. E salieron Talamón e Hércoles esa noche con cuatro mil[26] cavalleros e pusiéronse allí do sabía que les complía. E otro día los de la flota partieron de Tenedeón[27] e venieron grant mañana al puerto de Simeonta, e así como allegaron sin sospecha tomaron puerto e saltaron a tierra. E cuando el rey Lamedón lo sopo que gentes contrarias eran en el su puerto, aguisóse con su gente e salió a ellos muy bravo e peleó con ellos. E fue muy rezia la fazienda, tanto que bien les era menester la ayuda a los griegos, ca los llevava Lamedón fasta meterlos en las naos, e aunque Teseo e los otros griegos que con él estavan eran muchos e buenos, que eran en la flota de los griegos cuatrocientas velas. E cuando los de la cibdat vieron que tan mal iva a los griegos, todos salieron fuera, si non los viejos que la edat gelo vedase, e peleavan con ellos ya en el sable cabo las naves. E Hércoles e Talamón, cuando vieron que ya era tiempo, salieron de la celada e fuéronse muy apriesa a las puertas de la cibdat, e Talamón apoderóse de las dos puertas, e Hércoles fue ferir en las espaldas de los troyanos.

E estando Lamedón peleando a muy grant priesa, allegáronle a dezir que fuese a acorrer a la cibdat, e tornando topó con Hércoles. E Lamedón, comoquier que iva desmayado, peleava muy fuertemente. Mas Teseo movió de la ribera e fería él e los suyos muy sin piadat en las espaldas de los troyanos, por tal guisa que se ovieron a vencer. E el sin por ventura Lamedón porfiando de entrar en la cibdat, allegó en él Hércoles e diole de la espada un tan golpe que le fendió toda la

---

[26] *cuatro mil:* otras versiones contabilizan tan solo dos mil.

[27] *Tenedeón:* presenta las variaciones de Tenedón y Antenedeon; puerto de Troya.

cabeça. E en esto Talamón entró por la cibdat e allegó en el templo mayor; e eran allí acogidas todas las más altas dueñas por fazer sus oraciones, ca de la cibdat bien pensavan que seguros eran, entre las cuales falló allí a Usiona, fija del rey Lamedón. E andando la pelea en el desbarato tal, muchos se acogieron al Ilión e allí escaparon, ca era tan fuerte que era inexpunable. E aun después que Hércoles entró en la cibdat mandó relevar los templos en que estava[28] mucha gente de mugeres e de viejos e de niños, mas non gente de provecho, e todo lo ál fue puesto a espada e robo, que non quedó cosa ninguna. E así quedó destruida Troya la tercera vez.

### *Título LI. Cómo Girión fuyó a Galizia[29] e Hércoles en pos dél, e lo alcançó e lo mató*

Desque esto ovo fecho Hércoles, fue en pos de Girión a Galizia e fallólo con muy mucha gente ribera de la mar allí a do agora dizen Curuña, e allí ovo con él su fazienda que fue muy grande e muy ferida; e murió allí mucha gente del un cabo e del otro. Mas a la fin venciólo Hércoles e matólo, e en señal de su bitoria fizo allí una muy fermosa torre en el puerto de la mar. E porque aquel era uno de los nobles puertos de toda Asperia[30], fizo allí muy grandes maravillas, ca fizo allí encima de aquella torre un candil, fecho por tal encantamento o maestría que nunca se amatava e nunca nada le echavan. E dizen algunos que era aquel azeite que allí ardía de cabellos e de flemça e otras cosas de omne, e que duró aquello bien trecientos años, e que dava muy grant lumbre, así de día como de noche. E esto feziera él para los navíos que andodiesen por la mar de noche, que veniesen a aportar allí. E otrosí fizo allí un espejo por encantamento, que lo tenía una imagen de cobre en la mano, e por tal arte era fecho que en cualquier tierra que algunos navíos se armasen para fazer guerra a Asperia

---

28 *estava: escapó,* es la variante que presenta el cód. 6419.

29 Puede resultar interesante para el lector comparar esta versión de Leomarte con la anteriormente seleccionada de Alfonso X en el capítulo 7 de su *Estoria de España.*

30 *Asperia:* Esperia o Hesperia, antigua denominación de las tierras de España situadas al oeste del río Ebro; vid. el cap. 7 de la *Estoria de España* alfonsí, seleccionado antes.

que luego pareciesen en aquel espejo. E esta torre dizen «del faro»; e fízola fundar Hércoles sobre la cabeça del rey Girión.

E estos encantamentos turaron fasta que venieron a esta tierra unas gentes que llamavan los almozines, que fueron caldeos, e venieron por la mar fuyendo de la conquista de Nabucodonosor, rey de Bavilonia. E estos venieron por la mar Oceana a la parte de Europa e, sabiendo deste encantamento que en La Curuña estava, cubrieron todos sus navíos de ramos, así que non parecían si non montaña, de guisa que el que el espejo guardava non pudo ver flota si non montaña. E así entraron en el puerto de La Curuña, que los de la tierra non se podieron guardar; e por allí cobraron estas gentes un tiempo el señorío de Asperia, pero esto fue bien trecientos años después de la conquista de Hércoles. Mas quedaron muy poco tiempo en ella, que aun non se falla que ochenta años quedasen, e en esto que quedaron fezieron muy nobles[31] pueblas. Ca, segunt se falla, ellos fezieron Pamplona, Cigüença, Toledo, Córdova, e aun del su nombre quedó un lugar que se llama Almonacid. Mas luego fueron echados del reino e sojuzgados por los de Cartago, como en las corónicas de España se falla. Allí otrosí fizo fazer Hércoles grandes alegrías e sacrificios a los sus dioses; e fizo en Galizia muchos edificios así como Ugo[32] e otros lugares. E las gentes que estavan derramadas ayuntávalas a un pueblo e fazíales venir en fuero e en leys.

### *Título[33] del acorro del Sagitario que traxo el rey que vino en acorro de los troyanos*

Estando la batalla en tal paso llegó a la cibdad un rey muy poderoso a que llamavan rey Pitroplos[34] d'Alisonia, e era muy

[31] *muy nobles: fermosas,* es la variante del códice más moderno.

[32] *Ugo: Lugo e Astorga,* se lee en el cód. 6419.

[33] Este título o capítulo, al igual que los cuatro siguientes que aquí se reproducen, no están en el cód. 9256; puede tratarse de una interpolación, situable entre los títulos 104 y 105 del cód. castellano más antiguo, y hecha por el copista del cód. 6419, como opina Agapito Rey, tomando en este caso como modelo el relato francés del *Roman de Troie*.

[34] *Pitroplos:* llamado también Partofles y Pitrofles, aliado del bando troyano en la guerra.

buen cavallero e mucho letrado en todas las artes[35]. E cuando le contaron cómo los griegos tenían en barata a los de la cibdad, e del daño que ya los de la cibdad avían rescebido pesóle mucho. E luego sin otra tardança pidió las armas e mandó armar los suyos, que eran tres mil cavalleros o más de sus vasallos, e saliéronse luego fuera de la villa. E tenía este rey en su compaña un sagitario[36] que traía muy bravo, e de tal fechura cual agora vos quiero contar.

### *Título de las fechuras del Sagitario*

Dize el cuento que este Sagitario era del ombligo al fondón todo fechura de cavallo. E era tan ligero e tan corredor que non ha cosa que l' fuyese nin otra que l'alcaçase. E del ombligo arriba, en el cuerpo e en los braços e en el rostro, todo avía fechura de omne. Mas era tan laido e tan desapuesto que esto sería una grand maravilla de contar, ca non andava él vestido mas todo era cabelludo como bestia. La faz dél era bermeja como fuego e los cabellos luzían ansí que l' semejavan que ardían, en guisa que a tres leguas le podía omne devisar por la noche escura.

E era tan bravo e tan dubdoso e tan espantoso que non ha omne en el mundo que le viese que dél non oviese grand pavor e espanto. E él traía en su mano un arco en que non avía madero, mas era todo fecho de cueros crudos e nervios engrudados por grande arte e por grand maestría. E era tan fuerte e tan rezio que non ha omne tan arriscado nin tan valiente que por él podiese tirar en lo estender poco nin mucho. E traía a su lado un coldre duro en que traía saetas empeñoladas de unas aves a que llaman aliriones que ha en unas tierras que non son moradas, e llámanlas los filósofos tierras de Medonia[37].

---

35 *letrado en todas las artes:* conocedor de todas las disciplinas intelectuales; un receptor medieval entendería la referencia a las artes liberales, el *trivium* y el *cuadrivium.*

36 Se trata de un centauro, como se verá en la descripción que sigue.

37 *Medonia:* mala traducción de "terres de Midi" del *Roman de Troie.*

*Título cómo el rey de Alisonia entró en la batalla*

Después que el rey Pitrofles d'Alisonia salió de la cibdat con sus compañas muy bien guisadas e con su Sagitario, como vos he contado, enderesçó cuanto pudo para do estavan los griegos e non andudo mucho que los falló, ca si más lueñe de la villa estoviera non rescibieran tan grand daño. E los griegos eran ya cobrados en su campo cuando llegó la grand compaña del rey d'Alisonia. E tanto, que llegaron luego e se dexaron ir a todo su poder a ferir en los griegos; mas ellos bien los atendieron e bien les davan batalla. E aquí se començó un torneo muy fuerte e muy peligroso. E tantos eran ya muertos de cada parte que toda la carrera era ende cubierta.

Éctor fazía i grandes cavallerías; e dezir-vos-he lo que l'avino aquella vez. En la hueste de los griegos avía un cavallero mucho bueno e muy cortés a que dezían Policenar, e era duque de Salamina e pariente de Ayas Talamón, e andava en la batalla mucho avivado e mucho orgulloso. E Éctor, cuando lo vio ansí andar, dexóse correr a él e alçó la espada e diole una tan grand ferida que luego le echó la cabeça en tierra.

*Título cómo enseñaron al Sagitario cómo feziese los que le (a)guardavan*[38]*, e de los fechos que fizo*

Cuando el rey Pitrofles d'Alisonia vio que se el pleito ansí volvía mandó a los que guardavan el Sagitario que le dexasen e que le enseñasen cómo feziese. E ellos mostráronle los griegos e mandáronle que los tirase e los quisiese mal de sí; mostráronle los troyanos e dixéronle que los amase e fuese de su parte. E él entendió bien cuanto le dixeron e fízolo ansí.

---

38 *los que le (a)guardavan:* esta oración funciona como sujeto del verbo *enseñaron;* entiéndase, pues, "cómo sus guardianes enseñaron al Sagitario cómo actuar". En este título, a la luz del contexto, puede haber un error del copista, que escribió *aguardavan* por *guardavan*.

E salió luego muy ledo de entre los suyos, e iva dando grandes saltos e grandes vozes e baladreava e dava gritos tan espantosos que esto era una grand maravilla, e non quedava de los ferir.

E los griegos, cuando vieron que les ansí tirava e los matava tan sin piedad, ovieron dél grand pavor, que todos ivan fuyendo e acogiéndose a las tiendas, e él en pos dellos fuyendo e faziendo grand daño e grand pérdida por do él iva. Ca de un golpe que tirava matava dos o tres cavalleros, e cuatro las vezes, ansí que en poca sazón mató cient cavalleros de los griegos. E él echava de la boca un espuma que semejava llama; e el su baho semejava que quemava el aire, por ende fueron los griegos fuertemente desmayados e non sabían de sí parte.

E el Sagitario ante que lançase la saeta bolvíala en un venino. E cuando iva por el aire semejava el fierro della que iva ardiendo que, vos diré[39], sin falla los de la hueste fueran desbaratados si aquel Sagitario mucho i durara, ca por su mal dellos que viniera. Ca tan esquivo era el daño que les fazía e tan sin manera en la su brabeza que non fincara i omne griego que muerto non fuera si les luengamente durara, ca en poco tiempo mató dellos mil cavalleros de atales que serían buenos entre los buenos. E non lo podían más ferir; e acogiéronse a las tiendas e allí se defendían, mas la defensa non les valía ninguna cosa, ca todos eran desbaratados e confondidos. E a poco tiempo fueran todos muertos e mal afrontados si la ventura non les fuera contraria a los troyanos, ca maguer que se acogieron a las tiendas non los querían i dexar los troyanos, antes los querían matar e destruir. E ellos se defendían andando entre las gentes de las tiendas, los unos andando a pie e los otros a cavallo.

E allí andando, rescibieron grandes daños, e muchos fueron los muertos e mal llagados, ca aquel Sagitario iva por do quería e tornava e tirava e firía muy sin piedad e muy peligrosamente. E non avía de los griegos tan fardido que mucho non recelase el su golpe. Ca non avía i loriga tan doblada nin tan preciada nin tan buena, nin escudo tan fuerte, nin otra arma tan de grand prez que pudiese endurar nin delibrar de muerte a aquel que lo traía, nin podía ninguno defensión aber contra él.

---

[39] *vos diré:* aquí, como en otros casos, rectifico la puntuación de la ed. que utilizo.

## *Título cómo Diomedes*[40] *mató al Sagitario*

Cuando Diomedes vio el grand daño que el Sagitario fazía, puso de fuir e de se guardar dél, ca él andava ya mal llagado en la cabeça de un dardo. Mas por la cuita grande e por el pesar que avía del grand daño que rescibían de aquel Sagitario, non sintía aquella ferida si non poco. E yendo corriendo por tras de un tendejón con su espada en la mano, quiso ansí la ventura que encontró con Sagitario, e cuando le vio pesóle mucho con él, pero non sopo qué fazer, ca avía grand vergüença de se tornar e fuir. Ca sin falla grand vergüença sería a omne de tan grand guisa de tornar las cuestas e se volver. Demás que si fuyese irién en pos dél mil cavalleros que lo querían mortalmente e lo llagavan de grado a la muerte si pudiese ser, e por eso non quiso fuir; e de cada parte fallava contrarios.

E el Sagitario cuando lo vio dio tan grandes balidos e començó de relinchar tan fuertemente que toda la tierra tremía so sus pies; e tendió su arco lo más teso que pudo e tiróle e fuele dar por medio del escudo que era pintado de sus señales, que eran de flores de azul en campo de oro, tan grand ferida que el dardo non se detovo en punto en el escudo e pasóle la loriga e los costados amos, e el dardo salió dél e fue caer muy lueñe. E Diomedes fincó tanto mal llagado que por poco oviera de morir, mas la ventura non quiso que la saeta pasase por medio del cuerpo. E dexóse ir a él cuanto el cavallo pudo llevarle, e como era fuerte e fardido diole tal ferida por medio de los costados que gelos cortó amos e le partió en dos partes, e lo que avía figura de omne fincó luego en el llano, e lo que semejava bestia andudo después grand pieça fasta que lo derribaron los griegos desque cobraron e fueron esforçados. E sin falla, si non fuera la ventura que ovo Diomedes, los griegos fueran vencidos e maltrechos e confondidos para siempre, en guisa que non pudieran cobrar la cibdad.

---

[40] "Era muy fuerte de cuerpo, mas sañudo de cara, e bravo, e de mucha palavra, e non sofridor, e osado", dice de él la *Grand e general estoria* (II parte, cap. 561).

Después que Diomedes el Sagitario ovo muerto, todos los omnes de la hueste fizieron tocar las trompas e sonar las bocinas e añafiles a más poder por fazer a los suyos tomar mayor esfuerço e mayor ardimiento. E ayuntáronse todos e esforçáronse e empuxaron los troyanos fuera de entre las tiendas e fiziéronlos salir allá por los llanos, e allí se volvió un torneo muy fuerte e rescibieron grand daño; e fueron i muertos muchos cavalleros.

En este torneo fue muerto un rey de muy grand valor a que dezían el rey Peleus de Paladina. E dezir-vos-he por cuál manera: él vio en este torneo a Arquiles[41] e, como él era cavallero rezio e esforçado e de grand ardimiento, quiso justar con él uno por otro. Mas él quiso tomar grand fecho e fallóse dél mal, ca Arquiles le dio tal lançada que le falsó todas las armas e dio con él muerto en tierra de encima del cavallo. E cuando Éctor esto vio, tomó ende gran pesar e firió el cavallo de las espuelas e fue ferir a Arquiles, e Arquiles a él; e como amos eran orgullosos e sañudos tan duramente se firieron de las lanças en los escudos que las lanças fueron fechas pieças e ellos amos fueron de los cavallos en tierra. Mas Arquiles, que era muy ligero, levantóse muy toste en primero e metió mano a la espada e fue tomar el cavallo de Éctor a que dezían Galatea, e començó a tornear con él mucho aína sin falla. Si lo él pudiera traer fasta los suyos, él saliera por buen cavallero e acabara mucho de su talante. Mas Éctor, cuando le vio levar el cavallo, tomóle gran pesar e començó a llamar sus hermanos e díxoles ansí:

— ¡O, los buenos cavalleros e fardidos e valientes!, aquí se muestre la vuestra proeza e el vuestro pres; e non lo dexedes levar por ninguna guisa, ca nunca plazer nin alegría avré si lo él ansí lleva; mas vós tomad tal afán e fazed en tal guisa por que[42] me libredes el cavallo.

Después que esto ovo dicho, los troyanos començaron de aguisar tan fuertemente e con tan grand poder que toda la tierra estremecía por ó ellos ivan. E en mal punto muchos aquel día vieron aquel cavallo, ca muchos fardidos e de grand pres fueron por él muertos e mal llagados. E sabed que esta porfía

---

41 *Arquiles:* está claro que se trata de una variante del nombre del héroe clasico, Aquiles, famoso por haber vencido y muerto a Héctor, muerto a su vez por Paris.

42 *por que:* por la cual, relativo, no conjunción causal; su antecedente es *guisa.*

duró mucho, ca los de la parte de Arquiles non querían que Éctor lo levase, e los de Éctor antes querían morir que lo Arquiles levase. E sobre esto fueron quebrantados muchos yelmos preciados, e falsados muchos escudos, e desmanchadas muchas lorigas, e muchos buenos cavalleros fueron derribados en el campo muertos. Mas los bastardos[43] de su hermanos de Éctor lo tomaron por muy grand fuerça e por grand ardimiento. E mostraron allí grand valentía e diéronlo luego a[44] su hermano e a su señor Éctor.

### *Título CXVI. De la muerte de Ébtor*[45]

La buelta así tan afincada andando, Arquiles que andava a la otra costanera vio cómo muy desordenadamente e feo los griegos bolvían las espaldas, e con aquellos que lo aguardavan aguijó[46] cuanto más el cavallo lo pudo llevar, e allegó donde

---

[43] *bastardos:* se trata de una definición de parentesco, sin ninguna connotación de insulto.

[44] *a:* lo mismo ésta que la siguiente preposición aparecen con *h* inicial en el códice.

[45] Resulta interesante confrontar lo narrado en este capítulo con el pasaje que se selecciona más adelante de la *Versión de la historia de Troya de Beneito de Santa María, hecha por mandato de Alfonso XI,* bajo el título «Cómo Éctor llegó a la batalla». También vale la pena cotejarlo con el relato alfonsí en *Grand e general estoria,* en cuya II parte se dedica el cap. 574 al duelo hecho por la muerte de Héctor: "Los troyanos en todo esto llegaron, e tomaron el cuerpo de Éctor e leváronlo a la villa. E fueron muy grandes los duelos e los llantos que toda la noche fueron allí fechos por él. E lloraron los viejos, e los mancebos, e los niños, e otrosí todas las mugeres por la su noble cavallería e por la otra proeza que en él avía. E el rey Príamo, su padre, tanto fue triste por la muerte de aquel su fijo que en punto estudo de salirse de sentido, ca en aquél tenié toda su fiuza; e fue muy grande el duelo que él fizo. E la reina Écuba, su madre, otrosí, e sus hermanos e sus hermanas, non fue en cuenta el duelo que fizieron. E rompiéronse todos los vestidos, e rascáronse las caras, e mesáronse las cabeças dándose muchos puños en ellas. Mas sobre todos los otros fazié grand duelo Andrómata, su mujer, que toda se rompió, e se rascó, e se estimó; e yazía cerca dél salida de sentido".

[46] *aguijó:* escrito *agijo* en el códice más antiguo; en el otro, ya *aguijo.*

Ébtor estava. E cuando Ébtor lo vio venir, salióle a recebir e feriéronse bravamente. Mas Ébtor dio a Arquiles una tal lançada por el muslo de la pierna e pasógela de parte a parte e quedó muy mal llagado, de guisa que ovo de salir fuera de la priesa e fízose atar la pierna con un pendón de una lança, e tomó una lança muy tajante e tornó a la pelea allí donde vio que Ébtor andava. E cuando él allegó, Ébtor avía derribado un noble rey de una lançada, e cuando lo vio en tierra travóle por el vantal[47] de la loriga por lo llevar preso, que tal era la su costumbre, que él non acometía si non allí do la mayor priesa veía, e non aderesçava si non a omnes de alta guisa, e si prender los podía; si non, al que matava, por señal de las sus cavallerías, siempre llevava las armas o a lo menos el yelmo.

E, como deximos, levando Ébtor aquel cavallero por el vantal, yendo baxo sobre el arzón delantero, iva descobierto de las armas, e Arquiles llegó en él e ferióle (en descobierto)[48] en el ijada e entróle fasta en las coradas e así que luego las entrañas cayeron sobre el arzón de la silla; mas cuando los troyanos acorrieron ya era muerto. E cuando el rey Menón aquello vio, fue muy corajoso, e con muy grand saña tan de rezio fue ferir a Arquiles que lo puso del cavallo en tierra. E tan grande fue sobre él la priesa que le dieron e tantos ovo de los golpes, que oviera a morir. Mas Diomedes e Agamenón, cuando vieron la grand priesa que sobre la seña de Arquiles se bolvía, bien entendieron que menester le era la ayuda e corrieron allá a muy grand priesa. E tanta fue[49] allí la buelta de los unos e de los otros, e tan grant voluntad avían cada unos de vengar los suyos, que dizen las estorias que allí donde Ébtor murió, en tanto trecho como se podría echar una pied[r]a de mano, en espacio de media ora murieron diez mil cavalleros, e estos de toda la flor de la cavallería, así de dentro como de fuera.

---

47 *vantal:* parte de la loriga que se alzaba por delante de la cara, protegiéndola.

48 *en descobierto:* sospecho que se trata de un error del copista, que debe suprimirse; el copista del cód. más moderno comete un error parecido, repitiendo la palabra *descubierto* en su caso, sin que tampoco haga demasiado sentido, lo cual puede llevar a pensar que el antígrafo, probablemente un texto de Guido de Colonna, que ambos utilizan estaba corrupto en este pasaje.

49 *e tanta fue:* tomo esta lectura del cód. más reciente; el cód. más antiguo ofrece la variante *e tan fue*.

Mas los troyanos, cuando ya vieron muerto a Ébtor, tan grand ovieron el desmayo que por fuerça ovieron de dexar el campo, ca los otros tomaron por la su muerte grand esfuerço, que entendían que en la villa eran ya apoderados, a tanto que los troyanos se embarraron en la cibdat e los griegos los seguieron fasta en las puertas.

E algunas de las estorias dizen que el cuerpo de Ébtor quedó en el campo en poder de los griegos. E aun dizen que lo fezieron arrastrar sobre una tabla por toda la hueste, e que estovo así en el campo bien ocho días e que después lo cuidó comprar su padre por muy grand precio, mas que después por ruego gelo dieron en gracia[50]. E pues así es, así como los troyanos fueron encerrados en la su cibdat e los griegos se tornaron a su real, pero que muy perdidosos de muchas gentes mas muy alegres porque Ébtor era muerto, mas del otro cabo muy temerosos por Arquiles, que pensavan que morría, ca mucho mal llagado era; mas ovieron buen çurugano[51] que les dixo e puxo fiuza que bien guarecería; e con esto fueron conortados.

---

[50] dieron *en gracia:* en concesión gratuita, gratis, de balde; corrijo la lectura del cód. más antiguo, donde se lee *dieran en Grecia,* con la del más moderno. En *Ilíada,* XXII, los griegos se llevan el cadáver de Héctor a sus naves, como recuerda Agapito Rey.

[51] *çurugano:* en el ms más reciente se lee *curujano*, entiéndase *cirujano*; en castellano medieval se registran, además de estas voces, las equivalentes de *cirugiano, cirúrgico, cirurgirno,* equiparables a veces a *físico.*

# 13. *Libro de Josep Abarimatía* [o *de Arimatea*] / *Libro del santo Grial*[1]

Redacción 1313 h

1469 C

Se conservan fragmentos de este texto en un cód. copiado por Pedro Ortiz, *olim* en la Biblioteca Real o de Palacio de Madrid (2-G-5) y hoy en la Biblioteca de la Universidad de Salamanca (núm.1877), en sus fols. 252r-282r.

Se trata de una versión derivada del *Roman du Graal*. Hay otra portuguesa, el *Livro de José de Arimateia* (ms 643 del Arquivo da Torre do Tombo de Lisboa), en la que Ma-

[1] Para los materiales artúricos, vid. Harvey L. Sharrer, *A critical bibliography of hispanic arthurian material*, Londres, Grant and Cutler, 1977, así como Carlos Alvar, *El rey Arturo y su mundo. Diccionario de mitología artúrica,* Madrid, Alianza Editorial, Alianza Tres, 258, 1991. En el cód. fragmentario salmantino se dice, al iniciarse este texto: «Esta parte se llama el Libro de Iosep Abarimatía e otrosí Libro del santo Grial, que es el escodilla en que comeó Jesucristo» (fol.152r). Hay referencias en la Introducción general de la presente ed. que puede ser útil consultar.

nuel Álvarez, que dice haberla "treladado"[2] de un original anterior y dedica su obra a su rey João II (1481-1495)[3], recuerda que «esta estoria era jumtada con a de Merlin, na qual he començamento da mesa redonda e a nacemça de Artur...»; su trabajo se presenta como primera parte de la *Demanda;* la segunda no ha llegado hasta nosotros.

Otto Klob incluyó en su trabajo de 1902 los fols. que él numera como 252v y 264r —y en la numeración de Pietsch son 253v, 254r y 264v— del cód. castellano, que entonces se hallaba en la Bibl. Real de Madrid (2-G-5). En 1924 y 1925 Pietsch completó aquella labor con una excelente edición comentada.

Algunas versiones mixtifican las historias más o menos legendarizadas relativas a José de Arimatea y al emperador Vespasiano en la curación milagrosa de éste y en su asedio y toma de Jerusalén.

Con anterioridad al año 1212, Robert de Boron escribió una obra en octosílabos pareados que tituló la *Estoire dou Graal;* allí se propuso relatar los orígenes del Graal en Oriente, en los tiempos de Jesucristo, cuando José fue su primer guardián, para narrar luego el traslado del objeto a

---

[2] Es decir, trasladado, con lo cual parece no referirse a una traducción que él hubiera hecho del francés original, sino simplemente haberla copiado (¿o traducido?) de otra versión hecha en el siglo XIV, posiblemente de la que hizo en Astorga el año 1313 ó 1314 Juan Sánchez —maestreescuela de aquella ciudad episcopal, situada estratégicamente en el camino de Santiago—, a la que alude Álvarez al final de su propio texto. Dudo que se refiera a que él copia una traducción hecha por Joam Vivas a mitad del siglo XIII, pues en tal caso no se hubiera referido a ella como escrita «á *caise* de 200 annos», sino a *más* de 200 años. Vid. el artículo de Ivo Castro, al que no se debe seguir sin cierta discreción, "Sobre a data da introdução na península ibérica do ciclo arturiano da Post-Vulgata", *Boletim de Filologia*, 28 (1983), 81-98. Acerca de lo relativo a esta obra y a sus conexiones con los relatos artúricos, se remite al lector a las páginas de la Introducción pertinentes a este asunto.

[3] Tanto Klob como Pietsch dicen que Álvarez dedica su trabajo a João III (1521-1557), pero en el título leo "João ho 2º", las fechas de cuyo reinado encajan mejor con la referencia cronológica que Álvarez hace a su posible antígrafo de 1313 ó 1314, que, según él, «a *caise* de 200 annos que foi spto [=escrito]».

Occidente y su aparición en el mundo artúrico mediante la intervención del cuñado de José de Arimatea —Bron— y de Helaín, hijo de éste. Algunas versiones convertirán a Perceval —también guardián del Grial emplazado ya en el castillo de Corbenic— en sobrino-nieto de José. Boron concibió su *Estoire* como una trilogía: la primera parte —de más de tres mil versos, conservada en su integridad— se refiere a José de Arimatea y a su llegada a Gran Bretaña con su preciado objeto, la segunda —sólo en parte conservada— se ocupaba de Merlín como momento transicional, la tercera aludiría a la historia del objeto en la corte de Arturo y se centraría en los hechos de Perceval.

La interpretación cristiana de Robert de Boron terminará por fundirse en la tradición literaria posterior con la característica estructura narrativa que Chrétien de Troyes impuso a los textos artúricos. Algo de la versión castellana procede de la *Estoire del saint Graal* de la *Vulgata*, por ejemplo el viaje de José a Oriente, hasta Sarraz o Sarrás donde ayuda en el combate al rey pagano Evalach o Evolat y lo convierte al cristianismo.

EDICIONES

1902 Otto Klob, "Beiträge zur Kenntnist der spanischen und portugiesischen Gral-Litteratur", *Zeitschrift für Romanische Philologie*, 26 (1902), págs. 192-196 [reproduce fols. 253v, 254r y 264v del cód. Univ. Salamanca 1877].

1924-1925 K.Pietsch, en *Spanish Grail Fragments: El libro de Josep Abarimatia, La estoria de Merlín, Lançarote, Edited from the unique manuscript*, Univ. of Chicago Press, The Modern Philology Monographs, vol.I, Texts[4]. [El texto de *Arimatea*, en págs. 1-54, en

[4] Los fragmentos castellanos que publica son traducciones del francés, e incluyen algunos galleguismos, leonesismos y lusismos, así como ciertas modernizaciones con respecto al arquetipo o al antígrafo de donde proceden, imputables al copista.

donde se reproducen los fols. 252r a 282r del cód. 1877 salmantino]. Vol.II, Commentary. [G.T.Northup colaboró en traducir del alemán al inglés].

1971[2] Ramón Menéndez Pidal, *Crestomatía de la literatura medieval española*, Madrid, Gredos, t.I. págs. 347-348. [En su extracto sigue a Pietsch].

BIBLIOGRAFÍA

COSTA GÓMEZ, A.,"Los orígenes del Grial", *Nueva Estafeta*, 33-34 (1981), 55-63.

GRIMBERT, Joan Tasker, "Testimony and 'Truth' in *Joseph d'Arimathie*", *Romance Philology*, 44,4 (1991), 379-401.

KLOB, Otto, "Beiträge zur Kenntnist der spanischen und portugiesischen Gral-Litteratur", *ZRPh*,26 (1902), 169-205.

MUSCHG, Adolf, "La question du Graal", *Diogène*, 146 (1989).

SELECCIÓN

La inclusión de pasajes tomados de este texto, a pesar de su escasez de rasgos típicamente caballerescos, se justifica plenamente por sus indudables vinculaciones con la materia artúrica —el rey Arturo es mencionado de manera explícita y hay referencias a sus antepasados cristianos— o de Bretaña y por ser pieza fundamental, por no decir fundacional, del ciclo del santo Grial[5]. Contiene numerosos elementos doctrinales cristianos, algunos de ellos de tipo casi catequético, parenético y litúrgico, pero también otros muy representativos de lo que se ha dado en llamar «lo maravilloso cristiano», y no están del todo ausentes las referencias al ambiente épico de luchas y batallas en la relación

[5] Así se presenta, en efecto, en algunas versiones, como «primera parte» de la *Demanda del santo Grial*. En algunos textos prosificados José de Arimatea vendrá a ser antepasado de Ivaín o de Tristán.

antagónica de Evolat y Tolomer, donde resulta decisiva la intervención de José.

José de Arimatea —el que en *Perlesvaus* fue llamado «buen soldado» es tratado en el texto como un «cavallero»—, enviado por Jesús «a predicar e demostrar el mi nombre e la mi creencia por tierras estrañas» (fol. 258v), lo mismo que sus hijos Josafás o Josefés y luego Galat —Galaad o Galaz—, no por decirse y sentirse discípulos de Cristo además de propagadores de su doctrina dejarán de intervenir en asuntos civiles e incluso militares, si se tercia, sino que precisamente por su condición de cristianos se sienten impulsados a tales compromisos, funcionando de esta suerte como paradigmas para los caballeros cristianos que conocieron su conducta ejemplar a través de relatos como el presente.

Josafás, el hijo del protagonista, será enviado por Jesucristo para dar testimonio de su fe «ante reyes e condes», convertido en «pastor de mis ovejas nuevas» y constituido en «el mayor obispo de mis nuevos cristianos» (fol. 274r), a quien se le encarga que a su vez consagre obispos en cada ciudad evangelizada y asimismo consagre «a los reys que por ti venieren a la mi creencia» (278r).

## *Libro de Josep Abarimatía*[6]

[252r] *Este tratado se llama el «Libro de Josep Abarimatía», e otrosí «Libro del santo Grial», que es el escodilla*[7] *en que comió Jesucristo*

En la ora[8] que el nuestro señor Jesucristo rescebió muerte, e la nuestra muerte fue destruida e nuestra vida fue reparada,

---

[6] Como siempre, adaptándolo a los criterios preestablecidos, utilizo el texto citado de la ed. de Pietsch (en estas notas, P=Pietsch, sobre todo para las correcciones por él propuestas), aprovechando algunos elementos de su Comentario. Sobre la antigua denominación del protagonista como *Abarimatía*, pero también *de Aromatía* en el texto (fol. 266r), conocido hoy más como *de Arimatea*, no es imposible que se hubiesen fundido o confundido el signo gramatical semítico de gentilicio o patronímico (*ibn/ben*) con la preposición latina indicativa de procedencia u origen (*ab*). Berceo se refiere a este personaje como «el de Abarimatia» (*Duelo*, 150), que desde el siglo XIV desplazará su acento y convierte su prosodia en Abarimatía, en rima con "día". En la versión portuguesa también se le denomina Abarimatia; en *Gesta Pilati*, "ab Arimathia"; en el texto bíblico de la *Vulgata*, "ab Arimathœa". En versiones bíblicas castellanas se habla de José como "originario de Arimatea, ciudad de Judea" como responsable de la recuperación del cadáver de Cristo, de su descendimiento de la cruz, de su amortajamiento y de su sepultura (vid. *Lc*, 23, 50-53); el evangelio de san Juan añade la cooperación de Nicodemo (*Jn*, 19, 38-41); san Marcos lo presenta como consejero del Sanedrín (*Mc*, 15, 43) y san Mateo dice que José depositó el cuerpo de Jesús "en su propio sepulcro" (*Mt*, 27, 60).

En *Perlesvaus* la tumba de José, situada junto al castillo del Rey Pescador, se abre por sí misma cuando llega allí el protagonista, quien desaparece con los restos de su tío-abuelo en un misterioso barco.

[7] *grial...escodilla:* Fue Chrétien de Troyes quien incluyó en su *Perceval* este preciado objeto —llamándolo *graal*—, que se hará tan consustancial con la literatura artúrica, dados los denodados esfuerzos de otros caballeros por conseguir lo que Perceval perdió. En francés, "greal" significaba 'escudilla o plato'; en castellano medieval conservaba esta acepción y se usaba como sinónimo de 'platel hondo', recipiente o vaso más o menos grande, y así, al lado de otros utensilios de cocina, lo usa Juan Ruiz en su *Libro de buen amor* (c.1175); pero también pasó a ampliar su significado, precisamente en función de estos textos artúricos, a 'copón' o 'cáliz', por referencia al que Jesús usó en su última cena para convertir el vino en su cuerpo. El diccionario académico, que da como étimo el lat. **cratalis* (de *crater*, copa), lo define

non avía entonce ningunos que en él creyesen, fuera[9] sus discípulos. E cuando nuestro Señor fue puesto en la cruz dudó la muerte como omne mortal. E dixo:

— Padre, si podiese ser, que yo non sofriese esta pasión.

Pero non ovo tan grand coita por que él quesiese escusar de la muerte. E muchos estavan i que avían començamiento de lo creer, que dudaron. E avía un cavallero que avía nombre Josep de Abarimatía[10]. E Abarimatía es en tierra de Aromata[11]. E non veniera allí Josep por esta sazón[12], mas veniera a Jerusa-

---

como «vaso o plato místico, que en los libros de caballería[s] se supone haber servido para la institución del sacramento eucarístico». Otros lo hacen derivar del lat. med. *gradale*, plato hondo donde se sirven ricos manjares en casas nobles (vid. C.Alvar, *El rey Arturo...*, ed. cit., págs. 203-205; «todo aquello que Chrétien dejó entre las brumas de la ambigüedad, pues nunca llegó a explicar qué era verdaderamente el grial ni cuál era su función, Robert de Boron lo explica detalladamente: se trata del vaso utilizado por Jesús en la última cena, en el momento en el que instituye el sacrificio de la misa», *ibid.*, pág. 204). Ha venido a dar nombre a una de las más prestigiosas publicaciones culturales gallegas y a constituir el motivo simbólico central del escudo o blasón de Galicia, ya reproducido en el arco triunfal del emperador Maximiliano I a principio del siglo XVI y en *Wappenbüchlein*, obra de Virgil Solis impresa en Nurenberg en 1555, así como en *Le blason des armoiries* de Hierosme de Bara, editado en Lyon en 1581. En la catedral de Valencia se venera un antiguo cáliz que la tradición identifica con el grial usado por Jesús. Puede recabarse información complementaria en la obra de Adolfo Bonilla, *Las leyendas de Wagner en la literatura española*, Madrid, Asoc. Wagneriana, 1913, págs. 40-51.

8 *ora:* otras versiones se refieren a "día".

9 *fuera:* excepto, a no ser.

10 *de Abarimatía: de* junto al prefijo *ab-* hace a una u otra preposición expletiva o pleonástica, como tampoco hace sentido el inmediato *Abarimatía* usado como topónimo. Véase la nota anterior relativa a la denominación del protagonista.

11 *Aromata:* Arimatea es la forma griega que adoptó el topónimo hebreo Ramatáyim o Ramah; la traducción bíblica de los *Setenta* utiliza la forma Armathaim; Eusebio de Cesarea, Armathem. Allí había sido ungido Saúl como rey de Israel (I *Sam.*, 9, 1ss) y se refugió David huyendo del acoso de éste (I *Sam.*, 19, 18). Después se denominó Remfis y Rantis. Estaría situada a unos 40 kilómetros al NW de Jerusalén, en dirección a Tel Aviv, tal vez en el actual emplazamiento de Bet Rimah.

12 *sazón:* en el cód., *razón;* corrección de P.

lén siete años[13] ante que nuestro señor Jesucristo fuesse puesto en la cruz. E avía en él firme creencia [mas] non se osava mostrar por cristiano, con miedo de los judíos, ca era mucho omne bueno e muy sofridor e quito de imbidia e de sobervia, e acorría de su aver a los pobres, e otras [252v] muchas bondades avía en él. E desto fabla el primero salmo del salterio: «Bienaventurado es aquel que se non llega al consejo de los malos». E entonce Josep era en Jerusalén con su mugier e con su fijo que avía nombre Josafás[14]. E aquel Josafás pasó el linaje[15] de su padre allende la mar, donde es agora Inglaterra, ca estonce se llamava la Grand Bretañia, e pasólos sin navío, en l'álabe[16] de su camisa. E mucho uvo duelo de la muerte de Jesucristo e pensó en cómo oviese más su amor, ca él non lo amara tanto si non fuera leal cristiano, ca ninguna malandança non puede al omne partir el leal amor.

E cuando él vio en la cruz aquel (en) que él creía que era fijo de Dios e salvador del mundo non se espantó nin creyó menos por ende, empero que lo vido finar, ánte esperava la santa resurreción. E porque lo[17] non podiera aver bivo, pensó en qué manera avería de aquellas cosas que l' tanxieron[18] en su vida. Entonce fue a la casa do él comiera el cordero con sus discípulos el día de la pascua, e preguntó por el lugar do comiera. E mostráronle el lugar que fuera fecho para comer, e en la más alta silla[19] de la casa allí falló el escodilla do el fijo de

---

13 *años:* en el cód., *días*; corr. de P.

14 *Josafás:* al hijo primogénito de José de Arimatea y de Eliab o Eliap se le llama Josefés en otras versiones; será consagrado, como se verá, obispo encargado de la propagación del evangelio cristiano en tierras de Gran Bretaña. En la *Queste* aparece en el castillo de Corbenic, más de trescientos años después de su muerte, para celebrar los oficios religiosos ante el Grial en presencia de Galaad, Perceval y Boores.

15 *linaje:* familia.

16 *l'álabe:* comba o curvatura —a manera de cuenco, teja o barco— formada por el volante, doblez, ribete, trozo o jirón de su camisa.

17 *lo:* en el cód. *la;* corr. de P.

18 *tanxieron:* tocaron corporalmente.

19 *silla:* celda, habitación, cámara, particularmente despensa o granero; del lat. *cella;* el copista debiera haber escrito tal vez *cilla* adaptando el latinismo. Nebrija recoge la voz *cilla* en su *Vocabulario español-latino* con el significado de lugar "donde encierran pan", "hórreo"; *cillero* significó, además de despensero de granos y frutos, despensa, bodega o comedor.

Dios comiera con los apóstoles ante que les su carne e su sangre diese. E pues que la tovo, fue muy gozoso e levóla a su casa e guardóla en un lugar muy limpio e muy fermoso.

E cuando sopo que el salvador del mundo era muerto e aquellos que lo mataron le querían quebrantar las piernas así como solían fazer a los ladrones, non quiso tanto atender a que los que en la cruz lo posieron que l' quebrantasen las piernas, ánte vino a Pilato cuyo vasallo era —siete años avía que dél oviera soldada— e pediól' merced, pues tanto servicio le avía fecho, que l' diese un don, [253r] ca mucho poco le costaría de lo suyo e sería mucho a él e a su servicio. E Pilato dixo que lo avería, e bien devía aver tal don. E Josep le pedió el cuerpo de Jesucristo. E Pilato cuidó que poco le demandava, ca cuidó que l' dava un pobre pecador, mas diol' la salud de la vida e lumbre e eso mismo al fazedor e resucitador de todos los cuerpos; e este fue el más rico don que nunca omne vio, por que la conoscencia de Pilatos[20] fue tal que non sopo qué dava, por ende le pueden dezir más despecho[21] que don ca, si él sopiera la grand alteza e el grand poderío de aquel cuerpo, él non presciara contra él la riqueza nin el señorío de todo el mundo. Mas Josep, desque ovo ganado lo que conoscía, fue muy alegre cuando el don le ovo otorgado, e tóvose ende por mejor pagado que él tenía que lo pagava[22].

E cuando vino a la cruz do él estava puesto començó de llorar doloridamente por los muy grandes dolores que él sofriera. E cuando lo descendió de la cruz, con grandes sospiros llorando mucho, echólo en un monumento que feziera para sí. E desí fue a su casa por la escodilla e tornó a él e cogió en ella tanta de aquella sangre cuanta más pudo coger, e después tornóla a guardar a su casa. E por esta sangre mostró Dios después muchas virtudes en tierra de promisión[23] e en

---

20 *Pilatos:* antes el copista había escrito Pilato, como debía ser, pero el vulgarismo ya existiría por entonces en la lengua hablada y contamina la escrita. Vid. más adelante, en otro de los textos seleccionados, la *Historia del noble Vespasiano*, una nota inicial sobre Pilato.

21 *despecho:* el copista escribe *gracia*; corr. de P, de acuerdo con otras versiones.

22 *mejor pagado...pagava:* la expresión resulta algo ambigua, por el uso anfibológico del pronombre *él*, que no está claro si se refiere a José o a Pilato.

23 *tierra de promisión:* el territorio de Canaán que había sido repartido entre las doce tribus y luego convertido en los reinos de Judá e

otras muchas tierras. E cuando la él ovo guardada en el más limpio lugar que él pudo, tomó de sus paños muy ricos e tornóse al monumento e soterró[24] el cuerpo de su Señor lo más onradamente que pudo. E después metiólo en el monumento e fízole poner de suso una piedra muy pesada porque non quería que ninguno llegase do tan alta cosa yazía como el fijo de Dios.

### [...257v...] *En cómo vino la boz del cielo a Josep que l' dixo que feziese mandamiento de Dios*

Tan amientra que esto fue[25] vino una boz del cielo que l' dixo a Josep:

— Non te espantes, mas conórtate; ca el terrenal vengador es venido e aquél te vengará de tus enemigos aquí, mas la vengança de acá suso será peor[26]. E cuando tú vieres la grand vengança entonce sabrás tu cuámaño[27] lezerio[28] te conviene sofrir por mi nombre predicar por estrañas tierras.

E Josep respondió:

— El vuestro siervo es aparejado para fazer todo vuestro plazer. Mas, Señor, ¿qué faré yo de la vuestra santa escodilla? Ca querría yo que fuese guardada en guisa que la non oviese omne del mundo.

E la boz le dixo:

---

Israel; la expresión, y su variante "tierra prometida", pasó a sustituirse por la de "Tierra Santa", persistente en la actualidad.

24 *soterró:* otras fuentes se refieren más explícitamente al acto de amortajar el cadáver de Cristo.

25 *Tan amientra que esto fue:* "mientras ocurrió esto"; el texto se refiere a la liberación de José de Arimatea de la cárcel donde, por orden de Caifás, había estado encerrado durante muchos años, cuarenta y dos, se dice más abajo.

26 La voz celestial se refiere a Vespasiano y a la destrucción de Jerusalén.

27 *cuámaño:* cuán magno, qué grande, cuánto.

28 Vid. Glosario: lazerio.

— Non ayas cuidado de la escodilla, ca cuando fueres a tu casa tú la fallarás allí do la tú posiste, en aquel lugar de donde la yo aquí aduxe. Agora crey que te rescibo en mi guarda contra[29] todos los omnes del mundo.

Entonce calló la voz. E Vaspasiano[30], que estava ya suso, fizo sacar a Josep. E cuan|do [258r] Caifás lo vido, bien le semejó que nin un poco non envegeciera, ánte dixo que nunca tan fermoso lo viera nin más mancebo. E cuando Josep vido a Caifás non lo conoscía, tanto era ya de viejo, nin [a] su fijo mismo que lo quiso bessar, ánte preguntó quién era; e dixiéronle que era su fijo, e él non lo podía conoscer. E después fue su mugier por lo besar; e él començó acatarla[31] e conoscíala en el rostro que aquella era su mugier, mas mucho le semejó ser desemejada. E ella dixo:

— Señor, ¿non me conoscedes? Yo so Eliab, vuestra mugier. E este es vuestro fijo, Josafás[32].

E él díxol' que lo non creía si le non dexiese verdaderas señales por que los podiese conoscer. E Vaspasiano le dixo:

— ¿Cuánto cuidades vos, Josep, que estodistes en esta presión?

E Josep le dixo:

---

[29] *contra:* en el cód. se lee *entre*.

[30] Vaspasiano o Vespasiano, «muy buen cavallero de armas», habría sido curado de su lepra con la visión de la toalla de la Verónica —María de Egipto en este texto— en donde había quedado impreso el rostro de Jesús (fols. 255v-256r). Luego vengará la muerte de Cristo vendiendo a sus enemigos «XXX por un dinero, así como fuera él vendido a los judíos» (256v), y José de Arimatea será su padrino cuando se haga bautizar (259r).

[31] *acatarla:* también pudiera entenderse *a catarla*, a mirarla.

[32] Según el texto (fol. 254v), ni el hijo de José ni su esposa —llamada también Eliap en este y en otros textos— contrajeron matrimonio durante el largo encierro de éste «por el amor que avían con Jesucristo» y fueron bautizados por Santiago el menor, obispo de Jerusalén. Dios pedirá castidad perpetua a Josafás y lo envía junto con su padre a predicar su evangelio, «sin oro e sin plata e sin çapatos», sólo con su grial o escudilla (259r).

— Señor, yo cuido que estude i desde el viernes fasta oy, domingo.

E entonce començaron todos de reír, porque cuidaron todos que estava atordido o loco de la presión. Más mucho se maravillava Caifás porque estodiera tan grand tiempo sin comer. E Vaspasiano dixo:

— Por buena fe, Josep, feziéronme entender que cuarenta e dos años ha que tú eres metido es esta presión.

[...260r...] *En cómo alvergó Josep con su compaña en la mata de las celadas*[33]

— Agora váyaste a tu pueblo e fallarás albergue en aquella mata, e cada uno averá lo que quesiere en su bouça[34]; e ante que vayas de aquí faz una arqueta[35] pequeña para [260v] mi escodilla, e después que fuer fecha traherla-hedes ante vós. Faredes cada día vuestras oraciones ante ella de buen coraçón, que non se vos olvide aquel que vos formó. E cuando tú quesieres fablar comigo abrirás el arca doquier que tú seas, así que tú solo verás la escodilla, ca non quiero que otro la tanga[36] si non tú o tu fijo Josafás. Agora te ve[37], e guisarás tu pueblo cómo pase, e fazles así como yo te mando.

Entonce se partió José[38] de allí e tornóse a su pueblo e fízoles alvergar. E Dios por su gracia les dio a cada uno de lo que deseavan, e fueron tan viciosos que nunca tanto fueran.

---

33 *mata de las celadas:* el texto parece referirse a un bosquecillo conocido, en donde según la tradición había caído prisionero Herodes. El diccionario académico incluye como acepción de *mata* la de «porción de terreno poblado de árboles de una misma especie».

34 *bouça:* terreno de campo o monte sin cultivar e invadido por la maleza o matorrales; se trata de uno de los varios galleguismos léxicos presentes en el texto, donde tampoco escasean los de naturaleza morfológica y sintáctica; en el cód., *boca*, corregido por P.

35 *arqueta:* en el cód. *arata*; corr. de P.

36 *tanga:* toque. En el cód. *tenga*; corr. de P.

37 *te ve:* vete, con el pronombre proclítico.

38 *José:* en ocasiones aparece su nombre escrito así, sin la *p* final. El episodio, por otra parte, recuerda el de Moisés con el maná.

*En cómo Josep fizo el arca para el santo grial por mandado de Jesucristo*

Así folgaron e estodieron allí fasta la mañana. E Josep fizo el arca así como le Dios mandara, e metió la escodilla dentro, e fazía i sus oraciones. Después salieron de allí al séptimo día e fueron a una cibdat que avía nombre de Sarrás. De aquella cibdat fueron llamados los moros[39]. E este es el primero puesto que posieron en su ley[40] fasta la venida de Mahomad.

[...261r...] *De cómo Josep con su compaña se entró en la cibdat de Sarrás e se fue do seía el rey con sus ricos omnes en consejo e contienda, e los cibdadanos se maravillaron*

Pues Jesucristo dixo esto[41], partióse dél, e Josep con su compaña entraron en la cibdat. E cuando los cibdadanos lo vieron, toviéronlo por maravilla grande. E Josep non quedó de andar fasta que llegó a la eglesia[42], ca allí era el [más] fermoso lugar de la villa e teníanla los gentiles mamparada. E a la entrada de la iglesia avía i unas sillas; bien diez muy ricas feziéronlas i poner, en que estavan los omnes buenos de la cibdat e los

39 Parece referirse a la denominación de "sarracenos", considerándolo como adjetivo gentilicio aplicable a los naturales de Sarrás. En efecto, de Sarraz, ciudad y reino que sitúa en Oriente Medio, hace proceder el autor de la *Estoire Saint Graal* a los sarracenos. Allí, como se verá, su rey se convertirá al cristianismo por la ayuda recibida de José en la batalla contra su enemigo Tolomer; allí Josafás será consagrado obispo por el mismo Jesucristo. Vid. Carlos Alvar, *op. cit.*, s.v. "Sarraz", págs. 361-362.

40 *posieron en su ley:* ocuparon, dominaron, de que se apoderaron; para *ley*, vid. Glosario; P propuso una corrección no convincente.

41 *dixo esto:* que no tuviese miedo y que él pondría las palabras oportunas en su boca.

42 *eglesia:* sin duda se refiere a la mezquita, denominada así por perspectivismo cristiano.

señores que contendía[n] i los pleitos e davan i sus juizios e do prendían sus consejos. E aquellas sillas fueron fechas en que judgasen los alcalles. E allí estava entonce el rey Evolat[43] el nonconoscido, e llamávanlo el nonconoscido porque non sabían ónde era natural.

Allí, en aquel lugar, tenía el rey un pleito. E Josep [entró] i con sus compañeros e con muchos gentiles que venían en pos ellos porque nunca vieran omnes andar en tal guisa. E así allí estonce el rey embiara por todos sus omnes sesudos, ca el pleito era muy grand, ca los de Egipto lo guerreavan e le fazían mal cuanto podían, ca el rey era ya viejo que lo non temían sus enemigos como ante, ca ante él era tan temido que non avía i vezino tan ardido que l'osase entrar en su tierra. Mas ellos le guerreavan tanto que l' tomaran tanta tierra ya que partía[44] con ellos; e ovieron batalla e venciéronlo, mas non avía aún ocho días, e por esto avía él embiado por cuantos consejeros él pudo aver e por los más sesudos omnes qu'él sabía, por aver consejo con ellos cómo se podría defender de sus enemigos. Mas [261v] non fallava ninguno que consejo le podiese dar, ánte le dezían que lo dexase todo e que no se combatiese con ellos, ca non avía i tal dellos que i con él entrase en az, ánte se quitarían de cuanto avían. E desto era el rey en muy grand coita e non sabía qué se fazer.

### *En cómo Josep entró do seía el rey Evolat con sus ricos omnes en contienda*

Estando ellos en esta contienda, entró Josep entre ellos e entendió que fablavan en su destorvo, e ovo ende grand plazer, ca bien sabía que entonce era tiempo que su palabra sería bien oída, que bien veía que Evolat avía mucho menester ayu-

---

43 *Evolat:* llamado en otras versiones Evalach, rey sarraceno de Sarrás o Sarraz. Josafás le revelará sus orígenes: hijo de un modesto zapatero francés, enviado a Siria por los romanos que lo habían recibido en tributo. En la *Estoire del Saint Graal* recibe el nombre de Mordraín —de fe tardía— al bautizarse.

44 *partía:* en la acepción de "lindaba" o "limitaba" con la suya; en el cód. *partían,* corr. por P.

da de Jesucristo. E esto gradesció mucho a Jesucristo. E en tal guisa como oístes fallecieron sus cavalleros a Evolat e dexiéronle que feziese paz, ca en esfuerço dellos non guerrease. Allí fue el rey muy sañudo e con grand pesar. E cuando Josep lo vido tan sañudo, díxole:

— Rey Evolat, ¿por qué fazedes tan mal continente? Fazet buen continente, ca yo vos enseñaré cómo, si vós quesierdes, con qué quebrantedes vuestros enemigos e cómo ganedes grand alegría que nunca averá fin.

### *En cómo Josep prometió al rey Evolat que vencería sus enemigos*

Cuando el rey Evolat así lo oyó fablar, católo mucho e díxole luego:

— ¿Quién eres tú, que me prometes aquebrantar mis enemigos e me darás alegría que nunca averá fin?

Josep respondió e dixo:

— Yo non te digo que quebrantaré tus enemigos, mas dígote, si quesiéredes tomar mi consejo, avrás lo uno e lo ál, e por la gracia de aquel que es poderoso en todo[45].

[45] En efecto, al final de este texto fragmentario, se relata cómo «el rey Evolat venció al rey Tolomer con ayuda de Jesucristo» (fol. 281r). Así concluye el fragmento: «E de como fue el rey Evolat su camino (e) se encontró con el rey Tolomer, en tanto que fueron todos vencidos. Entonce llegaron al senescal e abatieron al rey Tolomer e presiéronlo. E el rey Evolat fizo grandes loores e gracias a Dios del bien e de la onra e de la merced que l'avía fecho porque avía vencido sus enemigos con el poder de Jesucristo» (282r).

[...267r...] *En cómo el rey Evolat yazía*[46] *pensando, en su lecho, en lo que dixiera en fecho del reino*

Aquí dexemos de Josep e de su compaña, e fablarvos-hemos del rey Evolat que yazía pensando mucho en todas las cosas: la primera era en defender su tierra contra los de Egipto que gela avían mucho guerreada e que lo vencieran en campo. Deste cuidado avía el coraçón muy quexado, que avía miedo de perder la tierra e de sus ricos omnes que l' fallescieron. La segunda era que Josep le dixiera que l' faría vencer sus enemigos si lo quesiese creer, e que l' faría ganar alegría que nunca avería fin. Mas él non pudo pensar que viese cómo podría ser.

[269v...] *En cómo vino la boz de Jesucristo a Josep que l' dixo: «Levântate»*

—Josep, levántate suso, ca el tu Criador oyó tu oración. E bien sepas por verdat que el rey Evolat á vido en esta noche una pieza de grandes señales mías e maravillas. E él embiará muy libremente[47] por ti, por oír e por saber lo que esta noche vido e oyó. E tú irás ant'él tan aína como amanescerá, e farás i otra oración tú e tu compaña. E darvos-he el vuestro establescimiento que nunca vos di, ca yo sagraré a tu fijo, e fazerlo-he [clérigo] de misa, ca yo le daré mi sangre e mi carne a guardar; e darle-he dende otrosí lo que tú [u]viste cuando me decendiste de la cruz, tireste e leveste al monumento. E todos aquellos que aquella orden ovieren ternán esto dél[48].

---

46 *yazía:* en el cód. *yaziendo;* corr. de P, sugiriendo que el antígrafo podría decir *yazié.*

47 *libremente:* adverbio usado en este caso con significado temporal, "pronto".

48 *E todos...esto dél:* Y todos los ordenados como sacerdotes en el futuro, recibirán a través de él —de Josafás— su consagración.

*En cómo Josep fue muy alegre con la boz que oyó de Dios e ovo ende grand alegría*

Entonce dexó la boz de fablar, e Josep fue muy confortado e fincó muy alegre, e con grand plazer de lo que oyera fuése echar con su mugier Eliap; pero non yazían como omnes luxuriosos[49], ca después que se partieron de su tierra nunca más ovieron que veer en aquella guisa, ca ya tanto eran allegados al amor de Jesucristo que non pod(r)ían pensar en aquella cosa por ninguna guisa, nin aún non tenían en coraçón cuando engendraron a Galat[50], el postrimero fijo que ovieron, por mandado de Jesucristo que les mandó que feziesen un nuevo fruto de qu'él compriese la tierra do los quería después embiar.

Por el mandamiento de Dios fue engendrado Galat, e cuando nasció non se llegaron ellos [270r] por codicia de luxuria mas por complir el mandamiento de Jesucristo que les mandó fruto. E deste Galat descendió mucho santo linage que presciaron e onraron e nombraron el nombre de Jesucristo a todo su poder en la tierra de la Grand Bretañia que agora llaman Inglatierra. Agora dexemos de Galat e de aquellos que dél descendieron, fasta que sea sazón de lo contar[51].

*En cómo Josep con su compaña fueron fazer oración al arca de la santa escodilla do seía con la sangre de Jesucristo*

En la mañana, cuando se levantó Josep e su compaña, fueron fazer oración al arca. E cuando fueron de inojos vieron un grand sueno venir[52] de lo alto en tanto que sentieron tremir el

---

49 *luxuriosos:* en el cód. *luxioros*; corr. de P.

50 *Galat:* puede consultarse la documentada y sugerente información sobre Galaz que aporta Carlos Alvar en *El rey Arturo y su mundo. Diccionario de mitología artúrica*, ed. cit., págs. 179-181.

51 *sazón de lo contar:* se deja así un cabo suelto para enlazar con otros relatos propios de la materia artúrica.

52 *vieron un grand sueno venir:* oyeron un tremendo sonido que venía...

palacio sobre ellos. E este palacio era el que Daniel[53] llamava «palacio espiritual» cuando fue la batalla de Nabucodenosor el rey, que lo priso con muchos otros e levólo a Babiloñia. E cuando llegó a la cibdat, escrevió en ebraico letras en la piedra del palacio, e dezían las letras que aquel palacio sería llamado «esprirital» *[sic]*. E este nombre le duró en cuanto aquel palacio así estido. Mas ante que Josep i veniese non sabían los de la cibdat por qué era llamado «espirital», mas entonce lo sopieron, e oiredes cómo.

[...271r...] *En cómo Jesucristo dezía a Josafás cuando al consagrar*

— Josafás, el mi leal serviente, agora ven a mí; ca bien deves ser maestro de tan alta cosa aver en poder como mi carne e la sangre de tu Salvador. Ca yo en ti provê e conoscí e falléte limpio más de todos tus naturales pecados, tanto que ningunt omne non podrá pensar en su coraçón. E porque yo conosco e sé más que tú cuál[54] tú eras, e porque eras limpio de luxuria e de codicia e quito de argullo e de toda braveza, e casto, e por esto quiero yo que rescibas de mi mano la más alta orden que omne mortal puede aver nin rescebir. [Nin] ninguno de los otros non la rescibirán de mí si non tú solamente. E después la rescibirán de ti los que la tomar quesieren.

Entonce se llegó el moço a él e començó de llorar muy de coraçón, e gradescíólo mucho a Dios que lo llamava a tan alta onra rescebir de que ningund omne mortal non podía ser digno por servicio qu'él oviese dado, a su semejar, si Dios sola-

---

[53] *palacio...Daniel:* para lo referente a este misterioso palacio —probablemente el templo mismo de Jerusalén— así como a otra misteriosa inscripción aparecida en Babilonia durante el festín de Baltasar, hijo de Nabucodonosor, y descifrada por Daniel (manel, tecel, fares; o mené, tequel, ufarsín), habría que tener en cuenta —además del texto bíblico del profeta *Daniel,* el segundo libro de los *Reyes* (cap. 24), el segundo de *Paralipómenos* (cap. 36) y *Esdras* (cap. 1)— otras versiones no canónicas o apócrifas. Algunas versiones de textos artúricos dan por enterrados allí a Perceval y a Galaad.

[54] *cuál:* en cód. *cuando;* corr. de P.

mente lo non onrase por su gracia. E cuando llegó al arca, dixo el nuestro Señor:

— Abre el arca, e non ayas miedo de lo que i vieres.

[...272r...] Después cató Josafás e vido que la lança que viera tener al tercero ángel que la tenía el omne crucificado por medio del costado[55]. E descendía por la lança un arroyo de sangre que nin semejava que era todo de sangre nin todo de agua, pero semejava que era todo de sangre e de agua. Vido so los pies del crucifixo aquella escudilla que Josep su padre metiera en el arca. E semejól' aquella sangre de los pies que caía en la escudilla, e que era ya tan lleña que se quería verter. E después le semejó que el omne se cayera en tierra, e la cabeça cayera ayuso. E cuando Josafás esto vio, corrió a él por lo erguir. E cuando se quiso entrar en el arca, vido los cinco ángeles estar a la entrada con sus espadas desnudas. E los tres le estovieron [tendiendo] las puntas de las espadas derechas, e los dos las tenían alçadas en alto e fezieron demostrança ca[56] por ferir. E por ende él non dexó de entrar, tanto avía grand deseo[57] de lo levantar âquel que era su Dios e su salvador. E quiso meter el pie dentro, mas non podía, que lo tenían dos ángeles muy de rezio por los braços.

[...272v...] E vido [Josep] i un fierro de lança todo sangriento e puesto al uno de los cabos del altar. E al otro cabo vido la escodilla que él aduxiera e, en medio del altar, un vaso de oro muy rico e un cobertor muy noble otrosí que era de oro. Mas el cobertero non podía bien divisarle nin lo que yazía so él, ca era cobierto de un [paño] blanco, así que non podía veer, fuera[58] por delante. E sobre el altar vido una mano [mu]y fermosa que tenía una cruz toda vermeja, mas non veía aquel cuya la

[55] Antes se había dicho que «el tercero ángel tenía en su mano una lança que el fierro era sangriento e la lança otrosí sangrienta fasta el logar do el ángel tenía la mano» (fol. 271v). Se trata de la lanza vinculada por la tradición al legionario romano Longinos y a la comprobación de la muerte de Cristo en la cruz: «...como le vieron ya muerto, no le rompieron las piernas, sino que uno de los soldados le atravesó con su lanza el costado, y al instante salió sangre y agua» (*Jn*, 19, 33-34).

[56] *ca:* equivalente a "como".

[57] *deseo:* en el cód. *duelo;* corr. de P.

[58] *fuera:* excepto, salvo.

mano era. E vido ante el altar dos manos que tenían dos candelas, mas [non] veía aquel cuyas las manos eran.

[...274v...] E nuestro Señor lo guisó[59] e consagró así como obispo deve ser consagrado e oliado[60], que todo el pueblo lo vido muy bien. E aquel olio fue tomado de la redoma que el ángel tenía, que lo tirara por el braço cuando al entrar del arca, así como vos ya dixe. De aquel olio[61] fueron oliados todos los reyes desque la Grand Bretaña fue de cristianos fasta (que) Uter Prandago[62] *[sic]*, que fue padre del rey Artús. Mas aquellos non sabían su natura[63] nin por qué fue llamado Pandrago, ca esto sabe omne muy bien que ovo nombre de batismo Uter, mas la estoria deste libro dirá adelante por qué él fue llamado así, e cómo aquel ajuntamiento[64] se perdió cuando ovo a seer rey primeramente coronado.(...)

---

59 *guisó:* preparó, dispuso; aquí, más concretamente, "ungió". El ungido y consagrado como obispo es Josafás, el hijo de José de Arimatea.

60 *oliado:* ungido con óleo, consagrado con el sacramento del orden en el grado episcopal, plenitud del sacerdocio.

61 *aquel olio:* en el cód. *aquellos;* corr. de P.

62 *Uterpandragón* fue identificado por Geoffrey de Monmouth en su *Historia Regum Britanniaœ* como padre de Arturo; según él, sería hijo del rey Constant y, junto con su hermano Aurelio Ambrosio, habría de acabar con el dominio sajón en Gran Bretaña, como predijo Merlín, venciendo a Vortiger en la llanura de Salisbury. Con la colaboración de Merlín, concebirá a Arturo en Igerne, esposa de Gorlois, duque de Cornualles. En otra versión Uterpandragón se presenta como creador de la Mesa Redonda, aconsejado por Merlín. Arturo demostrará ser hijo suyo y heredero del trono de Bretaña cuando consigue arrancar su espada del yunque en que estaba clavada.

63 *natura:* linaje, parentesco.

64 *ajuntamiento:* Tal vez el copista entendió mal una palabra del antígrafo de que se sirve, en donde podría leerse "untamiento", "ungüento" o unción, de acuerdo con *unctions* que se lee en una versión francesa.

## 14. *Estoria de Merlín e cúyo fijo fue, e del rey Artús*[1] *e de cómo ganó la Grand Bretaña que se dize Inglaterra / Historia de Merlín*

Redacción 1313 h

1460 ? C 1469 C 1497 h I

Del cód. castellano copiado por Pedro Ortiz se conserva un texto fragmentario en la Biblioteca de la Universidad de Salamanca (núm.1877), en sus fols. 282v-296r. Antiguamente tenía la signatura 2-G-5 en la Biblioteca del Palacio Real de Madrid, parte de cuyo fol. 287r y v, así como otra parte del fol. 3v del impreso R.3870 de la Biblioteca Nacional de Madrid, reproducía Otto Klob de manera sinóptica en su trabajo de 1902. En 1924 y 1925 Pietsch completó aquella labor con una excelente edición comentada. Parece que hubo otra C 1500, hoy desconocida (*BOOST*, 3211). Existe otra versión gallego-portuguesa de principios del siglo XIV.

---

[1] Para los materiales artúricos, vid. Harvey L. Sharrer, *A critical bibliography of hispanic arthurian material*, Londres, Grant and Cutler, 1977, así como Carlos Alvar, *El rey Arturo y su mundo. Diccionario de mitología artúrica*, Madrid, Alianza Editorial, Alianza Tres, 258, 1991. Hay referencias en la Introducción general de la presente ed. que puede ser útil consultar. Vid. también C. García Gual, *op. cit.*, págs. 129-153.

Merlín es un personaje de ficción cuya creación se debe a Geoffrey de Monmouth en su *Historia regum Britanniæ* (h 1135; para otros, 1135-1138) y en su *Vita Merlini* (para unos de 1135; para otros, h 1150), quien lo hace descender de un demonio íncubo llamado Aquibez y de una muchacha soltera. Desde muy niño profetiza la caída de Vortiger. Luego interviene en el nacimiento de Arturo. Robert de Boron, ya a finales del siglo XII, en su *Merlin* en verso acrecienta el significado y la función de este personaje cuando lo inserta en el ciclo artúrico del Grial en un proceso cristianizador de las viejas ficciones; así, se le presenta como organizador de la Mesa Redonda, aunque también caído en las redes mágicas de su más aprovechada discípula, Niviana o Viviana[2]. Sus intervenciones mágicas se ampliarán luego, entretejidas con acciones bélicas, en las versiones de la *Vulgata* y de la *Post-Vulgata*, y se difundirán por toda Europa. Como poseedor del secreto de José de Arimatea y del Santo Grial, Merlín se convertirá en el protector mágico de los reyes de la Gran Bretaña. Entre nosotros, ya lo menciona Alfonso X el Sabio en su *Cantiga* 108 y dará pábulo a varias fantasías y paranoias quijotescas.

EDICIONES

1902 Otto Klob, "Beiträge zur Kenntnist der spanischen und portugiesischen Gral-Litteratur", *Zeitschrift für Romanische Philologie*, 26 (1902), 169-205. [En páginas 196-198 reproduce pequeños fragmentos de este texto].

1924-1925 K.Pietsch, en *Spanish Grail Fragments: El libro de Josep Abarimatia, La estoria de Merlín, Lançarote, Edited from the unique manuscript,* Univ. of Chicago Press, The Modern Philology Monographs, vol.I, Texts[3]. [El texto de *Merlín,* en págs. 55-81, don-

---

[2] Se remite al lector a la sección posterior correspondiente a *El baladro del sabio Merlín*.

[3] Los fragmentos castellanos que publica son traducciones del francés, e incluyen algunos galleguismos, leonesismos y lusismos, así

de se reproducen los fols. 282v-296r del cód. salmantino 1877]. Vol.II, Commentary.

1971[2] Ramón Menéndez Pidal, *Crestomatía de la literatura medieval española*, Madrid, Gredos, t.I. págs. 348-349. [En su extracto sigue a Pietsch].

1989 Carlos Alvar, trad., *La historia de Merlín*, Madrid, Siruela, 2 vols. traducidos de la ed. de Sommer de 1908.

BIBLIOGRAFÍA

KLOB, Otto, "Beiträge zur Kenntnist der spanischen und portugiesischen Gral-Litteratur", *ZRPh*, 26 (1902), 169-205.

MARKALE, J., *Merlin l'enchanteur ou l'éternelle quête magique*, París, 1981.

SOBERANAS, Amadeu J., "La version galaïco-portugaise de la *Suite Merlin*", *Vox Romanica*, 38 (1979), 174-193. [Se refiere al ms 2434 de la Biblioteca de Catalunya, datable a principios del siglo XIV].

—, "A versión galego-portuguesa de la *Suite de Merlin*, *Grial*, 76 (1982), 215-217.

SOMMER, H.O., ed., *L'Estoire de Merlin*, tomo II de *The Vulgate Version of the Arthurian Romances* (8 vols., Washington, 1908-1916), 1908, págs. 88-466.

ZUMTHOR, P., *Merlin le prophète*, Lausana, 1943; reimpresión, Ginebra, 1973.

SELECCIÓN

La inclusión de frágmentos de este texto, a pesar de su escasez de elementos típicamente caballerescos, de no justificarse por sí misma, se haría por no desgajar los materiales artúricos conservados en la literatura medieval española.

Como en los demás casos, se ha intentado reproducir los pasajes más significativos del texto castellano, por lo

---

como ciertas modernizaciones debidas al copista con respecto al arquetipo o al antígrafo de donde proceden.

demás bastante pobre con respecto a otras versiones del mismo. Merlín se presenta como un maravilloso mago, dotado de facultades sobrehumanas, como hijo engendrado por el diablo en una mujer para engañar a los demás hombres y llevarlos a su perdición; de su padre infernal recibe las capacidad de conocer el pasado —exhibida portentosamente desde su más tierna infancia, en particular dejando en ridículo al juez de su madre—, y de encantador; Dios le añadirá el don de vaticinar el futuro. Es un personaje que hace frecuente acto de presencia en los libros caballerescos artúricos y a quien se dedicó en especial el segundo libro de la *Vulgata*, *L'Estoire de Merlin*. Más adelante, la sección de esta antología dedicada a *El baladro del sabio Merlín,* cuyos capítulos iniciales coinciden en buena medida con los de esta *Estoria de Merlín,* puede proporcionar información adiconal al lector interesado por ella.

## *Estoria de Merlín*[4]

[283r...] *En cómo los diablos se guisaron para fazer a Merlín*

Entonce fablaron todos los diablos de mancomún e dixieron:

— Lo que nos peor faz es los que fablan de su venida[5]. [283v] A esos atormentamos nós más, e por eso se coitó más de venir, por nos los toler. Mas, ¿cómo podríamos nos aver ombre que fable por nós e demostrase nuestro saber e nuestra predicación[6] e nuestra fazienda, e cómo es grande el nuestro

---

[4] Como en otros casos, adaptándolo a los criterios preestablecidos, utilizo el texto citado de la ed. de Pietsch (en estas notas, P=Pietsch, sobre todo para las correcciones por él propuestas), aprovechando algunos elementos de su Comentario. El lector interesado hará bien en consultar lo que se dice en una sección posterior sobre *El baladro del sabio Merlín.*

[5] *fablan de su venida:* se refieren a los profetas, que anuncian la encarnación y redención de Cristo.

[6] *predicación:* el traductor traduce mal lo que en el original debía de ser "proeces" o "prouezes", es decir "proezas", en castellano.

poder, cómo sabemos todas las cosas que fueron e que son fechas e dichas? E si nós oviésemos un tal omne que desto oviese poder e que fuese con los otros omnes en tierra, así nos podría mucho ayudar. Engañarlos-ía así como los profetas engañaron a nós, que dezían tales cosas que nunca nos cuidemos que podiesen ser. E así diría este las cosas que fuesen fechas e dichas luen e cerca, e sería por esto creído de muchos.

— ¡Ay, qué bien sería —dixieron los diablos— que de tal manera podiésemos omne aver!

Entonce dixo uno:

— Yo non he poder de fazer fijo nin de yazer con mugier, ca, si yo oviese poder, yo lo avía mucho guisado, ca yo he una mugier que faze e dize cuanto yo quiero.

E los otros dixieron:

— Tal ha [a]quí entre nós que puede tomar forma de omne e (de) yazer con mugier, mas conviene que lo faga lo más encobiertamente que podiere.

E así fablaron los diablos de fazer omne que engañase a los otros.

*En cómo justiciaron la donzella.*

Mucho eran sandios los diablos, que cuidavan que nuestro señor Jesucristo non sabía sus fechos. Así se guisó el diablo para fazer omne, como adelante oiredes, que oviese su engeño[7] para engañar los siervos de Jesucristo. E así podés saber que el pecado[8] feble cosa es, e tan sotil que poco nos podemos presciar pues que así nos engaña(n).

Partiéronse de su consejo malo. E aquel que dezía que podría yazer con mugier, non lo quiso tardar más, e fuése para

[7] *engeño:* en el cód. *engaño*; corr. de P.

[8] *pecado:* este sustantivo tiene sentido ambiguo en el texto, pero ya desde aquí es posible que se use como sinónimo del infando "diablo". La próximas veces que se emplee, éste último sentido ya será claro.

una su amiga que fazía mucho a su voluntad, que l' dexava el cuerpo e el aver e el marido. Aquella era de un rico omne [284r] mugier. E avía grand abondamiento de bestias e de muchas otras riquezas. E avía un fijo e tres fijas de aquella mugier. E un día dixo el diablo âquella su vasalla cómo podría engañar a su marido. E ella le dixo:

— Por lo asañar. E vós podedes bien asañarlo, que es omne de mal talante. Tolelde lo que ha: arderá bivo en saña.

E entonce fue el pecado a las bestias del rico omne e matól' una grand pieça dellas. E los que las guardavan veniéronlo dezir a su señor. E cuando el buen omne lo oyó, fue muy sañudo.

[...287v...] Mas el pecado andudo guisando de yazer con ella, e fuése a ella e yogó con ella en dormiendo[9]. E ella concebió. E pues que concebió, despertó. E membrósele lo qu'el omne bueno[10] le dixiera, e santiguóse e dixo:

— ¡Santa María!, ¿qué es esto que así me avino?[11] Ca non soy tal como cuando me aquí eché. Señora gloriosa, fija e madre de Jesucristo, rogat al vuestro bendicho padre que me guarde el alma e el cuerpo de peligro e de poder del enemigo.

E entonce se levantó e buscó âquel que con ella yoguera, e non le pudo fallar. E fue a la puerta, e fallóla cerrada como la dexara. E después cató toda la casa, e non falló ninguna cosa. Entonce sopo como era el pecado [aquel que con ella dormiera], e ovo ende grand pesar, e llamó al nuestro Señor e rogól' que la non dexase prender escarnio en este mundo. La noche pasada, el día venido, el diablo levó ende la su vasalla que bien le guisara lo que él quesiera.

---

9 *en dormiendo:* Klob lee "endormeciendo" (ed. cit., pág. 198); "e dormió con ella, estando ella dormiendo" se lee en R.3870 de la Bibl. Nac. de Madrid (fol. 3).

10 *omne bueno:* este personaje anónimo reaparece con frecuencia en el texto, sobre todo haciendo la función de consejero y casi de pastor espiritual de la madre de Merlín.

11 *avino:* en R.3870 de B.N.M. se lee "cativó".

[...288v...] E así bivió la dueña, tanto que la criatura que traía non se podía asconder. E aquella engrosó tanto que las otras dueñas lo entendieron. E catáronla [por] las ijadas e dixiéronle que mucho engrosava. E ella respondió:

— Sí, fago.

E ellas dixiéronle:

— ¡Ay, Dios!, ¿de qué sodes así gruesa?

E ella dixo:

— Preñada soy, sin falla. Mas así me aduga Dios a tiempo que sea libre a mi plazer, que yo non lo sé de quién.

— ¿Como diablo —dixieron ellas— yoguistes con tantos que non sabedes de quién sodes vos preñada?

E ella respondió:

— Nunca me Dios libre si nunca omne ovo comigo atal fazimiento por que esto me aveniese.

E ellas cuando lo oyeron, signáronse e dixieron:

— Amiga, esto non podría seer. Nunca [a]vino a vós nin a otra mugier. Mas vós amades tanto âquel que vos esto fizo, que lo non queredes descobrir, e queredes ánte vuestro daño que el suyo. Mas a vós pesa[rá] mucho del vuestro mal, que tanto que los juezes lo sopieren luego por ende moriredes.

E ella que oyó esto, fue muy espantada e dixo:

— Así sea la mi alma salva, que yo nunca lo vi nin lo conoscí âquel que me esto fizo.

E fuéronse ellas riguiendo[12], e dixieron ende:

— Mal por las vuestras riquezas e heredades e por el vuestro cuerpo, ca todo lo avedes perdido.

---

[12] *riguiendo:* riendo; forma bastante más inusitada del gerundio de "reír" que otras sí conocidas, como "ridiendo", "reyendo" o "riyendo".

E cuando ella esto oyó, fue ende mucho a maravilla espantada. E tornóse al omne bueno e contól' [289r] cuanto las mugieres le dixieran.(...)

### *En cómo la madre de Merlín fue presa por man[da]do del juez*

Entonce se tornó para su casa e estudo i una grand pieça en paz, fasta que los juezes lo sopieron e mandáronla prender. E cuando fue presa, embió por el omne bueno. E él fue lo más aína que pudo, e fallóla[13] ante ellos. E los juezes mostraron lo que ella dezía e dexieron (que):

— ¿Cuidades que podiese esto ser, que mugier oviese fijo sin omne?

E el omne bueno respondió:

— Non diré agora cuanto sé. Mas tomat agora mi consejo e non justiciedes mientra fuer preñada, ca non sería derecho nin razón, ca el moço non meresció muerte nin es en culpa del pecado de la madre, ca así podrés matar al que non fizo por qué.

E dixieron los juezes:

— Señor, faremos i todo lo que vós mandaredes e tovierdes por bien.

E él dixo:

— Yo tengo por bien que vós que la guardedes en una torre e que metades con ella [289v] dos mugieres que la ayuden a su parto. E cuando el moço nasciere, fazerlo-hedes criar fasta que coma por sí, e atender fasta entonce. E por aventura vos fará Dios entender si es verdat lo que ella dize; e si mentiere, farés della vuestro plazer.

13 *fallóla:* en el cód. *fabló;* corr. de P.

E los juezes dixieron que dezía el omne bueno bien, e fueron i otorgados.

### *En cómo el omne bueno dixo a los juezes que la metiesen en la torre a la madre de Merlín*

Así como el omne bueno lo determinó, así lo fezieron ellos. Metiéronla en una torre con dos mugieres buenas daquel menester, e cerraron la puerta con canto e con cal, e dexáronles una feniestra por donde tomasen lo que oviesen menester. E el omne bueno fabló con ellas a la feniestra desde tierra, e dixo a la dueña:

— Tanto que ovieres tu fijo, fazlo batizar. E cuando saliéredes de aquí para justiciar, embía luego por mí.

Así fincó ella grand tiempo en la torre, e ovo su fijo así como a Dios plogo.

### *En cómo Merlín sabía todas las cosas que fueron e avían de venir*

Cuando el moço llegó a tiempo, (que) ovo el poder e el sen[14] del diablo, como aquel que era su fijo. Mas él fizo sandiamente en aquella[15] que Dios compró por su sangre. Mas tanto que ella se sentió engañada, conoscióse como vasalla de Jesucristo nuestro señor, e pedió merced a su maestro, e metióse en el acomendamiento de Dios e de santa madre Iglesia e en manos de su abat, e fizo cuanto él mandó. Por ende non quiso nuestro señor Dios que el moço perdiese nada de cuanto avía de aver de parte de su padre[16]; ca el diablo lo fizo por saber[17] todas las cosas que eran fechas e dichas.

---

[14] *sen:* en el cód. *ser;* corr. de P.
[15] *en aquella:* se refiere a la madre de Merlín.
[16] *padre:* en el cód. *madre;* corr. de P.
[17] *lo fizo por saber:* hizo que supiera o, mejor todavía, le hizo saber.

Así quiso nuestro Señor que todo lo sopiese, que nada non le menguase del derecho de su padre, así como vos ya dixe. E nuestro Señor, que todo lo sabe [290r] e lo conosce, por el pesar que su madre ende ovo, e como por su culpa non fue, e por la confesión que ende fizo, e por la penitencia que ella tomó, [e porque] por su grado non fuera nin fue por su plazer, e porque él fue batizado, non quiso qu'el pecado de la madre le empeciese. E diol' poder e sen de saber todas elas[18] cosas que eran fechas e dichas, como su padre. E por esta razón lo sopo. E más diol' de suyo[19]: de saber las cosas que eran de venir, contra[20] aquellas que sabía.

Agora se puede dar el moço a Dios si quesiere, e darle su derecho, e al pecado el suyo; ca el diablo non fizo en él si non cuanto es el cuerpo, e nuestro Señor en él el espíritu por veer e por oír e por fablar e por entender, así como faz a los otros. Mas mucho dio más a este que a otro ninguno, como le fazía mester. Agora se tenga a cuál quesiere[21].

## *De cómo e en qué manera nasció Merlín*

Así fue aquel moço nado. Cuando las mugieres le rescibieron del vientre de su madre, non ovo i tal que non oviese i grand miedo, ca lo vieron más velloso e de mayor cabello que ningund moço que viesen. E mostráronlo a la madre. E cuando lo ella vio, sinóse e dixo:

— Espántome, fija, deste moço.

E ellas dixieron:

---

[18] *elas:* puede entenderse como una forma arcaica del artículo *las*, derivado del demostrativo latino *illas*; aparecen más casos, también en singular —*ela*—, que respeto.

[19] *de suyo:* por sí mismo, por su parte.

[20] *contra:* además de. Dios concede a Merlín el don de prever el futuro, con lo que no contaba el demonio, que había restringido sus poderes intelectuales al conocimiento del pasado.

[21] *Agora se tenga a cuál quesiere:* A partir de aquí, que Merlín decida por sí mismo si servirá a Dios o al diablo.

— Tan grande es, que aduro lo podemos tener[22].

E mandóles la madre que l' diciesen i yuso, e que lo batizasen.

E ellas le dixieron:

— ¿Cómo le pornemos nombre?

E ela madre dixo:

— Ponetle nombre Merlín, como a su[23] avuelo.

E ellas fueron a la feniestra e metiéronlo en el cesto por do les sobían que comiesen. E descendiéronlo por una cuerda ayuso, e mandaron que lo batizasen e que l' posiesen nombre Merlín.

### *En qué manera Merlín dixo a su madre*

Así fue aquel moço batizado e llamado Merlín. E diéronlo a su madre a criar, que otra mugier non lo osava criar, tanto que llegó a dos meses. [290r] Las mugieres se maravillaron de cómo era velloso e de cómo era crescido de dos meses; semejava de dos años. A una pieza, cuando fue de ocho meses, dixieron las mugieres a la madre:

— Sazón es ya de nos ir a nuestras casas.

— Por Dios —dixo ella—, señoras, tanto que vos fuéredes luego farán de mí justicia.

— Nin nós —dixieron ellas— non podemos aquí estar.

Entonce començó ella a llorar e pedirles merced que se sofriesen un poco. Entonce se fueron a la feniestra por se ir.

22 *aduro lo podemos tener:* apenas lo podemos sostener.
23 *su:* en el cód. *mi;* corr. de P.

E la madre tenía a Merlín, su fijo, en los braços, e asentóse e lloró mucho, e dixo:

— Fijo, por vós rescibiré yo muerte. Empero, por buena fe, non merescí por qué muera. E moriré a grand tuerto, que ninguno non sabe la verdat si non Dios, e a mí non lo quieren creer.

E ella esto deziendo, católa el moço e dixo:

— Non ayas, madre, pavor de morir por cosa que por mí vos fagan.

Cuando la madre esto oyó, enflaquescióle el coraçón e esmoresció, e afroxáronsele los braços, e cayó el moço en tierra e lloró. E elas mogieres, que lo oyeron, fueron luego corriendo a ella e dixiéronle:

— ¿Cómo dexastes el moço caer en tierra?, ¿o quesístelo matar?

E ella respondió como espantada:

— Si me aiude Dios, non lo pensé, mas cayóme porque me espanté e enflaquesciéronme los braços de una maravilla grande, ca me dixo que non morería por él.

E ellas lo tomaron e dixieron:

— Aún dirá ál.

E levantáronlo[24], e catáronlo si fablava más. E non les dixo nada, fasta un tiempo que la madre dixo a las mugieres:

— Amenazatme e dezitme que seré quemada por mi fijo, e tenerlo-he entonce en los braços.

E luego lo tomó la madre, e de grado quería que fablase ante las mugieres. E començaron luego a dezir:

---

[24] *levantáronlo:* así en el cód.; P propone corregir con *lováronlo*, galleguismo o lusismo que significaría lo mismo que el castellano “loáronlo”, lo alabaron.

— Mucho será grand daño del vuestro cuerpo tan fermoso seer dañado por tal criatura; más valiera de non nascer.

E el moço respondió:

— Vós mentides, ca non será como vós [291r] dezides, ca non querrá Dios, que sabe la verdat. E esto vos faz dezir mi madre.

E cuando ellas esto oyeron fueron muy espantadas, e dixieron así:

— Este non es moço si non diablo, que sabe lo que entre nós fablamos.

### [...292r...] *De cómo Merlín dixo a los juezes que non era derecho de quemar a su madre*

Entonce salió Merlín de entre los braços de su madre e dixo:

— Madre, non ayades miedo, ca non merescistes por qué.

Desí dixo a los juezes:

— ¿Por qué la queredes quemar? Ca non fizo por qué. E si feziéssedes justicia de todas aquellas que con otros yazen fuera de sus maridos, las dos partes[25] de cuantas aquí están serían quemadas, onde y[o] sé sus vidas como ellas mismas. E si yo b[i]en lo quesiese fablar, gelo faría a cada una otorgar e conoscer aquí ante vosotros. E sabet que las otras mugieres han culpa de lo que fazen, que mi madre non ha desto culpa.

— Non ha eso pro —dixo uno de los juezes—; conviene que nos diga(s) quién fue tu padre; si non, que muera.

Entonce dixo Merlín:

---

[25] *las dos partes:* se entiende "las dos terceras partes", el sesenta y siete por ciento.

— Ella non sabe quién es mi padre. Yo lo sé mejor quién es mi padre que vós el vuestro. Mas vuestra madre sabe mejor quién es vuestro padre que mi madre cúyo fuese yo.

E el juez se ensañó, e dixo:

— Si tú sabes que mi madre tal cosa fizo, pruévamelo, e yo la justiciaré.

E Merlín dixo:

— Yo ende te diré tanto si tú de tu madre quisieres justicia fazer, que todos entenderán que más meresce [muerte] que la mía; e yo te lo provaré. E dexa mi madre estar en paz, e bien sepades que non ha culpa en este pleito que le aponedes.

### [...293v...] *En cómo la madre del juez dixo la verdat sobre su voluntad a Merlín*

(...) E cuando el juez esto oyó, dixo:

— Verdat dixo este moço que mejor conoscía el su padre que yo el mío, e non es derecho que yo de su madre faga justicia, pues non la fezier de la mía. Mas por Dios e por salvar tu madre ante el pueblo, dime quién fue tu padre.

E el moço dixo:

— Yo te lo diré más por tu amor que por tu fuerça; que yo quiero que tú sepas e creas que só yo fijo de un diablo que engañó a mi madre e ha nombre Aquibez[26], que es de una compaña que son suso en el aire. E Dios quiso que oviese yo su saber e su memoria de elas cosas que son dichas e pasadas e fechas. Por esto sé yo la fazienda de tu madre. E nuestro Señor quiso que sopiese esto de parte de mi padre. E quiso, por la buena vida que bivió mi madre e por la verdadera peni-

---

[26] *Aquibez:* se trata de un ángel caído en el pecado de lujuria, un íncubo o ekupede.

tencia que este omne bueno le dio que aquí see[27], e por los encomendamientos de santa [294r] Iglesia que ella bien tovo e creyó, quiso el nuestro Señor que yo oviese tal virtud que yo sopiese todas las cosas que avían de venir. E esto puedes tú bien provar por una cosa que te yo diré.

[...295r...] [E Merlín respondió:]

— (...) E yo te diré tal cosa que non cuidarías que ninguno te lo podiese dezir. E faz ende un libro. E cuantos lo oyeren loarte-han e guardarse-han de pecar.

E Blage[28] le respondió:

— El libro faré yo, mas ante te conjuro por el Padre e por el Fijo e por el Espíritu santo, tres personas en un Dios, e por todas aquellas criaturas que a Dios sirven e aman, que tú non me puedas engañar nin fazer cosa que a plazer de Dios non sea.

### *En cómo dixo Merlín a Blage*

Entonce respondió Merlín e dixo:

— Todas esas cosas que nombras me puedan nozir si te yo fago saber cosa que contra mi señor Jesucristo sea.

E Blaxe respondió:

---

27 *see:* está sentado; del lat. *sedet*; cfr. el *Credo* cristiano: “sedet ad dexteram Patris”, todavía traducido hoy como “está sentado a la diestra de Dios Padre”.

28 Blage o Blaxe, en este texto —pudo haber sido Blas—, es la transcripción del nombre francés de Blaise, un clérigo que fue confesor de la madre de Merlín y más tarde maestro del muchacho. Más adelante veremos cómo Merlín le encomienda poner por escrito, además de otras historias, su ficcional intervención en la historia de su tiempo. Reaparece en *El baladro del sabio Merlín*, cuyo cap. 6º lleva por título «De cómo Blaisén por consejo de Merlín comenzó a escrebir el libro de su vida e fechos».

— Agora di qué yo faga, e faré todas aquellas cosas que me tú mandares, que de bien sean.

E Merlín le dixo:

— Agora busca papel e tinta, e yo te diré cosa que tú cuidarías que ninguno non te la pudiese dezir.

Entonce buscó Blage lo que l' fue menester. E Merlín le començó a contar[29] la nascencia e la muerte de Jesucristo así como es escrito en la Ley[30], que en este tiempo pocos lo sabían. E de Josep de Abarimatía e de Josafás, su fijo, así cómo les aveniera. E de todo el fecho de Laín[31] e del santo Grial, e cómo fincó en el castillo de Cobasrit[32] en casa del rico pescador. E de cómo los diablos presieron[33] consejo e se acordaron que me feziessen. E tú sabes bien (que) por mi madre todo el trabajo que i metieron. Perdieron a mí por su folía e muchos otros bienes. E eso mismo escreviese de los reys de la Grand Bretaña, de Costance[34] e de Vertiger[35], su hermano. E de los

---

[29] A partir de aquí parece que lo que leemos es un simple boceto o esquema de lo que se pretendería desarrollar con mayor detención, pero que acaba por no hacerse finalmente en este texto.

[30] *Ley:* Evangelio.

[31] *Laín:* pudiera referirse lo mismo a Helaín o Alain el Blanco —hijo natural de Boores y uno de los caballeros que juró emprender las búsqueda del Grial— que a Helaín el Gordo —sobrino de José de Arimatea, primo de los Reyes Pescadores y constructor del castillo de Corbenic para guardar allí el Grial— o incluso a Claudín —uno de los presentes en la misa que celebra Josafás o Josefés en Cobernic usando como cáliz el Grial—.

[32] *Cobasrit:* es una de las múltiples variantes del nombre del famoso castillo de Corbenic (también denominado Corbenie, Corberic, Corbierc, Cornebic, etc.). Se trata del castillo, lleno de maravillas y pródigo en aventuras, donde se custodia el Grial y reside el Rico Rey Pescador o Rey Tullido —más que un solo personaje, toda una dinastía—, a quien se nombra a continuación. Para más amplia información, vid. Carlos Alvar, *El rey Arturo y su mundo. Diccionario de mitología artúrica,* Madrid, Alianza Editorial, Alianza Tres, 258, 1991, págs. 105-108 y 347-349.

[33] *presieron:* tomaron; del verbo "prender".

[34] *Costance:* debe referirse a Constant, rey de la isla de Bretaña y abuelo de Arturo; vid. Carlos Alvar, *El rey Arturo y su mundo...,* ed. cit., págs. 103-104.

[35] *Vertiger:* denominado con más frecuencia Vortiger en los textos

tres fijos de Costance: Manes, Pandragón, Uter[36]. E de cómo lidiaron los [295v] sansoneses[37] con el rey Manes de Bretaña[38], e fue vencido; e de cómo sus vasallos lo mataron porque non era bueno. E acordaron que fuese Vertiger rey. E de cómo este mató a los que mataron al rey Manes. E de cómo se levantaron los ricos omnes contra Vertiger. E de cómo este Vertiger mandó fazer la torre[39]; e de los consejos de los clérigos para edificar la torre por arte de las estrellas; e de cómo se aconsejaron los maestros de la torre; en cómo los maestros fezieron entender al rey la mentira. En cómo el rey embió buscar a Merlín; e de cómo lo supo e lo dixo a Blaxe[40]. E de cómo Merlín con los mandaderos del rey se despedió de su madre e se fue con ellos e levó consigo a Blaxe. E de cómo llegó a la tierra de Vertiger el rey, e salióle a rescebir. E de cómo levó el rey a Merlín a ver la torre. E de cómo fizo el rey todo lo que le mandó Merlín acerca de lo de la torre. E sacaron los dragones debaxo del agua, e cómo se fizo luego la torre. Morió el rey Vertiger, e

---

artúricos; se apodera del trono a la muerte de Constant o Constantino; entregó a los sajones las tierras británicas lo que provocó la oposición de sus sobrinos Aurelio Ambrosio y Uterpandragón, que lo derrocan y le dan muerte por el fuego.

36 *Manes, Pandragón, Uter:* los nombres más difundidos de los hijos de Costance o Constant son Aurelio Ambrosio, Uterpandragón y Constante, aunque en las varias versiones de los textos artúricos se presentan con variantes y no sin confusiones; vid. Carlos Alvar, *op. cit., passim.*

37 *sansoneses:* sajones, por ditografía; bastaría con "sansones", pero se sigue el modelo establecido para otros gentilicios, como "aragoneses", "franceses", etc.

38 Manes de Bretaña, también llamado el Monje —por la voluntad de su madre de que lo fuera—, es el mayor de los hijos de Constant cuyo reino hereda pero teniendo que hacer frente a Vortiger y a los invasores sajones.

39 Se trata de una torre que mandó edificar Vortiger para hacer frente a sus múltiples enemigos y donde probablemente termina encontrando su propia muerte por el fuego, como Merlín había predicho. Merlín, todavía niño, había dicho que tal torre sólo se lograría edificar —como se insinúa más abajo de forma harto confusa— cuando fuesen extraídos dos dragones que combatían bajo ella en un lago subterráneo. De este episodio tratan también los capítulos 6 a 10 de *El baladro del sabio Merlín.*

40 Aquí el pasado —la historia pasada que se cuenta— se junta con el presente —la historia del momento que se vive— y con el futuro, que pasará a relatarse sólo de modo esquemático.

ayuntáronse los ricos omnes para alçar rey que mantoviese el reino. E en cómo les diera Merlín consejo que ayunasen e orasen en el día del natal, e que el nuestro Señor les daría rey.

### *De cómo Merlín mandó a Blaxe que escriviese lo que él dezía*

Así mostró Merlín esta obra e fízola conoscer a Blaxe. E él se maravillava mucho de las grandes cosas que dezía, e que le semejavan buenas e fermosas. En cuanto entendía de fazer estas cosas, (e) Merlín dixo a Blaxe:

— Converná a ti, de todas estas cosas que escrevieres, sofrir grand afán e grand trabajo, e yo mayor.

E Blaxe le respondió:

— ¿En cómo?

Merlín le dixo:

— Por mí embiarán de contra oriente, e aquellos que me vienen buscar prometen a su señor que levarán de mi sangre e que me matarán[41]. E cuando ellos me [296r] vieren e oyeren fablar, non averán ende talante. E cuando fuer con ellos, tú irás para aquellos que tienen el santo Grial. E escribirás en este libro mi nascencia e cuanto me avino e des'aquí aveniere, e de todos los otros desta tierra. E este libro será para siempre jamás retraído[42] e de coraçón oído en todos los lugares. Empero non será en actoridad porque non es[43] de los apóstolos; ca los apóstoles non me(n)tieron nunca [nada] en escrito de nuestro señor Jesucristo que non viesen. E así como soy obs-

---

[41] *Por mí embiarán...me matarán:* Además de alterar sorprendentemente los tiempos verbales, en una mezcolanza que se debía de sentir obligada en un lenguaje profético, se altera también el orden cronológico en la secuencia temporal, haciendo uso del *hísteron próteron*: primero lo matarían, y luego le sacarían la sangre; así, en orden lógico, en la versión francesa.

[42] *retraído:* relatado, referido, contado; vid. Glosario.

[43] *es:* en el cód. *eres;* corr. de P.

curo contra aquellos que me non quiero mostrar, así será este libro, que pocos lo lovarán[44]. E tú lo levarás, cuando yo me fuere con aquellos que me vernán buscar para allá, con el libro de Josep[45]. E cuando [o]vieres el trabajo acabado e que seas tal cual deves seer en su[46] compaña, endeçarás[47] e juntarás el su libro con el tuyo. E así será la cosa bien provada de mi trabajo e del tuyo. E los que fueren de la compaña de Dios, (e) rogar-le-han por nós[48]. E cuando ambos los libros fueren juntados, averá muy fermoso libro. Tanto te digo agora, ca te non puedo dezir nin devo las otras palabras que Jesucristo dixo.

Quedan otras muchas cosas de escrevir del libro de Josep e de Merlín —por la grand prolixidad— que aquí non se escriven. E de cómo soñó un sueño el rey Artús, e esso mismo Merlín. De una bestia que se llamava «ladrador»[49], de cómo venía a bever a la fuente. E de cómo se fallara ende el rey Artús sin cavallo, e le veniera un su escudero. E de cómo veniera ende Merlín e le desposiera[50] el sueño, e qué fuera de aquella bestia. E se maravillava el rey del su dezir. De cómo dexiera al rey cúyo fijo fuera. E en esto estava Merlín en semejança de moço. E de cómo le dezía el rey que era el diablo. E se fue, e tornó ende como viejo Adán[51].

---

44 *lovarán:* en el cód. *lo averán*; corr. de P. Es muy probable que se trate de un galleguismo o lusismo; sería una innecesaria acomodación del verbo *louvar*, cuando en castellano existía ya *loar*: "loarán", "alabarán", "elogiarán".

45 *libro de Josep:* se refiere, sin duda, al *Libro de Josep Abarimatía*.

46 *su:* el referente es el santo Grial.

47 *endeçarás:* endereçarás, con disimilación; "organizarás". Vid. Glosario: endereçar.

48 *nós:* en el cód. *vos*; corr. de P.

49 *ladrador:* en cód. *labrador*, corr. de P.

50 *desposiera:* expusiera, explicara, interpretara.

51 *como viejo Adán:* en las últimas palabras del fragmento, si no es error del copista, tal vez vuelva a hacerse perceptible la tendencia estilística a configurar un habla oscura —pretendidamente profética— para Merlín; aquí el orden lógico esperable sería: "viejo como Adán".

## 15. *Lançarote del Lago*[1] / *Libro de don Lanzarote del Lago*

Redacción 1313 h

1414 C (perdida) 1469 C 1500 d C

Se conserva un cód. fragmentario con la versión castellana, copiado en 1469 por Pedro Ortiz, en la Biblioteca de la Universidad de Salamanca (num.1877; *olim* en Bibl. Real o de Palacio, de Madrid, 2-G-5), con el fragmento del texto en fols. 298v-300v; el manuscrito fragmentario del siglo XVI existente en la Biblioteca Nacional de Madrid (ms.9611, *olim* Aa-103), de 355 folios, es copia a su vez de otro perdido que se había copiado en 1414, de acuerdo con el *explicit* de su colofón, pero empieza en su libro II. Otto Klob reprodujo en 1902 los fols. 150r y 310v de este último cód. En 1924 y 1925 Pietsch completó aquella labor con una excelente edición comentada.

Se trata de otro de los textos pertenecientes al ciclo bretón o de la Tabla redonda, procedente de la tercera parte

---

1 Para los materiales artúricos, vid. Harvey L. Sharrer, *A critical bibliography of hispanic arthurian material*, Londres, Grant and Cutler, 1977, así como Carlos Alvar, *El rey Arturo y su mundo. Diccionario de mitología artúrica*, Madrid, Alianza Editorial, Alianza Tres, 258, 1991. Hay referencias en la Introducción general de la presente ed. que puede ser útil consultar, así como en el cap. 8 de la obra citada de C. García Gual (págs. 183-236), dedicado a Chrétien de Troyes [en especial, para Lanzarote, págs. 210-223 y 255-270].

de la versión vulgar francesa o *Vulgata,* cuyo texto sigue con fidelidad; está considerado como núcleo de los relatos artúricos y relacionado con la *Demanda del santo Grial.* Son asimismo perceptibles las relaciones argumentales existentes entre este relato y otros textos artúricos, en especial el *Tristán* y *El baladro del sabio Merlín.*

El protagonista aparece mencionado por el Canciller Pero López de Ayala en su *Rimado de Palacio* (R 1403-1406), así como por Pedro Ferrús en un poema suyo incluido en el *Cancionero de Baena.*

El relato de la relación amorosa de Lanzarote y Ginebra que, junto con la búsqueda del Grial vino a constituirse en núcleo de la tradición artúrica, atrajo de manera poderosa a lectores y oyentes medievales desde que Chrétien de Troyes escribió su *Chevalier de la Charrette,* hacia 1160; baste recordar aquí aquel famoso pasaje del *Inferno* dantesco (canto V) donde se justifica el beso de Paolo Malatesta y Francesca da Rimini por la seducción que ejerce sobre ellos la lectura de las escenas de amor entre Lanzarote y Ginebra en el *Libro de Lancelot.* Cuando los autores de la *Vulgata* funden el tema de la relación amorosa de Lanzarote con la historia del Grial, parece que intentaban organizar la materia de Bretaña de acuerdo con el paradigma de las creencias morales y dogmáticas cristianas relativas al pecado, al castigo sufrible por haberlo cometido, al arrepentimiento y expiación del mismo, así como a la esperada salvación eterna conseguible, por la gracia redentora de Cristo, tras la purificación del pecador; así se tiñen sus aventuras con tonalidades sombrías y no poco dramáticas. La técnica del "entrelazamiento" se erige como principio estructurante del primitivo *Lancelot,* escrito en prosa con una desmesurada extensión, lo que implica el final del estilo aditivo o de mera yuxtaposición episódica, que evolucionará en los relatos artúricos y en sus derivaciones hacia el estilo constructivo o integrador.

EDICIONES

1902 Otto Klob, "Beiträge zur Kenntnist der spanischen und portugiesischen Gral-Litteratur", *Zeitschrift für Romanische Philologie*, 26, 169-205. [Sigue el ms.9611 de B.N.Madrid *(olim* Aa 103); en págs. 202-205 edita los fols.150r y 310v, pero también en la sección dedicada a la *Demanda* hay fragmentos relativos a Lançarote].

1913 Adolfo Bonilla, "Fragmentos inéditos del don Lanzarote del Lago castellano", en *Las leyendas de Wagner en la literatura española*, Madrid, Asoc. Wagneriana, págs. 73-107. [Publica los fols.119r-121v, 261r-266v y 281r-285v del ms.9611 ya citado].

1924 Pedro Bohigas Balaguer, "El *Lanzarote* español del manuscrito 9611 de la Biblioteca Nacional", *RFE*, 11 (1924), 282-297. [Edita sus fols. 351v-355v, es decir, sus seis últimos capítulos, en págs. 292-297].

1924-1925 Karl Pietsch, en *Spanish Grail Fragments: El libro de Josep Abarimatia, La estoria de Merlín, Lançarote, Edited from the unique manuscript,* Univ. of Chicago Press, The Modern Philology Monographs, vol.I, Texts[2]. [El texto de *Lançarote*, en págs. 85-89, donde se reproducen los fols. 298v-300v del cód. salmantino]. Vol.II, Commentary.

1971[2] Ramón Menéndez Pidal, *Crestomatía de la literatura medieval española,* Madrid, Gredos, t.I. págs. 349-350. [En su extracto se sirve de la ed. de Pietsch].

(1977) Harvey L.Sharrer anunciaba su ed. en *A critical bibliography of hispanic arthurian material, I, Texts: the prose romance cycles*, Londres, Grant and Cutler, 1977, pág. 19 y en *La Corónica*, 15,2 (1987), pág. 339.

---

[2] Los fragmentos castellanos que publica Pietsch son traducciones del francés, e incluyen algunos galleguismos, leonesismos y lusismos, así como ciertas modernizaciones debidas al copista con respecto al arquetipo o al antígrafo de donde proceden.

1987-1988 Vid. traducción del francés por Carlos Alvar, Madrid, Alianza Editorial, Alianza Tres, 7 vols. (195, 196, 213, 214, 221, 223, 226).

BIBLIOGRAFÍA


BAIST, G., "Des spanische Lancelot", *Romanische Forschungen*, 22 (1908), 97-98.

BOHIGAS BALAGUER, Pedro, "El 'Lanzarote' español del ms. 9611 de la Biblioteca Nacional", *RFE*, 11 (1924), 282-297.

—, "Más sobre el 'Lanzarote' español", *Revista de Filología Española*, 12 (1925), 60-62.

FRAPPIER, J., "Le cycle de la Vulgate (Lancelot en prose et Lancelot-Graal)", *Grundriss der romanischen Literaturen des Mittelalters*, 4,1 (1978), 536-589.

KLOB, Otto, "Beiträge zur Kenntnist der spanischen und portugiesischen Gral-Litteratur", *ZRPh*, 26 (1902), 169-205.

MARKALE, J. *Lancelot et la chevalerie arthurienne*, París, Imago, 1985.

MICHA, A., ed., *Lancelot, roman en prose du* XIIIe. *siècle*, París-Ginebra, Droz, 1978-1983, 9 vols.

SOMMER, O., ed., *Le livre de Lancelot del Lac*, tomos III, IV y V de *The Vulgate Version of the Arturian Romances...*, Washington, Carnegie Institution, 1909-1916.


SELECCIÓN

La vida de Lanzarote, destacado protagonista artúrico, transcurre entre un sinfín de entrelazadas aventuras, alguna de las cuales se recogen aquí, cuando se le muestra «un cimenterio do yacían enterrados muchos cuerpos de cavalleros que mucho fuera[n] omes buenos a Dios e al siglo» y un misterioso monje de la próxima abadía le sugiere qué debe hacer para llevar a buen puerto su empresa liberadora, lo que consigue con respecto a Galván pero no a Simeón.

A pesar de que una voz de ultratumba le dice que está «de cavallería bien guarnido», no tardan en aflorar complejos de culpabilidad e inferioridad en el aventurero, tenido «por el mejor cavallero del mundo», —«e aora veo bien qu'el mundo me á engañado pues no soy tan buen cavallero como dicen»—, condenado además a no culminar la demanda del Grial por sus «viles pecados e sucios», entre los cuales no era el menor su desmesurado amor adulterino a la reina Ginebra, patente también en estas páginas.

En su brevedad, no deja de ser impresionante la escena en que, cuando rescata a la reina de la hoguera, hiere de muerte a Agravaín. No lo es menos la de su doloroso enfrentamiento con Arturo —su amigo del alma que termina por desamarlo mortalmente— cuando, al acosarlo éste, encuentran la muerte tantos nobles caballeros de la Mesa Redonda.

«De quien toda la caballería del mundo era alumbrada» y que era «el mejor cavallero y el más fermoso del mundo» se dice de Lanzarote en el ms 9611 (fol. 310v). Allí mismo oímos de labios de Tristán que es «el mejor de los buenos cavalleros y el más leal de todos los amadores» (353v). En su último folio, el 355, Lanzarote llega a sentarse sobre el lecho de Merlín, gracias a un anillo «que desfacía todos los encantamientos» y luego se dirige a buscar a Tristán, embarcado en una nave con «doze donzellas muy fermosas que parescían fijas de rey».

## *Lançarote del Lago*[3]

[119r] E tanto andubo don Lançarote que llegó a una casa de religión, e la doncella le dixo:

— Señor, tiempo es ya de alvergar; e vedes aquí una casa do nos alvergarán muy bien, pues sodes cavallero, e por mi amor.

---

[3] Para esta selección antológica me sirvo de las ediciones de Bonilla y de Pietsch, citadas en su oportuno lugar, adaptándolas a los criterios preestablecidos para esta. Primero se toma el texto de Bonilla, no sin advertir que el cód. que él reproduce, ya de bien entrado el siglo XVI, es más incoherente en sus grafías que otros anteriores a 1500. La aventura que se relata en este pasaje, incluido en sus fols. 119r-121v, se encuentra también en algunas versiones de la *Demanda* y en otros textos artúricos; suele situarse en el bosque de Armantes o de

— Mucho me place —dixo Lançarote—, pues que vós queredes.

Entonces se llegaron a la puerta e fallaron i dos flaires[4] que los recibieron muy bien e dixeron que bien fuesen venidos. E desque conocieron la doncella, ficieron muy gran alegría con ella, ca ella era de gran linaje e nieta de aquel que aquel monesterio fundara. Entonces los llevaron a una muy fermosa cámara, e desarmáronlo; e aún [non] havía[n] tirado la silla al cavallo de Lançarote cuando i llegó el ome bueno e su fijo, e fue muy bien recibido (e) de cuantos eran en el monesterio, ca mucho bien facía él âquella orden de cada día. Mas mucho fue bien servido don Lançarote aquella noche de cuanto los flaires pudieron haver. E en la mañana, tanto que se levantó, fue a oír misa, e dixéronsela de Santi Espíritus; e, desque la misa fue dicha, un fraile que i estaba dixo a Lançarote:

— Señor, a mí an dicho que venides por librar los que están en esta tierra por servidumbre.

— Si Dios quisiere i poner consejo —dixo Lançarote—, de grado faré yo todo mi poder.

— Señor —dixo el ome bueno—, esto vos digo yo, porque aquí está la prueba dello, ca aquel que la cumplirá abrá la honra de esta vatalla e desta aventura.

---

Darnantes, también denominado «Bosque Peligroso» y «Bosque sin Retorno», donde estaba emplazado el «paso peligroso».

Lanzarote, llamado así como su abuelo, recibió como nombre en su bautismo el de Galaz o Galaad, en honor del hijo de José de Arimatea; a este destacado miembro de la Mesa Redonda se le atribuyen en los textos artúricos innumerables aventuras, desde su más tierna infancia en que lo rapta la Dama del Lago; es armado caballero en la corte del rey Arturo, quien le honrará con su afecto por haberle salvado su reino. Su amor por la reina Ginebra será fuente de graves complicaciones, no sin la intervención adversa de Morgana y de Agravaín. Castigado con su marginación de la aventura del Grial por sus relaciones adulterinas con la reina Ginebra, acaba sus días como ermitaño, alejado del mundo. Para más información, vid. Carlos Alvar, *El rey Arturo y su mundo. Diccionario de mitología artúrica*, ed. cit., págs. 258-265.

[4] *flaires:* frailes; la versón francesa conservada en el British Museum (Add. ms 10293) habla de *tres.*

— Muy de grado —dixo Lançarote— la provaré.

— Pues yo vos lo mostraré —dixo él.

Entonces se fue, armado como estaba, salvo las manos e la caveza, con el ome bueno; e llevóle a un cimenterio do yacían enterrados muchos cuerpos de cavalleros que mucho fuera[n] omes buenos a Dios e al siglo. [119v] E cató por el cimenterio e vio muchos monumentos de mármol muy ricos e muy fermosos, e eran bien catorce, e entre ellos havía uno que era más rico e más hermoso que todos los otros; e el ome bueno llevó a Lançarote âquel monumento, e el monumento tenía de suso una gran piedra que havía en grueso más que un pie, e estaba juntado con plomo el cimiento[5]; era de gran fermosura e muy rico; e el ome bueno dixo a don Lançarote:

— Vedes aquí la prueba. Sabed que el que alçare esta piedra que está de suso en este monumento acavará la aventura que vós demandades.

E entonces trabó Lançarote de la piedra por el cavo más grueso e dejuntóla del plomo e del cimiento, e alçóla en alto más que su caveza, e cató en el monumento el cuerpo de un cavallero que estaba armado de todas armas, e tenía sobre sí un escudo —el campo dorado e en él una cruz vermeja—, e la espada que tenía estava así tan clara como si este día la traxera de acincalador[6]; e la lanza e los quijotes e las canilleras eran tan blancos como la niebe. Él tenía una corona en la caveça, ca tal era estonce la costumbre[7], que no soterravan entonce cavallero sino armado de todas sus armas. E Lançarote vido en el monumento letras que decían aí que «Aquí yace Galaz[8], fijo

---

[5] *juntado con plomo el cimiento:* el traductor no entendió bien el texto francés, que dice «estoit seelee a plonc et a cyment».

[6] *acincalador:* vid. Glosario: acicalador, acicalar.

[7] Costumbres como éstas se respetan con escrupulosidad en los relatos caballerescos y funcionan como vertebradoras de algunos de sus argumentos.

[8] *Galaz:* Se trata, en efecto del hijo menor de José de Arimatea y de Eliap, cuyo nombre se transcribe también como Galaad, Galaat, Galaás, Galaaz, Galahad, entre otras múltiples variantes. Se le atribuye la fundación de la abadía del Santo Cementerio, en donde él mismo se hace enterrar en una tumba con un epitafio que provocará la interven-

de Jusep Abarimatía[9], que conquistó a Gales en el tiempo en [que el] santo Grial[10] fue traído a la Gran Bretaña, que ante fue llamada Allice[11]».

Muy gran pieça tubo en sus manos Lançarote la piedra alçada más alta que su caveza; e cuando la quiso tornar como estaba, tóbose la piedra así alçada como estaba que se non pudo más abajar. E desto fueron maravillados los unos y los otros cuantos aí estaban.

— Señor —dixo el ome bueno—, vós avedes acavado esta aventura, e yo no creería cosa de cuanto á venir si por vós no son libres todos los desterrados.

[120r] Entonces lo llevaron al monesterio por dar gracias a Dios; e Lançarote paró mientes e vido salir por una finiestra gran llama de fuego de una cueba que estaba so tierra. E preguntó qué fuego era aquel.

— Señor —dixo el ome bueno que lo llevó al cimenterio—, esta es una aventura.

— ¿E qué aventura? —dixo Lançarote.

— Señor, es un monumento que acá dentro está, e todos atestuyan[12] que el que abriese aquel monumento acavase la aventura de la silla peligrosa de la Tabla Redonda, e acavar[á]

---

ción de Lanzarote, que consigue abrirla y descubre los restos del caballero, armado con sus mejores galas. Existe otro personaje homónimo que aparecerá en la *Demanda*, hijo de Lanzarote y de Amite, predestinado para llevar a buen fin la aventura del Grial con Boores y Perceval en el castillo de Corbenic.

9 Jusep, Josep o José de Arimatea es protagonista de un texto previamente seleccionado en esta antología; a él y a sus notas se remite desde aquí.

10 *Gales en el tiempo...Grial:* corrijo el texto, donde se lee con acumulados errores «Galaz en el campo en santo sienal». El texto francés aclara el pasaje: «Chi gist Galaad, li haus roys de Gales, li fils Ioseph d'Arimachie; ycils Galaad avoit conquis Galles au tamps que li Graal fu portés en Bretaigne, et por lui ot elle a non Gales, et devant estoit elle apelee Oscelice».

11 *Allice:* otros textos se refieren a Hoselice u Oscelice, región de la que Galaz o Galaad fue rey, y que en su honor se llamará Gales.

12 *atestuyan:* atestiguan, aseguran.

las aventuras de la Gran Bretaña, e acavará la demanda del santo Greal.

— Ese monumento querría yo ver de grado —dixo Lançarote.

— Señor —dixo el ome bueno—, bien lo podedes ver, ca no lo podedes aí [acavar], ca la aventura no es vuestra. Un solo ome no puede dar a amas a dos aventuras cavo.

— Yo lo provaré —dixo Lançarote— por ver qué me ende verná, e ruégovos que me lo mostredes.

— Pláceme muy de grado —dixo el ome bueno.

Entonce lo llevó a unas gradas, e Lançarote deció por ellas a una cueba que estaba so una capilla; e en cavo de la cueba vio un monumento que ardía de todas partes a muy grandes llamas, ansí que la llama pujaba sobre el monumento más que una lança en luengo. Mucho cató Lançarote[13] la tumba, e mucho se ende maravilló, e mucho se tobo por loco porque aí abía venido, ca no veía cómo en él pudiese poner la mano que ante no fuese muerto; e pensó de tornar, e desque ovo andado tres pasos tornóse e dixo:

— ¡Ay, Dios! ¡Ay, Dios! ¡Qué duelo e qué daño!

E començó a dar con la una mano en la otra, e a facer el mayor duelo del mundo, e a maldecir el día en que havía nacido, pues que vencido [e] deshonrado era ansí en la tierra. E entonces se fue contra el monumento por lo abrir. E luego oyó una voz que salía dél que decía:

— ¡Por tu mal vernás adelante! No te llegaras acá, ca la aventura no es tuya ni la podrás acavar.

[120v] E cuando Lançarote oyó la voz e no vido persona al derredor de sí, díxole:

— ¿Quién eres tú, que ansí fablas?

---

13 Aquí repite el copista el sintagma "en luengo", que suprimo.

— Mas, ¿quién eres tú —dixo la voz— que «¡Ay, Dios! ¡Qué duelo e qué daño!» [dixiste]? E desque tú lo dixeres decirte-he todo lo que me demandares, ca sey seguro que no soy diablo ni fantasma ni cosa de que mal te pueda venir.

— E tanto me da —dixo Lançarote— que seas buena cosa como mala, en tal que me digas lo que te demandare, que yo te diré[14] lo que tú me demandas. Ansí es que la más de la gente que me conoce me tiene por el mejor cavallero del mundo, e aora veo bien qu'el mundo me á engañado pues no soy tan buen cavallero como dicen. E de otra parte sé bien que cavallero no ha miedo, e yo he agora miedo; ansí puedo decir que no soy buen cavallero.

— ¡Ay! —dixo la voz—, tú dices bien e mal: bien, que dices que ningún buen cavallero no ha pavor, e mal, que dices «¡Ay, Dios, qué duelo e qué daño!» E esto dices porque no eres el mejor cavallero del mundo; mas esto no es daño, ca aquel será el mejor cavallero del mundo [e] abrá en sí tan altas cosas que ningún otro no las abrá; mas tanto qu'él metiere el pie en esta cueba e biere a este fuego arder, luego será muerto, porque en él no abrá fuego de ardiente[15]; e por esto no te desprecio yo, ca tú eres de cavallería bien guarnido e yo te conozco bien, e amos somos de un linage entre yo e tú. E sabe que este será tan cercano pariente, aquél que me á de librar, que más no podrá ser. E sabe que [será] flor[16] de todos los verdaderos cavalleros. E sabe que tú mesmo acavarás las aventuras qu'él dará cavo. Mas tú lo has perdido por el gran amor de luxuria que es cerca ti e porque [tu] cuerpo no es digno de acavar las aventuras del santo Greal, por los viles pecados e sucios de que tú eres emponçoñado.

[...121r...] Entonces [Lançarote] le preguntó cómo havía nombre e cómo estaba allí encerrado, e si era muerto o vivo.

— Eso vos diré yo muy bien —dixo la voz—. Verdad es —dixo la voz— que yo soy sobrino de Josep Abarimatía, el que decendió a nuestro señor Jesucristo de la cruz e traxo el

---

14 *diré:* corrijo el cód., en donde se lee *daré*, aunque no sea inadmisible esta forma verbal.

15 *ardiente:* el texto francés se refiere a "lujuria".

16 *flor:* el más distinguido, selecto o destacado.

santo Greal a la Gran Vretaña; mas, por un pecado que yo e mi hermano[17] hecimos, sufro esta gran pena e este tormento. E yo he nombre Simeón[18], e mi hermano Mois[19], e yace su cuerpo en el palacio pelegroso a do acaece[n] a los cavalleros andantes muchas aventuras. E, si no fuese por la vondad de mi tío Josep, nos fuéramos perdidos de las almas e de los cuerpos para siempre jamás; mas Dios, por su vondad, nos á otorgado la salvación de las almas por la pena que sofrimos en los cuerpos, ca cada uno de nós fue puesto en tal vaso[20] e sufrimos tal dolor fasta que venga aquel que nos ende sacará. E su venida es ya cerca, ca no ay de aquí más de treinta años; y entonces será el término de nuestra deliberación. Pues agora me decid, mi buen sobrino, qué queredes facer de esta cosa.

— Yo vos digo —dixo don Lançarote— que de aquí no me vaya sin enseñar[21] esta aventura.

[...121v...] E Lançarote tomó el cuerpo del rey Galaz e sacólo del monumento, e púsolo en las andas. E aquellos que por él vinieron, se fueron con el cuerpo a una parte, e don Lançarote se fue a otra.(...)

[298v][22] (...) Esto dixo el rey de Lançarote, que lo non

---

17 *hermano:* el texto francés se refiere a su hijo.

18 Simeón o Simeu suele presentarse en los textos artúricos como padre de Moisés y sobrino de José de Arimatea; rechazado de la mesa del Grial, sufre el inacabable suplicio de yacer en una tumba ardiente cerca de su hijo Moisés, sometido al mismo castigo, del que será incapaz de redimirlos Lanzarote y sólo podrá liberarlos Galaz o Galaad, nunca incendiado por las llamas de la lujuria.

19 Mois o Moisés suele presentarse en los textos artúricos como hijo de Simeón o Simeu; cuando se atreve a sentarse en la silla vacía de la mesa del Grial, se abre el suelo a sus pies y es trasladado al bosque de Darnantes donde las llamas lo atormentarán sin consumirlo, aliviada su tortura por una piadosa lluvia, hasta que llegue Galaz, su liberador.

20 *vaso:* se refiere a la sepultura como continente de sus cuerpos.

21 *enseñar:* en el cód. *enseynar;* intentar, probar, ensayar.

22 Como en los demás casos, adaptándolo a los criterios preestablecidos, se utiliza a partir de aquí el texto citado de la ed. de Pietsch (en estas notas, P=Pietsch, sobre todo para las correcciones por él propuestas), aprovechando algunos elementos de su Comentario. Se trata de un breve pero significativo fragmento del *Lançarote* conservado en

podía creer que era verdat que él yazía con la reina[23]. Mas âquella ora que los sobrinos fueron preguntados, ovo ende el pesar que es sobre todos los pesares, ca él amava la reina Ginebra desmesura[da]mente. Entonce començó a pensar así grand pieça, que non sopo cosa dó estava. E Mordorec[24] le dixo:

— Señor, nós lo encobrimos mientra podimos. Agora dezítnosvoslo[25] sin nuestro grado. Agora fazet i lo que vos semejare, e que non venga mal ende a vuestra tierra nin a vuestros amigos.

— Comoquier —dixo él— que sea ende vengado así, que siempre ende fablarán. E si el mi bien queredes, ruégovos yo que me lo tomedes i.

E ellos gelo prometieron que lo farían así. E el rey les prometió que faría dél en tal guisa justicia, que siempre él e su linaje ende fablasen. Entonce salieron de la cámara e fuéronse al palacio. Mas bien parescía en el rey cómo andava sañudo.

---

un cód. del siglo XV (el ms 1877 de la Biblioteca de la Universidad de Salamanca en sus fols. 298v-300v). Hay una amplísima laguna en los folios anteriores del códice, desde que concluye esquemáticamente la *Estoria de Merlín* en su fol. 296r. El relato de estos episodios, desde las graves discrepancias entre Arturo y Lanzarote hasta su mutua avenencia, se hace con más detalle en la versión castellana de la *Demanda del santo Grial*, donde se llega hasta la historia de los últimos días de ambos caballeros (vid. A.Bonilla, ed., en *Libros de caballerías,* I, Madrid, Bailly-Baillière, 1907, NBAE, t.6, caps. 393-454).

23 *rey...reina:* se trata, respectivamente, de Arturo y de Ginebra. Entiéndase como sigue; sobre Lançarote dijo el rey Arturo esto: que no podía creer que fuese verdad que estuviese yaciendo con la reina Ginebra.

24 Mordorec o Morderec son dos de las múltiples variantes del nombre de Mordret (Modred, Mordorec, Mordrec, Mordreit, Mordrez, etc.); sobrino del rey Arturo —hijo, en algunas versiones—, encargado por éste de gobernar el reino y cuidar a su esposa, lo traiciona apoderándose del reino y casándose con la reina. Enfrentados en batalla, el tío da muerte al sobrino, no sin quedar aquél herido mortalmente. Mordret y Agravaín promueven las disensiones entre Arturo y Lanzarote, acusando a éste de adulterio con Ginebra.

25 *dezítnosvoslo:* no por ser una forma extraña e inusitada deja de ser gramaticalmente explicable. Más inteligible: *dezitnos vós lo.*

E fuese el rey a caça e non quiso que Lançarote fuese con él. E en cómo dixo Lançarote a algunos de sus cavalleros:

—¿Veyes qué sembrante me fizo el rey?[26]

Ca non sabía Lançarote en cómo era ya descobierto.

*En cómo fallaron a Lançarote con la reina*

Tanto que el rey Artús fue a caça, embió la reina dezir a Lançarote que veniese a ella onde ál non feziese[27]. E él fue muy ledo e consejóse con Boores[28].

—Por Dios, non vayades allá, ca bien sabedes que, si allá ides, pesar vos ende verná. Ca he pavor de vós, e el mi coraçón me lo diz.

E él dixo que lo non dexaría en ninguna guisa.

—Pues así queredes, señor, id escondidamente e levat con vós vuestra espada.

---

26 *¿Veyes...el rey?:* ¿Veis qué cara me puso el rey?; en el cód. *Veres...*; corr. de P.

27 *onde ál non feziese:* aunque no hiciese otra cosa.

28 Este y el siguiente consejo de Boores se introducen en estilo directo, sin ninguna fórmula de transición explícita. Su nombre ofrece variantes en los textos artúricos: Boerte, Boor, Boors, Bohort, Boorz, Bores, entre otros. Boores el Desterrado, como hijo de Boores de Gaunes —tío de Lanzarote del Lago— es primo de éste, de cuya parte se pone cuando se le acusa de adulterio con Ginebra; es uno de los elegidos, con Perceval y Galaz, para llevar a buen término la aventura del Grial; destaca por su modestia y limpieza de intenciones, pero, por haber perdido su virginidad con la hija del rey Brangorre, no llegará a la última etapa de la revelación mística, reservada sólo a Galaz. Tras asistir a la revelación de Cristo crucificado y haber recibido su cuerpo en comunión, regresa a Camelot donde narra sus experiencias para que se recojan por escrito. Algunas versiones artúricas le hacen morir como ermitaño; otras, como cruzado en Tierra santa.

E fuése a la cámara de la reina. Mas sabet que bien entendió él que Morderec e sus hermanos con mu | chos [299r] cavalleros le tenían la puerta[29] de la cámara. En tanto cuanto él entró en la cámara, echóse con la reina. Mas non yogó i mucho, que luego venieron a la puerta los que lo esperavan. E falláronla cerrada, e dixieron [a] Agravaín[30]:

— ¿Qué faremos? ¿Quebrantaremos la puerta?

Dixo él:

— Sí.

Desí ferieron la puerta. E oyólos la reina e levantóse toda tollida, e dixo a Lançarote:

— ¡Ay, amigo, muertos somos!

— ¿Cómo? —dixo él—; ¿qué es esto?

E escuchó e oyó a la puerta grand grita e grandes bozes de omnes do querían quebrantar la puerta, mas non podían.

— ¡Ay —dixo ella—, amigo, agora sabrá el rey mi fazienda e la vuestra! Todo esto nos ordió Agravaín.

— Sí Dios me ayude —dixo él—, yo ordiré la su muerte

Entonce se levantó del lecho.

— ¡Ay, señora! —dixo él—, ¿áy aquí[31] alguna loriga?

---

[29] *tenían la puerta:* ocupaban la puerta, impidiéndole entrar. Es fácil apreciar las analogías entre esta escena y otra situada en las páginas finales del *Tristán.*

[30] Agravaín el Orgulloso, sobrino del rey Arturo, es hermano de Galván y de Mordret; descubre los amores de Lanzarote y Ginebra, acusa a aquél y, tras varios enfrentamientos armados, encuentra la muerte, lo que provoca un odio inextinguible entre el linaje de Galván y el de Lanzarote.

[31] *áy aquí:* hay aquí; creo que es preferible esta lectura a la que hace P: "a y aquí", lo que equivale, utilizando nuestros criterios de edición a "á i aquí".

— Certas —dixo ella—, non; ca plaze a Dios que muramos aquí amos. Pero si ploguiese a Dios que vós escapásedes de aquí, sé yo bien que non i á tal que me ose matar, sabiendo que vós érades bivo. Mas cuido que nuestros pecados nos confondrán.

Entonce vino Lançarote a la puerta e dio vozes a los que fuera estavan. E dixo:

— Malos cavalleros e covardes, atendet un poco, ca cedo averedes ela[32] puerta abierta, e yo veré cuál será el ardit que entrará primero.

Entonce abrió la puerta e dixo:

— Agora entrat.

E un cavallero que avía nombre Canagoiz, que desamava mucho a Lançarote, entró primero. E Lançarote, que tenía ya la espada sacada, feriólo de toda su fuerça en guisa que l' non prestó arma que non lo fendiese fasta en las espaldas, e dio con él muerto en tierra. E cuando los otros vieron este golpe, non ovo i tal que osase entrar, ante se fezieron afuera, en tal guisa que la entrada fincó libre. E [299v] cuando esto vio Lançarote, dixo a la reina:

— Señora, esta guerra es finida[33]. Cuando a vós ploguiere, ir-m'é.

E ella dixo:

— Si vós fuerdes en salvo, yo non averé pavor de mí.

Entonce tiró Lançarote al cavallero que matara escontra sí, e cerró la puerta porque l' non entrasen los otros. E desarmól' e priso[34] de aquellas armas las mejores qu'él pudo. E dixo a la reina:

---

[32] *ela:* se trata de un artículo que conserva la forma legítima, aunque arcaica, de su derivación del demostrativo latino *illa.*

[33] *finida:* en el cód. *fayda*; corr. de P.

[34] *priso:* tomó, cogió; pasado del verbo 'prender'.

— Señora, agora puedo yo, si Dios quesiere, irme en salvo, que de cuantos que me aquí guardan yo me libraré bien, como yo cuido.

E dixo ella:

— Idvos, e pensat en mí; ca yo bien sé que aína averé menester la vuestra ayuda.

— O, bien —dixo él—, mas si a vós ploguiere, levarvos-he comigo, ca non ha aquí omne por que vos yo dexe.

— Esto non quiero yo —dixo ella—, ca luego así será llanamente[35] la nuestra folía conoscida. Mas Dios lo guisará mejor.

Entonce abrió Lançarote la puerta, e dixo que non quería más yazer en presión. E ferió al primero de un grand golpe que l' fizo en tierra caer estordido. E elos otros, que esto vieron, feziéronse afuera e dexáronle la carrera[36]. E Lançarote fuése a su posada e falló a Boores en una cámara con pavor de non verlo venir a su voluntad, ca bien gelo dezía su coraçón ca los del linaje del rey lo tomarían con la reina si podiesen. E en esto Lançarote con su linaje partióse de la villa cavalgando. E fuéronse a la floresta[37] e metiéronse en la orilla della donde era más espesa, e estodieron i fasta la noche. E embió luego Lançarote un donzel a saber nuevas. E traxiéronle[38] en cómo el rey lo embiara prender a la posada, e non le fallaron; e luego el rey mandara por su sentencia quemar a la reina, e guardáronla[39] fasta otro día.

---

[35] *llanamente:* claramente.

[36] *dexáronle la carrera:* le dejaron expedito el camino.

[37] Es frecuente la localización de episodios artúricos en un espacio forestal o boscoso; allí los caballeros se enfrentan a peligrosas aventuras haciendo gala de su valor al superar los obstáculos surgidos a su paso. Puede ser visto como espacio iniciático y lugar de purificación ascética donde se forja un ambiente a medio camino entre la realidad y la fantasía. Vid. Carlos Alvar, *op. cit.*, s.v. "Bosque", págs. 49-54.

[38] *traxiéronle:* puede haber un cruce de significados, que se refuerzan entre sí, entre los verbos "traer" y "retraer": referir, contar, relatar.

[39] *guardáronla:* tiene aquí sentido ambiguo; tanto puede referirse a que la vigilaron o custodiaron, como a que aguardaron, difiriendo o retrasando la sentencia dictada.

*De cómo lievan a la reina* [300r] *a quemar, (e de cómo sacaron la reina a quemar)*[40] *e vino Lançarote*

El rey mandó [a] Agravaín que tomase ochenta cavalleros armados para guardar el campo allí[41] do el fuego era, que si Lançarote venicse que la non podiese levar [la reina]. E él fízolo ansí como el rey le mandara. E leváronse la reina a quemar. E Lançarote, en que[42] supo las nuevas, cavalgó él e los suyos, e falláronse t[r]einta e dos cavalleros, e fuéronse escontra do parescía el fuego. E cuando la gente los vieron venir, dieron bozes a los que guardavan la reina:

—¡Fuit!, ¡que aquí Lançarote onde viene por levar la reina!

E Lançarote, que venía delante todos, dexóse correr [a] Agravaín, ca bien lo conosció por sus armas. E feriólo tan fieramente que le non valió arma ninguna, e metió la lança por él que paresció el fierro de la otra parte. E cayó en tierra muerto. Ansí que Lançarote con los suyos derribaron ende muy grand pieça[43], ca fue una lid muy brava. E muy presto fueron vencidos. E cuando Lançarote vio esto, fue a la reina e díxole:

—Señora, ¿qué queredes que nós fagamos?

E ella respondió:

—Amigo, yo querría que me levásedes adonde el rey non me feziese mal.

—Señora —dixo él—, cavalgat, e vayámonos a aquella floresta, e prenderemos i consejo que sea bueno.

---

[40] El copista yerra al cambiar de folio, escribiendo dos veces la misma acción.

[41] *el campo allí:* en el cód. *el cuerpo de la reina allí;* corr. de P, de acuerdo con otras versiones del episodio.

[42] *en que:* en cuanto.

[43] *pieça:* se trata de una referencia temporal; vid. Glosario.

E feziéronlo así. E sópolo luego el rey cómo eran desbaratados todos los suyos e Lançarote levara la reina. E mandara luego el rey guardar todos los puertos. E Lançarote con los suyos levaron a la reina a un castillo muy fuerte, e de allí embió por sus amigos que le veniesen a socorrer, ca le tenía el rey Artús cercado. E en esto embió Lançarote [300v] dozientos cavalleros secretamente que se lançasen en la floresta, e estodiesen ende en tanto que sopiesen del rey si vernía en paz; donde non, que dende saldrían a socorrer a los del castillo. E así fue que pelearon después muy bravamente. E murieron muchos de los del rey, mayormente de los de la Tabla Redonda: de los ciento e cincuenta que eran, morieron ende setenta e dos; e de los otros, muchos.

### *E de cómo embiara Lançarote la donzella al rey Artús*[44]

Cuando vio Lançarote que el rey Artús lo tenía cercado, el[45] que era el omne del mundo que él más amara e que más onra le feziera, ovo ende grand pesar que non sopo que i fazer, si non pavor[46]. Empero non por pavor, mas porque lo amara el rey Artús más que a otro ombre que non fuese su pariente. Entonce tomó una donzella; e apartóse con ella en una cámara, e díxole:

— Donzella, vós irés al rey Artús e dezilde de mi parte que me maravillo mucho porque començó esta guerra contra mí, ca non cuido que le nunca tanto erré que lo así deviese fazer.

---

[44] Esta página final del cód. coincide casi de manera literal con otra de la *Demanda del santo Grial* (vid. Adolfo Bonilla, ed., en *Libros de caballerías*, I, Madrid, Bailly-Baillière, NBAE, t.6, 1907, pág. 323a, según el texto de la ed. sevillana de 1535), así como con otras versiones del *Lançarote* (vid. Otto Klob, "Beiträge zur Kenntnist der spanischen und portugiesischen Gral-Litteratur", *Zeitschrift für Romanische Philologie*, 26 (1902), págs. 200-201, donde publica pequeños fragmentos de la versión portuguesa del cód. de Viena, la del ejemplar de la B.N. de Madrid y la de este mismo cód. que usamos aquí).

[45] *el:* en el cód. *e;* corr. de P.

[46] *si non pavor:* tal vez sean omitibles estas palabras, anticipadas erróneamente por el copista.

Si vos él dezier que lo faze por lo de la reina, e que le fiz tuerto así como le algunos dizen, dezilde que me porné contra los mejores tres cavalleros de la su corte, que me la non aponen a derecho esta culpa. E [en] onra dél e por [el] amor grande que perdí por mal aponimiento[47], dezilde que me porné ende en juizio desta corte, si le ploguier[48]. E si él ál diz, que esta guerra començó por la muerte de sus sobrinos[49], dezilde que de aquella muerte non soy tan culpado porque él me deviese desamar tan mortalmente, ca ellos mesmos se fueron razón de la su muerte.

E la donzella luego se partió e levó su mandado e contólo todo al rey. E, ante que el rey, respondióle Galván[50] que el rey estava para vengar la su vengança.

---

[47] *mal aponimiento:* falso testimonio; vid. Glosario: aponer.

[48] El cód. añade "desta muerte"; suprime P.

[49] Sobrinos de Arturo, como hijos que eran de la hermana de éste —Morcadés— y del rey Lot, eran no sólo Agravaín y Mordret, sino los hermanos de éstos —Galván, Gueheriet— y sus hermanas de preciosos nombres —Clarisant y Soredamors—.

[50] Galván, modelo de caballero cortés, voluble en su carácter enamoradizo, es el sobrino predilecto del rey Arturo; movido por la pasión de vengar la muerte de su hermano Gueheriet, se enfrentará a Lanzarote quien le herirá en la cabeza; esa herida, mal curada, le llevará a la muerte.

# 16. A) *Demanda del santo Grial*[1] [o Graal] / *La demanda del santo Grial con los maravillosos fechos de Lançarote y de Galaz, su fijo*[2]

# B) [Muerte de Arturo / La muerte del rey Arturo]

Difusión 1314 a

1469? C 1515 I (Toledo) 1535 I (Sevilla y Toledo)

Existen fragmentos de la versión castellana relacionados con el tema y ciclo del Grial —que debió de tener cierta unidad originaria, al menos en su presumible fase de difusión oral— conservados en el cód. copiado en 1469 por Pedro Ortiz, hoy en la Biblioteca de la Universidad de Sala-

---

[1] Para los materiales artúricos, vid. Harvey L. Sharrer, *A critical bibliography of hispanic arthurian material*, Londres, Grant and Cutler, 1977, así como Carlos Alvar, *El rey Arturo y su mundo. Diccionario de mitología artúrica*, Madrid, Alianza Editorial, Alianza Tres, 258, 1991. Hay referencias en la Introducción general de la presente ed. que puede ser útil consultar, así como C. García Gual, *op. cit.*, págs. 223-282.

[2] La *Demanda* castellana también fue conocida como *Libro de don Galaz*, nombre del protagonista que consuma la aventura del Grial, cuando se tenía en cuenta su posible versión del texto de la *Quête* procedente de la Vulgata francesa.

manca (núm. 1877; fols. 252r-282r [referentes a *José de Arimatea*], 282v-296r [a *Merlín*] y 298v-300v [a *Lançarote*]; *olim* en la Bibl. Real de Madrid, 2-G-5). Los ejemplares impresos se conservan en la Biblioteca Nacional de Madrid y en la de París; de la ed. toledana de 1515 no se conserva la primera parte. Amador de los Ríos cita una ed. de Sevilla, 1501.

En 1902 Otto Klob reprodujo los fols. 97 y 186ra del ejemplar impreso de la Bibl. Nac. de Madrid (R.3870), así como el fol. 301v —que para Pietsch es el 300v— del *olim* Bibl. Real de Madrid 2-G-5, hoy en la Bibl. Univ. Salamanca, que a veces coinciden con el cód. vienés de la versión portuguesa también por él aducido.

El texto desarrolla un tema central en el ciclo artúrico o de la materia de Bretaña, y buena parte de la acción está relacionada con la corte del rey Arturo; en el cód. 1877 salmantino se lee que el rey Arturo «era el omne del mundo que él más amara y que más onra le feziera» a Lançarote, pero tras los incidentes surgidos entre ambos, con Ginebra de por medio, aquél vino a «desamar...mortalmente» a éste (fol.301v). La difusión europea de la leyenda del Grial se remonta a principios del siglo XII, al menos, basándose en la cual escribe Chrétien de Troyes hacia 1185 *Li contes del Graal*. Hay quien niega que Walter —Gautier o Gualterio— Map pudiera haber escrito *La queste del Saint Graal*, por haber muerto en 1209, casi veinte años antes de la presunta redacción de esta obra. La versión castellana deriva de los textos franceses de la *Vulgata* titulados *Estoire del Saint Graal* y *Queste del Saint Graal*, copiados hacia 1230. Hay también versiones catalana (C h 1380), *La storia del Sant Grasal*, impresa en 1917[3], y portuguesa (C 1400-1438), conservada esta última en un único ms., el 2594 de la Biblioteca Nacional de Viena, e impresa en 1944[4]. El texto castella-

---

[3] Vicenzo Crescini y Venanzio Todesco, eds., *La versione catalana della Inchiesta del San Graal*, Barcelona, 1917. Utilizan el cód. I.79 sup. de la Biblioteca Ambrosiana de Milán.

[4] Augusto Magne, ed., *Demanda do Santo Graal*, Río de Janeiro, 1944, 3 vols.; la 2ª ed., de 1955 y 1970, incluye facsímil. El editor reconoce en su prólogo la "intrincada red de dificultades" que tuvo que ir resolviendo en una labor que le ocupó durante décadas, opinión que corroboro, si no aplifico más aún, casi medio siglo más tarde.

no conservado es incorrecto y está desordenado; presenta lagunas, omisiones e incongruencias argumentales; bastantes epígrafes de capítulos no corresponden al contenido de éstos. Estas deficiencias, que nada empañan su valor, quedan puestas en evidencia en varios de los trabajos de Fanni Bogdanow, quien propone como fuente más próxima del texto castellano la *Version Variante*, una de cuyas derivaciones del siglo XIII, muy próxima en su literalidad textual a la castellana y más emparentada con ésta que los mss de la B.N.París y del Arsenal, se conserva en el Musée Condé de Chantilly, cód. 476 (*olim*, 644).

La mayor parte de la *Demanda* castellana deriva, como la portuguesa, según Bogdanow, de la *Queste del Saint Graal* de la versión Post-Vulgata francesa, refundición a su vez de la *Queste* de la Vulgata con la que se integra el relato referente a la *Mort Artu*. La versión castellana abrevia el texto de la fuentes y a veces discrepa de otras versiones conservadas; su traductor debió de omitir algunos capítulos de la fuente que usaba[5], sin preocuparse demasiado por enlazar con rigor y mediante referencias vinculadoras lo que conservaba. En el capítulo 391 de la ed. que se sigue (pág. 313a) se lee, refiriéndose al relato escrito que se traduce: «Agora dexa el cuento de fablar del santo Grial (que nunca lo vieron en la tierra desque Galaz murió)...»; luego siguen todavía 64 capítulos más, hasta el último, el 455, referentes a episodios ocurridos en torno a la corte del rey Arturo y la misteriosa desaparición de éste[6].

---

[5] Así, por ejemplo, cuando el narrador omite el relato de la muerte de algunos caballeros, dice que lo «fallé en francés e no lo escreví en castellano» (cap. 194; pag. 235a de la ed. de Bonilla que se utiliza).

[6] El colofón de la ed. sevillana de 1535, en su fol. 194va, se inicia, no sin curiosas erratas y contradicciones, con estas palabras: «Aquí se acabe *[sic]* el primero y el segundo libro de *La demanda del sancto Grial*, con *El baladro del famosíssimo poeta [sic]*, ¿por profeta?] *e nigromante Merlín con sus profecías.* Ay por consiguiente todo el libro de la *Demanda del santo grial*, en el cual se contiene el principio e fin de la mesa redonda e acabamiento e vidas de ciento e cincuenta cavalleros compañeros della...». Cuando menciona el «primero» se refiere a la historia de *Merlín;* a la *Demanda* propiamente dicha, cuando alude al «segundo libro».

EDICIONES

1907 A.Bonilla, en *Libros de caballerías*,I, Madrid, Bailly-Baillière, NBAE, t.6, págs. 163-338. Sigue el texto de la ed. de Sevilla de 1535. [vid. correccs. en NBAE 11, 698-700].

1924 vid. Karl Pietsch, en *Spanish Grail Fragments: El libro de Josep Abarimatia, La estoria de Merlín, Lançarote, Edited from the unique manuscript*, Univ. of Chicago Press, The Modern Philology Monographs, vol.I, Texts. [El vol.II, Commentary, se publicó en 1925].

1980 Carlos Alvar, trad., *La demanda del santo Graal*, Madrid, Editora Nacional.
[Se trata de una traducción del texto francés de *La Queste del Saint Graal* que había editado Pauphilet en 1949].

1981 Carlos Alvar, trad., *La muerte del rey Arturo*, Madrid, Alianza Editorial. [Es trad. de la ed. de Jean Frappier, *La mort le roi Artu, roman du XIIIe siècle*, Ginebra, Droz, 1964].

1987 Carlos Alvar, trad., *La búsqueda del Santo Grial*, Madrid, Alianza Editorial, Alianza Tres, 181.

1992 Martín de Riquer, trad., *Chrétien de Troyes. Perceval o El cuento del Grial*, Madrid, Espasa Calpe, Austral, 227; [5ª ed.; 1ª, 1961; traduce en prosa *Li contes del Graal* de Chrétien de Troyes].

BIBLIOGRAFÍA

BOGDANOW, Fanni, *The Romance of the Grail: A Study of the Structure and Genesis of a Thirteenth-Century Arthurian Prose Romance*, Manchester U.P.-Nueva York, Barnes and Noble, 1965 [1966].

—, "The relationship of the portuguese and spanish *Demandas* to extant french manuscripts of the Post-Vulgate *Queste del Saint Graal*", *Bulletin of Hispanic Studies*, 72, 1 (1975).

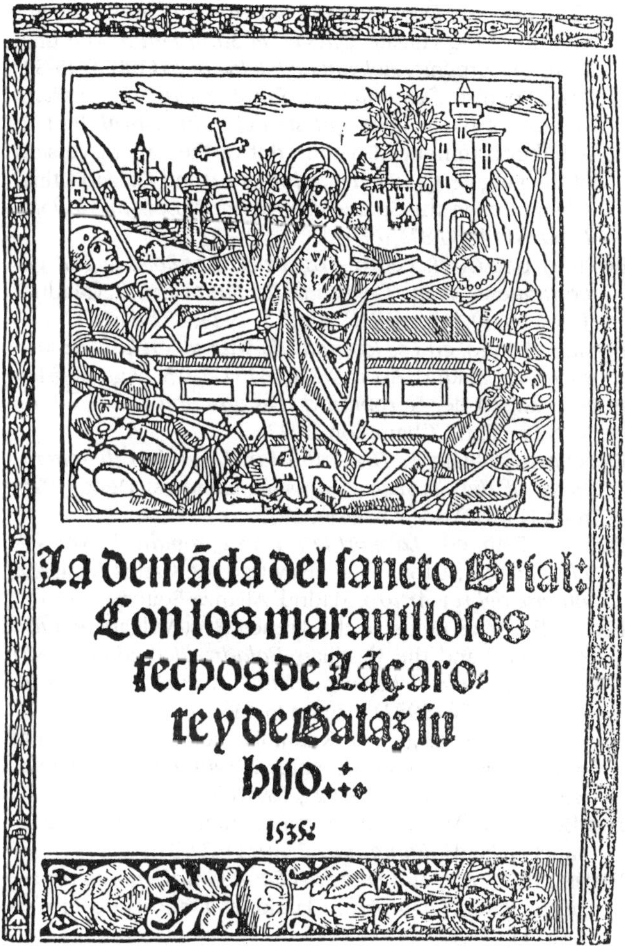
La demāda del sancto Grial:
Con los marauillosos
fechos de Lāçaro-
te y de Galaz su
hijo.
1535

Lámina 8. *La demanda del santo Grial*. Portada de la ed. impresa en Sevilla en 1535

—, "The Spanish *Demanda del Sancto Grial* and a variant version of the vulgate *Queste del Saint Graal.* The final scene at Corbenic, *Boletim de Filologia*, 28 (1983), 45-80.

—, "The Spanish *Demanda del Sancto Grial* and a variant version of the vulgate *Queste del Saint Graal.* Part II: A hitherto unnoticed manuscript of the variant version of the vulgate *Queste del Saint Graal* and Galaad's final adventures in the Spanish *Demanda", Boletim de Filologia*, 31 (1986-87), 79-131.

BOHIGAS BALAGUER, Pedro, *Los textos españoles y gallego-portugueses de la "Demanda del Santo Grial"*, (Madrid, Tesis, 1923), ed. en *RFE*, anejo 7, 1925, 152 págs.

BONILLA, Adolfo, en *Las leyendas de Wagner en la literatura española*, Madrid, Asoc. Wagneriana, 1913, págs. 40-51.

BORON, Robert de, *Le roman de l'estoire dou Graal*, ed. de W.Nitze, París, Champion, 1927.

ENTWISTLE, William J., *The Arthurian Legend in the Literatures of the Spanish Peninsula*, Londres, Dent, 1925; repr. Nueva York, Phaeton, 1975.

FRAPPIER, Jean, ed., *La mort le roi Artu, roman du XIIIe siècle*, Ginebra, Droz, 1964. [Hay trad. de Carlos Alvar, *La muerte del rey Arturo*, Madrid, Alianza Editorial, 1981].

HALL, J.B., "The Ethos of the French Post-Vulgate *Roman du Graal* and the Castilian *Baladro del sabio Merlín* and *Demanda del Sancto Grial", Revue de Littérature Comparée*, 56 (1982), págs. 423-436.

KLOB, Otto, "Beiträge zur Kenntnist der spanischen und portugiesischen Gral-Litteratur", *Zeitschrift für Romanische Philologie*, 26 (1902), 169-205.

LOT-BORODINE, M., "Les deux conquérants du Graal: Perceval et Galaad", *Romania*, 47 (1921), 72-97.

PAUPHILET, A., ed., *La Queste del Saint Graal, roman du XIIIe siècle*, París, Champion, Classiques Français du Moyen Age, 33, 1949.

—, *Études sur la Queste del Saint Graal*, París, Champion, 1980 [reed.].

RESINA, J.R., "La hermenéutica de *La Queste del Saint Graal"*, en *Los usos del clásico*, Barcelona, Anthropos, 1991, páginas 85-118.

RIQUER, M.de, *La leyenda del graal y temas épicos medievales*, Madrid, 1968.
—, ed., Chrétien de Troyes, *Perceval o el cuento del Grial*, Madrid, Espasa-Calpe, Austral, 227, 1992.
SOMMER, Oskar,ed., *L'Estoire del Saint Graal*, tomo I de *The Vulgate Version of the Arthurian Romances*, Washington, 1908.
VV.AA., *Les romans du graal dans la littérature des XIIe et XIII siècles*, París, 1956.

SELECCIÓN

A) Del texto de la *Demanda*, tan colmado de «maravillas» —uno de los conceptos que reaparecen en él con frecuencia—, se han elegido pasajes correspondientes a los caps. 23, 24, 26, 181, 267, 317, 375, 376 y 384, en donde vemos cómo a los caballeros de la Mesa Redonda se les revela fugazmente la existencia del santo Grial y emprenden la aventura de recuperarlo, no sin inquietud por parte de Arturo, temeroso de los peligros a que se exponen en su empresa; asistimos a la demostración de la superioridad de Galaz sobre todos los demás caballeros y a la frustrada pretensión de Lanzarote por ver el Grial; finalmente, Josefés revelará el misterio del santo vaso a los caballeros elegidos, quienes participan de la redención purificadora de Cristo y de su comunión eucarística, antes de encontrar su muerte.

Según Greimas[7], todo relato puede reducirse a este esquema básico, ilustrado con el ejemplo de *La búsqueda del Grial*:

Una fuerza o un ser (D) guía por su acción al sujeto (S) que busca un objeto (O) en dirección o en interés de un ser (d) concreto o abstracto; en tal búsqueda, el sujeto tiene sus aliados (A) y sus oponentes (o).

En este caso, Dios (D) [actuando el rey Arturo de mediador suyo] guía a Perceval y sus caballeros (S) para que

[7] A.J.Greimas, *Sémantique structurale*, París, Larousse, 1966, páginas 184 y ss.

busquen el Grial (O) en beneficio de la Humanidad (d); los ángeles (A) les ayudan en la empresa, en tanto que los diablos y sus acólitos (o) les presentan obstáculos. Además Perceval (S) cuenta con ayudantes propios de él como sujeto; tal es Lancelot, a su vez ayudado por Gauvain, su amigo y compañero.

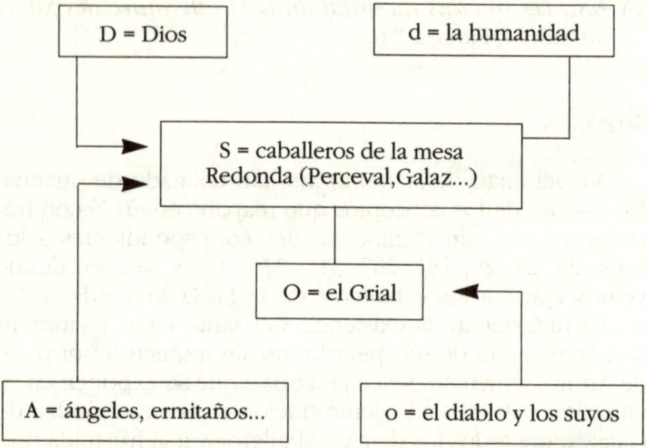


El primitivo texto de Chrétien de Troyes ya exaltaba los valores morales del caballero, en cuya condición andariega tanto se insiste; el proceso de purificación ascética de los caballeros, vinculada al camino y a las pruebas superadas a lo largo del mismo, queda aquí confirmado por una voz celestial que reconoce que han pasado a convertirse en seres espirituales, abandonada su carnalidad mortal anterior y encontrado el camino que les llevará a su salvación eterna. Las acciones situadas en el castillo del Grial donde mora el Rey Pescador o Tullido dan lugar a la prueba culminante para Perceval, el protagonista cuyo nombre sólo al final descubrimos; la parte dedicada a Galván o Gauvain, sobrino del rey Arturo, se funde con la anterior, tal vez sin adecuarse al plan pergeñado por su autor que podría haber pensado en dos narraciones diferentes y a quien la muerte sorprendió con su obra inacabada, en el verso 9234, hacia el año 1191, cuando vendría trabajando en ella desde 1168. La incorporación posterior de Galaz a la búsqueda del Grial será decisiva en el proceso espiritualizador e idealizante de la caballería, muy acorde con las ideas expresadas por san Bernardo, en la primera mitad del siglo XII, sobre todo en su sermón *De laude novæ militiæ,* acerca del caballero celestial.

* * *

B) Afortunadamente el texto de la *Demanda* castellana llegado hasta nosotros[8] incluye, en sus páginas finales, unos cuantos capítulos dedicados al rey Arturo y a la incierta muerte y enigmática desaparición del rey bretón de entre los humanos, lo que alienta en las leyendas tradicionales la esperanza en su regreso, vinculada a la creencia cristiana en la resurrección: «ninguno no se podrá loar que sabe ciertamente la verdad de mí». Sabido es que se trata de un personaje central en todo lo referente a la aventura del santo Grial: es Arturo —en algunas versiones con la colaboración de Merlín— quien instituye la Mesa Redonda, en torno a la cual reúne a los mejores caballeros de su tiempo, que tienen allí —donde fraguan sus andanzas aventureras y donde también a él se le concede ver fugazmente el Grial— sus asientos reservados con su nombre escrito[9];

[8] El texto castellano de la *Demanda* que conservamos deriva en última instancia, según Bogdanow, como el de la portuguesa, de la fusión de la *Queste del saint Graal* y de la *Mort Artu* realizada en la Post-Vulgata francesa, por lo cual llegamos a conocer los momentos finales del rey bretón sobre los cuales se desconocen versiones medievales castellanas independientes o exentas del texto relativo al santo Grial.

[9] Baste recordar a este respecto, el cap. 181 de la *Demanda* castellana, titulado «Cómo el rey Artur hazía cada día mirar la Mesa Redonda», que se reproduce abajo, y cómo lamentaba la dispersión de sus caballeros desde su corte, corriendo peligros en busca del Grial (vid. el cap. 26, también incluido a continuación). Para más información sobre Arturo y la Mesa Redonda, vid. Carlos Alvar, *op. cit.*, páginas 24-30 y 299-302.

uno de ellos, el "asiento o la silla peligrosa", correspondiente al de Judas en la mesa donde Cristo celebró su última cena, sólo lo podrá ocupar Galaz, el caballero elegido por su virtud para dar fin a la aventura del Grial.

Los enfrentamientos habidos en su corte, suscitados por la relación adúltera entre su esposa Ginebra y Lanzarote, a quien se opone Galván con los suyos, acrecentados por la deslealtad de Morderec o Mordret, el hijo incestuoso del rey, muerto por éste en una desastrosa batalla para ambos bandos, acaban por destruir —en una vorágine de pasiones desmesuradas— el reino y al propio Arturo, acogido por su hermana Morgana en la isla de Avalón, no sin que el rey se hubiese ocupado antes de un destino honroso para su famosa espada Escalibor. Ese cúmulo de desgracias acaban por desintegrar el mundo del *romance* artúrico que con tan atractivo esplendor había sido fraguado por Chrétien de Troyes.

Al pasar de la *Queste* a la *Mort Artu*, la alegoría religiosa de aquélla se convirtió en lo que Frappier llamó un "clima de tragedia griega"[10]; el simbolismo se transmuta en dramatismo visto desde una perspectiva cronística.

Para esta selección se han elegido los fragmentos más representativos de los capítulos 426 a 439 de la *Demanda* castellana, cuyo contexto conviene conocer. Muerto y enterrado Galaz, Perseval ingresa en un monasterio, donde muere poco después y se le entierra cerca de Galaz. Boores regresa en una nave al reino de Londres y llega a Camaloc, «do era el rey Artur», en cuya corte es recibido con alegría y se le pide que narre sus últimas aventuras (cap. 390). Arturo se entristece al saber de la muerte de dos caballeros tan destacados de su Tabla Redonda y ahí «dexa el cuento de fablar del santo Grial (que nunca lo vieron en la tierra desde que Galaz murió)» (cap. 391). Sigue luego el relato de las graves desavenencias y la avenencia final entre Arturo y Lanzarote (caps. 393-421), la traición de Morderec, sobrino de aquél, y el enfrentamiento entre ambos en la ne-

[10] Jean Frappier, "The Vulgate Cycle", en *Arthurian Literature in the Middle Ages*, ed. R.S.Loomis, Oxford, 1959, pág. 311.

fasta batalla de Salaberos (Salabres, Salesbieres o Salisbury) de donde se retira Arturo maltrecho, acompañado por su copero Lucán... (caps. 422-426). A partir de aquí se incluyen los fragmentos que relatan la agonía de Arturo, la devolución de su espada al lago, el traslado en una nave de su cuerpo y su caballo, el imposible rescate de su cadáver y la reclusión de Ginebra en un convento.

## A) *Demanda del santo Grial*[11]

### Cap. XXIII. *Cómo todos los cavalleros de la Mesa Redonda fueron ayuntados*

Grande fue el plazer que los cavalleros de la Mesa Redonda[12] ovieron aquel día cuando se vieron que eran todos de

---

[11] Adaptándolo a los criterios previos establecidos, se utiliza el texto de la ed. de Adolfo Bonilla, en *Libros de caballerías,* I, Madrid, Bailly-Baillière, NBAE, t.6, 1907, págs. 163-338, quien a su vez sigue el texto de la ed. sevillana de 1535. Para lo relativo al *grial,* como palabra y objeto, se remite al lector a la información incluida en una de las notas iniciales —en particular a la 7— de la sección precedente dedicada al *Libro de Josep Abarimatía.* A Robert de Boron debe atribuírsele la cristianización del mito forjado en torno a este misterioso objeto por Chrétien de Troyes, definiendo ya como cáliz o copón que contenía la sangre y la carne de Cristo lo que era un antiguo platel o escudilla posiblemente más vinculado al mito del cuerno de la abundancia o a ritos de fecundidad; en este caso se apuntaba a una satisfacción de apetitos terrenales, en aquél a la plena compensación de apetencias espirituales o al hambre del alma; en ambos se perciben ecos del maná ofrecido por Yavé por medio de Moisés a sus elegidos. En una capilla de la catedral de Valencia se rinde veneración y culto muy solemne a un antiguo cáliz, identificado por la tradición como el utilizado por Jesús en su última cena. Sobre el significado de la palabra aduzco la siguiente explicación de Merlín en *El baladro:* «E sabed por verdad que la historia del santo greal es llamada ansí por tal manera porque fue de la preciosa sangre de Jesucristo nuestro redentor cuando la cogió Josep [de Arimatea] con el vaso...» *(op. cit.,* ed. de Justo García Morales, Madrid, 1956-1960, Joyas Bibliográficas, 16 y 19, t.I, cap. VI, pág. 31).

[12] La Mesa Redonda es un objeto mágico muy vinculado con el reinado de Arturo, presentada en algunas versiones como regalo de boda de Ginebra; en torno a ella, que por su forma evita preeminencias pro-

consuno. E sabed que después que la Mesa Redonda fue començada que nunca aí fueron todos assonados; mas aquel día sin dubda avino que fueron aí todos, mas después nunca allí fueron. Y contra la noche, después de bísperas[13], cuando se assentaron a las mesas, oyeron un trueno tan grande y tan espantoso que les pareció que todo el palacio caía, y luego, desque el trueno, cuando entró una gran claridad que fizo el palacio dos tanto claro[14] que ante era, e cuantos en el palacio estavan luego fueron cumplidos de la gracia del Espíritu santo. E començáronse a mirar unos a otros, e viéronse muy maravillosos de gracia en que estavan; e maravillávanse dónde esto les venía, e no uvo aí tal que pudiesse fablar por una gran pieça, antes estavan callados e mirándose unos a otros.

Y ellos estando assí, entró en el palacio el santo Grial cubierto de un xamete blanco, mas no avía hombre que viesse quién lo traía. E tanto que entró fue el palacio tan cumplido de tal olor como si todas las especias del mundo aí fuessen. Y él fue por medio del palacio de una parte y de otra, y en derredor de las mesas; e por do passava fueron las mesas cumplidas como en su coraçón desseava cada uno. E después que cada uno uvo lo que avía menester, salióse el santo Grial tan presto que ninguno supo qué era dél, ni por cuál parte se fue. Y los que ante no podían fablar fablaron estonce y dieron gracias a nuestro Señor, que tanta honra les fizo y assí los abondara de la gracia del santo vaso[15]. Mas sobre todos aquellos que muy ledos eran más lo era el rey Artur, porque mayor merced le mostrara nuestro Señor que a ningún rey que ante reinasse en Londres[16]. Y desto fueron muy ledos cuantos aí eran, ca bien

---

tocolarias, contarán los caballeros sus aventuras —la más trascendental, la del santo Grial— que el rey hará poner por escrito para su futuro recuerdo.

[13] *bísperas:* vísperas, una de las horas canónicas, que se rezaba, puesto ya el sol, a la hora del crepúsculo vespertino.

[14] *dos tanto claro:* dos veces o el doble más claro o luminoso.

[15] *santo vaso:* obsérvese cómo el santo Grial es designado expresamente aquí, lo mismo que en otras versiones francesas, como vaso, no como plato ni escudilla.

[16] *Londres:* allí, en la capital del reino de Logres, tiene Arturo su corte, en excelente emplazamiento geográfico; en algunos pasajes se utilizan ambos topónimos como equivalentes. Se ha relacionado el topónimo Londres con el nombre del rey Londres, bisabuelo de Arturo, como padre de Constant. El relato de la *Muerte de Arturo* se refiere a la destrucción de su reino y a toda la mitología creada en torno suyo.

les pareció que se membrava Dios dellos, e fablaron aí mucho. Y el rey dixo a los que cabe él estavan:

— Cierto, amigos, ¡cómo devemos ser alegres de que Dios nos mostró tan gran señal de amor, que a tan alta fiesta como es la de Pentecoste[17] nos dio de comer de su santo cellero!

### Cap. XXIV. *Cómo prometió Galván al rey Artur, su tío, que entraría en la demanda del santo Grial*

Galván, que servía ante él, díxole:

— Señor, aún ay ál que vós no pensáis; sabed que no ay cavallero en el palacio que no oviesse de comer cuanto en su coraçón pensó; esto nunca avino en ninguna corte sino en casa del rey Peles[18]; mas de tanto fuemos todos engañados, que no lo vimos si cobierto no[19]; por que cuanto en mí es[20], prometo agora a Dios ante la cavallería que mañana sin detenimiento [he] de entrar en la demanda del santo Grial assí, que la manterné un año e [un] día, y más. Y aún digo más, que jamás no tornaré a la corte por cosa que avenga hasta que lo vea mejor e a mi plazer que agora lo vi; mas si no pudiere ser, tornarm'é estonce.(...)

---

[17] *Pentecoste:* Pentecostés; se trata de la fiesta litúrgica cristiana celebrada cincuenta días después de la Pascua y en la que se conmemora la venida del Espíritu santo sobre los apóstoles para «renovar la faz de la tierra» en su misión evangelizadora universal; vid. *Hechos de los apóstoles*, cap. 2. En la Edad Media se instauró la costumbre de investir a los nuevos caballeros en tal día, en el que Galaz compareció ante la corte del rey Arturo.

[18] *Peles*, Pelles o Pelés, es uno de los reyes del linaje de los Reyes Pescadores, guardianes del santo Grial, abuelo de Galaz, confundido a veces con su padre Pellehan, el Rey Tullido —"mehaignié", en francés.

[19] *si cobierto no:* sino cubierto.

[20] *por que cuanto en mí es:* por lo cual en lo que a mí respecta.

## Cap. XXVI. *Cómo pesó mucho al rey Artur por la demanda, e reptaba mucho a Galván*

Cuando el rey vio que todos avían fecho esta promesa, uvo gran pesar (e) en su coraçón, ca vio que no los podía tornar en ninguna guisa, e dixo:

— ¡Galván, Galván!, vós me avéis muerto y escarnido, ca por esta promesa que fezistes me tollistes la mejor e más leal compaña que nunca fue en el mundo, la compaña de la Mesa Redonda; ca después que de aquí se partieren yo bien sé que no tornarán acá todos, antes morirán muchos dellos en esta demanda ca no averná tan cedo cima como vós pensáis. E por esto me pesa ende mucho, ca siempre les fize honra de todo mi poder, e quíselos bien y quiérolos como si fuessen mis fijos o mis hermanos; e por esto me es muy grave su prometimiento; e cuando yo, que los solía ver e aver su compaña, (e) no los viere, sofriré gran cuita e pesar.

E después que el rey esto dixo, començó a pensar mucho, y pensando le vinieron las lágrimas a los ojos, assí que todos lo veían. E a cabo de una pieça dixo, que todos lo podían oír:

— ¡Ay, Galván!, tú metiste tan gran pesar en mi coraçón que jamás no saldrá hasta que yo vea qué fin avrá esta demanda, ca mucho he miedo que están aí mis amigos.

— ¡Ay, señor! —dixo Lançarote—, por Dios, ¿qué es esto que agora dezís? Tal hombre como vós no devía tener miedo, mas esfuerço e buena esperança. E si nós moriéssemos en esta demanda mucha mayor honra os será, ca de morir avemos aí.

— Lançarote —dixo el rey—, el gran amor que yo siempre uve a vós[21] me faze dezir esto. Y no es maravilla si he ende pesar, ca nunca rey cristiano uvo tantos buenos cavalleros ni de buenos hombres a su mesa, ni avrá jamás, como yo. Y por esto me temo que jamás sean posados aquí ni assonados, assí como agora son.(...)

---

[21] Es un tópico reiterado en la literatura artúrica ese intenso afecto que Arturo profesó a Lanzarote.

## Cap. CLXXXI. *Cómo el rey Artur hazía cada día mirar la Mesa Redonda*

El rey Artur, que sin falta tanto amava a los de la Mesa Redonda como si fuessen sus hijos, (e) avía muy gran pesar porque se partían dél. E por esto avía gran sabor por saber cómo les iva; y por esto iva cada día, ante que comiesse, a las sillas de la Mesa Redonda, e contávalos. E cuando aí llegava, él veía en las letras si era bivo el señor della; ca si era bivo fallava aí su nombre, e si era muerto no hallava(n) aí letra ninguna. E sin duda la Mesa Redonda era tan maravillosa que, en cualquier lugar cuando alguno —cerca o lexos— moría, luego se quitavan ende las letras[22]. Y esto fue provado por muchos buenos cavalleros.(...)

## Cap. CCLXVII. *Cómo Galaz[23] derribó a Quea[24] e a Blandalís[25] e a Galván[26] e a Gariete[27] e a Agravaín[28]*

Todos seis[29] anduvieron aquel día assí fablando fasta hora de nona[30], e andando assí vieron ante sí venir a Galaz. E cuando los primeros tres cavalleros lo vieron dixeron a los otros tres:

---

22 *se quitavan ende las letras:* desaparecían de allí las letras correspondientes al nombre del caballero muerto.

23 *Galaz:* vid. nota 8 en la selección anterior. Con su llegada a la corte de Arturo se inicia la aventura de la demanda del santo Grial, a cuyos últimos misterios sólo él accede; es el paradigma del caballero perfecto, en sus cualidades físicas y en sus virtudes morales.

24 *Quea:* Keu, Queu, Quec, Queis, Ques, Quexa, entre otras variantes, es el valiente senescal del rey Arturo, dotado de especiales cualidades y poderes, pero degradado en algunas versiones por sus rasgos negativos y descorteses.

25 *Blandalís:* Brandelís, Brandalis, Brandis, Brandolis, incluso Bran de Lis, es uno de los fieles caballeros de la corte de Arturo y partícipe en la búsqueda del Grial.

26 *Galván:* vid. nota 50 del texto anterior. Modelo de caballero cortés, contrastante en su actitud con la más desmesurada de Keu.

27 *Gariete:* Gueheriet; otro de los caballeros de la Mesa Redonda, confundido a veces con su hermano Guerrehet, por la similitud de sus nombres; sobrino de Arturo y hermano de Galván, generoso y atracti-

— Agora podéis ver al cavallero que oy todo el día andávades fablando dél.

E Quea, cuando lo vio, dexóse ir para él e díxole:

— Don cavallero, dexad el escudo.

E cuando Galaz esto oyó, tornó la cabeça del cavallo contra él e dixo:

— Esso no faré yo en cuanto fuere bivo e lo pudiere defender.

E Quea le dixo otra vez:

— Cavallero, dexar el escudo vos conviene.

E cuando Galaz esto oyó, fuelo ferir atán bravamente que dio con él en tierra del cavallo muy mal llagado, y después sacó la lança dél. E cuando Galván vio este golpe dixo:

— ¡Para santa María!, non es este cavallero tan covarde como vós dezides.

E Blandalís, que ovo gran pesar porque assí fuera Quea derribado, dexósse ir para Galaz, que no lo conosció. E Galaz lo firió tan bravamente que dio con él e con el cavallo en tierra tan gran caída que no supo de sí parte. E Galván, que uvo miedo que era llagado a muerte, dixo a sus hermanos[31]:

---

vo; su muerte a manos de Lanzarote provocará el enfrentamiento de éste con Galván, lo que desembocará en la ruina del reino artúrico.

[28] *Agravaín:* vid. nota 30 del texto anterior; otro de los sobrinos de Arturo, enfrentado a Lanzarote, de quien recibe la muerte.

[29] *seis:* el narrador se refiere a los cinco últimos nombrados en el título del capítulo (Quea, Blandalís, Galván, Gariete y Agravaín) y a Morderec que les acompañaba en su caminar cuando se dirigían a Camaloc o Camelot para socorrer a Arturo que estaba allí cercado por sus enemigos.

[30] *hora de nona:* una de las horas canónicas, heredadas del mundo romano; entre la mitad y la última hora de la tarde.

[31] *hermanos:* Gariete y Agravaín, además del bastardo Morderec.

— ¡Ay, que mal somos escarnidos, e mal fezistes que tanto mal fezistes e dexistes dél! Y este cavallero es mejor que otro, ca si no fuesse de gran bondad no pudiera derribar a Blandalís.

— Señor —dixeron ellos—, no deis por él nada, ca vos vengaremos este golpe mucho aína.

Estonce se dexó Morderec[32] ir para Galaz, y él recibiólo atán bien que dio con él en tierra por cima del cavallo al caer dél, e después fuése para Gariete e dio con él en tierra, e Agravaín esso mismo[33]. E cuando Galván esto vio, uvo tan gran pesar que no supo qué fiziesse, sino que dixo:

— ¡Santa María!, ¿qué es esto? Que, por buena fe, no es este cavallero tan covarde como dizen; mas yo quiero más ser muerto o derribado que estar que no faga todo mi poder en vengar mis compañeros.

E Galaz se iva, que no quería más justar. E Galván corrió tras él e començóle a dar bozes:

— ¡Don cavallero!, ¡tornad a justar comigo, pues mis compañeros avéis derribado!

E Galaz, que vio que avía de justar queriendo o no, dixo:

— ¡Santa María!, ¿qué es esto, cavallero, que no me dexades ir mi camino no faziendo por qué? E nunca vos erré ni vos

---

32 *Morderec:* Mordret, Morderit, Mordorec, Mordrec, Mordreit, Mordrés, entre otras muchas variantes, es sobrino de Arturo a quien traiciona usurpándole el reino y pretendiendo casarse con Ginebra, la reina. En algunas versiones se le hace ser hijo incestuoso de Arturo. En el cap. 20 de *El baladro del sabio Merlín* se relata «cómo el rey Artur durmió con su hermana por yerro de no conoscer quién ella fuese, y hobo un fijo en ella que hobo nombre Morderit, por el cual recibió mucho daño toda tierra en Londres, como adelante se dirá». Su trágico final se funde con el del rey Arturo y con el derrumbe de su reino.

33 *dio con él...esso mismo:* la expresión resulta algo confusa; hay que entender que Galaz fue derribando consecutivamente a los tres caballeros que se le enfrentan: Morderec, Gariete y Agravaín.

fize pesar, e acometédesme en balde. En buena fe, que lo fazéis mal, mas, pues assí es, ampararme-he de vós.

E bolvió para Galván e diole tal lançada que le puso en tierra con los otros; e cuando esto uvo fecho dixo:

— Amigos, este es Galaz el covarde, de quien vosotros fazíais escarnio, e pienso que lo habéis comprado[34].

E Galván fue atán mal llagado en la espalda siniestra que pensó ser tollido para siempre. Y cuando vio Galaz que no avía de qué se temer dellos, entró en su camino e fuése cuanto pudo, e no por su miedo mas porque se quería tirar de su excesso, que pensó que eran de casa del rey Artur. E tanto que Blandalís vio a sí e a los otros en tierra, levantóse cuanto pudo e dixo a los otros:

— ¡Cómo somos escarnidos y engañados, que este no es Galaz el covarde, antes es Galaz el esforçado! Y este es Galaz, fijo de Lançarote. Y este es el que cumplió la silla peligrosa[35]. E cavalguemos e vayamos en pos dél, e pidámosle merced nos perdone porque le acometimos y le erramos sin razón. E vayamos en pos dél, e pidámosle merced que nos diga si es Galaz, fijo de Lançarote.

E dixeron ellos que fuessen en pos dél, e fiziéronlo assí. E Galván, que era peor ferido, como era de gran coraçón, levantóse lo más aína que pudo e dixo a los otros:

— ¡Por santa María!, malamente erramos que assí lo acometimos por nuestra sobervia, e agora se puede bien reír de nós y de nuestro escarnio, e todos los que lo oyeren fablar.(...)

---

34 *comprado:* usado con sentido irónico, equivalente a "pagado caro".

35 *silla peligrosa:* asiento peligroso, uno de los que rodean a la Mesa Redonda, reservado para Galaz, como caballero escogido por su virtud sin tacha; cualquier otro caballero que en él se siente sufre castigo, hasta quedar reducido a cenizas, como le ocurrió a Brumante.

## Cap. CCCXVII. *Cómo Lançarote quiso ver el santo Grial a fuerça*

Lançarote, cuando entró en el Palacio Aventuroso[36], anduvo por él fasta que llegó a una cámara do estava gran lumbre, y entró dentro por saber de qué era aquella lumbre; e no falló sino dos candelas gruessas que ardían; e fue de cámara en cámara fasta que llegó do estava el santo Grial, e allí vio tan gran lumbre como si fuera mediodía; e miró la cámara e viola tan fermosa e tan rica que nunca vio cosa que assí le pareciesse. Y en medio de la cámara estava una mesa de plata así como altar, y el santo Grial encima, cubierto tan ricamente como en el tiempo que Josefés[37], el primero obispo, cantó missa. Y desque Lançarote vio el lugar do el santo Grial estava, dixo:

— ¡Ay, señor Dios!, ¡cómo será aventurado quien pudiesse ver el santo vaso que allí está cubierto, por quien tan grandes maravillas vienen en el reino de Londres!

Estonce miró a todas partes por ver si vería alguno que lo estorvase de entrar allá, ca él quería llegar fasta en la santa messa e ver el santo Grial por ver qué estava aí. Y en esto estando, oyó una boz que le dixo:

— Lançarote, no entres dentro, ca no te es otorgado del alto Maestro.

Mas venía tan desseoso de lo ver, porque tantos hombres buenos se trabajavan de lo saber, [que] dexósse lançar dentro lo más presto que pudo; mas no entró mucho que sintió todos los males del mundo que lo tomaron al cuerpo e a los braços; parecióle que le tomaron por los cabellos, e sacáronlo fuera e

---

36 *Palacio Aventuroso:* se trata del castillo del Grial en Corbenic, también conocido como Castillo Venturoso, donde reside el Rey Pescador.

37 *Josefés:* para lo relativo a este personaje, vid. Josafás en la selección correpondiente a *Josep Abarimatía,* y en particular su nota 14. Más de tres siglos después de su muerte, desciende del cielo para celebrar en Corbenic los oficios del Grial ante los caballeros elegidos.

dieron con él tal caída en tierra que pensó que era muerto; y estuvo allí amortecido fasta otro día que lo fallaron.(...)

## Cap. CCCLXXV. *Cómo la boz dixo a los de la Tabla Redonda*[38]

Y mientra assí fablavan vino una boz que les dixo:

— TODOS LOS QUE NO SOIS COMPAÑEROS DE LA DEMANDA DEL SANTO GRIAL SALGAN FUERA, QUE ASSÍ LO MANDA EL ALTO MAESTRO.

E cuando el rey Peles esto oyó, salióse del palacio, e con él su fijo[39] e la santa donzella[40] e todos los otros; e hincaron los doze compañeros, e semejóles que venía un hombre todo revestido como obispo que quiere dezir missa[41]. Y traía una corona[42] de oro en su cabeça, muy rica. Y en sus manos muy ricos guantes. E traíanlo cuatro ángeles en una cátreda[43] de oro.

Y a la siniestra parte estava una mesa de plata en que estava el santo Grial, cubierto de xamete bermejo, e assí lo pusieron los ángeles, sobre la cátedra. E tenía en la frente letras que dezían: «Yo soy Josefés[44], el primero obispo del mundo y el que primero entró en la cibdad de Sarrás[45]».

---

38 Para observar las discrepancias, errores y variantes del texto castellano con respecto a sus fuentes francesas en éste y los dos siguientes capítulos, vid. el estudio de Bogdanow de 1983, ya citado en la bibliografía de esta sección.

39 *su fijo:* se refiere a Eliezer, fiel escudero de Galván.

40 *santa donzella:* probablemente su hija Amite.

41 *que quiere dezir missa:* dispuesto o preparado para decir misa; en las versiones francesas se lee «quant il chante messe» o «pour la messe chanter».

42 *corona:* sin duda, se refiere a la mitra episcopal; en versiones francesas se lee "mitre" o "mistre".

43 *cátreda:* vulgarismo, por metátesis de la *r* de 'cátedra'; así, también se encuentra escrita en la obra de santa Teresa.

44 *Josefés:* ya es sabido que en otros textos artúricos recibe el nombre de Josafás; en el ms del siglo XIII del British Museum (Royal 19C XIII) se lee *Josephes*; en el fr.751 de la Bibl. Nat. de París, también del XIII, *Joseph*, lo mismo que en el 3482 de la B. del Arsenal, del siglo XIV.

45 *Sarrás:* el ms fr.751 de la B.N. de París dice «cité d'Arras». Sobre

E cuando los doze compañeros vieron fazer mención de Josefés [se maravillaron mucho][46] porque ellos sabían bien que avía más de dozientos años que era finado. E Josefés les dixo:

— Cavalleros, siervos de Jesucristo, no vos maravilléis por que yo vengo antre *[sic]* vós assí vestido, que días ha que fui ordenado; porque yo fui hombre terrenal y agora soy espiritual.

E cuando esto uvo dicho hincó los hinojos ante la mesa del santo Grial. E cuando uvo assí estado una gran pieça, ellos oyeron abrir la puerta de una cámara y vieron salir dende seis ángeles; los dos traían dos candeleros de plata mucho hermosos en que estavan dos candelas ardiendo, y los otros traían dos incensarios, y el quinto traía xamete bermejo vestido, y el sesto traía una lança que corría toda sangre, e caía[47] en una buxeta de cristal que el ángel tenía en la mano diestra. E los que tenían los dos cirios pusiéronlos en la Tabla delante del santo Grial, y el que tenía el (primer) xamete tendiólo delante de la Mesa. Y el que tenía la lança púsola sobre el santo vaso en manera que la sangre caía dentro. E los otros dos de los encensarios encensavan delante del santo Grial.

E cuando esto ovieron fecho, Josefés se levantó e tomó una tovaja[48] pequeña que estava sobre el altar e cubrió el santo vaso, que no lo pudieron ver. Y después parecióles que Josefés estava en sacrificio de la missa y descobría el santo vaso e sacava una oblea pequeña en semejança de pan, e alçóla contra arriba, con ambas manos, sobre la cabeça, assí que la vieron todos. Y ellos miraron e vieron venir un niño del cielo, y metióse dentro en aquel pan, e vieron que el pan se

---

este topónimo, vid. lo que se dice en la selección anterior correspondiente al *Libro de Josep Abarimatía.*

46 Añado este sintagma basándome en versiones francesas que dicen en este pasaje «se merveilloient moult».

47 *caía:* corrijo el texto, en donde se lee *avía*, basándome en las versiones francesas, pésimamente —o con excesiva libertad, si se prefiere— traducidas en este pasaje, cuya traducción menos infiel sería en este caso así: traía una lanza que sangraba sin cesar, y la sangre que goteaba caía dentro de una cajita... Por otra parte, las versiones francesas hablan simplemente de "une boiste" [boîte: cajita, cofrecillo]; sólo el cód. de Chantilly lee "boiste de cristal".

48 *tovaja:* toalla; las versiones francesas hablan de "petites toailles" o "touailles", en plural.

tornó como hombre carnal. E cuando esto ovieron fecho[49], Josefés lo abaxó e púsolo con el santo Grial, e cubriólo[50] como ante estava e fizo en él por de suso el signo de la cruz tres vezes. E cuando ovo fecho el oficio como missacantano, bolvióse e dixo a Galaz que diesse a los otros compañeros y hermanos paz. Y él fízolo assí. Y después desto Josefés puso su corona sobre su cabeça e sus guantes en sus manos, e bolvióse contra los otros cavalleros e díxoles:

— Amigos, yo sé bien que vós sodes penados e lazerados en servicio de Dios, nuestro señor, por saber parte [de los secretos y maravillas][51] del santo Grial. Agora posadvos[52] todos delante esta mesa.

Y ellos lo fizieron assí como les mandó. E Josefés les dixo:

— Agora sabed que por el buen servicio que le avéis fecho que avréis agora tal galardón que seréis abondados de la más dulce vianda e de la más espiritual que nunca ombre carnal uvo en toda su vida, e recebirlo-edes de mano de Jesucristo. Y esto devéis creer en todos tiempos que en este mundo seáis, porque el misacantano[53] es semejado e comparado a semejança del Salvador (...) Y desque aquí avréis para siempre la gracia y el amor de Jesucristo guardalda bien todos en uno, porque oy recibiréis el mejor galardón que cavalleros deste mundo nunca rescibieron ni rescebirán desde aquí, por servicio que ellos fagan.

---

49 *ovieron fecho:* las versiones francesas se refieren a lo que hizo Josefés, en singular.

50 *cubriólo:* el texto dice *abriólo*, que corrijo, no sólo porque no hace sentido, sino porque las versiones francesas leen "covri des toailles" y "couvri des touailles".

51 Corrijo traduciendo literalmente de las versiones francesas lo que omite la traducción castellana, en donde además se lee *partida* en lo que debiera ser mejor *parte*; en francés *partie*.

52 *posadvos:* sentaos; en versiones francesas, "asseez" o "assées".

53 *misacantano:* en la ed. castellana de 1515, "misicantano"; en las versiones francesas, "prestes".

Cap. CCCLXXVI. *De cómo se partió Josefés, el obispo, de Galaz y de Perseval*[54]

Cuando Josefés, el obispo, uvo dicho estas palabras, partióse dellos, assí que no supieron a cuál parte se fue. Y estonce dixo Perseval a Galaz:

— Mucho me ha alegrado lo que este hombre nos ha dicho, e bien sabed que es hombre espiritual, e mucho dio Dios gran poder al clérigo, por pecador que sea, cuando su precioso cuerpo fía en sus manos.(...)

— Señor —dixo un cavallero del reino de Galaz[55]—,(...) agora podéis bien saber que este es el santo vaso e la santa Tabla do nós somos posados e tanto avemos buscado por muchos fieros[56] lugares, que somos venidos do desseamos.

E luego que el cavallero de Galaz esto ovo dicho passaron con gran alegría e con gran devoción a la santa Mesa, llorando e gimiendo con gran gozo e rogando a Dios que por su gran piedad que no tuviesse mientes a las sus faltas e que los viniesse a visitar por su nombre santo; e començaron a llorar todos muy rezio, assí que las caras teníán mojadas de lágrimas, que gran piedad avría dellos cualquier que los viesse assí llorar[57]. E cuando ovieron assí estado una pieça, oyeron una

[54] Perseval o Perceval es el modelo del caballero andante con su conducta cortés ejemplar y sus aventuras innumerables centradas en las búsqueda del Grial.

[55] *Galaz:* los textos franceses hablan de "Gaulle" o "Gaule".

[56] *fieros:* este adjetivo estaba presente en la ed. de 1515; la de 1535 lo suprime. Su restauración está justificada por su presencia en el ms 3482 del Arsenal: «tant avons quis par mainte terre et par maint sauvage lieu».

[57] El texto castellano amplifica aquí notablemente la versión original que traduce; nótese la proliferación abusiva del adjetivo "gran" o "grande" a lo largo de todo el párrafo, lo que es general en toda la obra (sólo en las páginas seleccionadas de la *Demanda* propiamente dicha se repite más de cuarenta veces). Sobre la expresión del llanto,

compaña de gente que venía cantando a grandes bozes e muy alto e muy claro, e bendezían a Jesucristo. Y después oyeron un trueno muy terrible e tan grande que todos pensaron ser muertos y qu'el firmamento[58] cayera sobre ellos, e después vino un rayo tan espantoso que bien pensaron que el cielo se fazía dos partes; y assí fueron espantados que pensaron que el espantoso día del juizio era venido. Y después vínoles un viento tan grande e tan espantoso e tan caliente que todos pensaron ser quemados, e fizo un tan gran trueno que bien pensaron que el palacio era caído e que Jesucristo los avía desamparados e que ya no verían más de sos secretos. Mas él lo fazía por provar si eran de firme creencia. E Galaz començó de confortar sus compañeros, e díxoles:

— Señores, no vos desconfortéis ni tomedes por esto dubda, que nuestro Señor nos demuestra que lo faze por mostrarnos cuánto es el su poderío e, si a él plaze, él nos embiará socorro muy aína, que él es aquel que conorta âquellos que en él han firme creencia.

E cuando Galaz uvo dicho esto, toda la tempestad fue passada e la escuridad, e vínoles atán grande la claridad que todo el palacio fue alumbrado, y ellos fueron en tan gran dulçor y en tan gran vicio que coraçón de hombre no lo podría pensar. E luego entró por una finiestra un viento que descubrió el vaso del xamete bermejo que estava cubierto, e miraron la mesa do ellos estavan posados. E cuando ellos vieron, miraron contra el santo Grial e vieron salir dende un hombre todo despojado sino un paño de seda encima de la espalda siniestra. Y era todo bermejo como sangre. Y tenía calçados unos paños de lino. Tenía los braços e las manos e las piernas e los pies e todo el cuerpo sangriento, corriendo sangre que salía de una llaga que tenía en el costado. E tenía el cuerpo (e los otros

vid. José María Viña Liste, "De los sos oios tan fuertemientre llorando", en *Homenaxe ó profesor Constantino García*, Univ. de Santiago de Compostela, 1991, t.II, págs. 401-414 y "Más formulaciones del motivo del llanto en la literatura española medieval", en *Homenaje a la profesora Pilar Vázquez Cuesta,* Universidad de Santiago de Compostela [en prensa].

58 *qu'el firmamento:* las eds. antiguas repiten la misma errata, "aquel afirmamiento"; en las versiones francesas, "li firmamens".

lugares)[59] lleno(s) de llagas y de açotes, assí que ninguno no lo vería que no oviesse piedad dél. Y este hombre que os digo dixo:

— Mis fijos y leales cavalleros y leales siervos que tanto avéis lazerado e trabajado por mí, assí que de mortales que érades sois espirituales, e mucho avéis bien cambiado que distes muerte por vida, y tanto avedes fecho por mí que bien sois dignos de ver los mis secretos[60], e avedes ganado la corona celestial. E por ende sodes assentados a la Tabla do nunca se assentó[61] hombre terrenal del tiempo de Josef Abarimatía acá. E algunos que aí se assentaron no fueron tan complidos como vós sois, ante estavan aí como siervos, assí como algunos deste castillo y de otros lugares han estado abondados e hartos muchas vezes por la gracia del Espíritu santo y deste vaso, mas no eran complidos de la alta vianda celestial assí como vós que la avedes tamaño tiempo desseado, por que tanto avedes lazerado[62].(...)

---

[59] Es evidente que lo incluido entre paréntesis carece de sentido.

[60] *que bien sois dignos de ver los mis secretos:* corrijo las primeras eds. catellanas que dicen incomprensiblemente: «que bien devéis ver los mis secretos e dignos donde sois». El cód. de Chantilly, tan próximo al texto castellano en tantos pasajes, dice: «ains avés tant fait que bien estes dignes de veir mes secrés» (fol 230vb).

[61] *assentó:* así, en la ed. de 1535; *posó*, en la de 1515; pero en ninguna de las dos se menciona la acción de 'comer', sí presente aquí en las versiones francesas: "manga", "menja".

[62] *la vianda...por que tanto avedes lazerado:* el alimento...por el que tanto habéis padecido; en textos franceses: «pour quoi vous avés tant esté traveillé et pené». El cap. siguiente relata cómo el Señor da a Galaz, a Perseval, a Boores y a los otros nueve caballeros de la Mesa Redonda primero su propio cuerpo en forma de «una pieça chiquita de pan, así como oblea pequeña» tomada del Grial; luego les da a beber de éste su propia sangre, en forma de vino. Según la creencia cristiana, se trataría de una reinstauración del sacramento de la eucaristía, instituido por Jesús en su última cena con sus doce apóstoles.

## Cap. CCCLXXXIV. *Cómo Boores[63] entendió que aína sería la muerte de Galaz[64]*

Boores, cuando entendió que tan aína sería la muerte de Galaz, e que entendió que jamás no entraría ni tornaría Perseval a la corte ni al reino de Londres, e que solo avía de ir a Camaloc[65], començó de fazer tan gran duelo e a llorar tan fuertemente que no ha hombre que lo viesse que no quebrasse el coraçón [de pesar][66]. Y esso mismo hazía[n] Galaz e Perseval; e fazían muy gran duelo, y esto fazían por la muerte del buen rey Galaz e por el partimiento de todos tres[67]. E cuando ovieron assí estado en uno una gran pieça, Boores dixo a sus com-

---

63 *Boores:* Bohort, Bores, Boor, etc.; con Perseval y Galaz integra la "tríada celeste". Vid. nota 28 de la selección anterior sobre Lanzarote.

64 Para observar las discrepancias, errores y variantes del texto castellano con respecto a sus fuentes francesas en éste, así como en los capítulos precedentes y siguientes de la *Demanda*, vid. el estudio de Bogdanow de 1986-1987, ya citado en la bibliografía de esta sección.

65 Los tres caballeros se encuentran ahora en Sarrás. El cód. de Chantilly no menciona aquí ni Londres ni Camaloc; se refiere simplemente al «roiaume de la Grant Bretaigne» (fol. 234rb). Cuando en el cap. anterior el texto castellano hace referencia a Camaloc, las versiones francesas mencionan Gaula y el reino de Logres. Camaloc (o sus variantes Camelot, Camalote, Camelote) era el lugar donde habitualmente fijaba su corte el rey Arturo; no se ha llegado a un acuerdo acerca de su situación geográfica.

66 La adición procede de la ed. castellana de 1515. Boores, Perseval y Galaz se encuentran, con el Grial, en Sarrás, de donde Galaz había sido coronado como rey; éste, en trance de muerte, reconfortado por Josefés, acaba de encomendar a sus compañeros que trasmitan sus saludos de despedida a los caballeros de la corte de Arturo.

67 La palabra *partimiento* hay que tomarla en su acepción de "partida", "separación". De nuevo vuelve a hacerse patente aquí la enorme libertad con que el traductor realiza su labor; el ms del British Museum se limita a decir que Boores comenzó a «plorer si tres angoisseusemant», en tanto que el de Chantilly, en donde los caballeros lloran «moult tendrement», ofrece esta lectura mucho más coherente: «por II choses faisoient si grant duel: l'une por la mort de Galad, et l'autre por le partement de Boort e por Perceval qui doit estre si pou tens».

pañeros que tales nuevas como aquellas él no levaría a la corte por cosa del mundo ante que viesse la muerte del rey Galaz...

— ...e no la denunciaré yo ante que la vea.

— Por buena fe —dixo Galaz—, vós [la] veréis muy presto.

E cuando esto ovo dicho, tomó paz de sus compañeros, e besáronle llorando muy fuertemente y echando grandes sospiros con gran dolor. Y el rey Galaz vino delante del santo Grial, do lo atendía el obispo Josefés, y fizo sus oraciones cuanto mejor pudo, rogando muy afincadamente a Jesucristo que le sacasse de la terrenal vida. E cuando el rey Galaz uvo fechas sus oraciones e ruegos, no tardó mucho que no cayó en tierra en medio del palacio, delante el obispo Josefés; e luego se partió el ánima del cuerpo, e leváronla los ángeles a la corte celestial con gran alegría cantando muy altamente, e leváronla al cielo.

E cuando los ángeles la ovieron sobido al cielo, avino en esse lugar una gran maravilla, assí que Perseval e Boores la vieron muy bien, ca vieron venir del cielo una mano que tomó el santo Grial[68] de sobre la Tabla Redonda; e no pareció sino la mano tan solamente, e assí como lo tomó, subiólo al cielo. E cuando la mano vino, traxo una tan gran claridad que todos fueron espantados, e cerca de la mano venían muchos ángeles que traían candelas e cirios ardiendo e incensarios muy ricos, e avían tan buenos olores que les semejava que estavan dentro en paraíso, assí que olvidaron el duelo que fazían. E assí como el santo Grial salió, assí vieron que la mano que [lo] levava que lo dio a un hombre que tenía en su cabeça una corona de oro e avía la cara tan colorada como [la] sangre, que les pareció que era llama de fuego, e non podían devisar la cara[69]. E cuando ovo recebido el santo Grial, levantóse de su cátedra de oro e de plata, y besó el santo vaso, e púsolo sobre una tabla de oro y de plata, e descubriólo del xamete bermejo que

---

68 La versión Vulgata de la *Queste del saint Graal* (ed. de Pauphilet, París, Champion, 1980, pág. 279.4-5) incluye aquí, junto al «seint Vessel», la lanza a la que alude el texto castellano más abajo.

69 *E assí como...devisar la cara:* en este párrafo hay ligeras variantes expresivas con respecto a la ed. de 1515.

tenía de suso, e salió dende un hombre todo desnudo y tenía en sus manos dos niños de gran fermosura, e con él eran tres. E cuando estuvieron assí gran pieça, fincaron todos los inojos en tierra ant'él; e luego vieron que estos tres hombres se tornaron uno, e tenía los pies e las manos sangrientos[70] y el costado [diestro todo] abierto e sangriento, e la sangre que dél salía caía en el santo Grial, e tomava la lança que corría sangre, e levantávala fazia arriba[71].

## B) [Muerte de Arturo][72]

Cap. CCCCXXVI. *Cómo el rey Artur se partió de la batalla*

(...) Estonce [Lucán] entendió primeramente que el rey era llagado a muerte e que no podía escapar, e no se pudo tener que no dixesse llorando:

— ¡Ay, rey Artur, cómo es gran daño de vuestra muerte!

Y el rey fue mal espantado desta palabra, como hombre que se espanta cuando oye fablar de su muerte. [...Cap. CCCCXXVII...] E cuando vino el día dixo a Giflete[73]:

---

[70] *e luego vieron...los pies e las manos sangrientos:* de nuevo el traductor se aleja de sus fuentes y hace oscuro el sentido mucho más claro en éstas, cuando relatan que luego las tres personas se convirtieron en un solo hombre con pies y manos sangrantes.

[71] En el cap. siguiente, muerto Galaz, es trasladado al cielo junto con el santo Grial, «que después no fue vido en tierra, ni vieron [avino, *debió haberse traducido]* después por él ninguna aventura, según lo dize maestre Gualter». El cód. de Chantilly se refiere aquí al testimonio de «maistre Gautier Map» (fol. 234vb); más adelante se lee en el mismo, refiriéndose a esta historia que, contada por Boort a Artús en Camalot, el rey mandó a sus «clercs qui les aventures metoient en escrit» y que tal libro escrito está muy bien guardado en Salisbury, «dont Maistre Gautier Map le traslata por son livre faire de latin en romans» (fol. 235 vb); en tanto que el texto de la Vulgata precisa que éste hizo su labor traductora «por l'amor del roi Henri son seignor, qui fist l'estoire translater de latin en françois» (vid. la ed. cit. de Pauphilet de la *Queste,* págs. 279-280).

[72] Se sigue utilizando, con los mismos criterios que hasta aquí, la ed. de Bonilla de la *Demanda*.

[73] *Giflete:* en otros textos, Girflete, primo de Lucán o Lucano, cope-

— Cavalguemos, e vamos derechamente contra el mar, que tanta mala ventura ove desta vez que no quiero ir a morir a Londres. E bien assí como mi vida anduvo siempre en aventura, assí será de mi muerte; e será en duda a todas las gentes e ninguno no se podrá loar que sabe ciertamente la verdad de mí.

Estonce cavalgaron e salieron de la capilla, e fuéronse derechamente al mar.

### [...Cap. CCCCXXXII] *Cómo el rey Artur llegó al mar e sacó la espada*

Dize el cuento que cuando el rey Artur llegó al mar esto era hora de mediodía, e tomó la espada[74] e sacóla de la vaina e viola estar tinta de la sangre de aquellos que matara. E desque la miró gran pieça, sospirando dixo:

— ¡Ay, espada buena e rica, e la mejor que nunca entró en el reino de Londres sino la de la estraña cinta[75]! Agora perderás tu señor, mas ¿dó fallarás jamás hombre en que tan bien seas empleada como en mí eres, si a mano de Lançarote no vienes? (...)

Estonce llamó a Giflete, e díxole:

— Tomad esta espada e id allí, suso aquel otero, e fallaréis un lago, y echadla allí, ca no quiero que los malos que después de nós vinieren que no la ayan.

---

ro del rey Arturo mencionado poco antes, y junto con éstos uno de los pocos supervivientes de la batalla de Salisbury.

[74] La espada de Arturo, ceñida también en algunos textos por su sobrino Galván, recibe el nombre de Escalibor o Excalibur. Unas leyendas dicen que Arturo la extrajo en su juventud de un yunque; otras, que una misteriosa mano surgida de un lago se la entregó. No falta quien sostenga que es una de las más preciadas joyas de la corona británica.

[75] *estraña cinta:* la espada de la extraña cinta o del extraño tahalí se atribuye en las leyendas artúricas a David, heredada por Salomón y destinada a ser ceñida por Galaz en su aventura del Grial. (Vid. Carlos Alvar, *op. cit.*, s.v. "Espada del Extraño Tahalí", págs. 160-162).

(...) Estonce lançó la espada en el lago lo más que pudo. E cuando el espada fue cerca del agua, vio salir una mano del agua que paresció fasta el codo, mas del cuerpo cuya era la mano no se veía nada, e tomó la espada por la empuñadura y esgrimióla. Y después que la esgrimió metióse so el agua con el espada. Y él atendió gran pieça por ver si mostraría más, e nunca después vio nada, [...Cap. CCCCXXXIV...] e assí estando vio venir por medio del mar una barca en que venían muchas dueñas. E la barca aportó do el rey estava; e saliéronse las dueñas e fuéronse para el rey; e entre aquellas dueñas andava Morgaina[76] la encantadora, hermana del rey, e fuése para el rey con todas las dueñas que traía e rogóle que entrasse en la barca; e él entró dentro y, estando dentro, fizo aí meter su cavallo e sus armas. E después començó la barca de ir por la mar con la compaña que os dixe, y en tal hora que nunca uvo después cavallero ni otro en el reino de Londres que lo viesse.

[...Cap. CCCCXXXV...] [Giflete] falló dos monimentos muy ricos ante el altar; mas el uno dellos era muy más fermoso que el otro, e sobre este monimento más rico avía letras que dezían: «Aquí yaze el rey Artur, que por bondad e cavallería conquistó doze reinos». [...Cap. CCCCXXXVI...] Vino aí un hombre bueno que servía al altar de la capilla. E cuando Giflete lo vio preguntóle:

— Señor, ¿es verdad que yaze aquí el rey Artur?

— Cierto —dixo el buen hombre—, creo que sí; ca poco ha que vinieron aquí pieça de dueñas que traían en un lecho un cuerpo de un cavallero, faciendo gran duelo, dixéronme que por el rey Artur, e metiéronlo en este monumento, e fuéronse contra la mar, e no tornaron más acá.

[...Cap. CCCCXXXVII...] E cuando [Giflete] cató dentro no falló sino el yelmo que traxo en la dolorosa batalla. E cuando vio que el cuerpo del rey no yazía aí, mostró el monumento vazío al hombre bueno, e dixo:

— Aquí no yaze mi señor el rey.

---

76 *Morgaina* o Morgana es en unas versiones hermana de Arturo; en otras, su hermanastra. Personaje dotado de misteriosa ambigüedad, entre bruja maléfica y hada bienhechora; discípula del mago Merlín y llena de odio por Ginebra lo mismo que por Tristán.

(...) Cap. CCCCXXXIX. *Cómo la reina Ginebra supo cómo murieron todos en la batalla*

Cuando la reina Ginebra[77] supo cómo murieron todos en la batalla e cómo el rey su marido era perdido, e que los hijos de Morderec[78] se enseñoreavan de la tierra, uvo tan gran pesar que cuidó ser muerta, e uvo pavor que si los fijos de Morderec la fallasen que le farían alguna [a]frenta. E tomó paños prietos e metióse en la orden de las monjas.(...)[79]

---

77 Ginebra aparece ya en la obra de Geoffrey de Monmouth como una noble y bella romana a la que el rey Arturo hizo su esposa. Las diversas versiones de las leyendas artúricas la presentan, con mayor o menor actitud comprensiva, como adúltera ya sea con Mordret ya con Lanzarote. Precisamente su amor por éste acarrea la pérdida y destrucción del reino, según el texto de *Mort Artu.*

78 Morderec o Mordret ya había asediado antes a Ginebra cuando ella, rechazando el matrimonio que el traidor le ofrecía, se había refugiado en la Torre de Londres. Muerto por Arturo en la batalla de Salesbieres, sus dos hijos, el mayor de los cuales se llama Melehán, morirán más tarde a manos de Lanzarote y de Boores.

79 Siguen todavía dieciséis capítulos, centrados sobre todo en los últimos días de Lanzarote y en su muerte, hasta la conclusión de esta versión castellana de la *Demanda*.

## 17. *Amadís de Gaula*

Redacción antes de 1325.

1420 h C (fragmentos)
1482-1492 R (reelaboración) 1508 I (Zaragoza)

Se trata de un libro de caballerías autóctono español, aún no aclaradas del todo las brumas de una primitiva versión portuguesa, con atribución hoy más que dudosa a un Juan o Vasco de Lobeira (1258-1285), gallego o portugués. Garci Rodríguez de Montalvo (h 1450- a 1505) refundió y reelaboró —adaptándolos al sistema ideológico y axiológico cristiano—[1] los materiales primitivos, según Avalle Arce redactados hacia 1290, o en todo caso bajo el reinado de Sancho IV (1284-1295). Martín de Riquer estima que las partes originariamente primitivas del *Amadís* son sin duda anteriores a 1386.

[1] "...dentro de la ideología de Montalvo la caballería arturiana había cumplido su cometido mundano, desdoroso, por cierto, y debía ser efectivamente reemplazada por el concepto de caballería cristiana" (J-B.Avalle Arce, *Amadís,* ed. cit., 1991, t.I, pág. 119).

## EDICIONES

1508 Reelaboración hecha por Garci Rodríguez de Montalvo:
*Los cuatro libros del virtuoso cavallero Amadís de Gaula*, Zaragoza, Coci, 298 ff. Unico ejemplar en la British Library.
1857 Pascual de Gayangos, Madrid, Rivadeneyra, B.A.E., t.40, págs. 1-402. Reproducida *ibidem* en 1874 y en Madrid, Hernando, en 1931.
Sigue la edición de Venecia de 1533.
1959-1969 E.W.Place, Madrid, CSIC, 4 vols.; reed. 1971.
1984, 1989, 1990 Javier Cercas, Barcelona, Círculo de Lectores, 2 ts., 1032 págs.
1987-1988 Juan Manuel Cacho Blecua, Madrid, Cátedra, 2 tomos.
1991 Juan Bautista Avalle Arce, Madrid, Espasa-Calpe, Austral, 119 y 120, 2 ts., 756+780 págs.
(1990) Juan Bautista Avalle Arce anunciaba su ed. para Castalia.

Hay además otras ediciones modernizadas y abreviadas, como la de Angel Rosenblat todavía accesible hoy (Madrid, Castalia, colección 'Odres Nuevos', 1991[2]), y algunas otras más, de las que huelga dar cumplida cuenta ahora.

Sería improcedente incluir aquí ninguna selección de este texto, cuando Ediciones Cátedra ha publicado de manera excelente su texto íntegro en esta misma colección de Letras Hispánicas, números 255 y 256, en donde el interesado puede acceder a la lectura completa o parcial de la obra.

## BIBLIOGRAFÍA

AVALLE-ARCE, Juan Bautista, *'Amadís de Gaula': el primitivo y del de Montalvo,* México, Fondo de Cultura Económica, 1990.
CACHO BLECUA, Juan, ed., en *Amadís de Gaula,* tomo I, Madrid, Cátedra, 1987, págs. 214-216.

EISENBERG, Daniel, *Castilian Romances of Chivalry in the sixteenth century. A Bibliography*, Londres, Grant and Cutler, 1979, págs. 28-42.
MENÉNDEZ PIDAL, R., en *Crestomatía del español medieval*, vid. fragmentos de h 1420, Madrid, Gredos, II, 1971², págs. 457-459.
RICO, Francisco, "La ficción pura", en *Breve biblioteca de autores españoles*, Barcelona, Seix Barral, 1990, 1991², págs. 51-63.
RIQUER, M. de, *Estudios sobre el Amadís de Gaula*, Barcelona, Sirmio, Quaderns Crema, 1987.
RODRÍGUEZ MOÑINO, A., A. MILLARES CARLO y R. LAPESA, "El primer manuscrito del *Amadís de Gaula*", *BRAE*, 36 (1956), 199-225.
Vid. también otros *items* incluidos en las bibliografías de las ediciones citadas.

# 18. Juan Manuel (1282-1348)

## *Libro del cavallero e del escudero*

Redacción 1326

1500 a C

El texto medieval se conserva en un cód. de la Biblioteca Nacional de Madrid (6376, fols. 1v-24v).

Juan Manuel escribió también un *Libro de la cavallería*[1], lamentablemente perdido, cuya redacción podría datarse con anterioridad al año 1330.

En el *Libro de los estados*[2] se lee como epígrafe del capítulo 91 de su primera parte: «...fabla en cómo Julio dixo al infante que buscase el *Libro de la cavallería* que fiziera don Johán, e otro que llaman el *Libro del cavallero e del escudero*, porque en éstos yazen cosas muy marabillosas».

---

[1] Sobre el perdido *Libro de la cavallería*, vid. su *Libro de los estados*, caps. 67, 86 y 91 de su primera parte, en los que se citan y extractan componentes de aquél. Taylor sospecha que aquel libro podría ofrecer un resumen o refundición de las *Partidas* alfonsíes primera y segunda (vid. en A. Deyermond, dir., *Historia crítica de la literatura española*, 1/1, pág. 138).

[2] También intitulado *Libro del infante*, debió de redactarse poco después de 1326.

José Amador de los Ríos[3] se refiere a la "elevada idea formada por don Juan Manuel sobre la civilizadora institución de la caballería, a cuyo perfeccionamiento contribuye".

Cristina González[4] se ha ocupado de estudiar aspectos caballerescos presentes en *El conde Lucanor*, en donde aparece Saladino, a quien Américo Castro consideraba como gran figura de la *koiné* caballeresca internacional.

## EDICIONES

1859-1860 Pascual de Gayangos, en *Escritores en prosa anteriores al siglo* XV, Madrid, Rivadeneyra, BAE, t.51, págs. 234-257. Con deficiencias.

1893 S.Gräfenberg, en *Romanische Forschungen*, VII, páginas 427-550.

1955 José María Castro y Calvo y Martín de Riquer, en *Obras de don Juan Manuel*, t.I, Barcelona, CSIC, Clásicos Hispánicos, págs. 1-72.

1982 J.Manuel Blecua, en su ed. crít. de las *Obras completas de don Juan Manuel*, t.I, Madrid, Gredos, páginas 35-116.

## BIBLIOGRAFÍA

GONZÁLEZ, Cristina, "Un cuento caballeresco de don Juan Manuel: el ejemplo XXV de *El conde Lucanor*", *Nueva Revista de Filología Hispánica*, 37,1 (1989), 109-118.

ISOLA, D.L., "Las instituciones en la obra de don Juan Manuel", *Cuadernos de Historia de España*, 31-32 (1954), 70-145.

MARAVALL, J.A., "La sociedad estamental castellana en la obra de Juan Manuel", en *Estudios de Historia del pen-*

3 en su *Historia crítica de la Literatura española*, Madrid, 1861-1865, tomo IV, pág. 257.

4 El estudio de Cristina González se cita en la bibliografía selecta que se incorpora a continuación.

*samiento español*, tomo I, Edad Media, Madrid, Cultura Hispánica, 1973[2], págs. 483-503.
STEFANO, Lucía de, "La sociedad estamental en las obras de Don Juan Manuel", *Nueva Revista de Filología Hispánica*, 16 (1962), 329-354.

SELECCIÓN

En esta ocasión, de los 51 capítulos que tiene el libro y que ocupan 24 folios en el códice, se han elegido seis, que representan con suficiencia sus características y su interés: el 18 en sus partes inicial y final, el 19 en su integridad, así como la totalidad de los comprendidos entre el 73 y el 76.

El contenido de esta muestra —que, a pesar de su planteamiento fundamentalmente didáctico y hasta doctrinal a las veces, incluye escenas bélicas en rápidos y dinámicos bocetos—, incide en unos cuantos aspectos básicos del tema caballeresco, que paso a destacar.

El testimonio legado por don Juan Manuel, escrito en el primer tercio del siglo XIV, ilustra con claridad sobre las peculiares características de la caballería española que, por el apremio casi cotidiano que suponía el rechazo de los ocupantes árabes, llevaba a la realización de empresas más reales que fantásticas, y este es un rasgo notablemente diferenciador con respecto al resto de la producción europea contemporánea que se ocupa de estas cuestiones; por eso Julio responde puntualmente a la pregunta del infante acerca de «lo que se deve fazer en las guerras que son entre los cristianos e los moros». Debe notarse también la estimación objetiva de las cualidades militares y humanas de tales antagonistas, de quienes se reconoce que «en el mundo non ha tan buenos omnes de armas nin tan sabidores de guerra». También está presente aquí el concepto de guerra santa, si bien atenuado mediante la inclusión de la doctrina ortodoxa cristiana relativa a las buenas obras, la gracia, los sacramentos y la salvación eterna. El autor no puede prescindir de la visión cristiana de la existencia terrenal y eterna, de modo que sus consideraciones están presididas por la axiología propia del cristianismo.

Tampoco faltan atinadas instrucciones —muchas de ellas emanadas de la propia experiencia personal del autor— sobre la organización del ejército en distintos tipos de contiendas que puedan presentarse —entre ellos la guerra de guerrillas— y de acuerdo con el carácter y situación de las propias fuerzas.

Por otra parte, se estima el estado de la caballería como el más honroso que puede un laico alcanzar, aunque no se oculte la peligrosidad a él inherente. La espada aparece como objeto imprescindible, a la vez que suficiente, para realizar la investidura caballeresca; y esta costumbre unida al rito tal vez pueda remontarse al año 791, cuando Carlomagno ciñó la espada a su hijo Luis. Junto con el esfuerzo, se proponen las cualidades de buen seso —sensatez o juicio— y vergüenza como esenciales al caballero, quien, asistido por la gracia de Dios y contando con su voluntad y protección, debe alcanzar honra en virtud de sus obras. A pesar de la inevitable tónica de belicismo en páginas de esta naturaleza, no se excluye que la paz honrosa debe estimarse como un bien apreciado y placentero.

## *Libro del cavallero e del escudero*[5]

[3r...] Capítulo XVIII. *Cómo el cavallero anciano responde al escudero cuál es [el mayor e] más onrado entre los legos*

—A lo que me preguntastes cuál es [el mayor e] más onrado estado entre los legos, sin dubda de las preguntas que fasta aquí me feziestes, esta es la que más ligeramente vos puedo responder. E por ende vos digo que el mayor e más onrado estado que es entre los legos es la cavallería; ca comoquier que entre los legos ay muchos estados, así como mercadores, menestrales e labradores e otras muchas gentes de muchos

[5] Sigo la ed. hecha en 1982 por J.Manuel Blecua, con las adaptaciones de rigor, en especial en lo que afecta a la puntuación, que se ha procurado presentar de manera más expandida, de modo que induzca a una lectura más pautada, dotada de pausas más dilatadas, y se facilite de este modo la exigente asimilación a que lleva el estilo del autor, apretado y a la vez reiterativo por su afán didáctico.

estados, la cavallería es más noble e más onrado estado que todos los otros. Ca los cavalleros son para defender e defienden a los otros, e los otros deven pechar e mantener a ellos. E otrosí porque desta orden e deste estado son los reys e los grandes señores; e este estado non puede aver ninguno por sí, si otri non gelo da, e por esto es como manera de sacramento[6].

[...3v...] Otrosí, la cavallería á mester que sea i el señor que da la cavallería e el cavallero que la recibe e la espada con que se faze. E así es la cavallería complida, ca todas las otras cosas que se i fazen son por bendiciones e por aposturas e onras. E por[que] semeja mucho a los sacramentos, e por estas razones todas, es [el] más onrado e más a[lto] estado que entre los legos puede ser.

## Capítulo XIX. *Cómo el cavallero anciano responde al escudero qué cosa es la cavallería*

—A lo que me preguntastes qué cosa es cavallería e cómo la puede omne mejor complir[7] [...], fijo, esta pregunta non es una [...] solamente, me semejan que son tres; ca vós preguntastes qué cosa es cavallería [...] avié menester muchas palabras para lo mostrar todo complidamente, e sería muy grant departimiento, non vos quiero dezir en ella si non pocas palabras. Pero si vós quisiéredes saber todo esto que me preguntastes de la cavallería complidamente, leed un libro que fizo un sabio que dizen Vejecio[8], e i lo fallaredes todo. Mas lo que yo entiendo, de aquel poco entendimiento que yo he, vos [lo] diré.

A lo que me preguntastes qué cosa es cavallería, vos respondo que la cavallería es estado muy peligroso e muy onrado. Otrosí, a lo que me preguntastes cómo se puede aver e

6 También en el *Libro de los estados* se lee que la caballería «es manera de sacramento» (I,91).

7 Hay varias lagunas como la que sigue, de mayor o menor extensión, en el códice utilizado.

8 Vegecio, sobre todo en su tratado *De re militari,* es un clásico muy socorrido entre los autores medievales especialmente para cuestiones relacionadas con la organización de la milicia.

guardar, vos [diré] que la puede omne aver e guardar con la gracia de Dios e con buen seso e con vergüença[9].

[E] la gracia de Dios ha mester el cavallero como aquel que toma estado en que un día nunca puede seer seguro; e la gracia de Dios le ha de mantener la onra que deve ganar por sus obras, e [le] á de guardar e de defender el cuerpo e el alma de los periglos en que anda cada día, más que ningún omne de mayor otro estado; e la gracia de Dios [le] ayuda[rá] e le fará aver seso para fazer [sus] fechos como deve, e quer[r]á que aya vergüença de fazer lo que non deva. E todas estas cosas nin otro bien ninguno non puede aver el cavallero que duradero le sea nin que aya buen acabamiento, si non lo que oviere por la gracia de Dios.

Otrosí, el buen seso le es muy mester, ca el seso le amostrará quién es el que puede e lo deve fazer cavallero; e otrosí el que á de recebir la cavallería; e otrosí qué es lo que el cavallero deve guardar a Dios e a su señor e a las gentes, e qué onra le deven fazer a él, e otrosí la que él deve fazer a sí mismo.

Otrosí le demostrará qué es lo que deve dar e qué es lo que deve tener. E, [4r] fijo, vós devedes saber que por el dar e por el tener razonan las gentes al omne por franco o por escaso, e porque las más vezes non catan en esto las gentes lo que es razón, si non lo que es voluntad de cada uno, quiérovos yo mostrar qué cosa es franqueza e qué cosa es escaseza.

Fijo, sabet que en la franqueza e en la escaseza ay cuatro maneras: la una es franqueza, e la otra es desgastamiento; la otra es escaseza, e la [otra] es avareza[10]. La franqueza es dar lo que el omne deve dar, e tener [lo que deve tener]; e el desgastamiento es dar lo que deve dar e dar lo que deve tener; la escaseza es dar lo que deve dar e tener lo que deve tener; la avareza es non dar lo que deve dar nin dar lo que deve tener. Vós, fijo, e otro alguno podríades dezir:

---

9 *vergüença:* El concepto de vergüenza, equivalente a honor o propia estima, se ha estudiado en el uso que de él hace don Juan Manuel; vid. Antonio Carreño, "La vergüenza en don Juan Manuel", *Cuadernos Hispanoamericanos,* 314-315 (1976) y "La vergüenza como constante social y narrativa en don Juan Manuel. El ejemplo L de *El conde Lucanor", Letras de Deusto,* 13 (1977), 5-22.

10 Aquí inicia el autor uno de sus habituales juegos retóricos —lógicos y expresivos— de simetrías y contrastes.

— Pues vós dezides que la franqueza es dar lo que deve dar e tener lo que deve tener, e la escaseza es dar lo que deve dar e tener lo que deve tener, pues si así es, ¿qué diferencia ha entre ellos, o qué es la razón por que los omnes tienen que es mejor seer franco que escaso?

— E ciertamente, fijo, así paresce e así es; mas el departimiento que entre ellos ha es en el [dar e tener][11]; ca el franco da lo que deve dar e tiene lo que deve tener; mas lo que da, dalo de buena mente e plázel' mucho porque lo da, e lo que tiene pésal' mucho porque lo ha de tener, e vendría de lo dar, si non porque es cosa que l' faría mengua, [o] que l' sería grant daño o grant vergüença, o porque lo cuida dar en otro lugar en que será mejor empleado. Otrosí el escasso da lo que deve dar e tiene lo que deve tener; mas lo que da non lo da porque tome plazer en lo dar, mas dalo porque cuida sacar alguna varata dello, o porque l' sería daño o vergüença si lo non diese; e lo que tiene que non da, plázel' mucho, pues falla manera de lo tener sin daño e sin grand vergüença. E así bien podedes ente[n]der cuánto grant diferencia o departimiento ha entre la franqueza e la escaseza; e assí vos he departido qué cosa es franqueza e escaseza, e des aquí tornaré a mi razón.

Otrosí el seso le amostrará qué es lo que deve pedir e a qué persona; otrosí le amostrará cómo e cuándo e contra cuáles personas deve seer sofrido e manso e de buen talante; e cómo e cuándo e contra cuáles personas deve seer bravo e esforçado e cruel.

Otrosí el seso le mostrará cómo o por cuáles acaecimientos deve seer alegre o triste; otrosí le mostrará cómo deve començar la guerra e la contienda non [la] podiendo escusar, e cómo se pare a ella de que la oviere començado; e cómo escusará de la començar sin su mengua o sin su vergüença, e cómo saldrá della guardando estas cosas. E otrosí cómo deve guerrear cuando oviere él mayor poder que su contrallo, [o su contrallo] lo oviere mayor que él; e cómo deve fazer cuando cercare el lugar muy fuerte, o non tanto; e cómo se deve defender si fuere cercado; e cómo deve parar hueste si oviere de lidiar o con más o con mejores que los suyos; e cómo, si los suyos fueren más o mejores.

---

11 *el [dar e tener]*: la manera de dar y tener, la forma en que se da y se posee lo que se tiene.

E otrosí el seso le mostrará cómo deve levar la gente cabdellada por el camino e non tener las cosas en poco; e otrosí cómo deve posar la hueste, e cómo deve guardar[la][12] de que fuer posada; e cómo deve andar en la hueste alegre, e esto a qué tiene pro. E otrosí el seso le mostrará cómo deve mostrar que la guarda que faze, que la faze por seso, mas non por miedo; e [4v] cómo deve guardar la hueste de pelea e cómo la deve escarmentar, si acaesciere.

E otrosí el seso le dirá cómo se dev[e] mostrar por señor a los suyos, e cómo los deve seer buen compaño, e cómo deve fazer en el tiempo de la guerra o de la paz, si fue[re] muy rico o abon[d]ado; e cómo cuando lo non fuesse tanto, o cuando obiesse desto alguna mengua. E otrosí el seso le mostrará cómo deve fazer cuando oviere buena andança, e cuando el contrario; e cómo deve partir las ganancias que Dios le diere.

La vergüença, otrosí, cumple mucho al cavallero más que otra cosa ninguna; e tanto le cumple que yo diría que valdrá más al cavallero aver en sí vergüença e non aver otra manera ninguna buena, que aver todas las buenas maneras e non aver vergüença; ca por buenas maneras que aya, si vergüença non oviere, tal cosa podrá fazer algún día, que en los días que biva siempre será enfamado; e si vergüença oviere, nunca fará cosa por que la aya. E otrosí abrá vergüença de fazer lo que non deve, ca tan grant vergüença es a omne en dexar de fazer lo que deve, como de fazer lo que non deve; e así la vergüença le fará guardar todo lo que deve a Dios e al mundo. Ca si vergüença oviere, guardar se ha cuanto podiere de non fazer cosa por que se vea en vergüença contra Dios. Ca muy sin razón sería en dexar de fazer un fecho vergoñoso si sopiese que l' vería un omne cualquier, e non aver vergüença de Dios, que lo crió e lo redimió e le fizo tantos bienes, e sabe ciertamente que lo vee e lo entiende. Otrosí la vergüença le fará que sufra ante[13] la muerte que fazer cosa vergoñosa. E pues digo que ante sufrirá la muerte que caer en vergüença, vien *[sic]* devedes entender que non dexará de fazer ninguna cosa, nin la fará, por que en vergüença pueda caer: ca todas las cosas que

---

12 *guardar[la]:* prefiero añadir este pronombre enclítico, aunque Blecua no lo haga así.

13 *ante:* antes; es adverbio de cantidad en función comparativa de superioridad —"más" o "mejor"—, no preposición.

omne puede fazer e dexar de fazer son [más] ligeras que la muerte.

E así podedes saber que la vergüença es la cosa por que omne dexa de fazer todas las cosas que non deve fazer, e le faze fazer todo lo que deve. E por ende, la madre e la cabeça de todas las vondades es la vergüença.

[...82r...] Capítulo LXXIII. *El LXXIII capítulo fabla en cómo Julio dixo al infante que si aquel que faz la guerra viere que los otros vienen en tropel, vien así como él quería ir, pues la lid non se puede partir, que deve fazer que los suyos vayan en punta*

— E si viere que los otros viene[n en tropel], bien así como él quería ir, pues la lid non se puede partir, deve fazer que los suyos vayan en punta: es que vayan delante tres de cavallo, e en pos ellos cinco, e en pos ellos ocho, e en pos ellos doze, e en pos ellos veinte; e en la çaga algunos buenos cavalleros, por cuando la su punta entrare por el tropel que la çaga non enflaquesca.

Capítulo LXXIV. *El LXXIIII capítulo fabla en cómo Julio dixo al infante que agora le avié dicho las maestrías e arterías que á de fazer el que tiene menos cavalleros que el su contrario*

— Agora, señor infante, vos he dicho las maestrías e arterías que ha de fazer el que tiene tantos [cavalleros] que los del su contrario son más e mejores que los suyos; e pues faziendo estas cosas, seyendo los suyos menos, puede por estas maneras, ayudándol' Dios, vencer sus contrarios, bien devedes entender que si él toviere más e mejores e fiziere todas estas maestrías, e toviendo derecho, que muy más ligeramente los puede vencer.

E aún ay otra maestría; que si los suyos son más e mejores e vieren que los otros vienen en tropel, deve él fazer de los suyos cuatro o cinco azes, que vayan unos en pos otros, e que vayan tan cerca que las ca | besças [82v] de los cavallos vayan a las ancas de los otros; e el señor e el pendón deve[n] ir en la az que sea cerca de la postrimera, e ir en medio de todas las azes, e deve poner dos ala[s], una de cada parte, porque luego que el tropel de los contrarios entrare por las azes, que las dos alas que les cojan en medio.

E como desuso es dicho, deste lugar adelante non ay otro seso nin otro acabdillamiento, si non la voluntad de Dios e lo que fizieren los buenos.

E comoquier que vos he dicho lo que yo entiendo para cada cosa que l'acaesca, dígovos que cada que paz pudiere aver a su onra, que lo deve fazer e plazer-le-[ha] ende mucho.

E, señor infante, tantas son las cosas que acaescen en las guerras e tantas maneras son i mester, tan bien en las guerras como en las maneras de las pleitesías que acaescen en abenencias, que non ha en el mundo omne que las pudiese dezir como pueden acaescer, nin lo que omne deve fazer en ellas; mas yo vos diré, al mio cuidar, tanto que, guardándose estas cosas e sus semejantes, fará lo que cumple en la guerra que oviere.

Pero en cabo, la cosa que más le cumple a cualquier manera que oviere guerra es que aya buen entendimiento e grant esfuerço; ca todo cuanto vos yo digo, a aun lo que se non dezir puede, el buen entendimiento e grant esfuerço le mostrará cómo lo deve fazer, e así lo faga. E con la merced de Dios e con la su ayuda acabará lo que cumpliere; mas mucho que escrivamos, si él non oviere buen entendimiento de suyo, todo le prestará poco. Ca bien entendedes vós, señor infante, que en los tiempos apresurados de las guerras e de las lides non puede aver vagar entonce de bolver las fojas de los libros para estudiar con ellos[14]. Ca, señor, segund yo cuido, pocos omnes son que cuando se cruzan las lanças que no l' tremiese la palabra si entonce oviese de ler *[sic]* el libro; e, si quiere, en el roído de las vozes e de los colpes de la una parte e de la otra, le estorvarían tan bien el ler como el oír[15].

---

[14] El autor, don Juan Manuel, se permite aquí una confidencia sobre su estado de ánimo, que tantas veces debió de estar dividido entre sus ambiciones nobiliarias expansivas y su afición a la lectura y a la escritura.

[15] *el ler como el oír:* Puede estar haciéndose referencia a la lectura individual solitaria —aunque también ésta se hiciera de forma audible— y a la colectiva hecha por un lector ante un público más o menos amplio.

E por ende, todas estas cosas aprovechan de fablar en ellas, porque puede ser que de algunas se aprovechara aviéndolo ya oído. Pero lo cierto es que todo á de fincar en la voluntad e en la merced de Dios, e en el buen entendimiento e grant esfuerço e grant apercibimiento del que lo ha de fazer.

### Capítulo LXXV. *El LXXV capítulo fabla en cómo Julio dixo al infante que ya le avié dicho todo lo que entendia que los emperadores devién fazer para se parar a la guerra que ovieren*

— Agora, señor infante —[dixo Julio]—, vos he dicho todo lo que yo entiendo que los emperadores pueden e deven fazer para se parar a las guerras que ovieren. E tengo que, pues estas cosas pueden fazer, que devedes perder la dubda que ende tomades.

— Julio —dixo el infante—, tan bien me avedes respondido a esto, que entiendo, que segund razón, que es la respuesta complida. Pero marabíllome mucho que me non fablastes ninguna cosa de lo que se deve fazer en las guerras que son entre los cristianos e los moros, e ruégovos que me digades lo que i entendedes.

— Señor infante —dixo Julio—, de las guerras que son entre los cristianos e los moros non vos fablé ninguna cosa, por razón que los moros non caen en comarca de los emperadores[16] nin an guerra con ellos; mas, pues queredes que vos en ellos diga lo que ende sé, fazer-lo-he muy de grado.

Señor infante, la guerra de los moros non es como la de los cristianos, tan bien en la guerra guerriada[17] como cuando cercan o convaten, o son cercados o convatidos, como en las cavalgadas e correduras[18], como en el andar por el camino e el

16 *emperadores:* se refiere a los europeos.
17 *guerra guerriada:* lucha de guerrillas.
18 *correduras:* correrías bélicas, hostigando a las personas y devastando la región con talas y saqueos.

posar de la hueste, como en las lides, en todo es muy departida la una manera de la otra.

Ca la guerra [83r] guerr[i]ada fázenla ellos muy maestríamente; ca ellos andan mucho e pasan con muy poca vianda e nunca lievan consigo gente de pie nin de azémilas, si non cada uno va con su cavallo, tan bien los señores como cualquier de las otras gentes, que non lievan otra vianda si non muy poco pan e figos o pasas o alguna fructa, e non traen armadura ninguna [si non] adáragas de cuero, e las sus armas son azagayas que lançan [et] espadas con que fieren; e porque se traen tan ligeramente pueden andar mucho.

E cuando entran en cavalgada, andan cuanto pueden de noche e de día, fasta que son lo más dentro que pueden entrar de la tierra que quieren correr. E a la entrada entran muy encubiertamente e muy apriesa, e de que comiençan a correr corren e roban tanta tierra, [e] sábenlo tan bien fazer que es grant marabilla: que más tierra correrán e mayor daño farán e mayor cavalgada ayuntarán dozientos omnes de cavallo de moros que seicientos omnes de cavallo de cristianos.

E fazen otra cosa que cumple mucho para la guerra: que de cuanto tomaren nunca omne dellos tomará nin encubrirá cosa de lo que tomaren, mas todo lo traen e lo ayuntan para pro de la cavalgada. E por tan grant mengua e tan grant fallimiento terná cada uno dellos, e sería ende porfazado, si tomase o encubriese ninguna cosa de la cavalgada, como un cristiano si fuyera de una lid.

E de que an fecho su cavalgada, fazen cuanto pueden por salir aína a tier[r]a do sean a salvo, e guárdanse mucho de alvergar do los cristianos puedan ferir en ellos de noche. E si por fuerça an de alvergar en tierra do ayan recelo o miedo, de algún tiempo acá an tomado una maestría: que nunca alvergan todos ayuntados, e dexan con la presa de noche muy pocos e de día envían la presa con algunos adelante. E ellos van a compañas, non ayuntados, e desta guisa van fasta que son en salvo.

## Capítulo LXXVI. *El LXXVI capítulo fabla en cómo Julio dixo al infante que cuando los moros an de combatir algún logar, que lo comiençan muy fuerte e muy espantadamente*

— Cuando an de combatir algún lugar, comiénçanlo muy fuerte e muy espantosamente, e cuando son combatidos, comiénça[n]se a se defender muy bien a grant marabilla; [e] cuando vienen a la lid, vienen tan recios e tan espantosamente que son pocos los que non an ende muy grant recelo.

E si por pecados los cristianos toman miedo e non saben sofrir el su roído e las sus vozes e muestran algún miedo o espanto o se comiençan a revolver e andar en derredor e metiéndose los unos por los otros, o fiziendo cualquier muestra o co[n]tenente de miedo o de espanto, entiéndengelo ellos muy bien, e danles tan grant priesa de vozes e de roído e de feridas que non se saben poner consejo los cristianos.

E si por pecados comiençan a bolver las espaldas e a foír, non creades que ha omne que vos pudiese dezir cuál manera an en cómo fazen grant mortandad e grant daño, e non creades que los cristianos, de que una vez buelven las espaldas, que nunca tornan nin tienen mientes para se defender.

E si por aventura veen que de la primera espolonada non pueden los moros revolver nin espantar los cristianos, después pártense a tropeles, en guisa que si los cristianos quisieren fazer espolonada con los unos, que los fieran los otros en las espaldas e de trabieso. E ponen celadas por que [si] los cristianos aguijaren sin recabdo, que los de las celadas recudan en guisa que los puedan de[s]baratar.

E fazen destas mañas atantas, e saben tanto destas maestrías e arterías, tan bien en las celadas como en recudir a los pasos fuertes e a las estre | cheras, [83v] e en tantas otras maneras, que non ha en el mundo omne que vos pudiese dezir cuánto saben e cuánto fazen e cuánto se aventuran en meter los cristianos a peoría, porque puedan acabar ellos lo que les cumple.

E sabet que non catan nin tienen que les paresce mal en foír, por dos maneras: la una, por meter los cristianos a peoría, porque vayan en pos ellos descabdelladamente; e la otra, es por guarescer cuando veen que más non pueden fazer.

Mas al tiempo del mundo que más fuyen, e paresce que

van más vencidos, si veen su tiempo que los cristianos non van con buen recabdo o que los meten en tal lugar que les pueden fazer daño, cred *[sic]* que tornan entonce tan fuerte e tan bravamente como si nunca oviesen començado a foír.

E en verdat vos digo, señor infante, que tan buenos omnes de armas son, e tanto saben de guerra e tan bien lo fazen, que si non porque deven aver e an a Dios contra sí, por la falsa secta en que biven, e porque non andan armados nin encavalgados en guisa que puedan sofrir feridas como cavalleros nin benir a las manos, que si por estas dos cosas non fuese, que yo diría que en el mundo non ha tan buenos omnes de armas nin tan sabidores de guerra, nin tan aparejados para tantas conquistas.

E, señor infante, comoquier que ellos tan buenos guerreros sean, las maneras con que los cristianos los vencen e les conquieren las tierras son éstas: lo primero, que los cristianos que quieren ir contra los moros deven poner toda su esperança en Dios e crer *[sic]* firmemente que el vencer e el poder de todas las cosas, e señaladamente de las lides, como ya desuso es dicho, que todo es en Dios, e acomendarse a él e pedirle merced qu'él enderece aquel fecho al su servicio.

E para que nuestro Señor lo quiera oír e complir, conviene que los que fueren contra los moros que vayan muy bien confesados e fecho emienda de sus pecados lo más que pudieren, e que pongan en sus coraçones que pues nuestro señor Jesucristo, que fue e es verdadero Dios e verdadero omne, quiso tomar muerte en la cruz por redemir los pecadores, que así van[19] ellos aparejados por recebir martirio e muerte por defender e ensalçar la santa fe católica, e la[20] reciben los que son de buena ventura. E si Dios les faze tanta merced que acaban aquello por que van, dévenlo gradecer mucho a Dios e tener qu'él es el que lo faze, e que en él es todo el poder.

E, señor infante, comoquier que todos los que van contra los moros fazen bien, pero non devedes crer que todos los que mueren en la guerra de los moros son mártires nin santos; ca los que allá van robando e forçando las mugeres e faziendo muchos pecados e muy malos, e mueren en aquella guerra, nin aun los que van solamente por ganar algo de los moros o por dineros que les dan o por ganar fama del mundo, e non por

---

19 *van:* aunque con aparente forma de presente de indicativo, esta forma verbal funciona como presente de subjuntivo, *vayan*.

20 *la:* su antecedente es "muerte".

entención derecha e defendimiento de la ley e de la tierra de los cristianos, éstos, aunque mueren, Dios, que sabe las cosas escondidas, sabe lo que á de seer destos tales. Ca muchos pecadores an dolor de sus pecados a la ora de la muerte, que les ha Dios merced e los salva; e muchos omnes mueren en tal estado, que aunque ayan seído de vuena bida *[sic]*, que pierden las almas; e esto todo es en la merced e la piadat de Dios. Pero está omne en mejor esperança [de salvación cuando] vive buena bida e á buena muerte segund la ley e la fe de los cristianos.

E aun de los pecadores que mueren e los matan los moros, muy mejor esperança deven aver [84r] de su salvación que de los otros pecadores que non mueren en la guerra de los moros; mas lo cierto es que todos los que van a la guerra de los moros e van en verdadera penitencia e con derecha entención, toviendo que pues [nuestro] señor Jesucristo murió por redemir los pecadores, que es de buena ventura si él[21] muere en defendimiento e ensalçamiento de la su santa fe católica, e los que así mueren sin dubda ninguna son santos e derechos mártires e non an ninguna otra pena si non aquella muerte que toman. E aunque non mueran por armas, si tal vida pasan en la guerra de los moros, aunque por armas non mueran, la lazeria e los trabajos e el miedo e los peligros e la buena entención e la buena voluntad los faze mártires.

Ca siquiere el santo e el vienaventurado rey don Fernando, abuelo de don Johán[22], aquel mio amigo, cierto es que en su vida fue santo e fizo muchos miraglos, e comoquiere que por armas non murió, tanto afán e tanta lazeria tomó en servicio de Dios e tantos buenos fechos acabó, que bien le deven tener por mártir e por santo. Por las sus buenas obras e la su buena entención que avía, siempre venció e acabó cuanto quiso. E todos los que con esta entención van contra los moros, siempre vencen e son vienandantes. E aunque los moros los maten, siempre ellos fincan vencedores.

E así, la primera cosa que omne ha mester para vencer los moros e para que todas las sus sabidurías e maestrías non les puedan empeescer, es que los que fueren contra los moros vayan como dicho es. E Dios, por qui ellos lidian, lidiará por ellos e serán siempre vencedores.(...)

---

[21] *él:* evidente anacoluto; debería haber escrito "ellos".

[22] *don Johán:* sutil artificio de don Juan Manuel para autoincluirse en el libro mediante las palabras de su personaje Julio —quien se dice amigo suyo—, y al mismo tiempo de alardear de su parentesco real.

## 19. *Historia de Enrique fi de Oliva, rey de Jerusalén, emperador de Constantinopla*

Difusión 1348 a?

1498 I (Sevilla)

De la impresión de esta obra se ocupó una compañía de tipógrafos alemanes, radicados en Sevilla, constituida por Juan Pegnizer de Nürenberg, Juan Magno Herbost de Silgenstaad, y un tal Thomas. De la obra salida de sus prensas, un tomo de 48 hojas no foliadas de tamaño cuarto, con tipografía gótica y las iniciales capitulares adornadas, se conservan ejemplares en la Oesterreichische National de Viena y en la Biblioteca de Catalunya de Barcelona.

Se trata de un relato derivado también, al menos en sus capítulos iniciales, del ciclo carolingio; su acción se sitúa en el tiempo del rey Pepino el Breve, padre de Carlomagno, quien resulta ser primo de Enrique, el protagonista, como hijo que éste es de Oliva, hermana de Pepino. Gayangos opina que la parte que relata la actividad caballeresca y militar de Enrique en tierras de Oriente, parece inspirarse, con mixtificaciones procedentes de la *Gran conquista de ultramar*[1], en la historia de Enrique de Flandes,

---

[1] Vid. Pascual de Gayangos, ed. cit. más adelante, pág. XVII; para Gayangos no había la menor duda acerca de la clasificación de esta obra dentro de los libros de caballerías, en el ciclo que él denominaba «carlovingio».

segundo emperador de Constantinopla de la dinastía latina, como sucesor de Balduino, que había sido coronado en Santa Sofía el año 1204.

La ficción narrativa pudo haberse difundido por tierras de Castilla ya antes de 1348; incluso se presume una redacción de hacia el año 1330; el héroe protagonista es mencionado por Villasandino en versos dirigidos al adelantado Perafán de Ribera y recogidos al principio del *Cancionero de Baena*[2]. Otro de sus personajes, el malvado traidor Tomillas, hace frecuente acto de presencia en los romances del ciclo de Montesinos, y al mismo hace alusión Cervantes en su *Quijote*[3]. Gayangos conjeturaba sobre la posibilidad de la existencia en el siglo XIV de una redacción diferente de esta historia y aun sobre alguna continuación, perdida para nosotros, que de esta novela caballeresca pudo haberse redactado durante el siglo XVI[4].

## Edición

1871 Pascual de Gayangos, Madrid, Sociedad de Bibliófilos Españoles, 8, XXII+108 págs.
Sigue la edición sevillana de 1498, sirviéndose del ejemplar vienés.

---

[2] «desque Enrique, fi de Oliva, / salga de ser encantado». Villasandino debió conocer otra versión de la historia, pues en el texto conservado no se alude a encantamiento alguno que Enrique hubiera sufrido.

[3] Sin duda Cervantes se refiere a este relato, aunque no es seguro que en la misma versión que hoy conocemos, cuando alude a «otro libro donde se cuentan los hechos del conde Tomillas» (*Quij*., I,16). Gayangos, al principio de la introducción a su edición, revive con singular gracejo la discusión de que fue testigo en su juventud, el año 1832, entre los académicos Diego Clemencín y Martín Fernández Navarrete acerca de la identidad del conde Tomillas. Sobre la presencia de éste en el Romancero, vid. la nota 11 al cap. XXIII de la II parte del *Quijote*, en la ed. de J.-B.Avalle, Madrid, Alhambra, 1979, II, 204-205. En lo relativo a Montesinos, puede verse la bibliografía sugerida por John Jay Allen en su ed. de esa misma obra, Madrid, Cátedra, 1977, II, 204, n.10.

[4] Gayangos, ed. cit., pág. XXI.

## Bibliografía

CHICOY-DABAN, J.I., "La *Historia de Enrique fi de Oliva* y la canción de gesta *Doon de la Roche*", *Actes de la Soc. Rencesvals,* VIII, págs. 101-107.

FRADEJAS, José, "Algunas notas sobre *Enrique fi de Oliva,* novela del siglo XIV", en *Actas del I Simposio de Literatura española,* A.Navarro, ed., Salamanca, Universidad, 1981, págs. 309-360.

## Selección

De los cuarenta capítulos[5] en que se divide el texto se han elegido cinco consecutivos, los que van del 25 al 29, centrados en la intervención decisiva de Enrique en la defensa de Constantinopla, puesta en peligro por el ataque de Mirambel, en la aplastante derrota a éste infringida, y en la boda de aquél con la hija del emperador de Bizancio. Enrique queda suficientemente caracterizado, no sólo por su valor, sino por su caballerosidad no exenta de cierto componente aventurero —por otra parte, casi obligado en héroes de su tipo—, por su capacidad estratégica y por su amor filial, que llega a poner en peligro su grandeza heroica, dada su irrenunciable sed de venganza. Tampoco se oculta el carácter, a la par que generoso, enérgico y un tanto autoritario, de Mergelina, su esposa, aun sin empañar su femineidad. No carece de interés la escena, incluida en el capítulo 28, de la ceremonia en que Enrique es investido caballero.

El relato se inicia con la calumnia de infidelidad de que es objeto doña Oliva, esposa del duque de la Rocha o de la Roca, hermana del rey Pepino y madre de Enrique, el protagonista, cuando éste no tiene más que tres años de edad. El malvado conde Tomillas, autor de la calumnia, consigue

[5] Los capítulos carecen de numeración, pero están dotados de sendos epígrafes que resumen su contenido, salvo el primero de ellos, en el que el epígrafe funciona simplemente como *incipit.*

Lámina 9. *Historia de Enrique fi de Oliva*. Portada de la ed. impresa en Sevilla en 1498 por Pegnizer, Herbost y Thomas

que el duque la repudie para casarlo con su hija Aldigón[6]; con ello cobra un impulso de largo alcance la acción narrativa, a pesar de la escasa presencia cuantitativa del traidor. Enrique, cuando apenas ha superado su adolescencia, se hará caballero andante, conquistará Jerusalén y salvará a Constantinopla del asedio a que los turcos la tienen sometida, por lo que el emperador bizantino Manuel, agradecido, le concede la mano de su hija Mergelina. Muerto su suegro, regresa a Francia, donde toma prisionero al conde Tomillas —calificado en el capítulo 37 como «el malandante»— y lo pone en manos de su madre Oliva, quien lo hace morir descuartizado por caballos que tiran de su cuerpo, en expiación de su crimen[7].

## *Historia de Enrique fi de Oliva*[8]

### [Capítulo 25] *De cómo don Enrique salió en busca de los paganos e venció en batalla al almirante*[9] *Mirambel e lo trajo consigo a Constantinopla*

E después que las huestes fueren llegadas, dixo Enrique a la infanta Mergelina:

---

[6] *Aldigón:* en otras ocasiones denominada Aldigonda e Ildegonda.

[7] En la transición del penúltimo al último capítulo, en la pág. 93 de la ed. que sigo, se lee: «mandó traer cuatro cavallos muy bravos, y encima dellos sendos escuderos que los supiessen bien aguijar, e mandó atar a Tomillas cada braço e cada pierna a la cola de cada cavallo, muy bien, con rezias cuerdas, en manera que non se pudiese desatar, e cada uno dellos aguijó muy reziamente su cavallo yendo cada uno de su parte. (...) Y así fue desmembrado e mandólo juntar todo, e quemarlo, e hiciéronlo todo polvos fuera de la villa en tiempo que hazía gran viento, por que non quedase memoria dél».

[8] Me sirvo de la ed. cit. de Gayangos, acomodándola a los criterios establecidos inicialmente, pero respetando ciertas incongruencias grafemáticas del texto medieval, particularmente las referidas al uso que en él se hace de *b* y *v*, *c* y *z*, *s* y *ss*; la ed. medieval es, por cierto, bastante incorrecta y no son pocas sus erratas, muchas de las cuales se ocupó Gayangos de corregir. En cuanto a *fi*, se trata de un sinónimo de "hijo", resultado apocopado del latín *filius*.

[9] *almirante:* además de comandante de una flota, caudillo de un ejército; vid. Glosario: almiral.

— ¡Por la fe que devéis a Dios!, hazedme dar armas e cavallo e saldré a solazarme, e veré cómo está aquella hueste de los paganos assentada.

Mergelina le hizo traer un buen cavallo, que mejor que él non lo havía en aquella tierra, e diole una loriga muy buena e brafoneras e buena espada e su lança, las cuales armas fueron todas de su padre, el emperador. E después de Enrique armado muy bien e a su plazer, subió encima del cavallo, e comenzó a apretar, de lo cual se contentó mucho la infanta en vello cómo era mucho bien enfrenado, e de cómo lo hazía muy bien. E dixo Mergelina:

— ¡Por Dios, Enrique, de cómo parecéis bien encima dese cavallo!, que estó maravillada, que, si dado me fuesse cavalgar, yo iría con vós de grado; mas encomiéndoos a Dios que os guarde de mal, por que tornéis acá bivo e sano.

Y embió con él a (a)quien le hiziese abrir las puertas de la ciudad, ca buenos ombres estavan guardándolas que ningunos non entrassen nin saliesen, sinon quien mandase Mergelina, la infanta. Y ella subióse encima de una torre por ver cómo iva Enrique, el cual iva muy quedo e paso a paso devisando; mas Mirambel[10], el almirante, que pasava apartado de los otros, cerca de una fuente muy buena que estava cerca de una higuera, vio venir aquel cavallero tan a paso, e pensó que venía a provarse en armas[11]. Y entró a la tienda, e mandó que le diesen aprisa las armas y el cavallo, porque pensó que otro alguno de los suyos saldría a ensayarse[12] con el cavallero, e quería él haver ante[13] la honra que otro alguno la oviese; e fue mucho aína armado, e desque estuvo encima de su cavallo fuésse[14] muy aína hazia él, e dixo:

---

[10] *Mirambel:* a veces el texto medieval escribe "Mirabel".

[11] *provarse en armas:* competir en justa.

[12] *ensayarse:* competir en lucha; equivalente a la expresión anterior "provarse en armas".

[13] *ante:* adverbio de tiempo, "antes"; volverá a reaparecer con esta función, y no de preposición, a lo largo del texto.

[14] *fuésse:* en rigor, la doble *s* carece de justificación, pues no es una forma conjugada del verbo "ser", sino de "ir"; la observación vale también para casos posteriores.

— Cavallero, assí Dios te guarde, apartémonos yo e tú, e si vienes a demandar justa, yo te la daré muy de grado.

Y Enrique dixo:

— Plázeme muy de buena voluntad, e apartémonos en manera que non nos puedan estorvar.

E fuéronse descendiendo hazia un valle e pusieron sus cavallos el uno cara el otro e tomaron los escudos e abaxaron las lanças, e fuéronse a encontrar el uno contra el otro muy reziamente. Mas Enrique le cojó[15] muy de lleno en el escudo, tanto que todo gelo quebró, e la lança pasó de la otra parte del escudo, e rompióle cuanto[16] de la carne. E el almirante cayó luego en tierra a los pies de su cavallo, e lo más aína que pudo echó mano a la espada por defenderse dél si pudiera. E dixo luego Enrique:

— A la fe, don moro, non os vale nada vuestro saber nin vuestra espada nin cuantas fuerças tenéis, e, si queréis bien librar, tornad la espada adonde la sacastes, e, si non queréis, sabed que aquí havéis de ser luego muerto.

Y estando en estas hablas Mirambel, el almirante, conoció a Enrique, el cual malamente lo havía afrentado en la grand lid donde mató al otro almirante; e tornóse contra él, e díxole:

— Ya vos conosco, que sois Enrique fi de Oliva, y en mal punto con vós ove contienda; ¡o!, ¿cuáles diablos vos traxeron acá, que bien seguro estava de non haveros de hallar en esta tierra? Mas, pues que vós assí tan malamente me havéis vencido e derribado, yo os quiero dar tantas de mis riquezas e haveres cuantas vós quiserdes, en especial vos daré mil bestias entre cavallos e palafrenes, e mil lorigas, e mil yelmos, con los cuales podáis adornar mil cavalleros, e dadme la vida.

Y Enrique respondió:

— Non quiere Dios que yo muestre esta codicia; mas, si vós queréis escapar que non os mate, dexad esse escudo y

15 *cojó:* cogió, dio, topó o tropezó.
16 *cuanto:* un poco, algo.

essa lança vaya[17], y tomad esse vuestro cavallo por la rienda, e idos comigo a la ciudad.

Y el moro, con el miedo de la muerte, hizo lo que Enrique le mandó, e llegaron muy apriesa a la ciudad, el moro apeado con su cavallo de diestro[18], todo lo cual vido Mergelina de encima de la torre, e mandó a grand priesa que le abriessen la puerta. E cuando vio venir a Enrique tan honrado, e supo que aquel cautivo que traía que era el señor de los paganos, fue muy alegre a maravilla, porque pensó que por aquél serían librados del grand peligro en que estavan; e dixo:

— Señor Enrique, agora podéis creer que vós sois el que oímos dezir. E vamos a mi padre, el emperador, con esta buena ventura que Dios vos dio, e por mi consejo vós seréis señor de aquí adelante de toda esta tierra, e la mandaréis assí como mi padre la ha mandado hasta aquí.

La infanta con plazer que ovo fuésse a su padre, e llevó consigo a Enrique e al moro, e dixo:

— Padre señor, en buen hora nós vimos este huésped, porque me parece que ante que nosotros le hagamos bien, él quiso merecerlo; ca ved aquí al almirante, señor de todas aquellas cavallerías de los paganos, que nos vino a cercar, que él mismo lo prendió e tráevoslo aquí para que hagáis dél lo que vós quisierdes.

Y ante que el emperador respondiese, Enrique dixo:

— Emperador señor, de merced vos pido que tengáis por bien que delante vós hable con este almirante, el cual es señor de aquellas gentes que vos vinieron a cercar.

E díxole assí:

— Almirante, vós sois señor de aquellas gentes con que venistes a cercar a esta ciudad; ya veis cómo estáis en poder

17 *vaya:* de color bayo, es decir, blanquecino con cierta tonalidad amarillenta.

18 *apeado con su cavallo de diestro:* descabalgado y tomando a su caballo por la rienda, como se acaba de decir; era situación deshonrosa para un caballero vencido.

del emperador para mandar de vós lo que él quisiesse; mas yo, atreviéndome al emperador, quiérovos hazer grand honra, ca vos dexaré ir con vuestro cavallo e con vuestras armas, que vos vais[19] a vuestra hueste por tal pleito que me hagáis omenaje que me atiendas[20] para que hayamos hazienda en uno, e, si me vencierdes, iréis de aquí con honra, e, si yo vos venciere, sea como mandare el emperador.

### [Capítulo 26] *De lo que el almirante Mirambel respondió al pleito que le puso el emperador*

Y el almirante respondió, e dixo:

— Enrique, comoquier que tú grand honra me prometiste, mejor me sería que me yo pierda que non poner tantas gentes en aventura.

Respondió Enrique, e dixo:

— Non devéis mostrar cobardía, ca, pues que tantas gentes allegaste para venir a esta ciudad e conquistar este imperio, bien devéis entender que a hazienda e a toda cosa te has de aparejar, e agora non hablas como rey mas como ombre cobarde.

Y el almirante ovo grand vergüença de lo que le dixo Enrique, e ovógelo de otorgar. Y el emperador dixo:

— Enrique, mucho havéis otorgado[21], ca todas las cosas son en el poder de Dios, de vencer o de ser vencidos, e por vuestra voluntad nós tenemos en nuestro poder a este señor

---

19 *vais:* vayáis; forma antigua del subjuntivo de "ir".

20 *atiendas:* el verbo "atender" se usa en el texto con el significado de "esperar" o "aguardar", y no como equivalente de "escuchar" o "prestar atención".

21 Enrique, con su actitud y conducta no sólo está haciendo alarde de su caballerosidad sino proponiendo una lucha ahorrativa de multitud de bajas, al reducirla al enfrentamiento, arriesgado para él, entre dos paladines.

de todas aquellas gentes, e pudiéramos por él pleitear como quisiéramos, e agora veo que queréis poner todo vuestro fecho en aventura[22].

Enrique dixo:

—Emperador señor, si vós queréis mi servicio, plégavos desta pleitesía.

Y el emperador dixo:

— Como a vós plaze, e nuestro fecho sea a vós como de Dios.

Desí embiaron al almirante a su hueste con omenaje que le tomó Enrique que lo atendiese con toda su hueste. E luego aconsejó Enrique al emperador, e dixo:

— Señor, vós havéis muchos navíos en la mar; embiad a mandar a grand priesa que todos vayan luego al braço de San Jorge[23] do estavan los navíos del almirante, e que entren en ellos en manera que todos sean por vós; y en esto non tardéis, que cosa es que puede ser, porque son muchos vuestros navíos e lo pueden hazer. E yo iré a pelear con vuestras gentes, e daré guerra a los paganos; e cuando fueren vencidos querersehan ir a acoger a la mar, e non hallarán sus navíos, e assí los que estuvieren en tierra como los que estuvieren en la mar serán perdidos.

Y el emperador lo mandó luego assí hazer como Enrique le consejó.

---

22 *aventura:* así destaca el talante aventurero del caballero, al reprocharle el emperador amablemente que prefiera arriesgar su vida en una justa, siempre azarosa en su resultado, antes que negociar aprovechando su posición de fuerza o superioridad.

23 *braço de San Jorge:* esta era la denominación medieval del accidente geográfico conocido luego como canal del Bósforo o de Constantinopla —Bizancio o Estambul, con su magnífica bahía portuaria del Cuerno de Oro—, que une las aguas del mar Negro con las del Mármara, atravesado también en su expedición de cruzada por Godofredo de Bullón, al que se hacen varias referencias en la *Gran conquista de ultramar*, por ejemplo en los caps. 203, 208 y 209 de su libro I.

Entretanto llegaron seis reyes que el emperador tenía por vassallos con cuantas gentes consigo pudieron traer para acorrer a su señor, y el emperador embió por ellos, e mandóles que todos hiziessen omenaje a Enrique, e que hiziessen por él como harían a él mismo, e que non hiziesen contrario so pena de traición. E todos lo otorgaron assí, e fizieron como mandó el emperador.

Para otro día de grand mañana constituyeron el día para la lid, e al alva del día fueron todos armados e vinieron delante del emperador, y entraron aquellos reyes al palacio donde el emperador estava; y Enrique, assentado a los pies del emperador, el cual era ya muy viejo, e ciego grand tiempo havía, e dezíanle por nombre Manuel[24], e púsole la mano sobre la cabeça de Enrique, que era muy gentil mancebo e ombre muy galante en todo, e díxole[s] assí:

— Reyes, mis vassallos; aquí sois ayuntados para hazer mi mandado. Ya vos tomé ayer el pleito omenaje que desí miraredes todos por Enrique que está presente como faríades por mí mismo, e agora vos lo dó por señor, e mirad todos por él.

Mucho pesó a los reyes cuando oyeron esta palabra, e habló el uno dellos que era rey de Galás[25], e dixo:

— ¡Por Dios!, comoquier que le hizimos ayer omenaje de mirar por él en la batalla, non puede ser que a ombre que non conosco reciba yo por señor.

Y el rey de Sardeña[26] respondió a esta palabra, e dixo:

---

[24] *Manuel:* El primer emperador bizantino de este nombre, a quien se evoca aquí con sólo relativa historicidad, gobernó entre los años 1143 y 1180; fue derrotado varias veces por los turcos, que anularon su política occidental y avivaron la decadencia de su imperio, situación aprovechada por los normandos que lo vencieron en Brindis. Otro Manuel, el segundo, muerto en 1425, gobernó un imperio ya muy debilitado que se desmembró con sus hijos al heredarlo; uno de ellos, Constantino XI, murió en la defensa de la capital cuando la tomaron los otomanos el 29 de mayo de 1453, fecha propuesta a veces como la del final de la Edad Media.

[25] *Galás:* Gayangos supone que tal vez se refiera a la ciudad de Galatz, en Moldavia, sobre el Danubio.

[26] *Sardeña:* Cerdeña.

— Rey de Galás, assí Dios vos salve, non queráis rehertar lo que nuestro emperador nos manda, ca non estamos en tiempo de lo poner en porfía, e yo, por ser obediente, luego le iré a besar la mano, ofreciéndome de estar aparejado a lo que mandare.

Y el rey de Galás también le besó la mano, e dixo a Enrique:

— Yo vos recibo por señor para en toda esta batalla.

E luego los otros reyes hizieron esso mesmo.

[Capítulo 27] *De cómo Enrique mandó aparejar sus gentes para ir a pelear con los moros, e cómo los venció*

Después de todo esto passado, habló la infanta doña Mergelina, e dixo:

— Reyes, ya veis cómo el emperador vos ha dado por señor a Enrique, fi de Oliva; esso mismo otórgogelo yo, mas juro a Dios e a santa María, si todos a Enrique lealmente non aguardáis, que a todos cuantos de vosotros hallare e a vosotros mismos pienso hazer cruda justicia.

E cuando esto ovo dicho, levantóse Enrique en pie, con su loriga vestida y el almófar por las espaldas e la cofia en la cabeça. Grande era de cuerpo, e delgado en la cintura, e las espaldas complidas, e muy hermoso en la cara, e muy bien hecho en todo por maravilla. Luego se despidió del emperador, e la mano le besó, e fue a tomar por la mano a la infanta Mergelina, diziendo:

— Señora, con vuestra gracia, e rogad a Dios que vengamos con bien mucho aína.

E dixo ella:

— Assí plega a Dios, amigo, ca, si en otra manera ha de ser, non querría más bevir un día.

E con mucho lloro lo encomendó a Dios, e saliéronse a despedir de fuera de la ciudad.

Mas el almirante, como ombre apercebido, tenía allegadas sus gentes, ca serían bien sesenta batallas, muy apuestas, e todos muy bien regidos en la manera que havían de pelear; e las cuarenta batallas puso ante sí por los regir mejor, e fuéronse a pelear los unos con los otros muy de rezio, e de las gentes muchos fueron heridos. Y Enrique esforçava[27] muy mucho a los suyos, y los moros, non lo podiendo sofrir, ovieron de dexar el campo, e fuéronse yendo hazia la mar, pensando que guarecerían en sus navíos; mas, non sabiendo cómo los cristianos los havían tomado, halláronse muy burlados, e los cristianos fueron en pos dellos en el alcance hasta dentro en la mar, derrivando e matando muchos dellos.

Assí que murieron muchas gentes, e los más dellos en tierra, e dellos[28] en la mar; e alcançó Enrique a Mirambel, el almirante, en la ribera de la mar, e dos reyes con él, que lo ivan aguardando; a todos tres mató Enrique por su mano. Tan grandes eran los polvos, que unos a otros non se podían devisar, e los de Enrique perdiéronlo de vista[29], e non sabían a cuál parte estava, e hallóse solo en la ribera de la mar, e vio muchos moros, e ninguno de su compañía. Ívanse ya tornando de los suyos de cara de la ciudad, e Mergelina supo de cómo venían sin él, y ellos dixeron que los grandes polvos..., que lo perdieran de vista, e non sabían a qué parte fuéra. E dixo ella:

— Tornadvos, alevosos, e idlo a buscar, y a cuantos sin él vinierdes todos vos haré ahorcar.

E todos ovieron muy grand miedo de su señora, e más por el omenaje que le havían hecho a Enrique; e tornáronlo todos a buscar con muy gran femencia, e halláronlo en la ribera de la mar. Y el rey de Sardeña dixo:

---

27 *esforçava:* Gayangos lee mal una ʃ larga del impreso antiguo, al transcribir "efforçava".

28 *dellos:* algunos, otros.

29 Es de sobra conocida, y aplicada a situaciones de enojosas e inoportunas digresiones, la sentencia jocosa, acuñada en octosílabos, con diversidad de variantes, que en esencia dice: «Con la grande polvareda / perdimos a don Beltrán» o «Entre tanta polvareda / perdiósenos don Beltrán». *Vid.* en Wolf y Hofmann, eds., *Primavera y flor de romances,* 1856, «Vuelta van de los palacios del buen conde don Beltrán...»

— ¡Por Dios, señor, por Dios!, que nos jugastes muy mal, que todos éramos en grand pensamiento porque assí vos apartastes de nosotros.

E dixo Enrique:

— Dexémosnos ya destas razones, e mirad cómo está aquí muerto el almirante, el cual era señor destas gentes, e otros dos reyes que lo venían aguardando. Por esso hazedlos desarmar, ca paréceme que tienen nobles guarnimientos.

E decendieron e hizieron luego como Enrique mandó, y en los guarnimientos del almirante hallaron piedras de muy grand virtud[30], e espada muy noble e muy tajante, e una cinta de oro guarnecida con piedras preciosas, las cuales eran muy nobles a maravilla. E tornáronse todos muy alegres a la ciudad.

Otro día en la mañana, cuando el sol quería salir, los de la villa vieron a Enrique, e mucho alabaron con él el nombre de Dios, porque atán buen acorro les viniera por él; e tan grande e tan apuesto era en todo, que un codo venía más alto que los otros reys. E fueron él e los reyes a decender al palacio do estavan el emperador e la infanta. E dixo el rey de Sardeña:

— Señores, ved aquí vuestro huésped, Enrique, que mejor cavallero que él non nació en el mundo que assí sufriesse penas e afanes; e, comoquier que trabajó mucho ayer pasado[31], viene tan rezio e tan alegre que da a entender que aún querría batallar; e tened por bien que vamos[32] a holgar a nuestras posadas, e después mandad cómo hagamos

El emperador e Mergelina dieron muchas gracias a Dios por el bien que les havía hecho, e loaron mucho a Enrique, e Mergelina dixo a los reyes:

---

30 *virtud:* poder o potencia, más o menos mágicos y supersticiosos, ocasionalmente dotados de eficacia por autosugestión, de los que se ocupan con amplitud tantos *Lapidarios* medievales, entre ellos el atribuido a Alfonso X; *vid.* Marcelino Amasuno, *La materia médica de Dioscórides en el 'Lapidario' de Alfonso X el Sabio. Literatura y ciencia en la Castilla del siglo XIII*, Madrid, CSIC, 1987.

31 *ayer pasado:* en el día de ayer.

32 *vamos:* vayamos; forma arcaica de la conjugación del verbo "ir".

— Id a desarmar a Enrique en aquel palacio major, e después idvos a holgar a vuestras posadas, e vernéis luego, porque tenemos de hazer otra cosa.

### [Capítulo 28] *De cómo don Manuel, el emperador de Constantinopla, quiso armar cavallero a don Enrique, e de lo que éste le respondió*

Aquel día fueron bien pensados[33], y est(r)uvieron de vagar. Otro día de mañana, los reyes con Enrique vinieron ante el emperador e dixeron:

— Emperador, señor, grand razón es que a Enrique deis grand galardón e grand honra, ca bien vos lo ha merecido. E bien vos dezimos verdad, que bien creemos que mejor que él en el mundo no come pan.

Y el emperador Manuel tomó a Enrique por la mano e púsolo a par de sí, e dixo:

— Amigo Enrique, quiérovos preguntar si sois cavallero o sois por armar, que sabed que grand plazer he de vós alcançar en mí grand honra.

Respondió Enrique:

— Aún só por armar.

E dixo el emperador:

— Ceñir vos quiero la espada, e a vuestra honra aún haré más.

Grand vergüença ovo Enrique, e dixo:

— Emperador, non lo tengáis a mal, que, cuando ove ganado el Sepulcro santo e la santa Cruz e la puse sobre el altar, aconsejáronme ricos ombres que cuando quisiesse ser cavalle-

[33] *pensados:* alimentados y alojados; vid. Glosario: pensar.

ro que de encima de aquel altar tomase la espada, e que non quisiese ser cavallero de otro ombre carnal, e non quiero tomar de vós la espada, e non lo tengáis a mal.

E respondió la infanta Mergelina, e dixo:

— Ruégovos, Enrique, cuanto rogar vos puedo, que pues de mano de mi padre non os queréis ceñir la espada, que la queráis ceñir de mi mano[34], ca hija só de emperador e de emperatriz mucho honrada e de alto linaje. E yo tal só en mi cuerpo, como el día que fue[35] nacida.

Enrique ovo muy grand vergüença, e dixo:

— Quiérolo hazer, infanta, porque vuestro ruego non quede menospreciado. E Mergelina le ciñó la espada, e diole una pezcoçada, como es costumbre de cavallería, e díxole:

— Membrésevos, amigo, en las batallas que fuerdes, como yo vos ceñí la espada.

E sonrióse Enrique e començóla de mirar, e dixo:

— Infanta señora, sacado me havéis de la costumbre[36] de la tierra donde yo só nacido e natural; ca sabed que dueña que haze cavallero non da orejada[37], mas bésala[38] a todo su plazer tres vezes.

---

[34] Debe verse como una situación excepcional ésta, en la que una mujer, por muy virgen que fuera y de alto linaje, arma a un caballero, en desacuerdo con las costumbres de la caballería recordadas por Alonso de Cartagena en su *Doctrinal de los cavalleros:* «que muger, por onra que toviese, maguera fuese imperatriz o reina por heredamiento, que non pudiese fazer cavallero por sus manos» (fol. 10r, en su ed. de 1487).

[35] *fue:* fui; forma, ya vulgar en el siglo XV, de la primera persona del pasado simple o pretérito indefinido del verbo "ir".

[36] *costumbre:* la escrupulosa educación caballeresca de Enrique no está, como se ve, reñida con las reglas de la cortesía, sino que más bien potencia a esta última. La réplica de Mergelina no es menos desenfadada ni deja de ser cortés, por placentera que para ambos personajes sea.

[37] *orejada:* sinónimo de "pescozada", usado anteriormente; vid. Glosario.

[38] *bésala:* el sujeto omitido de este verbo es "el caballero".

Respondió Mergelina e dixo:

— Amigo, non quiero que perdáis el uso de vuestra tierra; por esso non quedará; vós pedís tres besos, yo os quiero dar seis.

E luego ante todos assí lo hizo sin ninguna vergüença.

### [Capítulo 29] *De cómo don Enrique casó con la infanta Mergelina e hovo el imperio de Constantinopla*

E don Manuel, el emperador, mandólo luego asentar en su silla del imperio, e santiguólo e bendíxolo, e de aí mandó a los reyes e a cuantos en la ciudad eran que lo recibiesen por señor. E cuando todos le ovieron fecho omenaje, pusiéronle la corona del imperio. E dixo Manuel, el emperador:

— Amigo, ya veis esta honra que vos he hecho; aún quiero sea más complida; vós sois por casar, e yo non tengo más de aquesta hija, que después de mis días ha de heredar el imperio; por esso os quiero casar con ella, e daros-he el imperio, que bien creo que aunque vós seáis bueno para ello, que en tiempo del mundo non[39] podríades mejor casar.

Respondió Enrique e dixo:

— Muchas gracias, emperador señor, por cuanto bien e por cuanta honra me hazéis, que, comoquier que yo sea bueno e de buen linaje, lo que vós dezís es todo verdad.

Y las bodas fueron hechas muy grandes e muy complidas de alegrías.

Y después que Enrique ovo estado allí un poco de tiempo con su muger, la emperatriz, estando una noche despierto en su cama, començó a pensar en la traición que el conde Tomi-

[39] *en tiempo del mundo non:* fórmula intensificadora del adverbio temporal "nunca" o "jamás".

llas[40] havía hecho a doña Oliva, su madre, diziendo entre sí que en mal punto él oviera nacido si él no la vengasse. E que le parescía ser cosa muy mala ser él tan viejo[41] e su madre non ser vengada, pues fue assí desonrada e tan cuitada como él[42] la havía dexado. Y estando en este cuidado dio un grand sospiro, e Mergelina oyólo e dixo:

— Amigo, ¿qué havéis deste casamiento vuestro e mío?; si vós, por aventura, os havéis arrepentido, non lo deviérades hazer, ca yo vos di este imperio con seis reyes nuestros vassallos e todas las otras gentes que tenéis a vuestro mandar; e si havéis tomado algund espagamiento[43] de mí o de la tierra, dezídmelo e non me lo queráis negar.

Enrique, como estava enojado, non le quiso negar la verdad, e dixo:

— Amiga señora, de todo lo que vós dezís non tengo por qué tener algún pensamiento, ca mucho me tengo por bien casado con vós e por mucho honrado con este imperio que por vós hove; mas estó pensando en cómo me partí muy niño de mi madre, la infanta Oliva, e con muy grand traición que le levantó el traidor del conde Tomillas, e hízola partir del duque de la Rocha, mi padre, e tanto hizo que mi padre se uvo de casar con su hija Aldigón[44], por donde yo non quise más bevir de allí adelante si non tornavan a mi madre con mi padre, e que la honrase assí como de ante solía e vengase al traidor del conde Tomillas.

---

40 *Tomillas:* a este presunto conde de Maguncia, en el cap. 2 se le había presentado, además de serlo de la hermosa Aldigón, como «padre de Galalón, el traidor, que por él fueron muertos los doze pares». Galalón es una variante del mítico traidor Ganelón, que llevó a la muerte a Roldán en Roncesvalles.

41 *viejo:* no debe tomarse en sentido literal; a estas alturas de la narración, Enrique está en plena juventud, si bien desde su punto de vista ya ha pasado demasiado tiempo sin haberse ocupado de restaurar el honor de su madre.

42 *él:* el uso de este pronombre resulta equívoco, pues su antecedente puede ser lo mismo el más inmediato, Enrique, como Tomillas, aunque más lejano.

43 *espagamiento:* desatención, menosprecio u ofensa.

44 *Aldigón:* hija de Tomillas.

Y respondió Mergelina e dixo:

— Señor, desto non sabía; mas, pues que assí es, tomad de vuestras gentes cuantas más pudierdes tomar e por mengua de riqueza non lo dexéis, que allí está una torre toda llena de tesoros de oro e de plata. Tomad de aí cuanto quisierdes, que harto hallaréis, lo cual os abastará e aún quedará ende mucho a nós para hacer lo que quisierdes. E assí como lo prometéis, id a acorrer e a honrar a vuestra madre doña Oliva, ca por vuestro amor tanto la amo como a mi madre, si fuesse biva.

Y respondió Enrique:

— Señora Mergelina, muchas gracias, y entretanto que yo fuere poned buen recaudo en este imperio[45], que bien creo que lo sabréis poner[46].

[45] *recaudo en este imperio:* cuidado, atención y dedicación en el gobierno del imperio.

[46] A pesar de la templanza mostrada por ambos esposos en este diálogo, no se oculta el dolor de su separación en el capítulo siguiente, al partir Enrique para Francia, donde se dice, evocando una fórmula épica que también se utiliza en el *Cantar de mio Cid* (vv. 375 y 2642), que «cuando se despidieron el uno del otro, assí se partieron como la uña de la carne». Una variante de la situación, más hiperbólica aún, se reproduce en la última página del libro, cuando Enrique, a punto de regresar a Constantinopla, se despide de su tío Pepino y de sus padres, «ca assí partieron de sí, como si los coraçones se les arrancaran».

# 20. *Versión de la historia de Troya de Beneito de Santa María, hecha por mandato de Alfonso XI*[1] / *Crónica troyana* / *Crónica troyana de Alfonso XI.*

1350 a R

1350 C (fecha de fin de copia e iluminación)[2]    1400 a C

20 A.-

La versión o la copia de la obra de Benoît de Saint-Maure, el *Roman de Troie*, que ofrecía por vez primera en cas-

[1] Como ya se indicó, para todo lo relativo a la materia de Troya puede ser útil consultar Antonio García Solalinde, "Las versiones españolas del 'Roman de Troie'", *RFE*, 3 (1916), págs. 121-165 y Ramón Lorenzo Vázquez, *Crónica Troiana*, La Coruña, Fundación Barrié, 1985.

[2] En el último folio [183r], al final de todo el texto, se lee: «E des oy más vos encomiendo a mí e a mi estoria, E ruégovos que vos non tome envidia contra mí por que me la fagades perder. Ca sin falla yo la escriví lo más sin vandería e más verdaderamente que pude. E a nuestro Señor do gracias porque me la dexó acabar. Este libro mandó fazer el muy alto e muy noble e muy excelente rey don Alfonso [undécimo u onceno, que vivió entre 1311 y 1350], fijo del muy noble rey don Fernando [cuarto de su nombre, fallecido en 1312] e de la reina doña Costança. E fue acabado [de] escrivir e de estoriar en el tiempo que el muy noble rey don Pedro [primero de su nombre, conocido como "el

tellano su texto completo, pudo habérsela encomendado Alfonso XI (1311-1350) a Nicolás Gonçález. Códices del siglo XIV en la Biblioteca de El Escorial (h-I-6, de 183 fols., algunos perdidos, y L-II-16; folios 74vb-157rb y 180rb-353vb) y en la Nacional de Madrid (10146; folios 56-62 y 153v-295). K.M.Parker editó, mal, el cód.h-I-6 en la Univ. de Illinois en 1977. El autor francés cita como fuentes suyas a Dares el frigio (*De excidio Troiæ historia*) y a Dyctis el cretense (*Ephemerides belli troiani*).

Traducida al gallego como *Crónica Troiana* por Fernán Martís en 1373 y editada ésta, siguiendo el ms 10233 de la Bibl.Nac. de Madrid (185 fols) que perteneció al marqués de Santillana, por Ramón Lorenzo Vázquez en 1985 (La Coruña, Fundación Barrié).

A.Martínez Salazar había publicado ya la *Crónica Troyana, Cód. gallego del siglo XIV de la Biblioteca Nacional de Madrid*, La Coruña, 1900, 2 vols., como traducción medieval al gallego de la versión de Alfonso XI, siguiendo mal el citado ms. de la Nacional de Madrid.

K.M.Parker también editó mal la *Crónica Troyana, manuscrito gallego del siglo XIV, nº 10.233 Bibl. Nac. de Madrid*, ed.crít., Illinois State University, Applied Literature Press, Medieval Studies, vol.3, 1978, reproducida por U.M.I., Ann Arbor, Michigan. (Vid. reseña de R.Lorenzo en *Verba*, 6, 1979, págs. 375-414).

20 B.-

Existe un cód. incompleto en la Bibl. Menéndez y Pelayo de Santander [M/558], con texto bilingüe, parte en castellano y parte en gallego, copiado a finales del siglo XIV, editado por K.M. Parker, como *Historia Troyana*, Santiago de Compostela, CSIC-Instituto P.Sarmiento,1975, 16+388 págs.

---

cruel" o "el justiciero", que reinó desde 1350 y murió en 1369], su fijo, regnó (...) Fecho el libro [el] postremero día de deziembre, era de mil e trescientos e ochenta e ocho años [es decir, el 31 de diciembre de 1350, en la era cristiana]. Nicolás Gonçález, escriván de los sus [de Alfonso XI] libros, lo escriví por su mandado.»

(Vid. reseña de R.Lorenzo en *Verba*, 9, 1982, págs. 253-290). Procede de un ms castellano desconocido pero también basado en la versión ordenada por Alfonso XI, más algunos pasajes interpolados procedentes de la *General estoria* de Alfonso X. Tiene 219 folios, 141 de ellos en castellano y los otros 78 en gallego, éstos con letra más apretada, empalmados entre sí a trozos. Su contenido textual es casi coincidente con el de la *Crónica troiana* gallega (B.N. Madrid, ms 10233).

En las notas que acompañan a mi selección me referiré a él como *cód.B.*

EDICIONES

20 A.-

1977 Kelvin M.Parker, *La versión de Alfonso XI del Roman de Troie. Ms. H-j-6 [=h-I-6] del Escorial*, Illinois State University, Applied Literature Press, Medieval Studies, vol.2, reprod. por U.M.I., Ann Arbor, Michigan. Pretende ser ed. crít. del ms. citado.

20 B.-

1975 Kelvin M.Parker, *Historia troyana*, Santiago de Compostela, CSIC-Ito.P.Sarmiento. Sigue el ms. bilingüe M/558 de la Bibl. Menéndez y Pelayo de Santander.

BIBLIOGRAFÍA

CONSTANS, Léopold, ed., *Roman de Troie,* París, 1904-1912, 6 vols.

REY, Agapito y A.G. SOLALINDE, *Ensayo de una bibliografía de las leyendas troyanas en la literatura española*, Bloomington, Indiana Univ. Publ., Humanities Series, 6, 1942.

SOLALINDE, Antonio García, "Las versiones españolas del *Roman de Troie*", *RFE*, 3 (1916), 121-165.

Vid. también: *Historia troyana en prosa y verso*, ed. de R.M. Pidal y E.Varón, Madrid, *RFE*, anejo 18, 1934; *La corónica troyana,* ed. de Frank Pelletier Norris, Chapel Hill, Univ. North Carolina, 1970; *Crónica Troiana,* ed. de R. Lorenzo Vázquez, La Coruña, Fundación Barrié, 1985.

SELECCIÓN

Los héroes de esta versión se tienen a sí mismos, reiteradamente, por caballeros; a Héctor se le define de continuo como "muy buen cavallero" o como autor de "muchas buenas cavallerías en muchos logares", así como de los troyanos también se afirma que "ivan faziendo muchas buenas cavallerías".

Por tratarse de versiones complementarias, aunque paralelas y muy afines entre sí, se han elegido pasajes de ambas. Del cód. escurialense se toman retratos de Príamo, sin duda halagador para el rey castellano por la coincidencia de sus talantes y aficiones comunes; del noble, aguerrido y cortés Héctor, así como del codicioso Paris, a quien tenemos oportunidad de ver en pleno ardor de la batalla y herido por Ulises, al igual que a éste, en una escena en que no se ahorra violencia con todo tipo de detalles. Luego acompañamos a Héctor, que se lanza con saña a la lucha en ayuda de los suyos, jinete en Galatea y contemplado por las dueñas troyanas y por su propia esposa, preocupadas por su suerte, que con su decisiva actuación pone en grave aprieto a los griegos, hasta que interviene Aquiles y se enfrentan ambos, «que se desamavan mortalmente», hasta quedar muy malheridos y morir aquél en un segundo encuentro, con desconcierto para los troyanos, sumidos en la desolación. Otro memorable pasaje, de estilo más apretado pero no menos impresionante, se refiere a la muerte en singular combate de Áyax y Paris. Se cierran estas muestras con un breve resumen de la destrucción de Troya, expoliada y reducida a cenizas por los griegos.

Del códice santanderino se toma primero un pasaje en que Héctor sale a la lid, mientras lo contemplan desde los adarves de Troya Helena —radiante de belleza—, Policena

—que compite con ella en hermosura—, las doncellas y burguesas de la villa, todas temerosas por su suerte y sorprendidas en animada y nerviosa conversación; por medio de sus palabras y a través de sus ojos tenemos ocasión de asistir a los avatares de la batalla, descrita con todo lujo de detalles. Aquiles y Héctor , «que se demandavan como enemigos mortales», contienden con ardor desmedido, y un pasaje final nos los muestra retándose, en un diálogo muy vivaz, a singular combate, con la sensata intención de ahorrar muertes masivas en sus ejércitos.

## *Versión de la historia de Troya de Beneito de Santa María, hecha por mandato de Alfonso XI*

A) Códice de El Escorial

[25v...] *Agora dexa el cuento de fablar de los griegos por contar las fechuras de los troyanos*[3]

Pues que vos he ya contado todas las fechuras de los griegos, agora contaré desde aquí los fechos *[sic]* de los troyanos[4]. Sabet que el rey Príamus[5] fue muy grande, e fue muy luengo. E era muy apuesto en el rostro e [26r] en todas sus fechuras. E era muy loçano a maravilla e avía su palabra muy baxa e la boz flaca. E avía siempre sabor de comer muy cedo. E era muy

[3] Me sirvo de la ed. de K.M.Parker del ms h-I-6 publicada en 1977 y mencionada antes, pero adaptándola a los criterios de la mía y tratando de salvar sus no pocos errores sobre los que llamó la atención R.Lorenzo Vázquez.

[4] En el *cód.B* se transcriben en gallego las prosopografías de los héroes griegos, a lo largo de los fols. 49v a 50v; a partir del fol. 51r coincide básicamente con los pasajes que aquí se seleccionan sobre Príamo, Héctor y Paris.

[5] En *Grand e general estoria* se dice de Príamo que “era grande de cuerpo e fermoso de cara, e manso, e la nariz corvada yacuanto, e valiente de cuerpo” (II parte, cap. 560).

buen cavallero e muy entendido e non se desmayava por ninguna cosa que viesse, demás non se pagava de lesongero nin mezclador nin de omne que porfaçasse nin de falso, nin quería que con él viviessen. E era de buena palabra. E toda cosa que dixiesse o que prometiesse nunca jamás ende fallezería. E judgava siempre derecho. E era omne de grand justicia. E oía de grado romances e fablas, e pagávasse de las cantigas e de estrumentos. ¿Qué vos diré? De todo bien se pagava tanto que nunca se otro rey tanto pagó. E amava mucho cavalleros, e dávales tant ricos dones que nunca fue rey nin príncipe que los usasse dar tant grandes.

### *De las fechuras de Éctor*

Éctor, el su fijo primero, fue más ardit[6] de todos sus hermanos nin de todos los de Troya. E —segund como dize Daires— de cuantos en essa sazón ovo, nin antes nin después, en este obró más la natura para lo ennoblescer. Ca puso en él toda su fuerça e fizo en él toda su obra para lo componer de todas bondades, si non tanto que lo pudiera fazer más fermoso de lo que [le][7] fizo. Mas sin falla non lo pudiera fazer mejor de cuanto lo fizo aunque en sí mayor poder oviesse. Ca sabet que cuanto él era menguado en su parescer e en su fermosura, que todo lo cobrava en fazer bien. E creed que grand nobleza e muy grand proeza es aquella que encubre e abaxa toda fealdat que en el omne sea. E en la palabra dubdava yacuanto[8]. E avía un poco los ojos vizcos, pero que le nuzía poco. E avía su cabello crespo e prieto. E era tan blanco en el cuerpo que non podía más. E fue muy membrudo e muy bien fecho. E non era escarnidor nin villano nin porfaçador.

Segund entendí por Daires, en todo el mundo non ovo tant sofridor de armas nin omne tant sin miedo. E fue más granado en dar que todos los omnes que en el mundo fueron. Ca si el mundo todo fuesse suyo, non le fincaría ninguna cosa que

---

6 *ardit:* aparece con *h-* inicial en el cód., sin justificación etimológica alguna, como en otros casos similares ante palabras que empiezan por vocal, en donde tampoco la mantengo.

7 *le:* añado este pronombre a la luz de lo que leo en el *cód.B.*

8 *...dubdava yacuanto:* tartamudeaba un poco, o vacilaba al hablar.

todo non lo diesse a buenos. E jamás nunca fizo tesoro salvo de proeza, que l' fincó sobre todos (e)[9] el buen coraçón que avía de fazer bien. E ovo tant grand prez en armas e en todas las otras cosas, que nunca fue omne en el mundo su par. Desí fue tan cortés en todas las cosas en tal guisa que los griegos e los de Troya parescía[n] que eran villanos, e ninguno non se podía comparar a él, ca él venció de entendimiento e de razón e de mesura todos los del mundo. E en tal manera era en sí temprado[10], que nunca tan grand saña nin tant grand alegría podría en sí aver por que por su boca saliesse razón que non deviesse a dezir; e nunca faría[11] tuerto nin desaguisado a ninguno. E con todo esto era tan bien fecho en el cuerpo e en el rostro que non fallaríades ninguno tanto. E seguramente —como dize Daires— bien parescía cavallero, estando en plaça. E por ninguna razón que fuesse, non diría villanía. Nunca de afán nasció su par[12] nin quien assí sufriesse armas. E nunca omne nasció que tan amado fuesse como a él en Troya amavan e servían; e pero, con todo esto, era grand entendedor[13] de dueñas[14].(...)

### [26v...] *De las fechuras de Paris*[15]

Paris era luengo e delgado e muy ligero, e avía los cabellos muy luengos e amariellos, que semejavan oro; nunca omne

---

[9] *e:* el *cód.B* me ayuda de nuevo a proponer la supresión de esta conjunción.

[10] *temprado:* moderado, equilibrado, dueño de sí.

[11] *faría:* en el *cód.B* se lee *fazía.*

[12] *nasció su par:* nunca hubo nadie tan esforzado como él.

[13] *entendedor:* hasta aquí llega la influencia y la terminología del amor cortés occitano.

[14] El retrato que de Héctor se pergeña en *Grand e general estoria*, no por más breve es menos interesante que éste: "era blanco, e crespo, e vizco, e que le travava la lengua yacuanto, e muy ligero, e bien barvado, e de fermosa cabelladura, e de buena palavra, e de buen fecho, e batalloso, e de grand coraçón, e piadoso contra los cibdadanos, e bravo contra sus enemigos, e omne que se enamorava de las dueñas" (II parte, cap. 560).

[15] Con mayor brevedad se lee en *Grand e general estoria*: "era luengo de cuerpo, e los ojos muy fermosos, e los cabellos castaños e

vio más fermosos. E era mucho entendido e mucho arreziado, e desseava onra e señorío, e aver cavalleros e tierras, más que otra cosa. E aquesto era todo su cuidado. E era muy fermoso e mucho apuesto en todo, e tirava mejor de arco de cuantos en el mundo avía. E era mejor caçador de monte de cuantos en el mundo fallasse, e tomava en esto muy grand plazer. E era muy lidiador e mucho fardido, e ayudávase muy bien en todas armas[16]. (...)

[50v...] *Cómo Paris veno al torneo*

Paris llegó estonce al torneo por acorrer a los troyanos, e venían con él todos los de Persia, que eran todos arqueros e traían todos los arcos tendidos, e cada uno venía muy orgulloso e muy apercebido para ferir. E sin falla aquí avía muy fermosa compaña e muy rica. E traían todos sus lorigas vestidas e muy ricos sobreseñales encima. ¿Qué vos diré? Ellos ivan todos cubiertos de fierro, e eran tant bien guarnidos que era grand maravilla. E traían todos los cavallos saragofeces[17], e en

---

ruvios, la cara fermosa como de Venus, la boz mansa, e cobdicioso de señorío" (II parte, cap. 560).

16 *en todas armas:* en el *cód.B* leo "de todas armas".

17 *saragofeces:* ¿aragoneses?, ¿zaragozanos?; ¿habrá realizado el copista un cruce involuntario entre ambos gentilicios? La aplicación de uno u otro adjetivo al sustantivo caballos resulta difícil de explicar, pero no imposible, a pesar del anacronismo. En la *Historia troyana polimétrica* [87b] se había presentado a Filostoas con un «muy buen cavallo de Castiella», y en el *cód.B* [132v] aparece el duque de Atenas montado en «un cavallo de Aragón que era vayo muy noble, e su escudo en el braço que era de la obra de Çaragoza», así como Héctor «sobre un cavalo grande d'España que era moy bõo e nobre» [64r]. Sospecho, por otra parte, que K.M.Parker transcribió mal también aquí el cód., en donde tal vez puede leerse *çaragoſſeses*, equivalente a "zaragozanos". En el cap. 226 del libro II de *La gran conquista de Ultramar,* titulado «De cómo fue armado Ricarte», se dice que le enlazaron en la cabeza "un yelmo çaragoçano", sobre lo cual opina Pascual de Gayangos en su ed. (Madrid, BAE, t.46, 1858) que puede tratarse de una deficiente traducción de *siracusano*, es decir, procedente de Siracusa; también Lucy Wenhold mostraba su extrañeza sobre tal gentilicio en su tesis doctoral que edita *La Chanson des chétifs: an old French*

logar de lanças traían todos arcos, e sus espadas cintas. E todos a un coraçón se trabajavan en poder tomar vengança de los griegos, que les avían muchos muertos de los suyos. E cavalgaron todos juntos, e llegáronse al torneo, e tovieron bien el su siesto, e començaron todos de consuno a tirar de sus arcos e dar muy grandes baladros, ca atal era su costumbre. E daquella vez llagaron muchos cavallos e mataron muchos cavalleros.

E Paris, que sobejament tirava bien de su arco, cometiólos muy brava | mente [51r]; e dio una tant grand saetada a un rey de Frisa que lo mató. E de aqueste rey pesó mucho a sus amigos, ca él era muy buen cavallero e avía grand prez en armas. E señaladament pesó mucho a Ulixas *[sic]* —cuyo hermano era— que lo amava mucho. E cuando lo vio muerto, puñó de lo vengar. E aguijó luego el cavallo, e metiósse por la priessa; e fue ferir a Paris entre todos los suyos. E diol' una tant grand ferida por el arzón de la siella que lo falsó de la otra parte e el gamblax muy preciado que vestía. E metióle toda la lança e el pendón por el cavallo, en tal manera que Paris cayó luego, mas non murió daquella vez, pero bien creet que si el poder fuera tan grande de Ulixas[18], que se non partiera dél fasta que se primero vengasse. Mas avénole assí que Troilus llegó luego i por acorrer a Paris, su hermano. E metió mano a la espada, e dio una tant grand ferida a Ulixas por cima del yelmo que l' fendió todo, e fízol' entrar todas las mallas del almofrex que traía por medio de la cabeça. E salióle tanta sangre que todo della fue cubierto, en tal guisa que Ulixas fue rastrando del arzón cuanto podría tirar un arco. Desí Ulixas cobró en la siella, e fincó muy cuitado del golpe que recibiera, e tornó contra Troilus, que lo fiziera muy bravo e con grand sana, e diole una tant grand ferida en el rostro con un tranzón de lança que

*crusade epic* (Univ. of North Carolina, 1928), al reproducir así el verso 1299: "Elme sarrogocan (*sic*)". Sin embargo, mantengo mi hipótesis de que la alusión a Zaragoza no tiene por qué ser tan extraña, cuando la ciudad ya había sido elevada literariamente a categoría mítica por los juglares franceses que desde antes del siglo XII venían cantando la *Chanson de Roland*, y ya desde sus primeros versos: "Sarraguce" se lee en el v.6 del cód. de Oxford (C 1100) y "Saragoze" en el v.7 del cód. de Châteauroux (C a 1200).

18 A Ulises se le describe en *Grand e general estoria* como "varón firme e engeñoso, la cara risueña, e de mediana grandez, e bien razonado e sabio" (II parte, cap. 561).

traía, que le plegó el nasol del yelmo con las narizes; e le fizo luego quebrar la sangre.

E estonce fue cresciendo la batalla entr'ellos, ca ivan llegando todos los de la hueste que se ayudavan muy bien e que lançavan muchos dardos e muchas saetas, e se davan a manteniente grandes espadadas, e fiziéronlo tan bien aquella vez que fizieron fuir los troyanos, queriendo o non. E allí podríedes oír grandes bozes e gritos e apellidos sobre los troyanos que fuían. Mas si Éctor e Troilus non fuessen, e Deifebus, que era muy orgulloso, e Paris otrossí, que era muy buen cavallero, e los otros sus hermanos bastardos que su padre oviera de ganancia[19], que lo fizieron muy bien aquella vez e que dieron muchas feridas e que fizieron muchos ardimientos onde ovieron aquel día muy grand prez, por su mal[20] troyanos movieran esta guerra, comoquier que fiziessen como buenos cavalleros en defender su tierra cuanto más podían.

Mas Éctor e sus hermanos, cuando vieron assí los suyos fuir todos, sabet que tornaron muy denodadamente los cavallos e començaron de los ferir. E allí fezieron grand ardimento e les fizieron muy grand daño, en manera que ninguno non podía aguijar cavallo por lugar que muerto non fuesse. E yo bien sé que tanto i farán aquella vez, que los que por fuerça quisieren entrar en la villa que lo compraran caramente.

Polidamas otrossí tornó con ellos cada vegada e fízolo muy bien, e recibieron dél tant grand daño los griegos que ovo ende aquella vegada muy grand prez, pero troyanos non podieron fazer tanto que los griegos por fuerça non los levassen e los non encerrassen tras las barreras. E afrontáronse muy fieramente por los desabaratar. E tanto bravamente los afincaron que por fuerça los fizieron estonce entrar dentro tras los muros bien diez mil cavalleros dellos o más. E allí fue tant bueno Troilus que para siempre avrá ende buen prez si gelo non tollieren, ca él era de tal manera.

¿[Por] qué vos faré luenga razón? Sabet que fueron estonce tant afincados que se non podían ya tener en las barreras. E querían se acoger a la barrera de más adentro; ca les convenía de fazer, queriendo o non. (...)

---

19 *de ganancia:* de madre concubina.

20 *por su mal:* el copista repite por error estas tres palabras.

## [89r...] *Cómo Éctor salió a la batalla*[21]

Cuando Éctor oyó las bozes e los baladros e la buelta grande que fazían los de la villa, e le dixieron que los suyos avían recebido daño grande e mortal, e vio la gente andar a cada parte, e sopo que los suyos eran ya tras las puertas de la villa vencidos e maltrechos e muchos dellos muertos e mal llagados, ovo ende muy grand pesar, e tornó de tant mal semblante e tant sañudo que non ovo i omne que lo catar osasse. E con grand pesar dixo assí a altas vozes:

— Agora es ya grand mal e grande muerte e grand desonra esta que sofrimos. E ya semeja que non somos cavalleros.

Desí lançó la mano en el yelmo e púsolo aína en la cabeça, e un donzel se lo enlazó mucho aína. E las dueñas, cuando esto vieron, començaron a fazer grand duelo, ca ellas non fazían ál si non llorar. E batían amenudo las palmas e perdían las colores con grand coita e con grand pavor que avían dél. E sin falla non fazían sin guisa, ca jamás nunca lo avían de veer bivo, nin en manera que con él fuessen pagadas. ¡Ay, Dios, qué grand pérdida e que grand mal que se Éctor non puede aquel día sofrir de salir a la batalla! ¿[Por] qué vos diré luenga razón? Él cavalgó en su cavallo Galatea e salió de la posada muy sañudo, su lança en la mano e su escudo embraçado e su espada cinta e su yelmo puesto.

Andrómaca, su mugier —cuando aquesto vio— ovo tant grand coita que fincó amortescida e fuera de su seso, en guisa que non entendía[22] nada.

E el rey Príamus non sopo parte de su ida, ca si lo sopiera non lo dexara ir por ninguna manera. Mas Éctor, que todo lo preciava poco, cavalgava por las rúas[23] e salía de la cibdat cuanto más aína podía. E cuando los de la villa lo vieron ir a la batalla, todos salían contra él con grand esfuerço e con grand plazer que con él avían. E dezíanle assí:

---

21 Este pasaje se corresponde con los fols. 114r y sigs. del *cód.B.*

22 *entendió:* en *cód.B* se lee "entendió".

23 *rúas:* en el cód. se lee *rruuas.*

— Señor, bien sopieron los griegos que non saliérades vós a la batalla e por ende nos fizieron tant grand daño. Mas agora lo comprarán muy cara | mente [89v] si vós ovierdes vida.

E todos salían de la cibdat en pos dél. Mas la priessa era tant grande de aquellos que venían vencidos e querían entrar en la villa, que mucho adur pudo Éctor salir.

### *Cómo Éctor llegó a la batalla*

Pues que Éctor llegó a la batalla, allí do estavan los griegos, tan toste que los vio fuelos ferir muy sin piadat e muy bravamente[24]. E en la entrada que fizo encontróse con un duque d'Arcomedia[25] a que dezían Eurípolus[26], e diole una tal ferida que luego dio con él muerto en tierra. E después tajó el braço al conde don Sidro[27] que falló ante sí, que era muy buen cavallero e de grand prez. E en tal manera lo aparejó que ya más nunca ferirá de espada. E cuando los griegos vieron Éctor e los conoscieron bien en las señales, todos començaron a fuir e darle el campo. E allí oiríedes sonar cuernos e añafiles e tantas trompas que la villa toda resonava fuertemente. E si estonce Éctor non llegara, Polidamas fuera preso, ca en queriendo él acorrer a Filomenis prisiéronlo los griegos; e levávanlo por la grand priessa, e ivan con él muy ledos. E él non esperava ya acorro de ninguna parte, nin tenían por él mientes nin fuera espada sacada por lo acorrer. Mas Éctor, que era muy buen cavallero e muy desseado de los suyos e que les grand mengua fazía, llegó luego i. E pues que lo consigo vieron los suyos, cobraron ardimento e esfuerço. E grand derecho fazían, ca tan toste que i llegó con su lança en la mano fizo caramente comprar a los griegos la prisión de Polidamas. E acorriólo muy bien, e libróla, e fincaron i muertos aquellos que lo levavan, e non quedava Éctor de ferir e de tajar e derribar cuantos fallava ante sí. E de tal guisa los apressurava que dessa espolonada les fizo bolver las cuestas, mal su grado. E aquellos passos por

---

24 *bravamente:* en *cód.B* "sin duelo".
25 *Arcomedia:* en *cód.B*, "Arcomonia".
26 *Eurípolus:* en *cód.B*, "Euriplus".
27 *Sidro:* en *cód.B*, "Esidro".

do avían a pasar eran estrechos e tuertos, ca él non les dava vagar. E por ende a la tornada muchos fincaron i muertos e mal llagados que non pudieron ende salir. E recibieron i los griegos aquella hora muy grand pérdida. E fueron puestos en el campo fuera, tras las barreras. E allí mato Éctor muchos buenos cavalleros. E los troyanos cobraron el campo, e començáronse a ayudar muy bien. E en llegando a un passo bravo que era mucho estrecho e muy fuerte, mataron i muchos de los griegos, ca se apretavan de tal guisa que non podían passar. E prendieron dellos muchos, e muchos fueron derribados e mal llagados por el grand esfuerço e ardimento que tomaron con la venida de Éctor. E firiéronlos tant bravamente e tant sin piadat que los empuxaron, queriendo o non, una grand pieça por los llanos de tal guisa que desta vez non fue lo mejor de la batalla de los griegos.

E Éctor encontróse con un almirante muy rico e muy emparentado a que dezían Leotes[28], e era cormano de Aquiles[29]. E tant toste que lo vio diole tal lançada por los pechos que armas non le prestaron, e la lança con el pendón le fizo salir por los costados de la otra parte e dio con él muerto en tierra. E los troyanos tornaron mucho esforçados e muy alegres, e ivan faziendo muchas buenas cavallerías, assí que en poca de hora fueron iguales en la batalla. Mas todo esto era por la ventura e por el esfuerço de Éctor.

Cuando Aquiles vio las cavallerías e las proezas que Éctor fazía fue mucho espantado. Ca comoquier que Éctor siempre fiziesse muchas buenas cavallerías en muchos logares, pero las que este día fizo non ovieron par. Ca tantos príncipes e tantos buenos cavalleros mató por sus manos que lo ternía por maravilla quien los oyesse contar. E Aquiles, pensando mucho en aquello, dixo a sí que, si Éctor por aventura mucho durasse, los griegos serían desbaratados sin recobramiento ninguno, e esto que non podría fallescer por ninguna manera. E por ende su pesar era si lo podría matar por cualquier manera que él pudiesse. E dixo que [90r] ya más nunca avería alegría nin plazer fasta que lo acabasse. E dezía entre su coraçón:

---

28 *Leotes:* en *cód.B*, "Boetes".

29 "Aquiles era grande omne e de miembros valientes, e muy fermosa cara, e grandes pechos, e los cabellos crespezinos, e muy fuerte en armas, e de alegre gesto, e largo de muy buen donaire", según la *Grande e general estoria,* II parte, cap. 561.

— Este cavallero es nuestra llaga e nuestro confondimiento, ca él mata cuantos falla derredor de sí. E cosa del mundo non recela nin topa en logar que sea, onde todos non fuyan con su pavor. Ca todos los faz mudar e por fuerça dexar el campo.

En todo esto los de la cibdat se ayudavan tant bien e eran tant esforçados e tan abivados con la venida de Éctor que era una grand maravilla. E todos salieron a la batalla, que ninguno non fincó en la cibdat que fuesse para[30] tomar las armas. E desque el mundo fue poblado nunca fue torneo tan mortal nin ferido tant sin piadat. Ca los cavalleros que i morían non avían ya cuento. E en la cibdat davan grandes bozes e otrossí en las tiendas. E tant grande era el roído e la buelta que fazían e las feridas que se davan, que semejava que la tierra se quería sumir. E los muertos tantos eran que ya del campo non parescía nada.

En aquella priessa que oídes andava entre tanta priessa un duque a que dezían Polibetes, e era señor de una grand tierra en cabo de India la mayor, e yaz dentro en una sierra a que dizen Cáucasus. E este era muy buen cavallero e muy rezio e muy valiente a maravilla e muy preciado en la hueste. E andava tant ricamente armado que nunca fue omne que tal guarnimento uviesse. Todos sus guarnimentos eran cubiertos de oro e de piedras preciosas. E este servía e aguardava a Aquiles, que se non partía dél. E él amávalo e onrávalo mucho. E avíale prometido una su hermana que él avía muy buena e muy fermosa con que casasse. E este cavallero avía muchos muertos de los troyanos en la batalla. Mas Éctor, cuando lo vio, llegóse a él en guisa que el otro non le pudo fuir e diol' tant grand golpe que el yelmo e el almófar e la cabeça le tajó fasta los dientes; e dio con él muerto en tierra. E cuando vio que los guarnimentos eran tan bonos e tant maravillosos, quisiéralos tomar. Mas Aquiles, que siempre fue su adversario, llegó luego i a defenderle las armas. E en este logar se bolvió un torneo muy mortal e muy esquivo en que muchos cavalleros fueron muertos e mal llagados e derribados de los cavallos.

Éctor e Aquiles, que se desamavan mortalmente, cuando se vieron tant cerca el uno del otro, metieron mano a las espadas; e començáronse a ferir tant duramente que las espadas

---

30 *fuesse para:* fuese capaz de...

reteñían tant fuerte que a lueñe las podrían muy bien oír. E quebrantavan los lazos de los yelmos e rompíanlos en muchos logares. E non se popavan de se ferir muy fuertemente, como aquellos que se non amavan nin punto. Mas Éctor cobró una azcona muy fuerte e muy tajador, e tomóla con amas las manos; e fue ferir a Aquiles por medio del muslo en la pierna de tant gran ferida[31] que por poco lo oviera a derribar en tierra. E Aquiles fue tan mal llagado e tant mal se sentió que non pudo más sofrir el torneo. E fue tant cuitado e tant sañudo e tant mal le dolía la llaga que esto era una grand maravilla. E salióse de la priessa e atáronle la llaga muy bien de un pendón. E después enlazó muy bien su yelmo e cavalgó en su cavallo, e diéronle una azcona muy buena e muy tajante. E luego se tornó a la batalla e andava assechando a Éctor si vería echo *[sic]* o hora para matarlo. E dixo que ante quería tomar la muerte que esto non acabar.

En todo esto Éctor andava en la batalla más bravo e más fuerte que un león, e fizo una entrada entre los griegos con su espada en la mano muy fuerte e muy bien tajante e muy preciada. E començóles a dar tant grandes feridas que allí non prestava loriga nin otra arma que ninguno troxiesse, ca tajava cabeças e braços, e esparzía muchos miembros por esse campo, e a otros cortava por medio. E veríades yazer a derredor dél cabeças e manos e pies e quexadas e braços e piernas, e cavalleros muertos tantos que esto era una grand [90v] maravilla[32]. Ca por doquier que alcançava con aquella espada todo lo

---

[31] Resulta interesante confrontar este pasaje con el relatado en el título CXVI de *Sumas de la historia troyana,* «De la muerte de Ébtor», que se ha seleccionado en una sección anterior a ésta, y aun con el relato que se hace en *Grand e general estoria*: "E allí vino estonce Aquiles delante. E Éctor tornóse a sus armas e a combatirse con él. Mas Aquiles non le pudo sofrir e tiróse a çaga; e aviéle Éctor dado un grand golpe en la coxa. E Aquiles óvose estonces a tirar a çaga de la batalla e atar la llaga (...) E Éctor en aquello que se encorvava contra tierra, corriéronle las faldas de la loriga contra la cabeça e fincóle el cuerpo descubierto de la cinta ayuso. E Aquiles, cuando lo así vio estar descubierto, puso las espuelas al cavallo e fuelo ferir, que lo non vio Éctor. E diole de la lança por el cuerpo tal golpe que tres palmos gela metió por el cuerpo. E estonces fue grande el duelo que los de Troya començaron a fazer(...)" (II parte, cap. 573).

[32] El traductor al castellano, o el copista, amplifican en este pasaje la narración del original.

derribó a tierra. E fazía golpes tant esquivos e tant señalados que non ha omne que lo creer pudiesse. Ca él nunca tenía mientes si non a do veía la mayor priessa e los mejores cavalleros e más fuertes, e allí iva ferir. E tantos mató e llagó e derribó aquella vez que sin cuento fueron. ¿Qué vos digo? Sabet que por do llegava Éctor confondía e astragava cuantos fallava ante sí. E tanto dubdavan todos su ida e su golpe que ninguno non le osava atender. E si les yacuanto más durara, por su mal passaran el mar e vinieran sobre Troya. Mas llegado es el día que su hermana Cassandra avía profetizado e ya non se podía más prolongar, ca ya veno la hora de grand desaventura e del golpe mortal que fará siempre pesar a muchos. E dezir-vos-he cómo.

En esta batalla andava un rey que era muy buen cavallero e mucho esforçado, e iva por la batalla faziendo muy grand daño a troyanos; e tant toste que lo Éctor vio fue justar con él, e diol' una tan grande ferida que dio con él en tierra, mas non morió. E allí se levantaron unos grandes baladros e unas grandes vozes por muchos logares, porque Éctor le quería prender e levarlo por fuerça, e los otros queríanlo defender. Pero ya le Éctor tirava por fuerça, a pesar de todos, fuera de la priessa, e levávalo por la avantal de la loriga. E estava descubierto del escudo; e se abaxara sobre el rey para prenderlo e levávalo ya arrastrando.

E cuando Aquiles lo vio ir assí descubierto e baxo, e que dél non se catava, ferió el cavallo de las espuelas e fuel' ferir por detrás de los costados, e diole tan grand ferida con una azcona que traía que la loriga non le prestó nada e passó el azcona fuera por el vientre dél. E luego las entrañas le cayeron sobr'el arzón de la siella, e cayó en tierra del cavallo, e a poca de hora fue muerto[33]. Pero diz aquí Cornelio que l' dio Aquiles esta *[sic]* golpe en desarmando a Polibetes. ¡Ay, Dios, qué ventura tan mala e tant crúa!, e qué sentencia tant desapuesta los dios dieron contra troyanos.

¿[Por] qué vos faré luenga razón? Luego que Éctor fue muerto, los troyanos bolvieron las espaldas, e començaron a fuir a más poder. E non serán de oy más derranchados. E dexaron las lanças e los escudos, e los griegos ivan matando en ellos a su voluntad, como aquellos que fuían sin esperança

---

[33] Véase la nota anterior 31 en la que este final se refiere con palabras de la *Grand e general estoria.*

de tornar. E assí los levaron fasta las puertas de la cibdat. E a la entrada tantos dellos mataron, e prendieron cuantos quisieron. E allí ovieron griegos sobre troyanos poder a todo su plazer. E aquellos que ende pudieron escapar acogiéronse a la cibdat. E diz el cuento que allí mató Aquiles cuatrocientos por sus manos. Mas, ¿por qué non?, ca los fallava ante sí juntos e espessos e encuñados e tornados de espaldas contra sí, e non se defendían. E dize Daires que ante que entrassen en la cibdat que tantos dellos fueron muertos que non se atrevieron a asmarlos nin contarlos.

Andando assí Aquiles, matando e destruyendo e desbaratando troyanos, el rey Menón, que avía grand pesar de la muerte de Éctor, tornó allí e fuel' ferir tant duramente que dio con él en tierra del cavallo. Mas Aquiles, como era fardido e esforçado, dexósse ir a él e diole tal lançada —estando de pie— que luego dio con él en tierra. E desí metió mano a la espada, e dexósse ir a él; e diol' tres golpes por cima del yelmo. Mas Menón, como era buen cavallero e esforçado, bien le pagó lo que le fecho avía. Ca tant duramente e tant sin piadat lo firió por cima del yelmo que lo fizo caer en tierra, e le fizo salir mucha sangre, en guisa que todo el rostro fue lleno della. E allí començaron amos de esgrimir, e tant bravamente se ferían que se fizieron muchas llagas grandes e pequeñas. E avían ya tanta sangre perdida, e eran ya tan quebrantados que non podían estar sobre los pies. Que vos digo que tan mal llagados fueron amos que se non podieron ir sin ayuda de los suyos. Mas lo peor fue a Aquiles ca, si el rey Menón oviera quien lo ayudasse, Aquiles recibiera tal daño que nunca más pudiera tomar armas en batalla (...)

[134r...] *Cómo el rey Ajas mató a Paris, e Paris mató a él*

Ya vos conté cómo el rey Ajas entró desarmado en la batalla, si non de la espada. E sin falla él fizo grand locura, e todos los que le veían lo tenían ende por loco, mas agora oiredes lo que l' ende aveno.

Él andava en la batalla cercando las azes e faziendo grand daño sobejo en los troyanos, ca ningún cavallero non fue i a las feridas tant reziament como él, e metíese en las grandes priessas. E él andava en un cavallo muy fermoso e muy ligero, e tal que en toda Grecia non avía mejor. E traía unas coberturas de púrpura vermeja a sus señales. E muchas vezes aguijava e fería en troyanos, tornando de acá e de allá, e matando dellos muchos.

Cuando Paris aquesto vio, e cómo se assí aventurava, por ninguna manera non lo pudo sofrir. E puso una saeta en su arco, e tendiólo lo más que pudo, e tiról' e diol' por los costados, e passógelos amos de la otra parte por el espinazo. E Ajas, cuando se sintió mal ferido, e entendió que el golpe era mortal, aguijó por la grand priessa; e metióse entre otros, tollido e fuera de seso. E iva dando golpes fuertes e peligrosos a delante e a traviesso sin pavor ninguno en tal guisa que en poca de hora mató por sus manos veinte e dos de los de la cibdat. E sobejamente desseava de se juntar con Paris por se vengar dél, e andávalo buscando por la grand priessa. E tanto andido que toparon de consoño. E el rey Ajas le fabló primero, e le dixo assí[34]:

— Sin falla, don Paris, vos me tirastes de lueñe, e llagástesme de muerte. Mas ya cerca estades de mí, e seed bien cierto que aunque yo muera, que ante la vuestra alma salirá deste mundo que la mía, ca yo quiero que en toda guisa luego se meta al camino. E si me los dioses ayudan, vos non tiraredes más de arco nin lançaredes saeta, e aquí se partirá el vuestro amor e el de Elena[35], que en mal punto fue nascida. Ca muchos buenos cavalleros compraron este amor caramente, e agora moriredes vos e yo[36].

Pues esto ovo dicho, el rey Ajas tomólo por el braço muy reziamente, ca era fuerte e valiente como un jayán. E teniéndol' assí, diole muchos golpes con la espada en guisa que le fizo caramente comprar su muerte. E nunca Paris tanto pudo rebolver, que le de la mano pudiesse salir. E el rey Ajas le firió

---

[34] Este pasaje tiene su correspondencia en las páginas de la versión gallega del *cód.B* que ocupan los fols. 175r y sigs.

[35] El retrato alfonsí inserto en su *Grand e general estoria* dice de Helena que "era de simple coraçón, e avié un lunar entre amas las sobrecejas, e la boca pequeña, e en todos los miembros de su cuerpo muy blanca, e muy tajada, e muy bien fecha a maravilla" (II parte, cap. 560).

[36] *...vos e yo:* en *cód.B*, "agora morredes vos".

en el rostro de la punta de la espada, e luego lo fizo caer en tierra. E la espada fincó en él, e assí fue muerto Paris.

Mas el rey Ajas fincó dél tant mal llagado que non avía en él sano costado nin espinazo entero, nin mano nin pie nin braço nin cabeça nin pecho. Ca desque omne nasció nunca assí fue desfecho nin golpado, nin era omne que lo viesse que non fincasse espantado. Tomaron estonce el rey Ajas sus compañas, e leváronlo a las tiendas todo desfecho, pero bivo[37]. E los de Maine e los de Logres que con él venieran, fazían por él grand duelo que nunca viestes mayor. E cuando ovo de morir, partióse dél [el] alma tan aduro que esto era una grand maravilla[38]. Mas pues que le tiraron la saeta emponçoñada, luego âquella hora[39] fue muerto.(...)

## [157v...] *Cómo Troya fue destruida*[40]

Desque los griegos mataron e prendieron e robaron cuanto fallaron en Troya, como vos he contado, pusieron fuego a la cibdat de cada parte. E las casas pintadas e nobles todas fueron tornadas en brasas.

El Ailión[41], a que dezían alcáçar, fue derribado de fundamento. E las torres grandes e preciadas, e los cubetes[42] bien

---

[37] *todo desfecho, pero vivo:* en *cód.B*, "todo así espedaçado, pero non era ainda morto".

[38] *maravilla:* el *cód.B* añade aquí: "E sabede que tal rávea lle crecía que todo lle o corpo començóu a roer".

[39] *...hora:* en *cód.B*, "logo a esa ora".

[40] En la II parte, cap. 603, de la *Grand e general estoria* se recapitula así la guerra de Troya: "avién estado diez años e seis meses e doze días en hueste, e en guerras e batallas. E así como dizen Ditis e Daires, murieron allí de los griegos ochocientas e seis vezes mil omnes, e de los troyanos seiscientos e cuarenta e seis vezes mil. E esto pasó así fasta cuando la cibdat fue traída. E después de aquello entre de los unos e de los otros fueron i muertos dozientas e cuarenta e ocho vezes mil de una vez, e de otra siete vezes mil, e de otra vez sesenta vezes mil por cuenta".

[41] *Ailión:* se trata de otra denominación de la fortaleza de Ilión, en Troya.

[42] *cubetes:* cubos de las murallas o torretas circulares de la fortaleza.

labrados, e los palacios pintados de oro e de azul con muchas piedras preciosas, todos fueron allanados.

Otrossí los muros e las puertas de la cibdat, todos fueron derribados por suelo[43], e pusieron muy grand tiempo en fazer todo aquesto.

Dessí ayuntáronse los grandes señores de la hueste, e fizieron ayuntar a un logar todos los averes que tomaron. E sabet que non fue i omne tan osado que ende nada osasse asconder, nin quien lo provasse. E el oro e la plata e las piedras preciosas e las donas de grand precio e los paños de muchas guisas e las baxelas[44] de plata muy bien labradas era todo tanto que non ha omne que le pudiesse dar cuenta. ¿Qué vos digo? Sabet que nunca en un logar tan grand aver fue ayuntado[45].

B) Códice de Santander

[78r...] *Cómo Éctor salió a la batalla con los troyanos*[46]

[É]ctor non quiso más tardar, e salió de Troya tan bien guarnido que non vistes mejor. E salió con él su hermano Troilus, e levavan amos veinte mil cavalleros muy buenos e muy bien guarnidos de cuanto menester avían; e partieron luego sus azes, e apostáronlas muy bien, e diéronlas a sus príncipes, segunt como avían ordenado, e pasaron luego esas oras todos fuera de las barreras. E fueron yendo por el arena a su vagar a unos grandes llanos que se [i] fazían, e estudieron allí quedos. E allí [78v] pudiera omne veer aquel día de amas las partes mucha buena cavallaría *[sic]* e mucho orgullosa, e mucho yelmo broñido e mucha buena lança e muchos buenos cavalleros de grant valor. E yo sé bien que, ante que el día pase, morirán en esta batalla más de mil cavalleros de los que están en aquella plaza, de la una parte e de la otra, de que muchas dueñas fincarán allí biudas, e otras muchas que farán grant duelo.

Después que las azes fueron paradas en el campo, todas las dueñas e las donzellas e burgesas de la villa se paravan por

---

[43] *por suelo:* en el *cód.B*, "por el suelo".
[44] *baxelas:* en *cód.B*, "baxiellas".
[45] *fue ayuntado:* en *cód.B*, "ayuntado como allí".
[46] Sigo ahora la ed. de K.M.Parker de 1975, con las pertinentes adaptaciones a los criterios preestablecidos en mi edición.

los adarves a mirar a aquellos que amavan cómo farían. E la muy fermosa Elena estava i estonce parando mientes a su amigo; e sabet que ella estava muy pavorosa e muy fieramente cuidando, e dubdava tanto que era maravilla; e ella era tan fermosa que en el lugar en que seían *[sic]* resplandecía todo en derredor, [79r] de [la] grant claridad de su faz. E en aquel día fue catada de muchos; e mostrávanla con el dedo los que la catavan a los otros, preguntando si vieran otra tan fermosa. En par della seían *[sic]* luego Policena, fija del rey Príamos, que era donzella muy apuesta e de muy buen talle; e sabet que estonce non era menos fermosa ni parescía peor que Elena. Desí llamávanse unas a otras, e mostrávanse con sus dedos a sus amigos por dó estavan. E ellas avían los dedos luengos e delgados e non nudosos, e dezían así:

— ¿Veedes allí dó esta Paris e Éctor e Polidamas?; otrosí, ¿veedes cómo está cuitoso por ferir? Cierto non ay ál que los ferir non vaya. ¿Veedes qué bien le está el yelmo e las armas? Sin falla es él buen cavallero e ardido e bien esforçado. ¿Veedes?; de aquella parte está la az de Troilus. ¿Veedes?; agora sal por esta otra parte Deifebus, su hermano. ¿Veedes qué cerca están los unos de los otros? Agora non ay ál si non ferir; mucho devemos [79v] ser cuitosas, e ca vemos estar todas nuestras vidas e nuestra salud e todo nuestro bien e toda nuestra alegría en tant grant balança, que cada una de nós deve temer que seremos perdidas por muerte del mundo de los que más amamos.

Estonce començaron a rogar todas muy de coraçón a los dioses, e fizieron sus oraciones que los amparase e les mantoviese los suyos que non rescibiesen muerte nin cayesen en prisión.

Aquí se començaron a llegar las azes de amas las partes, e demandávanse por una tant grant saña, e començóse la buelta muy grande e muy maravillosa, en tal manera que de aquella vez fueron i veinte mil pendones de orofreses e de cendales de cavalleros de grant guisa [abaxados] para ferir que ya más nunca serán levantados fasta que todos sean bañados en sangre. Allí llegó Éctor en los primeros con toda su compaña muy grande e muy buena que traía e muy bien guarnida. De la otra parte llegó Aquiles, que traía la delantera; e traía i otrosí todas sus compañas que eran muchas e muy buenas e muy bien g[ua]rnidas. Aquestos amos se ayuntaron estonce primero, e ca ellos amos se avían grant saña e se desamavan a desmesura. E dexaron correr los cavallos a sí, e diéronse tan grandes feridas por cima de los escudos que traían, que ya tan fuertes non podían ser que les la fortaleza pudiese presta[r]. E pusieron las lanças de la otra parte fasta que empestaron en las lorigas que eran muy buenas; e quebraron amas en pieças; e ellos amos cayeron en tierra de los cavallos.

E allí se bolvieron todas las azes, e començóse un torneo tan malo e tan bravo e tan fuerte e tan sin piadad que en poca de ora fueron i despedaçados más de veinte mil escudos e otros tantos yelmos e otros tantos cavallos de grant precio de que los señores cayeron muertos en los prados. E según Daires da testimonio, en aquel día se desmandaron todos por tan grant saña que en poca de ora fincaron i tantos muertos que era una grant maravilla de contar. Mas Éctor iva firiendo de cada parte e faziendo muy grant destruimiento, e iva defendiendo bien sus azes. E sabet que Éctor los confondía e los iva levando muy mal, [e] Éctor los travesava e los bolvía e los fazía fuir todos. E Éctor los firía tan mal que desbaratava todas las azes e fendió la batalla [80r] de la otra parte. E sabed que al que non quería fazer carrera, de tal guisa lo castigava que en poca de ora non avía (me) menester maestro. E Aquiles [non] folgava por do iva, e ca matava cuantos fallava ante sí, e andava tan sañudo e tan bravo en aquella batalla que todos los troyanos fuían ant'él como fuyen los sabuesos ant'el puerco bravo[47]. Sabet que en derredor[48] dél estavan los llanos delante él cobiertos todos de muertos e de llagados. E muchos buenos cavalleros ardidos e preciados avía i muertos por sus manos; e él estava en un cavallo, que fuera de terra de Nobia[49], que era muy fuerte e muy ligero e muy corredor, de que se él preciava mucho e mucho fiava, e andava tan quedo en la silla que allí semejara nascido. E estava tan bien armado que quienquier que lo viese bien diría que en el mundo non avía cavallero mejor formado nin mejor paresciente en armas, nin más atrevido nin más ardid de las armas.

E él e Éctor tan [80v] fuerte se desamavan uno a otro que non podían más, e todavía se demandavan como enemigos mortales, e en el mundo non cobdiciavan tanto como tollerse

---

47 *puerco bravo:* jabalí.

48 *que en derredor:* el copista repite por error estas palabras.

49 *Nobia:* Nubia, región de África, al norte de Sudán, regada por el Nilo.

las cabeças uno a otro. E su cuidado e su acucia era de topar amos por mostrar su fuerça e provar su poder e su valentía. ¿Qué vos diré? Tanto andaron e tanto se buscaron fasta que toparon amos; e [tanto que] se vieron e se conoscieron entonce dexaron correr los cavallos lo más toste que pudieron, e tan grandes feridas se dieron de las lanças por medio de los escudos que los fierros e los pendones salieron de la otra parte, e las lorigas fuertes e preciadas fu[e]ron falsadas aquella vez. E más Éctor pusó[50] Aquiles por tant grant fuerça que lo echó en tierra todo estendido, e tomóle el cavallo luego por tan grant saña que le fuera malo de toller, e diole a un su donzel que dezían Daldamides de Pira. Estonce levantó[se] Aquiles muy bivamiente e metió mano a la espada. E dexóse correr a él muy bravamiente, e diole tan grande[s] dos golpes que lo aballó en tal guisa que por poco Éctor oviera de ir a tierra; cuando se Éctor sintió mal aballado, con grant saña que ovo, metió mano a la su espada, e diol' tan grandes dos espadadas por cima del yelmo que Aquiles fue muy mal llagado e su rostro lleno de sangre.(...)

## [95r...] *[De las palabras que ovieron] Aquiles e Éctor estando en las vistas*

[E]stando en estas vistas, Aquiles fue veer a Éctor, e fueron con él bien cien cavalleros o más de los mejores de la hueste, que non ovo i tal que non fuese rey o almirante o duque; de la otra parte venían con Éctor toda la flor de la cavallaría *[sic]* de los troyanos, ca ivan con él cuantos buenos cavalleros ardidos e preciados avía en Troya. E pues fueron todos ayuntados, començaron a retraher e contar las prohezas e las cavallarías que unos e otros fechas avían; e fablaron cuáles fueran desbaratados e afrontados, e allí dezían en cuáles lides fueran mejores e peores, e cuáles justavan, e cuáles se ende partieran, e cuáles fuyeran, e cuáles tornaran. E contavan cuáles fueron llagados o cuáles los llagaran, e cuáles fueran golpados o golparan, e quién e cómo e en cuál batalla ganó buen [95v] prez o

[50] *pusó:* debe entenderse *puxó*, a la luz de otras versiones, es decir, empujó, golpeó.

malo. Desí fablavan de los que fueron muertos. E unos otorgavan e otros contradezían, e unos reían e otros se asañavan. E estando ellos en aquesto, tornó Aquiles contra Éctor, [e] díxol' así:

— Don Éctor, non me acuerdo que nunca en ningunt tiempo vos viese si non armado e sañudo contra mí, tanto que es una grant maravilla; e cada vez fallo en vos justa muy fuerte e muy dura. E si me vós de luengo tiempo amades, bien paresce en mi escudo e en mi loriga que me vós muchas vezes quebrantastes los lazos. E si me yo non pudiera g[ua]rdar o defender de la fuerça de los vuestros braços, bien me semeja que me converná de prender muerte a vuestras manos; mas por los dioses vos juro, don Éctor, e desto vos fago bien firme, que yo faré toda mi puña en me guardar de vos. E por vengar la muerte de Patróculos[51], trabajar-me-he cuanto pudiere, ca vós posistes grant pesar en el mi coraçón para en cuanto yo biva, pero bien cierto só que lo comprarades caramiente, e mi deseo será complido. E bien puede ser que non será tan cedo como yo querría, mas en toda guisa convién que sea, ca vos non podedes de mí guardar si la mi ventura non mengua. [96r] E yo cuido fazer en guisa que vos lieven en lecho de la batalla, e sin falla; si amenudo salides de la cibdat e venides a la batalla, yo veré el día que cobdicio, ca vuestra muerte yaze en las mis manos.

Cuando Éctor oyó aquello que Aquiles dezía, fue muy sañudo, e respondióle así:

— Don Aquiles, si yo tuerto fago en vos desamar, vós lo sabedes ca razones he por qué; pero non vos quiero fazer luenga razón[52], mas pésame porque tanto me desamades[53] e

---

[51] Se trata de Patroclo, pintado en *Grand e general estoria* como "fermoso de cuerpo, e los ojos veros, e bien gracioso e certero en sus dichos, e sabio, e bien razonado, e fablar de grado e osado" (II parte, cap. 561).

[52] Desde finales del siglo XII, como oportunamente recordó Francisco Rico, funcionó casi como un *slogan* la sentencia «*Gaudent brevitate moderni*».

[53] *desamades:* corrijo la lectura del *cód.B* donde se lee "desmayades", con la que ofrecen otros, más aceptable.

vos tanto esforçades. ¡Sí dios vos vala, pártase esta guerra[54] por mí e por vos! E si me pudiéredes conquerir o me vencer en campo, los troyanos dexarán esta tierra e irse-an buscar do bivan[55]. E desto vos faré[56] omenaje e vos faré fazer cuales seguranças vós quisierdes, e vós otro tal fazet a mí. E si vós tal sodes e tanto valedes como cuidades, esto non deve fincar por vos, e estonce vengaredes vuestro despecho, e tiraredes un grant duelo que trahedes en vuestro coraçón e emendaredes los tuertos que vos tengo fechos. ¡Ay, dios!, ¡qué grant bien será que se fiziese así como yo digo, que por nós amos o por cada uno de nós escapasen de muerte cuantos an de perescer en esta guerra! E a mí plaz que esto sea fecho el día de la mañana por nós amos, si vós quisierdes.

---

[54] *guerra:* en el cód. escrito *gerra*, pero con la misma pronunciación que hoy.

[55] Era esta, la lucha singular entre los líderes de los bandos enfrentados, una fórmula de dirimir sus diferencias menos incivilizada y menos cruenta que la guerra masiva entre ambos.

[56] *faré:* corrijo la ed. que sigo, donde se lee *faze*.

# 21. *Corónica troyana*[1]

Redacción después de 1350.

1490 I (Burgos) 1491 I (Burgos)

El texto que nos ha llegado está incompleto. Los impresos adaptan o refunden a finales del siglo XV la obra de Leomarte y la complementan con textos de Guido de Columna que describen batallas.

El único ejemplar de la edición de 1490, impresa por Juan de Burgos, custodiado hoy en la Bibl.Nac. de Lisboa, es traducción atribuida a Pedro Núñez Delgado. Existen ejemplares de la de 1491, impresa por Fadrique de Basilea, en la Univ. de Coimbra (R-28-3) y en la de Freiburg. Hay noticias de quince ediciones hasta la de Medina del Campo de 1587.

No se reproduce aquí ningún pasaje suyo, por considerar suficientemente representada la temática caballeresca relativa a la materia de Troya en las secciones 2, 12, 20 y 23 de la presente antología, a cuyas muestras representativas apenas añadiría nada de interés lo seleccionable de este texto.

---

1 Ya se ha indicado en otros lugares que, para todo lo relativo a la materia de Troya, puede ser útil consultar Antonio García Solalinde, "Las versiones españolas del 'Roman de Troie'", *RFE*, 3 (1916), páginas 121-165 y Ramón Lorenzo Vázquez, *Crónica Troiana,* La Coruña, Fundación Barrié, 1985.

BIBLIOGRAFÍA

Vid. *Historia troyana en prosa y verso*, ed. M.Pidal y E.Varón, Madrid, *RFE*, anejo 18, 1934.

Pueden consultarse también las bibliografías selectas que acompañan en esta antología a las obras *Historia troyana polimétrica* (2), *Sumas de la historia troyana* (12), *Versión de la historia de Troya de Beneito de Santa María... o Crónica troyana de Alfonso XI* (20).

## 22. *El baladro del sabio Merlín con sus profecías*

Redacción 1400 a

1498 I (Burgos) 1535 I (Sevilla)

El único ejemplar conservado del incunable burgalés se encuentra entre los fondos de la Biblioteca de la Universidad de Oviedo (R-33215), y ha sido reproducido en la ed. de Justo García Morales en 1956 y 1960. El texto impreso en 1498 revela deficiencias de traducción al compararlo con versiones francesas; los impresores, por su parte, no debieron de leer bien el manuscrito que llegó a sus manos, por lo que en la ed. de 1535 se intentaron restauraciones más o menos afortunadas con ánimo de restituir un sentido más coherente a ciertos pasajes.

Por su tema y personajes debe incluirse en el ciclo bretón de *Lanzarote* y *Grial.* Se trata de una adaptación española de parte del *Merlin* o segunda rama del *Roman du Graal* del ciclo de la Post-Vulgata; en realidad, de una refundición de la *Suite de Merlin,* texto francés del siglo XIII, aunque discrepando en varios extremos, sobre todo del final feliz de éste[1].

---

[1] Vid. Harvey L.Sharrer, "La función de las novelas artúrica y sentimental a fines de la Edad Media", *Anuario de Filología Española,* I (1984), 147-157.

Las raíces de este relato hay que buscarlas en las antiguas leyendas sobre Merlín y la corte del rey Arturo[2] transmitidas de forma oral hasta el siglo VII; las leyendas de las islas británicas se recogerán por escrito en cronicones latinos entre los siglos VIII y XII, fundiendo en ellos usos y costumbres de la sociedad feudal caballeresca con tradiciones piadosas cristianas relacionadas con la muerte de Cristo y con la empresa de las cruzadas.

Tal vez el primer autor que refiere las hazañas de Artur como héroe nacional sea Geoffrey o Gaufridio de Monmouth, quien, bajo el reinado de Enrique I, entre los años 1135 y 1138, escribió una *Historia de los reyes de Inglaterra* en prosa o, con su título latino, la *Historia regum Britanniæ*, una fantasía histórica apoyada en leyendas populares de Gales, en parte acogida por Alfonso X en su *General estoria*. Pero mayor trascendencia tuvo en la forja de los episodios legendarios sobre Artur y Merlín la *Vita Merlini*, dedicada el año 1135 por el mismo autor —conocido también como Galfrido Brito y Galfridus Monemutensis— al obispo Alejandro de Lincoln. Será Robert de Boron, a finales del siglo XII, quien lo vincule definitivamente con los relatos artúricos y el Grial[3].

En síntesis, la leyenda artúrica configura a Artur como príncipe de los silures en la costa occidental inglesa por los años de la transición del siglo V al VI. Con los suyos, socorre a los britanos, asediados por los sajones, y consigue firmar paces ventajosas. Más tarde, tras haber sufrido una alevosa herida, se ve obligado a huir a la misteriosa isla de Avalón, poblada de hadas, desde donde se espera en su país que algún día regrese para liberarlo.

---

[2] Para los materiales artúricos, vid. Harvey L. Sharrer, *A critical bibliography of hispanic arthurian material*, Londres, Grant and Cutler, 1977, así como Calos Alvar, *El rey Arturo y su mundo. Diccionario de mitología artúrica*, Madrid, Alianza Editorial, Alianza Tres, 258, 1991.

[3] Para mayor información, puede ser útil consultar la obra de Carlos Alvar, *El rey Arturo y su mundo. Diccionario de mitología artúrica,* Madrid, Alianza Editorial, 1991, págs. 296-299.

Las letras francesas recogieron elementos de esta leyenda y los reelaboraron; desde la Francia noroccidental, cuando pertenecía parcialmente a la corona británica, pasó a España.

En cuanto a los textos hispánicos conservados sobre Merlín, se cree que tienen un origen común con los referentes a *José de Arimatea* y a la primera parte de la *Demanda del Grial*; su rasgo más característico es el de desarrollar conflictos entre las exigencias del amor y los imperativos dictados por las leyes morales, todo ello en un ambiente caballeresco y con referencias a la pasión de Cristo. El asunto de *El baladro* manifiesta una conexión directa con los primeros capítulos de la *Estoria de Merlín*, si bien el autor de aquél —a quien sería más exacto calificar como refundidor— abrevió bastante la prolijidad de su modelo y mantuvo rasgos arcaizantes propios de la lengua del siglo XIV.

EDICIONES

1907 A.Bonilla, en *Libros de caballerías, I*, Madrid, Bailly-Baillière, NBAE, t.6, págs. 3-159. [Sigue la ed. de 1535].

1956-1960 Justo García Morales, Madrid, Joyas Bibliográficas, 16 y 19, 2 vols. [Sigue la ed. de 1498, modernizando algo. Epílogo de Alvaro Cunqueiro en t.II, págs. 193-199].

1957-1962 Pedro Bohigas, Barcelona, Selecciones Bibliófilas, 2ª serie, 3 vols. (2,14 y 15). [Sigue la ed. de 1498].

(1990) Bienvenido Morros prepara una ed. crítica para la Biblioteca Española del siglo XV, de Salamanca.

BIBLIOGRAFÍA

HALL, J.B., "The Ethos of the French Post-Vulgate *Roman du Graal* and the Castilian *Baladro del sabio Merlín* and *Demanda del Sancto Grial*", *Revue de Littérature Comparée*, 56 (1982), págs. 423-436.

MORROS, Bienvenido, "Los problemas ecdóticos del *Baladro del sabio Merlín*", *Actas del I Congreso de la Asoc.*

El baladro del sabio merlin cō sus profecias

Lámina 10. *El baladro del sabio Merlín*. Portada de la ed. impresa en Burgos en 1498, según el ejemplar de la Biblioteca de la Universidad de Oviedo (R-33215)

*Hisp. de Literatura Medieval*, Barcelona, PPU, 1988, págs. 457-471.

## SELECCIÓN

La muestra seleccionada se restringe en esta ocasión a un solo capítulo —el último del libro, reproducido aquí casi en su totalidad—, que está centrado en los finales y dramáticos momentos de la atormentada relación de Merlín y Niviana, poderoso y a la par temible personaje feérico conocido también en la tradición artúrica como Viviana o Niniana, entre otras variantes de su nombre. Tal capítulo es precisamente el que justifica el título del libro entero, por el desaforado grito que Merlín profiere en el momento de su muerte, «un baladro tan grande como si mil hombres diesen vozes todos a una».

Este relato transmite una versión de las leyendas sobre el singular nacimiento, la misteriosa vida y la dramática muerte del profeta o adivino Merlín, personaje de origen diabólico, cuyas sobrenaturales dotes pone al servicio del rey Arturo. Tiene un carácter seudohistórico —manifiesto en el afán de justificar su verosimilitud—, impregnado del espíritu de las cruzadas, aunque mezclando asuntos dispares e incurriendo en curiosos anacronismos. En la intervención del narrador se integran abundantes, aunque concisos, diálogos de los personajes ficcionales; se aprecia un claro afán de sorprender al lector, incluso recurriendo con frecuencia a expresiones algo crípticas. Las descripciones resultan muy estimables por su plasticidad.

Los primeros capítulos tienen un indisimulable carácter moralizador, casi fronterizo con un tono piadoso; en los siguientes ya se aprecia una despreocupada inmersión en la ficción caballeresca, sin renunciar nunca del todo a la axiología religiosa cristiana pero dando cabida a pasajes críticos y a escenas ligeramente escabrosas.

La compleja y enigmática biografía ficcional de Merlín se presta para emitir un mensaje incitador a la práctica de la virtud, desde la ejemplaridad del castigo por él sufrido. El protagonista —que goza de notable ascendiente sobre

Arturo por su función a medio camino entre tutor y padre adoptivo del rey— eclipsa por su singulares dotes proféticas a todos los demás personajes; en contraste con la grandeza de este tipo, interviene la debilidad de su carácter enamoradizo, atraído con pasión fatal por la seductora Niviana a quien él «amava de todo su corazón» pero que terminará no sólo dominándolo con su actitud ingrata y escurridiza, sino excluyéndolo del mundo de los vivos. Merlín, aterrorizado e impotente para resistirse, «soterrado vivo e engañado por muger virgen», cuando se ve condenado a regresar a su original mundo diabólico lanza su famoso baladro, su descomunal alarido de desesperación.

En el texto no faltan típicos componentes caballerescos que van desde la exhibición de artes mágicas o de encantamiento a la existencia de impenetrables puertas férreas o inamovibles cúpulas en ámbitos sepulcrales, así como variadas «aventuras» ocurridas en extraños lugares; también están presentes referencias vinculadoras con otros famosos caballeros, como Tristán, Bandemagus o Rión, al igual que a la «costumbre de los cavalleros andantes [de] oír misa ante que entrasen al camino».

## *El baladro del sabio Merlín*[4]

### Capítulo XL[5]

(...) Verdad es que Merlín fue fijo del diablo[6] e bien se otorgó en todas las historias, e asimesmo que él fue el más

---

[4] Sigo la edición mencionada de Justo García Morales, restaurando sus más flagrantes modernizaciones de la edición incunable burgalesa de 1498 y ajustándome a los criterios preestablecidos.

[5] Ni el título que preside el texto de este capítulo (*«De cómo Bandemagus iva con la doncella que tomó a Morlot e con su escudero»*) ni el que figura en la "tabla" (*«Cómo Bandemagus tomó a Morlot de Irlanda una doncella»*) resultan ser los más apropiados para resumir su contenido.

[6] *fijo del diablo:* don Quijote, que también tras su paso por la cueva de Montesinos se siente encantado por este personaje, a quien él tiene por francés equivocadamente, recuerda que «dicen que fue hijo del diablo; y lo que yo creo —añade— es que no fue hijo del diablo,

sabio hombre del mundo e que más supo de las cosas que eran por venir, si non Dios. E ningún hombre non sabe quién fablase tan maravillosamente de las cosas pasadas e de las que eran por venir. E príncipes non fueron en su tiempo, ni otra cosa, que lo él non supiese ante que viniese, e otrosí cuál fin averían. Mas sin falta por el grand saber que avía, fabló tan escuramente que non podía hombre entender lo que dezía, porque dixo en el libro[7] del santo Greal que sus profecías non serían sabidas fasta que fuesen pasadas. E tanto dixo de las cosas que avían de venir que fue llamado profeta de los ingleses, e aún agora ansí lo llaman, que mucho supo de sí e de otre. E otrosí de su muerte dixo que muger lo mataría; e él guaresció de muerte a muchos buenos hombres, e a sí mesmo non pudo guarescer, e él así lo dixo.

E esto acaesce en muchos logares, que los que son maestros e sabios e dan consejo e profetizan a otros, e a sí non pueden dar consejo ni profetizar lo que les aprovecha a su muerte. E así acaesció a Merlín, que profetizó a todo el mundo e era el más sabio, e a sí mesmo non pudo aconsejar ni profetizar, ca él amó por su pecado a la Doncella del Lago, que era en aquel tiempo una de las más fermosas mugeres del mundo; e otrosí era muy rica e avía grant tierra, e era natural de la pequeña Bretaña; de bautismo avía nombre Niviana[8]. E esta crió muchos hombres buenos e muchas dueñas, e fizo mucho bien.

---

sino que supo, como dicen, un punto más que el diablo» (*Quij.*, II, 23). Algo más adelante en la novela cervantina, en el palacio de los duques, aparecerá la figura del sabio encantador —de quien tanto partido supo sacar Cervantes—, con la burlesca pretensión de desencantar a Dulcinea, recitando unos versos que se inician con éstos: «Yo soy Merlín, aquel que las historias / dicen que tuve por mi padre al diablo» (*ibíd.*, II, 35).

[7] *en el libro:* en relación con el libro, sobre el libro.

[8] *Niviana* o Viviana: conocida también en la tradición artúrica como Dama o Doncella del Lago; su nombre puede significar "mujer blanca" o "nada haré"; tal vez pudiera tener relación con una divinidad acuática. Madrina y protectora mágica, como hada que es, de Lanzarote, uno de aquellos a los que ella, en su función benefactora «fizo mucho bien», y a quien —contra toda costumbre— arma caballero en la corte del rey Arturo. En *Lancelot* en prosa se relatan por vez primera sus amores con Merlín, en quien suscitó una pasión que le sería a éste tan nefasta que lo condujo a la muerte, por la firme voluntad de la doncella —similar a la de Diana, la virgen cazadora— de mantener íntegra su virginidad.

E cuando ella vio que la Merlín amava por su deshonra, comenzó aprender dél todos los encantamentos[9] que sabía, e fazíale grand infinta que lo amava mucho lo que ella amava poco. E cierto que él fizo tanto, que aprendió dél tanta ciencia que sabía más que hombre ni que muger que fuese en aquel tiempo, salvo Merlín, que sabía más. Sabía profetizar lo que Merlín non sabía mostrar a otre. E él la amava de todo su corazón; e ella lo desamava en cuanto podía, que nunca muger desamó tanto a hombre, e bien lo mostró en la fin; pero tanto le mostró ella de amor, que él creía que lo amava mucho. (...)

E esto era ya tarde, al sereno de la noche. E fizo Merlín encender muchas candelas, e fuése con la doncella a la cueva, e cavalleros e escuderos e doncellas con ellos. E dexaron la otra compaña en la posada do tenían el fardaje. E cuando llegaron a la cueva fallaron una puerta de fierro que parecía que avía muchos años que non fuera abierta; e abriéronla e entraron dentro, e fallaron aquel logar tan rico e fermoso que non ha hombre que lo contar pudiese. E fueron a la cámara e fallaron otra puerta de fierro, e abriéronla e entraron dentro, e fallaron ahí aquel monumento cubierto de cobertura de seda colorada.

Después que la Doncella del Lago cató la cámara toda, e los cuerpos de los dos amadores que yacían dentro muertos, dixo en su corazón que, pues aquella cámara era en tan estraño e apartado logar, que creía que nunca ahí hombre vernía, que era bien que quedase allí Merlín para siempre. E dixo a Merlín:

— Cierto, muy alegre e sabrosa vida fazen los dos amadores que se bien quieren en tal logar; e maravillosamente se amaron estos, que dexaron el mundo por aver plazer de sus amores.

Merlín dixo:

— Cierto, señora, como éstos dexaron el mundo con sus amores, así lo dexé yo por vuestro amor, que bien sabéis cómo yo era señor de la Grant Bretaña e de la Pequeña, e del rey Artur e de su fazienda toda; e cuánta onra me fazían todas

---

[9] *aprender...encantamentos:* no sólo a ella, sino también a Morgana, Guinebaut y Mabón, había enseñado Merlín sus artes mágicas.

las gentes, e creían cuanto yo dezía e guiábanse por consejo mío. E todo lo dexé por vuestro amor.

E la doncella le dixo:

— Merlín, esto sé yo muy bien; así faré yo por vos. E cierto de aquella tan gloriosa vida que aquellos dos amadores ovieron, he yo gran envidia, e quiero que folguemos esta noche aquí, e ayamos plazer.

E Merlín dixo:

— Señora, fagamos como quisierdes.

Entonce mandó ella venir sus gentes, e mandó que le traxiesen allí su cama e bien de cenar; e Merlín mandó traer la suya. E a poca de hora tornó Merlín muy triste e a fazer mal contenente. E la doncella le dixo qué avía; e él le dixo:

— Cierto, señora, que todo el cuerpo me duele e todos mis miembros me tremen, e falléceme la fuerza e el corazón; e tomo tan gran espanto que non sé qué puede ser de mí.

E la doncella le dixo:

— Merlín, non ayáis miedo e esforzadvos, que a los otros solíades vós esforzar. ¿Cómo os desmayáis?

Merlín non respondió cosa después que esto dixo. Cenaron e fuese Merlín acostar e durmióse luego, como aquel que avía sueño mortal.

Después que la doncella lo vio dormido, fizo sobre él su encantamento, que le él mesmo enseñó, e encantólo tan fuerte que non sentía cosa que le fiziesen. E llamó aquellos de su compaña e de quien se más fiava, e díxoles:

— Tomad a Merlín e traetlo por esta casa por los cabellos e por los brazos, e veré si acordará.

E ellos lo fizieron, mas por mal que le fizieron nunca pudo acordar. E después que esto ovo fecho, dixo âquellos que lo arrastravan por la casa:

— Amigos, ¿qué os paresce de mi saber, que es bien encantado éste que solía a los otros encantar?

— Cierto, sí —dixeron ellos.

— Amigos —dixo ella—, este hombre sabed que es fijo del diablo e sus obras fazía; e andava en pos de mí por me fazer escarnio e desonra, si pudiese, ca él creía de mí aver la mi virginidad, la que yo he ofrecido a Dios. E nunca la avrá si non Él, como señor que todas las cosas e a mí fizo. E bien escapé del fijo del diablo sin me desonrar, si pudiera; mas Dios me libró dél, que sabía mi intención e la suya. E pues que él me quería escarnescer, mejor es que escarnesca yo dél. Cierto por mal suyo me cuidó desonrar, ca yo le acortaré su vida por lo que él contra mí pensava fazer.

E mandó luego tomarlo a aquellos sus hombres, e metiéronlo dentro en aquel monumento, que estava abierto; e fízolo cerrar así como ante estava; e fizo encima del monumento su encantamento con letras e carátulas que le él mesmo enseñara, tan fuertes que jamás non verná tan rezio hombre que pueda abrir ni alzar la cobertura del monumento, nin sobre él tirarla. Ni fue alzada fasta que llegó i después Tristán[10] el buen cavallero, que la alzó. E este encantamento fizo ella en tal manera: que él yazía sobre los dos amadores. E puso sobre el monumento una campana[11], por tal vía que de ninguno pudiese ser alzada fasta que viniese aquel que avía de amar más lealmente que todos los que amaron[12]. E cuando viniese el Amador de los amadores, e viese aquel monumento e las letras que en él estavan e el nombre de Merlin, desfazer-se-ía el encantamento, porque avía él de alzar la campana para ver los huesos de los amadores. Así fizo el encantamento como Merlín mostró; e así aveno que duró después fasta que Tristán vino e estuvo ahí, como adelante oiréis.

---

10 *Tristán:* se trata de Tristán de Leonís o el Enamorado, incluida su leyenda entre la de los caballeros de la Mesa Redonda, amigo de Lanzarote y Galván, que también intervendrá en la demanda del Graal. Para mayor información, véase el capítulo correspondiente dedicado al mismo en esta antología.

11 *campana:* bóveda, cúpula, fanal con forma de campana.

12 *aquel...que amaron:* se refiere al mencionado Tristán, modelo de amadores.

Desta manera fue Merlín metido en el monumento; e comoquiera que él fue muy sabio e grand profeta de las cosas que avían de venir, Dios, que es sabidor e poderoso en todas las cosas, non quiso que él esto sopiese, nin que se desto podiese guardar. E así fue soterrado vivo e engañado por muger virgen, así como él lo profetizó; e así fue muerto por los encantamentos mesmos que él mostró a la Doncella del Lago, ca en otra manera ella nin otre non lo podiera matar, sino Dios. E aquella noche dormió[13] allí, e en la mañana cavalgó con sus gentes e fuése.

Al terzero día llegó allí Bandemagus[14] e su doncella; e cuando vio las chozas e las ramas, dixo a la doncella:

— Doncella, aquí reposemos en estas chozas hoy, si falláremos a quien conoscamos, e si podremos saber quién las fizo en tan estraño logar.

E entonce se fueron allá e non fallaron hombre ninguno nin muger; e avénoles tan bien que en una de las chozas fallaron cuanto avían menester para sí e para sus cavallos; la cual provisión la compaña de la Doncella del Lago dexaron, porque la non podieron levar. E ellos fueron alegres desta aventura, ca lo avían menester; e dixeron que pues les aveniera tal aventura, que querían folgar allí aquella noche. E otro día mañana Bandemagus se levantó así armado como estava, que non se desarmó de noche; e la doncella dormía, ca era cansada de la jornada que fiziera.

E Bandemagus salió de la choza e miró si vería alguna iglesia do irían a oír misa, ca era en aquel tiempo costumbre de los cavalleros andantes oír misa ante que entrasen al camino, si fuese en logar do podiesen fallar clérigo, e demás que los de la Tabla Redonda lo avían de fazer por mandado de la corte e porque era costumbre. E estando Bandemagus mirando si vería alguna iglesia, vio una carrera por do la Doncella del Lago e su compaña salieran de la cueva do Merlín quedó soterrado vivo. E él entró por aquella carrera fasta que entró en la cueva, e falló la puerta de fierro que dixe. Estonce entró e miró a todas partes, e dixo:

---

13 *dormió:* su sujeto es la Doncella del Lago.

14 *Bandemagus:* el más viejo de los caballeros de Arturo; morirá luchando con Galván.

— ¡Ay, santa María!, ¿qué cosa es ésta tan buena e tan fermosa?

E él esto diziendo, oyó una voz espantosa, como de hombre que yazía so tierra, e miró derredor de sí e non vio cosa, e fue espantado e dixo:

— Non dexaré de saber qué cosa es esta voz.

E paresciόle que en aquella cueva era do salía. E tomó la espada en la mano e abrióla, e vio aquella casa tan buena e dixo en su corazón que era paraíso aquella cámara; pero ovo miedo de ser encantado, porque veía tan fermosa cosa en tan estraño logar; e cuando vio el monumento maravillóse, ca nunca viera otro tan fermoso e tan rico. E en la cámara avía gran lumbre, ca de suso dél avía tres finiestras muy buenas. E después que vio el monumento fue contra los pies dél, e vio en la campana e en el sepulcro letras. E visto lo que dezían, estuvo pensando en quién podrían ser los dos amadores. A desora oyó una grant voz que dezía:

— ¡Ay, captivo!, ¿por qué nascí?

E desta voz fue él tan espantado que non ovo qué dezir nin supo qué fiziese, ca bien vio que aquella voz salía del monumento; e quísose ir, pero dixo:

— Grand vergüenza me sería de estar en el logar donde tal cosa oyese, si non supiese dó sale esta voz e qué cosa es.

E él estava todavía mucho espantado. Estonce escuchó e oyó fablar paso a aquél que yazía en el monumento, e dezía así:

— Bandemagus, non ayas miedo de mí, ca non te verná por mí mal alguno.

E cuando esto oyó, el cavallero esforzóse más, e fabló más osadamente e dixo:

— ¿Quién eres tú, que me conosces e sabes mi nombre e tales ansias fazes? ¿Eres muerto o vivo? Cierto, mucho me maravillo de ti; e, por Dios, dime tu nombre e fazme saber de tu fazienda e qué cosa eres.

E después desto salió del monumento una grand voz mucho dolorosa e muy espantosa de oír, e fabló más claramente e dixo:

— ¡Ay, Bandemagus, sabe que yo soy el más malaventurado hombre del mundo!; e verdaderamente así es, porque yo mesmo fize que muriese tan crudamente, que yo me maté con mis propias manos, porque enseñé a la más mortal enemiga que en el mundo avía con qué me pudiese matar.

E después que esto dixo, dio otro baladro muy doloroso. Estonce se signó Bandemagus e fabló más sin miedo, e dixo:

— ¿Tú eres hombre, o cómo fuiste encerrado en este monumento?

E la voz le dixo:

— ¡Ay, Bandemagus!, confiando yo de una doncella en la cual nunca fallesció crueza e deslealtad e traición, a la cual yo fize mucho bien e mucha ayuda, porque la más amava que a otra cosa, me encerró aquí, que por su saber nin poder non pudiera ella fazer cosa contra mí; mas yo le enseñé por que ella me ha dado tan cruda muerte.

E Bandemagus le dixo:

— Dezidme, por Dios, ¿quién sois vos e cómo avéis nombre?

E la voz le dixo:

— Bandemagus, tú me viste ya muchas vezes en grand onra e muy preciado; ca el mundo me tenía en parte por señor, e creían todo lo que yo dezía, así como si lo dixese uno de los apóstoles del Señor; e a ti non me quiero encobrir. Sabe que yo soy Merlín, el que tú mucho amavas en casa del rey Artur; e todos los que me veían me tenían por el más sabio del mundo; mas cierto yo fue *[sic]* el más sandío[15] e el más alonga-

[15] *sandío:* esa parece haber sido la prosodia de esta palabra en la época medieval; vid. A.M.Mussóns Freixas, "La expresión de la locura en la lírica medieval. *Sandeu, sandio y sandía", Verba,* 18 (1991), 589-598.

do de saber que en el mundo nasció, ca yo mostré e enseñé a mi enemiga cómo ella me matase. E pues así fue yo el más sandío hombre del mundo, porque yo mostrava a los otros cómo se guardasen, e el mi mal non supe entender nin guardarme dél, ni quiso que mi pecado lo supiese. E cierto bien podés dezir al rey Artur que en mi muerte perdió uno de los mejores amigos que en el mundo avía. E cierto el reino de Londres me fallará mucho menos[16] cuando le será menester; ca si yo âquel tiempo llegara, non fuera destruido el reino de Londres, como lo ha de ser.

Cuando Bandemagus esto oyó, fue mucho espantado, e dixo:

— ¿Cómo? ¡Vos sois aquel muy sapientísimo Merlín que teníamos por profeta?

— Yo soy —dixo Merlín—, mas yo non avía tanto saber como vosotros creíades, que ya os dixe que yo mesmo me traxe a la muerte.

E Bandemagus le dixo:

— Merlín, vos non os desconfortéis, ca yo abriré el monumento e os tiraré de ahí, si os non tiene otra cosa; que si vós ahí muriésedes sería grand daño e cosa de mucho doler.

Entonce dixo Merlín:

— De balde os trabajarés, ca este monumento es cerrado por tal encantamento tan fuerte e por tan fuertes palabras que son de tal calidad, que non hay hombre en el mundo que lo podiese abrir. E por esto me conviene de morir, ca en el mundo non hay hombre mortal que me pueda dar vida. E esta campana que veis non se moverá por cavallero que aquí venga, que es en tal manera encantada que non se podrá mover fasta que Tristán el buen cavallero venga aquí, que me ha de sacar.

E Bandemagus le dixo:

---

16 *fallará mucho menos:* me echará mucho de menos, o en falta.

— Dezidme quién es aquel Tristán, e irlo-he buscar por libraros desta muerte, si él fuere cerca de aquí.

E Merlín le dixo:

— Bandemagus, ¿e qué dizes de Tristán, que es aún tan pequeño que aún trebeja con la teta de su ama, e non ha aún dos años complidos? E aquél verná aquí por ver mis huesos e mi sepoltura[17], e por llorar mi muerte; e aquél abrirá este monumento, e fasta aquel tiempo que aquél venga non se abrirá. E aquél será tan buen cavallero que su buena cavallería e sus tan buenos fechos, e su fermosura e cortesía alegrará a todo el mundo. E creed esto sin falta, mas yo non lo veré; e pésa[me] mucho, e por bienaventurado me ternía, si podiese ser que folgasen mis ojos en vista de tan buen cavallero como él será; e todo hombre bueno devía desear de lo ver.

E Bandemagus dixo:

— ¡Ay, Merlín!, pues me dezís que tan buen hombre será e tan buen cavallero aquel Tristán, que por sus bondades e cavallería será el mundo en alegría e plazer, por Dios me mostrad, si os pluguiere, cómo lo conosceré yo cuando él fuere cavallero.

Merlín dixo:

— Bandemagus, así como se conosce la luna entre las estrellas, que es mucho mayor e de mayor lumbre, así parescerá Tristán sobre todos los cavalleros; mas verdaderamente que él avrá dos cavalleros en compañía; e el uno será poco mayor de días que él, e será su par; e el otro será un poco menor[18] que él; pero Tristán será flor de los cavalleros en bondat e en toda cavallería, e ninguno de los otros non será tales como éstos. E éstos serán muy buenos en cavallería, mas a todos pasará Tristán en bondad e fermosura.

Bandemagus le dixo:

---

[17] *mi sepoltura:* a veces el sepulcro de Merlín se sitúa junto al castillo de Tintagel, de donde habría desaparecido su cadáver, no se sabe si por obra divina o demoníaca. De este castillo ya se ha tratado en la selección sobre *Tristán.*

[18] *menor:* corrijo donde leo "mejor".

— Pues vos, Merlín, me dezís que estos tres serán tan buenos cavalleros, que pasarán en toda bondad e cavallería a todos los otros, e pues me dezís el nombre del uno, dezidme el nombre de los otros dos.

— Non faré —dixo Merlín.

E después que esto dixo, dio un gran baladro doloroso, que el cielo trespasó, tal que Bandemagus ovo dél gran cuita e sentimiento; e si lo podiera acorrer de grado lo fiziera. E Merlín fizo dentro su duelo muy doloroso e esquivo a maravilla, que non ay corazón humano que non oviese dello grand sentimiento; e Bandemagus le dixo:

— ¡Ay, Merlín, buen amigo!, dezidme si os pluguiere: la Tabla Redonda que se fizo por vuestro consejo, ¿qué será della?

E Merlín dixo:

— Bandemagus, ella entrará en grand onra e en muy grand alegría e alteza, además, e será de tan grand poder que avrán las gentes qué fablar por siempre; e todos los buenos cavalleros del mundo que se presciaren la vernán ver; e el que ende fuere compañero se terná por bienandante. E cuando fuere en la mayor onra e en el mayor poder, entonce comenzará su vergüenza e verná su abaxamiento, e comenzar-se-an a perder todos los buenos hombres. En aquel tiempo se llamará el rey Artur rey tribulado, e luengo tiempo deseará su muerte. E aquel tiempo fallescerá la flor de la cavallería de todo el mundo, e los reinos de Londres, que tú verás complidos de toda buena ventura sobre todos los otros reinos, tornarán en grand dolor e cuita; mas aquel tiempo non verás tú, ca aquel que non ha miedo nin vergüenza a ninguno, enviará por ti.

E Bandemagus dixo:

— Dezidme, ¿qué dezís del rey Artur?, ¿podrá reinar luengo tiempo?

— Sí —dixo Merlín—, e será mucho menester al mundo de reinar mucho, e todos los reyes desta tierra valdrán muy poco sin él, ca él en su vida usará luengo tiempo de alegría. E avenir-le-an cosas estrañas; mas al fin su casa será fuente de lágrimas, e su término será en el doloroso día en que los que quedaren de la Tabla Redonda farán fin. (...)

E después que esto ovo dicho Merlín, callóse; e a cabo de un pequeño espacio preguntó Bandemagus:

— ¡Ay, Merlín!, ¿quién fue aquella que os ansí prendió e encerró aquí tan fuerte que vos non puede hombre dar remedio?

E Merlín le dixo:

— Una doncella que yo vi en tan mal día para mí, e ha nombre de baptismo Niviana e es natural de la Pequeña Bretaña, e llámanla la Doncella del Lago, que en punto malo nasció para mí e para muchos buenos a quien yo faré grand falta; e en fuerte ora vi su compañía.

E desque esta palabra dixo, callóse, así que cosa que Bandemagus le preguntase non le respondió; e muchas vezes le preguntó e non respondía, e así atendió fasta otro día. Entonce vino un grand tronido con relámpagos e piedra e agua, e escuridad tan grande que parescía noche escura. E Bandemagus cayó en tierra e perdió grant parte de su fuerza. Un poco después de ora de nona dio Merlín un grand baladro[19] e un gemido tan espantoso que Bandemagus ovo grand miedo; e a cabo de una pieza fabló non en voz de hombre, mas de diablo, e dixo:

— ¡Ay, mala criatura, e vil e fea e espantosa de ver e de oír, malaventurado e de mal fazer, que ya fuiste flor de verdad e ya fuiste en la bendita silla en la gloria celestial con toda alegría e con todo bien complido! Criatura maldita e de mala parte desconoscida e soberbia, que por tu orgullo quesiste ser en logar de Dios, e por ende fuiste derribado con tu mezquina e cativa compaña; e tiróte del logar de alegría e plazer por tu culpa, e metióte en tiniebra e en cuita que te non fallescerá en ningund

[19] *escuridad tan grande...un grand baladro:* compárese con el relato evangélico de la muerte de Cristo: «...y las tinieblas cubrieron toda la tierra hasta la hora de nona, oscureciéndose el sol... Jesús, dando una gran voz, dijo...» *(Lc,* 23, 45-46).

tiempo. E esto as tú por tu grant soberbia, que as ganado cosa maldita que me feziste contra razón; pues que tú vees que ansí me escarnece mi pecado, por que Dios de mí non quiere aver parte, ¿por qué non vienes tú por mí con tu grande e mala compaña de tus servientes? E fazme aver mala fin, ca yo soy tu carne; ven e tómame, que de ti vine por mala ventura e a ti me quiero tornar, que yo soy tuyo de comienzo, que siempre fize tus obras; e yo non quiero nin amo sino a ti, e a ti ruego e a ti demando que me non dexes. ¡Ay, infierno, que siempre estás abierto para mí e para otros, alégrate que Merlín entrará en ti, e a ti me do derechamente!

E cuando Bandemagus esto oyó fue tan espantado que non supo qué fiziese; e signóse muchas vezes de las grandes maravillas que oía, e dixo entre sí:

— Desde oy más me quiero ir de aquí.

E luego tornó de otro acuerdo e dixo:

— Por cierto, non lo faré, ante quiero esperar en qué manera finará Merlín.

E él así estando ante el monumento, vino un gran trueno e pedrisco, e tan grand roído espantoso e tan grand escuridad que non vio nin punto más que si fuese noche escura, aunque era un poco ante de nona. E oyó en la casa vuelta e alborozo[20] tan grande como si estoviesen allí mil hombres, e que diese cada uno las mayores vozes que podiese. E avía entre ellas muchas vozes feas e espantosas, de las cuales Bandemagus ovo grand miedo, que non se pudo tener en los pies. E parescióle que le fallescía el corazón e que toda la fuerza del cuerpo le menguava; e cayó atordido en tierra e muy sin virtut, que creyó luego ser muerto. ¡Tanto ovo gran miedo! E él, así yaziendo en tierra, oyó un baladro tan grande como si mil hombres diesen vozes todos a una, e entre todas avía una voz tan grande que sonava sobre todas las otras e parescía que llorava al cielo, e dezía aquella voz:

[20] *alborozo:* en la época medieval, equivale también a alboroto, vocerío o griterío, no necesariamente expresivo de una situación alegre.

— ¡Ay, cativo!, ¿por qué nascí, pues mi fin con tan gran dolor la he? ¿Di, mezquino Merlín, e dónde vas a te perder? ¡Ay, qué pérdida tan dolorosa!

Estas palabras e otras muy sentibles[21] dixo. E sobre esto Merlín calló e murió con muy doloroso baladro, que fue tan en alta voz que, según lo escribe el autor e otros muchos que desto fablaron, este baladro que entonce dio Merlín fue oído sobre todas las otras vozes, que sonó a dos jornadas[22] a todas partes. E oy día están ahí los padrones[23] que los hombres buenos de aquel tiempo fizieron poner; e están ahí porque sea sabido por dó fue la voz oída e fasta dó llegó el sonido della. E las candelas que él fizo arder siempre de luengo tiempo sobre los tres reis que mató el rey Artur, cuando venció al hermano del rey Rión[24], fueron luego muertas[25]; e otras muchas cosas acaescieron aquel día que Merlín murió, que las tovieron por maravilla. Por esto lo llaman el Baladro de Merlín en romance, el cual será de grado oído de muchas gentes, en especial de aquellos cavalleros que nunca fezieron villanía, sino proezas e grandes bondades de cavallería, e cosas estrañas que fezieron los cavalleros de la Tabla Redonda. Desto da cuenta por estenso la Historia del santo Greal.(...)

Bandemagus [partióse] a la corte del rey Artur; e contó lo que avía visto e la muerte de Merlín tan dolorosa que non le pudo poner remedio. De lo cual todos los de la corte fizieron gran sentimiento, en especial el rey Artur, que perdía en él

---

[21] *sentibles:* sensibles, llenas de sentimiento.

[22] *a dos jornadas:* el contexto aclara que se trata de una medida espacial, no temporal; se oyó su grito hasta la distancia que puede recorrerse en dos días.

[23] *padrones:* aquí, pedrones, postes, mojones, hitos; un famoso "padrón", que da nombre a una villa gallega, es aquél en que la tradición —vinculada al culto jacobeo compostelano— asegura que fue amarrada la barca que llevó hasta Padrón, a orillas del río Sar, afluente del Ulla, los restos mortales del apóstol Santiago, tras su martirio.

[24] *hermano del rey Rión:* se trata de Nerón, derrotado cuando había pretendido liberar a Rión, preso por Balaaín, aliado del rey Arturo. Rión, rey sajón de Irlanda y Dinamarca, descendiente mítico de Hércules, tuvo enfrentamientos con Arturo; tenía por costumbre adornar su capa con las barbas de los reyes por él vencidos.

[25] *muertas:* apagadas, extinguidas.

grand pérdida, e todo el reino de Londres asimesmo. E cierto fue tan llanteado por tantas partes que nunca ningún príncipe ni señor tanto lo fue en el reino de Londres, nin en otras provincias; e quedaron los cavalleros de la Tabla allí por algunos días, que non fizieron cavallerías nin cosa que de contar sea.

Así pasó la muerte de Merlín como arriba es dicho, e con mayor sentimiento que aquí se escribir puede; pero quienquiera puede colegir por vía de razón un hombre que tanto servía al rey e reino cuánta razón avían de le llorar todos[26].

[26] Aquí, tras el *explicit* con la dedicatoria a "vuestra real majestad" de esta "copilación" trasferida "de una lengua en otra", aparece el colofón, que reza así: «Fue impresa la presente obra en la muy noble e más leal cibdad de Burgos, cabeza de Castilla, por Juan de Burgos, a diez días del mes de febrero del año de nuestra salvación de mil e cuatrocientos e noventa e ocho años».

## 23. *La corónica troyana*[1]

1400 a C

Es otra traducción anónima y fragmentaria de la obra de Guido de Columna, conservada en el cód. de la Bibl. de El Escorial L-II-16 (fols. 1-74) de finales del siglo XIV, en el cual también se incluyen extractos tomados de la *Versión de la historia de Troya de Beneito de Santa María, hecha por mandato de Alfonso XI* así como de la *Historia troyana polimétrica.*

EDICIÓN

1970 Frank Pelletier Norris, *La corónica troyana. A medieval spanish translation of Guido de Colonna's "Historia destructionis Troiæ"*, Chapel Hill, Universidad de North Carolina, 176 págs. Sigue el ms. de El Esc. L-II-16.

Es la traducción medieval, de autor desconocido, de la *Historia destructionis Troiæ* de Columna que circuló manuscrita por bibliotecas medievales y ya en

[1] *Corónica* es forma antigua de la moderna *crónica*, con *o* epentética. Como se indica en otros lugares, para todo lo relativo a la materia de Troya puede ser útil consultar Antonio García Solalinde, "Las versiones españolas del 'Roman de Troie'", *RFE*, 3 (1916), págs. 121-165 y Ramón Lorenzo Vázquez, *Crónica Troiana,* La Coruña, Fundación Barrié, 1985.

letra de imprenta desde 1489. La edición de Norris es la primera que presenta en forma impresa esa traducción anónima.

## Selección

Se han elegido los folios 60r a 66r del códice mencionado, correspondientes a su libro XII, de los catorce de que consta esta versión, estimada por Amador de los Ríos como "un verdadero libro de caballerías"[2], quien añade que fue "libro de autoridad histórica para los eruditos de Castilla y en realidad libro de caballerías", con la que "crece y toma cuerpo entre nuestros mayores la afición a los hechos maravillosos y a las empresas extraordinarias que no se refieren ya a la guerra santa sostenida contra los moros granadinos"[3].

El extracto ofrecido cuenta cómo, habiéndose repartido los griegos el botín de una batalla, Agamenón envía a Diomedes y a Ulises como embajadores ante la corte de Príamo para pactar una tregua e intentar rescatar a la raptada Helena, episodio éste narrado en el libro VII; admiran los griegos la brillantez y las maravillas de la corte troyana descritas con brevedad aquí y más por extenso en el libro V; Príamo, herido en su honor e incitado por deseos de venganza, rechaza la sensata propuesta de Agamenón; troyanos y griegos intercambian insultos sin llegar a las manos, aunque las espadas brillen fugazmente en un momento de pasión controlada por el secular respeto a la integridad física de los embajadores, hasta que éstos, defraudados en su misión, se retiran para informar y preparar la estrategia para el futuro. Concluye el autor con un elogio de Eneas y de Virgilio.

Llama la atención la actitud pacifista y conciliadora de Agamenón, así como el hecho de que la esperable violen-

---

[2] José Amador de los Ríos, *Historia crítica de la literatura española*, t.IV, pág. 349.

[3] J.Amador de los Ríos, *op. cit.*, *ibíd.*, págs. 353 y 354.

cia vinculada a un ambiente bélico quede reducida en este caso al plano verbal y se plasme tan solo en retóricos desafíos y en el ultimátum que los griegos, primero por boca de Ulises y luego con palabras de Diomedes, presentan a los troyanos. También sorprende, aunque no sea inusitado en libros de esta naturaleza, el prolijo discurso puesto en labios de Agamenón, con las proverbiales consideraciones moralizantes en él imbricadas y que, dirigidas al «consejo e ayuntamiento» de todos sus seguidores, se centran especialmente en la soberbia y los males de ella derivados.

## *La corónica troyana*[4]

*[60v. Libro XII]*

Como los griegos ovieron avido victoria de aquestos dos castillos, segund la estoria ha recontado, e estando aún en el puerto de Tenedón, adonde en un grand campo llano que ende era fazían su posada, el rey Agomenón *[sic]*, trabajándose con mucho estudio de se aver con grand diligencia acerca de su regimiento e governación, mandó e fizo que fuesen ayuntados en público general coloquio e consejo todos los reyes, duques, príncipes e señores que en la hueste eran, e que truxiesen ante él todas las cosas que del sacomano e robo de los dos castillos avían avido. Los cuales todos, oído el mandamiento de su capitán e cabdillo e queriéndole guardar obediencia, vinieron luego ante él con las cosas que avían ganado del robo, lo cual todo el rey Agamenón partió egual e justamente, dando a cada uno segund su estado requería e segund cada uno se avía avido acerca del conquistar los castillos. E fechas así el rey Agamenón las eguales particiones, él mesmo, el rey, fizo pregonar qu'el otro seguiente día bien por la mañana todos cuantos en la hueste eran, reyes, duques, príncipes, condes e cavalleros e otros señores mayores, se ayuntasen en uno en consejo por cuanto el rey les entendía dezir algunas cosas complideras al estado de toda la hueste.

---

[4] Sigo el texto de Frank Pelletier Norris, publicado en 1970 y mencionado al principio, adaptándolo a los criterios de mi edición.

Así que otro día, salida el alva, todos los dichos señores se ayuntaron alegremente en el campo que ende era adonde sus asentamientos ordenadamente estavan. E estando todos asen | tados[5] [61r] en devidos lugares, el rey Agamenón mandó a todos que callasen e toviesen silencio e propuso ante ellos tales palabras:

— Amigos reyes, duques, príncipes, cavalleros, escuderos e gentiles omnes, e cualquier otros mayores, los que en el presente consejo e ayuntamiento convenimos a eso mesmo ayuntados, moviéndonos a ello nescesaria causa e razón asaz, es por todas las partes del universo mundo conoscida la fortaleza grande e puxança de nuestras fuerças, como el mesmo mundo sea en todas partes testigo e pregonero del nuestro grand poderío e fuerças. Empero aquella puxança e poder es en plazer e viene en grado a los nuestros dioses, que non es mesclada con sobervia nin con zelos nin malicias, defectos que son en sobervia elación dura, ca vosotros sabedes bien cuántos males e daños suelen venir e seguirse por sobervia. E las personas que son así sobervias jamás non pueden nin saben tener amigos nin mantener amistad, antes allegan e buscan de todas partes enemigos. E así avenga que alguno se quiera fazer e se faga amigo de alguna persona sobervia, nescesario le es que en muchas cosas le sea obediente e amigo para durar con él en amistad. Por ende, señores, nos devemos trabajar en cuanto podremos que en todos nuestros negocios e aferes, especialmente en el presente negocio, non aya sobervia e nos evitemos della, arredrándola de nosotros a todo nuestro poder, por que nuestros fechos procedan por justa e derecha línea, e contra nos non ayan lugar maldizientes que notar nin culparnos puedan del vicio de la sobervia. Magnifiesto es a todos [61v] vosotros nós seamos venidos en esta tierra en grand parte de nuestra puxança e poder por alcançar e aquistar vengança de las injurias que por el Príamo nos fueron fechas, sobre lo cual somos entrados e avemos cometido poderosamente su reino. E ya le avemos fecho tanto daño a que, si de primero los troyanos eran nuestros enemigos verdaderamente, devemos creer que al presente son fechos muy más duras ene-

[5] Aquí, al volver la página, el copista vuelve a copiar la última línea; omito lo que él reitera por error.

mistades contra nosotros. Sabemos otrosí bien que ellos sean ya apercebidos e guarnescidos de grand puxança e saben otrosí bien cómo les somos vezinos e estamos en este puerto. E así ellos pudiesen rescebir vengança de los daños que agora nuevamente les avemos fechos, bien se moverían por aquistar cruelmente vengança nueva. Otrosí tienen la cibdad muy fuerte e muy poderosa e cercada a todas partes de muchos rezios muros, por lo cual creemos que ayan doblado sus fuerças contra nos. Allende desto, suelen dezir que grand ventaja tiene de su enemigos el que en su posada o en su tierra e provincia e entre sus parientes e amigos se defiende. E la corneja cuando está en su nido, caso que muy más flaca e de menor fuerça sea qu'el falcón, muchas vezes le golpea e fiere mal antes de ser por él tomada, e aviene alguna vez partirse el falcón della muy mal ferido. Verdad es que aquestas cosas non las digo entre vosotros porque a mí sea en dubda nosotros poder ofender[6] e destruir, otrosí asolar, su cibdad, por muy fuerte que sea, e traer estrago e muerte a todos los troyanos. Dígolo pero, señores, porque [62r] muchos seremos de comendar e con razón nos loarán todo el mundo cuando todas las cosas que devamos fazer las fiziéremos[7] con discreción e sano juizio, esquivando sobervia de nosotros, ca por muchas vezes ha venido e acæsció venir muchas personas en grand tribulación e trabajo o por fazer sus fechos sin consejo e buena deliberación e se meter arrebatadamente con orgullo e sobervia a lo fazer. Demás desto, señores, sabemos bien que non ha luengo tiempo qu'el rey Príamo nos fizo e embió requerir por sus embaxadores especiales que le quisiésemos tornar e restituir a su hermana Anxiona. Mas nosotros, movidos en grand elación e sobervia, con arrebatada respuesta sin deliberación alguna, denegamos fazer todo cuanto por su embaxador nos fue pedido e requerido. E si nosotros lo[8] oyéramos su petición, non se siguiera[9] después los graves daños que así cruelmente nos fueron fechos en la isla de Citarea, nin la reina Elena, la cual en linaje es

---

6 *nosotros poder ofender:* Nótese la construcción o sintaxis latinizante, equivalente a *que nosotros podamos ofender;* no es la primera ni la última que encontraremos en el texto.

7 *fiziéremos:* prefiero leer así el *fiziēmos* del cód., discrepando del *fizieramos* que propone Norris.

8 *lo: le,* sería lo correcto.

9 *siguiera:* anacoluto; debería concordar en plural, *siguieran.*

la mayor de toda su tierra[10] e del magnífico estado en que bivía, nin nosotros viniéramos en tantos trabajos e espensas por la recobrar e por vengança de las injurias que nos fueron fechas, nin nos alongáramos así de nuestros reinos e tierras. E aún non sabemos lo que ende se nos deve seguir: si será con prosperidad nuestra o por[11] el contrario. Por lo cual, señores, si a vosotros viene en plazer, e de vuestros sanos consejos si vos parescerá ser cosa complidera, a fin que por unos trabajos podamos estorvar e evitar[12] otros, e que en honor e gloria nuestra nos podamos tornar en nuestras tierras, parésceme que será bueno que embiemos nuestros especiales embaxadores [62v] al rey Príamo a le pedir que voluntaria e libremente nos restituya la reina Elena e nos satisfaga de todos los daños e injurias que por su fijo Paris contra nosotros fueron fechas e cometidas, lo cual el rey Príamo querrá fazer como sabio usando[13] de discreción. Honrosa nos será nuestra tornada en nuestras tierras e jamás non avremos qué fazer con los troyanos. E si averná[14] qu'el rey Príamo nos negará[15] e non lo querrá fazer, dos cosas bien de loar serán las que por nosotros pelearán e en nuestro favor e derecho serán, conviene saber: la justicia, e justa razón que por nosotros avemos de nuestra grand puxança e poderío. E cuando por las partes del mundo se publicará e será divulgado aver nós en este fecho por tal manera e proceder de nosotros este motivo[16], todos cuantos lo oirán

---

[10] Sospecho que en este lugar el copista ha dejado al menos una línea sin transcribir; con todas las reservas, me atrevo a reconstruirla: ...de toda su tierra, *fuera robada del reino de Grecia e traída a otra tierra* e *abaxada* del magnífico estado...

[11] *por:* preposición con función indicativa de finalidad, equivalente a *para*, también desempeñada por la forma *pora*. Con todo, cabe la posibilidad de entender la expresión como "para el contrario" o bien como "en nuestra contra, en contra de nosotros".

[12] *evitar:* con *h-* inicial en el cód., al igual que ante otras palabras con vocal inicial, sin justificación etimológica alguna.

[13] *usando:* de nuevo el copista escribe la palabra con *h-* inicial.

[14] *averná:* avendrá, ocurrirá, literalmente; entiéndase equivalente a nuestro subjuntivo: si ocurriera, o si aconteciese...

[15] *negará:* aunque presenta forma de futuro de indicativo, al igual que el siguiente *querrá,* deben entenderse ambos como equivalentes a imperfectos de subjuntivo: nos negara y no lo quisiera hacer.

[16] El estilo retoricista es a veces tan complicado en esta dilatada arenga, que hace algunas frases difícilmente comprensibles.

detraerán e profaçarán de la sobervia e dureza de los troyanos e loarán a nuestro proceso e propósito contra ellos, el cual en todo es escusado e ageno de sobervia. E si avenga después que en vengança nuestra demos muy duras e graves penas a los troyanos, matándolos por la cruel espada e derribando su cibdad fasta en los fundamentos e tratando sus mugeres en perpetuo victuperio e servidumbre, non será jamás persona alguna que razonablemente nos pueda nin deva notar culpa. Parat mientes pues, señores, si vos plaze de consentir en las palabras por mí dichas e venir próspera[17] e con eficacia en secución dellas.

La cual proposición así fecha por Agamenón, muchos dellos que en el consejo eran presentes dixieron que cumplía ser así fecho, executado segund qu'el rey avía dicho e ordenado. Todos fueron en aquella voluntad e que se executase[18] así, sobre lo cual escogieron por [63r] sus embaxadores a Diomedes e a Ulixes, los cuales prestamente se aparejaron al camino e partiéronse cuasi a mediodía[19] e van[20] derechamente a Troya. E entrando en la cibdad, van derechamente al palacio real del rey Príamo. E como ende llegaron, descienden de sus cavallos e suben por unas gradas de mármol que eran a las puertas del palacio fasta tanto que llegaron a la cuadra del grand palacio. E como ende fueron, maravilláronse mucho de los singulares e maravillosos edificios[21] que ende vieron e tan sotiles edificios e obras como ende eran edificados. En especial se maravillaron infinito[22] de un grand árbol, el cual en medio de la cuadra era plantado e fecho por arte mágica muy sotilemente, el cual árbol era de altura de doze cobdos. E en su altura el árbol se tendía en muchos tendidos ramos, los cuales cobrían toda la cuadra e le davan sombra. Estos ramos todo el árbol

---

17 *próspera:* entiéndase como adverbio de modo, *prósperamente*.

18 *executase:* el copista escribe, con error manifiesto, *escusatase*.

19 *a mediodía:* en el cód. se lee *antediodia*; cfr. con el texto latino, como hace Norris: "soli celi tenente iam medium".

20 Nótese la brusca transición al tiempo verbal de presente, que seguirá usándose en alternancia con el pasado.

21 *edificios:* en el cód. con *h-* inicial, como el posterior *hedificados,* y otros casos más que ya no se anotarán.

22 *infinito:* nótese la curiosidad del intensificador, equivalente a *muchísimo,* superlativo todavía no disponible en el código de la lengua española por las fechas en que se traduce el texto.

era la meatad de oro e la meitad de plata, según representava. E por esa mesma vía eran las flores e fojas del árbol, e parescía[n] ser pobladas de diversas piedras preciosas e que su fructo del árbol era aquel.

Así que estovieron allí grand espacio los dos embaxadores, maravillándose de aquel árbol. E después pártense de allí e van por las salas e retretes e cámaras del palacio, labradas de diversas e maravillosas obras, e edificios fasta tanto que llegaron al lugar donde el rey Príamo estava asentado en grand compañía de duques e condes e nobles cavalleros e gentiles omnes de su corte. E como ende llegaron, Ulixes e Diomedes non fizieron mención de saludar nin fazer en su entrada honor nin reverencia al rey Príamo. E fueles dicho que se asentasen cuasi de fruente [63v] del rey. Ellos así asentados, Ulixes començó en su embaxada e propuso en esta manera:

— Rey Príamo, si nosotros[23] primeramente como aquí venimos non te saludamos ni te avemos orado salud, non te quieras nin te devas maravillar como te ayamos en nuestro capital enemigo, e cualquier persona que a otro tiene enemistad non deve orar nin desear la salud de su enemigo. El rey Agomenón, cuyos embaxadores somos, te embía a dezir por nosotros que te estudies e trabajes de le restituir la reina Helena, la cual por fuerça fue traída en tu tierra e robada del reino e partes de Grecia, otrosí que le fagas satisfazer de los graves daños que por tu fijo Paris en Grecia fueron fechos segund voluntad e querer de los griegos. Lo cual si fizieres, sey cierto[24] que usarás de más sano consejo. E si por aventura menospreciaras aquello que te dezimos, avísate bien e piensa en ti cuántos males e daños están por venir a ti e a los tuyos, ca ten por firme que padescerás la cruel muerte e todos los tuyos, eso mesmo de aquesta tu cibdad de Troya muy noble será toda destruida e asolada por todo.

El rey Príamo, sin aver otra deliberación, oída la embaxada de Ulixes, le respondió por esta manera:

— Mucho he a maravilla de vuestra embaxada e palabras cómo vós pidades de mí e me requerades de tales cosas, las cuales abastarían ser demandadas que las fiziese un rey a una

23 *nosotros:* el copista yerra escribiendo *vos otros.*
24 *sey cierto:* estad seguro.

persona que estoviese ya puesto[25] en artículo de ser vencido e en su grande peligro e daño. E non creo que los griegos sean tanto puxantes nin poderosos contra mí a que me pudiésedes apremiar nin atraer a fazer lo que pedides. Ellos demandan que les satisfaga, sabiendo ellos bien que sin causa nin [64r] razón alguna que los legítimamente deviese mover, vinieron en mi tierra e me mataron mi padre e los parientes e levaron en robo a mi hermana Anxiona, la cual ya pluguiese a los dioses que fuese tractada como fembra de casa real se deve tractar, e non fuese así aviltada e avergonçada desonestamente. E demándanme agora los griegos que les satisfaga. Yo, non pudiendo disimular nin traer so silencio en mi vida tanto desonor e non queriendo eso mesmo someterme a los trabajos e condiciones e grandes afanes de las batallas e por causa de las estorvar, embié a los griegos por mi embaxador a Antenor, non les embiando pedir otra cosa salvo que solamente les pluguiese e toviesen por bien de me restituir a mi hermana, dando yo a olvido los otros daños por ellos contra mí cometidos e muy grandes enjurias. E a nós otrosí e a mí es asaz magnifiesto con cuánto desonor e cuántas amenazas e con cuántos baldones e desonestas palabras mi embaxador por los griegos [fue] tractado, por lo cual ya no es tiempo nin lugar a que yo deva oír las palabras de vuestra embaxada. E antes querría primero morir torpemente que las oír. Por ende sepas por ciertamente e sea bien cierto el rey Agamenón que mi voluntad non es de jamás desear aver paz con los griegos, los cuales en tantos dolores han mi coraçón atormentado. E vosotros, que de tales palabras usaes e avés seído osados de las dezir ante mí, si non fuese el oficio de los embaxadores el cual vos defiende, yo vos faría al presente dar muy vil muerte. Pues partidvos luego de mí e tornadvos a los vuestros, ca en tanto que ante mí vos veo non puedo estar sin mucha ira e grand turbación.

A lo cual Diomedes, sonriéndose, respondió e dixo así:

[64v] — O, rey, si en nos mirar a nosotros solos non estás sin ira, puedes creer que todo el tiempo de tu vida non estarás sin saña e turbada voluntad como ellos te sean vezinos en tanta puxança e poderío. E non será luengo nin se dilatará ya más

---

[25] *puesto:* entiéndase *puesta*, concertando con “persona”; nuevo anacoluto.

Lámina 11. Grabado procedente de la *Historia del noble Vespasiano,* impresa en Sevilla por Pierre Brun en 1499, correspondiente a su cap. 16, según el ejemplar de la Biblioteca Británica de Londres (G-10211)

luengamente que tú nos verás a ellos e a nosotros ante tu cibdad contra ti continuamente en las armas. E si tú solamente en nos mirar a nosotros que estamos desarmados sientes todo dolor e turbación, cuánto más sentirás cuando más de cien mil griegos verás armados contra ti en torno de tu cibdad, contra los cuales non podrás defender nin amparar las alturas e torres nin fortalezas algunas a que tú e los tuyos non padescades la cruel muerte. E antes que estos males te vengan, con segura libertad puedes dezir, lançar tus palabras como vanas.

Lo cual diziendo Diomedes, muchos de los que eran presentes ante el rey se movieron contra Diomedes, las espadas sacadas por lo ofender gravemente. Pero el rey Príamo se levantó entonces de su silla real do estava asentado e començó a dar bozes defendiendo a los suyos que non sea ninguno tan osado a que presuma por manera alguna injuria a Diomedes, diziendo que non es dado a persona salva e discreta responder al loco segund su locura:

— E propio es al loco demostrar sus locuras e al sabio soportarlas con paciencia e sabiduría e colocar los errores de los locos, ca si como el loco tiene libertad de dezir locuras e palabras, así es de loar al sabio oír lo qu'el loco dize, e desque oído reírse dello; e en las palabras del loco se magnifiesta su locura. E yo más querría padescer en mi persona que consentir que embaxador alguno que a mi corte [65r] viniese padesciese injuria alguna, ca por pequeña injuria e ligero error se puede alguno vituperiar gravemente.

E así, el rey cesando de sus palabras, sosiéganse todos. E levantóse Eneas, el cual estava cercano junto al rey, non estando entre el rey e él otro alguno; e non pudiendo templarse nin refrenar sus palabras, fabló por tal manera:

— Non es cosa justa, señor rey, que ninguno deva responder al loco segund su locura. Mas el que dize palabras locas derecho es e razón que de su locura aya la pena que meresce. E yo podría dezir en presencia de vuestra real magestad tantas e tales cosas e tan desonestas a que con derecho me deviésedes mandar matar. E si non fuese vuestra presencia non sería cosa justa nin sería maravilla que aquel que ha fablado locamente ya oviese su gualardón e fuese por ende muerto el que con tanta presunción fuese osado de turpar e viltar con sus vanas palabras vuestra real excelencia. Requiérolo yo, pues, que se parta de aquí si quiere fazer sabiamente, tornando su locura en seso.

Diomedes non se despantó nin punto con las palabras de Eneas e respondióle en esta manera[26]:

— O, tú, cualquier que seas, en tus palabras conosco bien que seas verdadero juez e muy agudo en tu fablar. E mucho deseo e querría poderte fallar en lugar donde yo te pudiese dar las gracias que tú meresces e te pudiese agradescer tu gracioso fablar e palabras tan bien dichas como aquí as propuesto, por las cuales veo que bienaventurado es aquel rey que te tiene por su consejero, pues tan bien sabes consejar a tu rey e señor por manera que tu rey se faga cometedor de injurias e así de ligero venga en vergüença suya.

Ulixes, turbado, estorvando las palabras de Diomedes, requiérele que cese de [65v] más fablar en este negocio. E luego el mesmo Ulixes dixo al rey tales palabras:

— O, rey, entendimos bien complidamente todo cuanto nos has dicho, e agora partir-nos-hemos. Todo lo diremos fielmente al rey Agamenón.

E luego amos a dos se partieron de allí e descienden del palacio e cavalgaron en sus cavallos e tornáronse muy prestamente a su hueste. Los cuales, en descavalgando, fuéronse derechamente a la tienda del rey Agamenón, en la cual a la sazón estavan todos los de la hueste, los mayores. E como Diomedes e Ulixes ovieron allí recontado ante todos la respuesta qu'el rey Príamo les avía dado, los griegos fueron con tal respuesta non poco maravillados, por lo cual con mucha deliberación e estudio se trabajan de buscar e engeñar muchas maneras e vías como de aquí adelante se deviesen aver contra los troyanos, sobre lo cual muchos e diversos consejos fueron dados ordenadamente. Empero, antes que avengamos a lo recontar, dévense aquí dezir algunas cosas de Eneas.

Este es aquel Eneas que fue concebido e nascido de la deesa Venus e de Anquises. El cual Eneas, después de la des-

---

26 La ironía en la réplica de Diomedes es fácilmente perceptible.

truición de Troya, fuyó con las reliquias de los troyanos por mar por ciertas naves, discurriendo por diversas partes del mar. E después de mucho tiempo e de muchas fortunas que pasó, él fue príncipe de la cibdad de Roma e de la república. E de su linaje e generación de aqueste Eneas procedió aquel muy noble, poderoso, grand, César Agusto. E este es aquel Eneas del cual el emperador Justiniano en el libro de sus leyes, conviene saber, el libro *De los auténticos* en la rúbrica, que trata de cómo se deve proponer [66r] en el nombre del emperador, faze mención muy solepne, diziendo que si por razón del grand César Agusto los otros emperadores se llaman césares, mucho más con razón segund los primeros tiempos se devían por causa de Eneas llamar enéaides, como Eneas fuese el primero que governó la república de Roma, maravillosamente, cuasi por ceptro imperial. De aqueste Eneas e de sus aventuras e casos e vida por la mayor parte trató e dixo muchas cosas Virgilio en su vida en el libro *De los eneidos*[27], caso qu'el dicho Virgilio, por causa de la muerte que lo estorvó, non pudo complir nin acabar su obra.

---

[27] Es evidente que se refiere a la *Eneida*.

## 24. *Historia del noble cavallero Paris e de la muy hermosa donzella Viana / Historia de los amores de Paris y Viana*

Difusión 1412 a

1487 d R    1494-1495 I    1524 I (Burgos)

El modelo de la versión castellana impresa es francés, *Histoire du tres vaillant chevalier Paris et de la belle Vienne, fille du Dauphin*, escrito a finales del siglo XIV e impreso en 1487 en Amberes, que pudiera ser, a su vez, traducción de un original provenzal. La edición burgalesa parece traducir otra catalana, tal vez la de Gerona (1495). Según Haebler, pudo haber otra impresa el año 1494 en Barcelona, que tal vez sea mejor fechar h 1497, con texto en catalán titulado *Historia de las amors e vida del cavallor Paris e de Viana* y conservado en la Biblioteca de Catalunya. Galmés no excluye la posibilidad de una redacción original en catalán, que se remontaría a finales del siglo XIV y de la que luego se harían traducciones, primero al provenzal y luego, partiendo de ésta, al francés. Su opinión, basada en la detección de algunos catalanismos, es que la versión castellana es traducción de otra catalana más amplia que la que hoy conocemos, la impresa en Gerona en 1495; pero que tanto la castellana de 1524 como la catalana de 1495 deben remontarse a una fuente común francesa, a la luz de ciertos galicismos que se detectan de cuando en cuando.

El fragmento más antiguo localizado, datable en 1438,

es francés, y a su vez remite a una versión de 1432. De la impresa en 1524 el único ejemplar conservado se halla en la British Library de Londres (C-7-a-17). La novelita, de la cual se conocen doce manuscritos y nada menos que sesenta y una ediciones, se había impreso al menos en ocho lenguas hasta el año 1525.

Los protagonistas aparecen mencionados por Imperial en el *Cancionero de Baena* en un poema que alude a la fecha de 1412.

Para Galmés, se trata de "una novela caballeresca de origen occidental" *(ed. cit.*, pág.7) que obtuvo tanto éxito y buena acogida entre sus lectores que estimuló a un morisco a recrear otra versión escrita en caracteres arábigos, a partir de la impresa en Burgos en 1524, la cual reproduce con bastante fidelidad, pero no sin variantes. Esa versión aljamiado-morisca se conserva en el ms. Gay.-V-1 de la Bibl. de la Real Academia de la Historia en Madrid, escrita con letra de tipo magrebí en Aragón después de 1550.

## EDICIONES

1970 Alvaro Galmés de Fuentes, Madrid, Gredos, Colección de literatura española aljamiado-morisca.

Edita la versión aljamiado-morisca tardía[1], en escritura magrebí, que se conserva en la Bibl. de la Ac. de la Historia (ms.Gay-V-1), derivada de la edición burgalesa[2] de 1524. Incluye facsímil del cód. y el tex-

[1] Galmés advierte de que el códice aljamiado ofrece dificultades para su interpretación, dado su deficiente estado de conservación.

[2] La ed. burgalesa salió de la imprenta de Alonso de Melgar en 1524, en 24 hojas. Es confusa la noticia que sobre ella da Galmés en su ed., pág.20, donde parece indicar que hay ed. de aquélla en la B.A.E.; lo cierto es que Pascual de Gayangos en su añeja edición de *Libros de caballerías*, vol.40 de la Biblioteca de Autores Españoles, Madrid, BAE, 40, 1857 (reeds. posteriores en la misma B.A.E, Madrid, 1874 y en Madrid, Hernando, 1931), se limita en la pág. LXXXI de su introducción a dar noticia de la ed. burgalesa y a indicar que es traducción de un libro francés que se dice a su vez traducido del provenzal, la *Histoire du tres vaillant chevalier Paris et de la belle Vienne, fille du Dauphin,*

to en caracteres árabes y latinos, además de pasajes de la versión castellana impresa en Burgos en 1524, de la catalana[3] impresa en Gerona en 1495 y de la francesa de Amberes en 1487, que se corresponden con el texto aljamiado.

### BIBLIOGRAFÍA

MONTI, Silvia, "*Paris y Viana*: una lettura", *Quaderni di Lingue e Letterature*, Univ. de Verona, Fac. de Economia e Commercio, 13 (1988), 81-92.

### SELECCIÓN

La obra relata los amores de Viana, hija del delfín de Francia, con el noble caballero Paris; además de los inevitables componentes sentimentales, hay en ella típicas aventuras caballerescas que incluyen sus protocolos habituales y lucidos torneos, sin que falte el tema de las cruzadas y el viaje del protagonista a las lejanas tierras de Oriente, tributo que se paga a la afición bizantinista, como también ocurría en *Flores y Blancaflor*. Sin embargo, la trama histórica y su localización se sitúan en una topografía localizable, fundamentalmente en Francia, hasta el punto de que la protagonista toma su nombre, Viana, de Vienne, capital del antiguo Viennois, en el Delfinado, al sur de Lyon. En el aspecto formal, llaman la atención en estas páginas no sólo el dinamismo y la vivacidad de las descripciones, sino la apreciable tendencia a un realismo verosímil en la inclusión de aspectos concretos y cotidianos de la exis-

*traduite du provençal en français par Pierre de la Sippade*, también llamado de la Cypede, publicado en Anvers, Gerard Leeu, 1487.

[3] Pedro Cátedra ha editado la *Història de París e Viana* en ed. facsímil de la de Gerona de 1495, Diputación de Gerona, 1986, donde concluye que es un texto de origen francés y que el texto castellano deriva de una versión catalana perdida.

tencia, así como la propensión hacia la vertiente religiosa y moralizante, nunca del todo ajena a los *romances* caballerescos.

No es imposible ver en el trasfondo del relato un componente alegórico: la anexión del Delfinado a la corona de Francia, representada en la unión de Viana con Paris[4].

Para esta ocasión se han seleccionado pasajes de las páginas iniciales en las que se presenta a los protagonistas con sus antecedentes familiares; los siguientes relatan un torneo organizado por el delfín, al que, acompañado por su amigo Eduardo, concurre de incógnito Paris y acrecienta por su demostrado valor el amor de Viana hacia él; a continuación, el rey de Francia convoca otro torneo que se reñirá en París, donde los nobles caballeros que allí compitan mantendrán la superior belleza de sus admiradas damas: Costança de Inglaterra, Floriana de Normandía, y Viana. También Paris comparece en aquella solemne ocasión y, como mantenedor de su amada Viana, siempre velando su identidad, resulta vencedor de todos sus contrarios exhibiendo sus dotes de excelente caballero. Los fragmentos finales nos presentan a Viana obligada por su padre a casarse con un noble de rango superior al de Paris, la estratagema urdida por la muchacha para liberarse de tal imposición, y la mediación de Eduardo, el amigo de Paris, para propiciar un feliz desenlace de sus relaciones amorosas.

---

[4] Galmés expone esta sugerencia con cierta cautela (vid. *ed. cit.*, págs. 13-14), a pesar de las reservas sobre el asunto ya expresadas por Menéndez y Pelayo en *Orígenes de la novela*, Madrid, 1943, t.I, página 241.

# *Historia del noble cavallero Paris e de la muy hermosa donzella Viana*[5]

*Comiença la historia de Paris y Viana, la cual es muy agradable y plazentera de leer, y especialmente para aquellas personas que son verdaderos enamorados, según que se sigue en la presente obra*

Cuando el rey Carlos reinava en Francia, andava el cuento[6] de nuestro señor Jesucristo de mil CCLXXI años. Era un dolfín[7] de una ciudad que avía nombre Viana[8] un noble hombre de Francia que se llamava Godofre de Alansón, que era su pariente del rey de Francia; el cual era muy gran señor y muy amado del rey de Francia y de todos sus varones[9] y cavalleros; tanto que no hazían ninguna cosa en el reino que él no fuesse llamado a consejo. E como aqueste dolfín oviesse por muger la hija del conde de Flandes, la cual avía nombre Diana, que era de tanta belleza y hermosura que bien era digna de aver aquel nombre de aquella bella estrella[10]; y de entendimiento y de todas noblezas era complida y acabada.

---

5 Me sirvo de la ed. de Galmés ya mencionada, con las pequeñas adaptaciones de rigor. En concreto este primer pasaje corresponde a las primeras páginas de la ed. burgalesa de 1524; en su ed., págs.165-168.

6 *cuento*: el cómputo cronológico; en este caso, debe entenderse la referencia al año 1271 de la era cristiana.

7 *dolfín:* en Francia se llamaba "dauphin" al primogénito del rey; de ahí, el castellano "delfín". En este caso designa a un príncipe local —de la región del Dolfinazgo o Delfinado—, al que se le atribuye parentesco, que no filiación directa, con el rey de Francia. La palabra "dauphin" figura en el título de la ed. francesa de 1487.

8 *Viana:* Vienne, es una ciudad del interior de Francia, treinta kilómetros al sur de Lyon, en la ribera izquierda del Ródano, capital de una región que debe su nombre al río que la riega. La ciudad fue antigua capital de los alóbroges y del efímero imperio de Póstumo, entre los años 257 y 267; prosperó bajo Constantino y Teodosio; allí se reunió en 1311 un concilio ecuménico, presidido por Clemente V, convocado para tratar de la supresión de la orden de los Templarios.

9 *varones:* debe entenderse aquí "barones", altos nobles cortesanos.

10 *aquella bella estrella:* por el contexto parece hace referencia a

Aqueste dolfín y Diana estuvieron siete años que no ovieron fijo ni fija; y eran mucho desseosos de aver hijos, con que Dios fuesse servido y que fuessen plazientes a su santo servicio. E plugo a nuestro señor Dios que, a los ocho años, la señora Diana uvo una hija mucho bella, por la cual fue hecha muy gran alegría y muy gran fiesta; y hiziéronla baptizar en señal[11] de gran nobleza, y pusiéronle nombre Viana, assí como avía nombre la ciudad donde era nacida. Aquesta donzella fue dada a criar a una señora de muy buenas costumbres y de buena vida, la cual avía nombre Isabel, la cual le fue dada por compañera a la fija del dolfín que jugasse y tomasse plazer con ella; y llamávala hermana. Y aquesta Viana crecía y multiplicava[12] en muy gran belleza y prudencia: leer romances y canciones, tañer instrumentos y dançar[13], y todas cosas en que tomasse plazer le eran enseñadas, en tal manera que crescía y multiplicava en muy grande y alta belleza.

Y como fue de edad de doze años, no solamente en la gracia[14] del dolfín, mas aún por toda la tierra de Francia y de Inglaterra, era tenida por gran maravilla la su hermosura; y era demandada por muchos condes y nobles varones de Francia en recuesta por muger.

Y aquel dolfín avía debaxo de sí un noble y gentil hombre y de gran linaje y muy poderoso de castillos y de riquezas, que avía nombre Jacobo, el cual avía un hijo que avía nombre Paris[15], que era de edad de XXV años, en que era toda su esperança y toda su alegría. Y avía muy buenas costumbres en tañer diversos instrumentos. Y como fue de edad de XXV años, fue tan avisado y tan famoso de su persona que era una gran maravilla. Y tenía muchas y muy fermosas vestiduras, y assimismo cavallos y falcones y lebreles y açores, que fueran bastantes para un gran señor de Francia.

---

una estrella a la que se denominara en la época medieval Diana, tan celebrada por su esplendor como el planeta Venus, a menudo confundido con una estrella más; también puede referirse a Venus.

11 *en señal:* con ceremonias y celebraciones.

12 *crecía y multiplicava:* eco un tanto rebuscado del mandamiento bíblico *(Génesis,* I,28), reiterado pocas líneas más abajo.

13 Así se perfilan tres actividades típicas en la educación de una princesa: lectura, música y danza.

14 *gracia:* posible errata, por “tierra”.

15 *Paris:* prefiero transcribir el nombre como paroxítono, suprimiendo la tilde sobre la i.

Y aqueste era muy bien querido del dolfín y del rey de Francia y de todos los varones y cavalleros. Y tenía muy grande amor y amistad con un moço que era de Viana que se llamava Eduardo; eran ambos cuasi de una edad. E assí entre estos dos no avía ninguna diferencia, y a muchas fiestas y cavallerías ivan en Francia. E cuando estavan en grandes honores y grandes famas, aquestos dos cavalleros llevavan lo mejor de muy gran belleza y muy grandes tañedores de instrumentos y de muy bellos cantores; mas Paris era más gentil cantor que no Eduardo. Y Eduardo era mucho enamorado de una donzella del condado de Brabant[16]; y Paris aún no sabía qué cosa era amistad de muger, salvo que avía ya un año que era enamorado de Viana, hija del dolfín de Francia. Y cuanto más andava tanto más le crescía el amor de Viana.

Mas como Paris pensava que aquel amor no le era a él igual, como él no era de tan gran sangre ni tan gran linaje como era ella, y no osava descobrir el su secreto a ninguna persona, antes se pensava dexar de esto; y a ninguna jamás se descobría salvo a Eduardo, su amigo. E Viana de aquesto no sabía ninguna cosa, porque Paris no osava demonstrarse assí como los otros varones, que por amor de Viana hazían muchas cavallerías, puesto que Paris toda vía se alegrava del su amor.(...)

### *Cómo el dolfín, por alegrar a su hija Viana, hizo pregonar un torneo*[17]

El dolfín, veyendo que Viana estava penosa, como no podía saber quién fuessen aquellos tañedores[18], ordenó un gran torneo, porque Viana se alegrasse. La cual dixo a Isabel que por aquesta fiesta podría ser que ella conosciesse aquellos que tan gentilmente la avían enamorado. Assí que el dolfín embió por toda Francia y Inglaterra que todo hombre que qui-

---

16 *Brabant:* región de la actual Bélgica, en donde están situadas Bruselas y Lovaina; más abajo se le atribuye rango de ducado.

17 Los fragmentos que siguen corresponden a las páginas 170-175 de la ed. de Galmés, utilizada aquí.

18 *tañedores:* se trataba de Paris y de su amigo Eduardo, que noche tras noche, de incógnito, rondaban cantando a Viana en su palacio.

siesse hazer cavallerías por amor de donzellas que fuesse en la ciudad de Viana el primer día de mayo; que Viana, hija del dolfín, pornía un escudo de cristal y de muy gran belleza; que[19] el que mejor cavallero será e mejor hará armas, aquél avrá el escudo y una bella guirnalda de Viana.

Como esto fue sabido por toda Francia y Inglaterra, la mayor parte de los varones de Francia e Inglaterra de edad de XXV o XXX años se aparejaron de armas y de cavallos por ir a aquel torneo, especialmente algunos nobles señores de Francia y Inglaterra que eran enamorados de Viana por la su grande hermosura; los cuales eran aquestos: primeramente, Felipo de Borbón, sobrino del rey de Francia, y Eduardo, pariente del rey de Inglaterra, y Antonio, hijo del conde Isnaldo, y Absalón, nieto del conde de Provença, y Giraldo, hijo del marqués de Monferrat, y Alansón, hijo del duque de Cambes. Aquestos seis cavalleros vinieron por amor de Viana muy noblemente aparejados, y muchos otros, los cuales eran nombrados.

### *Cómo Paris deliberó de ir al torneo y de qué manera*

E Paris, veyendo que assí esta fiesta se aparejava, pensó si iría o no; y aconsejóse con su compañero Eduardo, el cual respondió en tal manera: que él iría de muy buena voluntad en su compañía, mas que fuessen secretamente.

Y luego embiaron a comprar cavallos y armas y hiziéronse sobreseñales blancas, por que no fuessen conoscidos. Assí vinieron de cavallos y armas muy gentilmente aparejados. Y el tiempo del torneo se allegava; y todos los varones de suso dichos, y aun otros muchos muy bien armados y aparejados; y todos fueron en cinco días e antes dentro en la ciudad de Viana.

El dolfín hizo, por amor de ellos, un gran combite, en el cual comió el dolfín y Viana; la cual resplandecía de mucha belleza, assí que todos estavan maravillados de su gran hermosura; y muy grandes sones y músicas eran aquí hechos a gran maravilla; mas Viana ninguna cosa le parescía bien, ni le agra-

---

[19] Así se injieren, con técnica algo torpe, palabras del pregón entre las del narrador.

davan aquellos sones, que tan dulcemente le avían enamorado los que antes avía oído.

Y el día del torneo todo hombre fue muy ricamente aparejado en el campo; y cada uno era conoscido por su señal. E Paris y Eduardo vinieron todos blancos[20] y pusiéronse a una parte del campo, assí como es costumbre; y ninguno no los podía conoscer. Y primero que el torneo se hiziesse, mandó el dolfín que cada uno hiziesse muestra por sí[21] por el campo; y tanto eran ricamente aparejados que todos reluzían de sus armaduras, tanto eran de bellas; assí que todo hombre hablava de aquellos cavalleros, que tan bien[22] aparejados eran.

Entonces Viana dixo a Isabel: ¿qué le parescía de aquellos cavalleros?, o ¿cuáles son aquellos que mejor hazen[23] por mi amor?[24]

— Señora, a mí parece que aquel que trae la sobreseñal con aquella corona dorada, y aquel que tiene el león dorado y el campo de oro me paresce que hazen mejor por el amor vuestro que ninguno de los otros.

### *Cómo se començó el torneo del cual Paris fue vencedor*

E como todos los cavalleros fueron aparejados para hazer el hecho de armas, vino primeramente aquel de la corona de oro; y vínole a encontrar otro cavallero; y firiéronse de tan gran poder que quebraron las lanças; y metieron mano a las espadas, y hizieron muy bien sus justas; y todos a la buelta se hirieron tan fuertemente que muchos fueron dellos que cayeron en tierra los unos sobre los otros, y muchos que ligeramente se tornaron a sus cavallos; y diéronse tan grandes golpes, pechos con pechos, que muchos cavalleros cayeron en un momento en tierra; y cada uno hazía su poder de aver el honor.

---

20 *todos blancos:* entiéndase, vestidos de blanco.

21 *hiziesse muestra por sí:* se exhibiese.

22 *tan bien:* corrijo la ed. que sigo, en donde se lee "también".

23 *hazen:* aquí y en otros lugares del texto, "actúan", "se afanan, esfuerzan o esmeran".

24 Obsérvese la curiosa mezcolanza de estilo dialogal indirecto y directo.

Y como fue tarde, muchos de aquellos eran enojados y tomavan espacio de reposar; mas Paris más fresco era a la tarde que a la mañana, y dava tales golpes que ninguno le osava esperar. Y como[25] el torneo fue passado, gran honor y gran precio fue dado al cavallero de las armas blancas; y fue traído debaxo del cadahalso del dolfín y fuele dado el escudo de cristal y la guirnalda que Viana tenía en la mano. Y luego Paris se partió con Eduardo, y assí secretamente se fueron.

### *Cómo todos los cavalleros loavan mucho al cavallero no conoscido, y de la discordia que ovo entre ellos, por lo cual el rey de Francia hizo pregonar otro torneo*

El torneo hecho, grandes loores y gran precio fue dado al cavallero de las armas blancas; mas ninguno no le conosció. Y tanto era loado de la su cavallería, que muchos eran enamorados dél; y el dolfín y otros muchos desseavan saber quién era. Y cada uno de los cavalleros se tornó a su tierra hablando toda vía de la bella justa y de la gran belleza de Viana y del su saber.

En toda Francia y Inglaterra era muy nombrada su belleza, tanto que se levantó entre los varones muy gran contienda. Y algunos que amavan la hija del duque de Normandía[26], y otros que eran enamorados de Costança, hija del rey de Inglaterra, dezían que era[27] mucho más bella que Viana. Mas Viana en aquel tiempo era más bella que todas las otras, de hermosura[28] y de todas cosas; assí que mucho gran mal crescía y se metió entre los cavalleros de Francia y de Inglaterra de[29] aquestas tres donzellas; tanto que un día se levantaron unos

---

[25] *como:* aquí, al igual que en otros casos similares, tiene función temporal, conservando el significado del *cum* latino.

[26] Es denominada Floriana en el texto.

[27] *era...:* la concordancia se hace en singular, pero afecta a las dos damas nombradas, de las que algunos decían que "eran mucho más bellas que Viana".

[28] *hermosura:* obsérvese la sutil distinción entre belleza —que incorpora dotes de espíritu así como virtudes morales— y hermosura, que se limita a la perfección de los rasgos físicos o corporales.

[29] *de:* por causa de.

cavalleros y dixeron que eran aparejados de provar por fuerça de armas que la hija del duque de Normandía era la más linda y bella donzella de Francia; y levantáronse otros tantos que mantenían que Viana, hija del dolfín, era mucho más bella[30]; assí que Juan de Flandes[31] se ensañó contra Juan, hermano del rey de Bohemia, y se ovieron[32] muy malamente; y ninguno no podía poner paz, salvo que cada uno mantenía la hermosura de su señora; tanto que vino a saberlo el rey de Francia, el cual dixo que por esta razón se podía seguir muy gran daño de aqueste contraste a estos cavalleros; y mandóles aderesçar, y que todos viniessen delante él, que él daría sentencia, en aquel contraste, que todos serían alegres. La cual cosa plugo a todos, y todos vinieron por sus jornadas delante el rey.

Entretanto el rey pensó cómo avía de ordenar un muy hermoso torneo por aquestas tres donzellas; y que todo hombre viniesse muy bien armado y aparejado de sus armas, gentilmente arreado, para hazer justas a ocho días del mes de setiembre, a la natividad de la virgen María[33], en la ciudad de París; y allí, quien mejor hará en armas se llevará el honor de la fiesta; y aquella donzella que mejor será mantenida, aquélla será tenida por la más bella y avrá el honor de la belleza de toda la tierra de Francia y Inglaterra y Flandes[34].

Y el rey de Francia embió[35] a los padres de aquellas tres

---

30 Falta aquí, para mantener la correspondencia simétrica la nominación reiterada de Costança, la hija del rey de Inglaterra, así como la de un caballero mantenedor de la supremacía de la belleza de aquella princesa.

31 Juan de Flandes, hijo del conde de Flandes, capitaneaba a los defensores de la superior belleza de Floriana, la hija del duque de Normandía. Su homónimo, contra el cual se ensaña, lideraba a los defensores de Costança; en tanto que Hurigo, hijo del duque de Borbón, cuya mención se echa aquí en falta, defendía la causa de Viana.

32 *se ovieron:* el diccionario académico recoge la expresión "habérselas con uno" con la acepción de disputar o contender con él; recuérdense los versos tradicionales: «¡Mala la hubisteis, franceses,/en esa de Roncesvalles!».

33 *natividad de la virgen María:* la iglesia católica sigue conmemorando en su liturgia tal festividad en la misma fecha.

34 Nótese cómo en este párrafo y en el que sigue, como en otro pasaje anterior, el narrador parece intercalar entre sus palabras otras tomadas literalmente del pregón real.

35 *embió:* tiene aquí carácter imperativo medieval, equivalente a "ordenó", "mandó", "obligó a ir", del lat. *inviare.*

donzellas, que deviessen de venir[36] a aquella plaziente fiesta; y que cada uno embiasse, por amor della, algunas gentiles joyas, las cuales conquistassen aquellos, y el que mejor conquistasse y hiziesse por amor dellas en las armas; las cuales joyas se llevará aquel que avrá el honor del torneo, en señal de amor y de vitoria; por que cada uno se apareje[37] de embiar la más rica joya que pueda.

### *La joya que fue embiada de los parientes de cada una de las damas para la jornada del torneo de París*

Primeramente embió Costança, la hermana[38] del rey de Inglaterra, una corona maravillosamente rica, toda cercada de perlas y piedras preciosas; la cual corona valía un grandísimo tesoro. Y el duque de Normandía embió, por amor de su fija, una bella guirnalda, la cual era mucho rica a gran maravilla. Y el dolfín embió, por amor de su hija, un rico chapeo francés todo lleno de perlas preciosas, el cual avía embiado la señora de Flandes, que era su abuela.

Y todos los cavalleros hazían los más ricos aparejos que podían hazer, por venir en aquella fiesta. Y cada uno hazía su devisa, por que fuessen conoscidos. Y se pensava cada uno aver el honor de aquesta tan rica y honrada fiesta.

E Paris, que veía que assí tan plaziente fiesta se aparejava en Francia, aconsejóse con Eduardo, su compañero, si irían a aquella fiesta o no; el cual le dixo que fuessen lo más secreta-

---

36 *deviessen de venir:* el carácter obligativo del verbo "deber" más infinitivo, suficiente sin la preposición "de" que, de acuerdo con la actual normativa académica, indicaría posibilidad o probabilidad, ya era antaño vacilante, como se aprecia en este caso. Por lo demás, el autor, particularmente en este párrafo, se expresa con un estilo enmarañado y confuso.

37 *por que cada uno se apareje:* corrijo el texto («porque cada una...») para que se haga inteligible: "por lo cual cada uno debe disponerse..."

38 *hermana:* antes se había establecido su parentesco con el rey de Inglaterra en calidad de hija; la incongruencia se reitera en otros lugares del texto.

mente que pudiessen[39], ca mayor honor le sería que si fuesse conoscido.

— E si este torneo se haze y tú no vas, siempre quedarás con dolor. E si Viana oviesse el honor por otro cavallero, pornía el su amor en aquél que tanto honor le avía hecho. Y si tú vas secretamente, ninguna cosa sabrán aquellos que son conoscidos.

E sobre aquesto Paris apareja de ir lo más secretamente que pudiesse. E se aparejó de armas y de cavallos y de todas las cosas que avía menester.

### *Cómo el rey de Francia hizo aparejar el campo para el torneo en medio de la ciudad de París*

El rey de Francia hizo aparejar el campo, que es en medio de la ciudad de París; y hizo hazer cadahalsos donde pudiessen mirar cavalleros y dueñas y donzellas y otras gentes; mas ninguna de las tres donzellas no fueron aí presentes. Y el rey mandó hazer tres vanderas muy gentiles a maravilla en lugar de las tres donzellas: la una con el campo blanco y con letras de oro que dezían: «Viana, hija de Godofre de Alansón, dolfín de la ciudad que se llama Viana». E hizo una otra vandera con el campo verde con letras de oro que dezían: «Costança, hija del rey de Inglatierra». E una otra azul con letras de oro que dezían: «Floriana, hija del duque de Normandía». Y hizo partir el campo en tres partes; y en cada una parte del campo hizo poner una de aquellas vanderas. Y el rey mandó que no faltasse ninguna cosa.

Aparejados los varones, partidos de sus tierras, fueron a París, a cuatro de setiembre, que en ningún tiempo fue llegada tanta noble gente de Francia ni Inglaterra ni de Flandes, como fue en aquella jornada. De España y de Alemaña y de Lombardía y de muchos otros reinos y señoríos eran venidos por provar sus personas en aquellos torneos y fiestas.

---

39 En las líneas que siguen presento una versión grafemática algo discrepante de la edición que sigo.

E como vino el día del torneamiento, por la mañana, al alva, el rey de Francia hizo poner aquellas tres vanderas, con sus joyas de aquellas tres donzellas, cada joya con su vandera en cada una parte del campo. Las cuales resplandescían de muy soberana hermosura por la gran multitud de perlas y piedras preciosas que tenían. E dezir-vos-hemos[40] aquellos que fueron mantenedores de sus señoras, todos nombrados por sus nombres lo más breve que ser podrá. E otro día por la mañana todo fue bien aparejado en medio del campo. Y el rey de Francia estava de pies sobre un gran cadahalso, y dixo muy altamente que todos lo podían oír (...).

### *Cómo los cavalleros començaron de combatir, de los cuales Paris fue vencedor*[41]

E primeramente se metió en el campo por combatir Juan, hijo del conde de Flandes; y vino en contrario Juan, hermano del rey de Bohemia, el cual lo hirió tan fuertemente que Juan de Flandes cayó en tierra del cavallo; y Juan, hermano del rey de Bohemia, encontró a otro de Borbón[42] y lo firió tan poderosamente que lo derribó del cavallo; y después derribó a Tomás, hijo del duque de Borgoña. Aquestos cuatro cavalleros derrocó aqueste Juan Pablo muy fuertemente de los cavallos. E después vino Eduardo[43], hijo del rey de Inglaterra, y encontró a Juan Pablo tan fuertemente que le quebró el braço y lo

[40] El narrador cumple su promesa, tras el parlamento del rey de Francia, cuando a continuación comienza a describir el torneo. Y en efecto irán desfilando uno tras otro altos nobles llegados de toda Europa, entre ellos algunos venidos de Flandes y Borgoña, de Provenza y Picardía, de Bohemia y Gascoña, de Lorena y Brabante, de Inglaterra y Normandía.

[41] El episodio reproducido ahora procede de las páginas 176-178 de la ed. de Galmés.

[42] *otro de Borbón:* probablemente se refiera a Hurigo, hijo del duque de Borbón.

[43] Al príncipe Eduardo, también llamado Duardo, el autor lo sitúa más adelante entre los defensores de la causa de Viana, cuando lo coherente sería encontrarlo entre los de su propia hermana Costança.

Lámina 12. Grabado procedente de la *Historia de Oliveros de Castilla y Artús de Algarbe,* correspondiente al cap. 24 de la ed. burgalesa de 1499, según el ejemplar de la Hispanic Society de Nueva York

hechó *[sic]* del cavallo abaxo, que no sabía si era de día o de noche. Y aqueste Eduardo hizo tanto con sus armas que cinco cavalleros derrocó uno tras otro. Y desque vino Jofre de Picardía, diole un tan grande encuentro aqueste cavallero Eduardo que lo derrocó del cavallo muy duramente en tierra. Y después de aqueste derrocó otros seis cavalleros que eran muy fuertes y poderosos.

Y a la fin vino la suerte de Paris, el cual se encontró con aqueste Jofre de Picardía[44]; y diéronse tan fuertes encuentros que los cavallos y los cavalleros todos cayeron en tierra, assí que paresció que ambos avían caído; assí que fue menester que otra vez tornassen a la justa. E Paris de muy buena voluntad tornó a la justa y dio un tan grande encuentro a Jofre que le derrocó por tierra con el cavallo y con todo; mas, porque el cavallo rebentó de la gran caída que avía dado, dezía la gente que por culpa del cavallo era caído, y que sería bueno que tornassen a la justa; mas Paris, assí como aquel que no era conoscido, no avía allí quien hablasse por él. Mas empero al rey parescía que Jofre fuesse vencido, y dixo que no quería fazer contornear[45] al cavallero no conoscido; que por cierto él era muy buen cavallero, en tal manera que el rey le embió un escudero para que le dixesse cómo al rey parescía que él oviesse vencido a Jofre; mas si él quería, justar[46] otra vez en cortesía; y si no, que él le dava la vitoria de aquel encuentro. Y Paris respondió que la belleza de la señora Viana era tan hermosa que en el mundo no avía su par, por que él era muy presto de justar con el cavallero otra vez, y tantas que bien paresciesse que él era vencido ciertamente sin ninguna diferencia. Las cuales palabras parescieron al rey que eran de muy gran valor, y dixo que él devía ser noble cavallero.

Assí que entonces Paris mudó el cavallo que su compañero Eduardo le tenía aparejado, y tornaron otra vez a la justa, y firiéronse de tan gran poder el uno y el otro, en tal manera que Jofre vino a tierra muy fuerte del cavallo abaxo, sin ningún detenimiento y diferencia. Y en muy poco espacio, fasta ora de vísperas, fueron hechas tantas de justas y de hechos de

---

44 Jofre de Picardía era defensor de la causa de Floriana.

45 *contornear:* volver a reanudar o repetir el torneo.

46 *si él quería, justar...:* se sobreentiende “si él quería, podría justar...”, otorgando la decisión al albedrío de Paris.

armas, tan fuertes y poderosas, que no quedó de la parte de Viana sino sólo Paris en su cabo; y de la otra parte de Costança de Inglaterra quedavan tres cavalleros muy fuertes y poderosos; conviene a saber: Alberto, hermano del duque de Savoya, y Pedro, hijo del conde de Provença, y Simón de Prois. Y de la otra parte de Costança[47] estava Antonio de Pagorio y Lorín de Lorena, y Juan, duque de Brabant, los cuales eran muy cansados y dixeron que quedasse la justa fasta otro día de mañana. Y Paris dixo:

— Por cierto, no saldré jamás de este campo fasta que yo aya visto el fin destas justas.

Y firió tan poderosamente sobre aquellos, que no era ninguno que le osasse esperar ni estar delante; assí que tan valientemente Paris venció todas aquellas justas y las truxo a fin. El cual fue llevado al cadahalso donde estava el rey de Francia y fuéronle dadas las tres vanderas con las tres joyas que en las vanderas estavan; y aún le fue dada la honra de aquesta fiesta y el precio de valor que jamás cavallero ovo. Y mucho secretamente se partió él y su compañero Eduardo, y se tornaron en el Dolfinazgo[48] de Francia. Y Paris fue a casa del obispo de san Lorenço[49], y él lo rescibió con gran honor y no mostró que él oviesse hecho ninguna cosa; y aquí estuvo fasta ver qué se diría.(...)

---

[47] El anónimo responsable de la versión de esta historia suele embrollarse con los nombres y bandos, como en este caso, en donde lo esperable era encontrarse con los valedores de Floriana de Normandía.

[48] *Dolfinazgo:* Delfinado; región del sudeste francés, en esta historia a cargo del gobierno del "dolfín".

[49] Pudiera referirse al obispo de la propia ciudad de Viana o Vienne, que fue sede episcopal hasta el año 1790, aunque su catedral estaba bajo la advocación de san Mauricio; los nombres parecen asignarse con cierta arbitrariedad, pues en la versión francesa al obispo se le hace serlo de saint Vincent.

*Cómo el hijo del duque*[50] *estando presente el obispo de san Lorenço habló con Viana y de la respuesta que ella dio*[51]

— Dulce Viana, ya sabéis que vuestro padre vos ha casado[52] comigo; ¿por qué razón estáis que no queréis?; ¿havéis miedo que estando comigo vós no podéis servir a Dios? Yo os prometo a Dios que, como seáis mi muger, yo os daré licencia que hagáis estrecha vida en cualquier manera que vós queráis; por que mucho os ruego que me digáis vuestra voluntad.

E Viana le dixo:

— Bien veo que yo soy casada salvante vuestro honor; mas no sois vos aquel que yo tengo en coraçón, y aún más, que yo no soy para estar en el mundo, ni que ninguno pueda estar cerca de mí; y si fuesse cosa honesta yo vos mostraría las mis carnes, mas allegad acá y mostrar-vos-he qué sale de mi cuerpo.

Y ellos se allegaron a ella y sintieron aquel gran hedor que le salía de lo que tenía debaxo de los sobacos[53]; y hedía tan

---

[50] *hijo del duque:* probablemente se refiera a Tomás, hijo del duque de Borgoña, ya mencionado antes.

[51] Los pasajes que siguen, hasta el final de esta selección antológica, se toman de las páginas 262-263, de entre los "Apéndices", de la mencionada ed. de Galmés, pero ajustando, como se viene haciendo aquí, su transcripción a los criterios establecidos previamente y la puntuación a las convenciones actuales en las ediciones de prosa narrativa.

[52] *casado:* con el significado aquí de "desposado"; se refiere a los esponsales, pacto o contrato previo al matrimonio.

[53] Se trata de una estratagema urdida ingeniosamente por Viana para disuadir de su proyectado matrimonio al pretendiente oficial que su padre le asignaba; la muchacha se coloca bajo los sobacos trozos de gallina podrida. Galmés encuentra precedentes de esta anácdota en la obra del napolitano Paulo el Diácono: «crudorum pullorum carnes sibi inter mammas sub fascia posuerunt, quæ ex calore putrefactæ odorem fœtidum exhalabant» *(De gestis longobardorum,* IV,38); de ahí pasó al *Libro de los exemplos:* «E las dos fijas posieron carne de pollos so las tetas porque del calor de la carne e de las tetas saliesse fedor, e

malamente que no lo podieron sufrir. Y súpitamente se partieron de allí. Y como Viana vido que avían olido tanto de aquel hedor, díxoles que fuéssense en buen hora, «que ya vedes cómo soy medio podrida». Y el fijo del duque de Borgoña y el obispo ovieron della muy gran compassión y pensaron que aquello le venía de muy gran santidad. Y luego encontinente[54] el moço tomó licencia del dolfín [y] como más presto pudo se fue para su tierra y contó todo lo que avía acontecido a su padre, assí que por toda Francia fue tenida por gran santidad aquella vida[55] que hazía Viana. Y entonces el dolfín juró que no saldría sino muerta, o ella se tornaría a su voluntad; y hizo que le diessen menos de lo que le solían dar a comer. Mas Viana, por amor a Paris, todo lo comportava.

E Paris, que avía sabido por una letra que le avía escrito Eduardo, su compañero, que el dolfín avía dado marido a Viana, el cual era hijo del duque de Borgoña, y que se esperava cada día de ser novia[56], ovo muy gran desplazer. Y por otra parte ovo plazer: en pensar que, ya pues ella tenía marido, que avría fin su amor, que ya harto le bastava lo que l'avía hecho. Mas, con todo esso, escrivió a Eduardo rogándole que le hiziesse saber el día de la fiesta de Viana y de su bendición[57]. Porque

---

assí guardarían virginidat». (cfr. Galmés, *ed. cit.*, págs. 45-46). La versión francesa ofrece curiosos pormenores cuando relata que Viana «s'en vint la ou elle avoit mys la geline, si la prist et la fendit en deux moyties et en mist desoubz chascune de ses aycelles une moytie et la tint bien estroictemant tout le jour et toute la nuyt, que Ysabeau n'en scavoit riens. Les jours estoient longs et les challeurs grandes, come a la Saint Jehan, si que a lendemain la gelline, que dessoubz les aycelles estoit, fut si puante que a grant poyne povoit l'om endurer la grant pueur qu'elle sentoyt». Luego Viana dirá a su pretendiente que «j'ay une enfermete sur moy, dont il saut si grant el mauvese odeur, qu'il n'est homme qui empres moy peust demorer quant il le sentiroit», y cuando empieza a descubrir su pecho salió tal olor que «il sembloit que y eust ung chien pourry», lo que hace desistir de su empeño al borgoñón, que se ve obligado a «clourre le nez et torner le visaige aultre part» (cfr. Galmés, *ed. cit.*, págs. 319-322).

54 *encontinente:* inmediatamente, sin dilación o demora.

55 *aquella vida:* se refiere a su vida de austeridad simulada y penitencia exagerada en apariencia, calificable casi de masoquista, siguiendo probablemente el modelo harto conocido en las hagiografías medievales de santa María Egipciaca.

56 *novia:* se refiere aquí a la esposa en el día de su matrimonio.

57 *bendición:* celebración canónica y sacramental del matrimonio convenido.

él no la pensava jamás ver, mas avía plazer de saber la su fiesta; y que él entendía de ir fasta Roma y luego tornar a Génova; por que mucho le rogava afectuosamente que le escriviesse todo el hecho de Viana.

### *Cómo Eduardo hizo una mina por la cual podía hablar con Viana y ayudarla en su necesidad*

Eduardo pensó que mientra Paris sería en Roma cómo podía ayudar a la gran necessidad de Viana por amor de Paris. E ordenó de fazer una capilla dentro en una iglesia que era cerca de la prisión donde estava Viana; y mandó cavar tan fondo fasta que falló sus fundamentos de la prisión donde estava Viana, y él mismo fizo allí una finiestra por donde podía hablar con Viana, y le preguntó cómo estava; la cual fue visitada dél y ovo tanta consolación que como vio a Eduardo fue muy maravillada, y ella le contó la manera que avía tenido con el hijo del duque de Borgoña y la cautela que fizo con la gallina. E mucho le rogó que siempre escriviesse a Paris cómo ella lo saludava y cómo avía gran desseo de lo ver.

Y Eduardo por aquella finiestra le dava cada día de comer buenas viandas y lo que avía menester con que pasasse su vida. Empero él solo tenía la llave de aquesta capilla y ninguna persona entrava sino él. E luego escrivió una carta[58] a Paris en que le hazía saber la manera que Viana avía tenido con el hijo del duque de Borgoña, que ella no avía otra esperança sino la suya, y lo saludava mucho[59].

---

58 Las líneas que siguen hasta el final proceden de la pág. 204 de la ed. de Galmés, que sigo.

59 A partir de aquí, la historia va encaminándose hacia su feliz desenlace gracias a la conjunción de una serie de circunstancias: el delfín viaja a Oriente para preparar una expedición de cruzada, pero es hecho prisionero por el sultán. Paris logra liberarlo y lo acompaña, vía Chipre, hasta el Delfinado, donde al fin revela su personalidad y se le concede la mano de su siempre amada Viana. El delfín «hizo hazer gran fiesta, la cual duró veinte días (...) E Paris y Viana bivieron por espacio de cuarenta y cinco años; y ovieron cinco hijos, y fueron los cuatro hijos y una hija (...)» (Galmés, *ed. cit.*, pág. 213).

# 25. *Historia de los dos enamorados Flores y Blancaflor, rey y reina de España y emperadores de Roma / Flores y Blancaflor*

Difusión 1430 a

1495 h R 1512 I (Alcalá)

La ed. castellana de 1512 es la más antigua que ha llegado hasta nosotros; si hubo otras anteriores, se han perdido; la imprimió, dividida en veinte capítulos, en Alcalá, Arnao Guillem de Brocar, en 24 folios *in cuarto* en caracteres góticos, sin numerar pero con signatura. De ella se hicieron versiones al francés, impresas en París (1554), Anvers (1561), Lyon (1570 y 1571) y Rouen (1597). Hay además otras eds. españolas de los siglos XVI y XVII, así como en forma de pliegos de cordel posteriores, de las que da cuenta Bonilla en la suya.

Se trata de una antigua leyenda, relacionada parcialmente con el ciclo carolingio, por la personalidad de sus protagonistas, padres de Berta, la madre de Carlomagno. En España era conocida desde el siglo XII. Dos poemas franceses, cuya versión original podría remontarse al año 1170, contienen el cuento de *Floire et Blancheflor*, transmitido en dos versiones, llamadas "aristocrática" y "popular"; esta última, según Reinhold, parece haberse destinado a ser recitada a los peregrinos que se dirigían a Santiago de Compostela, de acuerdo con sus versos iniciales: «Que

Dieux vos soit a toz garant / et nos deffende de toz max, / et nos doint en nuit bons ostax!»; además, la peregrinación de los padres de Blancaflor hacia Compostela aparece en todas las versiones derivadas de ésta.

Hay referencias a la misma en una poesía del trovador catalán Guiraldo de Cabrera dirigida al juglar Cabra y escrita hacia 1170; también las encontramos en la *Primera Crónica general* de Alfonso X y en la *Gran conquista de ultramar*[1]. Según Agapito Rey, la fusión de esta leyenda con las carolingias ya era casi completa en el siglo XIII. Sus protagonistas, Flores y Blancaflor, que recibieron tales nombres por haber nacido ambos en un mismo día de Pascua florida y que se amaron desde la cuna, son mencionados en poemas portugueses del siglo XIII, por Juan Ruiz en su *Libro de buen amor* ("ca nunca fue tan leal Blanca Flor a Flores", e.1703a) así como por Francisco Imperial que los nombra dos veces en versos contenidos en el *Cancionero de Baena*.

Se ha discutido sobre el origen y fuentes de la leyenda, que para algunos habría que buscarlas en la tradición oriental, sea bizantina, sea persa —hay similitudes argumentales con varios cuentos de *Las mil y una noches*—, ya árabe, ya hebrea y bíblica; otros la ponen en relación con el mito de Píramo y Tisbe, conocido por medio de las *Metamorfosis* ovidianas. Sin embargo Bonilla se inclina a sospechar que "la primitiva historia de Flores y Blancaflor (no la novela castellana de este título) sea de origen hispá-

---

[1] Allí, Berta, mujer del rey Pepino de Francia y madre de Carlomagno, se presenta como «hija de Blancaflor e de Flores, que era rey de Almería (...) e libró al rey de Babiloña de mano de sus enemigos, cuando le dio a Blancaflor [el rey de Babilonia a Flores] por mujer, por juicio de su corte, donde estos amos [=ambos] fueron los mucho enamorados de que ya oístes hablar» (libro II, cap. 43, fol. 123vb, de la ed. salmantina impresa en 1503; cfr. con la ed. de Louis Cooper de *La gran conquista de ultramar*, Bogotá, Ito. Caro y Cuervo, 1979, en cuyo t.I, págs. 561-592, pueden verse curiosas derivaciones de este *romance* al tratar de la historia de Carlos Mainete, al que viene a hacerse nieto de Flores y Blancaflor; allí se dice que se le adjudicó el apelativo de Mainete «porque cresciera tan bien e tan aína» (*op. cit.*, fol.126va, en t.I, pág.573) y se hace referencia a su coronación «por rey de Francia e de Alemaña en Aix la Chapela» *(ibíd.*, fol.130va, ed. cit., t.I, pág.589).

nico y esté relacionada con las peregrinaciones a Santiago de Compostela y con los milagros del Apóstol"[2]. La trama coincide en sus rasgos esenciales con la *chante-fable* de *Aucassin et Nicolette*, del siglo XIII, que también pudo tener un origen arábigo-español, como sugirió Gaston Paris. Existen —además de las francesas— otras versiones, con sus esperables variantes, expandidas por toda Europa: bajo-renana, escandinava, sueca, islandesa, danesa, inglesa, holandesa, alemana, italiana y griega. La leyenda pervive en el romancero hispánico y sefardí de tradición oral en varios poemas que tienen como protagonista al conde Flores, con curiosas variantes que afectan en especial a la identidad de los personajes principales, pues incluso a las madres de los jóvenes protagonistas se las llega a presentar como hermanas entre sí.

EDICIÓN

1916 Adolfo Bonilla y Sanmartín, Madrid, Ruiz Hermanos, Clásicos de la Literatura Española, 6, LXIV+230 págs. Esta ed., que reproduce la de 1512, se imprimió, con buen gusto, en la imprenta de Fortanet, en la calle Libertad, 29, de Madrid. El texto se halla entre las págs. 1 y 128. Contiene también un apéndice sobre "Los descendientes de Flores y Blancaflor, según la *Gran conquista de ultramar*" (págs. 129-202), al que siguen notas bibliográficas (203-218), 29 notas al texto (219-225) y el índice.

BIBLIOGRAFÍA

GRIEVE, Patricia E., "*Flores y Blancaflor*: Hispanic Transformations of a Romance Theme", *La Corónica*, 15,1 (1986), 67-71.

HERZOG, *Die beiden Sagenkreise von Flore und Blanscheflur*, Viena, 1884.

[2] Adolfo Bonilla, *ed. cit.*, págs. XL-XLI.

HUET, G., "Sur l'origine de *Floire et Blanchefleur*", *Romania*, 28 (1900) y 35 (1907).

REINHOLD, J., *Floire et Blancheflor. Étude de littérature comparée*, París, 1906.

SHARRER, Harvey L., "Eighteenth-Century Chapbook Adaptations of the 'Historia de Flores y Blancaflor' by António da Silva, Mestre de Gramática", *Hispanic Review*, 52,1 (1984), 59-74.

## SELECCIÓN

Adolfo Bonilla dice de esta bella historia de ficción que "no es propiamente (...) un libro caballeresco, aunque algunos incidentes haya en él, posiblemente postizos, de este último género"; lo califica de "lindísimo cuento de amor", difundido por toda Europa en la Edad Media, del que puntualiza que "fue tierno cuento de amor en el siglo XIV y caballeresco relato en el XVI"[3].

Su argumento en las diversas versiones europeas coincide en estos puntos básicos: un caballero, acompañado de una dama —su mujer o su hija, según los casos— peregrina a Compostela para cumplir un voto; los moros les asaltan en su camino, toman prisionera a la dama y la llevan al palacio de su rey; allí, la dama cristiana y la reina mora dan a luz en Pascua florida una hija —Blancaflor— y un hijo —Flores—, respectivamente, los cuales se aman desde muy niños. Al ver que su amor se acrecienta y por no considerarlo conveniente, el rey moro, padre de Flores, pretende separarlos por diversos y sucesivos medios: enviando lejos a su hijo, matando a la muchacha, y vendiéndola a unos mercaderes. Flores, empeñado en recuperarla, viaja hasta Babilonia donde el almiral —gobernador, amir o emir árabe— tiene encerrada a su amada en una torre a manera de harén; en efecto, el joven logra entrar en la torre, tras haberse ganado la amistad de su guardián. Allí el almiral sorprende juntos a los dos amantes y los condena a muerte

[3] Adolfo Bonilla, *ed. cit.*, págs. VI y 216.

Lámina 13. *Flores y Blancaflor.* Portada de la ed. impresa por Arnao Guillem de Brocar en Alcalá en 1512

por haber infringido sus prohibiciones; ellos, sin embargo, consiguen librarse del castigo y regresar, venciendo dificultades surgidas en el mar, a su país de origen, donde Flores se convierte del islamismo al cristianismo y hereda el reino de su padre.

Para esta antología se han seleccionado pasajes procedentes del argumento inicial, partes de sus capítulos 6 y 7, el 9 y 10 en su totalidad, el 12 en un breve fragmento y la parte final del 19. Así tenemos ocasión de acompañar a los futuros padres de Blancaflor cuando, yendo en romería hacia Santiago, son cautivados por los moros que atacan Galicia, y Persio es muerto por ellos; su viuda Topacia, cautiva, da a luz a Blancaflor, y la reina mora el mismo día alumbra a Flores. La reina lamenta la muerte de Topacia y encomienda a un ama a la huérfana Blancaflor. Cuando se produce el primer encuentro de Blancaflor y Flores se advierte que ya están precozmente enamorados. Se programa la educación de ambos, incluidas para el muchacho «las cosas de la caballería», pero Flores, por sus amores, es incapaz de concentrarse en el estudio: de ahí, el designio paterno de alejar a Flores de Blancaflor, enviándolo con su ayo Mahomat Abdali a Montorio. Más tarde, Blancaflor está a punto de ser ejecutada en la hoguera por una falsa imputación de haber cometido alta traición. Flores, que presiente el peligro observando la mágica alteración de su sortija que Blancaflor le había entregado —otra semejante regalada por la reina mora a Flores, con virtudes de talismán, librará más tarde a los protagonistas de morir en la hoguera—, regresa a su tierra y libera a Blancaflor, tras justar de incógnito con el malvado senescal que había tramado en connivencia con el rey la muerte de la muchacha. Flores mata al senescal en el campo de combate tras lucha muy violenta. Cuando Blancaflor resulta liberada de sospecha, Flores regresa a Montorio. Los pasajes finalmente seleccionados nos permiten acceder a la torre —prisión y harén a un tiempo— donde está encerrada Blancaflor, e informarnos de una mágica fuente que verifica la virginidad de las doncellas, así como del feliz desenlace de la historia.

Uno de los varios rasgos caballerescos perceptibles —además de las andanzas del protagonista, que oculta a veces su identidad, por tierras tan alejadas entre sí que abarcan, con cierta imprecisión, desde España a Egipto—, se registra en la conducta del rey moro, cumplidor de las normas que son convencionales en la caballería y defensor de «la buena verdad y justicia» en las justas, respetuoso con los protocolos con que éstas se regulaban y que promete tratar con justicia «a cualquier caballero viandante» que a su reino viniere.

## *Flores y Blancaflor*[4]

Aquí comienza la historia de Flores y Blancaflor[5], y de su descendencia y de sus amores; de cuánta lealtad hobo entre ellos y de cuántos trabajos y peligros pasaron en el tiempo de sus amores, siendo Flores moro y Blancaflor cristiana. Y de cómo, por voluntad de Dios, nuestro señor, se convertió Flores a los mandamientos de Dios y de la santa madre Iglesia, por intercesión de Blancaflor; y de cómo fueron marido y mujer, y sucedieron reyes en España, e convertieron toda la España a la fe de nuestro señor Jesucristo. Y de cómo después fueron emperadores de Roma, según adelante veréis.

### [...VI] *De cómo se partió micer Persio y su mujer en romería, y fueron cautivados por los moros*

Así comenzaron su viaje[6]; comoquiera que en el tiempo de las grandes calores, hacíaseles muy gran trabajo, especial que

---

[4] Me sirvo de la cit. ed. de A. Bonilla, de 1916, que reproduce a su vez la impresa en 1512. Lo hago adaptando su texto a los criterios prestablecidos, e incluyo inmediatamente el argumento preliminar de la obra.

[5] *Blancaflor:* además de esta heroína, existen otras varias homónimas suyas en libros de caballerías; baste recordar ahora a la hermana de Arturo que fue madre de Perceval, a la madre de Tristán, y a otra Blancaflor que, desposada con Perceval, no llegó a cosumar su matrimonio con él.

[6] En el cap. 5, anterior a éste, se aparece un ángel en sueños a To-

eran personas delicadas, y la jornada muy larga y a pie; ya podéis ver lo que sentirían. Y, andando por sus jornadas, llegaron en España.

En aquel tiempo era la mayor parte de España de moros; y un día partieron de una villa, y tomóles en el camino la calor a la hora de mediodía. Topacia, como era muy delicada, fatigábala la calor y la sed; y así andando por el camino, llegaron a un prado muy fresco, donde había una fuente que salía de una peña muy fría y muy dulce, y acordaron de reposar allí fasta que la calor fuese pasada.

Dice la historia que el rey de Galicia y [el][7] de Portugal, que eran cristianos, hacían cierto tributo a Felice, que era moro, rey de España; y en este tiempo había enviado Felice moro, rey de España, al rey de Portugal y [al] de Galicia por las parias que le acostumbraban dar y, cuando no las quisieren dar, que los desafiasen para el primer día de agosto, que para aquel día entendía de los dar campo y tomarles sus tierras, o de sojuzgarles bajo de su señorío. Oída la embajada del[8] rey de Galicia y de Portugale, [e]llos les dieron por respuesta a los embajadores moros que se fuesen de sus tierras mucho en hora buena, que ellos no deliberaban de darle ni pagarle tal tributo; pero que confiaban en Dios qu'el tributo que el rey Felice había llevado en los tiempos pasados que él se lo haría tornar, o le ganarían sus tierras y lo sojuzgarían a su señorío.

Rescebida la respuesta los embajadores, ellos se despiden del rey de Galicia[9] y se van para el rey Felice y le dan la respuesta de su embajada, diciéndole cómo el rey de Galicia no estaba en disposición de le dar las parias acostumbradas, antes se las entendía de defender, y no tan solamente defendérselas mas de cobrar dél las que hasta allí había llevado de sus tierras.

---

pacia y le anuncia que concibió un descendiente, por lo que ambos esposos deciden ir desde Italia a Compostela «como pobres peregrinos», con esclavinas y bordones «según los romeros suelen llevar», para agradecer al apóstol Santiago el favor recibido por su intercesión.

7 Añado aquí *[el]* y poco después *[al]* para evitar la confusión de identificar a ambos reyes cristianos con uno sólo, propiciada a veces por el texto también en líneas posteriores, pero no en este pasaje, dado el uso de los verbos en plural.

8 *del:* equivalente a "por parte del".

9 *Galicia:* nótese cómo el rey de Portugal queda ignorado en este párrafo.

Oída la respuesta de su embajada, el rey Felice hobo tanto enojo que no había hombre que se le parase delante. Mandó luego apercibir su gente y pregonar la guerra a fuego y sangre contra el rey de Galicia y de Portugal. E así como fue juntado su ejército de su armada, hizo juramento que todos cuantos cristianos le viniesen adelante que él los pasaría por la espada y que a ninguno dejaría la vida; y así lo puso por obra, y mandó capitanes que lo ejecutasen, y con este voto se partió de sus tierras contra el rey de Galicia y de Portugal.

Y como la fortuna no es segura a los hombres, en aquel estante[10] vino el rey Felice a poner su campo en aquel prado, estando reposando micer Persio. Y como la vanguarda iba una gran pieza delante el gran ejército, no hobieron sentimiento ninguno de la armada, de manera que allí fueron tomados micer Persio y Topacia de la gente del rey Felice, e fueron interrogados por un capitán si eran cristianos o no. Y micer Persio y Topacia, por no negar la fe de Cristo, dijeron que sí, que ellos eran cristianos, pero que no eran de aquella tierra, que eran de Roma, vasallos del emperador, pero que iban en romería a Santiago[11]. E luego el capitán, muy cruelmente, mandó matar a micer Persio sin ninguna piedad; y, como las calidades de las mujeres naturalmente son apacibles y amigables a los hombres, viendo que Topacia era tan gentil y tan noble criatura, con consentimiento de su compañía, deliberó de no la matar, mas de hacer un presente al rey Felice, su señor. E como el rey fue llegado al campo, hácenle presente[12] de Topacia al rey; y el rey, cuando la vido tan gentil y tan discreta, y de tan gentil crianza, agradescióles mucho el presente que le habían hecho a sus gentes, y mandó luego el rey a un caballero suyo que luego se partiese a la ciudad de la Cabeza del Griego[13], adon

---

10 *estante:* instante.

11 En el cap. 4, cuando Persio y Topacia regresan de Roma, ella invoca el nombre del apóstol Santiago como intercesor ante Dios para pedirle un hijo deseado; también su marido Persio ruega lo mismo al «apóstol Santiago de Galicia», a fin de tener un hijo heredero de sus tierras, y ambos le prometen ir «en romería a su santa casa».

12 *presente:* donación, regalo.

13 *Cabeza del Griego:* según Bonilla, citando a J.A.Ceán Bermúdez, cerro de Castilla la Nueva, a dos leguas al SW de Uclés, dos al W de Almenara, dos al E de Horcajo, a la derecha del río Jigüela, y a tres cuartos de legua al S de Sahelices; la población existía en 1228, pero ya estaba despoblada en 1500, donde sólo queda la ermita de san Bartolomé.

de la reina su mujer estaba, para le enviar a Topacia. Y mandó el rey a un capitán suyo que se decía Muza que lo acompañase al caballero y a Topacia fasta la ciudad de la Cabeza del Griego, donde estaba su mujer; y escríbele el rey a la reina desta manera:

*Carta del rey a la reina*

«Muy cara y virtuosa señora mía: Porque creo que vuestra señoría se alegrará del presente, acordé de le enviar a vuestra señoría esta cristiana cativa que han tomado mis guardas con un cristiano, hombre de mucho valor, y, por el voto que tengo hecho de pasar todos los cristianos que a las manos me vinieren por la espada, mataron a su marido. Y por ser ella gentil, y de tan gentil crianza, me paresció que debe ser de buena parte; hela dejado para vuestro servicio».

Y en espacio de un día y medio fueron llegados donde la reina estaba, en la ciudad de la Cabeza del Griego, y luego en llegando el caballero fue a palacio a la reina a le dar su embajada y presente que traía, y él le besó las manos y le dijo estas razones:

— Muy noble y poderosa señora: el rey, mi señor, me envía a vuestra alteza con esta cristiana cativa, la cual ha tomado en este viaje. Crea vuestra alteza que es la mujer más discreta y de más noble crianza que jamás nunca se vio.

E como la reina vido la cristiana, hízola descubrir, que venía atapada; y, cuando vido su hermosura y su disposición, fue muy alegre, teniéndoselo en merced al rey su señor, y agradecíólo mucho al caballero que la había traído. Miraba la reina el gesto y gracia que Topacia tenía, en tanta manera que no se podía fartar de miralla. Y Topacia, comoquiera que se había visto señora y servida, veíase servidora y cativa; era tanta su tristeza que sus ojos le eran tornados fuentes de agua, que de ninguna cosa se podía en el mundo alegrar, diciendo palabras de gran dolor, maldiciendo la fortuna que tan mal la había tratado:

— ¡Oh, fortuna desigual! ¡Oh, mal sin remedio! ¡Oh, Topacia, que en mal sino[14] fueste nascida! ¡Oh, mala hora! ¡Oh, planeta infortunada que ha corrido sobre ti! ¿Qué pecados fueron los tuyos? ¿Qué ofensa feciste a Dios, por donde te vino tanto mal? Hante muerto tu marido y tu señor, que jamás lo esperas cobrar. Los días de tu vida son muy pocos. ¡Más se te valdría morir que vivir en tanto dolor! ¿Qué es de tus riquezas, tus joyeles, tus tesoros? ¿Qué será(n) de tus vasallos, que nunca más te verán? ¿Qu'es de tus damas y tus criados? ¿Dónde son tus señoríos? ¿Qué hará el duque, tu tío? ¿Qué dirá? ¡Oh fortuna infortunada!, ¿por qué me has tratado tan mal?(...)

## [VII] *Capítulo de cómo la reina sintió mucho la muerte de Topacia y encargó mucho al ama a Blancaflor*[15]

Dice la historia que, como Topacia fue muerta, la reina hizo tan gran duelo por ella como si fuera su hermana, y mandó al ama que criaba a Blancaflor que le diese tan buen recaudo como si su propia hija fuese; y el ama así lo hizo, adolesciéndose della por el mucho amor que a su madre había tenido.

E cuando fueron pasados algunos días, mandó la reina que le trujesen a Flores y a Blancaflor, que los quería ver. E cuando la reina los vido, e vido que parescía el uno al otro, que esto era maravilla; y allegaron el uno al otro, y tomáronse de las manos y besáronse. E la reina fue maravillada de todo esto; pero hubo mucho placer que dos criaturas tan chicas se mostrasen tanto amor.

E como Flores fue de tres años y medio, mandó el rey que le buscasen un maestro que fuese gran sabio y hombre de buena crianza. Y dícenle que en Toledo había un moro, hombre muy sabio, de gentil crianza y muy político. Y el rey, luego

---

[14] *sino:* entiéndase en su sentido astrológico, como "signo", del lat. *signum*, tal como lo confirma la inmediata mención de "planeta".

[15] Aquí y en las páginas que siguen el nombre de la protagonista aparece en el texto como Blanca Flor, en dos palabras. En las páginas anteriores, no reproducidas aquí, Topacia, tras dar a luz a Blancaflor el mismo día de Pascua florida en que la reina mora alumbra a Flores, y habiéndola bautizado con sus propias lágrimas, muere encomendando a su hija a la protección de la mora.

en la hora, envió por él, el cual se decía Mahomat Abdali; y este moro era hombre tan sabio y de tan gran consejo que no se hallaba otro tal en su reino. E como Mahomat Abdali vido las cartas del rey, luego en la hora se aparejó lo mejor que pudo para ir allá adonde el rey le mandaba a cumplir su mandado.

Así como llegó a la corte, no se apeó en ninguna parte hasta haber besado las manos al rey. Y, como el rey lo vido, hubo mucho placer en verle, que era hombre tan prudente y de tanta autoridad, viendo que aquél convenía a su propósito. Mandóle aposentar muy bien, y que estuviese cerca de su palacio. E mandó enviar por Flores, y, como Flores fue venido, mandó llamar a Mahomat Abdali, y el rey le dice:

— Mahomat Abdali: por la buena fama que de vos me han dicho, y porque me paresce que vos sois tal persona que cualquiera cosa se os puede encomendar, lo que cumple a nuestro servicio es que administréis a Flores, mi hijo, de buenas costumbres, así como yo espero de vos que lo habéis de hacer con mucha diligencia, así en las cosas que cumplen al servicio de Dios como en las cosas de la caballería; y en esto nos haréis mucho servicio.

Y luego Mahomat Abdali besó las manos al rey por la merced que le hacía, y el rey le prometió que él le faría mercedes, allende de le dar su acostamiento y todo cuanto hobiese menester.

Cuando Flores vido que el rey, su padre, le había dado ayo y maestro, suplicó al rey, pues le había dado ayo y maestro, que no partiesen dél a Blancaflor porque la amaba mucho, y que mandase a su maestro que así tuviese cargo della como dél. Y el rey, por contentar a Flores, dijo que le placía de buen grado, y así Flores besó las manos al rey por ello.

Pero, comoquiera que era mayor el amor que tenía Flores a Blancaflor que no gana de estudiar, jamás se podía partir della, y su maestro, con todas cuantas maneras de artes buscaba, no le podía hacer aprender cosa alguna. Y luego Mahomat Abdali, maestro de Flores y Blancaflor, viendo que en ninguna forma ni manera ningún remedio tenía con su criado Flores, que no hacía cosa ninguna que por él le fuese mandada y que él no podía salir con su honra, deliberó de decirlo al rey, por su descargo, diciéndole cómo Flores no quería regirse ni gobernarse por lo que él le decía, que antes no le podía quitar de Blancaflor ni partirlo della, que él la adoraba y ella era su dios y en otra cosa no pensaba[16].(...)

### [...IX] *De la sentencia que fue dada a Blancaflor por el rey y los de su Consejo*[17]

«Yo, el rey Felice, rey de España, señor de los habitadores della: Visto por Nos y por nuestro Consejo real cómo es acometido un crimen y gran traición contra Nos y contra nuestra corona, por nos levar la vida, por una cristiana, criada de nuestra casa, que se dice por su nombre Blancaflor, que, acordadamente, con deliberado pensamiento, no temiendo el temor de Dios y de nuestro santo profeta Mahomat, en menosprecio de nuestra justicia, que nos ha querido dar la muerte con una gallina ponzoñosa, la cual fue experimentada en un perro y de continente[18] fue muerto. Por el cual acometimiento endiablado, visto y aprobado por Nos y por nuestro Consejo, mandamos, por la maldad acometida, mandamos que sea quemada y que el alma suya sea desipada del cuerpo, y sea fecha polvos, por que sea a ella castigo y a los otros ejemplo».

---

[16] El rey mismo insistirá en estos mismos conceptos cuando, al final de este capítulo, lamenta ante la reina que para Flores «Blancaflor era su dios y su vida, que él no adoraba sino a Blancaflor», y en el capítulo siguiente confiesa a su senescal creer que «algún diablo tiene hechizado a mi hijo Flores, que ni come, ni bebe, ni duerme, pensando en sus amores». Las analogías con palabras y conducta de Calisto en la *Celestina*, así como con dichos y actuaciones de los protagonistas de *romances* sentimentales, son tan evidentes que no es necesario puntualizarlas más.

[17] En el fragmento no reproducido, el rey moro, temiendo que la continuidad de los amores de su hijo Flores con la cristiana Blancaflor pudiera hacer abandonar la fe islámica a su hijo y tener ello consecuencias políticas peligrosas para su reino, pone distancia por medio entre ambos, enviando a Flores a Montorio; luego, con la colaboración de su senescal, tramará la muerte de Blancaflor, acusándola calumniosamente de alta traición, como si ella hubiese preparado una gallina envenenada para dársela a comer al rey con intención de asesinarlo así.

[18] *continente:* de manera inmediata o instantánea.

Y así fue dada la sentencia para que Blancaflor fuese quemada de allí a tres días.

Y en esto Flores no sabía cosa ninguna; pero, estando hablando con el duque, su tío, vínole de súbito un gran tristor al corazón, que en el mundo[19] podía saber qué podía ser. Miró el anillo que Blancaflor le había dado y halló la piedra que había perdido la color, y, viendo la experiencia del anillo, conoció que Blancaflor era en alguna tribulación. Pide por merced al duque, su tío, le diese un caballo y armas, y el duque fue muy contento, que todo cuanto él tenía era para su servicio. E luego el duque mandóle traer el mejor caballo que tenía en su caballería y las armas que había menester. Y Flores cabalgó delante el duque, y comenzó a poner las piernas al caballo, y empezó a correrlo y facer algunos continentes delante el duque, y pidióle por merced le dejase salir al campo, y el duque fue muy contento.

E como Flores se vido fuera de la ciudad, tomó gran placer, e tomó su camino en las manos[20] y caminó aquel día y aquella noche hasta otro día de mañana, y hallóse, cuando salió el sol, en el lugar donde se había de ejecutar la sentencia de Blancaflor, y demandó a unos hombres que traían leña para quemar a Blancaflor, y preguntóles que para qué traían aquella leña, y ellos le dijeron que para quemar allí una cristiana del rey, que había querido dar yerbas[21] al rey en una gallina, por matarlo, y que era dada sentencia que la quemasen.

Viendo Flores el gran aparejo que se hacía, conosció que era Blancaflor. No se quiso partir de allí. A cabo de un grande rato vido salir por la puerta de la ciudad muy grande gente y el senescal con todos los alguaciles, y en medio dellos traían a Blancaflor con unas ropas muy pobres vestidas y una gran cadena al cuello; y, llegados en el lugar donde la habían de quemar, la hicieron descabalgar, y ella, viendo su muerte tan cerca, pidió por merced al senescal que la dejase hacer oración, y él le dijo que le placía; y así ella hincó las rodillas en el suelo y alzó los ojos al cielo y, con muy gran llanto, empezó a decir:

---

19 *en el mundo:* expresión equivalente a "nadie" o a "nadie en el mundo".

20 *tomó su camino en las manos:* expresión equivalente a "emprendió la marcha"; según Bonilla, se trata de un modismo similar a otro empleado con frecuencia en la prosa medieval francesa.

21 *yerbas:* veneno, hierbas venenosas.

— ¡Oh, misericordioso Dios! Tú, que por benina clemencia veniste a tomar muerte y pasión por salvar el género humano, te plega salvar a esta tu sierva por tu infinita bondad. Y tú, Señor, que eres juez justo, te ruego que quieras mostrar milagro de tan falso crimen como estos moros me han levantado.

E, así como la oración fue acabada, mandaron tocar dos añafiles. Al tiempo que la quisieron meter en el fuego, Flores puso las piernas a su caballo, y empieza de atropellar la gente hasta llegar donde estaba Blancaflor, y tomóla por la mano y sacóla de poder de la gente. Y, como la tuvo en libertad, demandó Flores a la doncella:

— Por la fe que vós tenéis, ¿qué cosas tan graves y tan feas habéis vós acometido, que tan mala muerte vos han mandado dar?

Muy humildemente respondió Blancaflor:

— ¡Por Dios vos ruego, caballero, me queráis escuchar! Vos, señor, sabréis qu'el senescal malvadamente me ha acusado que yo, con una gallina emponzoñada, quise matar al rey. Así Dios me salve, que yo no soy en cargo de este fecho, de hecho ni de pensamiento; y esta es la verdad deste hecho de que vós me habéis interrogado.

Y, en todo esto, Blancaflor no había conocido a Flores; como ella fuese turbada, y él venía en las armas[22], no lo conocía. E tomóla por la mano, esforzándola y diciéndole:

— Doncella, no hayáis ningún temor, que antes perderé yo mi cabeza que vós hobiésedes mal; y si hobiere algún caballero de los del rey que quiera mantener la gran sinjusticia[23] que a vós hacen yo vos defenderé, con el ayuda de Dios.

Y como Blancaflor vido la buena voluntad del caballero, diole muchas gracias por ello, diciéndole:

---

22 *venía en las armas:* había llegado revestido con su armadura.

23 *sinjusticia:* injusticia; así se empleaba el sustantivo todavía a principio de este siglo en algunos lugares de la Mancha.

— Caballero, a Dios y a vós me encomiendo: ¡por lo que debéis a la virtud de caballería, que vós defendáis la buena verdad y justicia, que yo tengo confianza en Dios que él ayudará a vós y a mí contra la falsía!

Los alguaciles que llevaban a Blancaflor a quemar, visto que aquel caballero había tomado tan gran empresa de salvar a Blancaflor de aquello que por el rey y su Consejo era visto juzgadamente, deliberaron de ir al rey y de hacerle saber lo que pasaba. Y el rey, cuando lo supo, fue muy maravillado del mucho atrevimiento de aquel caballero, que había querido quebrantar el mandamiento suyo, estando en su tierra; y el rey quiso saber quién era aquel caballero. Y el caballero envió al rey[24] que suplicaba a su alteza no qui[si]ese saber quién era, que bien había tiempo para saberlo, pero que pedía por merced a su alteza que le mandase dar campo[25] con el senescal suyo, que falsamente había acusado a Blancaflor; que él no era venido para otra cosa ninguna, salvo por delibrarla de la gran maldad de que la habían inculpado. Y el rey, qu'esto vido, que aquel caballero así impunaba el hecho, mandó que le aposentasen muy bien, diciéndole que folgase, que si él buen derecho tenía, que le sería muy bien guardado.

El caballero pidió por merced al rey que le diese dos caballeros de los suyos, que fuesen tales y tan fiables para que les fiasen a Blancaflor, que fuese segura fasta que la cosa fuese juzgada; y él dijo que era muy contento, y así mandó a dos caballeros tales que tomasen a Blancaflor en su poder y que la guardasen muy bien, de manera que no recibiese ningún daño hasta que por aquel caballero fuese delibrada; y así fue hecho.

El rey envió por el senescal, y los dos hablaron en secreto; y el rey dijo al senescal que qué le parecía de aquel fecho de Blancaflor, que aquel caballero todavía deliberaba de la librar por las armas. Y el senescal respondió al rey que bien sabía su alteza que todos los suyos eran muertos en su servicio y, por la honor de su corona, que él así lo haría, y que él confiaba en Dios que él habría la vitoria de aquel caballero; que su alteza les asegurase el campo para un día señalado, porque él presu-

[24] *envió al rey:* mandó que dijesen al rey; en el original, "envió el rey", corregido por Bonilla.

[25] *dar campo:* establecer las condiciones para justar con armas en duelo.

mía tanto de su fuerza que no estimaba[26] a nadie. ¡Tan grande era la soberbia que tenía!

Y el rey dijo que era contento; pero no le parescía al rey que era bien, conosciendo la mala justicia que el senescal y él tenían, temiendo no les viniese a la contra de su propósito. Pero érale forzado de hacerlo, porque Flores impugnaba su hecho, requiriendo mucho al rey por que la buena verdad fuese declarada. E los caballeros de la corte del rey, paresciéndoles que Flores demandaba justa razón, dijeron al rey que no detuviese aquel caballero por ninguna cosa, que era lo que complía a su servicio y a la honor de su corona; pues le demandaba campo, que se lo mandase dar; que, en otra manera, paresceria la sentencia que había dado a Blancaflor fuese falsa y mentirosa.

El rey, cuando vido que no se podía defender más, que le era forzado así, dioles campo de ahí a dos días; y, en este tiempo, que los caballeros se aderezasen de caballos y armas. Y cada uno dellos señaló el padrino que mejor le paresció, y, así todo puesto a punto y aparejado, llegó el día que era asignado el campo, y luego por la mañana fuése Flores al palacio del rey y besóle las manos, y pidióle por merced le asegurase el campo[27], porque él era extranjero y el senescal era natural del reino y bien emparentado. El rey le dijo:

— Caballero, no temáis de cosa ninguna, que toda justicia se os ha de guardar a vos y a cualquier caballero viandante que a mi reino viniere.

## [X] *Capítulo de cómo Flores mató al senescal en el campo*

Complido el plazo, el rey y la reina, con los jueces y con toda su caballería, se vino al cadahalso e hizo hacer un pregón, so pena de la vida, que ninguno fuese osado de ayudar a una parte ni a otra. Y así mandó entrar a los dos caballeros en el campo, y con ellos sus padrinos, y, hechas sus señas, se apartaron los padrinos afuera, y los caballeros se vinieron

---

26 *estimaba:* aquí, "temía".

27 *asegurase el campo:* asegurase neutralidad en el duelo judicial.

el uno contra el otro de tan gran fuerza que parescían leones. Y el senescal dio a Flores un golpe que le quebró la lanza encima; mas Flores le dio tan gran golpe que le falsó el escudo, e cayó el senescal y su caballo en tierra. Y, como el senescal fue en tierra, puso mano Flores a su espada por le cortar la cabeza, y el senescal le pidió por merced y por lo que debía a su virtud le dejase cabalgar en su caballo; y Flores fue contento. Y, como fue a caballo, tomó una gruesa lanza y viniéronse el uno para el otro, y Flores erró el encuentro, y el senescal encontró a Flores y falsóle el escudo por alto y llevóle la visera. Fue tan recio el encuentro que cayó Flores en tierra, y como el senescal lo vido que era caído puso mano al estoque por le cortar la cabeza. Como Flores lo vido venir, levantóse muy presto y puso mano a su espada, y vase[28] para el senescal, y danse tan grandes golpes de las espadas que era una cosa espantable. Pero, como Flores fuese más mozo y más esforzado, siempre llevaba lo mejor de la batalla, y Flores lo fatigaba mucho; y el senescal, viendo que no podía escapar de la muerte, dice a Flores:

— Caballero, ¿si a vos pluguiese que reposásemos un poco, que gran pieza ha que trabajamos?

E cuando Flores oyó las razones del senescal, conoció dél que su hecho era flaco, y algunas veces se le olvidaba la espada en la mano, que no era tan presto como de primero. Plúgole mucho, y comenzó de dalle priesa muy recio por darle la muerte. E Flores dio un golpe al senescal con dos manos que le falsó el almete y lo abrió hasta los ojos. E como el senescal fue caído, vino su padrino y sacólo del campo, diciendo a los jueces si había más que hacer sobre aquel fecho; y así mandó el rey que lo llevasen a Flores con mucha honra por la vitoria que Dios le había dado, aunque al rey no le placía. Pero Flores no quiso partir del campo fasta que Blancaflor fuese delibrada por los jueces del campo. Y luego Flores, ante de ninguna cosa, suplicó al rey fuese publicado, como era acostumbrado de publicarse tales fechos; y el rey fue contento de lo hacer, y mandó sacar a Blancaflor a un cadahalso, y con ella a Flores, con trompetas y atabales y con mucha honra, publicando

[28] *y vase:* nótese la transición presentizadora y actualizadora de la escena, no excepcional, por cierto, en estas páginas.

cómo aquel caballero había delibrado a Blancaflor del crimen que le era levantado falsamente.

Y esto todo acabado, Blancaflor pidió por merced al caballero le dijese su nombre por que cuando viniese Flores le supiese decir por quién era libre; y el caballero le dijo que no lo podía saber, mas qu'él iba donde era Flores y que se lo diría.

Flores besó las manos al rey y despidióse dél, encomendándole a Blancaflor, que sus altezas la mirasen con ojos de amor, pues ninguna culpa en ella se hallaba y no podían hacer mayor placer a Flores, su hijo; y, otro día de mañana, Flores tomó su caballo y sus armas y partióse para Montorio[29], donde había dejado su ayo con el duque, que de todo esto ellos no sabían cosa ninguna, ni sabían qué era hecho.(...)[30]

## [XII] *Capítulo de cómo el rey mandó a su mayordomo que llevase a vender a Blancaflor*[31]

(...) — Señor, yo te daré un buen consejo; (...)la torre es la más fuerte que hay en el mundo, que tiene trecientos codos en altura y trecientos en ancho, de manera que vós, señor, no podéis tener ningún remedio; y toda es labrada de piedras

[29] Aunque haya una población con este nombre en la provincia de Burgos, partido de Villadiego, regada por el río Urbel, aquí debe designar vagamente alguna de las varias italianas, probablemente la llamada Montorio Romano, a 40 kilómetros de la capital.

[30] Las páginas aquí omitidas, correspondientes al cap. 11, relatan el regreso de Flores a Montorio, donde se muestra cansado y enfermo de amor; cuando revela su secreto amor a su tío, éste propone el remedio —documentado por Whinnom en tratados médicos de la época— de traerle mujeres que le hagan olvidar a su amada; pero el enamorado exige tener cerca de sí a Blancaflor, de lo contrario se volverá loco. Para evitar el reencuentro entre ambos, su madre, la reina, propone vender la muchacha a unos mercaderes.

[31] A continuación se reproducen las palabras de Dario Lobrondo a Flores, su huésped, a quien aloja en su casa y aconseja cuando, tratando de recuperar a su amada, se había trasladado en barco por el Mediterráneo, hasta llegar a Alejandría, a El Cairo y finalmente a Babilonia, en donde Blancaflor está encerrada con otras doncellas en una torre, a manera de harén.

preciosas, y de día la guardan quinientos caballeros y de noche otros quinientos; y, sobre todos estos, la tiene en guarda un caballero, el más esforzado que hay en toda esta tierra y hombre que no se fía de ninguno, por mucho amor que le tenga. Es menester que ningún hombre, de ninguna ley[32] que sea, que no se llegue a la torre de media legua de donde hay unas señales de las armas del almiral[33]; y, si de allí adelante pasan facia la torre, so pena de la vida, sin ninguna merced. Dentro de aquella torre hay un verjel y, en medio de aquel verjel, está un árbol que de invierno y de verano siempre está florido; y al pie del árbol está una fuente de agua muy clara, y tiene tal virtud que, si la mujer no es virgen, allí se parece[34]. El almiral face que, cada mañana, las doncellas que en la torre están cojan una flor y hácela echar en la fuente y que aquella que es virgen el agua sale clara y, si no lo es, el agua sale turbia y bermeja como sangre.

Dario[35] dijo a Flores:

— Todo lo que hay en la torre, fijo mío, yo te lo he dicho; y más te digo: que el capitán de la torre es gran jugador de ajedrez y es hombre que ama la moneda y es muy avaricioso. Y pues de todo sois avisado, id con la bendición del Criador.

Flores le dijo:

— Padre, yo vos hago muchas gracias de todo lo que me habéis avisado. Mas yo no soy venido por conquistar moneda ni tesoro, que yo me tengo harto; mas vengo por mi vida y tesoro, que es Blancaflor, y por ella perderé la vida.(...)[36]

---

[32] *ley:* religión, sea musulmana, cristiana, o cualquier otra.

[33] *almiral:* gobernador, amir o emir árabe.

[34] *se parece:* se manifiesta, se muestra, se revela.

[35] *Dario:* se trata de un personaje llamado Dario Lobrondo, cuyo nombre propio se pronunció así, con prosodia paroxítona, hasta el siglo XVII.

[36] Aquí se omiten los caps. 13 a 18, en donde Flores se acerca a la torre prohibida, juega con su guardián al ajedrez y lo soborna para que le facilite el acceso hasta Blancaflor; se ejecuta el plan un domingo de Pascua de flores, preparando su entrada —en un cesto o "cuévano" cubierto de rosas— hasta la cámara donde está su amada. Llega a la cámara y ambos se encuentran; conversan de amores y Blancaflor le pide que se haga cristiano. El almiral los sorprende en la cama y los

## [XIX] *De cómo Flores se partió de Alejandría y vino en España, y cómo se tornó cristiano*

(...)Así fue Flores en España jurado por príncipe heredero, y Blancaflor por princesa. Flores fizo gobernador de España al capitán de la torre del Caire[37], y casólo con Gloricina[38], criada de Blancaflor; y a su huésped Dario, lo hizo maestre de Santiago.

Después qu'el príncipe Flores gobernó los reinos de España, después que su padre fue muerto, Blancaflor parió un hijo que fue llamado Gordión, el cual fue jurado rey de España, después que su padre Flores fue emperador de Roma[39].

---

encierra en prisión «muy escura»; mandados quemar, se prepara la hoguera, pero Flores conserva el anillo dado por su madre que lo librará de muerte por fuego o agua; entran en la hoguera asiendo ambos el anillo, y no sufren mal alguno. Se identifica Flores ante el almiral como hijo del rey moro de España, por lo que aquél los indulta y establece un plan de regreso a España a donde volverán en barco, pero una «fortuna» o tempestad los hace naufragar y arribar a una isla desierta donde pasan algún tiempo viviendo como salvajes. El Dios cristiano oye sus súplicas y les ayuda a salir de allí por medio de una nao de Barut [=Beirut] en ruta hacia Alejandría, donde se reencuentran con el almiral que les fleta nuevas naos en las que regresan hacia España, y en doce días arriban a Cartagena. Ya en España, Flores se convierte al cristianismo y exige a sus padres que se hagan cristianos. Ellos se convierten por no perder a su hijo, y en seis meses gran parte de España se hace también cristiana.

37 Se refiere a la torre utilizada como harén por el almiral de Alejandría, situada en las proximidades de El Cairo, en un lugar al que se denomina Babilonia, que no hay que identificar con la ciudad asiática, porque a veces la toponimia resulta aquí algo imprecisa o incoherente.

38 *Gloricina:* también llamada Glorisia, que había servido como criada a Blancaflor mientras estuvo prisionera en la torre de Babilonia.

39 En el capítulo 20, en efecto, tras morir su padre Felice, Flores es rey de España. Deja este reino a su hijo Gordión y él se va a Roma como emperador. Flores y Blancaflor caminan en jubileo hacia Roma. Allí, Flores es recibido como emperador por el Papa, como cónyuge que era de Blancaflor, legítima heredera del imperio. Quedan en Roma para bien de la cristiandad, y su hijo Gordión, en España. Nada se dice de una hija llamada Berta, en discrepancia con la tradición carolingia de Mainete.

## 26 A. *Apolonio de Tiro* (libro 8º de *Confisión del amante*)

Redacción anterior a 1430

1454 d C

El cód. se conserva en la Bibl. de El Escorial, g-II-19, entre cuyos fols. 365v y 394v, escritos a dos columnas con letra cursiva corriente cortesana, casi ya de tipo procesal, se encuentra la historia de Apolonio.

Existió ya un texto novelesco en latín, titulado *Historia Apolonii regis Tyri,* que se remontaba a una tradición griega y estaba vinculado a motivos folclóricos universales, como estudió Deyermond; el *Libro de Apolonio*[1], poema de clerecía castellano, recoge esta tradición en el siglo XIII; otra versión en prosa también tiene cabida en la *General estoria* alfonsí.

El texto que nos ocupa ahora traduce otro inglés versificado, la *Confessio amantis* de Jonh Gower (1325?-1408), íntimo amigo de Chaucer, que además escribió otras obras en latín y en francés, y acabó ésta, inspirada en el *Roman de la rose,* en 1390. En el *incipit* de la versión castellana se responsabiliza de su traducción Juan de Cuenca, vecino de Huete, quien, según P.E.Russell, acabaría su labor traductora después de 1415 y moriría algo después de 1430; para su

---

[1] Nótese, sin embargo, que ninguno de los dos textos de que aquí se trata son prosificaciones del poema de clerecía.

trabajo, tal vez se sirvió de una traducción al portugués hoy perdida, obra realizada entre 1399 y 1415 por un eclesiástico inglés que llegó a ser canónigo en Lisboa, llamado Robert Payn, Payne o Paym.

Hermann Knust ya había transcrito el cód. a principio de este siglo y lo había anotado; su proyecto editorial se culminó con la colaboración de Adolf Birch-Hirschfeld cuando éste publicó el texto en Leipzig en 1909, no sin errores y omisiones. Hoy esa labor está superada y el texto resulta más accesible, merced a la meticulosa ed. paleográfica de Elena Alvar de 1990.

## 26 B. *Historia de Apolonio / Vida e historia del rey Apolonio*

1488 h I (Zaragoza, Pablo Hurus)

El ejemplar único conocido de este impreso, de 23 hojas, del que debió de haber alguna versión manuscrita anterior a 1488, se encuentra en la Hispanic Society de Nueva York, en donde lo "descubrió" Homero Serís. Traduce el texto latino de *Historia Apollonii regis Tyri* y se sirve del *exemplum* 153 de *Gesta romanorum*, siguiéndolo con apreciable fidelidad. Deyermond apreció en el *cursus* de su prosa alguna influencia del ritmo del verso castellano de arte mayor que tanto prestigio alcanzó en el siglo XV. Los epígrafes de los capítulos quizá no sean obra del traductor, sino del impresor, fenómeno habitual por aquellos años de la difusión de la imprenta, que afectará también a ediciones de *Celestina* y aún del *Lazarillo*.

Timoneda tomará esta versión como fuente para su *Patraña oncena*, transformando su modelo, según Homero Serís, de novela de aventuras en novela de caballerías, cuando convierte a su protagonista "de pacífico príncipe" en "belicoso caballero andante".

EDICIONES

26 A.-

1909 Adolf Birch-Hirschfeld, en *Confisión del amante por Joan Goer, Spanische Übersetzung von John Gowers 'Confessio Amantis' aus dem Vermächtnis von Hermann Knust nach der Handschrift im Escorial*, Leipzig, Dr. Steele und Co.

1990 Elena Alvar (y Manuel Alvar: prólogo), en *John Gower, Confesión del amante: traducción de Juan de Cuenca (s. XV)*, Madrid, Real Academia Española, *BRAE*, Anejo 45. Se trata de una ed. paleográfica, en la que el texto relativo a Apolonio se encuentra entre las págs. 623 y 654, correspondientes a los caps. 323 a 348 de un texto organizado en un total de 358, y a los caps. 4 a 29, de los 39 en que se divide el libro 8º. Estudio preliminar en págs. 1-140; texto, en 141-674.

26 B.-

1964 Homero Serís, en *Nuevo Ensayo de una biblioteca española de libros raros y curiosos*, I,1, Nueva York, Hispanic Society of America, págs. 80-113. Errores y omisiones.

1966 Antonio Pérez Gómez, *La vida e historia del rey Apolonio*, ed. facsímil, Cieza-Valencia, Soler, Incunables poéticos castellanos, vol.12, 23 hojas. 35 grabados xilográficos.
Contiene un prólogo de H.Serís, pasajes suyos de *Bulletin Hispanique*, 64,1-2 (1962) y observaciones de T.Navarro Tomás.

26 A y B.-

1973 Alan Deyermond, *Apollonius of Tyre: Two Fifteenth Century Spanish Prose Romances: 'Historia de Apolonio' and 'Confisión del amante: Apolonio de Tiro'*,

Univ. of Exeter, 22+116 págs. Basada en la ed. de Pérez Gómez para el primero de los dos textos que edita.

BIBLIOGRAFÍA

OESTERLEY, Hermann, ed., *Gesta Romanorum*, Berlín, 1872.

PIETSCH, Karl, "Zum Text der *Confisión del amante por Juan Goer*", *ZRPh*, 46 (1926), 428-444.

RIESE, A., ed., *Historia Apollonii regis Tyri*, Leipzig, 1893[2].

RUSSELL, P.E., "Robert Payn and Juan de Cuenca, Translators of Gower's *Confessio Amantis*", *Medium Ævum*, 30 (1961), 26-32.

SANTANO MORENO, Bernardo, "La traducción de «Confessio amantis» de John Gower", *Anuario de Estudios Filológicos*, 12 (1989), 253-265.

SERÍS, Homero, "La novela de Apolonio. Texto en prosa del siglo XV descubierto", *Bulletin Hispanique*, 64,1-2 (1962), 5-29.

ZINK, Michel, *Le roman d'Apollonius de Tyr*, París, Union Générale d'Éditions, 1982.

SELECCIÓN

Ha parecido conveniente presentar en contigüidad física pasajes seleccionados de ambos textos, de contenido común en buena medida, facilitando así el cotejo de sus similitudes pero también el de sus notables diferencias, tanto constructivas como estilísticas.

Aunque sea preferible considerar estas obras como *romances* de aventuras, no estrictamente caballerescos, es fácil encontrar en ellos aspectos formales y argumentales que tanto relieve habrán de cobrar en los libros de caballerías posteriores.

De la historia de *Apolonio de Tiro*, contenida en *Confisión del amante*, se han elegido pasajes relativos a la comprometedora adivinanza propuesta por el rey Antioco a quien aspire a la mano de su hija, y a la boda de Apolonio con la hija del rey de Pentápolin, a la que seguirán extrañas maravillas, entre las que destaca la sorprendente intervención del médico Cirimo, «gran letrado e sotil esperimentador», que logra hacer volver de la muerte a la vida a la mujer de Apolonio.

A éste, señor de Tiro, se le presenta como «caballero nuevo», es decir, joven, además de enamorado, y se le caracteriza como inteligente, de buen carácter y valeroso; siente en su interior ese típico impulso caballeresco que le lleva a buscar la «aventura»[2] y se entrega a ella hasta el punto de aventurar —la expresión se emplea en el texto— su vida por conseguir su propósito y llevar a buen puerto su empresa. Su antagonista será el rey Antioco, secundado por Taliarto o Taliarco, un «cavallero muy traidor en sus obras». Apolonio exhibirá, como buen caballero, sus habilidades en el «tañer e cantar», y lo hace con tal acierto que enamora a la hija del rey Artestraques. En sus bodas tampoco faltan las típicas fiestas cortesanas, en las que, entre «reyes d'armas e juglares», jóvenes caballeros «justaron e dançaron e fisieron todo el plaser que pudieron».

Del relato de *La vida e historia del rey Apolonio,* que concluye con el protagonista reinando en Antioquía y en Tiro, quien escribe «folgadamente, con gran felicidad... todos sus fechos e casos», se toma el pasaje en que Apolonio resuelve el enigma planteado por Antioco; otro se refiere a la seducción que sus habilidades musicales causan en la hija del rey de Pentápolin que luego se convertirá en su esposa; los últimos cierran felizmente sus aventuras con la recuperación de su mujer y su pacífico reinado.

Se puede observar hasta qué punto el traductor de este texto calca ciertos latinismos de su modelo, como ya había apuntado Tomás Navarro Tomás[3]: en lugar del gerundio,

---

[2] Sobre la idea de aventura, vid. María Rosa Lida, *La idea de la fama en la Edad Media castellana,* México-Buenos Aires, 1952, página 169.

[3] Tomás Navarro Tomás, "Observaciones sobre la lengua de la *Historia de Apolonio",* en H.Serís, *op. cit.*, I,1, 113-115; también reproducido en la ed. de Pérez Gómez.

usa el participio de presente, incluso con complemento pronominal: «sacantes los fuera de la ciudad, los apedrearon», «el pescador, viente se tomar de los cavalleros», «tales crueldades usante», «mirante al joven», «en lloro e planto morante». También la sintaxis propende a adaptarse al orden latino; así, «acabadas las palabras, derramar començó lágrimas». Por lo general, los períodos se organizan con brevedad, los diálogos con rapidez, las escenas descritas resultan claras y precisas, y se potencia la acción novelesca mediante la abreviación no sólo de las descripciones sino sobre todo de los motivos doctrinales.

## A) *Apolonio de Tiro* (libro 8º de *Confisión del amante*)[4]

[...367v...] *Capítulo CCCXXIV, que trata cómo vino el rey Apolonio de Tiro a Antioca a demandar a la infanta por muger*

Así acaesció que el noble rey Apolonio, señor de Tiro, como caballero nuevo, enamorado e talantoso, muy esforçado, pensando en las nuevas que oyera desir del fecho del rey de Antioca, propuso en su coraçón de se poner a aventura por provar la sotilesa de aquella cuistión, si la adevinaría. E, teniendo presto para su ida e aparejado lo que menester avía, con pieça de gentes onradas entró en la mar e siguió su camino, fasta que en el puerto de Antioca arribó en salvo.

E este noble cavallero Apolonio de todas las ciencias naturales e otras sotilesas sabía asás, e demás las palabras que fablava eran tan graciosamente dichas que los que lo escuchavan avían muy grant sabor de lo oír rasonar. Tanto que él con todos los suyos fue salido en tierra, luego se fue derecho a los palacios del rey. E después que llegó a su presencia, cuando [368r] vido tiempo fablóle en el caso del casamiento de su fija.

---

4 Sigo la ed. cit. de A.Deyermond, de 1973, no sin cotejarla con la de E.Alvar, con las pertinentes adaptaciones a los criterios preestablecidos para ésta, en particular en lo que atañe a la puntuación, en donde busco un punto de equilibrio entre la parsimonia y la abundancia de los mencionados editores.

Mas el rey le respondió que primeramente le avía de dar asolución a una cuistión que él le diría, en la cual, si errase, fuese cierto que no escaparía de perder la cabeça. E Apolonio le preguntó por la cuistión, qué tal era. El rey, con mirar espantoso e cara robusta, declarándole el caso, dixo en esta manera:

— Yo fago a mí mesmo grant traición, comiendo la carne de mi madre, cuyo marido, mi padre, yo cuido buscar; lo cual, otrosí, es fijo de mi muger. Quien a esta mi cuistión me quisiere responder e dar asolución, ciertamente llevará mi fija. E si en su respuesta falleciere, sea cierto de perder la vida sin otra alçada[5].

Por ende dixo el rey a Apolonio:

— Fijo mío, sey avisado sobre esta cosa, pues vees que la tu vida sobre ello está en aventura.

## *Capítulo CCCXXV. De la respuesta de Apolonio*

La cuistión propuesta de parte del rey Antioco[6], después que Apolonio ovo repetido los puntos della, dixo por su respuesta la siguiente rasón:

— Rey, si tú quisieres que yo descubra la verdad de aquesta tu cuistión, dígote que es una cosa de grant secreto de entre ti e tu fija, la cual [368v] sobre vós amos solamente está[7].

E el rey estonces ovo en sí grant pesar porque, si él aquella cosa declarase, para siempre sería avergonçado. E por ende con sotiles palabras que andava imaginando, dixo así:

— Fijo mío, puesto que por agora tú seas de poco saber, no es de maravillar, pues que no eres llegado a edad compli-

---

5 *sin otra alçada:* sin derecho de apelación o recurso judicial.

6 *Antioco:* prefiero acentuar como Deyermond, y no como Elena Alvar —Antíoco—, por mantener la similitud prosódica con el topónimo Antioca, en cuya acentuación ambos coinciden.

7 La respuesta de Apolonio revela con no menos sutileza que prudencia el incesto entre padre e hija.

da. Mas de aquí adelante para[8] bien mientes, que no tengas en poco tu vida, que está en aventura. E, para que sobre esto seas mejor avisado, yo de mi gracia te quiero otorgar treinta días de espacio para en que puedas responder.

Con licencia e tiempo señalado se partió este nuevo príncipe e se fue para su tierra[9], entendiendo muy bien dentro en su coraçón e aun por información de otras personas que el rey le diera aquel espacio por le espantar e poner temor. E por ende, temiéndose de traición porque dixera la verdad, súpitamente de noche sin más tardar entró en una varca e se fue para Tiro, donde andovo imaginando el peligro que le podía venir, si descubriese el fecho de entre el rey e su fija, porque sabía él de cierto que, segunt su coraçón[10], por algunt aleve o traición no dexaría de lo perseguir por ello fasta la muerte. E por ende, por salvar su vida, puso en su volun | tad [369r] de dexar su tierra por algún tiempo. E de noche, sin lo saber ninguno, metióse en la mar en navíos cargados de trigo. E tanto que los marineros lo sintieron dentro, metieron velas e siguieron su viaje. (...)

### *Capítulo CCCXXVI. De cómo Antioco embió a dar* [369v] *yervas*[11] *a Apolonio*

El poderoso rey Antioco, en sí muy sañudo por la respuesta de aqueste príncipe de Tiro, consejóse con un cavallero muy traidor en sus obras, el cual avía nombre Taliarto. E diole ponçoña compuesta en una bujeta e de oro una grant suma, mandándole que luego se partiese e se fuese a Tiro lo más presto que pudiese. E que por cosa ninguna que ser pudiese no dexase de matar a este príncipe Apolonio. Tanto que este mal cavallero entendió la voluntad del rey, metióse luego en

---

8 *para:* imperativo del verbo "parar": "pon mucha atención".

9 *para su tierra:* según Deyermond, se trata de un error de uno de los traductores, que anticipa «se fue para Tiro», que aparece luego.

10 *segunt su coraçón:* de acuerdo con su corazonada.

11 *yervas:* se trata de hierbas venenosas, como se puntualiza luego al hablar de «ponçoña compuesta»; también Jorge Manrique, en sus famosas *Coplas*, alude a "yervas secretas".

una galea e con buen viento fue su vía fasta que arribó al río[12] de Tiro, donde salió en tierra. E se fue al burgo a tomar posada por un tiempo e, por no ser conocido de las gentes que i moravan, mudó los vestidos e fuése a andar por las rúas donde vido las gentes faser su llanto muy doloridamente. E preguntóles estonces cuál era la rasón por que fasían tan grant sentimiento de tristesa. E ellos le dixeron todo el caso: cómo su señor, sin lo faser saber a ninguno dellos, se era ido de aquella tierra, e que non sabían para dónde. E cuando él supo cierto que aquello era verdad e que su camino avía seído en vano, tornóse luego a Antioca e contó [370r] al rey todo lo que viera e oyera de la fuida de Apolonio. El rey por un tiempo ovo en sí muy grant pesar, mas cuando vido que su sotilesa[13] non le prestava para acabar lo que quería, de allí adelante ablandó su ira e non fiso dello cuenta.

### [...373r...] *Capítulo CCCXXX. De cómo Apolonio estando a la mesa non comía cosa ninguna*

El rey Artestraques, mirando al cuidoso semblante que Apolonio mostrava, de su gentilesa mandó a su fija, que ante su mesa estava en pie, según que estonces costumbre real era, que se fuese para él e le fisiese todo el plaser que pudiese; la cual, por complir el mandado de su padre, se fue derecha para donde él estava asenta|do [373v], e preguntóle quién era e de dónde viniera, rogándole muy ahincadamente que dexase aquellos sus pensamientos tan pesados.

—Señora —dixo él—, mi propio nombre es Apolonio; e de las mis riquesas, si a vós ploguiese de lo saber, así es que viniendo para acá yo las perdí todas en la mar. La tierra en que yo nascí e están mis rentas e bienes, yo los dexé encomendados en el reino de Tiro, cuando de allá me partí.

---

12 *arribó al río:* Deyermond advierte que es una traducción errónea, por "ribera" o "costa". La confusión del copista puede estar propiciada porque el copista está pasando justamente aquí de la primera a la segunda columna del folio que escribe.

13 *sotilesa:* aquí, artimaña; otras veces equivale a habilidad o maestría.

E así fablando sobre esta rasón entramos[14] a dos, las lágrimas de sus ojos corrían por sus mexillas ayuso[15]. Cuando el rey lo vido así llorar, ovo dentro en su coraçón muy grant compasión e embió otra ves por su fija, disiéndole que fisiese traer su harpa por tal que, tañiendo[16] con ella, el coraçón de aqueste cavallero, que tanto enojoso era, pudiese[17] aver algún plaser e alegría. La fija del rey luego en obra lo puso como su padre lo mandara e, asent[ánd]ose en una cadira junto con él, començó de tañer e de cantar por le faser todo deporte que podía[18]. Mas él por eso no dexava de sospirar muy a menudo, e ella preguntóle que cómo le parecía el su tañer.

— Por cierto, señora —dixo él—, bien, pero si vós en el tañer guardásedes la mesura cual yo vos la[19] mostraría, ciertamente sería mayor plaser de la[20] oír.

E estonces [374r] ella le rogó muy afincadamente que tomase la harpa e le mostrase aquella mesura de que él fablava. E asimesmo el rey e la reina con todos los otros señores que aí estavan, todos le rogavan que mostrase algún plaser si sabía. Tomó estonces la harpa e templóla a su guisa, e començó de tañer e cantar tan graciosamente que cuantos lo oían les parecía que era bos de ángel aquello que en las orejas les sonava, en especial a la fija del rey, a quien la su melodía

---

14 *entramos:* entrambos, ambos.

15 Acerca de las lágrimas de tantos héroes literarios, véase José María Viña Liste, "De los sos oios tan fuertemientre llorando", en *Homenaxe ó profesor Constantino García,* Univ. de Santiago de Compostela, 1991, t.II, págs. 401-414 y "Más formulaciones del motivo del llanto en la literatura española medieval", en *Homenaje a la profesora Pilar Vázquez Cuesta*, Universidad de Santiago de Compostela, [en prensa].

16 *tañiendo:* E.Alvar sugiere una grafía de palatalización de la nasal omitida por el copista —tan[*n*]iendo— que acepto en mi transcripción, por homología con el "tañer" que sigue.

17 *pudiese:* E.Alvar lee "pudiera".

18 En la transcripción de este párrafo discrepo ligeramente de ambos editores precedentes.

19 *la:* así en E.Alvar; Deyermond lee "lo".

20 *la:* Deyermond prefiere mantener así el texto, considerando que su antecedente es "mesura", y no "tañer"; también pudiera justificarse por entender "música" o "melodía" como antecedente implícito. E.Alvar tampoco cree necesaria la sustitución de "la" por "lo", corrección propuesta por Knust y Birch-Hirschfeld en su ed. de 1909.

aplasía más que a ninguno de los otros, como aquella que, pensando en la respuesta que él al comienço de su fabla le diera, entendió en su coraçón lo que podía ser e que él era[21] de limpia sangre e muy noble linaje, porque las sus obras davan testimonio dello e de su sabiduría.

E desque ella vido que avía dexado de tañer por seguir la voluntad del rey, levantóse e levantaron luego las mesas, e cada uno se fue para donde le cumplía. E el rey mandó llamar a su camarero e díxole que buscase cómo fisiese [en][22] una cámara una cama para este Apolonio en que durmiese, de manera que él lo pudiese oír; el cual sin tardança luego lo puso en obra.

### [...376v...] *Capítulo CCCXXXIII. De cómo Apolonio casó con la fija del rey de Pentápolin*[23]

El día del casamiento, donde Amor es señor del coraçón, parte muy tar | de, [377r] ca más lijeramente viene que se va. Mas abreviando: llegóse el día en que ellos con grandes ofertas e sacreficios fueron casados, en el cual día fue ordenada una tan alta e costosa fiesta que la noblesa della por todas las tierras fue sonada. Ca los cavalleros nuevos aquel día justaron e dançaron e fisieron todo el plaser que pudieron. Los reyes d'armas e juglares[24] con sus altas boses a menudo gritavan e pregonavan las larguesas que contra los señores que aí estavan se fasían, así que con mucho plaser e alegría fue llevado

---

21 *...que él era:* Acepto la corrección de Deyermond sobre el ms., en donde se lee por repetición errada: «lo que podía ser e que él podía ser e era».

22 *en:* Knust y Birch-Hirschfeld propusieron esta adición, que todos aceptamos.

23 *Pentápolin:* acepto la prosodia sugerida por E.Alvar, a pesar de que los criterios más puristas del helenismo justificarían una acentuación paroxítona —Pentapolin—, concentrando la intensidad en el componente sustantivo de la palabra, y no en el adjetivo numeral; la pronunciación oxítona del topónimo, adoptada por Deyermond, sería más adecuada en un tratamiento cervantino irónico.

24 *juglares:* se corrige el cód., en donde se lee, por errata evidente, "jublares".

aquel día fasta el cabo. Mas después que la noche escura vino, este señor que tenía ganado su amor acostóse en la cama con su muger, donde entre sí ovieron complido plaser, lo cual bien se pareció; porque, a bueltas de los plaseres que entre sí ovieron, aquella noche engendraron una fija, a la cual fue distinado[25] de padecer muchas tribulaciones.

### [...380r...] *Capítulo CCCXXXVI, que trata de cómo un grant físico que se llamava Cirimo falló el arca en que iva el cuerpo finado de la reina, en tierra, junto con el agua cerca de la cibdad de Éfesim, e por su buen saber le fiso cobrar el spíritu vidal, que tenía traspuesto, en poco tiempo*

[...380v...] Tanto que aqueste cuerpo fue lançado en tierra[26], acertóse a venir por allí un grant maestro en física e çurujía por nombre llamado Cirimo, el cual en aquestas ciencias era muy grande y famoso esperimentador, tal que non avía en aquellas tierras otro. E este maestro luego como llegó a la playa donde el arca yasía, porque la falló pesada, pensó dentro en su coraçón que vinía dentro en ella muy grant tesoro. Mandó a sus diciplos que con él ivan que luego gela llevasen a su casa; e físola meter en una su cámara e buscó el arteficio que era menester para la abrir. E cuando vido el cuerpo embuelto en paños de oro, e el tesoro e la carta, por la cual se informó de la verdad de aquel fecho, descosió el paño de oro en que el cuerpo vinía embuelto, por lo ver en qué forma estava. E porque lo vido fresco que no hedía nin en cosa ninguna estava corrompido e la vida en edad asás manceba, como gran letrado e sotil esperimen | tador,[381r] començó primeramente de buscar en ella algunas señales e provar su pulso según a su ciencia pertenescía, por las cuales cosas falló que podría cobrar la vida, seyendo deligentemente curada.

---

25 *fue distinado:* el narrador con esta prolepsis anticipa el desgraciado futuro del personaje, avivando las expectativas de los receptores.

26 *lançado en tierra:* devuelto por la mar, a donde había sido arrojado, cuidadosamente encerrado en un arca, desde la nave en la que había muerto.

Mandó estonces sacar del arca el cuerpo muy onestamente, el cual fiso echar en una cama muelle embuelto en sávanas calientes, e fiso faser otras maneras de calor junto con ella e asimesmo tratalla en ciertos lugares de su cuerpo con ciertas unturas, de manera que entre la calentura e olios e muchos engüentes que le fueron puestos, e en especial por un licor que le lançó por la boca, el cual de grandes letrados es poco conocido, estonces el coraçón della començó de calorecer e latejar[27]. Así que, por la muy buena cura que este grant maestro fiso, naturalesa començó de obrar en ella por tal modo que abrió los ojos e desí recibió fuerça e alçó las manos en alto, disiendo muy doloridamente como muger que estava fuera de sí:

— ¡O, señor Dios! ¿En qué lugar estoy, o qué mundo es éste? ¿A dó es el rey, mi señor?

Mas Cirimo, el físico, respondió, e dixo:

— Señora, vós en salvo estaes; por ende yo vos consejo que tomés en vós cuanto esfuerço pudiéredes, ca sed cierta que vos non fallecerá cosa alguna [381v] que de rasón vos deva ser fecha. (...)

## B) *Historia de Apolonio / Vida e historia del rey Apolonio*[28]

### [...A2r...] [IV] *Aquí pidió Apolonio la fija del rey porque havía soltada la cuestión*

E el Antioco tales crueldades usante, passado algund poco de tiempo un joven de Tiro, príncipe de su tierra, muy rico, que avía nombre Apolonio, bien sabio en letras, llegó en An-

---

27 *latejar:* latir; por palabras como ésta deducía Pietsch la posibilidad de la existencia de un original portugués.

28 Utilizo el texto de la ed. impresa en Zaragoza por Pablo Hurus hacia 1488, sirviéndome de su reproducción facsímil preparada en 1966 por Antonio Pérez Gómez, ya mencionada, *La vida e historia del rey Apolonio*, que a su vez cotejo con la citada ed. de 1973 preparada por Alan Deyermond; como siempre, adapto el texto a los criterios preestablecidos en esta edición.

tioquía por mar. E entrando al rey fízole reverencia, e él respondió:

— Salvos sean el padre e madre de ti que vienes a casar.

Dize el Apolonio:

— Alto rey, yo demando tu fija por muger.

El cual, oyendo lo que no quería oír, mirando al mancebo díxole:

— ¿Sabes la condición de las bodas?

Responde Apolonio:

— Conoscí e aun a la puerta vi.

El rey con saña dize:

— Pues oye la cuestión: «Por la maldad soy traído, la carne de la madre como, busco mi hermano, marido de mi madre, ni lo fallo».

El Apolonio, tomada la cuestión, apartóse un poco del rey, e como estudiasse per la ciencia, mediante Dios, falló la solución de la cuestión, e tornando al rey dize:

— Excelente rey, pues pusiste la cuestión, oí la solución. En cuanto dixiste «por la maldad soy traído» no has mentido: a ti mismo mira; e en cuanto dizes «la carne de la madre como», mira a tu fija.

El rey, como oyesse el joven aver fallado la solución de la cuestión, temiendo que no paresciesse su pecado, con cara irosa mirándolo, dixo:

— Lexos eres, mancebo, de la solución de la cuestión; no has dicho cosa de verdad, e assí mereces ser degollado; mas aún avrás XXX días de espacio, e en tanto piensa bien. Tórnate a tu tierra e, si fallares la solución de la cuestión, tomarás a mi fija por muger, e si no, serás degollado.

### [V] *Cómo Apolonio se fue por mar a su tierra por miedo del rey, que lo mandó matar, e cómo el rey procurava su muerte*

[A3r] El Apolonio turbado, tomado su compaña[29], entró en el navío, e assí fue para Tiro, su tierra; mas después de su partida, el rey llamó a Taliarco, su despensero, al cual dixo:

— Taliarco, muy fiel ministro de mis secretos, sepas que Apolonio ha fallado la solución de mi cuestión, por ende cumple que luego embarques e vayas a perseguir a él, e como serás en Tiro, búscalo, e con fierro o ponçoña mátalo e assí torna, e rescibirás grand merced de mí.

Taliarco tomó armas e pecunias e fuése a la tierra de Tiro; mas Apolonio primero vino e entró en su casa e, en estudio apto, vio e rebolvió todos sus libros, pero no pudo fallar otra cosa sino lo que dixo al rey. E dixo entre sí:

— Por cierto, si no me engaño, el rey Antioco por amor ilícito ama su fija.

E tornando a pensar, dize entre sí:

— ¿Qué fazes, Apolonio? La cuestión suya soltaste, mas la fija no tomaste; por ende eres diferido de Dios[30], por que no mueras.

E assí luego mandó aparejar los navíos e cargar en ellos[31] cient mil moyos de trigo con mucho oro, plata, e vestiduras preciosas, con pocos compañeros muy fieles que tomó, e a la

---

29 *tomado su compaña:* el autor de la traducción mantiene la forma latina de *Gesta romanorum,* «accepto comitatu», con el significado de "habiendo tomado su compaña".

30 *eres diferido de Dios:* Dios te concede una demora, te da un plazo, retarda el asunto.

31 *ellos:* corrijo el texto, en donde se lee "ellas", porque el traductor tiene ante sus ojos «eas», cuyo antecedente en *Gesta romanorum* era «naves».

hora tercia de noche entró en la nao e començó navigar. En el día seguiente los de su regño, buscándolo e no lo fallando, muy grand lloro fue entre ellos porque aquel muy amado príncipe no parescía en la tierra; por lo cual fue grandíssimo planto en la ciudad; e, por el grand amor que avían a él, mucho tiempo cessaron los barberos de afeitar[32], fueron quitados los públicos juegos e espetáculos, e cerrados los baños, templos e tabernas, de manera que alguno no entrasse en ellos.

### [...A7r...] [XIV] *De cómo Apolonio vino al palacio del rey, el cual lo mandó vestir; e del modo que assentó en la mesa*

Apolonio como oyó, obedesció, e con el mensajero vino al rey. El criado, entrando, dize al rey:

— He aquí el náufrago, mas por la vileza del hábito ha vergüença de entrar.

E assí mandó el rey que lo vestiessen de ropas dignas e que entrasse a cenar. Entrando Apolonio [a] la sala del rey, en lugar señalado en derecho del rey se asssentó. Traxieron viandas e en conseguiente la cena real. E Apolonio, aunque los otros cenassen, no comía nada, mas llorando por gran espacio, el oro e la plata de la vaxilla del rey mirava. Estonces uno de los [A7v] assentantes dixo al rey:

— Si no soy engañado, este mancebo ha invidia a la fortuna del rey.

Dixo el rey:

— No sospechas bien, ca éste no ha invidia de mis bienes, mas antes muestra él haver perdido más cosas.

Dende, mirando con cara alegre a Apolonio, dize el rey:

— Joven, come con nós, e espera de Dios reparo.

---

32 *...afeitar:* se trata de una de las muestras medievales de luto, condolencia o duelo, como otras que se mencionan a continuación.

## [XV] *De cómo la fija del rey vino e fabló con Apolonio*

En tanto que el rey confortasse al mancebo, entró súbitamente la fija del rey, virgen ya de edad legítima, la cual dio paz al padre e dende a todos los assentantes; dada la paz, tornándose al padre, dízele:

— Señor padre, ¿quién es este mancebo, el cual ante ti tiene honrado lugar e tiene gran lástima e pesar?

El rey dize:

— Dulce fija, este hombre es escapado de la tormenta de la mar. Hame servido muy graciosamente, por lo cual yo lo convidé a cenar; mas quién él sea no sé; empero, si quieres saber, pregúntalo, ca a ti está bien saber todas las cosas, e por ventura como conoscerás havrás piedad dél.

Oyente estas cosas, la donzella allegóse al mancebo e dízele:

— Tu naturaleza mostra nobleza; si no lo has por enojoso, dime tu nombre e tus fortunas e casos.

Él responde:

— Si el nombre quieres, en la mar lo perdí; si la nobleza, en Tiro la dexé.

Dize la donxella:

— Más claramente me fabla, porque lo entienda.

Entonces, Apolonio le declara su nombre e todas sus fortunas e acaescimientos. Acabadas las pa | labras, [A8r] derramar comenҫó lágrimas. Al cual como el rey vio llorar, dixo a la fija:

— Dulce mi fija, pecaste en preguntarle el nombre e sus fortunas al mancebo, porque en ello renovaste sus passados

aſſentantes:dixo al rey.Si no ſoy engañado eſte mãcebo ha
inuidia ala fortuna dl rey.Dixo el rey.no ſoſpechas bien:ca
eſte non ha inuidia de mis bienes:mas antes mueſtra el ha-
uer perdido mas coſas.Ende mirãdo cõ cara alegre a apo-
lonio.Dize el rey.jouẽ come cõ nos:⁊ ſpera de dios reparo.

De como la fija del rey vino:⁊ fablo con apolonio.

Entã
e toque
el rey
cõfortaſſe
al mãcebo
entro ſubi
tamentela
fija del rey
virgen pa
de edad le-
gitima. la
ql dio paz
al padre:⁊
dende a to
dos los aſ-
ſentantes
dada la paz tornando ſe al padre:dize le. Señor padre quien
es eſte mancebo:el qual ante ti tiene tan honrado lugar:⁊ ti
ene gran laſtima:⁊ peſar. El rey dize:dulce fija eſte hombre
es eſcapado dela tormẽta dela mar. Ha me ſeruido muy gra
cioſamente:por lo qual yo lo conuide a cenar : mas quien el
ſea:no ſe:empero ſi quieres ſaber:pregunta lo:ca a ti eſta bi
en ſaber todas las coſas:⁊ por vẽtura como conoſceras:hau
ras piedad del. Oyente eſtas coſas la donzella allego ſe al
mancebo:⁊ dize le. Tu naturaleza moſtra nobleza. ſi no lo
has por enojoſo. di me tu nombre:⁊ tus fortunas:⁊ caſos. el
reſponde:ſi el nombre quieres enla mar lo perdi:ſi la noble-
za en thiro la dexe. Dize la donzella mas claramente me fa-
bla:porque lo entienda. Entonces apolonio le declara ſu nõ
bre:⁊ todas ſus fortunas ⁊ acaeſcimiẽtos. Acabadas las pa

Lámina 14. *Historia de Apolonio*. Página A7v de la ed. impresa hacia 1488 por Pablo Hurus en Zaragoza, según el ejemplar de la Hispanic Society de Nueva York

dolores; pues, mi amada fija, ya sabes la verdad[33], justa cosa es que la tu liberalidad como reina muestres a él.

La donzella, como vio la voluntad del padre, mirando al mancebo, dize:

— Nuestro es Apolonio[34], quita el lloro e de mi padre serás rico.

Entonces Apolonio, con gemido e vergüença, fizo gracias a la donzella. Dende el rey dize a la donzella:

— Trae la viyuela, porque con cantar alegres el combite.

La donzella mandó traer el instrumento e empeçó con mucha dulçor tañer, donde todos començaron alavarla e dezir:

— No se puede cosa mejor ni más dulce ser oída.

Entre los cuales todos, Apolonio calló. Dize el rey:

— Apolonio, cosa fea cometes; todos alavan a mi fija en la arte de música e tú solo vituperas.

Responde él:

— Alto rey, si me das licencia, diré lo que siento; la tu fija fue a aprender la arte de música, mas aún no la aprendió; por ende, mándame ser dada la viyuela e luego sabrás lo que no supiste.

El rey dize a Apolonio:

— Yo te veo enseñado en todas las cosas.

E mandó que le fuesse dado el instrumento e, salido fuera, lo decoró con la corona de su cabeça, e assí entró en la cámara, e tañía ante el rey con tan gran dulçor, de manera que

33 *verdad:* en el texto se lee, por errata, "verdado".

34 *Nuestro es Apolonio:* el traductor debería haber traducido mejor su original, donde se lee: «Noster es, Appolloni!», es decir, "Apolonio, eres nuestro; te acogemos como uno de los nuestros".

todos pensassen que no fuesse Apolonio, mas Apolo[35]. E los que estavan con el rey dixieron que nunca havían visto ni oído cosa mejor. La fija del rey, oyendo estas cosas e mirando al mancebo, fue presa de su amor, e dize a su padre:

— Excelente rey, desme licencia que dé al mancebo lo que me plaze.

Responde el padre:

— Faz lo que te plazerá.

Ella, mirante al joven, dize:

— Maestro Apolonio, toma de licencia de mi padre dozientos marcos de oro e cuatrocientas libras de plata, e vestiduras en abundancia con XX siervos e X siervas.

A los cuales dize:

— Traedle aquello que le he prometido.

E presentes los amigos, por mandado de la reina fueron traídas todas estas cosas en la sala.

[...C5r...] [XXXII] *Cómo Apolonio, con su fija e Atanágora su marido, vino en Éfeso, donde falló su muger que creía que era muerta*

[...C5v...] Ofrescidos en el templo muchos preciosos dones, començó recontar Apolonio cómo el ángel le havía revelado:

— Yo, Apolonio, rey desde mi adolescencia, natural de Tiro, como llegasse a saber e entender toda manera de ciencia, solté la cuestión del mal rey Antioco, por que rescibiesse a su

[35] *Apolonio...Apolo:* con razón anota Deyermond la analogía de este juego de palabras paronomásico con el atribuido a san Gregorio Magno: «Non Angli sed angeli».

fija por muger. Mas él como perverso e cruel defloró aquélla e continuamente la tuvo, cometiendo crimen de incesto. Por lo cual él me queriendo matar, yo fuí delante su faz e, andando por la mar, todo cuanto tenía perdí. Mas después del rey Arquistrato[36] fui rescebido muy graciosamente, e en tanto grado caí en su benivolencia que me dio a su fija en matrimonio. Dende, muerto el Antioco[37], tomé e traxe a mi muger para rescibir el regño. En la mar parió la reina mi muger a esta mi fija, la cual[38] murió de su parto. Yo, con XX marcos de oro en un ataúd cerrado, la eché en la mar, porque fallada, dignamente fuesse sepultada. Después encomendé esta mi fija a unos, marido e mujer muy malvados, a criar. E assí yo me fui a las partes superiores de Egipto. Dende, al XIIII año tornando para tomar e casar mi fija, dixiéronme que ella era defunta. E creído esto por mí, tomé vestiduras de luto, e en lloro e planto morante, me fue restituida la fija.

### [...C7r...] [XXXV] *Cómo Apolonio dio grandes dones al pescador e a Elimito*

Passadas todas estas cosas, un día andando Apolonio en la ribera de la mar, vio aquel pescador que lo recibió cuando salió desnudo e desbaratado de la mar, e mandó que lo tomassen e fuesse traído a su palacio. [C7v] El pescador, viéntese tomar de los cavalleros, pensó que lo querían matar. Entrando en una cámara[39], mandó Apolonio que entrasse allí el pescador, diziente:

---

36 *Arquistrato:* debe notarse que el traductor trata de adaptar los nombres latinos de su modelo a la prosodia castellana; así, el rey Altistratus se convierte en Arquistrato —escrito Archistrato—, como más abajo Elimatus o Elamitus, en Elimito; y en otros lugares el pretendiente Ardonius, en Ardomo, el aya o nodriza Ligozidem, en Legóriden, la ciudad de Machilenam o Machilentam, en Mitilena o Militena, e incluso la madre de Tarsia, Lucina, pasa a llamarse Cleopatra.

37 *Antioco:* se corrige la evidente errata del original, en donde se lee «Anchioco».

38 *la cual:* su antecedente, aunque equívoco, es "muger", no "fija".

39 *cámara:* corrijo el evidente error del texto, donde se imprimió «cama».

— Este es mi huéspede, el cual cuando salí del naufragio el primero socorro e ayuda me dio e me consejó que viniesse a la ciudad.

E díxole:

— Yo soy Tiro Apolonio.

E mandóle dar CC marcos de oro e siervos e siervas, e fízole su conde mientra que vivió. Elimito, viente esto, echándose a sus pies, suplícale diziendo assí:

— Acuérdate, señor, de Elimito tu servidor que te denunció la muerte del rey Antioco.

Apolonio, tomándolo de la mano, lo alçó e lo fizo rico e conde. Después de todo esto, Apolonio engendró un fijo en su muger, al cual estableció por rey en lugar de su abuelo Arquistrato. E vivió Apolonio con su muger LXXXIIII años, e tuvo el regño de Antioquía e de Tiro. E folgadamente, con gran felicidad, escrivió todos sus fechos e casos en dos volúmines[40]; el uno puso en el templo de Éfeso, e el otro en su librería colocó e puso. E assí acabó bienaventuradamente sus días. E fue para la vida perdurable, a la cual nos lieve Dios por su piedad. Amén.

40 *...dos volúmines...*: se trata de una fórmula que traduce la del texto latino de *Gesta romanorum* y que garantiza no sólo la voluntad de conservación de la historia relatada, sino su autenticidad, análoga a otras utilizadas en los relatos hagiográficos de clerecía, según Deyermond, como la que cierra este mismo texto.

# 27. Pedro del Corral

## *Crónica sarracina*[1]/ *Crónica del rey don Rodrigo con la destruición de España y cómo los moros la ganaron* / *Crónica caballeresca del rey don Rodrigo*

Redacción 1430 h

| | | |
|---|---|---|
| 1433 C | 1485-1489 C | 1499 I (Sevilla) |

Pedro del Corral, su autor, nació antes de 1430 y pudo inspirarse en la *Crónica del moro Rasis*[2], traducida, tal vez por iniciativa suya, del portugués al castellano.

Existen varios códices anteriores al año 1500 en la Bibl. de El Escorial (X-I-12 de 398 fols.; Y-II-17 de 389 fols., co-

---

[1] A esta obra se la ha titulado también como *Crónica del moro Rasis*. Ahmad al-Razi (887-955?), llamado por los castellanos moro Rasis, es el primer historiador árabe que cuenta la leyenda de Rodrigo (vid. Ramón Menéndez Pidal, *La épica medieval española (Desde sus orígenes hasta su disolución en el romancero)*, Obras completas de R.M.P., t. XIII, ed. de Diego Catalán y María del Mar de Bustos, Madrid, Espasa-Calpe, 1992, pág. 317). Según D.Catalán, la versión castellana se trata de una novela histórica en la que su autor utiliza para forjar su entramado novelesco la *Crónica del moro Rasis* en la versión portuguesa de ésta.

[2] Vid. ed. de Diego Catalán y M.S. de Andrés, Madrid, Gredos, 1975.

piado en 1485; Y-II-18 de 145 fols.), en la Biblioteca Nacional de Madrid (ms.1303 de 505 fols.), en la del Palacio Real (2-I-4, 394 fols.), Catedral de Toledo (47 fols., incompleto) y Bibl. Pública de Oporto (ms.798, de 102 fols., copiado en 1489), etc. Un ejemplar de la ed. impresa se conserva en la Hispanic Society de Nueva York.

EDICIONES

1925 Ramón Menéndez Pidal, ed. parcial en *Floresta de leyendas heroicas: Rodrigo, el último godo, t.I: La Edad media*, Madrid, Ediciones de 'La Lectura', Clásicos Castellanos, págs. 178-287.
Toma pasajes de la *Crónica sarracina*, utilizando como texto base el del cód. Esc. Y-II-17, copiado en 1485.

1940 idem, reed. con nueva cubierta, Madrid, Espasa-Calpe, Clásicos Castellanos.

BIBLIOGRAFÍA

ÁLVAREZ HESSE, G., *La "Crónica sarracina". Estudio de los elementos novelescos y caballerescos*, 1990.

CATALÁN, Diego y María Soledad de Andrés, eds., *Crónica del moro Rasis*, Madrid, Gredos, 1975.

SELECCIÓN

Esta ancestral leyenda sobre don Rodrigo, el último rey godo, y la invasión de España por parte de los árabes, en el siglo XV "se vistió el ropaje de los libros de caballerías", según Pidal, quien llega a considerarla como "la primera novela histórica española"[3]. Y efectivamente es apreciable en la versión que se sigue la influencia de las costumbres castellanas cortesanas del cuatrocientos en su ambientación

3 R.Menéndez Pidal, ed. cit., págs. 9 y 107.

caballeresca, integrada por justas y torneos, batallas, variedad de armas, sangrientas heridas, damas seductoras, grandiosos héroes y traidores malvados. Comparto la opinión de Menéndez Pidal —aunque despojándola de sus connotaciones negativas— cuando afirma que "la imaginación de Corral está tan enviciada en la aventura caballeresca que no tiene atención para otra cosa", que el autor castellano escribía para "el lector de libros de caballerías que dedicaba con gusto muy holgado tiempo a esta literatura de moda" y que, como en tal tipo de libros, Corral "fantasea autoridades para el suyo"[4]. De modo que hoy puede hacer las delicias del lector un texto que Fernán Pérez de Guzmán, con juicio despectivo poco disimulado y emitido desde exigencias más historicistas que estéticas, calificaba como "trufa o mentira paladina"[5].

En este caso se han seleccionado cuatro pasajes; tres de ellos proceden del códice base escurialense; se trata de sus caps. 30, 102, 164 y 167 a 169; el cuarto, del 257, que se toma del cód. Esc. X-I-12, porque el adoptado como base carece de él. El primero relata la decisión del rey Rodrigo de forzar los cierres de la misteriosa casa toledana edificada por Hércules, para satisfacer su curiosidad acerca de lo que en ella se encerraba, como en una una versión hispánica de la mítica caja de Pandora, pues del quebrantamiento de la prohibición —conculcada por el rey— se derivará la destrucción del reino godo de España a manos de los invasores árabes. El segundo se refiere al encuentro entre Muça y el conde don Julián, antes de iniciarse la batalla entre moros y cristianos. El tercero expone el proceso de enamoramiento de Rodrigo, seducido de manera irresistible por la atractiva hermosura de la Caba, hija del conde don Julián. El último da cuenta de la desolación del postrer rey godo, tras la derrota cristiana en la batalla de Guadalete, de la cual se inculpa entre tristes lamentos.

En la casa de Toledo se acumulan sorprendentes maravillas y mágicos encantamientos: en las brillantes salas o

---

[4] R.Menéndez Pidal, ed. cit., págs. 113 y 119.

[5] Fernán Pérez de Guzmán, en el prólogo de sus *Generaciones y semblanzas,* ed. de Robert Tate, Londres, Tamesis Books, pág. 1.

palacios que encierra se muestran misteriosas estatuas, proféticos escritos, puertas franqueadas no sin temor y preciosas arquetas que más valiera no haber abierto nunca; aves agoreras ponen en marcha fenómenos simbólicos de destrucción ecológica. No faltan íntimas escenas de la vida cortesana, que incluyen la organización de justas caballerescas. Por último, las referencias a la actividad bélica alcanzan tonos de intenso patetismo, iniciadas ya desde el encuentro entre Muça y Julián cuando, «fablando consigo mesmos», acumulan en sendos monólogos anáforas muy expresivas, y concluidas con el dilatado planto del rey Rodrigo en su soledad de vencido.

## *Crónica sarracina*[6]

### *Capítulo 30. De cómo don Rodrigo cató la casa de Ércoles en Toledo, e de lo que en ella falló, e de cómo se quemó la casa después*

Ansí como el rey don Rodrigo se acordó del candado que le fuera demandado que echase a las puertas de la casa que estava en Toledo, quiso ponerlo por obra como su coraçón gelo mandava. E un día fizo venir todos los mayores cavalleros de España que aí eran con él, e fue a verla; e vio que estrañamente avía en ella más maravillas de las que le avían dicho los que la guardavan. E estándola ansí mirando, díxoles:

— Amigos, en todas las maneras del mundo yo quiero ver lo que yaze dentro en esta casa que Ércoles fizo.

E cuando los grandes señores que con él eran esto le oyeron, todos le començaron a dezir que lo non feziese, ca non

---

6 Se utiliza la ed. de M.Pidal cit., quien a su vez se sirve como base para la suya del cód. Esc. Y-II-17, cotejándolo y corrigiéndolo con otros y con una ed. tardía, de 1587, siempre aduciendo las variantes. Debo hacer notar, sin embargo que, ateniéndonos a la transcripción de M.Pidal, se advierten considerables incongruencias grafemáticas en la labor del copista, además de vacilaciones en el uso de *b* y *v*, *c* y *z*, *sc* y *c* o *s*; *ansí* y *así*, *non* y *no*, *omen* y *omne*, etc.

avía por qué fazer lo que nunca rey ni césar que señor fuera de España feziera, después de Ércoles acá fasta aquel tiempo.

E el rey les dixo:

— Amigos, en esta casa non yaze sinon aver o encantamientos. E si fuere aver, tomarlo-he; e si fuere encantamiento, yo bien seguro soy que me non podrá empecer. E pues así es, yo non he que rezelarme.

E los cavalleros dixeron:

— Señor, vós fazed lo que por bien toviéredes; mas esto non lo farés por nuestro consejo.

E cuando él vido que todos eran en otro[7] consejo de aquello que él querría fazer, dixo:

— Agora destorve cuanto podiere cada uno, que yo non lo dexaré de fazer, por cosa que en ello me avenga, a toda mi voluntad.

E fue luego a las puertas e mandó abrir todos los candados, e esto con grand trabajo, que tantas eran las llaves e los candados que esto vos sería muy grave de creer si lo non viésedes; e después que fueron abiertos, dio el rey de la mano a la puerta e entró dentro él e todos los más altos omnes que i estavan, aquellos que él ovo por bien. E fallaron un palacio fecho en cuadra, tanto de la una parte como de la otra, en el cual avía un lecho muy guarnido, e echado[8] en aquel lecho una estatua de un omne muy grande e muy fuerte a desmesura, e todo armado, e tenía el un braço tendido e en la mano un escrito.

E cuando el rey e los que con él eran vieron este lecho e echado en él este omen, fueron muy espantados de lo que quería ser, e dixeron que ciertamente aquel fecho era de las

---

7 *otro:* prefiero esta lectura del cód. de la Bibl. Nac. de Madrid, en lugar de "un", que se lee en el cód. escurialense en que basa Menéndez Pidal su ed.

8 *echado:* la concordancia se hace *ad sensum*, no con "estatua", sino con "omne". Pocas líneas más abajo, la concordancia ya es correcta; también lo es en las eds. antiguas impresas.

maravillas de Ércoles e de sus encantamientos. E como vieron el escrito que tenía en la mano, mostráronlo al rey, e el rey fue a él e tomógelo e abriólo e leyólo, e dezía ansí:

«Tú, tan osado, que aquí este escrito leerás, pára ojo quien eres e cuánto de mal por ti verná; ca ansí como por mí fue España poblada e conquistada, ansí por ti será despoblada e perdida. E quiérote dezir que yo fui Ércoles el fuerte, aquel que toda la mayor parte del mundo conquisté e a toda España, e maté a Gerión[9] el grande, que era señor della, e por mí solo sojuzgué muchas tierras e conquisté muchos gigantes e fuertes cavalleros, e nunca fallé quien me conquistase, fueras la muerte. Guarda de ti qué farás, que deste mundo ál non llevarás sinon los bienes que fezieres».

E leído este escrito, el rey se turbó mucho, e ya quisiera no aver començado este fecho; empero non fizo semblante que aquello era cosa que le podiese nuzir; e dixo que non era dios verdadero. E a todos los cavalleros que aí eran les pesó muy mucho de lo que el escrito dezía.

Esto visto, fueron a ver otro palacio que era tan maravilloso que omne non vos lo podrá contar. E los colores que en él estavan eran cuatro: la una parte del palacio era tan blanca como la nieve; e la otra parte del palacio, que era en derecho de la blanca, era más prieta que la pez; e la otra era verde como la fina esmeralda; e la otra parte en derecho della era más colorada[10] que la sangre muy clara. E todo el palacio era más claro e más luziente que el cristal. E tanto era fermoso e la color dél tan propia, que cada una de las partes parescía que non era más que una piedra sola, que todos los que aí con el rey estavan dezían que non avía ai más de una piedra e que non avía juntadura ninguna de piedra una con otra. E cada un lienço destos cuatro se demostrava que toda era una losa; e cada uno destos altos omnes dezían que nunca tal obra fuera fecha en el mundo, e que la devían tener por cosa señalada e una de las maravillas del mundo. E en todo el palacio non avía, de dentro nin de fuera, madero ninguno nin obra de fuste[11]; e

---

[9] *Ércoles...maté a Gerión:* sobre este episodio, véase el pasaje seleccionado en la sección 1, tomado del cap. 7 de la *Estoria de España.*

[10] *colorada:* en otros cods. se lee "bermeja".

[11] *obra de fuste:* creo que aquí se refiere a todo tipo de soportes arquitectónicos, lo mismo columnas o pilares verticales que a vigas transversales.

así como era llano el suelo, así era llano el cobertor de suso[12], e esto sin arco. E el cobertor de suso avía finiestras tantas que davan grand claridad, por manera que todo se podía ver cuanto dentro estoviese, tan claro como lo de fuera.

E después que vieron el palazio cómo era fecho, non fallaron en él si non un poste e non muy grueso, e todo redondo e tan alto como un omne comunal; e estava en él una puerta muy sotilmente fecha e asaz pequeña, e escrita de letras griegas, e dezía en ellas:

«Cuando Ércoles fizo esta casa, andava la era de Adán en tres mil e seis años».

E luego el rey, así como ovo leídas las letras e entendió lo que en ellas dezía, abrió la puerta; e desque abierta, fallaron letras ebreas que dezían:

«Esta casa es una de las maravillas de Ércoles».

E después que las letras avían leído, vieron en el poste una casa fecha en que estava una arqueta de plata, e ésta era muy sotil e fecha de estraña obra e dorada, e toda llena de piedras preciosas de grand prezio, e estava cerrado con un candado de aljófar[13] e fecho de tal manera que esto era una grand cosa, segund su obra; e estavan en él[14] letras[15] entretalladas que dezían:

«El rey en cuyo tiempo esta arqueta fuere abierta, non puede ser que non vea maravillas ante de su muerte, si Ércoles, señor de Grecia e de España, supo algunas cosas de las que avían de venir».

E cuando el rey entendió esto, dixo:

— Dentro desta arqueta yaze lo que yo ando buscando e lo que mucho defendió Ércoles.

E el rey tomó el candado[16] e quebrólo con sus manos, ca otro ninguno non lo osó quebrar. E ansí como el candado fue

12 *cobertor de suso:* creo que se refiere a un tipo de techo o bóveda plana, similar a algunas conservadas en edificaciones monacales.

13 *candado de aljófar:* candado adornado con perlas.

14 *él:* sigue manteniéndose una extraña concordancia masculina con el antecedente "arqueta", como en el caso anterior del adjetivo "cerrado" a ella referido; es probable que se estén cruzando los sustantivos "arqueta" y "candado".

15 *letras:* otros códs. y eds. añaden "griegas".

16 *candado:* en otros códs. se lee "canado" y "cañado".

quebrado e el arqueta abierta, non fallaron dentro más de una tela blanca e plegada[17] entre dos tablas de alambre; e ansí como las tomó desplególas[18], e fallaron en ella aláraves en figura, con sus tocas, e en sus manos lanças con pendones, e sus espadas en los cuellos[19], e sus vallestas tras sí en los arzones de las sillas[20]. E encima de las figuras avía i letras que dezían:

«Cuando este paño fuere estendido e parecieren estas figuras, omnes que andarán así armados conquirirán España e serán della señores».

E ansí como esto vido el rey don Rodrigo, pesóle muy mucho de coraçón e a todos los cavalleros que aí eran con él; e dixéronle:

— Señor, agora podéis[21] ver lo que vos conteció, por vós non querer creer a los que vos destorvavan de ver tan grand cosa[22] e por preciar poco a los reyes que ante de vós fueron, que todos fezieron el mandado de Ércoles e lo mandaron guardar, e vós non lo fezistes ansí.

E él tenía el mayor pesar en su coraçón como él nunca toviera; pero començó de conortar a todos e dezirles:

— Non quiera Dios que todo sea verdad cuanto aquí avemos fallado; e aún vos digo más, si las cosas han de ser como aquí dize, yo non podría estorvar lo ordenado, e yo era aquel que esta casa avía de abrir, e para mí fue guardada. E pues

---

17 *plegada:* M.Pidal recuerda que significaba "clavada", de "pliego", clavo, lo que, de acuerdo con el contexto, no excluye que estuviera también "doblada".

18 *desplególas:* las desclavó, de acuerdo con la nota anterior; su antecedente ya no es "tela", sino "tablas".

19 *espadas en los cuellos:* colgadas con sus cintas o correas del cuello; semejante expresión se utiliza en el cap. 34 de la *Leyenda del cavallero del Cisne*: «con sus espadas a los cuellos».

20 *las sillas:* a pesar de que no se mencionan explícitamente los caballos, se sugiere que también se representaban allí jinetes en sus monturas.

21 *podéis:* en otros códs., "podedes".

22 *vos destorvavan de ver tan grand cosa:* prefiero esta lectura, en la que coinciden los códs. Esc. X-I-12, B.Nac. 1303 y eds. impresas, a la que ofrece el Y-II-17: "vos demostravan la verdad".

fecho es, no avemos por qué tomar pesar, que non se puede estorvar si ha de venir; e ya por cosa que avenga non me quitaré que a todo mi poder yo non destorve lo que Ércoles dize fasta[23] que la muerte tome por lo escusar[24]. E si todos vosotros ansí fazedes, dudo si el mundo todo nos quita nuestro poder. E si de Dios es ordenado a[25] su poder, non ha fuerça nin arte que destorve que las cosas non vengan como a él plaze.

E desta guisa se salieron fuera de la casa, e el rey defendió a todos que non dixesen ninguna cosa de lo que allí avían fallado; e mandó cerrar las puertas de la manera que primeramente estavan.

E non eran bien acavadas de cerrar, cuando vieron un águila caer de suso del aire, que parecía que decendía del cielo; e traía en su pico un tizón de fuego ardiendo; e púsolo de suso de la casa, e començó de alear con las alas; e el tizón, con el aire que el águila fazía con las alas, començó de arder, e la casa se encendió de aquella manera como si fuera fecha de resina, e a bivas llamas e tan altas que esto era[26] cosa estraña de maravilla; e tanto quemó que en toda ella non quedó señal de piedra, e toda fue fecha ceniza. E a poca de ora, llegaron unas aves negras muy grandes e andudieron por desuso de la ceniza; e tantas eran que davan tan grand viento de su buelo que se levantó toda la ceniza e esparzióse por toda España, cuanto el su señorío era. E muy mucha gente sobre quien caía los tornava tales como si los oviesen untado con sangre. E esto acaesció todo en un día. E muchos dixeron después que todas las gentes a que aquellos polvos alcançaron murieron en las batallas que adelante oiredes de cuando España fue conquistada e perdida[27].

Este fue el primero comienço de la destruición della.(...)

---

[23] *fasta:* tomo esta palabra de otros códs., en lugar de la simple conjunción "e" que se lee en el cód. base.

[24] El rey Rodrigo también es caracterizado como valeroso en la *Estoria de España* alfonsí, en donde se dice de él que «se dexarié antes matar que foír» *(ob. cit.*, ed. M.Pidal, Madrid, Gredos, 1977$^3$, pág. 310).

[25] *a:* en el cód. base, "el"; creo preferible la lectura de otros códs.

[26] Esta parte, hasta el final del cap., falta en el cód. base; M.Pidal se sirve de otros para suplir la carencia.

[27] La *Estoria de España* alfonsí se hace eco de esta leyenda al relatar la batalla de Guadalete: «Dizen que en la hueste de los cristianos que fueron más de cient mil omnes d'armas, mas eran lassos e flacos,

*Capítulo 102. De cómo embiaron por arrehenes a los fijos del rey de Mallorca e del conde Julián*[28]

Así como vino el alva, el conde don Julián e Branearte e Opas[29] embiaron luego a Recindus al real de los moros, e embiaron con él al fijo del rey de Mallorca e al fijo del conde don Julián, e dixeron que estos cavalleros iban por arrehenes, e que quedasen en medio del camino e que estudiesen allí fasta que Muça e Muçaftarif[30] veniesen a se meter en poder de los cristianos.

E como eso ovieron mandado, Branearte e Opas se armaron muy bien e vestieron a sus cavallos buenas lorigas con buenas testeras; e el conde aderesçó la otra gente que tenía e mandó que estobiesen armados todos, e sus cavallos ensillados, e que ansí estoviesen fasta que los moros compliesen lo contenido en las posturas.

E Recindus se fue, e luego que llegó al real de los moros, falló que Muça mandava a todos los moros que se fuesen al cerro, e que non quedase ninguno, si non fuese fasta doze mil que entendía que serían los cristianos. E Abderramen e Enzir se armaron, e ya demandaban la vatalla; Recindus dixo que las arrehenes[31] que él avía de dar eran prestas, e que estaban ya en medio del camino; e que non dexaba de se fazer la vatalla si non por Muça e Muçaf non ser ya idos al conde. E Abderramen dixo.

—¿Qué fazedes, Muça, que non vos ides?; ca ¿non sabedes

---

ca dos años avién passados en grand pestilencia de fambre e de mortandad, e la gracia de Dios aviése arredrada e alongada dellos e avié tollido el su poder e el su defendimiento de los omnes de España...» (ed. cit., pág. 310).

28 Este epígrafe procede del cód. Esc. X-I-12, aunque en él se lee "hereus" en lugar de "arrehenes" y "conde" en vez de "rey".

29 *Opas:* en otros códs. y eds. antiguas se le llama Orpas.

30 *Muçaftarif:* en otros lugares del texto se le denomina Muçaf, identificable con el llamado Tarif Abenciet en la *Estoria de España* alfonsí.

31 *arrehenes:* rehenes, como se lee en otros códs. y eds.

vós que estos fechos non se deven alongar? Idvos luego e fazed cómo ayamos luego la vatalla.

E como esto oyó Muça, tomó consigo a Muçaf e fuese para donde estaban los arrehenes de los cristianos; e fue con ellos un tío de Muça para que troxese consigo al poder de los moros amos a dos, al fijo del rey de Mallorca e al fijo del conde don Julián.

E como el conde vio que Muça venía, salió a él a lo recibir; e como fueron acerca uno de otro, cada uno estudo quedo en su lugar e non fablavan.

E mirábanse uno a otro, como aquellos que nunca se avían visto; e Muça dezía entre sí mesmo:

— Éste es aquel que mantiene la guerra desta parte de la mar[32] contra todo el poder de los moros; éste es aquel que ya tres vezes me ha vencido en campo, e me ha muerto tantas de gentes que yo non lo podría dar cuento; éste es aquel que me ha tomado por fuerça toda la tierra que yo avía ganado de los cristianos; éste es aquel que me ha quitado toda mi onra, cuanta yo por el mundo avía ganado, ca éste me la rovó el día que me venció; éste es aquel a quien los moros dan la loor del mejor cavallero del mundo; éste es aquel que en toda África fazen callar todos sus fijos con el su nombre[33]; éste es la espada que me quita la vida e todo me destruye.

E el conde, que lo miraba, dezía:

— Éste es aquel que todavía mantovo la guerra comigo e con los godos, e que nunca cansó nin le amenguó el coraçón por mal que le viniese; éste es aquel que yo muchas veces vi venir destruir mi tierra e matar mis parientes e mis amigos vasallos; éste es [aqu]el[34] que nunca cansó días nin noches por ganar la onra de todos los del mundo; éste es aquel que me

---

32 *desta parte de la mar:* no está en el cód. base, pero sí en otros. Se entiende que se refiere al territorio situado al norte del estrecho de Gibraltar.

33 *fazen callar todos sus fijos con el su nombre:* con la mera mención del nombre del conde don Julián atemorizaban los moros a sus niños, como luego se dirá que harán los flamencos con el del duque de Alba.

34 *aquel:* corrijo a la luz de otros códs. y del contexto.

roba mis tierras e me tiene así estrecho que ya non me puedo rebolver a una parte nin a otra; éste es aquel que me ha estorvado de non ser mía la cibdad de Marruecos e otras muchas tierras; éste es aquel que a mal de mi grado me fizo levantar de sobre los logares que yo tenía cercados de moros; éste es aquel que está en condición que le dé cuanta onra Dios fasta aquí me ha dado; éste es aquel que todos los del mundo deven callar delante de él, por los vienes que en él ha.

Así estaban amos y dos *[sic]* fablando consigo mesmos; e como un rato estovieron mirándose, fuéronse abrazar e fiziéronse mucha onra.

E el conde mandó luego que se fuesen su fijo e el fijo del rey de Mallorca a los moros; e fuéronse con el tío de Muça. E ansí se tornaron el conde e Muça e Muçaf[35] al real de los cristianos, e mandó el conde que le fiziesen mucha onra todos los cavalleros que aí estaban. E ordenaron el logar donde la vatalla se avía de fazer.(...)

### *Capítulo 164. De cómo el rey defendió que non fiziesen alegrías nin juegos por causa destos muertos; e de cómo el rey, estando en el mirador, vido a Caba e se enamoró della por las piernas que le vido*

Grandes tiempos pasaron que alegrías nin fiestas en la corte non se fizieron; e marabillábanse mucho dello e dezían las gentes que el rey, que solía ser el más alegre omen[36] del mundo, que agora que non era ansí, antes por él non tomar plazer, ninguno de la corte, grande nin pequeño[37], non lo osaba tomar; e tornábanse las gentes muy penosas, por él non tomar plazer. E algunos que querían bien al rey dixéronle que tomase de los plazeres que solía e que fiziese alguna fiesta e que alegraría sus gentes desta guisa, ca mucho se quexaban dél porque lo non fazía.

E cuando el rey esto oyó, començóse de alegrar e fazer

---

[35] *e Muçaf:* no están en el cód. base.
[36] *omen:* otros códs. ofrecen la lectura más habitual, “omne”.
[37] *grande nin pequeño:* falta en el cód. base.

muchos combites; e mandó al infante don Sancho que ordenase como justase él[38] e algunos de sus cavalleros. Ca en aquella sazón se començaba a mostrar el infante omen para mucho, e él era el mayor de los godos en coraçón e en fechos; e como era mancebo, él non codiciaba otra cosa si non cómo faría para alcanzar la onor e loor de las gentes.

E pasados ya más de dos meses que toda la corte se començó alegrar e tornar a lo que solía, un día el rey se fue a los palacios del mirador e, andando por la sala sobre las huertas, vido[39] a Caba, fija del conde don Julián, qu'estaba en las huertas burlando[40] con algunas donzellas; e ellas non sabían parte[41] del rey, ca bien se cuidaban que dormía.

E como Caba era la más fermosa donzella de toda su casa e la más amorosa en todos sus fechos e el rey le avía buena voluntad, ansí como la vio echó los ojos en ella, e como ellas jugaban[42], ella alçó las faldas, pensando que la non veía ninguno, e mostró yacuanto de las piernas, e teníalas tan blancas como la niebe e ansí lisas que non es persona al mundo que della non se atalantase.

E como ya era dada la sentencia contra el rey, que en su vida fuese destruida España, el diablo ovo de buscar lugar e comienço por que oviese razón la su destroición; e andaba todavía acerca del rey, cuando más le viese mudado a los fechos mundanales, por le meter en ellos de tal guisa que él oviese lugar de acabar lo que cobdiciava. Ca la naturalesa del diablo non es para fazer bien, antes para de un mal fazer ciento, e del bien tornar mal; e como falla la persona mudable más unos tiempos que otros, está presto para lo llebar al su camino. E ansí como esperaba tiempo que el rey se encendiese en cosas que a él plazía, para gelas poner más en coraçón, nunca

---

38 *como justase él:* la lectura del cód. base discrepa: "...ordenase una justa e algunos de sus cavalleros".

39 *andando...vido:* prefiero esta lectura, del cód. Esc. X-I-12 y B.Nac. 1303, a la confusa de Esc. Y-II-17: "sobre la sala solo vio".

40 *burlando:* así se lee en cód. B.Nac. y eds. antiguas; en X-I-12, "birelando", que significaría, según M.Pidal, "cantando virelais"; en el cód. base esta palabra está tachada, se adivina que dice "jugando", pero en el margen, con letra posterior, se lee "baylando".

41 *non sabían parte:* no tenían noticias, no sabían nada acerca de la presencia del rey.

42 *jugaban:* en el cód. base hay una corrección posterior que dice "bailavan".

de cabo él se partía; e como le vio que se atalantaba de Caba púsole en coraçón, para lo refirmar más en el mal, que estubiese en logar que mejor pudiese mirar lo que las donzellas fazían; e encubrióse lo mejor que pudo el rey, e non quiso echar a dormir, e estubo esperando qué fin abrían los juegos destas donzellas.

E como la huerta era guardada e cercada de altas tapias, allí donde ellas andaban non las podían ver si non de la cámara del rey e non se guardaban más de fazer lo que en plazer les venía que si fuesen en sus cámaras. E desque ovieron jugado una grand pieça, creció porfía entre ellas cuál tenía mejor cuerpo e más gentil; e oviéronse a desnudar e quedar en pellotes apretados, que eran de fina escarlata[43], e parescía[n]seles los pechos e lo más de las tetillas.

E como el rey la mirava, cada vez le parescía mejor; e dezía que non avía dueña nin donzella al mundo que igualar se pudiese a la su fermosura nin a la su gracia, que todas eran nada segund ella. E como el diablo non esperaba otra cosa si non esto, e vio que el rey era encendido en su amor, andábale toda vía al oreja que una vegada compliese su voluntad en ella. E entró tal inmaginación en el rey que ál non cobdiciaba si non averla a su voluntad; e non paraba ojo a la grand maldad que fazía escontra Dios nin a la desonra que a la donzella e a su padre fazía; e aunque a las vezes pensaba en el grand yerro en que topaba e la maldad que su coraçón avía acometido, tanto era el ardor que tenía que lo olbidaba todo; e esto acarreaba la mala andança que le avía de venir e la grand destruición de España que avía de aver comienço para se fazer. E quiero vos dezir que su costelación[44] non podia escusar que esto non pasase, ca ya Dios lo avía dexado en su costelación, e él por cosa que fuese non se podía arredrar que non topase en ello.

E desque ansí la ovo bien mirado e pensando de le dezir el grand amor que le avía, buscó manera como lo pudiese fazer lo más encubierto que podría.(...)

---

43 *pellotes apretados, que eran de fina escarlata:* una especie de camisones ajustados y transparentes, confeccionados con seda brochada, es decir, con hilos de plata u oro, llamada en árabe *siqlāt* o *siqlaūn,* de donde probablemente derive, además de "escarlata", "ciclatón", usado en el *Cantar de mio Cid.*

44 *costelación:* el narrador alude al signo astrológico del rey don Rodrigo, conjugado inmediatamente con el providencialismo cristiano.

*Capítulo 167. De cómo el rey rogó a la Caba que fiziese su plazer e de lo que le prometió*

El rey le dixo:

—Amiga Caba, non entendedes vós lo que vos digo por la vía que yo querría; ca si yo te quiero bien non es por cosa, tanto como porque querría[45] mi voluntad complir contigo e tenerte en aquella manera en mi coraçón que debo tener a la reina; e por esto te lo digo, ca non por ál. E debes ser la más plazentera en lo consentir que nunca fue muger al mundo, ca yo terné tales maneras que non seamos sentidos e tú serás señora de mí e de mi coraçón, e por ti tu padre será más onrado de mí e más ayudado que omne de toda España. E aún te digo más: que si en este tiempo la reina muere, que yo non abré otra ninguna por mi muger si non a ti; pára ojo al bien que Dios te faze en me yo enamorar de la tu muy gran fermosura.

*Capítulo 168. De cómo Caba dixo al rey que non se pagava destas razones por lo que dello recrecería*

Caba, que desto non le plazía, dixo al rey:

—Señor, yo creo que estas palabras que me dezides non son para otra cosa si non por saber el seso que abré para vos responder a ellas. Señor, como yo non sea ansí sabia nin haya tanta edad para que pueda responder por aquella manera que debo, pídovos por merced que yo non sea culpada de vós por lo que ora aquí diré. Ya sabedes, señor, que las mugeres son de libiano seso e non se pueden guardar que non yerren, ansí como lo fazen los omnes, que han mayor complisión, e non se deben mober tan ligeramente; e pues vós, señor, sabéis que

45 *querría:* así, en cód. X-I-12; en el cód. base, "quería".

esto que yo digo es verdad, no me devríades probar por tal manera como esta, ca por ventura yo cu[i]daría que me lo dezíades de verdad e yo quedaría engañada e[n] otorgarvos todo lo que me demandásedes; e, señor, podría ser pensar vós que yo lo fazía con maldad que en mí oviese, e que ansí como a vós lo otorgase que ansí lo otorgaría a otro, si se atreviese a me lo dezir, e por esta guisa yo perdería vuestro amor, sin culpa mía, ca por el ligero seso que las mugeres avemos e por ser requeridas por la vía que vós me requerides, fazía yo el yerro, si vós non lo dixésedes por me probar, ca nunca puede fazer maldad la muger que non es seguida.

### *Capítulo 169. De cómo el rey dixo a Caba que non podía folgar salvo en le fablar en esta razón*

El rey le dixo:

— Amiga Caba, yo sea destruido si yo te lo digo por te probar nin por pensar que ansí como lo otorgaras a mí que ansí lo otorgaras a otro, antes porque non puedo folgar la ora que te non veo non sé que otro bien aya en todo mi reino si non tú, esto por el grand amor que yo te he. E si por prezio se oviese de fazer este fecho, yo non preciaría todo el mundo, si mío fuese, que yo luego lo pornía en tu poder porque tú de tu voluntad fizieses lo que te ruego. E ora que sabes mi coraçón, non te arriedres de lo que a mí plaze, ca nunca por ello te verná si non bien.(...)

### *Capítulo 257. De cómo el rey salió de la batalla solo e desconsolado, e quisiera morir si fallara gente suya*[46]

Así como el rey Rodrigo se fue de la vatalla, púsose encima de un cerro, e començó de mirar al campo de la vatalla a ver si

[46] Para este cap., M.Pidal utiliza el cód. X-I-12 de El Escorial, porque el cód. Y-II-17 carece de los caps. posteriores al 249.

vería aí algunos de los suyos para tornar a morir con ellos. E non vido ninguno vivo, sino todos muertos; e esa ora comencó de fablar consigo en esta guisa:

— Todo omne que pone su confiança en reinar e señorear, que tiene el ceptro del palacio real e imperial e non vibe en el temor del soberano señor que es solo un Dios, e toda su creencia e toda su esperança posa en las cosas ligeras e mundanales, mire e vea a mí, rey de toda España, llamado Rodrigo, e a ti, la dicha España, ca la fortuna trahe mayores enxemplos e dotrinas mostrando en qué forma los hombres altibos e sobervios están en logar fuerte e peligroso.

E sepades los que adelante vernedes[47] que aquella grand España, la cual era sustentación firme e fundamento estable de todo miedo, los pueblos de la cual conservó Dios a su gran poder, agora nuebamente es aterrada e destroída e desipada[48] de sus buenos cavalleros e del su señorío. A la destroición[49] de la cual benieron aquellos pueblos que beven del agua de aquel río que dizen Careno, el cual nace de los Montes Claros[50]; en la dicha destruición son la multitud de los aláraves e bárvaros, que son gentes que non moran en casa cierta, antes trahen tiendas e se mudan de una tierra en otra e continúan la ribera de la mar; e a la dicha destroición fueron los falsos e traidores cavalleros nascidos en la cadera[51] del gran señorío de

---

47 *los que adelante vernedes:* no está en el cód. base, pero sí en otros.

48 *desipada:* en X-I-12 se lee "descepada", variante muy expresiva, alusiva a las faenas agrícolas de viñadores. Por otra parte, el anterior adjetivo "aterrada" es, desde el punto de vista etimológico, no menos expresivo: "abatida en tierra".

49 La invasión árabe de España, en su segunda y tercera oleada datadas en el año 714, se relata en los caps. 556 y 557 de la *Estoria de España* alfonsí, donde se lee que los godos «eran tornados viles e flacos e covardes, e non pudieron sofrir la batalla, e tornaron las espaldas a sus enemigos». Allí se relata que «Tarif e el cuende Julián arribaron en España e començaron de destroír la provincia Bética... El rey Rodrigo cuando lo sopo ayuntó todos los godos que con él eran, e fue mucho atrevudamientre contra ellos, e fallólos en el río que dizen Guadalet...» (ed. cit., pág. 309).

50 *Montes Claros:* así se denominaba a la cordillera norteafricana del Atlas.

51 *cadera:* aquí debe entenerse con el significado de "trono real"; del lat. *cathedra.*

España, llamados por nombre descendientes de los césares[52], número de grand moltitud. Pues que así es, llorad; ca la fuerte España venida es a tajo de espada, e es caída en destroición de su propio pueblo.

E los cavalleros de la sobervia alteza e fortaleza yazen muertos e bencidos por los campos[53]. ¡Ay, mesquino!, que por los poderes crueles e falsos se an estendido por la mi señoría real e cercan la mi grand desaventura. Los pendones nobles que nunca fueron tirados a çaga son derribados por el suelo, pisados e rasgados de los desipadores; e la su grand fuerza e poder non vieda[54] que non roben la sojuzgada España.

¡O, España!, quemada eres e robada, e tan llena eres de sangre que non paresce la tierra noche nin día.

El día de España es muy tembroso[55] por la grand destroición que está sobre ella, ca el aliento que sale de las llagas de los sus cavalleros es fecho un grand nublo escuro que la cubre de cada parte e la tiene toda cobierta...

¡O, amigos e vasallos españoles e compañía mía!, cesen vuestros lloros que sostenedes por las crueles andanças de mí, triste rey e desaventurado, e fazé justicia cruel sobre mí, que toda esta terrible persecución he merescido; e comiencen vuestros ojos de llorar el vencimiento del grand triunfo de las nobles cibdades de España e la sojuzgación della, de que yo

---

[52] *...de los césares:* según M.Pidal, la frase alude a "los julianistas, recordando la opinión acogida por el canciller Ayala que don Julián no era godo, «sino del linage de los Césares»", es decir, descendiente de romanos. En la *Estoria de Espana* se maldice «la saña del traidor Julián..., destroidor de su tierra, culpado e alevoso e traidor contra todos los suyos» y se profetiza que «su nombre siempre será maldito de cuantos dél fablaren» (ed. cit., pág. 310).

[53] La batalla de Guadalete, a la que está haciendo alusión el afligido Rodrigo en su dilatado monólogo, se relata así en la *Estoria de España:* «...començaron la fazienda e duró ocho días, que nunca fizieron fin de lidiar del un domingo fata'l otro; e moriron i de la hueste de Tarif bien seze [=dieciséis] mil omnes; mas el cuende Julián e los godos que andavan con él lidiaron tan fieramientre que crebantaron las azes de los cristianos. E los cristianos, porque estavan folgados e desacostumbrados d'armas por la grand paz que ovieran, tornaron todos flacos e viles e non pudieron sofrir la batalla, e tornáronles las espaldas e fuxieron» (ed. cit., pág. 309).

[54] *vieda:* forma verbal de "vedar", impedir, estorbar, evitar.

[55] *día...tembroso:* la vida resulta angustiosa; se teme al futuro.

solo fui la ocasión. E el mi merescimiento persiguió tanto, que en uno yo e los pueblos de España a toda nuestra destroición somos fenescidos cruelmente en el caso fortunado[56].

[56] *en el caso fortunado:* así en cód. X-I-12 y B.Nac., pero en el cód. base, "sin el caso fortunado", no del todo rechazable, a la luz de la concepción sobre la fortuna en el siglo XV; vid. María Rosa Lida, *La idea de la fama en la Edad Media castellana*, México-Buenos Aires, 1952. El infortunio del rey don Rodrigo se hace bien patente en la *Estoria de España*, en donde, al iniciarse el relato de la batalla de Guadalete, se le presenta «con su corona d'oro en la cabeça e vestido de paños de peso e en un lecho de marfil que levavan dos mulos, ca assí era estonces costumbre de andar los reys godos»; y, después de la batalla, habiendo muerto o huido la mayor parte de los cristianos, «non sabe omne qué fue de fecho del rey Rodrigo en este medio; pero la corona e los vestidos e la nobleza real e los çapatos de oro e de piedras preciosas e el su cavallo a que dizién Orella fueron fallados en un tremedal cabo del río Guadalet sin el cuerpo. Pero diz aquí don Lucas de Tuy que cueda que murió allí lidiando...» (ed. cit., págs. 309-310). En el episodio cervantino de Clavileño, la dueña Dolorida hace mención de ese mismo caballo, al que denomina Orelia, «en el que el desdichado Rodrigo, último rey de los godos, entró en la batalla donde perdió la vida y el reino» *(Quij.*, II,40).

# 28. Pero Rodríguez de Lena

## *El passo honroso de Suero de Quiñones / Libro del passo honroso defendido por el excelente cavallero Suero de Quiñones*

Redacción 1433 d

Existen códices del siglo XVI en la Biblioteca de El Escorial (f-II-19) de 184 fols.[1], en la Academia de la Historia (9-2-2 = B-104) incompleto, y en la Biblioteca Menéndez y Pelayo de Santander (M/104), también incompleto. Fray Juan de Pineda publicó una compilación en Salamanca, impresa en 1588, de la que Huntington editó facsímil en la Hispanic Society de Nueva York en 1902.

Pero Rodríguez de Lena, su autor, nació antes de 1420; fue notario público y escribano real; redactó la crónica de este hecho de armas como quien, siendo como fue testigo presencial, levanta día a día un acta circuntanciada, aunque con parcialidad favorable a los mantenedores, como ha demostrado Martín de Riquer.

"El paso o el paso de armas es la denominación de los combates simulados que representaban todo lo que se ha-

---

[1] Labandeira dice que son 190. Por lo que se lee en el último escrito del cód. escurialense, el 184r, el relato original se escribió en «ciento e treinta fojas» de pliego entero de papel pequeño, firmadas y rubricadas por Pero Barba y Gómez Arias, jueces del Paso, así como certificadas con el sello de Portugal, rey de armas.

cía en la guerra cuando se defendía y se atacaba un puente, un desfiladero, un vado fluvial o cualquier otro emplazamiento que hubiese que defender o forzar"[2]. Se trata de una actividad distinta al torneo en que luchan entre sí grupos de caballeros, enfrentados en bandos, y también diferenciada de la justa en que contienden en singular combate dos caballeros entre sí. En el paso de armas "un caballero, situado en un lugar fijo, prohíbe el paso a todos los demás caballeros —«aventureros»— que intenten aproximarse al lugar vedado o «defendido». Este caballero es el «mantenedor» del paso"[3].

En el paso de armas —tema ya presente en los *romans* de Chrétien de Troyes— se manifiesta "la tendencia a novelizar la vida caballeresca", tan típica del siglo XV[4] y ratificada en crónicas como las de Pero Niño, el Halconero, Álvaro de Luna, Lucas de Iranzo, Juan II o Enrique IV. Labandeira afirma que el paso de armas, "por su magnitud y excelencia, por el esfuerzo y constancia que requiere de todos los que en él toman parte, se puede considerar como el principal de los juegos deportivos caballerescos"[5]. El mantenido por Suero de Quiñones y sus compañeros tuvo lugar en 1434, entre los días 10 de julio y 9 de agosto —es decir, quince antes y quince después de la fiesta de Santiago apóstol en un año que era jubilar o de "perdonanza"—, en el pueblo llamado hoy Hospital de Órbigo, a seis leguas

[2] Traducción de *Mémoires sur l'ancienne chevalerie,* de M.de la Curne de Saint-Pelaye, París, 1781, vol.I, pág.158; cit. por Labandeira en su ed., pág. 9.

[3] Vid. Martín de Riquer, *Caballeros andantes españoles,* Madrid, Espasa-Calpe, col. Austral, 1397, 1967, pág. 58.

[4] "En el siglo XV, cuando la caballería todavía es una clase que tiene cierta razón de ser y que no se resigna a morir... estos pasos de armas, en el fondo algo muy similar a las competiciones deportivas de hoy, son algo muy serio, en lo que se invierten grandes sumas de dinero, y un espectáculo que entusiasma a todos, hasta el bajo pueblo que lo presencia absorto y entusiasmado. En el siglo XV gran número de caballeros vive novelescamente, imitando a los héroes de los libros de caballería, como Suero de Quiñones". (M. de Riquer, *op. cit.*, pág. 68).

[5] Labandeira, ed. de *El passo honroso...*, pág.11.

francesas —unos 25 kilómetros— de León y a similar distancia de Astorga, en pleno camino de Santiago. En tal ocasión Suero de Quiñones, conocido desde entonces como «el del Passo», quedó libre de su voto, consistente en llevar todos los jueves una argolla de amor rodeando su cuello. Esa argolla o gargantilla de plata en que se lee su emblema redactado en francés heráldico —«Si à voicés ne playst avoyr mesura, certes je di que je suys sans ventura»— adorna desde aquel año el cuello del relicario del cráneo de Santiago el Menor o Alfeo que había mandado realizar el arzobispo compostelano don Berenguel de Landoria y hoy se custodia en la capilla de las reliquias de la catedral de Santiago.

### EDICIONES

1970 M. de Riquer, Madrid, Espasa-Calpe.
Reproduce en edición facsímil el resumen de Pineda editado en Salamanca en 1588.

1977 Amancio Labandeira, Madrid, F.U.E., 440 págs.
Sigue básicamente el texto de Esc. f-II-19.

### BIBLIOGRAFÍA

ESPADAS, Juan, "Pedro Rodríguez de Lena y su papel en el *Libro del Passo Honroso*", *La Corónica*, 10,2 (1982), 179-185.

RIQUER, Martín de, *Caballeros catalanes y valencianos en el Passo Honroso*[6], Barcelona, CSIC, 1962.

—, "El passo honroso", sección II de *Caballeros andantes españoles*, Madrid, Espasa-Calpe, col. Austral, nº 1397, 1967, págs. 52-99.

---

[6] Se trata de un discurso leído el 4 de abril de 1962, en la fiesta de san Isidoro, en el Consejo Superior de Investigaciones Científicas, de Barcelona. Cinco años más tarde se publicará, con retoques, en la col. Austral de Espasa-Calpe.

## SELECCIÓN

En esta ocasión se han elegido cinco fragmentos del relato elaborado por Rodríguez de Lena. El primero transcribe las condiciones pormenorizadas, en número de ventidós, fijadas por Suero de Quiñones para su empresa y por las que se había de regular la celebración del «passo». El segundo y el tercero se refieren a las contiendas reñidas primero entre Suero —el defensor mayor y capitán de los mantenedores— y el caballero catalán Pere Daviu; luego entre él mismo y el valeroso Gonzalo de Castañeda, relatadas ambas con todo lujo de detalles en su protocolo y en sus variados avatares. El cuarto pasaje muestra unos momentos de la arrogancia casi bravucona manifestada por Suero de Quiñones en el día central del paso —el domingo 25 de julio— y la actitud justamente intransigente de los jueces de campo, al mandarle detener y, enojados, prohibir la actividad caballeresca que, por otra parte, era obligado suspender en domingo. El quinto y último refiere la herida mortal sufrida por Asbert de Claramunt en su encuentro con el hijo de Alvar Gómez, con la consiguiente desolación que por su indeseada muerte afecta a todos los presentes en el paso del Órbigo, para terminar, después de oír cosas muy «doloriosas», inhumando su cadáver en tierra no consagrada.

La puntillosidad notarial del autor —nada reticente ante la descripción de escenas que hoy calificaríamos casi de truculentas— nos brinda la magnífica oportunidad de asomarnos a los distintos momentos de la lid, tan escrupulosamente reglamentada, como si estuviéramos presenciándola a la manera de cualquier otro espectador desde el cadalso situado al efecto en un lugar privilegiado de la liza

Cuando leemos páginas de esta naturaleza "no es lícito dudar del predominio que habían cobrado entre la juventud aristocrática de Castilla las ideas caballerescas"[7] y llega-

---

[7] José Amador de los Ríos, *Historia crítica de la literatura española,* Madrid, 1861-1865, t.VI, pág. 240.

mos además a la convicción de que no desvariaba mucho don Quijote cuando replica al canónigo, que trata de convencerle de que «no ha habido caballeros andantes en el mundo», con estas irónicas palabras: «Digan que fueron burla las justas de Suero de Quiñones, del Paso»[8].

## *El passo honroso de Suero de Quiñones*[9]

[I parte. Capítulo IX]

[16r...] En el nombre de Dios e de la bienaventurada virgen nuestra Señora e del apóstol señor Santiago, yo, Suero de Quiñones[10], cavallero natural vasallo del muy alto e muy poderoso rey de Castilla señor nuestro, e de la casa del magnífico señor Condestable suyo[11], notifico e fago [saber] las condicio-

---

8 *Quij.*, I,49.

9 Sigo la ed. citada de Labandeira, con las adaptaciones usuales para ésta. El interesado podrá encontrar útiles noticias sobre el protagonista y el autor, así como acerca de éste y otros pasos de armas y bibliografía complementaria en las páginas introductorias de la edición mencionada.

10 Aparte de las noticias que sobre Suero de Quiñones, muerto en 1456 por peones de Gutierre Quijada, se encuentran en la ed. de Labandeira y en el estudio citado de Riquer, no puede menospreciarse su actividad poética; suya es una canción que se inicia con estos versos: «Honesta, gentil donzella, / si de mí no sois servida, / ordenad vós la querella: / yo porné luego la vida».

11 *Condestable suyo:* se refiere a don Álvaro de Luna, privado del rey Juan II de Castilla. Según Riquer, el verano de 1434, cuando se celebra el Paso, "es el momento del gran triunfo de don Álvaro de Luna sobre los infantes de Aragón, cuando están vigentes las treguas de Majano". El relato de aquel hecho de armas "revela una hostilidad que procede de causas independientes" del mismo y que Riquer cree "lógica" en el ámbito próximo al condestable. Este Paso "pudo pretender, entre otras muchas intenciones, ser la respuesta al Passo de la Fuerte Ventura, con el que el infante don Enrique de Aragón había empequeñecido las justas organizadas por don Álvaro. Los vasallos del rey de Aragón —Alfonso el Magnánimo, hermano mayor del infante don Enrique— acudieron al Passo Honroso indiscutiblemente por afán de aventuras, de lucimiento personal, de ganar fama y prestigio en las armas, pero detrás de esta actitud creo que existe cierto deseo de hacerlo fracasar, bastante transparente en la actuación de Johan Fabra, Pere

nes de una mi empresa, la cual yo notifiqué día primero del año presente[12], ante el muy poderoso rey e señor mío ya nombrado, las cuales parecen por orden en los capítulos deyuso escritos, de los cuales el primero es el que sigue:

Todos los cavalleros o gentileshomes a cuya noticia verná el presente fecho, será manifiesto que yo seré con nueve cavalleros[13] gentileshomes que conmigo serán en la deliberación[14] de la dicha mi prisión e empresa, en el passo cerca de la puente de Órbigo, arredrado del camino cuantía de cinco passos[15] poco más o menos, quince días antes del apóstol bienaventurado ya dicho, en el que yo estaré fasta quinze días después de la fiesta suya, si antes en el dicho plazo mi rescate non fuere cumplido. El cual es: trezientas lanças rompidas[16] por el asta con fierros fuertes, en arneses de guerra, sin escudo nin tarja, nin más de una dobladura sobre cada pieza.

[16v] El segundo capítulo es que allí fallarán todos gentileshomes e cavalleros estrangeros, arneses e cavallos e lanças, sin ninguna ventaja nin mejoría de mí nin de los cavalleros que allí conmigo serán. E si algún cavallero e gentilhome pluguiere de traer su arnés, podrá fazer con él.

---

Fabra, Francí Desvalls y Riambau de Corbera". (M. de Riquer, *op. cit.*, págs. 98-99).

12 *día pimero...:* se refiere al día 1 de enero de 1434, cuando se presentó Suero de Quiñones ante la corte real, reunida en torno a Juan II en Medina del Campo.

13 *nueve cavalleros:* éstos eran los nombres de los mantenedores, que hoy, juntos al de su capitán, se leen escritos en un rollo pétreo situado a mitad del puente sobre el río Órbigo: Sancho de Ravanal, Gómez de Villacorta, Pedro de Nava, Pedro de los Ríos, Lope de Estúñiga, Diego de Bazán, Suero el hijo de Alvar Gómez, Lope de Aller y Diego de Benavides. Para contender con ellos llegaron hasta el puente sobre el Órbigo 71 aventureros, los tres últimos de los cuales no pudieron pelear por haber expirado el plazo prefijado.

14 *deliberación...:* se refiere a la liberación o exoneración del voto que había hecho de llevar todos los jueves en torno a su cuello una argolla como gesto y signo de cautiverio y sometimiento amoroso a su dama.

15 *cinco passos:* el paso, como medida de longitud natural o humana, equivalía a un metro escaso, o a tres "pies", unos 90 centímetros; aquí, pues, a cinco metros escasos del camino.

16 *trezientas lanças rompidas:* se habrían de contar también como rotas las que derribaren a un caballero o le hicieren sangre, todas ellas sumadas las de ambos bandos. En realidad, sólo llegaron a romperse 177.

El tercero capítulo es que correrán con cada uno de los cavalleros o gentileshomes que allí vernán tres lanças rompidas por el asta, contando la que derribare el cavallero por rompida e la que fiziere sangre[17].

El cuarto capítulo es que cualquier señora de honor que passare por aquel lugar donde yo estaré e los cavallerso e gentileshomes ya nombrados, o a media legua dende, que si non lleva cavallero o gentilhome que faga las armas ya divisadas por ella, que pierda el guante de la mano derecha.

El quinto capítulo es que, si dos cavalleros o más, por salvar el guante de una señora, vinieren a fazer armas las susodichas, que será recebido el primero.

El sexto capítulo es que, porque ay algunos que non aman verdaderamente e querrían salvar el guante de más de una señora, que non lo pueda fazer, e que después que oviere rompido las tres lanças de su parte del que con él fiziere, que non seamos tenudos, yo ni los que conmigo allí estuvieren, a fazer las armas con el tal cavallero o gentilhome.

El seteno capítulo es que por mí serán nombradas tres señoras deste reino a los farautes que allí conmigo serán para dar verdadera [17r] fee de lo que pasare, entre las cuales aseguro que non será nombrada la señora cuyo yo só, salvo por sus grandes virtudes. Al primero cavallero o gentilhome que viniere a salvar el guante de cualquier dellas, que fará las armas susodichas conmigo e le daré un diamante.

El octavo capítulo es porque tantos podrán requerir a un solo cavallero de los que allí estuviésemos, o dos, que sus personas non lo vastarían, o si lo vastasen podrían romper tantas lanças de las por mí limitadas que los otros quedasen sin fazer armas; sepan todos los cavalleros e gentilhomes que allí por fazer las armas vernán que non podrían requerir a ninguno de los cavalleros que en la guarda del passo serán señalados, nin sabrán con quién fazen fasta las armas cumplidas, salvo tanto que sean ciertos que farán con cavallero o gentilhome de cota de armas sin reproche.

El nono capítulo es que, non obstante esto, si algún cavallero o gentilhome que después de las tres lanças rompidas quisiere requerir a alguno de los del passo señaladamente,

---

17 *contando...la que fiziere sangre:* contando como también rota la lanza que derribare a un caballero o la que le hiriese.

embíemelo dezir, e si el tiempo lo adebdare[18] romperá con él otra lança.

El dézimo capítulo es si cualquier cavallero o gentilhome de los que allí vernán a fazer armas quisieren quitar cual pieza de arnés de las que por mí son nombradas para correr las dichas lanças, o alguna dellas, embíemelo a dezir, que él será respondido a su grado, si la razón e el tiempo lo adeudare.

El onzeno capítulo es que con ningún cavallero o gentilhome de los que allí vernán non serán fechas armas, si antes non dize quién es e d'ónde.

[17v] El dozeno capítulo es que porque algún cavallero o gentilhome, movido con buen desseo, cayendo en los peligros de las armas que son a todos comunes yendo al dicho passo, non duden su salud[19], sean ciertos que todos los que en el dicho passo fueren feridos que yo les daré todas las cosas que les serán menester, e assí tan cumplidamente como para mi persona mesma, e todo aquel tiempo que menester les será, e más si recebirlo querrán.

El trezeno capítulo es que asseguro, a fee de cavallero, que si acaesciere, assí de los cavalleros como de los gentileshomes, en las armas que fizieren llevar ventaja o ferir a mí o a alguno de los cavalleros que conmigo serán, que nunca les será demandado por nosotros ni parientes ni amigos nuestros.

El catorceno capítulo es que cualquier cavallero o gentilhome que fuere camino derecho de la santa romería non acostándose al dicho lugar del passo do yo e los dichos cavalleros que conmigo serán estaremos, podrá ir, sin contraste de mí e de los cavalleros ya dichos, a cumplir su romería.

El quinceno capítulo es que cualquier cavallero o gentilhome que desviando el derecho camino se llegare al lugar del passo que yo e los míos guardáremos, non podrá partir del dicho passo sin primero fazer las armas ya devisadas, o dexar una arma de las que llevare, o la espuela derecha so fee de jamás traer aquella arma o espuela hasta que se vea en fecho de armas tan peligroso o más que aquel do la dexara.

El deziséis capítulo es que si cualquier cavallero o gentil-

---

18 *si el tiempo lo adebdare:* si el tiempo lo permitiera, si sobrase tiempo aún, antes de que llegara la oscuridad de la noche que impedía la visibilidad; en rigor, "adebdar" significa "adeudar u obligar en deuda".

19 *non duden su salud:* no teman por su salud.

home de los que conmigo serán matáremos cavallo de los que allí vinieren [18r] o de cualquier dellos a fazer armas, que yo se lo pagaré, e si ellos mataren cavallo a cualquier de nos, vástele la fealdad[20] del encuentro por paga.

El dezisiete capítulo es que cualquier cavallero o gentilhome de los que armas fizieren que encontrare cavallero, si el que corriere con él encontrare poco o mucho en el arnés, que se cuente la lança por rompida, por la fealdad del encuentro.

El deziocho capítulo es que si algún cavallero o gentilhome de los que allí fazer armas vernán, después de la una lança o de las dos rompidas, por voluntad non quisiere fazer más armas, que pierda la arma o la espuela, ansí como si non fiziese ningunas.

El dezimonono capítulo es que allí darán lanças e fierros sin ventaja a todos los del reino que llevaren armas e cavallos para fazer las dichas armas, e non podrán fazer con las suyas en caso que las lieven, por quitar la ventaja.

El veinte capítulo es que si algún cavallero o gentilhome de los que allí serán por fazer las armas ya dichas oviere ferida de la primera lança o segunda, tal que aquel día non pueda más armas fazer, que después non seamos tenudos a fazer más armas con él aunque las demande, e las armas sean acavadas.

El veinteiún capítulo es que porque los cavalleros e gentileshomes, por sospecha de recebir engaño, non dexen de venir al dicho passo, e a todos sea manifiesto que allí estarán presentes dos cavalleros antiguos, provados en armas e dignos de fee, e dos farautes, a los cuales cavalleros e gentileshomes que allí a fazer armas vernán, farán juramento apostólico e omenaje d'estar a todo lo qu'ellos mandasen [18v] cerca de las dichas armas; a los cuales los dichos cavalleros e farautes igual juramento farán de los guardar de engaño, e que juzgarán verdad según razón de derecho de armas que, si alguna dubda de nuevo allende de aquello que yo en mis capítulos aquí escreví acaeciere, quede a discreción de aquéllos juzgar sobre ello; porque a ninguno sea escondido el bien o ventaja que en las dichas armas fará, los farautes que allí estarán darán signado, a cualquier que lo demandare, lo que con verdad cerca de lo que fizo demandar querrá.

---

20 *la fealdad:* las reglas del torneo, como las del paso, exigían del caballero suficiente habilidad y destreza como para mantener incólume el caballo del contrario.

El capítulo postrimero de mi deliberación es que sea notorio a todas las señoras del mundo, e assí a los cavalleros e gentileshomes que los capítulos susodichos oirán, que si la señora cuyo soy passare por aquel lugar por mí ya nombrado a do yo seré, que podrá ir segura su mano derecha de perder el guante, que non fará armas nengún cavallero nin gentilhome por ella sino yo, pues que en el mundo non ay quien tan verdaderamente las pueda fazer como yo.

### [II parte[21]. Capítulo XXI]
### [74v...] *Capitán mayor*

Capítulo que fabla de las armas que la segunda vez[22] fizo el onrado e esforçado cavallero Suero de Quiñones, capitán e defensor mayor de aquel passo ya nombrado, con el onrado cavallero mossén Pere Daviu, catalán ya nombrado.

Después desto, en este ya nombrado jueves quinze de julio, entró en el campo el muy esforçado e onrado cavallero Suero de Quiñones ya nombrado, defensor e capitán mayor del passo, el cual entró armado de todo punto encima de un fuerte cavallo, e traía sobre sus armas una camisa blanca, en la que traía brosladas unas ruedas de santa Catalina[23]. E de la otra parte entró en el campo e liça contra él el antes desto nombrado mossén Pere Daviu, hermano de mossén Francés Daviu, e assí dentro en el campo e liça amos a dos pusieron sus lanças en los riestres [75r] e movieron muy reciamente el uno contra el otro, como aquellos que bien parescía que tenían en sus voluntades de delibrarse muy en breve[24] el uno al otro, en razón de las armas que allí avían de fazer. E a esta pri-

---

[21] Esta segunda parte recibe en el códice el título de «Libro de las armas».

[22] *la segunda vez:* la primera, el lunes 12 de julio, había medido sus armas en seis carreras con el alemán Arnaldo de la Floresta Bermeja. Su tercera intervención se recoge más abajo. Tuvo una más, la cuarta, en la que fue herido en su brazo derecho contendiendo con Juan de Merlo. En total sólo quebró once lanzas, de las 177 rotas en aquel paso.

[23] *ruedas de santa Catalina:* referencia al instrumento de tortura con que la santa fue martirizada.

[24] *delibrarse muy en breve:* despacharse o liquidarse rápidamente.

mera carrera que fizieron encontró el onrado Suero de Quiñones a mossén Pere Daviu debaxo del guardabraço izquierdo en el piastrón, e fízole una tal señal en él que por muy poco lo falsara, e rompió su lança en él muy bien en dos pedaços. E anduvieron otra carrera que non se encontraron, e dizen los juezes que a la sazón en este fecho de armas anduvo Suero en arnés sencillo[25], e deque el otro lo supo tomó de las lanças más gruesas.

A las tres carreras que pasaron encontró mossén Pere Daviu al onrado Suero de Quiñones por la vista del almete fazia la parte derecha de la sien, e entró el fierro hasta la meitad, e rompió su lança fasta un palmo cerca del fierro, e quedóle en la vista, e tomó un comunal revés, e luego alçó la mano derecha, e echó mano del asta que en el fierro estava e puñó por lo sacar e non pudo. E cuantos lo vieron pensaron que era ferido de muerte, según el lugar por donde avía sido encontrado. E luego a altas vozes dixo:

— ¡Non es nada, non es nada! ¡Quiñones![26], ¡Quiñones!

E Suero encontró a mossén Pere Daviu en el peto del piastrón e falsólo en el volante de las platas e tocó en el peto dellas. E por razón deste encuentro que Suero dio fue libre de la muerte, según todos pensaron. E aun el mossén Pere Daviu tomó comunal revés; e anduvieron otras tres carreras que non se encontraron, salvo en la una dellas que barrearon las lanças[27]. E luego los juezes descendieron del cadafalso e mandáronle quitar el almete de la cabeça por saber si era ferido, e fallaron que non. E bien paresció a todos que lo quiso Dios librar. E fizo emendar el auctor esto que suso está escripto sobre raído ó dize «peto del piastrón, e falsólo con el bolante de las platas e tocó en el peto dellas», por cuanto este encuentro él mesmo lo vio dar, e fue yierro del escrivano[28].

---

25 *arnés sencillo:* sin refuerzos o dobladuras.

26 *¡Quiñones!:* se trata del apellido de Suero, usado aquí por él como divisa distintiva e identificadora, y como prueba de la levedad de su herida.

27 *barrearon las lanças:* chocaron las lanzas entre sí, cruzándose. En términos militares "barrear" significaba fortificar una posición con maderos.

28 *yierro del escrivano:* probablemente, más que error del escribano, fue manipulación del acta por parte de Rodríguez de Lena con el

A las siete carreras que passaron encontró Suero de Quiñones a mossén Pere Daviu en meitad del piastrón e falsógelo e quebró el fierro de la lança e quedó un poco dél en el bolante de las platas, e salió una racha de la lança un poco e non la contaron por rompida; e de su encuentro quebraron las pontezillas del ristre e desguarnecióse, e de la buelta se le desencasó la mano e un poco el hombro, por tal manera que aunque él quiso fazer más armas non pudo nin los juezes se lo consintieron, e dieron las armas por cumplidas. E mandáronle salir del campo, comoquier que mossén Pere requirió que le dexasen cumplir sus armas, e los juezes dixieron que las davan por [75v] complidas las armas, por cuanto vían que Suero non estava para las fazer, según lo susodicho. E assímesmo porque era ya muy noche, que non se podían devisar los encuentros.

E luego Suero de Quiñones combidó a cenar a mossén Pere Daviu e a todos los catalanes que aí eran, e todos fueron cenar con él, e muy onrosamente salieron cada uno por su puerta de la liça, tocando trompetas delante dellos e con muchas hachas encendidas, e fuéronse desarmar a sus tiendas. E Suero iva armado de una platas sencillas. E dize el autor[29] que cree que, porque lo supo, mossén Pere Daviu tomó de las lanças más gruesas para hazer con él, e con ellas fizieron. E estas platas tomo Suero por cuanto iva armado[30] con las suyas, en que él solía fazer, mossén Pere Daviu, e otras ningunas dobladas non le venían.

[II parte. Capítulo XLII]

[98r] *Capitán mayor*

Capítulo que fabla de las armas que el onrado cavallero Suero de Quiñones, capitán mayor de aquel passo, fizo la tercera vez con Gonzalo de Castañeda.

---

designio de dejar algo más equilibrada una contienda en la que Suero de Quiñones no salió demasiado bien parado.

29 *dize el autor...:* de nuevo asoma aquí su parcialidad, presentando a Suero como condescendiente con su adversario, cuando elige una armadura menos consistente, y a éste como oportunista aprovechado.

30 *iva armado:* su sujeto es Pere Daviu, no Suero de Quiñones.

Después desto, en este ya nombrado viernes veinte e tres de julio en la tarde, por cuanto el muy onrado cavallero Suero de Quiñones, defensor e capitán mayor del passo, aviendo oído dezir la buena fama de cavallería en que se avía visto el ya antes desto nombrado Gonzalo de Castañeda, e como era recio ome de armas e todas las más vezes que armas avía fecho avía levado lo mejor, quiso fazer aquel día armas con él. E vino al campo armado e a cavallo, e assímesmo vino luego el dicho Gonzalo de Castañeda armado e a cavallo. E como fueron amos a dos dentro en el campo, pusieron sus lanças en los riestres e movieron amos a dos el uno contra el otro muy reciamente, como cavalleros que bien parecía que non era aquella la primera vez que en armas se avían visto, e assímesmo como aquellos que gran voluntad mostravan de se delibrar[31] el uno al otro. E a esta primera carrera dio un tan gran encuentro el onrado cavallero Suero de Quiñones a Gonzalo de Castañeda en el guardabraço izquierdo, en la falda dél en derecho del coraçón, que por muy poco lo falsara; e despuntó el fierro, e quedó la punta en él, e rompió su lança fasta tres palmos cerca del fierro. E passaron otras dos carreras que non se encontraron, salvo en una dellas que barrearon las lanças.

A las cuatro carreras que movían el uno contra el otro, e yendo por la liça adelante, bolvióse el cavallo de Suero de Quiñones e paróse en meitad de la carrera, e Gonzalo de Castañeda non curando de cortesía que deviera guardar e alçar la lança, non la alçó. E púsogela por entre el volante de las platas y el arçón delantero de la silla, e a la buelta que dio su cavallo rompió la lança de Gonzalo por medio, sin tocar con el fierro en pieza de arnés ninguna.

[98v] A las cinco carreras encontró el onrado cavallero Suero de Quiñones a Gonzalo de Castañeda en el cañón del braçal derecho, e sortió dél por debaxo de la guarda, e pasóle el fierro por meitad de los morcillos del braço e falsógelo, e ansímesmo falsó el braçal e passóle el fierro cuanto un palmo con el asta de la otra parte, e fízole una gran ferida. E rompió su lança en él, e levó el troncón de la lança con el fierro fasta que fue descavalgar a su tienda. E como los juezes vieron esta ferida tan peligrosa, dieron las armas por cumplidas; e antes que de la liça e campo saliese, Gonzalo de Castañeda, estando ya ferido dixo a altas vozes que él se avía visto en muchos

[31] *se delibrar:* aquí, "despacharse", "matarse".

lugares tan peligrosos e más que aquél fiziendo armas, e nunca cavallero nin gentilhome que con él fiziesse avía levado lo mejor dél, sino entonce Suero de Quiñones, capitán e defensor mayor de aquel passo, pero que pues assí era, e a Dios plazía que por tal vía fuese ferido, que le plazía, que era ferido de mano de tan noble cavallero como él era. E entonce dixo el onrado cavallero Suero de Quiñones que dava muchas gracias a Dios por ello, e mandó luego a los çurujanos que fuesen a curar dél, según lo tenían por costumbre con todos los otros cavalleros e gentileshomes que dentro en aquel campo e liça avían sido o fuesen feridos. E luego los juezes les mandaron que se fuessen a sus tiendas.

E en estas armas que estos cavalleros fizieron este día non cumple que el auctor mucho hable, que bien parece a todos los que lo vieron, e assímesmo los que lo leyeren qu'el onrado cavallero Suero de Quiñones levó lo mejor, e parece que la ventura que Gonzalo de Castañeda solía tener consigo que le fue contraria este día.

### [II parte. Capítulo LVII]

[109r...] Día del bienaventurado apóstol señor Santiago, fue domingo[32], a veinte e cinco días del ya nombrado julio.

De cómo entró en el campo el capitán este día sin tres pieças e de cómo fue detenido.

En el ya nombrado domingo, a veinte e cinco días del mes ya dicho de julio, día del bienaventurado apóstol señor Santiago, cuya perdonança e jubileo este año fue según que antes desto la escritura deste libro vos ha devisado en el principio dél. Este día mañana llegó al campo e liça donde las armas se fazían el muy onrado e famoso cavallero Suero de Quiñones, defensor e capitán mayor de aquel passo, según antes desto es declarado. E la manera como iva armado era ésta: quitada la cara del elmete[33], el guardabraço izquierdo, e el piastrón de

---

32 Por eso fue aquél uno de los años jubilares, en que se hacía mayor la afluencia de peregrinos a Compostela a lo largo de un camino de tradición secular.

33 *cara del almete:* visera o vista del yelmo. A éste se le llama también "almete" otras veces.

las platas. E llegó al cadafalso donde los juezes estavan, e rey de armas, e faraute. E dixo:

— Señores cavalleros e juezes deste campo, plégavos saber que yo mandé a Monreal[34], faraute del rey nuestro señor, que presente está, que publicase en la corte de su muy alta e real señoría a todos los cavalleros e gentileshomes [109v] que allí fuesen, e a los estrangeros todos que lo quisiesen saber, que este día presente del ya dicho bienaventurado apóstol Santiago estarían en este campo e liça donde las armas se fazían tres cavalleros, cada uno quitada una pieça de arnés. Combiene a saber, el uno quitada la cara del almete, e el otro quitado el guardabraço izquierdo, e el otro quitado el piastrón de las platas, para cada uno dellos correr dos carreras con cada cavallero o gentilhome que aquí aquel día viniesse a fazer armas. E yo vos notifico que yo, Suero de Quiñones, capitán del passo, soy solo estos tres cavalleros.

E porque lo más conociessen fízose quitar la bavera, e vieron que era él mesmo. E dixo que él estava presto para cumplir aquello que por él avía sido publicado por el dicho Monreal faraute, según antes desto es declarado. E los juezes respondieron que ellos avían bien oído lo que él dezía. [...110r...)

E Suero de Quiñones, deque esto vio que non le consentían fazer lo que quería, empeçóse mucho a agraviar, e dixo al rey de armas e faraute e escrivanos que presentes eran que ge lo diessen assí por testimonio, en la manera e forma que él allí avía llegado para cumplir lo que prometido avía, e cómo los juezes non ge lo consintían ni consintieron, e cómo lo mandavan e mandaron prender sobr'ello. E entonce, antes que del campo lo sacasen, dixo a los juezes que obedecía su mandamiento, pues ge lo avía prometido. E luego lo llevaron preso a su tienda, e començaron a tocar las trompetas e menestriles delante dél, e los juezes mandaron que non tañiesen, si non, que los mandarían también prender a ellos; e, como lo llebaron a su tienda, descavalgó de su cavallo, [e] el rey de armas e faraute diérongela por cárcel e assímesmo otra tienda donde oía missa, e la sala donde comía, según los juezes avían mandado.

E luego Suero de Quiñones dixo al rey de armas [110v] e faraute que llegassen a los juezes de su parte e les dixiessen

---

[34] Monreal fue también notario real de Castilla.

qu'él avría su consejo con cavalleros e gentileshomes que en esto entendían, e si fallasen que contra su onor era, que él tornaría a fazer las armas que por él eran declaradas, que él sabía bien que allí era venido un cavallero âquel passo non a otra cosa sinon a fazer aquellas armas devisadas con él. Por ende, que les pedía por merced que le dexasen correr las dos lanças ya devisadas porque su onor e promesa fuese guardado. E el rey de armas e faraute fueron luego con esta embaxada a los juezes según Suero ge lo avía dicho, e dixiérongelo como él lo avía mandado. E los juezes brevemente le respondieron que tal licencia non la darían, e que por demás le era porfiar más en esta razón, e donde otros cavalleros e gentileshomes estavan armados para fazer las armas que ante era acostumbradas a fazer.

Los dichos juezes, con gran saña que tenían de aquel fecho que Suero de Quiñones quería fazer tan peligroso, en todo aquel día non consintieron que ninguno fiziesse armas; e fuéronse a sus tiendas, e mandaron al rey de armas e faraute que fuessen de su parte: que si estavan armados algunos de su compañía, que se desarmasen, e que huviessen buena paciencia, porque aquel día que estavan enojados, por tal manera que non podían bien ver el fazer de las armas aquel día, ni darían lugar a ello. (...)

### [II parte. Capítulo CIX]

### [156v...] *Suero, fijo de Alvar Gómez*

Capítulo de las armas que el ya nombrado Suero fizo con el sin ventura Asbert de Claramunt, el cual en aquella sazón[35] allí murió.

Luego en este ya nombrado viernes, después que la espuela fue tomada[36] a este cavallero desuso escripto, luego de mañana [157r] entró en el campo e liça a fazer armas, armado e a

---

[35] *aquella sazón:* se relatan hechos ocurridos el día 6 de agosto de 1434.

[36] *la espuela fue tomada:* la espuela derecha de los caballeros se tomaba en este "passo" como gaje de la lid pactada.

cavallo el antes desto nombrado Suero, fijo de Alvar Gómez, uno de los diez defensores de aquel passo ya nombrado. E de la otra parte contra él, el sin ventura Asbert de Claramunt, natural del reino de Aragón, según antes desto es escrito, assímesmo armado e a cavallo. E como fueron dentro en el campo, pusieron sus lanças en los riestres, e amos a dos movieron el uno contra el otro muy reziamente a guisa de buenos cavalleros, comoquiera que el ya nombrado Suero, fijo de Alvar Gómez, aún non era sano de la ferida que en el braço derecho tenía que le avían dado antes desto, según antes desto en este libro vos es devisado; e desta primera carrera non se encontraron.

A las dos carreras encontró Asbert de Claramunt a Suero, fijo de Alvar Gómez, en el arandela, e de allí sortió, e diole en el guardabraço derecho, e desguarneciógelo sin romper lança nin tomar ninguno dellos revés. E passaron otras cuatro carreras que non se encontraron, e porque el cavallo en que Asbert andava se deviava *[sic]*, diole este nombrado Suero el cavallo en que andava, e él tomó otro.

A las siete carreras encontró Suero a Asbert de Claramunt en el elmete encima de la vista, e doblóse la lança, e non la rompió, nin tomó revés ninguno dellos.

A las ocho carreras encontró Suero, fijo de Alvar Gómez, al ya nombrado sin ventura Asbert de Claramunt en el guardabraço izquierdo e desguarneciógelo, e quedó la punta del fierro en él, e abrió del encuentro que le dio, e rompió su lança en él en piezas, comoquiera que non tomó ninguno dellos revés.

[157v] A las nueve carreras encontró Suero, fijo de Alvar Gómez, al ya nombrado sin ventura Asbert de Claramunt por la vista del elmete, e diole un tan gran golpe que le lançó todo el fierro de la lança por el ojo izquierdo fasta los sesos, e fízole saltar el ojo fuera del casco, e rompió la lança en él con un palmo del asta, e con el fierro el cual levava metido por la vista del elmete con el pedazo del asta, e por el ojo según vos es devisado, e así fue acostado un poco por la liça fasta que cayó del cavallo, muerto en el suelo; e tan súpitamente murió que, por muy aprisa que le acorrieron, nunca le oyeron fablar, nin bollir braço nin pierna; e como le quitaron el elmete de la cabeça falláronle el otro ojo derecho tan inchado como un gran puño, que quería parezer en la cara que avía dos oras que era muerto.

E luego aquellos cavalleros catalanes que allí eran, mosén Francí e mosén Riambau de Corbera antes desto nombrados, e otros asaz que allí eran naturales de su tierra, mostraron gran sentimiento por su muerte ser tan súpita, e rogavan a Dios que le huviesse merced al ánima. E en especial se quexava mucho por su muerte un gentilhome que a la sazón en el fecho de aquellas armas le servía, el cual se llamava por su nombre Jofre Jardí, el cual antes desto avía muy bien fecho sus armas, según en este libro es escrito, e dezía a altas bozes:

— ¡O, Asbert de Claramunt, que en fuerte ventura e punto fueste nacido por morir tan supitánea muerte, e fuera de la tierra donde eras, plega a nuestro señor Dios que te aya el ánima!

E destas cosas dezía muchas e muy doloriosas mostrando gran pesar de su muerte. E luego traxieron [158r] una tabla larga, e pusiéronlo así armado encima della, e tomáronlo aquellos cavalleros e gentileshomes que allí eran presentes, e llebáronlo a una tienda, e allí le sacaron el fierro con el asta de los sesos, e tenía el ojo sacado del casco, colgando fasta la barva. E como le sacaron el fierro, començó a salir mucha sangre que de antes non le avía salido ninguna, comoquiera que avía rato que era muerto. E entonce el onrado cavallero Suero de Quiñones, capitán mayor del passo ya nombrado, mostró muy gran sentimiento e todos los otros cavalleros e gentileshomes que allí con él estavan, diziendo que non quisiera que muriera aquel cavallero por cuanto en el mundo podía aver, e que le pesava tanto de su muerte que dezir non lo podía. E assímesmo como el ya nombrado Suero, fijo de Alvar Gómez, fue desarmado, començó a llorar tan fuertemente como si su padre delante tuviera muerto, diziendo que non quisiera ser nacido para allí ser venido, por le aver acaecido aquella desdicha que acaecido le avía.

E en esto el ya nombrado capitán embió por ciertos frailes que allí en el passo estavan e dezían las oras cada día, para lo levar a la iglesia. E luego como fueron venidos, les dixo que le cantasen sus responsos que acostumbravan cantar a los muertos, e ellos le dixieron que âquel home non le podían fazer aucto alguno que fiel cristiano devía aver, por ser muerto en el hávito que moriera[37]. E Suero les rogó e pedió cuanto pudo por gracia con muy gran afición[38] que así lo quisiesen onrar, e

---

37 *muerto en el hávito que moriera:* muerto mientras practicaba una modalidad de duelo que, por más ritualizada y reglamentada que estuviera, era vista con malos ojos por la autoridad eclesiástica, hasta el punto de negársele sepultura en el suelo sagrado del camposanto.

38 *afición:* aquí, más que afecto, puede significar "aflicción", o incluso "ahínco, empeño".

non quisiesen poner escusa más que si a él mismo aquella muerte acaeciera; e los freiles le respondieron que fuese cierto que non fizieran más a él, si [158v] le aquello acaeciera.

E como esto oyó Suero, rogó a un doctor freile que ende estava, que luego fuese al obispo de Astorga por cuanto la puente era de su diócesis e obispado, e le demandase licencia para lo enterrar en sagrado, que él le prometía, si la traía, de lo embiar a León al dicho Asbert para lo fazer enterrar e sepultar en la capilla e lugar donde el enterramiento de su linaje estava, tan onradamente cuanto más él pudiesse, así como si fuese un pariente su bien propinco[39]. E el freile le prometió de luego partir e fazer en ello cuanto pudiese por que su voluntad se cumpliese; e luego partió para Astorga, que era a tres leguas de aquel passo.

E él partido, Suero de Quiñones con todos los cavalleros e gentileshomes que allí estavan, llebaron muy onradamente al ya nombrado Asbert de Claramunt, defunto ya nombrado, e pusiéronlo en una ermita que está en el cabo de la puente de Órbigo, acerca del lugar ya escripto, que non era consagrada, e allí estovo fasta la noche esperando la licencia si se podría aver. E desque vino el doctor que por ella era ido e dixo como la non quería dar, fizieron una fuesa en el cabo de la puente enfrente de la dicha hermita, e ardiendo muchas antorchas, siendo presentes a lo enterrar por le onrar el ya nombrado Suero e todos los más de los cavalleros e gentileshomes que en el passo eran defensores dél, e otros asaz que allí eran venidos así a fazer armas como a las ver fazer.

E así lo enterraron en la manera que oído avedes, e en aquel lugar que devisado vos es. Perdónele Dios, porque Dios perdone a todos aquellos que esta historia leyeren. El auctor les encomienda [159r] que digan por su ánima, por que Dios aya piedad della, sendos paternostres e sendas avemarías[40], que Dios depare quien las diga por ellos al tiempo de su fin e muerte. (...)

---

39 *pariente su bien propinco:* un pariente suyo muy próximo o allegado.

40 *El auctor les encomienda...avemarías:* se repite aquí una vieja y cristiana fórmula de comunicación entre autor y lectores, tan practicada por los poetas del mester de clerecía, singularmente por Gonzalo de Berceo y por Juan Ruiz.

# 29. Pedro de Chinchilla

## *Historia troyana*

Redacción en 1443.

1460 a C

Pedro de Chinchilla (a 1443 - d 1465) traduce en este caso toda la *Historia destructionis Troiæ* de Guido de Columna para Pedro Pimentel, conde de Benavente. Cód. en Bibl. Menéndez y Pelayo de Santander, *olim* 326.

También la tradujo al aragonés en compendio Juan Fernández de Heredia entre 1376 y 1396. Hay copia anterior a 1460 en Bibl.Nac.Madrid (10801). Para otras traducciones del mismo texto latino, vid. *BOOST* nº 1981.

No se reproduce aquí ningún pasaje suyo, por considerar suficientemente representada la temática caballeresca relativa a la materia de Troya en las secciones 2, 12, 20 y 23 de la presente antología, a cuyas muestras representativas apenas añadiría nada de interés lo seleccionable de este texto.

Bibliografía

García Solalinde, Antonio, "Las versiones españolas del 'Roman de Troie'", *RFE*, 3 (1916), págs. 121-165.

Lorenzo Vázquez, Ramón, *Crónica Troiana*, La Coruña, Fundación Barrié, 1985.

# 30. Alonso de Cartagena (1384-1456)

## *Doctrinal de los cavalleros*

Redacción hacia 1444

1487 I (Burgos)   1497 I (Burgos)

Existen varias copias y múltiples ejemplares de las ediciones incunables burgalesas, uno de ellos en la Biblioteca de la Universidad de Santiago de Compostela [19728], el cual, por lo que se deduce de una anotación situada antes de la tabla inicial, parece haber sido comprado en su día por un criado del duque de Nájera.

La ed. de 1487 salió de las prensas de Fadrique de Basilea el 20 de junio de 1487; tiene 170 hojas no foliadas, de tamaño folio; sign: (4) A T$^{8}$ U$^{14}$ a línea tirada; 35 líneas en cada plana; Tabla a dos columnas; letra gótica de dos tamaños; capitales de imprenta; filigrana: mano y estrella. Ejemplares, además del mencionado de Santiago, en Barcelona (B. de Catalunya), Cuenca (B. del Seminario), Madrid (B.Nac., R.A.E., R.A.H., March), Salamanca (B.Univ.), Toledo (B.Prov.), Valencia (B.Munic. y B.Univ.), Oviedo (B.Univ.), Londres (British Library del British Museum), París (B.Nationale).

La otra ed. incunable se preparó en la imprenta de Juan de Burgos, de donde salió el 6 de mayo de 1497; tiene 130 hojas foliadas, de tamaño folio; sign: a-o$^{8}$ p-r$^{6}$; a dos columnas, menos el prólogo y la conclusión que son a línea tirada; 42 líneas en cada columna; letra gótica de dos tamaños;

capitales de imprenta; filigrana: mano y estrella. Ejemplares en Alicante (Bosch), Ávila (B.Prov.), Barcelona (B. de Catalunya y B.Univ.), Madrid (B.Nac., R.A.E., R.A.C.M. y P., B. del Palacio Real), Salamanca (B.Univ.), Valencia (B.Univ.) y Mallorca (B.Prov.)

En la actualidad preparo una ed. crít. hecha a partir de los ejemplares incunables de Santiago y Salamanca, que publicará en breve la Universidad de Santiago de Compostela.

Obras de similar naturaleza, de apreciable interés para el conocimiento de las exigencias, deberes, rituales, ceremonias y costumbres caballerescas, precedieron a ésta; así, las ya mencionadas de don Juan Manuel. Entre otras, contemporáneas o ligeramente posteriores a la de Cartagena, se mencionan las siguientes:

*Libro de la caballería* o *De las batallas* (C 1442), traducción de *Epitoma rei militaris* o *De re militari* de Vegetius hecha por Alfonso de San Cristóbal, obra de la cual se había hecho otra traducción antes de 1434, titulada *Libro de la guerra* y atribuida a Enrique de Villena (1384-1434).

*Cirimonial de príncipes y cavalleros* (C 1449) y *Tratado de las armas* o *Tratado de los rieptos y desafíos* (C 1462-1465; I h 1500) de Mosén Diego de Valera (1412-h 1488).

*Tratado de la perfección del triunfo militar* (R ? 1459), que primero redactó en latín y luego tradujo al castellano Alonso Fernández de Palencia (1423-1492).

*Compilación de las batallas campales* (R 1481; I 1487) de Diego Rodríguez de Almela (? 1426-1491/1492).

*Tratado de los galardones* [o gualardones ] o *De los galardones que antiguamente se daban a los cavalleros* (R 1482-1492; C a 1500) de Juan de Lucena (1430 h - 1506 ?). Se conserva un cód. en la Bibl. Nac. de Madrid (Res.125).

Rafael Lapesa se ha ocupado de escritos mal conocidos o inéditos de Juan de Lucena; vid. en *Collected Studies...in honorem Américo Castro's...*, Oxford, 1965, págs. 275-290 y en *De la Edad Media a nuestros días,* Madrid, Gredos, 1967, págs. 123-144.

Hay en el *Doctrinal* de Cartagena, aparte de normas interesantes que regulan la conducta del caballero que se precie de tal y fijan sus deberes y obligaciones, abundantes páginas ilustrativas acerca de los usos y costumbres que regulaban su vida y la actividad militar: formas de hacer la guerra por tierra y por mar, asonadas, reptos, lides y desafíos, torneos y justas. Se trata de los títulos nobiliarios, de los derechos y galardones, incluido el reparto del botín entre los partícipes de acciones bélicas, de la gobernación de los castillos, de las treguas y la paz. Otras secciones se ocupan de los traidores y su castigo, de la amistad, del vasallaje y del feudo, de las behetrías, encomiendas y arrendamientos. Las páginas finales prestan atención a la caza en que los caballeros ocupaban sus ocios, a sus testamentos, a los juicios y penas, y a los privilegios caballerescos.

De todo ese puntilloso panorama, que permite reconstruir el estilo de vida del sector social aristocrático, se han escogido apartados relativos al origen de la caballería, a la elección de sus miembros, las virtudes que les caracterizan, sus inseparables instrumentos, la ceremonia de la investidura, el cuidado de su aspecto, sus lecturas, su servicio a las damas y su conducta en las justas.

## *Doctrinal de los cavalleros*[1]

[...A6r=fol 6r...] *Por qué razón la cavallería e*[2] *los cavalleros ovieron este nombre*

Cavallería fue llamada antiguamente la compaña o los compañeros de los omnes nobles que fueron puestos para defender las tierras, e por ende le pusieron nombre en latín *milicia,* que quiere tanto dezir como compañas de omnes duros e fuertes escogidos para sofrir males travajando e lazrando por pro de todos comunalmente, e por ende ovo este nombre de cuento de *mil,* que antiguamente de mil omnes escogían uno para ser cavallero[3].

Mas en España llaman cavallería, non por razón que andan cavalgados en cavallos, mas porque bien así como los que andan en cavallo van más onradamente que en otra bestia. E otrosí los que son escogidos para cavalleros son más onra-

---

[1] El título rubricado que precede a la Tabla en la edición burgalesa de 1487, cuyo texto utilizo colacionándolo con el de 1497, reza así: "Este libro se llama Doctrinal de los cavalleros, en que están copiladas ciertas leys e ordenanças que están en los fueros e partidas de los reinos de Castilla e de León, tocantes a los cavalleros e fijosdalgo e de los otros que andan en actos de guerra, con ciertos prólogos e introduciones que hizo e ordenó el muy reverendo señor don Alonso de Cartajena, obispo de Burgos, a instancia e ruego del señor don Diego Gómez de Sandoval, conde de Castro e de Denia".

En el *explicit,* al final del fol.167, leemos: "Fue impreso este libro en Burgos por maestre Fadrique Alemán, a ruego del capellán mayor de la capilla de la Santa Visitación que fundó y dotó el mesmo señor obispo don Alonso de Cartajena, que es en la iglesia de Burgos. Sacado del original do está en uno con otros libros, por el dicho señor obispo ordenados. Acabóse a veinte de junio, año de mil e cccc. e. lxxx.vii".

En la hoja de guarda final del incunable compostelano se pueden leer manuscritas dos fórmulas, muy caballerescas, de pleito homenaje.

[2] Transcribo el signo tironiano τ por la forma *e* de la conjunción copulativa, por ser ésta la grafía que siempre se emplea en el incunable para la mayúscula *E* en posición inicial de frase.

[3] Como se puede apreciar, las explicaciones etimológicas recuerdan en su ingenuidad sugerente otras alfonsíes que ya nos son conocidas.

Prologo

Los famosos caualleros muy noble señor cõde que en los tiempos antiguos por diuersas regiones del mundo florecieron. Entre los grãdes cuydados 7 ocupaciones arduas que tenian para gouernar la Republica 7 la defender 7 amparar delos sus aduersarios. acostumbrauan interponer algũd trabajo de sciencia: por q̃ mas onesta mẽte supiesen regir a si 7 a q̃llos cuyo regimiẽto les pertenecia. assi en fechos d' paz como de guerra. entẽdiẽdo q̃ las fuerças del cuerpo non pueden exercer acto loado de fortaleza si nõ son guiados por coraçon sabidor. Ca el esfuerço discreto 7 la esforçada discrecion son de loar enlos caualleros 7 nõ el p̃sumptuoso atreuimiẽto nin la atreuida presunciõ. Zoroastes vno delos primeros principes de oriente aquel q̃ escriuen q̃ Reyendo nascio muy enseñado dizen que fue. E el grãd alexandre maccedon sola disciplina de aristotiles expendio lo grãd parte desu mocedad. Publio cipion africano el primero muchas vezes se apartaua a algunos onestos estudios. E en esto non son muchos de nõbrar porque tãtos son q̃ ocuparian mucha scriptura. Mas estos solos recõte porque cada vno dellos fue singular en su tiẽpo. E si en studio delas altas sciencias se ocuparon los grãdes varones, quãto mas se deuen ocupar en lo que ptenesce alos actos dela caualleria cuyo oficio tienen. Ca siguiendo a sant geronimo puedo dezir, que asi como alos medicos ptenesce saber las cosas dela medecina 7 alos ferreros tractar las dela ferreria, asi alos caualleros las reglas delo militar. nin se engañe alguno cuydãdo que enla claridad dela sangre 7 en el denuedo solo del coraçon consiste todo el loor delos caualleros. Ca estas dos cosas buenas son. Pero mas es menester. E muchos fueron esforçados 7 generosos 7 non son cõtados en el numero delos notables varones por non guiar los fechos por la linea dela Razon. E caton muy valiente dizen q̃ fue. mas non le cuentan entre los caualleros. Ca la discreciõ deue mandar al denuedo 7 non el denuedo ala discreciõ. E como sean muchas cosas scriptas asi

Ai

Lámina 15. *Doctrinal de los cavalleros* de Alonso de Cartagena. Fol. A1 que corresponde al inicio del prólogo de la ed. impresa en Burgos por Fadrique de Basilea el año 1487, según el ejemplar incunable de la Biblioteca de la Universidad de Santiago (19728)

dos que todos los otros defensores. Onde, así como el[4] nombre de la cavallería fue tomado de compaña de omnes escogidos para defender, otrosí fue tomado el nombre de cavallero, de cavallería.

*Cómo deven ser escogidos los cavalleros*

Mil es el más onrado cuento de cuento que puede ser[5], ca bien así como diez es el más onrado cuento de los que se comiençan en uno, el ciento entre los diezes, así entre los centenarios es el mayor e el más onrado el mil. E porque todos los otros se encierran en él e de allí adelante non puede aver otro cuento nombre señalado por sí e ha de tornarse por fuerça a ser nombrado por los otros que decimos que se encierra en millar. E por esta razón escogían antiguamente de mil omnes uno para fazerlo cavallero, así como deximos en la ley ante desta, e en escogiéndolo[s] catavan [A6v=fol 6v] que fuesen omnes que oviesen en sí tres cosas: la primera, que fuesen lazdradores, para saver sofrir la grand lazeria e los travajos que en las guerras e en las lides les acaesciesen; la segunda, que fuesen usados a ferir, porque supiesen mejor e más aína matar e vencer sus enemigos e non cansasen ligeramente faziéndolo; la tercera, que fuesen crueles para non aver piadad de robar lo de los enemigos nin de ferir nin de matar, otrosí non desmayasen aína por feridas que ellos rescibiesen nin que diesen a otros.

E por estas razones escogieron antiguamente para fazer cavalleros de los leñadores del monte, que son omnes que sufren grand lazeria, e carpenteros e ferreros e pedreros, porque usan mucho a ferir e son fuertes de manos; e otrosí de los carniceros, por razón que son crudos en matar las cosas brutas e esparzen la sangre dellas. E àun catavan otras cosas en escogiendo los que fuesen bien facionados de miembros para ser rezios, fuertes e ligeros.

E esta manera de escoger usaron los antiguos[6] muy grand

---

4 *el:* En el texto se lee *en.*

5 *cuento...ser:* cómputo de los cómputos que pueden hacerse.

6 *antiguos:* el criterio de autoridad, tan medieval, reaparece una y otra vez a lo largo de estas páginas.

tiempo; mas porque después vieron muchas vegadas que estos tales, non aviendo vergüença[7], olvidavan todas estas cosas sobredichas e, en logar de vencer sus enemigos, vencíanse ellos, tovieron por bien los sabidores destas cosas que catasen omnes para esto que oviesen naturalmente en sí vergüença. E sobre esto dixo un sabio que ovo nombre Vegecio[8] que fabló de la orden de cavallería que la vergüença al cavallero veda que non fuya de la batalla, e por ende ella le faze ser vencedor, ca mucho tovieron que era mayor el omne flaco e sofridor que el fuerte e ligero para foír. E por ende sobre todas las otras cosas cataron que fuesen omnes de buen linaje, porque se guardasen de fazer cosa por que pudiesen caer en vergüença.

E porque estos fueron escogidos de buenos logares e fijosdalgo, que era tanto dezir en lenguaje de España como 'bien', por eso los llamaron fijosdalgo, que muestra tanto como 'fijos de bien'. E en algunos otros logares los llamaron gentiles, e tomaron este nombre de 'gintileza', que muestra tanto como 'nobleza de bondad', porque los gentiles fueron omnes nobles e buenos, e bivieron más onradamente que las otras gentes. E esta gentileza avía en tres maneras: la primera, por linaje; la segunda, por saber; la tercera, por bondad de [A7r=fol 7r] costumbres e de maneras. E comoquier que estos lo ganavan por su sabiduría e por su bondad, son por derecho llamados nobles e gentiles. E mayormente lo son aquellos que lo han por linaje antiguamente e fazen buena vida, porque les viene de lueñe como por heredad. Por ende son más encargados de fazer bien e guardarse de yerro e de mal estança, ca non tan solamente cuando lo fazen reciben daño e vergüença ellos mismos, mas aun aquellos donde ellos vienen.

E por ende los fijosdalgo han de ser escogidos, que vengan de derecho linaje de padre e de abuelo fasta cuarto grado [que] aquí llaman trasvisavuelo. E esto tovieron por bien los

---

7 El concepto de vergüenza, equivalente a honor o propia estima, se ha estudiado en el uso que de él hace don Juan Manuel; vid. Antonio Carreño, "La vergüenza en don Juan Manuel", *Cuadernos Hispanoamericanos*, 314-315 (1976) y "La vergüenza como constante social y narrativa en don Juan Manuel. El ejemplo L de *El conde Lucanor*", *Letras de Deusto*, 13 (1977), 5-22.

8 Vegecio, sobre todo en su tratado *De re militari*, es un clásico muy socorrido entre los autores medievales para cuestiones que afectan a la organización de la milicia.

antiguos, porque de aquel tiempo en adelante non se pueden acordar los omnes comunalmente, pero cuando dende en adelante más de lueñe vienen de buen linaje, tanto más crecen en su onra e en su fidalg[u]ía.(...)

### [A7v=fol 7v] *Cómo los cavalleros deven aver en sí cuatro virtudes principales*

Bondades son llamadas las buenas costumbres que los omnes han naturalmente en sí, a que llaman en latín 'virtudes', e entre todas son cuatro las mayores, así como cordura e fortaleza e mesura e justicia. E comoquier que todo omne que aya voluntad de ser bueno deva travajarse de averlas, tan bien los oradores que deximos como los otros que han a governar las tierras por sus lavores e por sus travajos, con todo aquesto non ay ningunos a quien más convenga que a los defensores, porque ellos han a defender la Iglesia e a los reys e a todos los otros. Ca la cordura les fará que lo sepan fazer a su pro e sin su daño. E la fortaleza, que estén firmes en lo que fizieren e non sean cambiadizos. E la mesura, que obren de las cosas como deven e non pasen a más. E la justicia, que la fagan derechamente.

E por ende los antiguos, por remembrança desto, fizieron fazer a los cavalleros armas de cuatro maneras: las unas, que visten e calçan; e las otras, que ciñen; e las otras, que paran delante sí; las otras, con que fieren. E comoquier que éstas[9] sean en muchas maneras, pero todas tornan en dos: las unas, para defender el cuerpo, que son dichas armaduras; e las otras, armas que son para ferir.

E porque los defensores non abrían[10] comunalmente todas estas armas e, aunque las oviesen, non podrían siempre traerlas consigo, tovieron por bien los antiguos de fazer una en que se mostrasen todas estas cosas por semejança, e ésta fue la espada. Ca bien así como las armas que el omne viste para defenderse muestran cordura, que es virtud que le guarda de todos los males que le podrían venir por su culpa, otrosí muestra

---

9 *éstas:* En el texto se lee *estos.*

10 *abrían:* así en el texto; entiéndase, "tendrían", de aver.

eso mesmo el mango de la espada que el omne tiene encerrado en el puño ca, en cuanto lo así toviere, en su poder es de alçarla o de baxarla o de ferir con ella o de lo dexar. Otrosí, como en las armas que el defendedor para[11] ante sí para defenderse muestra fortaleza, que es virtud que faze al omne estar firmemente a los peligros que le avienen, así en la mançana[12] es toda la fortaleza, que es la virtud de la espada, ca en ella se sufre el mango e el arriaz[13] e el fierro.

E bien como las armas que el omne ciñe son medianas entre las armadu | ras [A8r=fol 8r] que viste e las armas con que fiere, e son así como la virtud de la mesura entre las otras cosas que se fazen a de más o de menos de lo(s) que deven, bien a esta semejança es puesto el arriaz entre el mango e el fierro della.

Bien otrosí como las armas que el omne tiene en las manos enderesçadas para ferir con ellas allí do conviene muestra[n] mesura[da] justicia que ha en sí derecho e igualdad, otrosí lo muestra el fierro de la espada, que es derecho e agudo, e taja igualmente de amas partes; e por todas estas razones establecieron los antiguos que la traxesen siempre consigo los nobles defensores e que con ella recibiesen onra de cavallería, e non con otra arma, por que siempre les viniese en mientes destas cuatro virtudes que deven aver en sí, sin que[14] non podrían complidamente mantener el estado del defendimiento para que son puestos. (...)

[...B1r=fol 9r...] *Que los cavalleros deven ser sabidores de conoscer bien los cavallos e las armas que tovieren si son buenos*[15] *o non*

Cavallos e armaduras e armas son cosas que convienen mucho a los cavalleros de las aver buenas cada una segund

[11] *para*: presente del verbo parar: coloca, dispone, prepara.

[12] *mançana*: pomo de la espada. Este término ya se usa en el *Cantar de mio Cid.*

[13] *arriaz*: gavilán de la espada. También se emplea en el *Cantar de mio Cid.*

[14] *sin que*: sin las cuales.

[15] *buenos*: el adjetivo concierta, en masculino, con 'cavallos', pero afecta igualmente al sustantivo femenino 'armas'.

su natura, ca, pues con éstas han de fazer los fechos de armas que es su menester, conviene que sean tales de que se puedan bien ayudar; e entre [B1v=fol 9v] todas aquellas cosas de que ellos han de ser sabidores es ésta la más señalada. Ca, por ser el cavallo grande e fermoso, si fuese de malas costumbres e el cavallero non fuese sabidor para conoscer esto, avenir-le-ía[16] ende dos males: el uno, que perdería cuanto por él diese, e lo ál, que podría ser que cayese por él en peligro de muerte o de presión. E eso mesmo le avernía si non fuesen las armaduras buenas e bien fechas e con razón. E por ende, segund los antiguos mostraron, para ser los cavallos[17] buenos deven aver en sí tres cosas: la primera, ser de buena color; la segunda, ser de buenos coraçones; la tercera, aver muchos convenientes que respondan a estas dos cosas.

E, aun sobre todo esto, quien bien lo[18] quisiere conocer ha de catar que venga de buen linaje, ca esta es la animalia del mundo que más responde a su natura. E aun los antiguos que más fablaron en esta razón tovieron que, sin todas estas sabidurías, devían aún aver los cavalleros en sí tres cosas para fazer buenos en sí los cavallos: la primera, saberlos mantener en sus bondades; la segunda, que guarden, si alguna mala costumbre oviesen, tolerlos della; la tercera, guarecerlos de las enfermedades que oviesen.

E en las armaduras que oviesen deven otrosí aver sabiduría en tres maneras: la primera, si es bueno el fierro o el fuste o el cuero o la otra cosa de que las fazen, para conoscer si son fuertes; la segunda, que sean ligeras; la tercera, eso mesmo es de las armas para ferir, que han de ser bien fechas e fuertes e ligeras. E cuanto más conoscieren los cavalleros estas cosas e las usaren, tanto más mejor se ayudarán dellas e la[s] tornarán[19] a su pro.

---

16 *avenir-le-ía:* forma analítica del potencial: le avendría, le ocurriría; poco más abajo, aparece la variante *le avernía.*

17 *cavallos:* en el texto, cavalleros, por errata evidente, que corrijo.

18 *lo:* anacoluto; el antecedente expreso está en plural, los cavallos.

19 *tornarán:* corrijo; en el texto, tornan.

*Quién ha poder de fazer cavalleros o quién non*

Fechos non pueden ser los cavalleros por mano de omne que cavallero non sea, ca los sabios antiguos, que todas las cosas ordenaron con razón, non tovieron que era cosa con guisa nin que pudiese ser con derecho dar un omne a otro lo que non oviese. E bien así como las órdenes de los oradores non las puede ninguno dar sinon el que las ha, otrosí tal non ha poderío ninguno de fazer cavallero si non el que lo es. Pero algunos i[20] ovo que tovieron que el rey o su fijo heredero, maguer cavalleros non fuesen, que bien lo podían fazer [B2r=fol 10r] por razón del reino, por[que] ellos son caveças de cavallería e todo el poder se encierra della en su mandamiento. E por esto lo usaron e usan en algunas tierras, señaladamente en España.

Mas, según razón verdadera e derecha, ninguno otro non puede fazer cavallero si el primero non lo fuese. E tanto encarecieron los antiguos orden de cavallería, que tovieron que los emperadores nin los otros reyes non devían ser consagrados nin coronados fasta que cavalleros fuesen; e aun dixeron más: que ninguno non puede fazer cavallero a sí mesmo, por onra que oviese. E comoquier que en algunos logares lo fazen los reys, así como en España, más por costumbre que por derecho, con todo esto non tovieron por bien los sabios antiguos que lo fiziesen, ca dignidad, orden nin regla non puede ninguno tomar por sí, si otro non gela da. E por ende ha menester que en la cavallería aya dos personas, aquel que la da e aquel que la rescive.

Otrosí tovieron que muger, por onra que toviese, maguera fuese imperatriz o reina por heredamiento, que non pudiese fazer cavallero por sus manos[21], comoquier que podrían rogar o mandar a algunos de su señorío que los[22] fiziesen aquellos que oviesen derecho de lo fazer.

---

20 *i*: allí, es decir, entre los sabios de la antigüedad.

21 Esta norma será contravenida más de una vez en los relatos caballerescos. Así, por caso, será Niniana o Viviana, la Dama del Lago, y no el rey Arturo, contra toda costumbre, quien en la corte de éste imponga las armas a Lanzarote; o Mergelina, y no su padre, el emperador bizantino Manuel, quien arme caballero a Enrique fi de Oliva.

22 *los*: nuevo anacoluto; se pasa del cavallero, singular, al plural.

E aun dixeron que omne desmemoriado nin el que fuese de menor hedad de catorze años que non deve ninguno dellos esto fazer, porque la cavallería es tan noble e tan onrada cosa que deve entender el que la da qué es lo que faze en darla, lo que éstos non podrían fazer. Otrosí clérigo nin omne religioso non tovieron que los podrían fazer cavalleros, porque sería cosa[23] e muy sin razón de entremeterse en fecho de cavallería aquellos que non pudieron nin han poder de meter las manos para obrar della; pero si alguno fuese cavallero primeramente e después le acaeciese que oviese de ser maestre de orden de cavallería, que mantoviese fecho de armas. (...)

[B3v=fol 11v...] *Cómo han de ser fechos los cavalleros*

Espada es arma que muestra aquellas cuatro significaciones que ya avemos dicho. E, porque el que ha de ser cavallero deve aver en sí (por dicho)[24] aquellas cuatro virtudes, (que) establecieron los antiguos que rescibiesen[25] con ella[26] la orden de cavallería, e non con otra arma; e esto ha de ser fecho en tal manera que, pasada la vigilia, luego que fuere de día, deve ir primeramente oír misa e rogar a Dios que le guarde en sus fechos e para su servicio. E después ha de venir el que lo ha de fazer cavallero e preguntarle si quiere rescibir orden de cavallería e, si le dixere que sí, hale de preguntar si la manterná[27] como se deve mantener. E después que gelo otorgare dévele calçar las espuelas o mandar algund *[sic]* cavallero que gelas calce; e esto ha de ser segund qué el omne fuere e el logar que toviere, e hanle de fazer desta guisa por mostrar que, así como el cavallero pone las espuelas al cavallo de diestro e de siniestro para fazerle correr derecho, que así deve él fazer sus fechos endereçadamente, de manera que non tuerça a nin-

[23] *cosa:* sobra la conjunción *e* que sigue; o bien, falta un adjetivo, tal vez "injusta" o "mala".

[24] Evidente errata del impresor: sobran las palabras entre paréntesis.

[25] *rescibiesen:* en el texto, rrciesbiesen, que corrijo.

[26] *ella:* su antecedente es espada.

[27] *manterná:* mantendrá, cumplirá sus leyes, observará sus reglas.

guna parte. E desí ha de ceñir la espada sobre el brial que le vistiere, así que la cinta non sea muy floxa, mas que se llegue al cuerpo; e esto es por significança que las cuatro virtudes que diximos deven aver siempre los cavalleros e tenerlas coronadas así.

Pero antiguamente establescieron que a los nobles omnes fiziesen cavalleros seyendo armados de todas sus armaduras, bien así como si oviesen de lidiar, mas las cabeças non tovieron por bien que las toviesen cubiertas, porque los que así la[28] traen non lo fazen salvo por dos razones: la primera, por encobrir alguna cosa que [B4r=fol 12r] en ellos oviese que les parescería mal, ca por tal cosa bien las pueden encubrir de alguna cobertura que fuese fermosa e apuesta; la otra manera por que cubren la cabeça es cuando algund *[sic]* omne faze alguna cosa desaguisada de que ha vergüença, e esto non conviene en alguna manera a los nobles; ca pues ellos han de recebir tan noble e tan o[n]rada cosa como la cavallería, non es derecho que entre[n] en ella con mala vergüença nin con miedo.

E desque la espada le oviere ceñida[29], dévela sacar de la baina e poner gela en la mano derecha, e fazerle jurar estas tres cosas: la primera, que non recele de morir por su ley si menester fuere; la segunda, por su señor natural; la tercera, por su onra. E cuando esto oviere jurado, dévele dar una pescoçada por que estas cosas sobredichas se le vengan en miente, diziendo que Dios le guíe a su servicio e le dexe complir lo que prometió[30].

E después hale de besar, en señal de fe e de paz e de hermandad que deve ser guardada entre los cavalleros; e eso mesmo han de fazer todos los otros cavalleros que fueren en aquel logar, non tan solamente en aquella sazón mas aún en todo aquel año dondequier que a él vengan nuevamente. E por esta razón non se han de buscar mal nin catar los cavalleros unos a otros, (h)a menos de echar en tierra la fe que así prometió, desafiándose primeramente, segund se muestra o fabla de los desafiamientos[31].

---

28 *la:* nuevo anacoluto; el antecedente, cabeças, está en plural.

29 *ceñida:* concordancia del participio con el sustantivo, normal todavía en el siglo XV.

30 El texto repite aquí de nuevo *que Dios le guíe a su servicio,* por evidente errata del impresor o de un copista anterior.

31 *desafiamientos:* Remite el autor a una sección posterior de su libro (III, título 2º), dedicada a los desafíos, en los fols. 109v-111r.

*Cómo han de ceñir la espada al noble después que [fuere] fecho cavallero*

Ceñir la espada es la primera cosa que ha de fazer después que el cavallero noble fuere fecho. Por ende ha de ser muy catado quién es el que gela ha de ceñir. E esto non deve ser fecho sinon por mano de omne que aya en sí algunas destas tres cosas: que sea su señor natural o que lo faga por el debdo que han de conso en uno[32], o omne onrado que lo fiziese por fazerle onra, o cavallero que fuese muy onrado e muy bueno en armas que lo fiziese por su bondad; e en esto se acordaron más los antiguos que en las otras dos, que tovieron que era muy [buen] comienço para lo que era tenudo el noble de fazer. Pero cualquier dellas que aya vale e es muy buena, ca este que l' (de)ciñe[33] la espada llámanle padrino, ca bien así como los padrinos en el bautismo ayudan a confirmar e otorgar a su ahijado cómo sea cristiano, [B4v=fol 12v] otrosí el que es padrino del cavallero noble, (des)ciñéndole la espada, confirma e otorga la cavallería que ha rescebido. (...)

*Qué cosas deven guardar los cavalleros cuando cavalgaren*

[B5r=fol 13r] Mantenerse deven los cavalleros, segund dixeron los antiguos sabios, en manera que ellos fagan buena vida e den buen enxemplo a otros. E por eso pusieron entonce maneras ciertas cómo biviesen, tan bien en su cavalgar como cuando beviesen e comiesen e cuando oviesen de dormir[34].

---

32 *debdo que han de conso en uno: debdo que han de consuno;* deber o dependencia que uno tiene con respecto al otro.

33 *(de)ciñe:* en el texto, *decine,* en que sobra la primera sílaba y falta la tilde de nasalidad; en todo caso, significa ciñe, de "ceñir".

34 En contra de una falsa opinión muy extendida, los héroes de los relatos caballerescos dedican parte de su tiempo a solazarse, comiendo, bebiendo y durmiendo, como los hombres de carne y hueso.

E ordenáronlo desta guisa, que cuando oviesen de cavalgar por villa que non cavalgasen sinon en cavallos quien los pudiere aver; e esto fizieron porque van ellos más onrados que en ninguna otra cavalgadura, e otrosí porque usasen cavalgar, que es cosa que pertenesce mucho a los cavalleros, e porque andan en los cavallos más loçanos e más alegres e aféitanlos mejor por eso más a su guisa.

E aun mandaron que cuando oviesen de cavalgar fuera de la villa en tiempo de guerra, que fuesen en sus cavallos armados[35], en manera que si algo acaesciere podiesen fazer daño a sus enemigos e guardarse de lo rescebir dellos. E otrosí establescieron que cuando cavalgasen non levasen otros en pos de sí; e esto fizieron porque non les toliese la vista el que fuése en la silla e porque non semejase que levase troxa, ca estas son cosas que peor parescen a cavallero que a otro, porque son necias e desapuestas.

E otrosí pusieron que cuando cavalgasen por la villa, que truxesen todavía mantos, fueras ende si fiziese tal tiempo[36] que ge lo estorvase; e sobre todo establescieron que cuando el cavallero cavalgase que levase todavía la espada ceñida, que así es como hábito de cavallería. (...)

[B6r=fol 14r...] *Cómo ante los cavalleros deven leer los grandes fechos de armas cuando comieren*

Apuestamente tovieron por bien los antiguos que fiziesen los cavalleros estas cosas que dichas avemos en la ley ante desta[37], e por ende ordenaron que, así como en tiempo de guerra aprendiesen fecho de armas por vista e por prueva[38],

---

35 En la *Demanda del santo Grial* se lee que en tiempo del rey Arturo y de los caballeros de la Mesa Redonda "tenían por villano al cavallero que cavalgase sin armas" (cito por la ed. de Adolfo Bonilla, *Libros de caballería*, t.I, Madrid, NBAE, 6, 1907, cap. 299, pág. 273a).

36 *fueras ende si fiziese tal tiempo:* entiéndase "excepto si hiciese tal tiempo", refiriéndose al caluroso.

37 Se refiere el autor a la titulada "Que los cavalleros deven ser mesurados en comer e en bever e en dormir".

38 *por vista e por prueva:* observando a los demás y realizándolos por sí mismos.

que otrosí en tiempo de paz lo aprendiesen por oída o por entendimiento. E por eso acostumbravan los cavalleros cuando comían que les leían[39] las istorias de los grandes fechos de armas que los otros fizieran, e los sesos[40] e los esfuerços que ovieron para saber vencer e acabar lo que querían.

E allí do non avía tales escripturas fazían gelo retraher a los cavalleros buenos e ancianos que en ello se acertaron.

E, aun sin todo esto, fazían más, que non consintían que los juglares[41] dixesen ante ellos otras canticas sinon de guerra o que fablasen de fecho de armas. E eso mesmo cuando non podían dormir, que cada uno en su posada fazía leer e retraer estas cosas sobredichas. E esto era por que, leyéndolas, les creciesen los coraçones e esforçávanse faziendo bien, queriendo llegar a lo que los otros fizieran e pasar por ello[42].

### [...Q8v=fol 128v...] *Que el cavallero de la Vanda*[43] *deve ayudar a las dueñas e donzellas fijasdalgo*

Conviene a todo cavallero de la Vanda que siempre tenga unos paños en que aya vanda, aunque los non pueda traer cada día, e que los vista una vez en la semana, e más si más podiere. Otrosí el su andar que sea el más sosegado que pudiere, e nunca calce botas nin çapatos nin traya las calças rodilladas[44].

Otrosí el su fablar non sea muy apriesa nin muy a bozes, e que pare mientes siempre en su lengua, e que nunca diga palavras torpes, e señaladamente nunca diga ningund *[sic]* agravio contra alguna dueña nin contra alguna donzella fija-

---

39 *leían:* leyesen.

40 *sesos:* pruebas de inteligencia o astucia, estratagemas.

41 *juglares:* se muestra aquí una clara preferencia por el género épico sobre el lírico.

42 *pasar por ello:* tener experiencias semejantes.

43 *cavallero de la Vanda:* La orden de caballería de la Vanda, o de la Banda, creada hacia 1330 por Alfonso XI (1311-1350), vencedor en la decisiva batalla del Salado, subsiste todavía hoy con carácter honorífico. Su divisa era una banda roja o carmesí que cruzaba el torso del caballero desde el hombro derecho al costado izquierdo.

44 *calças rodilladas:* con rodilleras o remendadas.

dalgo, aunque ella sea contra él, porque ay algunas dellas a las vezes ariscas. Otrosí que cuando alguna dueña o alguna donzella fijadalgo viniere a la corte del rey a querellar algund *[sic]* desaguisado que le ayan fecho, que los cavalleros de la Vanda o cualquier dellos que la pongan delante el rey por que pueda mostrar todo su derecho. E aun, si cumpliere, que razone por ella, por que aya complimiento de derecho. E, aun demás de razonar, que faga lo que el rey mandare e fallare por su corte que deve fazer, por que ella aya su derecho.

[...R5r=fol 133r...] *La manera que se deve tener en la justa*

Primeramente dezimos que los cavalleros que ovieren a justar que fagan cuatro venidas, e non más; e, si en estas cuatro venidas el un cavallero quebrantare un asta en el otro cavallero, e el cavallero en quien fue quebrada non quebrare alguna en el otro, este atal que sea vencido, pues la non quebró.

E otrosí dezimos que si quebrare el uno dos astas e el otro non más de una, que aya la mejoría el que quebrare las dos astas; pero si el que quebró la una derribare el yelmo al otro cavallero del golpe que le dio, que sea igualado con el que quebró las dos astas.

E otrosí, si un cavallero quebrare dos astas en el otro cavallero, e el otro cavallero en quien las quebró derribare a él, aunque non le quiebre el asta, dezimos que este atal que sea igualado con el que quebró las dos astas.

Otrosí, si un cavallero derribare a otro e a su cavallo, si este que cayó derribare a otro sin el cavallo, dezimos que aya mejoría el cavallero que cayó el cavallo con él, porque parece que fue la culpa del cavallo e non del cavallero; e el que cayó sin caer el cavallo con él, que fue la culpa del cavallero e non del cavallo.

Otrosí dezimos que ninguna de las varas quebradas que sean, que non sean judgadas por quebrantadas quebrándolas travesadas, salvo quebrándolas de golpe.

Otrosí dezimos que si en estas cuatro venidas quebrantaren dos varas o sendas, o fizieren golpes iguales, que judguen los cavalleros por iguales. E si en estas cuatro venidas non se podieren dar, que judguen que non ovieron buen acescimiento. Otrosí dezimos que si cayere la lança a algund *[sic]* cavallero en yendo por la carrera ante de los golpes, que el otro cavallero que le alce la lança e non le dé, ca non sería cavallería ferir al que non lleva lança.

E para judgar todo esto dezimos que aya i cuatro fieles[45], los dos de la una parte e los otros dos [R5v=fol 133v] de la otra parte, porque den la mejoría a los cavalleros que justaren mejor.

---

45 *fieles:* jueces de una justa, torneo o lid.

# 31. *La historia del muy valiente y esforçado cavallero Clamades, hijo de Marcaditas, rey de Castilla, y de la linda Clarmonda, hija del rey de Toscana / Historia de Clamades y Claramunda*

Redacción 1480 h

1480 ? I (Burgos) 1521 I (Burgos) 1562 I (Burgos)

La versión española traduce *Le livre de Clamadés... et de la belle Clermonde...* (I h 1480, Lyon), prosificación del poema *Cléomadès* de Adenet li Rois, del siglo XIII, hecha por Philippe Camus. Adenet explica que fue la princesa Blanca, hija de san Luis y viuda de Fernando de la Cerda, quien le había contado la historia de aquel fabuloso personaje.

EDICIONES

1908 Adolfo Bonilla y Sanmartín, *Libros de caballerías,II...*, Madrid, Bailly-Baillière, t.11, págs. 423-442. Denomina Clarmonda a la protagonista y sigue la ed. burgalesa, impresa por Felipe de Junta en 1562.

1944 Ignacio B.Anzoátegui, Buenos Aires, Espasa-Calpe, Austral (con *Partinuples* y *Roberto el Diablo*), páginas 133-168.

De los quince capítulos en que se divide el libro, se reproduce tan sólo el primero, casi en su totalidad, suprimiendo únicamente la parte final del mismo. Se le considera harto significativo, no sólo por la cautivante figura del extraño caballo que centra en sí la atención expectante del lector, sino por la cuantiosa presencia de típicos elementos caballerescos que en él se da, sin excluir los de índole mágica y maravillosa; pero sobre todo por su indudable conexión con el *Quijote* cervantino en su episodio de la aventura de Clavileño[1]: es muy posible que Cervantes hubiese leído justamente la edición burgalesa de 1562 —la utilizada aquí—, publicada cuando el genial novelista tenía quince años, aunque en su recreación paródica pudo entremezclar su recuerdo de ella con los de su lectura de la *Historia de la linda Magalona*, o, más bien —por no escaparnos del mundo de la ficción—, quienes mezclan una y otra son los duques y sus fingidas cortesanas, cuando tratan de divertirse a costa del caballero manchego y de su escudero.

En el fragmento elegido, el rey, padre del protagonista, tras armarlo caballero, le encomienda los negocios relativos a la guerra; se presentan en su corte tres príncipes moros, expertos en astrología y nigromancia, con maravillosos regalos —entre los que destaca el caballo de madera—, para solicitar la mano de las tres hijas de Marcaditas. En el decurso del episodio no faltan salidas y respuestas ingeniosas, más o menos taimadas y mendaces, seres extraños (un guardián negro, un gigante, brujas o hadas maléficas), conductas caballerescas, referencias a justas y torneos, formulismos y modos cortesanos de relación, sin que se excluyan, al lado

---

[1] vid. *Quijote,* II, 40-41. Opiniones recientes, entre ellas la de Joseph E.Gillet, sugieren como modelo *Lystoire des deux chevaliers Valentin et Urson* (1489), a través de traducciones italianas, a partir de la veneciana de 1557; no me convence, al contrario de lo que cree J.B. Avalle-Arce, en su ed. del *Quijote* (Madrid, Alhambra, 1979, II, 40, n.8), que éste, el francés, sea el modelo "más probable" que usó Cervantes.

¶ La hystoria del muy valiente
y esforçado cauallero Clamades hijo de Mar
caditas rey de Castilla: y de la lin-
da Clarmonda hija del rey
de Toscana.

¶ Con licencia. Año de. M.D.Lx ij.

Lámina 16. *Historia del cavallero Clamades*. Portada de la ed. impresa en Burgos en 1562

de increíbles aventuras, notas de realismo cotidiano, por ejemplo cuando se dice que Clamades «comió y bevió tanto como él quiso»; pero lo más atractivo radica en el proceso de enamoramiento entre los jóvenes protagonistas, que incluye el rapto —al menos desde la perspectiva paterna— de la futura esposa a lomos del singular caballo de madera.

Llegados Clamades y Clarmonda a las cercanías de Sevilla, de nuevo la rapta allí Cropardo y, sirviéndose del mismo caballo, la traslada hasta Salerno, donde el rey moro muere en prisión de tristeza y "frenesía". Clamades la busca «por todo el mundo en donde hallaría poblado», y tras multitud de aventuras y alguna escaramuza bélica, logra recuperarla, se casan, y con ellos otros personajes conocidos de esta historia a quienes Clamades colma de regalos, reservándose para sí el caballo de madera. El libro concluye con la vida de la pareja «en buena paz y concordia por espacio de cuarenta y seis años, y huvieron un hijo y una hija; y el hijo fue rey de Castilla, y la hija fue casada muy altamente, y murieron Clamades y Clarmonda, ambos a dos en un año; y fueron enterrados el uno cerca del otro, muy honradamente».

## *La historia del muy valiente y esforçado cavallero Clamades...*[2]

### *Aquí comiença la historia del muy valiente y esforçado cavallero Clamades, hijo del rey de Castilla, y de la linda Clarmonda, hija del rey Carnuante, rey de Toscana*

I

En Castilla huvo una donzella, la cual sucedió en el reino y fue reina después de la muerte de su padre y de su madre. La

---

[2] Sigo la ed. mencionada de A.Bonilla, a pesar de que él utiliza una impresión tardía, la de 1562; lamento no haber podido conseguir otra más antigua; sin embargo, el texto que sigo tiene el indudable interés de que tal vez sea el que leyó Cervantes, por lo que se dirá luego. Como siempre, hago las adaptaciones pertinentes a los criterios editoriales preestablecidos.

cual se llamava Doctiva; y ella tomó por marido el hijo del rey de Sardeña, el cual havía nombre Marcaditas. Los cuales se amaron mucho el uno al otro; y era el rey Marcaditas muy valiente y muy esforçado hombre; y ellos huvieron tres hijas: la primera fue llamada Helior, la segunda Soliadissa[3], la tercera Máxima, y esta era más hermosa que las otras dos. Y huvieron un hijo que fue llamado Clamades, el cual, después de edad suficiente, fue imbiado por el rey su padre en Grecia por aprender griego, y después en Alemaña por aprender alemán, y después en Francia por aprender francés. Y en aquel tiempo que estava en Francia, cinco reyes de estraños reinos começaron a hazer guerra contra el rey Marcaditas. Y avino que los contrarios del rey Marcaditas le assignaron la jornada para la batalla. Entonces el rey Marcaditas embió por su hijo Clamades, el cual, luego como supo las nuevas, vino a su padre, el cual lo hizo luego cavallero y le dio cargo de la guerra; y Clamades hizo tanto por su esfuerço y valentía, que él venció y desbarató los cinco reyes que hazían guerra al rey su padre; de manera que él puso todo el reino de Castilla en buena paz. Y entonces fue Clamades muy nombrado y estimado en todo el reino de Castilla y en todos los otros reinos comarcanos, y hazían muy gran cuenta dél.

En aquel tiempo acaesció que tres reyes de África, grandes maestros en la ciencia de astrología y nigromancia, todos tres tuvieron consejo entre sí, y todos tres de un acuerdo deliberaron que ellos irían al rey Marcaditas y le demandarían sus tres hijas por mugeres. Y se llamavan[4] aquellos tres reyes: el pri-

---

[3] *Soliadissa:* un argumento más que puede confirmar el conocimiento que Cervantes tenía de este texto estriba en que en la ed. príncipe de su *Quijote*, promete a Sancho que «cuando faltare ínsula, ahí está el reino de Dinamarca o el de Soliadisa, que te vendrá como anillo al dedo...» (I,10). En eds. posteriores alguien cambió ese nombre por el de Sobradisa, mencionado también en el *Amadís*.

[4] *se llamavan:* los nombres castellanos son adaptaciones de los franceses que figuran en el poema *Cléomadès* (vv. 1487-1506) del siglo XII: Melocandis, Baldigans y Crompars, reyes respectivamente de Barbarie, Maroc y Bougie; al último, a pesar de su deformidad corporal, se le reconocen altas dotes intelectuales. También en el cuento de "El caballo encantado" o "El caballo mágico" de las *Mil y una noches* hay un sabio persa, con el mismo nombre de Cropardo, al que se describe como dechado de fealdad; allí los personajes homólogos de Marcaditas de Sardeña, padre de Clamades, y del rey Carnuante de Tosca-

mero Melicando, rey de Barbaria; el segundo Bardigante, rey de Amorasta; el tercero Cropardo, rey de Ungría, el cual era muy feo y giboso. Y este rey Cropardo se temió que no le querría dar la una de las hijas del rey Marcaditas, por causa que era tan feo y giboso; y dixo a los otros dos reyes en esta manera:

— Señores, nosotros iremos cada uno a su tierra, y allí hallaremos los más ricos y hermosos joyeles que hazer podremos y sabremos; y después vernemos y llevaremos estos joyeles con nosotros, y los presentaremos al rey Marcaditas, y aquello hecho, uno de nosotros le demandará un don, y él, como es muy noble, luego nos lo otorgará de buen grado. Y si él demandare cuál don, aquel que le hará la demanda le responderá que son sus tres hijas.

Y los otros dos reyes respondieron que era muy bien dicho, y fuéronse cada uno para su tierra, y cada uno hizo su joyel. Y después vinieron todos tres juntos al rey Marcaditas con sus joyeles que cada uno havía hecho, y se lo presentaron. Es a saber: el rey Melicando havía hecho de sus manos una gallina y tres pollitos de fino oro, y este fue el primer joyel; y cuando ponía aquella gallina y los tres pollitos en el palacio del rey Marcaditas, la gallina iva delante y los tres pollitos ivan detrás. Y cuando havían un poco andando, ellos cantavan tan dulcemente que era gran melodía de los oír.

El rey Bardigante hizo un hombre de oro, el cual tenía una trompeta en la mano, y luego que alguno pensava o tratava alguna traición contra él, aquel hombre de oro tañía muy reziamente aquella trompeta. Y el rey Cropardo hizo un cavallo de madera, en el cual havía dos clavijas de azero, por las cuales él se regía y lo hazían ir donde querían.

E cuando el rey Marcaditas huvo recibido los dichos joyeles, él huvo muy gran plazer con ellos, porque eran mucho maravillosos. Y entonces los tres reyes le demandaron sus dones, y él, como era muy noble, sin más pensar se los otorgó. Y cuando ellos vieron que se les havía otorgado lo que le demandavan, ellos le demandaron sus tres hijas. Y demandó el rey Cropardo la más moça, de lo cual el rey Marcaditas fue muy triste, ca él no pensava que le quería demandar aquella,

---

na, padre de Clarmonda, son, respectivamente, el rey Sabur de Persia y el rey de Bengala.

especialmente del rey Cropardo, que era tan feo; pero él quería guardar su palabra. Entonces fue llamado Clamades, y le mostraron los joyeles, y fue puesta la gallina con sus tres pollitos de oro[5] en medio de una sala, los cuales pluguieron mucho a todos. Y el rey Bardigante, que havía presentado el hombre de oro, dijo que él no podía ser provado en ninguna manera sino por un punto solamente, es a saber, cuando alguno pensaría o haría traición contra el rey. Y el rey le respondió que bien lo creía. Y assí fueron otorgadas sus dos primeras hijas a los dos reyes, que eran muy hermosos y muy ricos. Y cuando Máxima, que era la más moça, vio que no quedava otro sino el rey Cropardo, que era tan feo y givoso, ella fue muy triste, e hizo llamar a su hermano Clamades y, cuando fue venido, ella le rogó muy afincadamente que él no consintiesse en ninguna manera que ella huviesse por marido al rey Cropardo, ca ella quería más morir que que le diessen hombre tan feo. Y entonces Clamades entró en la sala donde estava el rey Cropardo, el cual tenía gran desseo que le diessen a Máxima; y Clamades dixo al rey su padre que él se maravillava mucho cómo él havía otorgado a su hermana a un tal hombre, y dixo Clamades que en tanto que sería en vida, si él podía, nunca la avría y que tampoco no sabía el rey Marcaditas si el cavallo era tal como él dezía.

Entonces dixo el rey Cropardo a Clamades que subiesse encima por le provar, y esto le dezía a fin que él lo llevasse, porque Clamades le guardava de haver su hermana Máxima. Y Clamades dixo que él subiría encima dél por le provar. Y entonces el hombre de oro començó a tañer su trompeta, porque el rey Marcaditas no se avisava del engaño del rey Cropardo; y bien fue oída la trompeta, mas ellos no pararon mientes a ella, porque cada uno mirava al cavallo en el cual Clamades quería subir.

Y entonces Clamades subió en el cavallo, y el rey Cropardo bolvió la clavija que el cavallo de madera tenía en la frente, y el cavallo començó a se mover, y se alçó en el aire tan alto que todos lo perdieron de vista. Y entonces fueron muy pasmados el rey y la reina, y todos los otros que allí estavan. E dixo el rey Marcaditas al rey Cropardo que hiziesse tornar a su hijo Clamades, que assaz era provado el cavallo; y el rey Cropardo le respondió diziendo assí:

---

[5] *oro:* el texto dice "otro", por errata.

— Por cierto, señor, yo no puedo, porque he olvidado de le dezir cómo él deve bolver las clavijas que están en el cavallo.

Entonces el rey Marcaditas fue muy sañoso contra él, y le dixo que jurava a su corona que él lo haría morir en una cárcel, si no le tornasse su hijo. Y entonces todos se acordaron del hombre de oro que havía tañido la trompeta, y conoscieron que el rey Cropardo havía pensado traición contra Clamades y contra el rey su padre. Y entonces fue puesto el rey Cropardo en prisión, y fue muy grande el llanto que hizieron por Clamades, porque no havía ninguno que supiesse a dónde era ido ni a dónde lo fuessen a buscar. Y entonces vinieron a escusarse los otros dos reyes deste fecho, y dixeron que ellos no sabían nada dello; y tanto se escusaron, que el rey Marcaditas los creyó. Y ellos le demandaron las dos hijas, las cuales les havían sido prometidas; y el rey les respondió que en aquella manera no se haría casamiento, mas que ellos se tornassen en hora buena a sus tierras, y que él les haría saber cuando sería tiempo y cuando Clamades sería venido y tornado. Y entonces los dos reyes tomaron licencia dél y se fueron para sus tierras.

E Clamades andava siempre sobre el cavallo de madera, y en poco tiempo fue tan lexos que él no sabía en dónde estava; pero él tomó muy gran esfuerço en sí, y pensó yendo assí a cavallo cómo y en qué manera se podría bolver; y luego miró en derredor del cavallo y halló una clavija en el costado diestro, y él la empeçó de bolver; y luego que huvo hecho aquello, miró al otro costado del cavallo y vio allí otra clavija; y después halló otra en el pie del cavallo, las cuales començó a bolver, y entonces él se començó a baxar contra la tierra, y allí conosció Clamades la manera del cavallo y fue más assegurado que de primero, porque él conosció que por aquellas clavijas se governava el cavallo de madera, y que por ellas andava y venía; mas él no sabía en qué manera él devía bolver a su tierra, ca el cavallo en una noche y un día lo havía llevado hasta en Toscana, de la cual tierra era señor el rey Carnuante, el cual havía una hija que havía nombre Clarmonda, y allí traxo el cavallo a Clamades encima de una torre de un castillo que havía nombre «el castillo noble».

Y era aquella torre llana por encima; y allí arribó Clamades, y descendió del cavallo sobre aquella torre, y entró en la torre por ciertas gradas; después entró en una gran sala que era muy bien guarnescida de pan y vino y de otras viandas, en jarros y platos y escodillas de oro y de plata, encima de unas mesas muy bien paradas, y halló allí un negro que las guardava; y Clamades le preguntó por qué a aquella hora tenían assí las mesas puestas y tan bien[6] guarnescidas de viandas. Y el negro le respondió que aquella era la costumbre de aquella tierra, que a la entrada de dos meses del año, es a saber, de mayo y de setiembre, después de vísperas, ponían las mesas y las cargavan de buen vino y de buen pan y de otras buenas viandas, que assí lo mandavan hacer los prestes de la ley, y que quedavan assí toda la noche; y después en la mañana hazían su sacrificio y comían dos o tres días de aquellas viandas tanto como duravan; y era en el mes de mayo cuando Clamades arribó allí. Y cuando él vio aquellas mesas tan bien guarnescidas, él tenía gran hambre, y se assentó a una de aquellas mesas, y comió y bevió tanto como él quiso, que el negro no le dixo nada. Y después, como hombre esforçado, deliberó de ir más adelante, y entró en una cámara en donde vio un gran gigante que dormía todo vestido encima de una cama, y vio muchas armas en derredor dél, porque en él era cometido para guardar[7] la hija del rey susodicho. Y él passó más adelante por unos corredores, y entró en otra cámara muy rica en la cual havía tres camas, y en una dellas yazían tres donzellas durmiendo. La primera se llamava Flereta, la segunda Gayeta, la tercera Liades.

Y después entró en una otra cámara, y allí vio una cama muy ricamente parada, y en aquella cama dormía la linda Clarmonda, hija del rey; y él se acercó a la cama, y vio la donzella que dormía, la cual le agradó tanto que él no se podía hartar de mirarla, ca ella era la más hermosa y más graciosa y del mejor y gentil gesto que podía haver donzella de su manera en todo el mundo; y en dormiendo se era descabellada, y sus cabellos eran tan lindos y tan hermosos que no parescían sino fino oro, y le cubrían sus tetas muy delicadas por delante. Y no cabe preguntar si ella plugo a Clamades, que él fue tan encendido de su amor que deliberó de la besar antes que se tornasse, y assí lo hizo. Y entonces la donzella se despertó, y fue muy espantada cuando le vio, y le dixo que mucho era atrevido, descortés y presuntuoso de haver entrado en la cá-

---

6 *tan bien:* corrijo el texto, en donde se lee “también”.

7 *en él era cometido para guardar...:* él estaba encargado de custodiar...

mara aquella hora sin lecencia, y que mucho le desplazía en él haver sido tan osado, y le dixo en esta manera:

— Yo vos juro que, si no es cosa que vós seáis Leopatris, hijo del rey Barcaba, el cual ha de ser mi marido, que aunque vós tuviéssedes mil vidas y mil cabeças, vós no escapéis de la muerte; y aquel que yo digo es de gran linaje, y es hombre muy valiente y esforçado en armas y en todas otras cosas, y es muy noble, cortés y gracioso, comoquier que yo nunca lo vi, pero el rey mi padre y otros muchos me lo han assí dicho; y mi padre y mi madre me han prometido al rey Barcaba su padre. Yo vos ruego que me digáis si vós sois él.

Entonces Clamades le dixo que él era aquél y no otro. E Clarmonda le preguntó cómo era allí venido y para qué; y él respondió que era allí venido por amor della, y por la ver antes que la tomasse por muger, y que ninguno lo sabía. Entonces Clarmonda le hizo muy buena cara y lo recibió muy cortés y amigablemente, pensando que era Leopatris, el cual la havía de tomar por muger. E luego llamó a sus donzellas, las cuales fueron muy pasmadas cuando lo vieron, mas ella les dixo que aquel era Leopatris. Y Clamades salió fuera de la cámara entretanto que las donzellas se vestían, y entró en un vergel, el cual no tenía otra entrada sino por aquella cámara. E cuando las donzellas fueron vestidas, ellas vistieron a su señora muy ricamente, assí como a ella pertenescía. Y después vino Clarmonda con sus donzellas en el vergel donde estava Clamades, y el día començó a parescer muy claro; y cuando Clamades vio venir la linda Clarmonda con su gentil y muy hermoso gesto, no cabe preguntar si la miró de buen coraçón. Allí començaron a departir y hablar con muy hermosas y amorosas palabras, y entonces conosció Clamades, por las palabras que ella dezía, en qué tierra estava y en qué lugar.

Y estando ellos hablando en uno en el vergel, el gigante que tenía en guarda la linda Clarmonda se despertó, y miró por la ventana de su cámara que mirava en el vergel, y vio a Clamades que estava assentado cerca de la linda Clarmonda, de lo que él fue muy triste, y luego lo fue a dezir al rey, y entonces el rey mandó llamar el ama de su hija Clarmonda y le preguntó quién era aquel que estava en el vergel con Clarmonda y qué quería. Y ella le respondió que era Leopatris, hijo del rey Barcaba. Y el rey se fue a la ventana, y conosció muy bien que no era él. E luego imbió muchos hombres armados para lo tomar, y él mesmo vino en persona. Y Clamades, cuando lo vio venir con tanta gente armada, él no hizo ningún semblante de se defender; y el rey le preguntó qué buscava allí, y por qué causa se dezía ser Leopatris por engañar su hija, y que él lo haría morir. Entonces Clamades le dixo:

— Á, señor, por Dios merced, e yo le diré la verdad. Verdad es, señor, que yo soy cavallero, mas mi nascimiento fue en tal hora y en tal punto que siempre de tres en tres años hadas me toman de noche y me ponen encima de un cavallo de madera, y me llevan tres días y tres noches encima de aquel cavallo por montes y por valles, y me hazen passar muchos y diversos trabajos y males, y después me ponen encima de la más alta torre que ellas pueden hallar, con aquel cavallo de madera; y vos digo que oy antes del día me pusieron encima de una torre deste vuestro palacio, y aún está allí el cavallo; y si vuestra alteza no lo puede creer, haga venir comigo algunos de sus servidores, e yo lo traeré aquí delante de vuestra alteza.

Lo cual assí fue hecho. Y Clamades traxo el cavallo dentro del jardín, el cual fue mucho mirado del rey y de todos los otros, mas ni aun por esso el rey fue apaziguado, y de cabo le dixo que por qué dava a entender a su hija que él era Leopatris, hijo del rey Barcaba, por lo cual le parescía que él no quería su bien ni su honra. Entonces Clamades le dixo cómo su hija havía sido muy mal contenta porque él era assí entrado en la cámara, y que se era mucho ensañada contra él, diziéndole que si él no era Leopatris que ella lo haría morir; que entonces él, por miedo de la muerte, se era fingido ser Leopatris. Y el rey le preguntó por qué causa estava assí razonando falsamente con ella. E Clamades le respondió que él era cavallero, y que él no pensava mal ninguno. Entonces el rey tiró aparte a su consejo, por ver qué devía hazer dél. Los unos dezían que no merescía la muerte, los otros dezían que sí merescía, y que él pensava en el mal cuando en casa agena era entrado, y especialmente en la cámara de la hija del rey; y cuando huvieron harto debatido de una parte y de otra, lo juzgaron a morir[8], y si él huvo miedo, no era maravilla, ca bien veía que él no podía escapar en ninguna manera sino por gran ingenio y cautela. Entonces Clamades suplicó al rey que por amor de Dios y de

[8] *lo juzgaron a morir:* lo sentenciaron a pena de muerte.

cavallería lo hiziesse morir a la costumbre de la tierra de donde él era. Y el rey le preguntó qué costumbre era aquella. E Clamades le dixo:

— Señor, que me mandéis poner encima de mi cavallo de madera o encima de uno de los vuestros, si es vuestro buen plazer; ca assí lo hazen a un cavallero en mi tierra cuando lo quieren hazer morir; por esto, señor, vos suplico, por amor y honra de cavallería, que pues es vuestro plazer que yo muera, que me hagáis morir en esta manera, a fin que sea dicho que yo soy muerto honradamente, y esto haziendo vós guardaréis la honra de cavallería, e yo e todos mis parientes vos seremos obligados.

Entonces el rey le otorgó su demanda y le dixo que tomasse su cavallo de madera que él havía traído, que él no havía otro; de la cual cosa fue muy alegre Clamades, porque él no demandava otro por mejor escapar de sus manos. Y es de saber que todos los del palacio, assí como escuderos, moços de espuela, lacayos y otros servidores, estavan en derredor con arcos, lanças, espadas, por matar a Clamades; mas cuando él fue subido en el cavallo de madera y se vio cercado de tanta gente armada, puso muy presto la mano a la clavija de la frente del cavallo y la[9] bolvió; y entonces el cavallo le alçó en el aire tan reziamente que parescía que los diablos lo llevavan. Y cuando ellos lo vieron assí levantar en el aire, todos con gran fuerça començaron a tirar sus armas contra él por lo herir, de manera que las armas caían sobre los que las havían echado, y muchos dellos fueron llagados y muertos. Y entonces el rey y todos los otros fueron muy tristes y maravillados porque era assí escapado. Mas por esso no quedó que Clarmonda no quedasse muy encendida del amor de Clamades, ca por la gran hermosura y gentil gesto y manera, y por el gracioso y cortés hablar y razonar que en él havía visto, no lo podía olvidar y quitar de su coraçón, y huvo muy gran plazer porque era assí escapado, ca ella havía ya puesto su pensamiento en él, y bien conoscía en su hablar y cortesía que él era de noble y alto lugar.

Y Clamades anduvo tanto alto y baxo que él arribó en Cas-

[9] *la:* corrijo el texto, en donde se lee “le”.

tilla[10], en la ciudad de Sevilla, en la cual halló aún al rey Marcaditas su padre y a la reina su madre. Bien podéis pensar qué fiesta le hizieron y plazer que huvieron, porque la cosa que el rey y la reina más desseavan en este mundo era la venida de su hijo Clamades. Y luego él contó a su padre y a su madre la aventura que le era venida. Y el rey su padre le contó cómo él tenía preso al rey Cropardo, y le preguntó qué quería que hiziessen dél. Y Clamades le respondió que fuesse librado, que él havía dicho verdad del cavallo, aunque havía pensado traición. Y entonces el rey lo mandó soltar, pero él le dixo que nunca havría su hija en casamiento. Y el rey Cropardo se fue a su posada en donde estava aún toda su gente, y mucho rogó al rey Marcaditas que le diesse su hija Máxima, pues Clamades era tornado, mas nunca se lo quiso otorgar. Y cuando aquello vio el rey Cropardo, él embió toda su gente a su tierra y se quedó allá solo.

Ca la historia dize que era de costumbre en el reino de Ungría que cuando el rey era reptado en alguna traición, que si él entrava en su tierra dentro de siete años, lo podían librar a muerte y matarlo. Y comoquier que no podría entrar en los siete años pero bien podía tratar y hazer su paz con los que havía hecho la traición y, hecha la paz, bien podría entrar en su reino y lo havían de recibir como de primero. Y por aquella causa él no quiso tornar a su reino, mas se quedó en la ciudad de Sevilla, y se puso a usar y entremeter de medicina[11], ca él era muy bien entendido en todas ciencias.

Y dize la historia que cuando Clamades huvo estado allí tres o cuatro días, él començó fuertemente a pensar en la gran hermosura y gentil gesto y continencia de la linda Clarmonda, y como todo embevido y encendido de su amor, le vino en voluntad de la ir a ver. Y díxolo al rey su padre y a la reina su madre, los cuales en ninguna manera se lo querían consentir. Mas por los grandes y humildes ruegos que les hizo, le dieron licencia de ir, aunque mucho les pesava. E luego sin más tardar, Clamades adereçó todo lo que havía menester, y después subió en su cavallo de madera y anduvo tanto que arribó muy cerca del Castillo Noble. Y cuando se vio tan cerca, él deliberó

---

10 *Castilla:* Se refiere al reino del mismo nombre, que incluía la región andaluza.

11 *entremeter de medicina:* practicar la medicina de cuando en cuando, y tal vez entrometiéndose en la profesión de otros.

que descendería en un patín que no servía sino tan solamente a la cámara de la linda Clarmonda, y assí lo hizo, y puso su cavallo de madera en un lugar muy secreto, en donde ninguno no podía entrar sino por la cámara de la señora Clarmonda. Y él lo metió allí por miedo que el cavallo no fuesse visto de algunos, si caso fuesse que estuviessen levantados, y porque, si por ventura él fuesse sentido, que lo hallasse allí presto, porque no lo tomassen preso y que lo matassen como havían querido hazer la primera vez que allí vino. Y después que él lo huvo allí puesto, él vino muy passo a la puerta de la cámara, la cual por dicha halló abierta; y cuando él la halló abierta, él huvo muy gran plazer y acercóse un poco, y después entró dentro hasta la cama y vio la bella Clarmonda que dormía. Y entonces él vino y la besó muy dulcemente; y luego ella se despertó y fue muy pasmada y maravillada cuando lo vio; mas cuando ella lo conosció, ella estuvo muy alegre. Y entonces se avisó[12] que le preguntaría su nombre y de qué tierra era. E también, porque ella lo quería tanto, desseava saber de su estado y de su linaje, y de muy buena gana le hablava, por el grande amor que le tenía. Y Clamades, como hombre sabio y discreto, començó muy humil y cortésmente a responder a sus preguntas en esta manera:

— Muy alta y noble dama, pues que es vuestra voluntad de saber mi nombre y de qué gente y qué linage yo soy, y a Dios no quiera que yo en ninguna manera vos lo cele, sabed ciertamente, señora, que yo me llamo Clamades, hijo del rey Marcaditas, rey de Castilla, y soy vuestro humilde servidor, que quiero vivir y morir por vos.

Entonces la noble Clarmonda fue muy alegre, y le agradeció mucho la humil respuesta que le havía hecho. Y ella le preguntó por qué la primera vez que él allí vino se dezía ser Leopatris, hijo del rey Barcaba. E Clamades[13] le respondió:

— Por cierto, señora, esto fue por miedo que yo havía de morir, y no por vos desservir ni engañar; y sabed que mientras yo viviere no vos mentiré en cosa ninguna.

---

12 *se avisó:* se decidió, tomó la decisión.
13 *Clamades:* Clamedes, en el texto.

Y cuando Clarmonda entendió que él era hijo del rey de Castilla y que él havía nombre Clamades, el cual era tanto nombrado y afamado, ella huvo tan gran plazer que no se podía hartar de mirarlo, ca muchas vezes havía oído hablar de sus grandes hechos y de sus nobles cavallerías, y de las grandes justas y torneos de los cuales él havía llevado la honra en el tiempo que estava en Alemaña y en Francia; entonces se le dobló el amor que ella tenía a Clamades, y començaron a departir muy dulcemente de muchas cosas; y se enamoraron el uno del otro, de tal manera que Clamades le dixo:

— Muy excelente y muy noble señora, sepa vuestra alteza que vós sois aquella en quien yo he puesto todo mi coraçón y toda mi esperança, ca por cierto sin vós yo non podría vivir ni durar en mi tierra en ninguna manera, y si era vuestro buen plazer de me tomar por vuestro servidor yo sería el más dichoso y bienaventurado hombre del mundo.

Entonces Clarmonda, considerando el grande amor que el noble Clamades le mostrava y assimesmo que ella era tanto encendida de su amor, le respondió en esta manera:

— Clamades, mi caro amigo, pues que assí es que vós me queréis tanto como vós dezís, sabed en verdad que, si vós me queréis mucho, que aún vos quiero yo más.

E no conviene preguntar si Clamades fue alegre de aquella respuesta, ca aquella era la cosa que él más desseava en este mundo, y le dixo en esta manera:

— Mi amor, mi alegría y mi desseo, yo vos agradezco de tanto bien que me queréis en me recebir por vuestro amigo y servidor.

Y Clarmonda le dixo:

— Sí, señor, salva mi honra, ca yo soy prometida por el rey mi padre a Leopatris, hijo del rey Barcaba, y no querría mi padre en ninguna manera quebrar su juramento; e yo sé bien que antes de poco tiempo verná Leopatris y me llevará en una tierra a mí muy estraña; pero, señor, yo más querría a vós que no a él, mas yo no sé en qué manera me pudiéssedes haver.

Entonces Clamades le contó toda la manera de su cavallo de madera y en qué manera lo havía havido, y que no quedaría sino por ella que él no la llevasse muy bien sobre su cavallo; y Clarmonda le dixo que ella hablaría[14] con sus donzellas; y luego las hizo levantar, y les contó cómo aquel era Clamades, hijo del rey de Castilla, y cómo le havía rogado que se fuesse con él encima de su cavallo de madera, que él los llevaría muy bien a ambos a dos, y que él la tomaría por muger en su tierra. Y cuando las donzellas oyeron que aquel era Clamades, ellas huvieron gran plazer, porque él era nombrado en todas tierras por sus grandes valentías, y porque era hijo de un tan gran rey. Y entonces vinieron a Clamades, y le hizieron muy gran fiesta, y fueron bien contentas que él la llevasse, y querían más que él la huviesse que Leopatris. Y ellas le rogaron que cuando avría llevado a su señora, que a lo menos se acordasse dellas, y que le pluguiesse las venir a buscar, porque ellas no podrían vivir sin la linda Clarmonda, su señora, la cual cosa él las *[sic]* prometió y que en aquello no avría falta.

Cuando ellos huvieron assaz razonado en uno, Clamades fue a buscar su cavallo de madera en donde lo havía dexado, y allí lo cargaron de buen pan y de buen vino y de otras viandas, y de muchas y ricas joyas que eran de la linda Clarmonda; y, antes que partiessen, comieron y bevieron cada uno un poco. Después subió Clamades sobre su cavallo de madera y Clarmonda subió çaga dél, y cuando fueron subidos y estuvieron bien a su plazer, las donzellas rogaron a Clamades que le pluguiesse se mostrar al rey en passando, y que le dixesse a alta voz su nombre y quién era, y como él llevava a Clarmonda su hija, a fin que ellas no fuessen reptadas y culpadas del hecho. Y Clamades fue contento, y las donzellas le dixeron que el rey se venía a holgar cada mañana en un vergel que era cerca de la cámara de Clarmonda, y le mostraron el camino por donde havía de ir; y a fin que la cosa fuesse más segura, una de las donzellas, llamada Floreta, por mandado de la linda Clarmonda, subió en una torre por ver si el rey era venido en el vergel, la cual como obediente tornó luego a hazer la respuesta, y dixo assí:

---

[14] *hablaría:* en el texto, por errata, "hallaría".

— Señora, yo he visto al rey vuestro padre, que está dentro del vergel, y a la reina vuestra madre también, y los más principales de la corte; por esto, señora, ya es hora de partir.

Entonces Clarmonda se despidió de sus donzellas llorando amargosamente, y assí hizo Clamades, y las besó todas tres la una después de la otra, y era gran piedad y lástima en ver llorar aquellas donzellas, ca aquella fue la más grave partida que nunca hombre vio, tanto de una parte como de otra. Y en passando delante del vergel donde estava el rey, padre de Clarmonda, Clamades le dixo:

— Señor, no busquéis más la señora Clarmonda vuestra hija, que yo la llevo comigo; y, si queréis saber mi nombre, yo soy Clamades, hijo del rey de Castilla, que la quiero tomar por muger, y será, plaziendo a Dios, reina de Castilla.

Cuando el rey y la reina oyeron aquellas palabras, y vieron que Clamades llevava su hija contra su voluntad, ellos cayeron en tierra amortescidos; y cuando fueron tornados en sí y fueron levantados, ellos conoscieron muy bien que aquel era el que la otra vez tenía allí el cavallo de madera, el cual havía sido condenado a morir, mas por causa del cavallo era escapado.(...)

## 32. *La historia de los nobles cavalleros Oliveros de Castilla y Artús de Algarbe*

Redacción 1482 d

1499 I (Burgos) 1501 I (Burgos) 1505 I (Valencia)
1507,1509,1510 I (Sevilla)

El texto castellano traduce y adapta una segunda ed. francesa, anterior a 1492 (Ginebra), con sus 41 grabados, de la obra escrita h 1445 por Philippe Camus (fall. en 1472), *Listoire de Olivier de Castille et de son loyal compaignon Artus Dalgarbe*, cuya primera ed., de título poco diferente, se hizo en Ginebra en 1482. Ejemplares en Hispanic Society de Nueva York y Universidad de Chicago. La ed. de 1499 pudo haber sido impresa por Fadrique de Basilea. Los nombres asignados a los protagonistas ya los ponen en relación con los ciclos caballerescos carolingio y artúrico[1].

El autor francés pudo haber tomado elementos inspiradores de su invención en el *Sendebar*, si bien añadiendo a su relato el preceptivo toque de relativo exotismo para forjar un relato caballeresco, haciendo proceder a sus héroes de la península ibérica, relacionando sus linajes con los reinos de Castilla, Portugal, Inglaterra e Irlanda, y situando la mayor parte de las aventuras en territorio inglés.

---

1 Para los materiales artúricos, vid. Harvey L. Sharrer, *A critical bibliography of hispanic arthurian material*, Londres, Grant and Cutler, 1977, así como Carlos Alvar, *El rey Arturo y su mundo. Diccionario de mitología artúrica,* Madrid, Alianza Editorial, Alianza Tres, 258, 1991.

### EDICIONES

1902 Ed. facsímil de A.M.Huntington, Nueva York, Hispanic Society-De Vinne Press, 49 fols., de la de 1499.
1908 A. Bonilla, *Libros de caballerías, II...*, Madrid, Bailly-Baillière, NBAE, t.11, págs. 443-523. Sigue la de 1499, sirviéndose del facsímil de 1902.
1943 Ignacio B. Anzoátegui, Buenos Aires, Espasa-Calpe, Austral, 337, 149 págs.
1969 Alberto Blecua, en *Libros de caballería*, Barcelona, Ed. Juventud, col. Z, págs. 23-192. Sigue ed. de 1499 según la ed. de Bonilla.
(1986) Harvey Sharrer inicia su edición.

### BIBLIOGRAFÍA

FRONTÓN, M.A., "La difusión de *Oliveros de Castilla*: apuntes para la historia editorial de una historia caballeresca", *Dicenda*, 8 (1989), 37-51.

—, "Del *Olivier de Castille* al *Oliveros de Castilla*: análisis de una adaptación caballeresca", *Criticón*, 46 (1989), 63-76.

MENÉNDEZ Y PELAYO, Marcelino, en *Orígenes de la novela*, Madrid, Bailly-Baillière, NBAE, I, 1905; Madrid, CSIC, 1962, cap. 54.

### SELECCIÓN

Del total de 76 capítulos en que se divide la obra se han elegido como muestra tan solo seis de ellos: el 23 y 24, 26 a 28, y el 55.

Un resumen argumental del conjunto podría ser éste: al nacer Oliveros, hijo del rey de Castilla, muere su madre; pasado un tiempo, su padre decide casarse con la reina viuda de Algarbe, madre de un hijo llamado Artús que se educa con Oliveros. Crecido éste, la reina le confiesa su amor, por lo que el joven huye de España, creando la desolación en la corte. Llegado a Inglaterra, tras dificultades marítimas, participará en justas y torneos que se celebran en Londres en los que al vencedor se le ofrece la mano de Helena, hija del rey, de la que Oliveros está enamorado (caps. 23 a 31). A pesar de su victoria, el rey da largas al asunto matrimonial, hasta que el joven hace más méritos en guerras contra los irlandeses. Oliveros y Helena tienen dos hijos, Enrique y Clarisa.

Yendo de caza el protagonista, lo hace prisionero un príncipe irlandés. Artús, que por entonces era ya rey de España por la muerte de su padrastro, presiente que su amigo[2] se encuentra en peligro y corre en su busca por tierras de Europa, sorteando fuertes obstáculos, entre ellos el ataque de un terrorífico dragón (cap. 55). Por consejo del alma de Juan Tabalot, antiguo amigo de Oliveros y ya muerto, se dirige a Londres para reconfortar a Helena, haciéndose pasar por su marido al que tanto se parece, no sin superar los esperables compromisos entre los deberes de un esposo y la fidelidad debida a la amistad. Con la excusa de un voto de peregrinar a Santiago, reemprende la búsqueda de Oliveros, a quien consigue encontrar y liberar de su prisión. La situación equívoca que Artús tuvo que simular con Helena, enfurece a Oliveros, quien resolverá sus dudas tras conversar con su esposa, por lo que se reconcilia con su amigo; pero Artús se ve afectado por una espantosa enfermedad, la cual, según revelación onírica, sólo tendrá remedio si bebe la sangre de los hijos de Oliveros; éste degüella a los niños y con aquella extraña medicina Artús recobra su salud. Milagrosamente, Oliveros encuentra que sus hijos siguen vivos y jugando alegres[3]. La felicidad

---

[2] La amistad entre Artús y Oliveros, valor que ellos estiman en la práctica como supremo, resulta ponderada por el autor ya desde el prólogo de su obra, cuando se refiere a que ambos «passaron grandes, diversas e maravillosas fortunas, de las cuales todas por su fiel amor, gran caridad e lealtad, alcançaron buena salida».

[3] Carlos Alvar ha tratado de las analogías detectables, en lo que respecta a este episodio, entre la canción de gesta francesa *Amis et Amiles*, datable en la transición del siglo XII al XIII, así como de otras ancestrales tradiciones, con el tema esencial de la amistad a toda prueba que se profesan los protagonistas de *Oliveros y Artús*. Su estudio, inédito de momento, lo dio a conocer en conferencia pronunciada en

La hiſto
ria delos nobles
caualleros Oliue
ros de caſtilla y·
artus dalgarbe.

Lámina 17. *Historia de Oliveros de Castilla y Artús de Algarbe*. Portada de la ed. burgalesa de 1499, impresa tal vez por Fadrique de Basilea, según el ejemplar de la Hispanic Society de Nueva York parece hacerse completa cuando Oliveros regresa a Castilla como rey. Pero, al final del relato surge un anticlímax, con la presencia del misterioso caballero —el alma fantasmal de Tabalot— que tanto había ayudado a Oliveros en sus hechos de armas y le había hecho prometer que le concedería la mitad del premio conseguido; por ello, exige ahora la mitad del cuerpo de Helena. Oliveros se dispone a dividir a su esposa con la espada, pero Tabalot, vista la actitud de su amigo, renuncia a su onerosa exigencia. Los dos capítulos finales cierran la historia con la boda de Clarisa, hija de Oliveros, y Artús, ya rey de Algarbe; luego, por muerte de Oliveros y de su hijo Enrique, Artús añade por herencia a su reino los de Castilla, Inglaterra e Irlanda, los cuales, a su muerte, heredarán a su vez sus hijos.

## *Oliveros de Castilla y Artús de Algarbe*[4]

### *Capítulo XXIII. Del plazer que hovo Oliveros cuando supo que aquel era su cavallero, e cómo fue armado e encavalgado muy ricamente; e de la fermosura de Helena, fija del rey de Engleterra, e de su cadahalso e pavallón*[5]

Los cavalleros llegaron al hermita en la manera que havéis oído, e pararon todos delante Oliveros e le fizieron reverencia e él a ellos. E el principal dellos fue luego apeado e fue abraçar a Oliveros. E desque Oliveros conosció que era su cavallero[6] e que tan gentil aparejo traía, hovo muy gran plazer, e abraçólo con grande amor. E el cavallero le dixo:

---

la Facultad de Filología de la Universidad de Santiago, *"Amis et Amiles*: del cantar de gesta a la novela de caballerías", el 13 de marzo de 1992.

[4] Utilizo la cit. ed. de Bonilla, que a su vez sigue la impresión burgalesa de 1499, acomodándola a los criterios previamente convenidos.

[5] *pavallón:* pabellón; vid. Glosario.

[6] *su cavallero:* se trata del alma, con fantasmal adopción de corporeidad caballeresca, del mercader Juan Tabalot, compañero de viaje de Oliveros a Inglaterra y muerto en Canterbury sin dinero, por lo que se le niega sepultura en sagrado; Oliveros, después de pagar las deudas de aquél, le consigue un digno entierro. Tabalot, agradecido, le ayudará a vencer en todas sus empresas caballerescas, no sin hacerle prometer que él recibirá la mitad de cuanto Oliveros gane en ellas.

— Oliveros, esta gente que veis yo la trayo para que seáis bien servido, e ninguna cosa vos faltará de cuantas havéis menester. Por ende, amigo, vos ruego que fagáis de manera que alcancéis honra e nosotros no perdamos nuestro trabajo.

— Señor e amigo mío, lo que por mí fazéis es tanto que con ningún tesoro os lo podría galardonar, por lo cual vos seré siempre obligado, mas tengo esperança en Dios que, por su gracia, en este torneo alcançaremos honra e provecho.

Dixo el cavallero:

— Plega a Dios de vos dar tal dicha cual mi coraçón dessea; e adrescémosnos[7], que ya es hora.

E tomóle por la mano e levóle en un prado verde que estava cabe el hermita, e fue traída una rica silla, e assentado Oliveros, fue servido de diversos manjares. E después fue armado con gran diligencia de muy buenas armas.

En este tiempo fue levada Helena, la fija del rey, a la plaça do estava ordenado el torneo, acompañada de dozientas damas vestidas de brocado; e la subieron en un cadahalso todo cubierto de terciopelo cremesí, e en medio del cadahalso estava un rico pavallón de cremesí raso[8], e el cielo[9] de terciopelo azul, todo lleno de muy rica pedrería, e en el medio estava una piedra del tamaño e fechura de un huevo, que dava tanta claridad de sí que parescía que todo el pavallón ardía en vivas llamas. E estava en derecho de un escaño de oro macizo de diez gradas en el alto. E en él fue assentada Helena, la cual, dexando sus atabíos que quitavá[n] la vista a los que la miravan, más parescía ángel celestial que criatura mortal.

E después de assentada Helena, se assentaron las damas en el cadahalso, cada una en su grado, e luego subieron cuatro juezes deputados para que juzgassen quién levava lo mejor del torneo, e, al entrada del pavallón, besaron el suelo delante la donzella e se assentaron a sus pies en las gradas del escaño. E otrosí, el rey, acompañado de todos los grandes del reino, estava en otro muy rico cadahalso no muy apartado de la donzella. Los cavalleros todos, mirando a Helena, dizían:

---

7 *adrescémosnos:* preparémonos; vid. Glosario: adereszar(se).
8 *cremesí raso:* seda lustrosa de color rojo.
9 *cielo:* techo, cubierta, o parte superior de la tienda o pabellón.

— Bienaventurado será el que venciere el torneo, aunque por ello no ganasse sino el amor de la donzella.

E cada uno dezía entre sí que trabajaría por vencer, aunque supiesse morir[10] por ello.

### *Capítulo XXIV. De las grandes fazañas de Oliveros en las justas, e de la avantaja que levó a todos los cavalleros*

Cuando Oliveros fue armado a su contentamiento, se despidió del santo hombre e le besó la mano, rogándole que rogasse a Dios por él, e él gelo prometió. E después se fizo enlazar el yelmo, e sin llegar al estrivo saltó en la silla de su cavallo, e púsose en camino con toda su gente. E cuando llegaron a la plaça, fallaron que estavan ya los cuatrocientos cavalleros mantenedores aparejados para la justa. E de la otra parte[11] estavan los reyes de Irlanda e el fijo del rey de Escocia muy ricamente adreçados.

El torneo durava tres días, e el primero era justa solamente. El segundo era que después de quebradas las lanças pudiessen ferir con las espadas. El tercero era a pie con acha de armas[12] e espada e puñal.

E, cuando la una parte e la otra fue aparejada, tañeron las trompetas, e cada cual trabajava por ser de los primeros. E Oliveros estava de cara del cadahalso, contemplando en la fermosura de Helena, e folgava tanto de mirarla que no sabía dónde estava ni se acordava de la justa. E su cavallero le dio una gruessa lança, e le dixo:

— Cavallero, pensad de fazer de manera que aquella que en el mundo no tiene par sea vuestra, e aparejadvos a la justa, que ya quiebran lanças los cavalleros.

---

10 *supiesse morir:* tuviese que morir; *saber* tiene aquí mera función auxiliar, desprovisto de su significado habitual de verbo de conocimiento.

11 *de la otra parte:* en la parte contraria u opuesta; en el otro bando.

12 *acha de armas:* se especifica así, para distinguir el arma militar de otras *hachas*, tales como la antorcha, la segur del leñador, o la herramienta del carpintero.

E bolvió Oliveros hazia los cavalleros que justavan, e vio cómo uno de los mantenedores, rey de Irlanda, que se llamava Maquemor, estava con una lança en la mano esperando justa, e fue Oliveros para él e él para Oliveros, e el encuentro fue tal que el rey quebró su lança, e Oliveros le ferió de tal suerte que le fizo volar de la silla, e el cavallo juntó la barriga con el suelo. E dixeron que el cavallero negro era de muy grandes fuerças. E bolvió Oliveros con tan gentiles continentes como si nada hoviera fecho. E luego fue servido de lança muy mayor que la primera, e fue para un cavallero que le esperava con la lança en el riste[13], e encontráronse con tanta fuerça que Oliveros quebró las cinchas e el petral del cavallo, e echó el cavallero e la silla en el suelo. E dixo la gente que mirava que éstos eran dos maravillosos golpes, e «el cavallero no faze más mudança que una peña»[14].

E el cavallero derribado dixo que la culpa era de las cinchas e del petral, e no del cavallero, e que luego se vería otra vez con Oliveros. E le fue dado otro cavallo e otra lança, e miró cuándo saldría el cavallero negro. E Oliveros le conosció e le fizo señal que saliesse. E salieron los cavalleros el uno para el otro. E el cavallero quebró su lança, e Oliveros le ferió de tal manera que le fizo doblar el cuerpo e juntar la cabeça con las ancas del cavallo, e cayó en el suelo amortecido. E, vuelto Oliveros, fue luego servido de lança, e quebró más lanças que ningún otro cavallero.

E en todo esto paró mientes la donzella, e dezía entre sí:

— Si este cavallero es tan fermoso sin armas como paresce bien armado, es el más lindo cavallero del mundo.

E otrosí, el fijo del rey de Escocia lo fizo muy bien, e otros cavalleros. Mas sobre todos levó el cavallero negro la flor[15], e estuvo en la plaça fasta que no vio cavallero en ella salvo él y su gente. E esperó que abaxasse Helena e las damas del cadahalso, e la estava esperando el rey con todos los grandes de la corte. E desque fue apeada del cadahalso, cavalgó Oliveros en

---

13 *riste:* riestre o ristre; vid. Glosario.

14 No es el primer caso que en libros de caballerías el narrador injiere una expresión en estilo directo en su narración en estilo indirecto.

15 *levó...la flor:* resultó ganador, se mostró como el mejor de todos.

otro cavallo e, delante del rey y su fija e los juezes, fizo tales cosas que todos fueron maravillados dellas, e dezían:

— Este cavallero no paresce más cansado que en la mañana, al principio de la justa.

E el uno de los juezes dixo:

— Si el cavallero negro faze los otros dos días como el primero, bien merescerá el nombre de vencedor.

E desso fue muy pagada Helena en su coraçón.(...)

### *Capítulo XXVI. Cómo Oliveros vino el segundo día al torneo, e cómo ganó por fuerça de armas el estandarte de los mantenedores*

Otro día de mañana, Oliveros se levantó al alva del día, e fizo oración delante del altar del hermita; e después abrió la puerta, e dende a poco vio venir su cavallero con una ropa de terciopelo cremesí fasta en pies, e su gente toda vestida de colorado, e los cavallos rucios e las cubiertas[16] de brocado, e los frenos dorados. E dos pajes levavan de rienda un poderoso cavallo rucio pomelado[17]; e levavan nuevo yelmo e nuevas armas. E después de armado a su contentamiento, se partieron para la cibdad. E, cuando llegaron a la plaça, fallaron que Helena e las damas e los juezes estavan ya assentados como el día primero. E desque Oliveros hovo mirado a Helena a su plazer, ferió el cavallo con las espuelas, e quebró una lança en el suelo delante del cadahalso, e saltaron las pieças en el aire. E después dio tales carreras e tan grandes saltos que lo tenían todos a gran maravilla; e conoscieron que era el cavallero negro. E dixo uno de los juezes:

— El cavallero que ayer era negro, oy es colorado; e sus escuderos e pajes, todos vestidos de colorado; pues veamos si será tal en el torneo como fue ayer en la justa.

---

16 *cubiertas:* telas vistosas con las que se enjaezaba a los caballos.
17 *rucio pomelado:* de color pardo claro, con manchas.

En este instante el fijo del rey de Escocia entró en la plaça acompañado de muchos cavalleros armados para tornear con él e que estuviessen en guarda de su cuerpo. E otrosí venieron los reyes de Irlanda, y el duque de Bretaña, e de Borbón, e de Cloestre, e el conde de Flandres[18], e otros muchos cavalleros bien armados e adereçados. E cuando vieron que no venían más cavalleros, fue ordenado que todos los ventureros fuessen contados, e por consiguiente los mantenedores; e fallaron que eran cuatro mil ventureros e fueron otros tantos mantenedores; e tenían dos estandartes, uno los mantenedores e los otros otro. E mandó el rey que si los unos tomassen por fuerça el pendón de sus contrarios, que por aquel día cessasse el torneo. E que cada uno tomasse una lança e, quebrada aquella, no podiesse tomar otra, salvo que con la espada peleasse cuanto pudiesse. E cessado el pregón, se pusieron todos en ordenança. E Oliveros se puso frontera del cadahalso delante todos los cavalleros con su lança en la mano; e tañieron las trompetas[19] por que todos estuviessen apercebidos. E el rey Maquemor, que tenía mala voluntad con Oliveros porque le havía derribado el día de la justa, se adelantó con una gruessa lança e fue derecho a Oliveros, e como le viesse Oliveros, abaxó su lança e fue a rescibirle, e encontró con él de tal manera que le falsó las armas e le passó a la otra parte, e metió la lança por las ancas del cavallo.

E los otros cavalleros se encontraron con las lanças muy ferozmente, e murieron muchos de una parte e de otra. E Oliveros echó mano por la espada, e entró entre sus enemigos como un león bravo cortando braços e cabeças, derribando hombres e cavallos, e cada vez que se le ofrecía tiempo mirava a Helena, e le parescía que en mirarla se le doblavan la fuerças e crescía la osadía. E iva por el torneo mirando cuál de sus contrarios lo fazía mejor, e no parava fasta en topar con él. Su espada era de color de sangre, e assimismo la manopla e el braço fasta el codo[20]. Sus golpes eran más crueles a la postre

---

18 *Flandres:* se refiere a Flandes.

19 *las trompetas:* A.Blecua, en su ed., lee "los trompetas", lo que, sin dejar de hacer sentido, no coincide con la lectura del texto ni con su contexto anterior y posterior.

20 *Su espada era de color de sangre...e el braço fasta el codo:* parece un eco de la fórmula épica, recogida también en el *Cantar de mio Cid:* «por el cobdo ayuso la sangre destellando» (vv. 501, 781, 1.724 y 2.453).

que al principio del torneo. Nunca descansava, antes discurría todo el campo muchas vezes de un cabo a otro, matando e eriendo[21] a diestra e a siniestra. E a todo esto paravan mientes los juezes, e no menos Helena e todas las damas. E Oliveros se metió tanto en los enemigos que vido el pendón no muy lexos dél, e viéndole se le acordó del pregón, e vido que le guardavan sesenta cavalleros escogidos, e se bolvió a mirar si vería alguno de su parte, e no pudo ver ninguno de los suyos, ca estava cercado de los enemigos de todas partes. E alçó la visera e miró hazia el cadahalso, diziendo:

— Si favor de mi señora Helena tuviesse, bien acabaría cualquier cosa a mi voluntad, e ningún cavallero podría resistir a mis fuerças.

E, abaxada la visera, apretó la espada en el puño e fue ferir en los sesenta cavalleros que guardavan el pendón; e fizo tanto por su espada que llegó al pendón, e le tenía un cavallero en un valiente palafrén. E desque se vido desamparado de los suyos, e se vido cerca de Oliveros que gran destroço en ellos havía fecho, quiso bolver rienda para fuir, mas Oliveros saltó más presto con él e tomó con la mano isquierda la lança del pendón, e firió al cavallero con la mançana del espada e dio con él en tierra. E rebolvió el pendón alrededor de la lança, mas no le levó sin grande trabajo, ca aí se juntaron todos los cavalleros, los unos por defender el pendón, los otros por ayudar a Oliveros que le levava, e hovo gran mortandad en ellos, assí de una parte como de la otra. E cuando Oliveros tuvo el pendón en el lugar ordenado, fueron despartidos los cavalleros e cessó el torneo. E tenía Oliveros el escudo fecho rachas[22] e las armas pedaços. E hovo el cavallero de Oliveros muy gran plazer cuando le vido con el pendón en la mano, e fuele luego abraçar.

---

21 *eriendo:* hiriendo.
22 *fecho rachas:* hecho añicos o astillas, destrozado.

*Capítulo XXVII. Cómo Oliveros se bolvió al hermita después de vencido el torneo, e del enojo que huvo el rey e Helena su fija por los cavalleros muertos*

Oliveros fue el postrero a salir de la plaça, que ya eran idos todos los cavalleros a sus posadas, e los muertos fueron levados honradamente a enterrar; e fue Helena apeada del cadahalso, e assimesmo los juezes e las damas. E cuando Oliveros vio a Helena, pidió otro cavallo e saltó en él muy ligeramente a vista de Helena e de los juezes, e fizo en él tales cosas que algunos dizían que era diablo e no hombre, e por cosa que el cavallo fiziesse no fazía más mudamiento en la silla que si fuera nascido en ella. E cuando el rey lo hovo mirado, dixo:

— Si el torneo durasse otros tres días, este cavallero era bastante de destruir todos los cavalleros que oy estavan en esta plaça. Mirad cuán ligero e cuán dispuesto, e mirad su escudo e sus armas e conosceréis lo que ha passado.

E en estas pláticas llegaron el rey e Helena a palacio, e Oliveros e el cavallero se fueron para el hermita. E el cavallero dixo a Oliveros que en la mañana sería con él a hora devida; e despidióse dél, e quedó Oliveros con el hermitaño[23]. E llegado el rey a palacio, fue tiempo de cena, e fueron las messas puestas, e Helena quiso cenar con el rey su padre. E después que hovieron cenado e fueron alçadas las mesas, dixo Helena al rey su padre:

— Señor, parésceme grande crueldad consintir que mueran los cavalleros de la manera que oy vimos. Por ende, suplico a vuestra alteza que no los consienta tornear más, o a lo

23 *hermitaño:* sobre la presencia y función semántica (acogida nocturna, provisión de alimentos, servicios religiosos, mentor espiritual, consejero) y estructural (recapitulación o analepsis de acciones anteriores, preparación de nuevas acciones y andanzas, interpretación de sueños o revelaciones, anticipaciones o prolepsis más o menos premonitorias o proféticas del futuro) de personajes como éste, puede consultarse el libro de Carlos Alvar, *El rey Arturo y su mundo. Diccionario de mitología artúrica,* Madrid, Alianza Editorial, 1991, páginas 150-151, s.v. "ermitaño").

menos que se ponga tal orden que no muera la gente. E si yo pensase ser culpante[24] en ello, más querría hazer juramento de nunca casar que lo tal consintir.

E el rey le respondió:

— Fija, no penséis que no me pena a mí la muerte de los cavalleros, mas en tales fechos no se puede escusar que no aya muertos e feridos, e el torneo de mañana no se puede dexar en ninguna manera, mas mandaré poner tal ordenança en él que no morirá tanta gente.

E Helena le demandó licencia para ir a su cámara, ca estava mal dispuesta por la sangre de los cavalleros que havía vido derramada en la plaça. E, havida la licencia del padre, la levaron las damas acostar; e por aquella noche no dançaron en palacio.

### *Capítulo XXVIII. Cómo Oliveros venció el torneo el tercer día, e cómo fue levado delante el rey e los grandes de la corte*

Otro día de mañana mandó el rey que fuessen contados los muertos e los feridos, e entrassen otros cavalleros en sus lugares, e fueron ochenta e seis cavalleros los que faltaron de los mantenedores, e de la otra parte veinte e cinco. E escogieron otros tantos, e fueron puestos en lugar de aquellos. Algunos de los cuales quisieran más que el rey los mandara ir a otra parte que al torneo, ca estavan temorizados de los terribles golpes del cavallero negro. E venidos a la plaça el rey e Helena e los juezes, assentados en sus lugares como los otros días passados, se juntaron assimismo los cavalleros e ordenaron su batalla. E entró Oliveros en la plaça con su gente vestida de blanco como el día antes estavan de colorado, e los cavallos blancos, por lo cual no fue conoscido fasta que entró

[24] *culpante:* culpable; en el siglo XV, por influjo latinizante, el participio de presente tuvo gran vigor en la lengua. (Nota de Alberto Blecua en su ed.). Frecuentes casos análogos se pueden apreciar en los textos anteriores seleccionados, en particular en los relativos a la historia de Apolonio.

en el torneo. E fue pregonado que cada uno se apeasse e desciñiesse la espada, e no levasse en el torneo sino una acha de armas e el cuerpo bien armado, e después de caído el cavallero o perdida la acha que nadi fuesse osado ferirle, so pena de muerte. E esto fazía el rey por que no muriessen los cavalleros. E mandó que, acabado el torneo, cada uno fuesse a palacio, que daría el precio[25] al que lo mereciesse.

E luego tañeron las trompetas, e los cavalleros empeçaron a pelear muy bravamente. E Oliveros no fue conoscido fasta que le vieron manear la acha, e derribar hombres a una parte e a otra. E cuando el rey le hovo conoscido, mandó que fuessen repartidos cient cavalleros a las salidas de la plaça, e que si el cavallero blanco que ayer era colorado se quisiesse ir, que por fuerça o por grado gelo traxiessen delante, que le quería conoscer.

En este medio andava Oliveros tan feroz en el torneo, que a cuantos con la acha alcançava a todos derrocava en el suelo. E tantos e tan grandes golpes dio que quebró la acha en pieças e quedó sin armas. E viéndolo un cavallero que de primero tenía grande temor dél, alçó su acha cuanto pudo para darle con ella. E Oliveros estúvose quedo mirando a la acha del cavallero, e desque vio venir el golpe dio un salto de través e el golpe dio en tierra. E no hovo llegado la acha al suelo, cuando Oliveros dio otro salto e asió della con entrambas manos, e tiró de tal suerte que el cavallero vino caer a sus pies; e empeçó de nuevo a derrocar e matar hombres que era maravilla, e tanto anduvo por todas partes del torneo que ya no fallava hombre que se le parasse delante. E viendo tres reyes de Irlanda que Oliveros levava lo mejor del torneo, movidos de imbidia, fueron juntos a ferir en él, e como los vido venir Oliveros, esperólos muy osadamente, e dio al delantero dellos un golpe en el ombro derecho que le falsó las armas e le metió la acha por el cuerpo, e volvió para los otros, mas, temiendo no les acaheciesse *[sic]* como al primero, dexaron las achas e echaron a correr, e los siguió fasta debaxo del cadahalso de la donzella. Entonces echó el rey el bastón[26], e mandó que cessasse el torneo.(...)

---

25 *precio:* prez, honra, fama; vid. Glosario. A.Blecua en su ed. lee "premio", que hace sentido, pero no respeta el texto.

26 *echó el rey el bastón:* era el signo establecido para suspender la lucha en justas y torneos, análogo a ciertos usos del pañuelo por parte del presidente en posteriores espectáculos taurinos.

*Capítulo LV. Cómo Artús, andando por el reino de Irlanda, falló un feroz e muy espantoso animal, el cual mató*[27]

Cuando Artús empeçó de andar por el reino de Irlanda[28], se falló muy confuso, ca no entendía el lenguage de aquella tierra, ni la gente della entendía a él sino por señas[29]; por donde fallava menos aparejo para saber de lo que tanto desseava. Mas por esso no dexó de buscar todas las cibdades e villas e aldeas de todo el reino, e assimismo todos los montes e valles e islas, en las cuales[30] estuvo dos meses sin entrar en poblado. Ni comió en todo esse tiempo sino yerbas e las raízes della[s]; e estuvo muchas vezes en peligro de muerte, por las espantosas e muy feroces animalias que fallava e le acometían por fartar su fambre. Mas, por la misericordia de Dios, fue libre de todas ellas.

E queriendo ya salir de aquel reino, entró en un valle muy grande, e los árboles dél eran tan altos e tan espessos que le quitavan la claridad, e en él falló muchos animales muy espantosos e de diversas maneras. E falló uno muy mayor que ninguno de los otros e de mayores fuerças, e su vista era para espantar todos los hombres del mundo. Tenía las narices e los dientes e la boca como león; sus ojos parescían dos antorchas encendidas. Las orejas tenía muy largas e muy derechas. El cuello tenía tan largo como tres varas de medir, e a las vezes lo encogía que juntava la cabeça con los hombros, e sacava dos palmos de lengua más negra que un carbón; e echava por la boca tanto fumo que le cubría todo, e ninguna cosa se veía

---

27 Bonilla anota que este capítulo es imitación de otro del *Amadís,* en donde el protagonista da muerte al Endriago en la ínsula del Diablo (libro III, cap. 11).

28 Artús estaba buscando a su amigo Oliveros.

29 *no entendía el lenguage...sino por señas:* es éste un rasgo de realismo, inusitado en los libros de caballerías, en donde lo habitual es que sus héroes no tengan dificultad ninguna para entenderse con las gentes de las más extrañas tierras por donde transcurren sus andanzas y aventuras.

30 *en las cuales:* su antecedente *ad sensum* pudiera ser "búsquedas", pero es más fácil aplicar el relativo al antecedente inmediato "islas".

salvo el fumo e los ojos, que parescían dos tizones de fuego. E después tendía el cuello cuanto podía, e sorbía otra vez todo aquel fumo, e dava chiflidos e gemidos muy grandes. Tenía dos braços muy grandes e muy disformes, e los pies tenía como águila. Tenía dos alas muy grandes, de manera de alas de morciélago; e el otro medio cuerpo tenía como sierpe, e la cola tan larga como una lança de armas. Su cuero era como corteza de robre, e tan duro como punta de diamante.

Cuando Artús vio aquel animal tan espantoso e disforme, quiso apartarse dél e salir del valle, e anduvo veinte o treinta passos antes que el animal se moviesse, e después empeçó a sacudir la cola e derribar árboles con ella, e silvando, que parescía que todo el valle se fundía, tendió sus alas e se alçó en el aire e fue para el buen cavallero, que bien quisiera estar en su reino o a lo menos escusar la batalla que esperava. Mas, como no viesse camino para fuirla, encomendándose a Dios, echó mano por la espada e esperó la cruel alimaña, la cual vino sobre él e le pensó asir la cabeça con las arpas. E Artús le dio un golpe que bien le pensó cortar el cuello, mas no le fizo mal ninguno, que más duro era el cuero que la espada, por lo cual fue muy triste, e bien pensó entonces que nunca saldría del valle ni vería a su compañero Oliveros. E el animal se abaxó al suelo, e de rato a rato remetía para él e le fería cruelmente con las uñas, e él le tirava estocadas a los ojos, por que no llegasse con los dientes. E a las vezes bolvía la cola, e dava tan grandes golpes con ella que cuanto alcançava derrocava en el suelo. E el cavallero tenía grande temor que le firiesse con ella, e mirava mucho cuando la alçava, por saltar e apartarse del golpe. E como estuviesse cansado e ferido en muchas partes del cuerpo, aunque vio alçar la cola, no pudo apartarse tan presto que el cabo della no lo alcançasse por las espaldas, e dio con él en el suelo. E luego, antes que se levantasse, saltó el feroz animal pensando cevar su vientre; mas como el cavallero tuviesse aún la espada en la mano, tiró una estocada por baxo, adonde no estava el cuero tan duro como en las otras partes del cuerpo, e le metió la espada por las entrañas fasta el coraçón; e cayó sobre él echando espuma por la boca e fumo que cobría todo el valle.

E el buen Artús salió de debaxo el animal lo mejor que pudo, e se puso de rodillas e dio gracias a Dios que de tanto peligro le havía librado. E era ya cerca de la noche, e el cavallero no havía comido ni bevido, e estava tan cansado del grande trabajo e de las muchas feridas que tenía que estava para dar fin a sus días. E arrimándose a las manos[31], llevó el cuerpo rastrando por el suelo, por apartarse del animal que estava muerto, fasta el pie de un árbol, e falló algunas yerbas, e comió dellas para sustentar el cuerpo. E, venida la noche, probó de subir encima del árbol por que no le comiessen las alimañas que en el valle estavan, mas le faltaron las fuerças por la mucha sangre que havía perdido, e assí quedó al pie del árbol toda la noche, con tanto cuidado de su ánima como de buscar a Oliveros.

[31] *arrimándose a las manos:* apoyándose sobre las manos.

# 33. *Historia de la linda Melosina* [o *Melusina*], *mujer de Remondín*

Impresa en 1489 (Tolosa)

1512 I (Valencia, perdida) 1526 I (Sevilla)

La leyenda, que también llama Merlusina a su protagonista, la hace descender de los amores de Merlín y Viviana; traduce el *Livre de Mélusine* o *Noble histoire de Lusignan* de Jean d'Arras (1390 h R y 1478 I en Ginebra[1]).

Existe un ejemplar de la ed. de 1489, dotada de 64 grabados, en la British Library de Londres (IB. 42463), al que le faltan dos de las 163 hojas, y otro en la Hispanic Society de Nueva York, más incompleto.

Otro ejemplar de la ed. de 1526, de 64 hojas con 52 grabados, se custodia en la British Library (C.62.f.7). Se trata de traducciones diferentes; la de 1489 es más fiel al modelo francés.

---

[1] Existe facsímil de esta ed. ginebrina, impresa por A.Steinschaber, realizada por W.-J.Meyer, Berna, Société Suisse de Bibliophiles, 1923-1924.

EDICIONES

1985 Ivy A.Corfis, *Historia de la linda Melosina: The Texts and Concordances of British Library IB.42463*, Madison, Hispanic Seminary of Medieval Studies, Spanish Series, 27 [Microfiche Series].

1986 Ivy A.Corfis, Madison, Hispanic Seminary of Medieval Studies, Spanish Series, 32; 17+222 págs.
Reproduce en páginas enfrentadas las ediciones de 1489 y 1526.

Hay traducción del original francés hecha por Carlos Alvar, *Melusina o la noble historia de Lusignan de Jean d'Arras*, Madrid, Siruela, Selección de Lecturas Medievales, 2, 1982, 1983[2].

En 1986 Leonardo Romero Tobar preparaba su edición del texto castellano para la editorial Albatros, col. 'Primus Calamus', de Valencia.

BIBLIOGRAFÍA

CORFIS, Ivy A., "Beauty, deformity and the fantastic in the *Historia de la linda Melosina", Hispanic Review,* 55,2 (1987), 181-193.

DEYERMOND, Alan D., *"La historia de la linda Melosina*: Two Spanish Versions of a French Romance", en Deyermond, ed., *Medieval Hispanic Studies presented to Rita Hamilton,* Londres, Tamesis, 1976, págs. 57-65.

GONZÁLEZ, Cristina, "La aparición de Melusina", *Insula,* 511 (1989), 3-4.

HARF-LANCNER, L., *Les fées au Moyen Age. Morgana et Mélusine. La naissance des fées,* París, Champion, 1984.

ROMERO TOBAR, Leonardo, "Ediciones en castellano de la *Mélusine* de Jean d'Arras", en *Homenaje a J.García Morales,* Madrid, 1987, págs. 1005-1020.

—, "Melusina aludida en textos literarios españoles", *Revista de Dialectología y Tradiciones Populares,* 43 (1988), 513-524.

Se ha elegido un solo fragmento, pero muy representativo del carácter general del libro, el contenido entre los folios 117v y 123v de la ed. de 1489, en donde se incluye el pasaje de la lucha entre Geofre y Guedón, interrumpida —suspendiendo cervantinamente los ánimos— por el descubrimiento que hace Remondín de la extraña transformación que sufre su esposa Melosina, para concluir luego con la derrota y muerte de Guedón.

Desde el principio se nos presenta a Geofre, hijo de Melosina, como caballero andante, camino del palacio solariego de su madre, sito en Leziñán. En la desaforada lucha[2] del joven caballero con el gigante Guedón, que tenía oprimidos y atemorizados a los habitantes de las tierras de Remondín, padre de aquél, tendremos ocasión de verlo revestido con su armadura y utilizando ambos variedad de armas caballerescas; vencido el gigante, todos celebrarán su «grand aventura de aver osado acometer a un tan gran diablo».

En cuanto al episodio relativo a Melosina, está conectado con el motor central de la acción, por cuanto que la madre de la protagonista, Pressina, en castigo por haber encerrado sirviéndose de sus poderes maléficos a su propio padre Elinas en la montaña de Brulebois, la había condenado a convertirse cada sábado «en figura de sierpe del ombligo abajo» (fol.7v). Melosina hará jurar a su esposo Remondín «que el sábado no me verés ni procurarés en manera ninguna, ni curares e procurares saber el logar do entonces seré» (fol.16v). Roto el juramento por la curiosidad del marido, avivados por su hermano sus infundados

[2] No son pocos los pasajes bélicos en la obra, algunos de ellos no exentos de un aura de poeticidad, como éste: «E ende fue grand destruición a maravilla. El día era claro e las armas, a causa del sol, eran lucientes. E las diversas colores de oro, plata e açul deleitavan mucho la vista. E las vanderas se delatavan con el viento que las tocava(n) e los *[sic]* trompetas hazían sones diversos...» (fol.81v).

celos, Melosina, no sin dolor y lágrimas, abandonará a su esposo e hijos, diciéndole a aquél que «jamás en figura de muger» la volverá a ver (fol.133v).

Álvaro Cunqueiro escribía en su apacible Mondoñedo el año 1959: «Se asegura que de los amores de Merlín y Viviana hubo descendencia: Melusina o Merlusina, la serpiente de quien vinieron los príncipes de Lusiñán, reyes de Chipre y de Jerusalén; cuando esta hermosa estirpe va a sufrir algún infortunio o se aproxima a ella la Muerte con su guadaña, vuelve Melusina, la serpiente leonada, al castillo de Lusiñán en el Poitou, y anuncia la desgracia y la muerte a grandes gritos. Gritos que serán como un eco del baladro, del enorme berrido del sabio encantador»[3].

## *Historia de la linda Melosina*[4]

[117v...] [A]cavado su voto[5], Geofre, entró en su nao, e todas sus gentes que era[n] muy prestas. E no veían la ora que tornar a su tierra. E luego començaron a remar las galeas, e las naos levantaron las velas. E fue el tiempo tan próspero que en poco tiempo una tarde vieron el puerto de la Rochela[6]. Ende dize la istoria que fue la fiesta muy grande por la venida de Geofre, mas él no quiso ende mucho morar. E otro día a la mañana començó su camino para Leziñán[7], ca muy grand de-

---

3 Álvaro Cunqueiro, Epílogo a *El baladro del sabio Merlín*, ed. de Justo García Morales, Madrid, Joyas Bibliográficas, 19, t.II, 1960, página 198.

4 Se sigue la ed. que hace Corfis del texto I 1499, adaptándola a los criterios generales ya expuestos.

5 *voto:* se refiere al de peregrinar al santo sepulcro en Jerusalén, tras sus victorias en tierras de Oriente.

6 *Rochela:* La Rochelle, puerto francés, situado al norte de Burdeos, al sur de Nantes y al oeste de Limoges.

7 *Leziñán:* es la población francesa de Lusignan, de tan pintoresco aspecto, situada en el departamento de Poitou, a 25 kilómetros al suroeste de Poitiers, y levantada en la cresta de un montículo cuyo pie circunda el río Vonne. Quedan restos de su antiguo castillo, que hace todavía pocos años acogía entre sus muros dependencias municipales y una escuela.

seo avía de ya ver su graciosa madre, Melosina[8], que mucho amava. E tanto caminó que vino en una villa de su padre llamada Mermet, do eran Remondín e Melosina que ya avían oído su venida e [118r] lo salían a rescevir. E por su deseada venida, dize la istoria que dio Remondín a todos los cavalleros muy nobles dones, e no menos a todos los que en compañía de Geofre venían. E duró aquella fiesta por ocho días enteros. E el noveno se partieron dende cada uno de los que con Geofre vinieron a su propio logar.

Avino en este tiempo que en Guerranda[9] avía un muy grand gigante[10], el cual era tan sobervioso que por fuerça él avía puesto toda la tierra so él, fasta legar a la Rochela, del cual era la tierra de Remondín muy agravada, mas los abitadores no osavan nada dezir. Vinieron estas nuevas a Remondín, el cual fue desto muy triste aunque no lo mostrasse a fin que Geofre no lo sopiesse e tomasse empresa de ir, ca le conoscía, que Geofre era de tan alto coraçón que, si lo sabía, no dexaría de ir por cosa del mundo. Mas no pudo estar en tanto secreto que Geofre no lo sopiesse. E como dize él:

— A la fuerça de mis hermanos e mía no podieron resistir los grandes soldanes e rejes[11], e ¿vendrá agora este mastín a vituperar la nobleza de Leziñán? Por mi fe, él lo á mal pensado, ca yo creo que mucho le costará. E otra prenda, cuanto de mí es de tomar, no entiendo salvo la vida.

E así vino a su padre e le dixo:

---

8 *Melosina:* a la protagonista, de carácter tímido en apariencia («e como fuesse un poco vergonzosa, mostrava una color vermeja en la cara que parescía una rosa», se lee en el fol. 87r), se la hace oriunda de Albania (fol.143r).

9 *Guerranda:* denominada en otros lugares del texto Guarranda y Gueranda; son variantes en la traducción del topónimo Guérande, población de la Bretaña francesa, próxima al mar y a sus salinas, situada a 20 kilómetros al oeste de Saint-Nazaire; conserva todavía hoy su aspecto medieval, con sus murallas del siglo XV, diez torres y cuatro puertas.

10 No será éste el único gigante de la obra; otro, llamado Grimalt, también encontrará más adelante la muerte (fol.140).

11 *rejes:* reyes; en el texto, *rrejes*; también el relativo "cuyo" suele aparecer escrito como *cujo.* Hace alusión a sus anteriores victorias en tierras orientales.

—Señor, yo só muy maravillado de vós, que sois cavallero de muy grand empresa, e que ayáis sofrido tanto tiempo tanta injuria de aquel can, Guedón[12], el gigante que aya puesto vuestra tierra en subjeción. Esto me paresce, señor, sea vergüença e aun grande a la noble casa de Leziñán.

E cuando esto oyó Remondín, le dixo:

— Amado hijo, aún no á mucho que nós avemos avido esta nueva. E si lo avemos sofrido, esto es estado fasta vuestra alegre venida, por que no avemos querido entristezer la fiesta. Mas no vos curés[13], ca sin duda él avrá su pago, porque, según me an dicho, él á muerto mi tío, Henrico de León[14], en Bretaña, e hechos otros grandes males, de los cuales vos aseguro será pagado.

[E] dende a poco dixo Geofre:

— Señor, cuanto al presente, no quiero demandar de cosas pasadas, ca yo creo que no menos los nuestros en su tiempo hizieron su honor. Mas cuanto al presente, esta injuria será bien presto vengada, si me ayuda Dios. E a vós, señor, por tan poca cosa no conviene hazer mudança. E yo ago juramento al diente [118v] sagrado de Dios[15] que en mi compañía no vendrán salvo X solamente de los míos, e éstos no por me ayudar, mas por que me hagan compañía.

E esto dicho, sin más esperar, tomó Geofre licencia, diziendo que no finiría jamás fasta que viesse la fin del caso e lo convatería cuerpo por cuerpo. E fue Remondín desto muy triste. E dixo a Geofre:

— Amado hijo, pues no querrés se haga otramente, andad a la gracia de Dios, al cual ruego vos ayude e guarde e dé vitoria de aquel perro traidor que así nos á querido sobjugar.

---

12 *Guedón:* corrijo la lectura de Corfis, que transcribe aquí *Gueón.*

13 *no vos curés:* no os preocupéis; de "curar".

14 *Henrico de León:* según Corfis, aquí el traductor se confunde; Henrico era hermano, no tío, de Remondín.

15 *diente sagrado de Dios:* posible referencia a una reliquia atribuida a Jesucristo.

E así tomó Geofre licencia e se puso en camino él, e diez cavalleros consigo, e no menos. E así se vino a Guarranda, do él pensó de hallar el gigante. E ende començó a demandar dél. E verdad es que algunos le mostraron dó era, mas ellos le demandavan qué lo quería.

— Yo le trayo —dize Geofre— la salsa del pastel que él á hecho a mi padre, la cual él sentirá, si a Dios plaze, ante de mucho, ca yo la tengo puesta en la punta de mi lança[16]. E piense que, cuanto yo viva, él no avrá de mí otro partido, e[17] deviesse yo morir en la demanda.

E cuando la gente común lo oyó así hablar, respondiéronle en esta manera:

— Por cierto, señor Geofre, vós vos querés[18] poner en una muy grand locura, ca cient hombres como vós no le podrán endurar si se le ponen delante.

— Desto, señores, no curés —dize Geofre—. Dexadme solamente que yo le cate un poco el pulso, ca yo creo que peor enfermedad no uvo en su vida.

E ellos, que temían mucho la fiereza de Geofre, no le osaron más hablar, mas llevaron a Geofre a una legua cerca de do era el gigante. E le dixeron que dende lo podría prestamente ver.

— Por esto so yo venido aquí —dize Geofre—. E venga él mucho en buen ora aquí.

Torna la istoria a Remondín e Melosina, e cuenta algunas cosas que entre tanto acaescieron[19].

---

16 No es la primera ocasión, ni será la última, en la que Geofre haga gala de su sentido de la ironía, ya próximo al sarcasmo.

17 *e:* tiene valor de conjunción concesiva, “aunque”.

18 *querés:* corrijo el texto, en donde se lee “querer”.

19 Típico recurso de “entrelazado” del que se sirve el narrador para insertar en su discurso otra historia que está aconteciendo simultáneamente a la anterior, que deja de momento.

[R]emondín e Melosina eran en l[a] villa de Mermet, e avino que un sábado Melosina, como solía, se ascondió. E, como diximos al comienço, Remondín le avía prometido que en ninguna manera procuraría de aquel día la ver. E así lo avía fecho fasta aquel ora, e no avía él ningún mal pensamiento ni sospecha de cosa que ella hiziesse. Sobrevino, pues, en este tiempo que algunos dixeron a Remondín cómo su hermano, el conde de la Floresta, lo venía ver, de que él fue muy alegre. Mas la alegría tornó presto en tristeza, como oirés [119r] contar.

Después Remondín oídas las nuevas, hizo gran aparejo por lo ir a recevir e mucho era alegre de su venida. Por abreviar, él vino e viéronse ambos hermanos, que días avía no se eran vistos. E, oída su missa, vinieron a la sala. E, lavadas las manos, sentáronse a tabla do fueron muy bien servidos. Aquí començaron los tristes dolores de los lindos amantes, Remondín e Melosina, ca como no pensasse en mal el triste Remondín, su hermano no pudo estar en sí que no le demandasse dó era la linda Melosina, su hermana[20], que la quería ver.

— Señor —dize Remondín—, ella es un poco en obra[21]. E cuanto es por oy, señor, no la podés ver.

— ¡A, hermano señor! —dize el conde—. Por ser aquel a quien yo, como a hermano, só más en este mundo obligado, vos quiero avisar. Común le[n]guage[22] es ya en mi tierra y vuestra que aquella en quien vós tanto os fiáis, los sábados, cuando de vós se esconde, es porque á un otro que más ama, con quien el tal tiempo se ayunta. E só muy maravillado que sea tan grande vuestra cobardía que vós no podáis saver dó va o dónde viene en tal día. Ca otros dizen que es una fada que cada sábado haze su penitencia[23] e se torna en figura de sierpe. Desto yo no sé qué me crea. Porque vós sois mi hermano, no vos quiero encobrir este secreto, mas antes por vos lo dezir só yo espresamente aquí venido.

Pensad cuando Remondín oyó estas palabras qué malenconía començó de reinar en su coraçón. E así airado, co-

---

20 *hermana:* debe entenderse cuñada, o hermana política.

21 *es un poco en obra:* está algo ocupada.

22 *lenguage:* opinión.

23 *penitencia:* en efecto, hay un componente penitencial en el castigo impuesto a Melosina por su madre.

mienҫa de empujar la tabla do comía. E se levanta de la tabla e entra en su cámara todo lleno de zelos de la linda Melosina. E toma su espada que era colgada de un pilar de la cámara, e así se va al logar do Melosina se lavava. E halló ende una puerta muy fuerte. E con la punta de su espada él comienҫa de foradar. E hizo un agugero tan grande que d'él podía bien ver lo que se hazía dentro. E vio dende a Melosina que era en una grand pila de piedra mármol, en la cual avía unos grados por que descendía(n) fasta do era el agua. E ende vio Remondín la linda Melosina[24] cómo se lavava en la forma que aora verés.

### *Cómo Remondín vio por el agugero la linda Melosina que se lavava, por amonestación de su hermano*[25]

[120r] [D]ize la istoria que, hecho el forado, comenҫó a mirar Remondín lo que se hazía dentro. E vio cómo Melosina era fasta el ombligo en figura de muy hermosa muger. E dende abajo era en figura de una sierpe luenga de X pies e ancha de V. E ende ella peinava sus cavellos e maneava por el agua su cola que era tan grande que hazía venir la onda del agua hasta la puerta de la cámara do era. E pensad que desta vista Remondín fue muy triste. E de grand dolor que avía comenҫó a dezir entre sí:

— ¡O, mi dulce amor e mi bien e mi esperanҫa, Melosina! ¡O, maldito traidor que yo só, que vos he traída e quebrado el singular juramento[26] que tan estrechamente vos hize, por que creo vos perderé, e esto por la cautela del falso conde, mi hermano!

E prestamente, con este dolor, tomó un papel e lo mejor que pudo atapó el forado. E dende vino en la sala do halló el

---

[24] *Melosina:* en la ed. de 1489, por evidente errata, se lee "Melesina".

[25] El fol. 119v corresponde a un grabado en que, a través de un amplio ventanal de su castillo, se muestra a Melosina, con su extraño cuerpo y un tocado en la cabeza, sumergida en su espacioso baño.

[26] *juramento:* se refiere al ya mencionado de no intentar nunca ver a su esposa en día de sábado.

conde, el cual cuando lo vio así sañudo pensó que él oviesse hallado algún maleficio en su muger. E le dixo:

— Pues, hermano, es verdad lo que os é dicho; yo lo sabía bien. Creo que así lo avés hallado.

E Remondín, muy airado, le començó a dezir en esta manera:

— ¡Fuit de aquí, traidor!, ca por vuestro malvado amonestamiento me avés hecho perjuro contra la meior muger que vive en el mundo. Ni fue, ni creo será, más fiel si no aquella que fue para madre de Dios escogida. E agora veo yo que con vuestra venida me avés vós traído todo el dolor que del día de oy me durará más en mi vida. Si yo crey[er]a a mi coraçón, yo vos haría morir de mala muerte. Mas, porque considero que sois mi hermano, yo me restriño. E hazed de guisa que más mis ojos no vos vean, que, pluguiera a Dios, cuando aquí venistes todos los diablos vos ovieran antes llevado.

E, oídas estas palabras, el conde no osó más esperar, mas con dolor salió fuera de la sala, que mucho le pesava su loca entrepresa. E subió en su cavallo, con algunos de los suyos, e pensando que por aquello su hermano jamás no lo quer[r]ía ver.

[É]l ido, entró Remondín muy doloroso en su cámara. E dizía con su coraçón, llorando tristemente:

— ¡O, Melosina, de quien todo el mundo dezía bien, en quien todos para declarar tus vertudes ponían lengua! Aora te é yo perdida sin fin. Aora te é yo perdida, mi consolación e alegría, para jamás. Aora te é yo perdida[27], hermosura, bondad, dul[ç]or sin amargura, humildad, [120v] alegría de mi vida, mi conforte, mi esperança, mi coraçón, mi bien, mi joya, mi plazer, mi honor e mi valor que Dios me avía dado contigo, mi dulce amor. ¡O, falsa e maldita Fortuna[28], dura e amarga!,

---

[27] La triple anáfora refuerza el patetismo del monólogo interior de Remondín, manifestando su situación anímica: «dizía con su coraçón», «departiendo con su coraçón».

[28] Las quejas, apóstrofes y lamentos sobre la Fortuna adversa reaparecen con harta frecuencia en textos medievales, desde los *Carmina burana*, al *Libro de buen amor* o al *Laberinto de Fortuna.*

Lámina 18. *Historia de la linda Melosina*. Fol. 119v de la ed. impresa en Toulouse en 1489, según el ejemplar de la Biblioteca Británica de Londres (IB.42463)

¿cómo me as así echado de tan alto logar en tan bajo, de tanta alegría en tanto dolor? ¡O, tú seas agora de Dios maldita!, que bien son locos los que más en ti se apoyan. Tú me heziste la otra vez caer en aquella muy grand desfortuna de matar a mi señor. E dende me sacaste como e cuando te plugo. E agora, después que en tu rueda me avías dado la cumbre, súpitamente as echado vajo fasta el centro. Agora me falta por tù amor vivir en tristeza. ¡O, cosa de poca constancia! Agora amas; después aborresces. Agora enriquesces; después quitas todo fasta dexar la plaça bacía. Agora honras, e después dexas los honrados caer en infinitas vergüenças. ¡Tanta seguridad ay en tu estado, e menos mucho que en el viento que siempre se mueve! ¡O, mi dulce amiga Melosina! Yo vos he por mí maltraída. Vós me avíades librado del cruel paso de la muerte e de mi grand tristeza cuando primeramente vos vi. ¡E en premio de tanto bien, yo vos he tan bien pagada! Yo os prometo, mi coraçón e mi bien, si yo por esta causa vos pierdo, de siempre venir en destierro en logar do jamás de mí sepa alguno nuevas[29].

Estos plantos, e aun mayores, mucho hazía el triste Remondín, departiendo con su coraçón.

[E] dize la istoria que él, estando en este dolor, pasó toda la noche fasta el alba del día. E mirando la claridad del sol, vio cómo Melosina entrava en la cámara. E cuando la vio, él hizo que dormía e ella se despojó e se acostó cabo él. E Remondín, como la vio, comiença de sospirar como aquel que sentía grand dolor en su coraçón. E ella lo començó de abraçar e le dixo en esta manera:

— Señor mío, ¿qué os falta? ¿Sois, por ventura, enfermo?

E cuando esto oyó Remondín, pensó que ella no savía nada, aunque el contrario era verdad. Mas porque ella sabía bien que aún Remondín no lo avía descovierto a hombre del mundo, ella no le mostró señal de alguna tristeza. Disimulando, pues, Remondín su dolor, respondió a Melosina:

— Señora mía, yo só estado un poco enfermo e é avido un poco de calentura.

---

29 Se trata de una prolepsis, pues Remondín terminará por retirarse al monasterio de Montserrat.

— Señor —dize ella—, no será nada. Presto serés guarido desta enfermedad.

[121r] — Señora —dize Remondín—, después de vuestra venida mi coraçón es tan alegre que nada siento.

— Desto só yo alegre —dize Melosina.

E en estas palabras pasaron el tiempo, fasta que fue tiempo de se levantar. E, levantados, fueron a oír su misa e fue luego presto el yantar. E así quedaron ende aquel día. E otro día de mañana, Melosina se fue a Niort[30], do ella hazía edeficar una fortaleza. E en este tiempo ella hizo ende hazer dos grandes torres, las cuales son ende agora.

E así se queda la istoria de hablar más de Remondín e Melosina[31], e torna a Geofre, que dexamos al pie de la montaña, por ver cómo ha obrado con el gigante[32].

[D]ize la istoria que Geofre, amonestado de la grand valentía del gigante e de la loca entrepresa que quería tomar, aviéndolo ya el pueblo avisado cómo una vez avía destruido C hombres; otra vez, CC; otra, mil; de nada desto curando, aguardava cuándo el gigante vendría. E como no viniesse, los de la tierra lo subieron sobre la montaña do era una fuerte torre. E tenía la montaña de alto cinco leguas de cada costado, ende dize la istoria eran muy fuertes muros e ante ellos muy hondas cabas e la torre muy bien aderes[ç]ada de cada costado. E dixeron los de la tierra a Geofre cómo ende era la torre do el fuerte gigante Guedón morava.

---

30 *Niort:* población francesa, situada entre Poitiers y La Rochelle, a unos 60 kilómetros al nordeste de ésta, y a 40 al este de Lusignan.

31 Más adelante, Melosina, habiéndose despedido de los suyos y ordenado su testamento, después de haber dicho a su marido que, por no haber éste respetado su juramento de no verla los sábados, jamás volvería a verla «en figura de muger» (fol.133r), saldrá volando por una ventana desde Leziñán transformada «en figura de sierpe muy grande e gruesa e luenga de XV pies» (fol.134v). En cuanto a Remondín, perdida su esposa, se retirará del mundo para vivir vida monacal en Montserrat (fol.145v).

32 Así suspende el narrador, *ex abrupto*, el relato del episodio para retomar el que también antes había dejado en suspenso.

— E, señor —dixeron ellos—, si vós nos querés creer, vastar-vos-á de aver visto la torre e vós tornaredes con nós ca, cuanto a nós, nós no iremos más cerca.

— Yo vos dó muchas gracias, señores —dize Geofre—, que tan adelante me avés traído. E vós harés lo que os plazerá, ca cuanto es de mí lo primero que haré será me armar por ver quién es este de tanta pujança que así tira la tierra del poderío de mi señor padre.

[G]eofre, pues, descendió de su cavallo e se armó, e después ciñó su espada. E puso su celada en la cabeça e tornó a subir sobre su cavallo. E demandó su escudo e le colgó de su braço, e tomó una maça de azero que colgava del arçón de su silla. E demandó su lança e dende halló a sus X cavalleros que eran con él venidos. E los *[sic]* dixo en esta manera:

— Amigos, vosotros me esperarés al fin desta cuesta. E, si Dios me da vitoria sobre este gigante, yo sonaré mi cuerno. E cuando vós lo oirés, vendrés prestamente a mí.

— Señor —dixeron ellos—, Dios vos guíe. Como vós avés dicho, así lo haremos.

E eran los cavalleros [121v] muy tristes porque no los dexava ir con él. E así se descendieron ellos avajo e Geofre se vino contra la torre. E, llegado, vio la puerta avierta. E mucho le plugo a Geofre la fación de aquella torre, tanto era hermosa. E vio cómo las puentes eran levadas[33], ca el grand gigante dormía. E llamó Geofre a alta voz contra la torre, diziendo:

— Traidor e falso gigante, salid a hablar conmigo, que vos trayo el pago del tributo que mi padre vos deve por los buenos servicios que vós le avés hecho.

E tanto llamó Geofre, que despertó el gigante. E salió en una ventana e vio a Geofre todo armado sobre su cavallo e la lança en la mano, presto a convatir. E Geofre vio también el

33 *las puentes eran levadas:* se refiere a los puentes levadizos del castillo que, colocados en posición vertical, vedaban el acceso a sus puertas.

gigante que, según la fiereza de su cara, mostrava ser muy terrible e valiente en el cuerpo. E respondió el gigante a Geofre:

— ¿Qué quieres tú, cavallero?

— Por mi fe —dize Geofre—, por el presente no a otro que a ti, ca yo te trayo la paga del tributo que tu as sobre la tierra de mi padre.

E cuando el gigante lo vio, le començó de tomar una grand rabia de ver que un solo cavallero lo quería combatir. Mas, no obstante, él consideró que este devía ser hombre de un grand coraçón. E luego se fue a armar el gigante e dexó el yelmo e tomó una porra de yerro en la mano, de tres picos, e con ella una hacha de azero. E salió a la puente e la vajó e demandó a Geofre quién era e qué venía a demandar. E Geofre le respondió en esta manera:

— Yo só Geofre del Grand Diente[34], hijo de Remondín de Leziñán, venido para te pagar la salsa del pastel que as hecho a mi padre.

E cuando el gigante lo oyó, se començó de reír, e le dixo:

— Por mi fe, loquillo, por la grand viveza e alcaza[35] de tu coraçón, yo he piedad de ti e te querría hazer grand cortesía. E es que tú tornes por do eres venido sin vender tu salsa, ca sepas que, aunque contigo fuessen quinientos, yo no echaría pie atrás. Mas, porque é piedad de matar un tan esforçado cavallero como tú, vete. Yo te suelto por un año el tributo que la tierra de tu padre me deve.

E cuando vio Geofre que tan poco lo preciava el gigante, fue triste, e le respondió en esta manera:

— ¡O, miserable creatura! Paresce que tú ayas miedo de mí. De tu cortesía curo yo muy poco, ca creo que tú me la

---

[34] *Grand Diente:* el apodo se justificaba por un colmillo que desde su infancia le había crecido de manera descomunal.

[35] *alcaza:* alcance, aliento, valor, impulso valeroso; era más usual la forma "alcaz".

hazes por pavor que as avido de mí. Agora, pues, yo te aviso que jamás de aquí no partiré fasta que te aya quitado la vida. E por ende, la piedad que as de mí, [122r] áyasla de ti mesmo, ca yo te tengo ya por muerto. E por el presente yo te desafío de la parte de Dios, mi creador.

E cuando lo oyó el gigante, hizo una semejança de reír, diziendo así:

— ¡O, Geofre, cómo eres loco! ¿Quieres començar batalla con aquel cujo solo un golpe no savrás endurar que no cayas a tierra?

E, sin más hablar, dio Geofre de las espuelas a su cavallo, e puso su lança so su braço, e así se adreçó contra el gigante e dexó cuanto pudo correr el cavallo, e hirió de su lança, cujo hierro era muy agudo, al gigante en medio del pecho, de tal vertud que le hizo caer a tierra, el vientre contra el cielo. Mas el gigante, al pasar del cavallo de Geofre, lo hirió de su hacha en los pies traseros que los desjar[r]etó. E Geofre, que lo sintió, descendió muy presto abajo. E se vino contra el gigante, la espada en la mano; e contra él [el] gigante, con su hacha empuñada. E viérades ende muy fiera batalla e golpes de muy valientes cavalleros.

### *Cómo Geofre mató al gigante Guedón que señoreava la tierra de Gueranda*[36]

[123r] [C]omo vos avemos dicho, estava Geofre ante el gigante a pie, el cual tenía su hacha en la mano; e Geofre, su espada. E pensóse el gigante de herir a Geofre malamente de su hacha. Mas Geofre, que se supo mejor guardar que el otro ferir, falsó el golpe del gigante e saltó del otro costado. E le dio tan grand golpe de su espada sobre la manga[37] de la hacha de

---

[36] El fol. 122v está ocupado por un grabado en que se muestra al gigante Guedón muerto a los pies de Geofre; como el 119v, se reproduce aquí.

[37] *la manga:* el mango; más abajo se mencionan "el mango de la porra" y "el mango de la maça".

Lámina 19. *Historia de la linda Melosina*. Fol. 122v de la ed. impresa en Toulouse en 1489, según el ejemplar de la Biblioteca Británica de Londres (IB.42463)

armas que la partió en dos partes. E luego tomó el gigante su porra que avía tres muy agudos picos e vino contra Geofre que avía su espada en la mano. E como lo vio Geofre venir...

— Espera —dixo— un poco. Para contigo no quiero abantaja.

E dexó caer su espada a tierra. E corrió a su cavallo e tomó su maça de azero que colgava en el arçón de la silla. E con aquella vino contra el gigante, que le quiso dar un grand golpe de su porra. Mas Geofre saltó del otro costado, mas no pudo escapar que el gigante no le diesse un grand golpe sobre el yelmo, tanto que era casi atordido. Mas tornando en sí, hirió Geofre al gigante de un grand golpe sobre el mango de la porra, tanto que se la hizo saltar de las manos. E, visto esto, el gigante echó mano a su seno do continuamente traía tres martillos[38] de hierro. E tomó el uno e lo tiró contra Geofre con grand ira que avía. E acertóle eso mesmo en el mango de la maça tan valientemente que se la hizo volar de las manos. E tornó Geofre, que esto vio, a tomar su espada. E vino al gigante, que le pensava herir otra vez del otro martillo, mas Geofre falsó. E era tan grande la fuerça con que el gigante lo arrojó que se fundió bien un pie dentro de tierra. E luego saltó Geofre muy ligeramente del otro costado e lo hirió de su espada de un grand golpe sobre el braço, que le hizo caer la meitad del braço a tierra. E cuando el gigante se vio así herido, pensad que fue bien maravillado ca avía ya perdido su principal defendimiento. E otra vez tiró el gigante a Geofre el otro martillo, mas deste golpe se guardó muy bien Geofre. E tornó sobre el gigante e diole un tan grand golpe sobre la pierna que, como la espada era muy buena e dura, se la cortó toda de parte a parte. E luego cayó el gigante a tierra. E vino Geofre. Quitada la babera que el gigante avía, cortóle la cabeça.

E al golpe que Geofre le avía [123v] [dado] en la pierna, cuando el gigante cayó, dio un grand grito e muy espantable que todos oyeron, aunque no savían cierto qué fuesse. E luego tocó Geofre su cuerno tan recio que todos le oyeron bien. E conoscieron sus cavalleros que Geofre avía vencido. E su-

---

[38] *martillos:* aunque reproduzcan la forma de una herramienta de trabajo, usual entre carpinteros y herreros, se trata de otras armas más, ofensivas y arrojadizas.

bieron a la montaña, e con ellos muchos otros de la tierra, dando gracias a Dios. E Geofre era al cabo de la montaña, diziendo a los suyos que venían...

— Sea Dios alavado. Este grand can no vos tendrá jamás en subjeción, que ya ha rescevido el premio de su trabajo.

E cuando ellos vieron el cuerpo del grand gigante apartado de la cabeça, fueron todos maravillados de la grandor, ca él avía bien XV pies[39] de luengo. E dizían todos a Geofre que él avía començado grand aventura de aver osado acometer a un tan gran diablo como era aquel.

— Señores —dize Geofre—, el peligro es ya pasado, e saved que quien nada comença nada acava. En todas cosas el començo e medio para venir a buen fin son muy nescesarios[40].

---

[39] *XV pies:* por variable que fuese la medida de referencia, se trata de una evidente y esperable hipérbole, pues daría para el gigante una altura no inferior a cuatro metros; por otra parte es la misma medida que se atribuye al cuerpo de Melosina transformado en serpiente voladora.

[40] Pocas páginas más adelante [fols. 137v-142v], Geofre volverá a medir sus fuerzas con otro gigante llamado Grimalt, primo del anterior, al cual termina por herir «de una estocada por el vientre, tan fuerte que le metió la espada fasta la cruz. E dio el gigante un mortal e horrible grito e murió ende miserablemente». Tras matarlo, libera a los muchos prisioneros que el gigante tenía encadenados en la cueva donde vivía, quienes tomaron el cadáver y «posiéronlo sobre una carreta» exhibiéndolo de villa en villa «por mostrar la grand valentía de Geofre».

# 34. *Historia del noble Vespasiano, emperador de Roma / Libro de la destruición de Jerusalén*[1]

Impresión hacia 1492 (Toledo)

1499 I (Sevilla)

Se conservan ejemplares en la British Library de Londres de la ed. toledana impresa por Juan Vázquez (IA.53510), carente de una hoja, y de la sevillana por Pierre Brun (G-10211), incompleta. Un texto francés, *Destruction de Jérusalem,* impreso unas siete veces durante el siglo XV, pudo ser la fuente de los castellanos.

Hubo una versión catalana y otra portuguesa; ésta, titulada *Estoria do muy nobre Vespesiano,* hecha a partir de la castellana, se imprimió en Lisboa en 1496, y de ella existe ejemplar único en la Biblioteca Nacional de Lisboa. Tal vez, pudo haber otra versión castellana, impresa en Toledo hacia 1490, pero perdida.

Las fuentes iniciales pueden proceder de los apócrifos *Evangelium Nicodemi* (en su sección dedicada a la *Gesta Pilati*) y de la *Vindicta Salvatoris* o la *Cura sanitatis Tibe-*

---

[1] Con este segundo título aparece la obra, además de en eds. francesas, en un cód. de la Biblioteca Bodleiana y en la ed. de Bonilla que se cita más abajo.

*rii*, entretejidas con otras leyendas, que adquieren mayor desarrollo en el poema francés *La Venjance de nostre Seigneur*, con derivaciones posteriores en prosa, que tomarían de aquél, por ejemplo, la parte argumental en que Vespasiano, curado de la lepra por el sudario de la Verónica, como muestra de gratitud destruye Jerusalén, castiga sin clemencia a los judíos y abraza el cristianismo, imponiéndolo como religión a su Imperio. En algunas versiones, Vespasiano aprisiona y libera a José de Arimatea, vinculándose así al ciclo artúrico.

EDICIONES

1908 A.Bonilla, en *Libros de caballerías,II...*, 'La destruición de Jerusalem', Madrid, Bailly-Baillière, NBAE, t.11, págs. 377-401. Sigue un texto editado ya en el siglo XVI que traduce la francesa *Destruction de Jérusalem*.

1909 Raymond Foulché-Delbosc, en *Revue Hispanique*, 21, págs. 567-634, como *Ystoria del noble Vespesiano*, siguiendo la edición sevillana de 1499.

1977 David Hook, *A Critical Edition of 'La estoria del noble Vaspasiano enperador de Rroma'*, 2 vols., Oxford Univ.; tesis doctoral inédita.

La versión portuguesa impresa por Valentim Fernandes o Valentino de Moravia la reeditaron Francisco Maria Esteves Pereira (Lisboa, 1905) y David Hook con Penny Newman (Universidad de Exeter, 1983).

Hay también ed. facsímil, hecha por Artur Anselmo (Lisboa, 1981). Existe versión catalana editada por Próspero Bofarull y Mascaró en 1857.

## Bibliografía

HOOK, David, "La transmisión textual de *La estoria del noble Vaspasiano*", *Incipit*, 3 (1983), 129-172.

LIDA, María Rosa, *Jerusalén: el tema literario de su cerco y destrucción por los romanos*, Buenos Aires, 1973.

## Selección

En esta ocasión se han tomado pasajes procedentes de los capítulos 16 y 19 en su integridad, así como la mayor parte del 22. El relato se centra en el asedio y la ocupación de la ciudad de Jerusalén —que se había insurreccionado contra el imperio de Roma— por las legiones romanas de Vespasiano, pimero, y luego de Tito, en el año 70 d.C., que con tintas tan dramáticas narró Flavio Josefo. Las escenas bélicas, de cruel antijudaísmo, están tratadas con perspectivismo caballeresco —con sus convencionales pactos, consejos, desafíos, amenazas, cifras hiperbólicas, escaramuzas, estrategias y tácticas militares— y adaptadas a los gustos medievales cristianos, sin excluir escenas de auténtico sadismo, en las que los ocupantes romanos superan la proverbial codicia atribuida a los judíos. Los varios casos de anacronismos y de alteración de la Historia real no deben sorprender demasiado en un relato que, aun siendo de inspiración histórica, se construye como ficcional.

# *Historia del noble Vespasiano*[2]

## [XVI] *De la fabla qu'el emperador ovo con Pilatos*[3]

El emperador[4] e Titus[5], su hijo, con la grand hueste se acercaron en der[r]edor de Jerusalén[6], e assentaron tan fuerte-

---

[2] Me sirvo de la ed. cit. de Foulché-Delbosc, adaptándola a los criterios ya establecidos. Es habitual encontrarse con fluctuaciones o vacilaciones vocálicas en el nombre asignado al protagonista, Vespasiano, Vespesiano o Vaspasiano.

[3] *Pilatos:* la congruente castellanización de su nombre, de acuerdo con el uso de Tácito *(Annales,* XV,14), con el de los Evangelios y con el *Credo* católico, en donde tiene el dudoso honor de hacer acto de presencia con la función sígnica y ubicadora de la historicidad de Cristo («sub Pontio Pilato passus et sepultus est»), sería Pilato —"armado de dardo"—, sin la *s* final, pero aquella forma con *-s* final pervive hasta hoy. Se trata de un personaje histórico que ejerció el cargo de procurador romano en Judea y Samaria en tiempo de Cristo, con política frecuentemente antijudaica, durante los años 26 al 36, bajo el imperio de Tiberio o Claudio Nerón Tiberio (años 14 a 37), pero ya no bajo Vespasiano y Tito, como con anacronismo se dice en el texto. Varios historiadores latinos —además de Tácito, Filón, Flavio Josefo o Eusebio— se ocuparon de él, cargando por cierto las tintas en sus rasgos negativos; no así en los apócrifos cristianos que, paradójicamente, no dejan tan malparada su figura.

[4] *emperador:* se refiere a Tito Flavio Vespasiano, que, nacido el año 10 d.C., fue senador romano y estuvo a cargo de su ejército en Judea; en medio de guerras civiles en el imperio, fue proclamado emperador el 1 de julio del año 69 por la guarnición de Egipto, y diez días más tarde por la de Judea. El año 71 asoció al poder, como césares, a sus hijos Tito y Domiciano. Fue tolerante con el cristianismo y logró reconstruir un imperio que se venía desmoronando bajo Nerón y tras catorce meses de guerra civil.

[5] *Titus:* Flavio Vespasiano Tito, hijo de Vespasiano, proclamado emperador augusto el año 79, adopta como nombre oficial el de Tito César Vespasiano. Antes de su nombramiento como César, participó con su padre, como un honor concedido por éste, en la conclusión de la toma de Jerusalén, hecho conmemorado en monedas y en el arco de su nombre elevado en Roma. Se caracterizó por su clemencia y filantropía.

[6] Ya queda dicho que Vespasiano y Tito ocuparon Jerusalén el año 70 d.C. En el cap. LXX de la *Crónica del moro Rasis* se lee a propósito de Vespasiano: «E cuando ovo tres años qu'él fue rey, por razón

mente que ningund hombre podía salir ni entrar. E cuando Pilatos vido que la cibdad era assí cercada, fue fuerte[7] triste e desmayado. El rey Arquileus[8] paróle mientes, e díxole:

— ¿Por qué vos desmayades? No ayades pavor ni temor del emperador ni de la su gente, ca nós somos aquí con grande e buena cavallería, que asaz les daremos que fazer. Armémosnos con toda nuestra gente, e vámoslos a escometer; e saquemos tantas de las armas para que ellos se arrepientan por que aquí vinieron, por que el emperador ni las sus gentes no puedan aquí quedar mucho, ca por mucha mengua de agua les conviene que mueran de sed e se tornarán en su tierra, ca nós avemos buena cibdad e fuerte e bien guarnescida de armas e de otras cosas, por que ellos de baldes[9] se trabajaron.

E cuando Pilatos oyó el consejo de Arquileus fue mucho alegre, e fizo fazer pregund[10] por toda la cibdad que todos se armasen de pie e de cavallo; e luego fue fecho, e vinieron ant'el palacio de Pilatos; e Pilatos e el rey Arquileus con toda la gente vinieron a las puertas de la cibdad de fuera[11], por razón que diessen en la hueste del emperador. Mas la hueste del emperador estava tan cerca de los adarves que no podía ninguno salir; e, desque vieron que no podían salir, ovieron de acuerdo que se desarmasen todos e que subiessen piedras por el adarve e en las bastidas, ca eran muy grandes en derredor de Jerusalén. E eran bien aquellos que sobían las piedras por el adarve doze mil[12] hombres. E Pilatos e el rey Arquileus, con

---

de su fijo Titus, ovieron él e su fijo de guisar para la casa santa de Jerusalén e destroír los judíos» (ed. de Diego Catalán y M.S. de Andrés, Madrid, Gredos, 1975, pág. 173).

7 *fuerte:* se trata de un adjetivo con función adverbial intensificadora, próxima a la cuantitativa, equivalente a "muy", "mucho"; vid. *Cantar de mio Cid*, v.1: «De los sos oios tan fuerte mientre llorando».

8 *Arquileus:* se trata de Arquelao, uno de los múltiples hijos que Herodes tuvo de sus por lo menos diez mujeres, y a quien dejó parte de su reino poco antes de morir; otras partes fueron heredadas por sus hijos Herodes Antipas y Filipo II.

9 *de baldes:* de balde, gratuitamente; incluso, sin razón.

10 *pregund:* pregón.

11 *puertas...de fuera:* puertas exteriores, las de la muralla.

12 *doze mil:* por lo general, las cifras cuantificadoras resultan aquí hiperbólicas, como suele ser común en los relatos caballerescos.

diez cavalleros, se subieron en el adarve, amosados sin armas, e vestidos sendos briales bermejos; e Pilatos tenía un palo en la mano[13]. E Gais, el senescal del emperador, dixo al emperador:

— Señor, aquel que está en la bastida es Pilatos, vuestro adelantado[14].

E el emperador se allegó a aquella parte del adarve donde estava Pilatos, e díxole tales palabras:

— El noble padre mío[15] te encomendó esta cibdad por que la guardases e la regieses por él, e quiso que fueses adelantado e governador por él de toda esta tierra; e después de la su muerte embiásteme el tributo de tres años, el cual al noble padre mío solías embiar de toda la tierra; e agora asme negado el señorío e no me as embiado el tributo; e aún más, cuando te embié el mucho amado Gais, mi senescal, e te dio mi carta, e menospreciástelo mucho mal con grandes amenazas, de las cuales no te perdono. Por que te digo que me abras las puertas de mi cibdad, ca yo quiero fazer de ti la mi voluntad, e de todos los otros que dentro son.

E cuando Pilatos oyó estas palabras del emperador, respondió e dixo qu'él ternía su acuerdo e consejo; e luego descendió del adarve e entró en la cibdad, e fizo juntar su consejo, e dixo a sus cavalleros que le diesen consejo el mejor que pudiessen e supiesen, por qu'él pudiese responder al emperador. E levantóse el rey Arquileus e dixo a Pilatos:

---

13 *un palo en la mano:* tal vez el autor esté jugando aquí con el significado latino de "pilatus", armado de dardo.

14 *adelantado:* se trata de una especie de delegado plenipotenciario de un rey o del emperador en territorio alejado de su corte, gobernador militar y político en un territorio de frontera; es el título administrativo que el traductor castellano propone como equivalente o sinónimo del "procurator" latino; según Alfonso X, en sus *Partidas*, «tanto quiere dezir como omne metido adelante en algún fecho señalado por mandado del rey»; recuérdese también el romance de "Álora, la bien cercada" por el «adelantado, una mañana en domingo», en cuyo cerco halló la muerte su protagonista, Diego de Ribera, el año 1434.

15 *padre mío:* esto tampoco es histórico: fue Tiberio quien había nombrado procurador a Pilato; el padre de Vespasiano fue un *equite*, perteneciente a la administración financiera romana.

— Señor, no temades ni ayades miedo de las amenazas del emperador, que vós os podedes bien defender dél con la gente que está en la cibdad, porque será vergüença e escarño que sin golpes ni feridas nos diéssemos al emperador por fazer sus voluntades; e mal aya quien otro consejo vos diere.

Después levantóse Barrabás[16], el senescal de Pilatos, el cual él creía[17] mucho, e dixo:

— Señor, bien podéis vós conoscer qu'el emperador no puede estar en der[r]edor desta cibdad dos meses complidos, por mengua de agua, que no la ay si no van al flumen Jordán o al río del Diablo, que es bien a media jornada, allí donde se perdieron las dos cibdades que avían nombre Sodoma e Gomorra[18]; e esles mucho lexos el agua para tanta muchedumbre de gentes; por que vos dó por consejo que lo defendades, e lo desafiedes, e no ayades miedo dél; mas faga cuanto pueda, ca bien sabedes vós qu'el rey Herodes[19], en aquel tiempo que fizo matar los inocentes, no osó aquí venir.

---

16 *Barrabás:* Los cuatro evangelistas tratan de este personaje, a quien Pilato liberó de la cárcel, al preferirlo el pueblo judío frente a Jesús; no deja de ser curioso el tratamiento que a este facineroso se le concede en el texto, cuando los Evangelios hablan de él como «un preso famoso» (*Mt.* 27, 16), «que en una sedición había cometido un homicidio» (*Mc.* 15,7), «encarcelado por un motín» (*Lc.* 23,19), «un bandolero» (*Jn.* 18,40), y los *Hechos de los apóstoles* (3,14) lo califican de «homicida».

17 *el cual él creía:* en el cual él confiaba.

18 *Jordán, Sodoma, Gomorra:* la distancia más corta entre Jerusalén y el río Jordán es de 30 kilómetros; en la Edad Media se situaba a Sodoma y Gomorra a esa misma distancia, al noroeste del mar Muerto, pero en la actualidad los arqueológos prefieren establecer su localización al sur de éste. La ciudad de Jerusalén disponía entonces de un solo manantial externo, el de Geón, para abastecerse de agua en momentos de asedio por medio de una canalización subterránea, que aprovechaba la geomorfología kárstica del terreno dolomítico, como se descubrió a principios del siglo XIX; *vid.* a este respecto *Investigación y Ciencia* [ed. española de *Scientific American,* Nueva York], 187 (Barcelona, abril 1992), pág. 104.

19 *Herodes:* Hijo de Antípatro, nombrado por Julio César procurador de Judea el año 47 a.C.; vivió entre el año 73 a.C. y el año 3 d.C.; como procurador de Galilea practicó una política prorromana y el Senado romano acabará por concederle el título de rey de los judíos, para tomar posesión del cual tuvo que asediar y tomar Jerusalén; con-

Y por esta razón Pilatos e el rey Arquileus e todos los otros que allí eran ayuntados loaron mucho el consejo de Barrabás. E luego se partieron Pilatos e el rey Arquileus del consejo, e con otros cavalleros, e subieron en el adarve a la parte do el emperador atendía la respuesta. Pilatos respondió al emperador e dixo:

— Señor emperador, no vos entregaré yo la cibdad de la manera que las vós demandades, nin en otra manera, mas, si vós queredes, yo vos daré buen consejo; e es que vos querades tornar en Roma, e no querades aquí ser destruido con tantas gentes. E guardad bien vuestra tierra, que assí haré yo ésta de vós e de todos mis enemigos, e de aquí adelante tenedvos por desafiado de mí e de todos los de la cibdad.

E cuando el emperador oyó sus vanas palabras tomóse a reír, e dixo a Pilatos:

— Bien me tengo por sañudo de las palabras que has dicho, e aún más por cuanto me mandas tornar a Roma; mas dime si me entregarás la mi cibdad assí como a tu señor e por aquel por quien tú la tienes assí, pero que tú ni los otros no seades tomados en ninguna merced. Ca no vos precio en un dinero[20], e agora veré para cuánto será Jerusalén. (...)

### [XIX] *De cómo el emperador mandó fazer grandes valles*[21] *en derredor de la cibdad*

El emperador quiso aver consejo con aquellos que eran de su secreto en cómo pudiesse tomar la cibdad, e quiso que pri-

tó con el apoyo y la posterior oposición de Octavio. Josefo en su *Bellum iudaicum* pone de relieve su carácter cruel, calculador y ambicioso.

[20] *dinero:* pequeña moneda de cobre aleada con algo de plata, que en la actualidad apenas tendría el valor adquisitivo de cinco céntimos de peseta. Se trata de una de tantas expresiones de minusvaloración o menosprecio.

[21] *valles:* fosos.

mero fablasse Jacob, al cual Dios avía fecho mucho bien[22] aquel día; e contóle delante todos lo que le acaesciera; e el emperador tomó muy grande plazer, e dixo:

— Contadnos de Pilatos e de todos los otros que dentro son, e qué fablan de nós.

— Señor —dixo Jacob—, en la cibdad ay pocas viandas e ay muchas gentes, ca en toda esta tierra no ha quedado judío que algo valga que no sea aquí venido por honrar la fiesta muy maravillosamente, e por el vuestro assentamiento[23] no han podido ningunos salir; por la cual cosa son mucho desmayados los unos e los otros, e no se pueden mucho tener; mas, señor, vós mandad fazer enderredor del adarve grandes valles e fuertes bien anchos, por que ningund judío no pueda salir ni se allegar a la hueste sin vuestras voluntades; e cuando las viandas les fallescerán ellos se nos darán, ca, señor, por fuerça no la podedes tomar, por que, señor, es menester que los valles se fagan luego.

Y el emperador tovo por bueno el consejo de Jacob. E cuando vino el otro día de mañana, el emperador fizo llamar a todos los maestros[24] que supieren fazer valles, que viniesen delante del emperador; e luego fueron juntados cinco mil por cuenta, a los cuales mandó el emperador que fiziessen grandes valles enderredor de la cibdad; e Jacob e Jafel fueron obreros e administradores de aquesta obra por mandamiento del emperador; e luego de fecho, començaron Jacob e Jafel a asmar el lugar donde se avían de fazer los valles. Y començaron de señalar; e dixeron que fuessen de treinta cobdos[25] en ancho e quinze en fondo; e los hombres con grande voluntad que avían començaron su obra, empero levaron consigo treinta mil ombres arqueros, e aquestos que fuessen escudados e bien armados para guardar a los obreros. Y en esta manera

---

22 *mucho bien:* en el capítulo anterior se relata cómo fue liberado por un ángel de la prisión donde lo había aherrojado Pilato.

23 *assentamiento:* asedio.

24 *maestros:* artesanos, obreros.

25 *cobdos:* codos; esta medida, de longitud variable, puede estimarse de una extensión media de unos 45 centímetros, de manera que los fosos medirían unos 12 metros de ancho por 6 de profundidad.

labraron fasta que los valles fueron acabados. Cuando Pilatos supo que tan grandes valles e tan aína avía fecho el emperador, e tan estrechamente los tenía apremiados, allegó su consejo, e entre los otros quiso el del rey Arquileus, e de Josep Jafaria, e dixéronle:

— Señor, otro consejo no avemos sino que fagades armar todos vuestros cavalleros e toda la vuestra gente, cuantos armas puedan tomar a pie e a cavallo, e vamos a dar en la hueste; e, si los podemos arrancar, ellos avrán grande gozo que se puedan tornar en su tierra, e de aquí adelante no tornarán a nos cercar, e quedar-nos-an las sus riquezas e las sus viandas.

Y este consejo tovieron por bueno; e fizo mandamiento Pilatos que todos de pie e de cavallo se armasen con sus armas, e viniesen delante del templo de Salomón; e fueron, por cuenta, veinte mil cavalleros, e de otras gentes de pie cuarenta mil. E Pilatos començó de conortarlos lo mejor qu'él pudo, e díxoles que sabiamente saliesen a la batalla, e que toviesen firme, e que saliesen todos en uno. Y Pilatos e el rey Arquileus cabdillaron la cavallería, e todos en uno començaron a salir de la cibdad. Mas por los valles, que eran grandes, no pudieron pasar así como ellos se cuidavan; e como las guardas del emperador vieron que tanta gente salía de la cibdad armados para la batalla, (e) pusiéronse por la hueste fasta que llegaron al emperador, e dixéronle cómo salían de la cibdad mucha gente para la batalla e para pelear contra ellos. Y luego cavalgaron amos los emperadores[26] e, cuando fueron armados e cabdillada la hueste, fízolos venir a todos ante sí, e díxoles tales palabras:

— Amigos, sabed que Pilatos con toda la gente de la cibdad es salido para pelear con nosotros, por que es menester que sabiamente salgamos a él al campo; ca, si a Dios plaze, él nos dará vitoria contra ellos, ca todos somos venidos por vengar la su muerte[27].

---

[26] *emperadores:* se refiere a Vespasiano y a Tito, aunque éste todavía no era más que césar en aquel año 70.

[27] *vengar la su muerte:* el emperador romano, mucho antes de que Constantino proclamase al cristianismo como religión oficial del imperio, se expresa como si fuera uno de los seguidores de Cristo, aunque parece cierto que trató a éstos con tolerancia.

E todos respondieron:

— Señor, todos somos aparejados de fazer cuanto podamos e avemos acostumbrado de fazer.

Y esto era a hora de tercia[28], e el emperador mandó a Gais, el senescal, que él e Jacob e Jafel e su sobrino ordenasen las batallas lo mejor e más sabiamente que pudiesen. Y ellos fiziéronlo assí; e ordenaron tres batallas, e dieron la una al emperador, e la otra a Titus, e la otra a Gais el senescal. E fue con el emperador, Jacob; e con Titus, Jafel; e con el senescal, el sobrino de Jafel. Mas Titus, con la grande voluntad que avía, quiso la primera batalla; e fuele otorgada por el emperador. Y luego ayudó Dios a todos aquellos que eran con él, e dieron tan fuertemente en la hueste de Pilatos que fendieron dos vezes la batalla de Pilatos. E duró la pelea de hora de tercia fasta hora de nona[29]. E cuando fueron cansados amas las partes, tiráronse afuera, e comieron e refrescaron. E en esta batalla murieron de la parte de Pilatos hasta cuatro mil personas, e de la parte de Titus, entre cavalleros e peones, ochocientos por cuenta.

E cuando ovieron refrescado los de la parte de Pilatos, salió el emperador con su gente e aguijó tan fuertemente, e tan calientas *[sic]* eran las batallas, que se vinieron a mesclar la una con la otra. E duró la pelea fasta el sol puesto, e por razón de la noche ovieron de salir del campo; e murieron en esta batalla, de la parte de Pilatos, cuatro mil e dozientas personas.

Mas nuestro Señor, que quiso que la muerte suya fuese vengada, fizo aquí un grande milagro, que como todos se pensavan que por la noche que venía tornarían atrás, el sol puesto, començó a salir luego en oriente bien así como si la noche fuese pasada; fue día claro. Y por eso ovieron de aparejarse para la batalla los unos e los otros. Mas cuando el emperador e las sus gentes vieron este milagro fueron mucho alegres, e conoscieron que esto era fecho por voluntad de Dios. Y el senescal ferió tan reziamente en la otra batalla de Pilatos, que duró la pelea desde hora de prima fasta hora de nona pasada[30]. E murieron, de la gente de la parte de Pilatos, fasta

---

[28] *hora de tercia:* tres horas antes de mediodía, hacia las 9 de la mañana.

[29] Es decir, seis horas.

[30] Es decir, unas nueve horas, en este caso; desde las 6 de la mañana hasta las 3 de la tarde.

dos mil y dozientas y cincuenta personas; e mucho fueron escalentadas las huestes la una contra la otra.

Mas a la hora de las bísperas[31] tornaron en el campo todas en uno. Y duró la pelea fasta el sol puesto, y murieron, de la parte de Pilatos, fasta tres mil y dozientas y cincuenta personas, y de la parte del emperador fasta cuatrocientas e cincuenta personas. Así que perdió Pilatos, por todos, onze mil e nuevecientas e cuarenta personas, dende arriba[32]; de la parte del emperador, fasta tres mil e cincuenta personas, y dende arriba.

E venció el emperador el campo, y dieron al alcance[33] a los de Pilatos fasta las puertas de la cibdad, en el cual alcance mataron un hombre que luengo tiempo avía andado así como loco por la cibdad de Jerusalén, diziendo todos días:

— Ven, Vaspasiano, sobre Jerusalén.

Por lo cual el pueblo avía muy grande desplazer, que muchos creían que fuese profeta. Y fue ferido Josep Jafaria, mas no murió de aquellos golpes. Mas murieron de otros hombres señalados sin cuenta en la entrada de la cibdad. E tantos fueron los lloros e llantos que avía por la cibdad, que Pilatos y el rey Arquileus eran muy tristes y dolientes de la gente que avían perdido. E cuando vino en la mañana que avía de salir, Pilatos y el rey Arquileus eran muy tristes, e no ovieron voluntad de salir. Mas mandó que no saliese ninguno, mas que guardasen la cibdad. Mas las compañas del emperador, e todas las otras gentes, cuidavan que Pilatos saliese al campo para pelear, e él no salió. E viniéronse a la tienda del emperador, e todos en uno llegáronse a los adarves de la cibdad. Aquí estovieron esperando que saliessen a la batalla Pilatos e la su gente, desd'el alva fasta hora de tercia. E desque vieron las compañas del emperador que no salía ninguno de la cibdad, tornáronse para las tiendas e desarmáronse, e folgaron todo el día fasta la

---

31 *la hora de las bísperas:* hacia las seis de la tarde.

32 *dende arriba:* por lo menos, de ahí para arriba; y tanto, pues la suma de los muertos se eleva en el caso de los del bando de Pilatos a 13.700. No parece muy experto en matemáticas elementales el autor o el traductor, ni disimula mucho su parcialidad, pues, aparte de la diferencia abrumadora de bajas, mucho más cuantiosas entre los judíos, olvida dar las parciales en el bando imperial tras algunas batallas, por lo que la suma de las suyas no está justificada.

33 *dieron al alcance:* persiguieron, acosaron.

mañana. Y el emperador mandó venir ante sí a Jacob e a Jafel, e díxoles que no cesasen la obra de los valles fasta que fuesen acabados, por tal que ninguno no pudiese salir. E cuando Pilatos vido que de Jerusalén no podía salir ninguno, él fue mucho desconortado, e todos los otros de la cibdad, e dezían todos a una boz que...

— Aquel que todos días dezía «ven, Vaspasiano, en Jerusalén» es muerto, por que nós creemos que fuese profeta contra nós. Mal consejo tomaste, Pilatos; ¿cómo no entregaste la cibdad al emperador? Agora es complida la profecía que aquel que teníamos por loco lo dezía todos días.

Y cuando Pilatos oyó los gritos de las gentes, fue muy triste, e fizo venir ante sí a Josep Jafaria e el rey Arquileus, e díxoles que le diesen consejo sobre aquello que las gentes dezían. Y Josep Jafaria díxole:

— Señor, otro consejo aquí no ay sino que estén los hombres por el adarve, e que fagan grandes balsas[34] a cerca del adarve, e que pongan allí todos los muertos, porque espanto sería de las gentes si todos días toviesen los muertos delante, e aún más por el fedor que dellos salía, que sería muy grande enfermedad. Mas estemos aquí muy sabiamente e fazed guardar e repartir las viandas, que asaz son pocas para la gente que aquí está; especialmente que ay de los de fuera en parte más de veinte mil hombres, de los cuales echar ni embiar no podemos por lugar que sea.

E el rey Arquileus ovo el consejo de Josep por bueno, e dixo que ál no podía hombre dezir. Y Pilatos encomendó este fecho a Josep Jafaria, porque era hombre cierto e sabio. E díxole:

— Josep, fazed assí como vós tengades por bien.

Y luego Josep fizo fazer las balsas fuera de la cibdad, entre el adarve e los valles del emperador. E aquí fizo poner los muertos todos; e fueron por cuenta cuarenta mil personas.

[34] *balsas:* plataformas formadas por maderos unidos, que a veces, pero no aquí, se usan como precarias embarcaciones.

E después púsose por la cibdad a partir las viandas, e tomava de los que tenían e dava a los que no tenían. Mas por las gentes, que eran muchas, fueron gastadas en pocos días, fasta que vinieron en esto: que ni quedó bestias ni yervas, ni otras cosas que comiessen, e de aquellas cosas comían de fambre. Grande fue la fambre e la careza que era en la cibdad, por razón de las muchas gentes que estavan aquí que eran venidas a honrar la fiesta, e no avían traído viandas, e cuando no se cataron viéronse fuertemente cercados del emperador e de su fijo Titus, ca no pudieron salir.

E cuando Pilatos vido que las gentes menudas se morían de fambre, e muchas que ivan diziendo por la cibdad «¡fambre, fambre!», tóvose por malandante, e ovo grande dolor de las gentes que se morían de fambre; e fizo fazer pregund por la cibdad, que todo hombre buscasse de comer por las casas de los ricos hombres e que partiessen con ellos las viandas que toviessen. E cuando el pueblo oyó el pregón, ovo muy grande gozo e grande consolación. E luego vanse por la cibdad e por las casas de los ricos hombres buscando qué comiessen, e veríades entre ellos muchas puñadas e palos, e de otras armas, tantas que muchos morían; e aquel que mayor golpe podía dar, no quedava por él, e aquel avía mayor parte de la vianda. E andavan todos días escuchando por las casas de los ricos hombres, e allí donde veían fumear, luego eran allí. E por grado o por fuerça tomavan todo cuanto fallavan que de comer fuesse. Assí en pocos de tiempos fueron gastadas todas las viandas, tan solamente que no quedó nada que de comer fuesse; e cuando todo les fallesció, corrieron a las puertas de la cibdad, que eran encoradas de cuero de búfano[35] e de bueyes, e las gentes tomavan a pedaços de aquellos cueros, e cozíanlos para comer, e aquel que mayor pedaço podía tomar, aquel se tenía por grande, e aquellos cueros comían. E vinieron a esto: que un pan que solía valer un dinero, valía cuarenta pesantes de plata; e una poma o maçana *[sic]* valía siete pesantes, e un guevo valía cinco pesantes[36]. Mas ya no fallavan algo

[35] *búfano:* búfalo, denominado así también en la *Gran conquista de ultramar*, y por Villena en su *Arte cisoria,* en donde dice que en Granada hay rumiantes de este tipo, semejantes al toro.

[36] *un pan que solía valer un dinero...una poma o maçana valía siete pesantes...un guevo valía cinco pesantes:* un dinero era una moneda de cobre con un 25% de plata, equivalente a dos cornados, en circulación por Castilla desde tiempos de Sancho IV, en que equi-

que de comer fuesse por dineros, e por el no guardar primero las viandas, pensando que el emperador luego se tornaría. Y veyendo esto, que grandes e menores se morían de hambre, atanto que los bivos no podían sofrir los muertos, tantos morían de cada día.(...)

## [XXII] *De cómo desesperó el rey Arquileus*

(...) Y el otro día, Pilatos e todos los otros de mañana salieron fuera de la cibdad, e vinieron al valle que era en derredor del adarve, e Titus andava cavalgando allende con muchos cavalleros. E Pilatos fízole sus señales con las lúas de sus manos. E cuando Titus lo vido, vino con sus cavalleros delante, adonde Pilatos lo vido, e Pilatos encomençó a dezir a Titus:

— Señor, sea la vuestra merced que roguedes al emperador, vuestro padre e mi señor, que aya merced de mí e de todo este pueblo. E no paredes mientes a las nuestras iniquidades.

E esto le dezía llorando fuertemente. E Titus embió dos cavalleros al emperador que le dixesen las palabras que Pilatos avía con él. Y cuando el emperador oyó esto, fizo armar dozientos cavalleros, e cavalgó, e vino donde estava Titus su fijo, e començó Titus a dezir al emperador:

— Señor, sabed que Pilatos vos quiere entregar la cibdad con condición que lo tomedes a merced.

---

valía a un cuarto y un maravedí, es decir a cinco maravedís de vellón; un dinero empezó por tener un valor inferior al equivalente en la actualidad a 10 céntimos de peseta, pero en tiempo de los Reyes Católicos —cuando se imprime este texto— se reduciría a menos de la mitad, es decir, a unos 5 céntimos; el pesante designaba a la pesa de medio adarme, es decir de 0'9 gramos; el valor de un pan habría subido, pues, de 5 céntimos de peseta al valor de 36 gramos de plata, más de 3.000 pesetas de 1993; una manzana no se conseguiría por menos de 500 pesetas y un huevo por unas 400 pesetas. La inflación especulativa producida por la carestía se habría disparado durante el asedio de Jerusalén, según estos datos, seguramente inexactos e hiperbólicos, a un índice tan disparatado e incongruente que oscilaría entre cien mil por ciento y un seis millones por ciento.

E el emperador le respondió:

— Fijo, no es agora hora de demandar merced, ca lo faze porque no puede más fazer.

E el emperador paró mientes azia Pilatos, e dixo esto:

— Si tú me entregues la cibdad con todos los judíos que dentro son, para fazer nuestras voluntades, yo la tomaré. E dígote que tan poco avré yo merced de ti ni de los otros como ovistes del santo profeta Jesucristo, el cual vosotros acusastes[37] malamente a muerte, e los malos judíos lo enclavaron en la cruz; por que vos digo que ya merced no fallaredes en mí.

E cuando Pilatos esto oyó, fue muy triste él e todos los otros, e dixo al emperador:

— Señor, tomad la cibdad e todo cuanto en ella es; e sea la vuestra merced fecha a la vuestra voluntad.

Cuando el emperador vido que de todo en todo Pilatos se ponía en su poder, fizo cercar los valles en derredor, por que ningund judío no dexasen salir ni otras cosas. Con tanto, Pilatos se entró, e todos los otros judíos, en la cibdad; e Titus entró en la cibdad con grande cavallería; e entraron Jacob e Jafel por seguir la cavallería, que era muy grande; e Titus tomó a Pilatos por la barva[38], e encomendólo a diez cavalleros que lo guardasen muy bien; e Jacob tomó a Josep Jafaria; e Jafel, porque era buen cavallero, fue tomar a Barrabás, senescal de Pilatos. E cuando todo esto fue fecho, el emperador entró en Jerusalén, e mandó que todos los judíos fuesen presos e bien atados, e que luego se los truxesen delante. E luego fue fecho. E él dixo a sus gentes:

— Pues que la cibdad es en nuestro poder, nós queremos fazer almoneda de los judíos que son aquí, como ellos vendieron al santo profeta Jesucristo, el cual nos guaresció de la

---

37 *acusastes:* por "sentenciasteis".

38 *por la barva:* mesar las barbas, o tirar de ellas, era considerado como una de las más afrentosas injurias que pudiera sufrir cualquier caballero.

nuestra enfermedad[39]. Assí como lo vendieron por treinta dineros[40], nós queremos vender treinta judíos por un dinero.

E con tanto vino un cavallero, e dixo al emperador:

— Señor, yo tomaré un dinero[41], si a vós plaze.

Y el emperador mandó que le diesen, entre hombres e mugeres e criaturas, treinta por un dinero. Mas fue ventura de aquel cavallero, que todos los judíos (que) eran grandes e valientes. E cuando los ovo rescebido, llevólos a su tienda; e cuando los vido aí dio con su espada un golpe por el vientre a un judío e matólo, e luego cayó en tierra muerto; e al sacar del espada saltó del vientre del judío oro e plata; e el cavallero fue mucho maravillado de lo que vido, e tomó aparte uno de los otros judíos que le pareció más viejo e díxole:

— Dime tú agora qué puede ser esto, que yo nunca vi de cuerpo de hombre muerto, judío ni de otra persona, saliesse oro ni plata, sino de éste.

E el judío dixo:

— Señor, si tú me asegures de muerte[42], yo te lo diré.

E el cavallero aseguró al judío de muerte; e el judío contóle cómo les avía mandado Pilatos comer todo el tesoro que esta-

---

39 *nuestra enfermedad:* Vespasiano alude a su milagrosa curación de la lepra.

40 *treinta dineros:* véase lo dicho en nota anterior sobre el valor de un dinero; según el Evangelio, Judas acepta como precio por su traición "treinta piezas de plata" *(Mt.,* 26,15); el pago propuesto por los sacerdotes a Judas pudo haberse inspirado en los treinta siclos que el *Éxodo* (21, 32) fijaba como indemnización por un siervo que hubiera sido muerto por un buey bravo. En la *Historia de la linda Melosina,* impresa en Tolosa en 1489, leemos que Jerusalén «aún no era reparada de la grand destrución que hizieron Titus e Vaspasiano en vengança de la muerte de nuestro Redentor cuando vendían XXX judíos por un dinero en pago del vituperio que hizieron al Señor de lo vender por XXX dineros» (fol. 117v).

41 *tomaré un dinero:* compraré por valor de un dinero.

42 *me asegures de muerte:* prometes no matarme.

Lámina 20. *Historia del noble Vespasiano.* Grabado correspondiente al cap. 22 de la ed. impresa en Sevilla por Pierre Brun en 1499, según el ejemplar de la Biblioteca Británica de Londres (G-10211)

va en la cibdad, e las piedras preciosas, por que el emperador ni la su gente no lo oviessen ni se serviesen dello...

— E esta es la razón por que tú as fallado en el cuerpo deste judío muerto oro e plata; e sepas que tanto dava a comer al pobre como al rico.

E cuando el cavallero sopo esto, mandó a dos escuderos que matasen los veinte e ocho judíos, e que no tocasen a aquel judío que él avía asegurado, mas que lo guardasen bien; e cuando los veinte e ocho judíos fueron muertos, fízolos abrir por el vientre, e sacaron tanto de oro [e] de plata que fue maravilla. E luego fue sabido por toda la hueste del emperador que los judíos estavan llenos en los sus cuerpos de oro e de plata, porque todo el tesoro de la cibdad se avían comido. E veríades venir cavalleros e de otras personas muchas corriendo a la cibdad por mercar de los judíos, e cada uno dezía:

— Señor, vendednos siquiera por un dinero a cada uno[43].

E luego que los avían mercado, matávanlos, por sacar el tesoro que tenían; e en poca de ora se ayuntó tanta gente que era sin cuenta; e avía mayor priesa en ello que parescía taverna de buen vino[44], aunque le diesen en dono[45]; e cada uno, así como los mercavan assí los matavan, por sacar dellos el tesoro.

Mas mucho ovieron mal el consejo de Pilatos como les fizo comer el tesoro, ca muchos fueran escapados a vida[46], e por aquesta razón murieron. E cuando el emperador vido la grand priesa de los mercadores, fizo mandamiento que de allí adelante no vendiesen más, fasta que supiese cuántos dellos podía vender. E el su senescal los fizo contar. E cuando fueron contados, dixeron al emperador:

---

[43] *por un dinero a cada uno:* uno por un dinero; ya no por el precio prefijado de treinta por un dinero.

[44] *taverna de buen vino:* se trata de otra escena costumbrista más, no exenta de sarcasmo y sadismo, fruto todo ello de una actitud antijudaica, por desgracia no reducida a España ni a la época medieval.

[45] *en dono:* regalado, gratis.

[46] *fueran escapados a vida:* hubieran escapado con vida; corrijo el texto, que dice "fueron".

Lámina 21. *Historia del noble Vespasiano*. Otro grabado correspondiente al cap. 22 de la ed. impresa en Sevilla por Pierre Brun en 1499, según el ejemplar de la Biblioteca Británica de Londres (G-10211)

— Señor, sabed que, entre hombres e mugeres e criaturas, son los que quedan por vender ciento e ochenta, que valen seis dineros; tantos vos sobran, e no más.

— Pues —dixo el emperador— no vendamos más; queden a vida, por que la passión del fijo de Dios sea remembrada mejor, e por que todos tiempos las gentes que vernán los llamen traidores, porque mataron al santo profeta Jesucristo; assí como ellos dieron al señor major por treinta dineros, bien assí he dado treinta judíos por un dinero. E estos judíos que son quedados sean para mí, e guardadlos bien.

Y complida fue la ocasión del pueblo en aquellos que fueron vendidos treinta judíos por un dinero. E fueron los vendidos por cuenta cuarenta mil personas, a menos de cuantos yazían muertos e descuartizados por la cibdad, como no podían andar sino sobre muertos. Mas cuando todo esto fue fecho, el emperador mandó que todos los muertos fuesen puestos en fondo de tierra, por que demientra que estoviesen en la cibdad no oviesen fedor. E luego fue fecho, ca las gentes lo avían a voluntad, e cada uno fazía cuanto podía. E luego el emperador mandó derribar la cibdad e los adarves, así que la piedra de abaxo ni la de arriba no quedó en obra, antes no quedó piedra sobre piedra[47]. E las gentes cumplieron con el emperador el mandamiento que les mandó; e assí que ninguna parte del adarve ni de la cibdad no quedó que todo no fuese derribado. E después todas las otras casas[48] fueron derribadas otrosí, salvo el templo de Salomón e la torre de David, ca Dios no quiso que fuese derribado. E con tanto fue complida la profecía.

Empero, antes que las casas de la cibdad derribasen, Titus cavalgó por la cibdad, e fizo allegar todas las armaduras assí de los cavalleros como de los de pie, de las cuales la cibdad era bien guarnescida. E de todas las nobles joyas de casas que eran sin cuento, e todos los paños de oro e de seda; e desque todo esto fue allegado, fízolo llevar a las tiendas fuera de la cibdad, por tal que no se perdiesse más.(...)

[47] *piedra sobre piedra:* el narrador se hace eco de las palabras proféticas de Jesús sobre la destrucción del templo, haciéndolas extensivas a toda la ciudad de Jerusalén: «En verdad os digo que no quedará aquí piedra sobre piedra que no sea demolida» *(Mt.,* 24, 2).

[48] *casas:* corrijo el texto, donde se lee "cosas".

# 35. *Vida de san Amaro / De san Amaro e de sus peligros / Vida del bienaventurado san Amaro*

Redacción hacia 1495.

1497 a C 1497? I (Burgos)
I 1520 (perdida), h 1525, 1552, 1593.

Este texto, procedente de otro latino perdido, tiene cierta relación marginal con los libros de caballerías, en especial por su parentesco con la *Vida de san Brendán*[1] y las leyendas célticas irlandesas de los *immrama*, con esbozos de aventuras marítimas, búsqueda con itinerancias arriesgadas para llegar al paraíso terrenal, encuentro con seres maravillosos y terribles, peligrosas alimañas, visiones celestiales, edificios admirables y paisajes idílicos, en una temporalidad suspendida, hasta el punto de que fue considerado como "libro de caballerías a lo divino" por Gallardo y Gayangos. Se encuentra interpolado en la *Leyenda de los santos, la cual se llama historia lombarda*, versión castellana de la *Legenda aurea* latina de Jacobo de Vorágine (1264 h), impresa en Burgos, tal vez en 1497, según Vindel.

---

[1] Para Victoria Cirlot (*La novela artúrica: orígenes de la ficción en la cultura europea*, Barcelona, Montesinos, 1987, págs. 11-12), el *Viaje de san Brandán* de Benedeit es una traducción de la *Navigatio sancti Brandani,* una biografía hagiográfica del siglo X.

El cód., hoy en la Bibl. Univ. Salamanca, Ms.1958, está mutilado y es fragmentario, ocupa los fols. 101-112 [en realidad, 105-110] (*olim* en Palacio Nacional, 217) y el único ejemplar de la edición incompleta burgalesa (fols. 86ra-91vb) se encuentra en la British Library de Londres, IB.53312.

Hay versión portuguesa del siglo XIV en Bibl. Nac. de Lisboa, Ms. 266 procedente del monasterio de Alcobaça, fols. 124r-137r.

Por lo dicho arriba, y a pesar del criterio de los eruditos mencionados, no considero suficientemente justificado incluir una selección de este texto en la presente antología. Con todo, el lector interesado puede acceder al texto completo a través de la reciente edición de Carlos A. Vega que se cita a continuación.

EDICIONES

1969 Guillermo Díaz Plaja, en su *Antología mayor de la literatura española*, Barcelona-Madrid, t.I, págs. 709-712 [selección].

1987 Carlos Alberto Vega, en *Hagiografía y literatura: La 'Vida de San Amaro'*, Madrid, El Crotalón. Su edición comprende: A) el texto impreso en la *Leyenda de los santos*, I 1497? en Burgos, págs. 95-118. B) el texto ms. añadido al *Lucidario* de Sancho IV, C a 1497, Bibl. Univ. Salamanca, Ms.1958, fols. 101-112, en págs. 119-130.

BIBLIOGRAFÍA

KLOB, Otto, "A vida de sancto Amaro", *Romania*, 30 (1901), 504-518.

VEGA, Carlos Alberto, *Hagiografía y literatura: La 'Vida de San Amaro'*, Madrid, El Crotalón, 1987. [El estudio abarca las págs. 11-92].

—, *"La vida del bienaventurado San Amaro* and the *Immram:* A Relationship Re-examined", en CONNOLLY, Jane E., A.Deyermond y B.Dutton, eds., *Saints and their Authors: Studies in Medieval Hispanic Hagiography in honor of John K. Walsh,* Madison, HSMS, 1990, páginas 121-135.
Vid. Santiago de la Vorágine, *La leyenda dorada,* Madrid, Alianza Forma, 29 y 32, 1982, 2 tomos, 992 págs.

Es trad. del latín por Fr. José Manuel Macías a partir de la ed. de Graesse de 1845, pero no recoge la vida de san Amaro, como suele ocurrir en otras versiones no peninsulares de esta colección o *Flos sanctorum.*

## 36. *Libro del esforçado cavallero conde Partinuples, que fue emperador de Constantinopla*[1]

Impresión hacia 1499 (Sevilla)

1513 I (Alcalá de Henares) 1547 I (Burgos)

La versión castellana de este relato caballeresco tiene como antecedente el poema francés del siglo XIII *Partinopeus de Blois.* La ed. sevillana, de la cual se conserva ejemplar en la Biblioteca de Catalunya en Barcelona, se hizo en las prensas de Juan Pegnitzer y Magno Herbst.

EDICIONES

1908 A.Bonilla, *Libros de caballerías, II...*, Madrid, Bailly-Baillière, NBAE, t.11, págs. 575-615.
Sigue la ed. de Burgos de 1547.

[1] Al protagonista de esta obra se le denomina también en algunos casos, con fluctuación o vacilación vocálica, Partenoples, o, con desplazamiento acentual, Partinuplés. En la portada de la tardía ed. madrileña de 1756 se lee este título: «Historia del noble y esforzado cavallero, el conde Partinuples, emperador de Constantinopla»; allí se atribuye su composición a Gaspar Aldana, probablemente no más que un adaptador o refundidor.

1944 Ignacio B.Anzoátegui, Buenos Aires, Espasa-Calpe, Austral (con *Roberto el Diablo* y *Clamades y Clarmonda*), págs. 15-97.

BIBLIOGRAFÍA

BALMASEDA, Enrique, "Motivos folklóricos en la estructura de *El Conde Partinuples*", *Berceo*, 114-115 (1988), 7-27.

SEINDENSPINNER-NUÑEZ, Dayle, "Symetry of Form and Emblematic Design in *El conde Partinuples*, *Kentucky Romance Quarterly*, 30,1 (1983), 61-76.

SELECCIÓN

Se han seleccionado en este caso siete de los cuarenta y nueve capítulos en que se divide la obra.

A Partinuples, atractivo doncel de apenas quince años, se le presenta como sobrino del rey de Francia; por poderes de encantamiento, es trasladado a un castillo mágico de la viuda del emperador de Constantinopla, donde ocurren maravillosos acontecimientos. Desde allí se le permitirá a Partinuples que regrese en ayuda de su tío a su país natal, conquistado por el rey moro Sornaguer, para recuperarlo; los capítulos 18 y 19, seleccionados aquí, se refieren a la lucha entre ambos y a la breve prisión del conde Partinuples. Después de no pocos incidentes e inesperados enredos, el conde, por haber incumplido su promesa de no mirar su cuerpo hasta pasados dos años, cae en desgracia de la emperatriz, que le estaba destinada como esposa, por lo que, desesperado, decide retirarse del mundo en actitud de penitente (cap. 32 y siguientes). Algún tiempo más tarde logra recobrar la simpatía de la emperatriz; participa con notable lucimiento en torneos que se celebran en la corte imperial (caps. 41 y 42) y, no sin alguna digresión, concluye el relato, elegido Partinuples por la emperatriz como esposo suyo, celebrándose su boda entre fiestas esplendorosas (caps. 48 y 49).

No escasean en el texto pasajes de exaltada violencia física, como aquel tan expresivo en que el conde Partinuples, enfrentado con el rey Sornaguer, lo «hería tan rezio que parescía un herrero». También está muy presente la concepción semántica y estructural de caballero andante, que a veces llega a explicitarse: «vio venir un cavallero por un camino real», o «avía hallado camino por donde fuesse», o «fueron su camino, pasando Aufete muchas penas con el conde»; éste, cabalgando hacia el torneo, halló en su camino a Gaudín, el caballero moro, que desde entonces ya no se separará de él. Y sin embargo no se desatiende a aspectos de la vida cotidiana que abarcan desde escenas de intimidad sexual[2] a la necesidad fisiológica de alimentarse; aquí —como en el *Tirant lo Blanc,* impreso tal vez unos diez años antes— los caballeros se cansan, duermen y descansan, comen o pasan hambre, y a veces hasta disfrutan de los placeres que la vida brinda de cuando en cuando: «Aufete descavalgó al conde e preguntóle qué quería comer»; «anduvo tres días que no comió sino yervas»; «diole atán bien de comer, hasta que fue bien harto»; «almorçaron de aquellos ansarones en cecina». Tampoco falta el tópico del ocultamiento del nombre e identidad del caballero. Siempre resultan de interés las escenas relacionadas con los torneos, de las que en este libro existen varias muy coloristas que llegan a incluir aspectos más o menos protocolarios relativos a su organización. No faltan atractivos aspectos de la vida cotidiana y curiosos testimonios costumbristas, como la inclusión de la corrida de toros entre los festejos de las bodas.

---

[2] Los capítulos 7 y 8 llevan, respectivamente, estos epígrafes: «Cómo la emperatriz fue sin candela a echarse en la cama en que estava el conde» y «Cómo la emperatriz y el conde perdieron sus virginidades, e cómo ella le habló».

HISTORIA
DEL NOBLE Y ESFORZADO
CAUALLERO,
EL CONDE
PARTINUPLES,
EMPERADOR
DE CONSTANTINOPLA.
COMPVESTA POR GASPAR ALDANA.

Con licẽcia. En Madrid, por Francisco Sanz, Impressor del Reyno, vc ele en su Imprenta, en la Plaçuela de la Calle de la Paz.

Lámina 22. *Historia del cavallero Partinuples*. Portada de la ed. madrileña de 1756, tomada de la de Bonilla de 1908

## *Libro del esforçado cavallero conde Partinuples*[3]

### XVIII. *Cómo en el día señalado vinieron al campo el conde Partinuples y el rey Sornaguer*[4]*; y ellos, bien amonestados y esforçados de los suyos, començaron a darse de grandísimos golpes, e quedó vencedor el conde*

(...) E dexáronse venir assí como enemigos mortales, las lanças en los ristros e las hachas en las cintas. E luego echaron[5] mano a las lanças, e fuéronse a dar tan grandes golpes cuanto la fuerça de los cavallos los pudo llevar; e de tal guisa se dieron los golpes, que hizieron volar por pieças las lanças. Luego echaron mano a las hachas, e tan grandes golpes se dieron hasta que saltaron los yelmos de las cabeças e no se hizieron ninguna cosa. E veyéndose assí, echaron mano a las espadas, e diéronse tan grandes golpes que hazían saltar las centellas de los yelmos. Y el rey Sornaguer era hombre muy mañero, que dio un golpe con el espada al cavallo del conde por el cogote que dio con él muerto en tierra, que oviera de caer sobre el conde; e el conde era muy ligero, que sacó los pies de los estrivos e saltó al través, e paróse de cara del rey, su espada sacada en la mano e su escudo ante los pechos.

Y el rey de Francia e los franceses, desque lo vieron apeado al buen conde, començaron de llorar e hazían muy gran llanto. E hazíanlo muy de quedo, por que el conde no lo oyesse, porque no desmayasse. E los moros ovieron muy gran plazer porque el conde estava a pie y el rey a cavallo, que hazían cuenta que era vencido. Y el conde assí estando, dezía al rey que viniesse, e por qué allí estava parado o qué avía allí venido y entrado en el campo.

---

[3] Utilizo la ed. de Bonilla de 1908, mencionada arriba, pero adaptándola a los criterios establecidos inicialmente, sobre todo a cuanto afecta a la puntuación y a la simplificación de ciertas dobles eses (*ss*) injustificadas. Lamento no haber podido conseguir un texto más antiguo.

[4] *Sornaguer:* se trata de un rey moro de ficción al que se presenta como conquistador del territorio francés y asediador de la ciudad de París.

[5] *echaron:* en el texto escrito varias veces con *h-* inicial.

E respondió el rey Sornaguer e dixo que estava esperando que llevasse al rey de Francia las parias...

— porque vós, conde, no muráis; que yo tengo grande cuita de vós.

E respondió el conde:

— Hazed lo que havéis de complir, que yo no só aquí venido para ser novio, sino para vencer o morir; que no tengo ferida ninguna en mi cuerpo que sea peligrosa; que más desonra me sería hazer esto que me demandades. Mas guisad vuestro cavallo e hazed de manera que no vaya el día en balde. No estemos en razones[6].

Y el rey Sornaguer dixo al conde:

— Yo cuita he de vós que, si yo quisiesse, tropellarvos-ía[7] con mi cavallo, que bien lo podía fazer.

Allí dixo el conde:

— Hasta aquí no vos he miedo ninguno.

E desque aquello oyó el rey Sornaguer, que lo tenía en poco, dio d'espuelas al cavallo por tropellar al conde. Y el conde era muy ligero, e dio un salto al través e alçó el braço cuanto pudo e dio con el espada un golpe por abaxo de los ojos al cavallo que le fendió la cabeça hasta las muelas, de tal guisa que cayó del cavallo el rey, de tal manera que pensaron que lo avía muerto; e luego el rey se levantó. Y el conde començólo de herir tan rezio que parescía un herrero, y el rey Sornaguer era tan fuerte e tan rezio que muy bien podía soportar aquellos golpes e aún más que fueran; y él sabía muy bien luchar, e fue abraçar al conde pensado de lo derribar. E anduvieron assí abraçados una grande pieça de tiempo.

Y los franceses avían muy gran duelo porque assí los veían andar a dos apeados, e con esto rogavan los franceses a Dios por el conde que lo victoriasse contra su enemigo. Otro tanto

---

6 *No estemos en razones:* dejémonos de cuentos.
7 *tropellarvos-ía:* os atropellaría.

dezían los moros por el rey su señor. E anduvieron assí los cavalleros luchando. E desque el uno ni el otro no se podían levar, dixo el rey Sornaguer al conde:

— Descansemos un poco, si vos plaze, e después tornaremos a nuestra hazienda.

Y el conde lo tomó por bien e apartáronse el uno del otro. Y el rey se fue assentar encima de su cavallo que estava muerto, y el conde no se quiso assentar, mas puso la punta de su espada en tierra e sus pechos ençima de la mançana[8], y estoviéronse assí una gran pieça de tiempo hasta que fue mediodía. E dixo el conde al rey:

— Levantadvos dende, que ya tiempo es que tornemos a nuestra batalla començada, que no se nos vaya todo el tiempo en balde, que muy enojados están los cavalleros que guardan el campo.

Allí dixo el rey:

— Plázeme de voluntad.

E levantóse en pie. E assí se hablan[9] como hermanos carnales, e assí pelean como enemigos mortales, e cóbrense de los escudos, e fuéronse dar tan grandes golpes con las espadas que las centellas de los yelmos hazían saltar. Y el conde dio al rey un tan gran golpe encima del yelmo que se le quebró la espada encima de la cruz[10], que no le quedó ninguna cosa en la mano salvo la mançana[11]; y desque el rey vido que la espada del conde era quebrantada, començóle de herir muy de rezio, y el conde bolvía la cabeça, e los franceses pensavan

---

8 *mançana:* se refiere al pomo de la espada.

9 *se hablan:* una de tantas transiciones que el narrador realiza en este tipo de relatos en el uso del tiempo pasado al presente, con interesante función actualizadora y reductora del distanciamiento histórico; lamentablemente, en este caso, no tarda en regresar al uso del pasado verbal.

10 *encima de la cruz:* por la empuñadura, donde acaba el puño y se une, por medio de la guarnición, a la hoja.

11 *mançana:* aquí parece referirse no sólo al pomo sino a la empuñadura de la espada.

que quería fuir. E començaron de llorar pensando que ya el buen conde se dava por vencido. E los moros havían muy grande alegría, por cuanto el conde se retraía, pensando ya que el rey Sornaguer avía de quedar vencedor. E assí retrayéndose el conde, vido en el cavallo del rey Sornaguer, que estava muerto, en la silla atada una visarma que era muy fuerte e bien templada, que para el rey avía traído, e fuese el conde para el cavallo del rey Sornaguer, e sacó la visarma con muy grande coraje que avía, e fue a herir al rey por encima de la targia, que tan gran golpe fue que le passó las armas todas e llegó la punta a la carne, en manera que no podía ferir el rey al conde. E porfiava mucho el rey por llegar al conde, e la punta de la visarma le hazía estar quedo. Y el rey estando assí herido, no podía el conde sacar la visarma; e no hazía el rey sino herir en el conde, e de tal guisa lo aquexava hasta que el conde se ovo de apartar.

E después se bolvió el conde muy de rezio al rey, e diole una tan gran coz en el escudo, e asió mano de la visarma fasta que la ovo de sacar; e tan rezio como la sacó tan rezio le fue a dar por medio del yelmo que quebró la visarma, que no era para dar golpe, sino para estocada. E cuando esto vido el rey que el conde no tenía armas, e que el conde estava tan cansado qu'él quisiera holgar si el rey le diera vagar. Y el conde Partinuples, desque vido quebrada la visarma, vínosele mientes de la espada que le avía dado su enamorada Melior, la emperatriz[12], y traíala atada en el arzón de la silla del cavallo, que estava muerto en el campo suyo. E fuesse para él e cobró la espada, e cobró tan grande esfuerço que por maravilla era, e parecía que no avía hecho ninguna cosa en pensar que gela avía dado su señora Melior; e fuese para el rey e començólo de herir a tan de rezio que maravilla era. Allí dixo el rey:

— ¡Válasme, Mahoma!; ¡parésceme que este cavallero agora comiença el campo[13]!

Y el rey estava tanto cansado que no podía alçar el braço, e hincó los inojos delante del conde e diose por su vassallo.

---

[12] *Melior, la emperatriz:* con ella, tras muchas desventuras y no pocas alternancias de fortuna, terminará por casarse Partinuples en Constantinopla.

[13] *comiença el campo:* empieza a combatir, como sin fatiga alguna.

E desque esto vido el traidor del conde Mares[14], que guardava el campo sobre su fe e juramento que él avía hecho al rey su señor que allí no fuesse armado ninguno de su parte, e hizo el conde Mares ir a todos cuantos allá fueron armados, e desnudaron todas las ropas e pusieron mano a las espadas que ellos traían secretamente, y entráronse en el campo con un alarido muy grande, y echaron mano al conde e leváronlo consigo, pensando que el rey Sornaguer su señor era muerto. E desque esto vieron los buenos de los franceses, entraron ellos en el campo y echaron mano al rey moro, e dieron a fuir con él a la ciudad de París. Y el rey moro, de que esto vido, començó de dar muy grandes bozes e a llamar:

—¡Traidores, ah[15], traidores!, ¡que el traidor del conde Mares falsado me ha!

E andando con este pesar con los moros que ivan con él, que [eran] siete cavalleros de los mejores, todos d'espuelas doradas. E desque vieron los moros que ivan assí los cristianos, dieron entre ellos; e desque el rey de Francia aquello vido que assí se hazía, no hazía sino andar; y entraron llorando por la ciudad, y el rey moro entr'ellos, que no lo conocieron jamás mientra con ellos fue.

## XIX. *Cómo el conde Mares llevó al conde Partinuples preso por traición*

Bolvamos[16] al conde Mares, que llevava preso al buen conde Partinuples, que anduvieron hasta que llegaron al real de los moros dos reyes vassallos del rey Sornaguer, los cuales avían quedado en guarda del real por su mandado con toda la cavallería. E desque los reyes vieron venir al conde Mares y no venía su señor, preguntáronle por el rey. Y el conde les contó el hecho de la verdad como les avía acontescido, y como traía

---

14 *Mares:* presentado en el texto como mayordomo del rey moro Sornaguer.

15 *ah:* transcribo así, como interjección, lo que en el texto se lee *ha*.

16 La intervención directiva del narrador suele hacerse patente, como en este caso, en varios pasajes del relato.

preso al conde de Bles[17], y desque lo ovieron prendido nunca vieron al rey ni sabían dél. Y desque esto vieron los reyes, ovieron muy grande pesar por lo que el conde avía hecho en traer a su enemigo y dexar a su señor cautivo. Y los reyes entre ambos a dos metieron mano a las espadas y fueron herir al conde de tal manera hasta que lo mataron; y luego tomaron al conde Partinuples; tomáronlo en su poder e hiziéronle mucha honra, assí como él avía menester. Pero por guardarle mejor y estar más seguros que no se les fuesse, metíanlo en un silo de noche, y de día sacávanlo, y dezían e hazíanle mayor honra que ellos podían. Y esto hazían ellos porque si el rey su señor fuesse vivo que darían por él el conde Partinuples e, si fuesse muerto el rey Sornaguer, que darían al conde por que los dexasse ir seguros a sus tierras el rey de Francia.

## (...) XXXII. *Cómo el conde, estando en gran penitencia e no pudiendo morir, acordó de se ir a la floresta*[18] *para acabar allí su triste vida*

Bolvamos al conde, que estava en su penitencia e avía assí estado ocho meses que no comía sino pan de cevada y bevía agua; e desque vido que no podía morir e que la hambre lo aquexava, e no gelo consintió la carne, pensó en su coraçón e dixo a su criado Aufete[19] que haría locura de estar tanto tiem-

---

[17] *conde de Bles:* como señor de ese único castillo de Bles se presenta a Partinuples desde el cap. 2.

[18] *floresta:* bosque. Allí vivirá Partinuples como una auténtica alimaña, en la misma actitud automarginada que algunos protagonistas de los contemporáneos *romances* sentimentales que se apartan de la sociedad y, frustrados, se refugian en la soledad de la naturaleza, con una conducta de la que tanto partido paródico supo extraer más tarde Cervantes cuando don Quijote se retira a sierra Morena, sintiéndose desdeñado por su amada Dulcinea y con el propósito de merecerla. Vid. Carlos Alvar, *El rey Arturo y su mundo. Diccionario de mitología artúrica,* Madrid, Alianza Editorial, 1991, *s.v.* "Bosque": «el bosque es el espacio de lo ignoto, de la naturaleza silvestre y salvaje; es el lugar del caballero solitario...; lugar de rito de iniciación caballeresca...» (pág. 49).

[19] *Aufete:* se trata del hijo del rey Sornaguer, a quien su padre envía

po en aquella pena, que podría ser que su enamorada fuesse casada, que por él no se daría ninguna cosa, e que su voluntad era de salir de allí e ir a otra tierra. Y esto hazía él por morir. E su criado, desque esto oyó, ovo gran plazer, e dixo:

— Señor, yo vos lo ruego, e vos levaré a otra tierra, e comeredes e beveredes, e tirarvos-hedes este cavello e tornarvos-edes gordo y hermoso.

E después, que se tornaría para París e que tomaría plazer con los del reino. Y para esto que tomaría un palafrén en que fuesse, por cuanto estava flaco. Aufete le dixo que tomaría otro cavallo para en que fuesse. Y el conde dixo que le plazía de muy buen grado. E assí ordenaron su partida, que al primero sueño se partiessen, en guisa que no los conosciesse ninguna persona, por cuanto el conde no estava para parescer ante las gentes; e assí fueron su camino, pasando Aufete muchas penas con el conde, cavalgándolo en el cavallo e descavalgándolo; e si por Aufete no fuera, que le levava las manos en las espaldas[20], otramente no se podía tener en el cavallo, tan flaco iva. E assí anduvieron toda aquella noche, hasta que llegaron a un lugar que era cerca de las sierras de Ardeña[21]. Y cuando allí llegaron, Aufete descavalgó al conde e preguntóle qué quería comer; y el conde le dixo que truyesse[22] para él e que no curasse de más, «ca mejor talante tengo de morir que no de vivir». A esto dixo Aufete:

— ¿Cómo, señor, a esto me truxiste?

E dixo el conde:

— Por cierto, no vos he hecho mal ninguno.

---

para servir, a manera de escudero, a Partinuples, con una función que a veces resulta muy similar al papel encomendado por Cervantes a Sancho con respecto a don Quijote.

20 *las manos en las espaldas:* haciendo que Partinuples apoyase sus manos sobre los hombros del escudero.

21 *Ardeña:* probablemente haga referencia al accidente orográfico de las Ardenas o Ardennes, en el nordeste de Francia, al norte de Reims, que sirve hoy de límite con Bélgica.

22 *truyesse:* trajese.

Respondió Aufete:

— Asaz me avedes hecho de falsía en sacarme salvo e seguro, que si vós, señor, vos matásedes o vos dexásedes matar, dirían que yo vos saqué a matar por vengar la desonra de mi padre e de Elenisa, vuestra esposa[23].

Y el conde le dixo:

— Tornadvos cristiano, e yo seré vuestro padrino, e haré cuanto vós mandaredes.

Esto hazía el conde pensando que no lo haría, por tener alguna color por no hazer lo que le rogase; e Aufete, con el gran amor que tenía de lo ver sano, dixo que le plazía de muy buen grado. Y al otro día llevólo a la iglesia e tornólo cristiano, e púsole nombre Guillermo, que es nombre de franceses; e desque cristiano se vido ovo muy gran plazer.

### (...) XLI. *Cómo el conde, armado de todas armas, iva cavalgando para el torneo e halló en camino a un cavallero moro, el cual tomó por compañero*

Luego hizo adereçar su cavallo y sus armas, e cavalgó e no curó de almorzar por miedo que no le tomase la reina el espada; y el plazo era corto para ir al torneo, que no havía más de cuatro días dende a la Pascua florida. E anduvo tres días que no comió sino yervas porque [no] hallava algún poblado, ni levava dineros, pero el cavallo mejor lo passava, que comía buenas yervas e bevía buenas aguas; e a cabo de los tres días que assí anduvo perdido, yendo a ojo[24] de las sierras de Constantinopla, halló un camino muy angosto, e alçó las manos a Dios porque avía hallado camino por donde fuesse, e tanta era

---

[23] *Elenisa:* con ella, en efecto, sobrina del Papa, se le había obligado a Partinuples a casarse contra su voluntad en el cap. 22.

[24] *a ojo:* sin perder de vista, sin distanciarse mucho, cerca; la expresión ya se usa en el *Cantar de mio Cid:* «una niña de nuef años a oio se parava» (v.42).

la hambre que llevava que no podía llevar el yelmo en la cabeça, e levávalo en el arçón delantero de la silla, e ívase de pechos encima dél. E yendo assí, vio venir un cavallero por un camino real, e aquel cavallero levava consigo tres pajes e dos azémilas; en la una levava su tienda y en la otra levava mantenimiento para el torneo. Y este cavallero era moro e havía nombre Gaudín el Rubio[25].

E como lo vido el moro, aguijó con su cavallo cuanto más pudo e de manera que se encontraron ambos a dos, e saludáronse. E Gaudín preguntó al conde si era moro o cristiano, y el conde le dixo que era cristiano; e preguntóle Gaudín que cómo avía nombre, y él le respondió que no gelo diría, que avía recelo que lo descubriría. E Gaudín le dixo que si alguno le avía hecho algún mal, que él lo vengaría. El conde le respondió que raez era su pesar de vengar, que supiesse cierto que venía al torneo e que avía nombre Partinuples. E desque aquello oyó Gaudín, dixo:

— Esse es cierto amigo; pues yo quiero ser vuestro compañero, por cuanto yo he oído de vós muchas buenas cosas.

Allí dixo el conde:

— ¿Cómo seré yo vuestro compañero, que no llevo más desto que veis, ni dinero para despensa?

E Gaudín le dixo que harto levava para sí e para él. Y el conde le dixo que avía tres días que era partido de la ciudad de Damasco[26], que en todos aquellos tres días no avía comido ninguna cosa sino de las yervas del campo e bevido agua. Desque esto oyó Gaudín, embió apriessa un paje que hiziesse detener las azémilas. Y el paje fue muy presto e hízola[s] detener. E Gaudín y el conde llegaron hasta ellos e hizo sacar

---

[25] *Gaudín el Rubio:* desde aquí se convertirá en protector e inseparable compañero de Partinuples en sus andanzas y torneos, hasta servirle de escudero, siendo como era caballero; acabará por hacerse cristiano y ser elevado al cargo de condestable del imperio.

[26] *Damasco:* la ciudad estaba, y está, a unos mil doscientos kilómetros de Constantinopla en línea recta; no se debe exigir a un relato de ficción caballeresca absoluto respeto a la topografía.

muchos ansarones en cecina[27] que llevava para el torneo, y mucho pan y vino. E diole atán bien de comer, hasta que fue bien harto. E desque ovieron comido, rogó Gaudín al conde que le dixesse si era sobrino del rey de Francia, porque avía otro que llamavan Partinuples. Él le respondió que gelo diría si no lo descubriesse hasta que él gelo mandasse. E Gaudín le dixo que le plazía. E luego le tomó juramento en su ley[28] de lo assí mantener. El conde le dixo:

— Yo soy Partinuples, el que vós dezides.

E desque le oyó Gaudín, ovo muy gran plazer, e dixo entre su coraçón que se hallava el más bienaventurado que hombre del mundo en ser su compañero. E fuese para el conde e besólo en la cabeça, e dixo:

— Por cierto, señor, el coraçón me da que avedes de ser buen cavallero.

Y assí se fueron ambos a dos hazia una sierra que era cerca del castillo de Cabeçadoire[29], e allí pusieron su tienda e holgáronse essa noche; e otro día de mañana, desque fue el día, embió Gaudín[30] dos pajes a la ciudad de Cabeçadoire por viandas, las mejores que hallassen, para su compañero e para él; y tan alegre estava con él como si tuviera el mundo todo consigo. E desque el conde se levantó hizo dar aguamanos, y almorçaron de aquellos ansarones en cecina, que desto levava Gaudín para su comer, que era moço[31]. E assí holgaron el conde e su compañero.

Y otro día, lunes, de mañana, rogó el conde a Gaudín que embiasse un paje al alva que fuesse a ver cómo se ordenava el torneo; y el paje cavalgó y fuese para el castillo, y vido estar

---

27 *ansarones en cecina:* debía de ser comida apetecible, a la que también hace referencia Juan Ruiz en su *Libro de buen amor,* cuando enrola en el ejército de don Carnal ánsares y cecinas.

28 *en su ley:* por su religión, por su fe islámica.

29 *Cabeçadoire:* se trata sin duda de un lugar puramente ficcional, donde ocurren tantos hechos de carácter mágico, que no hay que empeñarse en localizar sobre ningún mapa.

30 *Gaudín:* corrijo la errata del texto, en donde se lee ahora Guadín.

31 *para su comer, que era moço:* no es la primera vez que en estos textos se asocia el buen apetito al vigor y juventud del caballero.

siete sillas en un cadahalso de madera, muy alto, que parescía un castillo. El paje preguntó que para qué hazían aquello allí. Y los que lo hazían dixeron que aquél era para la emperatriz y para su hermana y para las donzellas; las siete sillas, para los siete reyes del imperio, que havían de juzgar el mejor cavallero que fuesse en el torneo; que por esso lo hazían assí. De allí bolvió el paje para la tienda, e contó las nuevas a los cavalleros de lo que avía visto.

## XLII. *Cómo el conde e su compañero Gaudín se armaron para entrar en el torneo*

Dixo Gaudín al conde:

— Vamos en los primeros, porque los primeros y los postreros son más mirados.

E el conde le dixo que le plazía de muy buen grado. Y luego armó Gaudín al conde, y los pajes armaron a Gaudín; e cavalgaron en sus cavallos ambos a dos. Y estando en esto, oyeron tañer trompetas e atabales que no era cosa de dezir. Y entonces la señora emperatriz salía de la ciudad para ir al cadahalso con sus siete reyes; e levávanla de braços[32] los dos reyes sus tutores, y subiéronla en el cadahalso, e a su hermana con ella y a sus donzellas. Y desque fueron sobidas, fuéronse los reyes assentar en sus sillas, que eran cerca del cadahalso de la emperatriz. Y luego los reyes mandaron pregonar en esta manera: que todas las gentes del mundo, assí cristianos como moros, que quisiessen tornear que torneassen, y que anduviessen salvos y seguros; y que no les fuessen demandados reutos ni muertes, ni otras cosas ningunas, aunque matassen o feriessen; y el mejor cavallero que fuesse en el torneo, a quien quedasse el campo, que fuesse emperador.

E después de hecho el pregón, assomava el conde e Gaudín por encima de una cabeça[33]. E desque fueron llegados,

[32] *de braços:* ofreciéndole cada uno su brazo para que ella apoyase sus manos.

[33] *cabeça:* debe entenderse como una referencia topográfica: loma de un cerro o colina, cabezo.

ellos fueron los primeros. Mirólos el rey Corsol[34], y mirava mucho al conde cómo venía en su cavallo e armado todo en blanco de hoja de plata[35]. E dixo el rey Corsol:

— Por buena fe, este cavallero que trae las armas blancas muy a punto viene; e, por cierto, yo pararé mientes cómo se hará en el torneo.

Dixo el rey Clausa:

— Yo creo que en el mundo no ay mejor cavallero que el soldán de Persia.

Dixo el rey Corsol:

— No lo sé; ca muy buenos cavalleros ay en el mundo que vernán al torneo. Y a la postre lo veremos en el cabo del torneo.

Esto dezía el rey Corsol porque era de su vanda[36] del conde, de afición que con él tomó en lo ver, que era uno de los tutores[37]. Y en esto el rey Clausa hizo al soldán que estuviesse debaxo del cadahalso de la emperatriz, porque entendía que no havía mejor ni tan poderoso cavallero en el torneo y que él havía de levar lo mejor[38].

---

[34] *Corsol:* se trata de un antiguo vasallo de Julián, el anciano emperador de Constantinopla, como el rey Clausa que aparece a continuación, y tutores ambos de la emperatriz Melior, a quienes aquél, antes de morir, había encomendado desposarla dignamente.

[35] *de hoja de plata:* con armadura plateada; vid. Glosario: "plata".

[36] *de su vanda:* partidario, del bando.

[37] Esta es una de las varias frases del texto redactadas con bastante incorrección, aunque de significado reconstruible.

[38] Los siguientes capítulos están dedicados a narrar la actividad caballeresca en los torneos; lamento no poder reproducirlos aquí, por falta de espacio, en particular el magnífico capítulo 44.

(...) XLVIII. *Cómo determinaron los reyes que la emperatriz a su voluntad escogiesse cuál de los dos quisiesse por marido; y ella escogió al conde Partinuples, al cual luego alçaron por emperador*

Hovo de venir esta ordenança entre los reyes: que pusiessen a los dos cavalleros juntos, y que la señora emperatriz tomasse por marido aquel de aquellos que quisiesse. E todos los reyes dixeron que fuesse assí, y se tuviesse firmemente pues que assí era mejor; e assí fue, e lo otorgaron todos. E luego el rey Corsol y el rey Clausa se fueron para la emperatriz a gelo contar en la manera que passava, que tomasse cual su alteza quisiesse; e luego levaron al soldán e al conde delante de la señora emperatriz, e la emperatriz llamó al rey Corsol, y él luego fue a su señora. E mandóle la emperatriz que fuesse al cavallero de las armas blancas, e que le hiziesse quitar el yelmo; e luego el conde mandó a Gaudín que se lo quitasse; e desque gelo ovieron quitado tenía el conde el camisón más negro que la pez, del orín de las armas, e blanqueava de la cabeça y el pescueço como la nieve.

E desque la emperatriz lo vido, conosciólo muy bien, e tembláva[n]le a la señora las carnes, de plazer muy grande que tenía en su coraçón. Ca si Urracla[39], su hermana, no le levara las manos puestas en las espaldas e los dos reyes por los braços, no pudieran andar un passo con ella, que luego se cayera. Y cuando assí la levavan por el estrado e todos se pensavan que fuera a echar mano[40] del soldán, porque estava más ricamente vestido, e desque fue llegada la señora en par dellos fue a echar mano la emperatriz al conde, temblándole las manos. Y desque esto vido Gaudín, fuele a besar los pies e las manos, diziendo assí:

— ¡Viva mi señor el emperador Partinuples!

---

[39] *Urracla:* hermana de la emperatriz, como hija bastarda del emperador, engendrada por éste en una mora de Damasco, tiene una intervención muy activa en la obra; su singular belleza se describe de manera muy atractiva en el cap. 27.

[40] *echar mano:* elegir, con reforzamiento gestual o quinésico.

E luego los reyes tomaron al conde e alçáronlo por emperador, e besávanle las manos e obedesciéronle por señor. Y desto ovo muy gran plazer el rey de Francia, su primo, porque era emperador; e los castellanos[41] assimesmo. Y luego fue derramado el torneo, e cada uno se fue a sus tierras, salvo el rey de Francia e los castellanos, que quedaron para hazer las bodas del emperador Partinuples. E allí fueron hechas muchas alegrías, assí tablados[42] como toros e justas, e otras muchas hazañas que no se podrían contar. E assí, acabadas las bodas con muchos plazeres, el rey de Francia e los castellanos se fueron para sus tierras, e por todo el mundo ovieron qué contar de las noblezas e cavallerías del emperador Partinuples, por que cobró e ovo el imperio.

## XLIX. *Cómo Partinuples, después de hecho emperador, hizo cristiano a Gaudín, su compañero, e lo hizo condestable del imperio de Constantinopla*

Dexemos al emperador Partinuples, que estava con la emperatriz con muy gran alegría, y con su hermana la señora Urracla, e bolvamos a Gaudín, que después que fueron hechas las alegrías de las bodas del imperio qué es lo que se hizo.

Él fue para el emperador a le demandar licencia para se ir a su tierra con los sus tres pajes, e díxole:

— Señor, pido por merced a vuestra alteza que me dé licencia para me ir a mi tierra con mis tres pajes.

El emperador, desque esto oyó, ovo muy gran pesar porque Gaudín se quería ir de su imperio, e rogóle mucho que no se fuesse sino que siempre estuviesse en su imperio, e más

---

41 *castellanos:* esta palabra se utiliza en el texto como sinónimo de "vasallos", señores o habitantes de un castillo sometido al dominio real; no, pues, en su acepción de gentilicio, "naturales de Castilla", aunque no falten españoles en la obra.

42 *tablados:* se trataba de castillejos de madera, utilizados para que los caballeros bohordasen sobre ellos intentando derribarlos, poniendo así a prueba su destreza y fortaleza; ya hay referencias a los mismos en la leyenda de los Siete infantes de Salas y en el *Cantar de mio Cid.*

que le rogava que se tornasse cristiano, e que lo haría muy gran hombre en su imperio. Y Gaudín amava tanto al emperador que por maravilla era, e dixo que le plazía de lo hazer por le complazer, mas que no quería sino vivir en su merced. Y desque esto oyó el emperador, ovo en sí gran alegría, e fuese[43] luego a la emperatriz e contóle cuánta buena obra Gaudín, su compañero, le avía hecho por el emperador Partinuples y que ella quería ser su madrina y el emperador su padrino[44]. E luego lo levaron a la iglesia e le tornaron cristiano, y le pusieron por nombre Julián. E desque fue tornado cristiano luego le hizo condestable de su imperio[45] e lo casó con una donzella hijadalgo e muy hermosa, e le dio muchos bienes con que biviesse. Entonces Julián besó las manos al emperador e a la emperatriz por tanto bien e honra como le avían hecho. Y por esto dize el refrán: «Quien a buen árbol se arrima, buena sombra le cobija».

---

[43] *fuese:* corrijo el texto, en donde se lee injustificadamente *fuesse*, como en otros casos.

[44] El texto de nuevo resulta ser aquí confuso, y es probable que esté corrupto.

[45] *condestable de su imperio:* este cargo significaba en Castilla ser la primera dignidad de la milicia, algo así como general en jefe del ejército; un ascenso social tal hubiera hecho las delicias de Sancho Panza, de haber llegado a buen puerto las descabelladas promesas de su señor don Quijote.

# Glosario

Incluye palabras y formas léxicas, en número aproximado de ochocientas, procedentes de los textos seleccionados, que no son usuales en castellano actual, o que se usaban en el medievo con distintos sentidos a los actuales. Por eso no se ha dudado en dar cabida aquí a ciertos vocablos inusuales hoy, pero propios del ámbito caballeresco, a pesar de que algunos figuren en el diccionario académico.

Téngase en cuenta que en la época medieval una misma palabra se podía escribir con diversas grafías, de acuerdo con la moda de la época o las costumbres personales de copistas e impresores.

abaldonar: entregar carnalmente; envilecer, menospreciar.

aballar: abatir, doblar, inclinar; mover, marcharse.

abastar: bastar, ser suficiente; abastecer, proveer, colmar, satisfacer de algo a alguien.

abenimiento: *vid.* "avenimiento".

abondado: opulento, bien provisto, rico.

abondar: satisfacer, proveer con abundancia.

abtor: autor.

acémila. *vid.* "azémila".

acapellar: acuchillar, herir; decapitar.

acertar(se): estar presente, encontrarse, hallarse; salir bien de una empresa.

acicalador/aciclador/acecalador: bruñidor, pulidor, sobre todo de armas blancas o de acero.

acicalar/acecalar: bruñir, pulir, limpiar y dar brillo, alisar.

acordadamente: conscientemente; de manera previamente convenida.

acordar: ponerse de acuerdo, convenir; despertar, recuperar la conciencia.
acostamiento: paga, soldada, honorarios, estipendio, emolumentos.
acostar(se): acercar(se), arrimar(se), aproximar(se).
acucia: afán, ansia, deseo ardiente.
acuitar: poner en apuro.
adáraga: adarga, escudo de cuero de forma ovalada.
adarve: parte alta de la muralla sobre la que se alzan las almenas; camino tras el parapeto de una fortificación; muros de una fortaleza.
además: en demasía, en exceso.
adereszar(se)/aderezar(se)/adreçar(se): disponer(se), preparar(se), aprestar(se), arreglar(se)
adesora: de improviso, de repente.
adobar: preparar, aderezar, disponer, engalanar.
adolecer(se)/adolescer(se): afligir(se), compadecer(se), condoler(se); caer enfermo o padecer enfermedad crónica o habitual.
adreçar: *vid.* "adereszar".
aducir: traer (consigo), llevar, conducir.
adur/aduro: difícilmente, apenas, a duras penas.
aduxo: trajo; de aducir.
afeitar: arreglar con esmero; embellecer el rostro u otra parte del cuerpo; hermosear, adornar.
afer: negocio, ocupación, asunto, quehacer; del latín *affacere*; cfr. francés *affaire*.
agravar: oprimir, gravar con tributos en exceso onerosos.
aguardar: guardar, cuidar, montar guardia.
aguisado: bien dispuesto o preparado.
aguisar: preparar, disponer; a veces, armarse para la lucha.
ahé: he aquí, he ahí; aquí está.
aína: enseguida, deprisa, pronto; con rapidez.
ál: otra cosa, el resto, lo otro, lo demás; del latín *aliud*.
alambre: bronce; a veces, cobre.
alárave: árabe, moro.
alcalde/alcalle: juez; del árabe *al-qadí*.
alcance/alcanço/alcanz: persecución, acoso, seguimiento.
alear: aletear, mover las alas.
aleve: alevoso.
alevoso: traidor.
alirión: ave parecida al águila; galicismo.
allén/allende: al otro lado.
almete: yelmo; del gót. *hilms*, o del franc. *heaume, helmet, almet*.
almiral: caudillo; capitán de un ejército o comandante de un barco o de una flota militar.

almófar/almofle/almofrex: cota de malla férrea que el caballero llevaba bajo el yelmo como un capuchón.
almoneda: venta pública de bienes en subasta o a precio de saldo.
alongar(se): alejar(se), distanciar(se).
alueñe: lejos; *vid.* "lueñe".
amas, amos: ambas, ambos; las dos, los dos.
amatar: apagar, extinguir.
amidos: a la fuerza, contra la propia voluntad, de mala gana.
amosar: mostrar(se), hacer(se) ver.
animalia: bestia; a veces, alimaña, animal salvaje.
ansarón: pollo de ánsar, un tipo de pato o ganso salvaje.
aparejar: preparar, disponer.
aparejo: preparativo, disposición.
apellido: llamamiento o convocatoria a la lucha o a la guerra.
aponer: achacar, imputar, atribuir; acusar, culpar; levantar falso testimonio.
aportar: arribar, atracar en un puerto.
apostura: gentileza; buen orden, respeto, compostura, pacto, concierto; adorno.
apretar: espolear, aguijar.
aquend/aquende: a este lado de aquí.
aquistar: conseguir, obtener, conquistar, alcanzar.
arandela: pieza cónica y metálica situada en la empuñadura de la lanza para proteger la mano del caballero.
arçón/arzón: fuste o armazón, delantero o trasero, de la silla de montar.
ardid/ardido/ardit/ardito: intrépido, valeroso, valiente, bravo.
ardiment: *vid.* "ardimiento".
ardimiento: intención, designio; osadía, valor, denuedo.
ardit: *vid.* "ardido".
argullo: orgullo, soberbia, altanería.
arnés: armadura; conjunto de piezas defensivas de la vestimenta del caballero: loriga, peto, yelmo, braforeras, calzas de hierro, rodilleras, y cota de armas o sobreseñales.
arpas: garras.
arrancar(se)/arrencar: acometer, arremeter, embestir; alguna vez, retirarse huyendo, darse a la fuga; ponerse en marcha.
arreado: ataviado, compuesto, adornado.
arrear(se): ataviar(se), proveer(se), equipar(se).
arredrar: retirar, apartar, escapar, separar; hacer retroceder, rechazar; atemorizar.
arrefezar: envilecer, humillar, rebajar.
artículo: situación, momento, circunstancia.

asañar(se): ensañar(se), enfurercer(se), irritar(se).
asaz: mucho, muy, suficientemente.
ascusado: silencioso, clandestino, oculto, en secreto; sin ruido.
asechar: perseguir, acosar, intentar dañar, maquinar; acechar, espiar, vigilar.
asmar: pensar, creer, sospechar, considerar, estudiar, calcular.
asolución: absolución, pero también solución de un problema.
astroso: desgraciado, malhadado, miserable.
atalantar(se): complacer(se), gustar; aturdir(se), perturbar(se).
atán: tan, tan grande.
atanto: tanto; hasta que, mientras.
atender: esperar, aguardar; estar atento.
atentar: tentar; intentar cometer un delito.
aterrar: abatir, derribar; en rigor, echar o tirar por tierra.
avantaja/abantaja: ventaja.
avantal: delantal; *vid.* "vantal".
avenimiento: convenio, pacto, acuerdo, contrato.
avenir: ocurrir, acontecer.
aver: haber, pero también tener o poseer.
aviltar: maltratar, envilecer, deshonrar.
ayuso: abajo, hacia abajo.
az: tropa ordenada o dispuesta en línea.
azagaya: dardo o lanza pequeña.
azcona: dardo, lanza pequeña.
azémila: mula o cabalgadura de carga.
azes: plural de *az*, tropa o ejército alineado, filas de soldados; del lat. *acies*.
a mantinient: con fuerza y vigor; al instante.
a pocas: casi, por poco.

babera: pieza del yelmo que cubría la boca, barbilla y mandíbulas.
baiçán: de color moreno, tirando a amarillo; del lat. *badius*, rojizo; sinónimo de baço o bazo. Mejor, ¿de color bayo?
baladrar/baladrear: dar gritos o alaridos.
baladro: grito muy fuerte, alarido.
baldón: ofensa, palabra afrentosa, injuria; oprobio.
barata: ganancia, precio, valor, interés económico; fraude, engaño, trampa.
baratador: tramposo; negociante.
baratar: negociar; con adverbios como mucho y bien, salir ganancioso.
bastar: proveer, colmar, abastecer, aprovisionar, enriquecer; costear.
bastear: *vid.* "bastar".
bastida: fuerte, castillo, torre; máquina militar en forma de torre, dotada a veces de ruedas, con puente levadizo para el asalto.

batalla: además de combate singular o colectivo, batallón o escuadrón, cuerpo o parte de un ejército, y formación militar de combate.
batirse: derribarse.
bavera: pieza del yelmo que cubría la parte inferior del rostro.
baxelas: vajillas.
beço/bezo: labio.
befetría/behetría: vasallaje temporal pactado.
berrojo: cerrojo.
bienandante: afortunado, dichoso, feliz.
blasmar: vituperar, reprobar, condenar, ofender.
bofordar/bohordar: arrojar bohordos o lanzas en juego caballeresco, practicado como entrenamiento militar, o en torneos.
bofordo: lanza o bohordo.
boz: *vid.* "voz".
braçal/brazal: pieza de la armadura que cubría el brazo; *vid.* "brafonera".
brafonera: pieza de la armadura que cubría la parte superior del brazo del caballero o la pierna.
brial: vestido lujoso fememino, de seda o tela rica; faldón de seda o tela fina que llevaban los caballeros, desde la cintura hasta encima de la rodilla.
brocado: tela, por lo común de seda, entretejida con oro y plata.
broslado: bordado; partic. de broslar.
buelta: *vid.* "vuelta".
bujeta/buxeta: cajita, vasija pequeña o pomo; cofrecillo.
burlar: jugar, divertirse, bromear; a veces, engañar.
butre: buitre.

ca: porque.
cabdellar: acaudillar; dirigir un ejército.
cabdiello/cabdillo: caudillo, del lat. *capitellum*; capitán, jefe, superior militar, las más de las veces.
cab/cabe/cabo: junto a, cerca de.
cadafalso/cadahalso: cadalso, tablado erigido en celebraciones públicas que permitía una mejor visión de los acontecimientos; plataforma, andamio.
cada que: cada vez que.
cadera/cadira: silla, cátedra; a veces, trono.
calentar(se): enardecer(se); aplícase a las fuerzas de un ejército antes o durante la lucha.
caler: importar, atañer.
caloniar: reparar, vengar, resarcir.
camiado: cambiado.
camisón: aumentativo de camisa; camisa larga usada, pero no exclusivamente, para dormir.
cancro: cangrejo.
canillera: espinillera, pieza del arnés que protegía la

espinilla o tibia del caballero.
carátula: signo mágico de brujería.
careza: carencia, escasez, desabastecimiento; carestía, subida de precios.
carbuncla/carbúncula/carbúncol: carbunclo, rubí.
cárdeno: azulado o morado.
carmesí: color rojo, grana o púrpura, normalmente, y por lo común aplicado a telas de terciopelo o seda.
carpir: arañar; pelear; dolerse.
carrera: camino, senda amplia.
caso: suceso; fortuna.
castigar: aconsejar, recomendar, amonestar, avisar.
castigo: consejo, recomendación, amonestación, aviso.
catar: ver, mirar; considerar, meditar.
cavallería: expedición militar; cabalgada; acción noble y generosa, propia de la conducta de un caballero; obligaciones acatadas por el caballero y exigibles al mismo.
cecina: carne salada que se ha secado al aire, al sol o al humo.
cedo: pronto, presto, luego; del lat. *cito*, conservado en gallego.
celar: ocultar, encubrir.
cellero/cillero: despensero; despensa, bodega, comedor; hórreo.
certas: ciertamente, en verdad.
ciertamente: con seguridad o certeza.
cierto: seguro; sabedor o informado.
cinta: cintura.
cirujano: cilorgiano, cirugiano, cirurgiano, cirúrgico, cirurgino, çurugiano, çurujano, surugano: variantes de cirujano.
cobrar: recuperar ánimo, recuperarse; recobrar, recuperar algo.
cocadriz: cocodrilo.
cofia: red para recoger el cabello; el caballero solía usarla bajo el yelmo.
coita: cuita, desdicha, pena, infelicidad.
coitar/cuitar: poner en apuro, afligir; preocupar(se); *vid.* "cuidar".
coldre: aljaba o carcaj para llevar las saetas o flechas.
color: excusa, pretexto, apariencia.
comarcano: vecino, colindante; cercano, próximo.
comoquier/comoquiera: aunque, a pesar de, si bien; conjunción concesiva, pero a veces también adversativa.
complir: convenir; satisfacer; *vid.* "cumplir".
complisión: complexión, constitución física de un individuo.
comunal: normal, mediano, común.
condestable: primera dignidad de la milicia.

confonder: destruir.
comportar: soportar, sufrir, tolerar.
connusco/conusco: con nosotros.
conortar: confortar, reconfortar, animar, consolar.
conquerir/conquirir: conquistar.
consejo/conseio: deliberación, consulta.
consoño: consuno, juntos, uno con otro.
consuno (de): de común acuerdo.
contender: pleitear, disputar, discutir.
contendor/contendedor: enemigo, parte contraria en pleito o lucha.
contenente/continente: aspecto, gesto, porte, aire, compostura; exhibición.
contra: hacia, en dirección a.
contrasta/contraste: impedimento, obstáculo, resistencia, oposición; discrepancia, desacuerdo.
coradas: entrañas.
corredura: correría militar que implica devastación.
correr: avanzar, recorrer un espacio en son de guerra; avergonzar, confundir.
cras: mañana.
cremesí/cremesín/cremesino: *vid*. "carmesí".
crencia: creencia, confianza, fe.
criado: además de servidor, discípulo, alumno, pupilo educado en casa de su señor.
crudo: cruel, despiadado, sanguinario.
crueza: crueldad, impiedad, dureza de ánimo.
crúo: crudo, cruel, del latín *crudus*.
cuadra: sala o habitación espaciosa; en cuadra: es cuadrada.
cuento: relato, narración; a veces, cómputo. Contera, base o parte inferior del asta o fuste de la lanza, opuesta a la cuchilla, fierro o punta.
cuero: piel, superficie corporal, pellejo; pellejo de vino.
cuesta: costado, espalda; costilla.
cuestión/cuistión: pregunta, problema propuesto para resolver.
cuévano: cesto grande de mimbre
cuidado: además de solicitud y atención al hacer algo, pensamiento más o menos obsesivo, del lat. *cogitatu;* preocupación o interés, ansia, inquietud; incluso, a veces, miedo o angustia. *Vid. Cantar de mio Cid*, v.6: «ca mucho avié grandes cuidados».
cuidar/cuedar: pensar, creer, sospechar; preocupar(se); del latín *cogitare*.
cuidoso: preocupado, pensativo.
cuita: aflicción, desventura, dolor; preocupación
cuitado/coitado: apurado,

afligido, desventurado; atormentado, dolorido.
cuitar: *vid.* "cuidar".
cumplir: ser conveniente u oportuno; convenir; llenar.
cura: cuidado, preocupación.
curar(se): cuidar(se), preocupar(se).
çaga: zaga, retaguardia; detrás.
çurugiano/çurujano: *vid.* "cirujano".
chapel/chapelo/chapeo: sombrero.
chiflido: silbido.

debdo: deber, deuda, dependencia.
decender: *vid.* "decer".
decer/decir/descir/dicir: descender, bajar, desmontar; apearse, sobre todo de una cabalgadura.
defender: prohibir, vedar, evitar, impedir.
defurtar(se): ocultar(se).
dejuntar: desunir, separar, apartar.
deliberación: liberación; resolución; consulta, estudio, discusión.
deliberar/delibrar: pensar, sopesar, decidir; libertar, liberar.
demás: además.
demientra/demientre: mientras, del lat. *dum interim*; entretanto.
dende: de allí, desde allí, desde allá.
denunciar: anunciar, avisar, publicar.
departido: distinto, diferente, diverso; separado, apartado.
departimiento: explicación, razonamiento, digresión; diferencia, distinción, variedad; disputa, pleito; destrucción, ruina.
deporte/depuerto: deleite, solaz, placer, entretenimiento, diversión; reposo, descanso (por parádojico que hoy parezca).
deputar: destinar o elegir a alguien para desempeñar un cargo o función.
deque: desde que, en cuanto; *vid.* "desque".
derramar: diseminar, esparcir; dispersar.
derranchar: salir del orden cerrado y combatir en la batalla; desmandarse.
derribar: tirar por el suelo a una persona, animal o cosa, en especial desde un caballo sirviéndose de lanza o garrocha.
derrocar: derribar, sobre todo al caballero del caballo.
des: desde.
desaguisado: inconveniente, inoportuno; acción contraria a las normas establecidas.
descabellada: despeinada.
desconortar: desconsolar, acongojar, desalentar, desanimar.
desencasar: desencajar.
deservir/desservir: quebrantar la obligación adquiri-

da de servir u obedecer a alguien.

desí: adv. de tiempo: después, a continuación, luego; adv. de cantidad: además; o de lugar: desde allí, a partir de allí.

desipar/disipar: desperdiciar, perder; gastar, destruir, destrozar.

desmanchar: desmallar, romper las mallas de la loriga. También se usa en el *Cantar de mio Cid*. Derrotar, desarmar.

desmayar: atemorizar, desfallecer, desalentar, acobardar.

desmembrar: descoyuntar, dividir los miembros de un cuerpo troceándolo.

desoymás: desde hoy, de ahora en adelante, en lo sucesivo.

despartir(se): marchar(se); separar(se), apartar(se); extender(se).

despender: gastar, repartir; dilapidar, derrochar.

despensa: medios económicos, dinero, recursos, provisión; a veces, gasto, dispendio, expensas, compra.

desque: desde que, en cuanto.

destordido: *vid.* "estordido".

destorvar: estorbar, impedir, oponerse; dañar, perjudicar.

destorvo: estorbo, impedimento; daño, perjuicio.

desuso: arriba, encima, antes.

devisa: *vid.* "divisa".

devisar: relatar, referir con pormenores; pactar, acordar; señalar, indicar; divisar, ver, mirar, observar.

deyuso: abajo, debajo; a continuación o posteriormente en un escrito.

dicir: *vid.* "decer".

diferencia: disensión, disconformidad, distinción; contradicción, duda.

dinero: cuando se refiere a una moneda concreta, designa una de escaso valor, en circulación en Castilla desde Sancho IV; del lat. *denarius*.

divisa: timbre heráldico, señal o insignia que distingue a un caballero.

divisar: *vid.* "devisar".

doblada: reforzada o compuesta por dos o tres capas de mallas; dícese de la loriga.

dobladura: refuerzo en el arnés o armadura defensiva del caballero.

donas: regalos, presentes, dádivas.

dubdar/duldar/dudar: temer, tener miedo, respetar.

dubdoso: temible, terrorífico.

durar: extenderse o dilatarse, no sólo en el tiempo sino también en el espacio; sufrir, soportar, resistir, aguantar.

elación: altivez, orgullo, engreimiento.

elmete: *vid.* "almete".

embarrar: refugiar, encerrar, encarcelar; sitiar, cercar, acorralar al enemigo.

ementar: recordar, mencionar, mentar.

empecer/empescer/empeescer: perjudicar, dañar; impedir, obstar.

empenolar/empeñolar: empendolar; poner plumas en dardos, saetas o cuadrillos; emplumar.

empestar/empeztrar: tropezar, producir daño con golpe.

emponçoñar: envenenar.

empresa: acción difícil que se emprende con valor; proyecto; símbolo o figura enigmática que solía complementarse, en ámbitos cortesanos, con alguna letra o mote más o menos ingeniosos.

encantamento: encantamiento, hechicería, obra maravillosa producida por acciones o palabras mágicas.

encemar: terminar, acabar, concluir.

encontrar: en la lucha armada, tropezar, topar o chocar con el contrario golpeándole con un arma ofensiva, por lo común la lanza.

end/ende: allí; de donde, por tanto, por ello; lat. *inde*.

endereçar/enderezar/endreçar/enderescer: rectificar, arreglar, corregir, organizar.

endurar: sufrir, tolerar, resistir, soportar; *vid.* "durar".

enfamar: infamar, injuriar, deshonrar.

engeño: ingenio, inteligencia, engaño, astucia; máquina bélica.

engramear: sacudir, menear; sobre todo la cabeza.

enguiella: anguila.

enojoso: molesto; pero también triste o apenado.

ensandecer: volverse loco.

ensaneldamiento: resuello, respiración, aliento.

ensayar(se): probar; competir, acometer, atacar; esforzarse en la lucha.

entención: disensión, disputa, contienda; pleito; opinión, parecer, idea, creencia.

entendedor: amante; a veces, alcahuete.

entrambos/entramos: juntos, los dos a la vez.

entregar: reintegrar, devolver, restituir, recuperar.

entrepresa: actividad, proyecto; tarea, conducta; *vid.* "empresa".

entretanto: adv. de tiempo, mientras; a veces escrito "entre tanto".

en pos: tras, detrás de.

entre tanto: *vid.* "entretanto".

erzida: erguida, erigida, construida.

esbafarido/esbaharido: aturdido, atolondrado, espantado, despavorido.

escalentar(se): *vid.* "calentar(se)".

escapar: a veces como transitivo: librar a alguien de algún peligro o riesgo.
escarnidor: burlón, escarnecedor.
escarnio/escarño: burla, mofa, ofensa, afrenta.
escarnir: burlarse, mofarse, escarnecer.
escaso: mezquino, tacaño, cicatero, avariento.
escometer: acometer, atacar.
escontra: hacia, contra.
escusar: impedir, evitar; escabullirse, alejarse.
esforzar: animar, reconfortar, dar fuerza o vigor.
esmarrido: apenado, atribulado, desconsolado.
esmorecer: desmayarse, perder la consciencia.
espalda: a veces, simplemente hombro.
espedir(se): despedir(se).
espensas: gastos, dispendios; *vid.* "despensa".
espolonada: arremetida impetuosa de caballeros.
estanco: estanque de agua.
estança: conducta, comportamiento; a veces, fracaso.
esterramiento: destierro, exilio.
esterrar: desterrar, alejar o separar a uno de su tierra.
estordido: aturdido, fuera de sí, enloquecido.
estorpamiento: destrozo, estropicio; maltrato.
estrechera: paso angosto, estrechura de terreno.
estroír: destruir.
estudo: estuvo, permaneció, residió.
evad/evat/evades: ved, he aquí.

fabliellas: tradiciones orales, cuentos, relatos.
fación: hechura, construcción, disposición, aspecto.
facionado: configurado, dispuesto, construido.
fadado: desgraciado, vaticinado, destinado; a veces, encantado.
falla: duda; falta, error.
fallar: hallar, encontrar.
fallecer/fallescer: además de morir, faltar, fallar, estar desprovisto de algo, abandonar.
fallimiento: falta, yerro, error, equivocación; carencia.
falsar: romper la armadura, o cualquiera de sus elementos, atravesándola, o, simplemente, estropearla o abollarla; a veces, sortear, esquivar, rehuir; incluso, errar, fallar, equivocar. En contexto jurídico, falsificar, alterar, modificar, incumplir; traicionar, ser infiel a lo prometido.
falsía: falsedad, traición, deslealtad, doblez.
faraute: mensajero entre caballeros o señores distantes fiable para ambas partes; heraldo, cuyo testimonio tenía a veces valor notarial; intérprete.
fardaje: conjunto de fardos o

carga; bagaje o impedimenta militar o náutica.
fardido: valiente; *vid.* "ardido".
fazaña: hazaña, pero también fama y ejemplo digno de imitarse; sentencia, refrán; hecho ruidoso o festivo.
fazienda: negocio, ocupación, hacienda, asuntos; a veces, batalla, lucha, pelea.
feble: débil, flaco, enfermo.
femencia: *vid.* "fimencia".
feniestra: ventana.
fi: hijo, del lat. *filius*; a veces reservado para expresiones insultantes, por ejemplo en "fideputa", usado todavía como arcaísmo por Cervantes; también forma parte del sustantivo "fidalgo".
fiança: confianza, esperanza.
fiel: juez o árbitro en una lid o justa, con reto previo.
fiença: excremento.
fimencia: vehemencia, ardor, empuje; esfuerzo, interés.
finar: morir, fallecer; terminar, cesar, acabar.
fincar: quedar de sobra o restante; permanecer inmóvil; posar, detenerse; clavar, hincar.
finiestra: ventana.
fiuça/fiuza/fiuzia: confianza.
flumen: río (latinismo).
foedizos: huidizos, con apariencia de escapar.
foír: huir.
fol: loco, desatinado.
folgar: holgar, descansar, reposar; distraerse, divertirse.
folía/follía: locura, disparate, desvarío.
follón: jactancioso, orgulloso, iracundo; bribón, traidor, vil; flojo, cobarde, perezoso.
follonía: jactancia, orgullo; traición; flojera, pereza; locura, furor.
folloniado: *vid.* "follón".
fondón: extremo inferior.
foradar: horadar, perforar, atravesar.
forado: agujero, abertura.
fortuna: adversidad; tempestad, tormenta.
franco: desprendido, generoso, liberal.
frontero/frontera: enfrente; a veces: junto a, al lado o cerca de.
fuerça derecha: por justa fuerza o en guerra justa.
fuesa: huesa, fosa, sepultura.
fundir: hundir.
fuxo: huyó.

gafo: leproso.
gaja/gaje: prenda dejada en manos de un tercero, que garantiza el compromiso contraído entre dos caballeros al concertar una batalla o aceptar un reto o desafío, y que, tras la lucha, toma el vencedor al vencido; regalo; en rigor, ganancia conseguida en un cargo o empleo, el salario o el empleo mismo.

galea: embarcación, galera.
gambax/gamblax: jubón acolchado que, puesto bajo la coraza, amortiguaba los golpes.
ganancia: en la expresión *de ganancia* se refiere al hijo descendiente de padre noble y de madre concubina.
garnacha: amplia vestidura provista de mangas y larga hasta los pies, dotada de amplio cuello que cae hacia la espalda.
gastar: devastar, destruir.
ginollos: hinojos, de rodillas.
grada/grado: peldaño de escalera.
granado: importante, ilustre, notable; grande, abundante.
grañones: cabellera, pelo de la cabeza; cfr. greñas.
grial: plato hondo, escudilla, vaso, cáliz; por antonomasia, el usado por Cristo para instituir la eucaristía en su última cena.
grifón: griego.
gualardón: galardón, premio, recompensa.
guarda: guardián, centinela, vigilante.
guardar: mirar, observar, atender, custodiar, vigilar; prohibir, impedir; mantener, cumplir.
guarecer: curar, sanar; véase guarir.
guarescer: amparar, defender, proteger, socorrer.
guarir: salvar, curar, proteger, sanar; a veces se usa como reflexivo; véase guarecer.
guarnecer/guarnescer: proveer, abastecer.
guarnir: proveer, equipar, preparar.
guirlanda: guirnalda; corona de flores, hierbas o ramas.
guisa: manera, modo; razón, juicio.
guisar: preparar(se), disponer; aderezar manjares; ordenar.

hacha/acha: arma militar; antorcha; segur de leñador; herramienta de carpintería.
hazaña: *vid.* "fazaña".
hazienda: *vid.* "fazienda".
hemencia: *vid.* "fimencia".
hi: allí; la *h* pudiera haberse mantenido por analogía con el adverbio latino *hic*, aquí; *vid.* "fi".
hombre/ombre/omne/omen: hombre, persona; a veces, expresión de impersonalidad, equivalente a "uno", "alguien" o "se"; con negación, "nadie" o "ninguno".
homenaje: juramento o promesa solemne de fidelidad tributado a un señor, usual en el régimen feudal y en el ámbito nobiliario y caballeresco; sumisión o respeto a una persona.

i: como se explica en "Criterios de la edición", representa el adverbio de lugar *allí*, del latín *ibi*. En códices y ediciones antiguas solía emplearse la grafía *y* para representarlo; los editores modernos optan casi siempre por transcribirla como *y* con tilde aguda.
incaler: importar, interesar, atañer, tocar. Según Bonilla, procedería del verbo lat. *calere*, estar caliente, arder (en deseo); cfr. franc. *chaloir*, *caloir*.
infinta: fingimiento, apariencia, disimulo, engaño.
ipótamo/hipótamo: hipopótamo.

joyel: adorno suspendido del sombrero o de la toca, a veces con engarces de piedras preciosas; en ocasiones, joya hecha con singular artificio, de pequeño tamaño, o con funciones de juguete.
justa: ejercicios casi deportivos en que se enfrentaban dos caballeros en sendos caballos, hasta derribar uno al otro o quebrarle la lanza.
justar: combatir en justa.

laido/laído: feo.
lande: bellota.
larguesa/largueza: dadivosidad, generosidad, liberalidad.
lazdrador: paciente, sufrido.
lazerado/lazrado: maltratado, desgraciado, miserable (adj.); participio: padecido, sufrido.
lazerar/lazrar: padecer, sufrir.
lazeria: miseria, pobreza, desgracia; sufrimiento, fatiga, trabajo.
lazerio: *vid.* "lazeria".
ledo: contento, alegre, satisfecho.
letra: carta; como latinismo, de *littera*.
letuario: electuario, especie de mermelada, diacitrón; a veces, como preparado de farmacopea, se le incorporan extractos y especias; se le atribuyen poderes afrodisíacos.
levar: llevar.
ley: precepto, norma; religión; a veces, imperio o dominio.
librar: sentenciar, juzgar; soltar, dejar libre.
liça: liza, campo dispuesto para celebrar en él justas o torneos.
lidiar: luchar, combatir, pelear.
linaje: ascendencia o descendencia de una familia; miembros de ésta; clase o condición de alguien o de algo; raza, pueblo; modo o manera.
llaner/llañer: plañir, llorar, gemir.
llantear: llorar.
llanto: a veces, planto, queja, lamentación.

loriga: armadura, a manera de camisón que iba de la cabeza a las rodillas, que protegía el cuerpo del caballero en la lid, hecha de mallas enlazadas o de láminas de acero imbricadas; tenía también elementos que protegían cabeza y brazos. A veces también al caballo se le protegía con unas mallas semejantes.

losengero: lisonjero.

lúas/lubas/luvas: guantes.

luciello/luziello: sepultura, panteón sepulcral.

lueñe: lejos, en el espacio; distante; tiempo atrás.

lunar: claro de luna.

maça/maço: maza. El diccionario académico la define como "arma antigua, hecha de palo guarnecido de hierro, o toda de hierro, con la cabeza gruesa".

maguer/maguera: aunque, a pesar de que; conjunción concesiva.

malencolía/malenconía: melancolía, tristeza; a veces, dolor, ira, furia o furor; encono, animadversión o rencor.

malroso: destrozado o desgarrado a dentelladas; de mal+roído?

maltraer: maltratar; injuriar, reprender, amonestar.

mamparar: amparar, proteger; favorecer.

mandadero: emisario, embajador.

mandado: recado, mensaje, aviso.

manear: manejar, mover; esgrimir.

maner: permanecer.

manifestar(se): confesar(se).

manopla: pieza de la armadura que protegía la mano del caballero; guantelete.

mantenedor: defensor de una causa o persona en justa o torneo; caballero representante del organizador de la fiesta caballeresca, que contendía con los ventureros.

mantener: sostener un torneo o una justa en defensa de una persona o causa.

manteniente: inmediatamente, al punto, al instante.

manzana/mançana: pomo de la espada.

maña: grande; tan maña: tan grande, tamaña.

mañero: mañoso, habilidoso; sagaz, astuto, ingenioso.

marteriar/martiriar: martirizar.

maslo: macho.

maste: *vid.* "mástel".

mástel: mástil; también usado así en el *Libro de buen amor*.

mas pero: sin embargo, aunque.

meatad: mitad; a veces se usa meetad y meitad.

mecer: menear, agitar, mover.

meitad: mitad.

membrar(se): recordar, acordarse; del latín *memorare*.
menar: llevar, conducir, transportar.
menestril: músico que tocaba un instrumento de viento en ocasiones solemnes.
mercandías: mercancías, mercaderías.
merced/mercet: favor, premio, gracia, privilegio; piedad, compasión.
mester: menester; oficio u ocupación; necesidad.
mesurar: calcular, medir.
mezclador: cizañador, chismoso.
mezclar: sembrar cizaña o disensiones con chismes o calumnias.
migero: milla, del latín *milliariu;* a veces lapso temporal.
miraglo: forma etimológica de *milagro*; del lat. *miraculum*.
monumento: sepulcro, sepultura, panteón funerario.
morada: habitación, aposento.
morar: habitar.
mover: ponerse en marcha.
moyo: medida de capacidad, utilizada por lo común para grano de cereales, pero a veces también para vino y áridos.
muelle: blando, suave, delicado.
muesso: mordisco, bocado.

nasol: pieza del yelmo que protegía la nariz.
nembrar(se): *vid.* "membrar(se)".
nembrudo: musculoso, fuerte, fornido.
nombrada/nombradía: fama, nombre.
noveza: juventud, inexperiencia.
nozer/nozir/nucir/nusir/nuzir: dañar, hacer daño; perjudicar.
nublo: nublado, niebla, bruma.
nuzir: *vid.* "nozer".

ó: donde, adverbio de lugar; a veces interrogativo, dónde; con acento diacrítico, para distinguirlo de la conjunción adversativa *o,* como se explica en "Criterios de edición".
obsequias: exequias, honras funerales.
omenaje: *vid.* "homenaje".
omezián/omiziano: homicida.
omne: hombre; del latín *homine;* pero a veces tiene función impersonal equivalente a *se*, *alguien*, *nadie*.
onta: afrenta, deshonra, vergüenza
ora: hora, ahora.
ordenança: reglamento, orden establecido para regirse por él.
ordir: urdir, tramar, maquinar.
orejada: *vid.* "pescoçada".
orofrés/orifrés: adorno dorado, galón de oro.

otorgar: autorizar, garantizar, reconocer, certificar; admitir, aceptar, conceder, consentir.
otrosí/otrossí: también, además.
otro día: al día siguiente.

pabellón/pavallón: tienda de campaña de forma cónica.
pagar: satisfacer, contentar, complacer; tranquilizar, calmar.
pagado: apacible, calmado; contento, satisfecho, conforme.
pagador: agradable, placentero.
palafré/palafrén: caballo manso de posta, cacería o desfiles.
palenque: valla o empalizada de madera que rodea el terreno donde se riñe una justa o torneo, o se celebra una fiesta; palestra; valla que protege una posición en combate.
palmero: peregrino, romero; inicialmente, el peregrino a Tierra santa, que solía traer palmas al regreso de allí, como los de Santiago, conchas de vieira.
parar: disponer, colocar, situar; preparar, adornar.
parias: tributo que paga un príncipe a otro en reconocimiento de su superioridad.
partir: separar, apartar, privar, despojar de algo; marcharse; a veces, repartir, dividir; otras, detener, suspender.
partir el sol: situar a los combatientes en el campo o palestra de modo que la posición del sol no favoreciese ni perjudicase más a uno que a otro.
pasar: incumplir, quebrantar, traspasar.
paso: despacio, con lentitud, quedo.
patín: diminutivo de patio.
pensar: alimentar(se), dar de comer; también alojar a alguien como huésped y cuidar de él, en especial de su manutención.
péñola: pluma de ave, también la que se usa para escribir.
peoría: desventaja, situación de inferioridad.
periglo: forma etimológica de *peligro;* del lat. *periculum.*
pescoçada/pezcoçada: pescozada, pescozón, palmada propinada en el cuello o en la cabeza; a veces se usa “orejada” como sinónimo.
petral: correa que ciñe la silla de montar al pecho del caballo.
piastrón: elemento del arnés que ceñía la espalda y bajaba hasta la rabadilla abrazando las caderas para proteger el vientre y parte de pecho, dejando espacio para colocar otra pieza sobre el pubis.

pie: medida de longitud, de extensión variable, pero equivalente al largo medio del pie humano, poco más de 25 centímetros.
pieça/pieza: lapso temporal, por lo común breve; rato; a veces, cierta distancia; parte, trozo, cantidad.
piértega: vara larga o pértiga.
plata: además del metal precioso, lámina metálica ligera utilizada como complemento del arnés caballeresco. También puede referirse al "metal" usado en los blasones. En plural, platas, designa a veces las dos piezas que componen la coraza: peto y espaldar.
pleitear: negociar, pactar, convenir; discutir.
pleitesía: pacto, convenio, acuerdo, condición; pleito, discusión; homenaje; trato inquebrantable entre caballeros.
pleito: *vid.* "pleitesía".
plógol': le plugo, pasado del verbo placer, le gustó, le complació.
podre: pus; podrido.
poma: manzana.
popar: dejar, cesar; evitar, esquivar.
porfaçador: murmurador, difamador, criticón.
porfaçar/porfazar: *vid.* "profaçar".
poridad: secreto, confidencia, reserva; conversación secreta.
porra: clava, cachiporra; arma ofensiva, un tanto basta, como de un metro de largo, hecha con un palo que aumenta de grosor desde la empuñadura hacia el otro extremo, el cual puede tener forma esférica y estar dotado de picos; las más refinadas podían confeccionarse de hierro.
posar: alojarse, hospedarse; descansar, reposar; acampar un ejército.
postura: pacto, acuerdo, convenio.
prea: presa; persona, animal o cosa robada, sobre todo en depredación o saqueo de tierra enemiga.
preciar: apreciar, estimar.
precio: prez, honra, fama, estima, aprecio, consideración; a veces, premio.
premia: dificultad, apuro, agobio: coacción, presión, violencia.
pres/prez: honor, aprecio conseguido por acción gloriosa; prestigio; del latín *pretium*.
prestar: ayudar, proteger, defender; servir de algo; distinguirse, sobresalir.
preste: sacerdote, no sólo cristiano, sino ministro de cualquier religión.
presto: rápido, veloz; dispuesto, preparado, listo.
priesa/priessa: prisa, urgencia; pelea, contienda, batalla; peligro, apretura,

agolpamiento, acumulación; aprieto, apuro o alarma.
prieto: oscuro, negro, moreno.
privado: confidente, favorito.
pro: provecho, beneficio.
profaçar: criticar, difamar, reprochar, reprender; murmurar.
provar: intentar, procurar.
puebla: población, asentamiento de población, colonización de una región.
pues: en ocasiones equivale a después, adverbio de tiempo; en otras se usa como conjunción causal o como ilativa.
puesta: tajada, trozo de carne, pedazo.
puesto que: conj. conces.; a pesar de que, sin embargo, aunque.
pujança: fuerza, robustez, energía.
puña: esfuerzo, tesón.
puñar: esforzarse, intentar, pretender, proponerse.

quedar: dejar, detener, suspender, acabar, interrumpir; del latín *quietare:* sosegar, descansar, aquietar.
quequier/quequiera: cualquier, cualquiera, cualquier cosa.
quexo: aprieto, apuro, peligro.
quijote: pieza del arnés que protege el muslo hasta la rodilla.
quisto: querido; participio irregular de querer.
quitación: libertad; remisión, perdón.
quitamente: en libertad; total o enteramente.
quitar(se): faltar a lo prometido, incumplir; eximir, dispensar, libertar; abandonar.
quito: liberado, exento, desprovisto, absuelto; recuperado.

racha: trozo, pedazo, astilla.
raez/rafez/rahez: barato, fácil; vil, despreciable, bajo, villano.
rastrar: arrastrar, llevar por el suelo o la tierra.
raya: línea que delimitaba el campo de los contendientes en la palestra.
razón: razonamiento, discurso, conversación; norma, sentido; pero también, proporción, método, juicio, inteligencia, causa, motivo.
razonar: argumentar; reputar, estimar, considerar, juzgar.
real: campamento, asentamiento militar en campaña.
recabdo: remedio, ayuda; disposición; noticia, mensaje, recado.
recaudo: *vid.* "recabdo"; a veces, recaudación.
recelar/rezelar(se): temer, desconfiar, sospechar; respetar, presentir.

recontar: contar, relatar, referir.
recordar: además de rememorar, despertar, volver del sueño a la consciencia.
recrecer: resultar, venir como consecuencia.
recudir: acudir, concurrir; responder, replicar.
recuesta: solicitud, demanda, petición; a veces, pregunta y desafío.
refertar/rehertar: disputar, altercar, contender; rechazar, oponerse a algo.
relevar: perdonar, respetar sin daño, excusar; absolver, indultar, remediar, socorrer.
remeter: acometer, lanzarse sobre alguien; arrojar; encomendar.
reninchar: relinchar; del lat. *re* e *inflare*.
reparo: alivio, descanso; reparación, arreglo.
repostero: en la casa real de Castilla, la persona noble y de confianza a cuyo cargo estaba cuanto se refería a la repostería; paño cuadrangular con emblemas heráldicos.
reptar: reprender, inculpar, acusar, reprochar; castigar.
residir: además de habitar en un lugar, ejercer un cargo de gobierno en él.
restriñir: reprimir, contener.
reteñir: resonar.
retraer/retraher: contar, referir, relatar, conversar; reprochar, censurar, reprender, vituperar. En algunos contextos, apartarse, alejarse, retirarse o desviarse.
retratar: reprender, reprochar.
retrete: lugar retirado de una casa o palacio, aposento.
reuto: reto; reproche, reprensión; *vid.* "reptar".
revés: golpe; desgracia.
rezio: fuerte, valiente.
ristre/riestre/ristro/riste: hierro situado en el peto donde se apoyaba el cabo de la lanza.
robre: roble; del lat. *robur*.
rucio: caballería de color pardo claro blanquecino.

sabidor: entendido, sabio, docto, sabedor; vale para ambos géneros, masc. y fem.
sable: arena.
sabor: ganas, apetencia, gusto, deseo, afán.
sabroso: apetitoso, delicioso; animoso, valeroso.
sagrar: consagrar.
saluar: saludar, besar en señal de amistad; hablar cortésmente.
sandio/sandío/sendío: necio, bobo, idiota, simple, loco, vano.
sañudo: enfadado, enfurecido, airado, enojado.
saragosseces/saragoseses/¿saragofeces?: ¿aragoneses o zaragozanos?; aplicado a caballos en la *Versión de la Historia de Troya...por mandato de Alfonso XI*

(fol. 50v), con su nota correspondiente en su selección. Sobre "siracusanos", *vid.* glosario de Cooper, en su ed. de la *Gran conquista de ultramar,* quien dice que Saragoça era una adaptación lingüística de Siracusa, y por ello el gentilicio saragosano sería sinónimo de siracusano, natural de Siracusa.

secución: ejecución, realización.

seer/seyer/ser: ser, estar, sentarse; a veces, montar un caballo.

seguir: importunar, acosar, molestar, perseguir.

semejar: parecer, tener parecido.

senescal: mayordomo mayor de una casa real o imperial.

seña: enseña, estandarte o bandera militar.

señal: divisa del caballero.

señales: *vid.* "sobreseñal".

sey: sé, sed (imperativo del verbo ser).

siesta: siesta, calor, momento del día u hora en que el sol está vertical sobre la tierra o en su cenit y aprieta más el calor.

siesto: sitio, lugar; reposo, siesta, calor.

siglo/sieglo: mundo, tierra; en general, espacio y vida terrenal, secular o seglar, por oposición al espacio y a la vida celestial, eterna o religiosa, monástica o conventual.

singlar: navegar, avanzar una nave con rumbo fijo.

siquier: al menos, de todos modos; tal vez.

siracusano: *vid.* saragosseces...

sobejo: excesivo, desmesurado, sobrado.

soberviar: oprimir, apremiar; a veces, ensoberbecerse, jactarse.

sobjución: opresión, subjeción, dominación.

sobjugar: sojuzgar, dominar, oprimir.

sobrar: con valor transitivo, superar, ganar, sobrepujar, exceder.

sobresanadura: cicatriz; usada por Berceo.

sobreseñal: adorno en la vestimenta o la armadura que funcionaba como divisa o distintivo para los caballeros; túnica ligera vestida sobre la armadura con los esmaltes propios del escudo heráldico del caballero, también llamada "sobrevista" o, simplemente, "señales".

sofrir/sufrir: resistir, aguantar, soportar; contenerse, reprimirse.

sol: solo, solamente.

soldán: sultán; solía reservarse el título para los reyes musulmanes de Egipto y Persia, pero en textos medievales también puede referirse a príncipes o reyezuelos árabes.

soltar: resolver, solucionar; absolver, perdonar, indultar.

sortir: salir.

soterrar: enterrar, sepultar.

suso: arriba, encima; del lat. *sursum*.

tabla: mesa.

taiar/tajar: talar, cortar, tajar; esculpir, tallar.

talantoso: de buen talante o de carácter apacible.

talén/talent: talante, voluntad, capricho, gusto, deseo; conducta.

taliente: talante, disposición.

tamaño: tan grande, tan crecido, tan fuerte.

tanta algo: tanta riqueza o hacienda, tanta obra valiosa.

tanto que: mientras, en tanto que.

tañer/tañier: tocar cualquier instrumento, pero también cualquier objeto o cuerpo.

targia: *vid.* "tarja".

tarja: escudo grande o rodela que cubre todo el cuerpo, en el que se solían pintar blasones, empresas y divisas; pieza de la armadura aplicada sobre el hombro izquierdo para defenderse de la lanza contraria.

tendal: poste sobre el que se armaba la tienda.

tendejón: tienda de campaña pequeña.

tener: además de poseer, también sostener, mantener, opinar, creer, estimar.

tenudo: obligado; participio irregular de tener.

terzer: limpiar, enjugar.

teso: tirante, extendido, tieso.

testera: protección y adorno para la cabeza del caballo.

tiesto: cráneo, casco de la cabeza.

tirar: retirar, apartar; alguna vez, exhibir, mostrar.

todavía/toda vía: a veces, con significado adverbial de siempre, de continuo, con frecuencia, permanentemente; otras, con carácter concesivo, sin embargo.

toler/toller: suprimir, quitar, arrebatar, coger, retirar, evitar.

tornada: carga del caballero, al volver sobre su rival tras haberlo sobrepasado.

tornar(se): regresar; llegar a ser, convertirse; a veces, despertar, volver en sí.

torneamiento: torneo; lo usa Alfonso X en las *Partidas*, I,13,10ª.

tornear: participar activamente en un torneo.

torneo: ejercicios militares, casi deportivos, en donde no se enfrentaban dos caballeros como en las justas, sino dos grupos armados, no siempre todos sus miembros a caballo.

torvón/turbón: trueno.

toste: pronto, rápido, deprisa; inmediatamente.
trabajar: esforzarse, sufrir.
trahír/traír: traicionar.
tranzón: trozo.
travajarse: esforzarse, procurar.
trebejar/trebajar: jugar, divertirse; burlarse.
trebejo: diversión, juego, juerga, recreo; burla; cualquier instrumento o utensilio que ayuda a realizar un trabajo manual.
tremedal: pantano cenagoso.
tremer/tremir: temblar, estremecerse; temer, temblar de miedo.
tresnar: destrozar, arrastrar.
trompeta: subalterno en justas, torneos y reuniones caballerescas.
trovar: conseguir, encontrar, lograr.
troxa: alforja, carga o fardo.
tuerto: injusticia, agravio, injuria, sinrazón.
turar: durar, permanecer, persistir.
turbón: turbión, aguacero repentino con fuerte viento; a veces, trueno.
turpar: turbar, perturbar, molestar, alterar el orden.

ufana: orgullo, presunción, vanidad (sustantivo).
ultrança/ultranza: se aplica a la batalla, justa o torneo que se riñe "a todo trance", es decir, a muerte.
uviar: conseguir, llegar a; del latín *obviare*.

vagar: despacio, sin prisa, lentamente; en la expresión "de vagar": desocupado, ocioso, en holganza, de vacaciones; en "dar vagar": conceder descanso.
vagaroso: ocioso, desocupado, perezoso.
vantal: parte de la loriga que se alzaba por delante de la cara del caballero, protegiéndola; *vid.* "avantal".
vedar: impedir, estorbar, evitar.
vegada: vez, ocasión.
vencer(se): a veces, rendir; darse por vencido, huir derrotado.
vençudo: vencido, rendido.
venino: veneno, ponzoña.
venturero: caballero que, llegado de otra parte, concurría en justas y torneos para contender con los mantenedores propuestos por el organizador del espectáculo.
verbo/vervo: palabra.
vergüeña: vergüenza.
vertud: *vid.* "virtud".
vestiglo: monstruo horrible; del lat. *besticulum*, dim. de *bestia*.
vicio: regalo, placer, riqueza, lozanía; maldad; dolencia; hábito o costumbre.
vicioso: abundante, fértil, bien provisto o abastecido; deleitoso, placentero, gustoso, cómodo.

victoriar: conceder u otorgar la victoria; hacer que alguien resulte vencedor o aclamarlo como tal, vitoreándolo.
viltança: afrenta, ofensa, humillación, vileza, deshonra.
viltar: ofender, afrentar, humillar, envilecer.
virtud/virtut/vertud: fuerza, energía; poder o facultad, natural o mágica, milagro; a veces, violencia.
visarma: un tipo de alabarda, o pica con cuchillas opuestas, que permitía herir con ella de dos maneras.
visquiessen: viviesen, forma irregular del verbo vivir.
vista: visera móvil del yelmo que permitía la visión a través de la misma, pero protegiendo parcialmente los ojos del caballero.
viyuela: vihuela.
volante: sobrepeto o peto volante de la armadura o arnés.
voz: representación de alguien, en lenguaje jurídico; poder para hacer algo en nombre de otro; voto; defensa.
vuelta: revuelta, pelea, contienda, riña; alboroto.

xamet/xamete: tela de seda rica.
xinglar: *vid.* "singlar".

yacuando/yacuanto: pronombre indefinido: algo, un poco; bastante.
yent/yente: gente, pueblo.
yuso: abajo.